UMA
CONJURAÇÃO
DE LUZ

OBRAS DA AUTORA PUBLICADAS PELA GALERA RECORD:

Série Vilões
Vilão
Vingança
ExtraOrdinários

Série Os Tons de Magia
Um tom mais escuro de magia
Um encontro de sombras
Uma conjuração de luz

Série Os Fios do Poder
Os frágeis fios do poder

Série A Guardiã de Histórias
A guardiã de histórias
A guardiã dos vazios

Série A Cidade dos Fantasmas
A cidade dos fantasmas
Túnel de ossos
Ponte das almas

A vida invisível de Addie LaRue
Vampiros nunca envelhecem (com outros autores)
Mansão Gallant

V. E. SCHWAB

UMA CONJURAÇÃO DE LUZ

Tradução de
Ana Carolina Delmas

1ª edição

Galera
RIO DE JANEIRO
2024

CIP-BRASIL. CATALOGAÇÃO NA PUBLICAÇÃO
SINDICATO NACIONAL DOS EDITORES DE LIVROS, RJ

S425c   Schwab, V. E., 1987-
    Uma conjuração de luz / V. E. Schwab; tradução Ana Carolina Delmas.
– 1. ed. – Rio de Janeiro: Galera Record, 2024.
    (Os tons de magia ; 3)

    Tradução de: A conjunring of light
    Sequência de: Um encontro de sombras
    ISBN 978-65-5981-368-1

    1. Ficção americana. I. Delmas, Ana Carolina. II. Título. III. Série.

                    CDD: 813
23-86089   CDU: 82-3(73)

Camila Donis Hartmann – Bibliotecária – CRB-7/6472

Título original:
A Conjuring of Light

Copyright © Victoria Schwab, 2017

Texto revisado segundo o Acordo Ortográfico da Língua Portuguesa de 1990.

Todos os direitos reservados. Proibida a reprodução, no todo ou em parte, através de quaisquer meios. Os direitos morais da autora foram assegurados.

Direitos exclusivos de publicação em língua portuguesa somente para o Brasil
adquiridos pela
EDITORA GALERA RECORD LTDA.
Rua Argentina, 120 – Rio de Janeiro, RJ – 20921-380 – Tel.: (21) 2585-2000,
que se reserva a propriedade literária desta tradução.

Impresso no Brasil

ISBN 978-65-5981-368-1

Seja um leitor preferencial Record.
Cadastre-se no site www.record.com.br e receba informações
sobre nossos lançamentos e nossas promoções.

Atendimento e venda direta ao leitor:
sac@record.com.br

Para aqueles que encontraram o caminho de casa.

*A magia pura não tem identidade. Ela simplesmente
existe; é uma força da natureza,
o sangue de nosso mundo, o tutano de nossos ossos.
Nós lhe damos forma, mas jamais devemos lhe dar alma.*

— MESTRE TIEREN,
Sumo sacerdote do Santuário de Londres

UM

MUNDO EM RUÍNAS

I

Delilah Bard — eterna ladra, recém-descoberta maga e sempre com a esperança de um dia se tornar pirata — corria o mais rápido que podia.

Aguente firme, Kell, pensou ela enquanto percorria as ruas da Londres Vermelha, o estilhaço de pedra que um dia fez parte da boca de Astrid Dane ainda firme na sua mão. Um suvenir roubado em outra vida, quando a magia e a existência de mundos múltiplos ainda eram novidade para ela. Quando tinha acabado de descobrir que as pessoas podiam ser possuídas, ou amarradas feito cordas, ou transformadas em pedra.

Fogos de artifício retumbavam ao longe, recebidos com vivas, cantos e música, os sons de uma cidade que comemorava o fim do *Essen Tasch*, o torneio de magia. Uma cidade alheia ao horror que ocorria no seu cerne. Lá no palácio, o príncipe de Arnes, Rhy, estava morrendo, o que significava que em algum lugar, a um mundo de distância, Kell também estava.

Kell. O nome reverberou por ela com a potência de uma ordem, de uma súplica.

Lila alcançou a estrada que procurava e desacelerou, cambaleando até parar, a faca já desembainhada, a lâmina pressionada na pele da sua mão. O coração dela martelava enquanto virava as costas para o caos e pressionava a palma sangrenta — e a pedra ainda aninhada nela — na parede mais próxima.

Lila já fez essa viagem duas vezes, mas sempre como passageira.

Sempre usando a magia de Kell.

Nunca a própria.

E jamais sozinha.

Mas não havia tempo para pensar nem para sentir medo, e muito menos para esperar.

Com peito arfando e pulso frenético, Lila engoliu em seco e pronunciou as palavras com toda a coragem que conseguiu reunir. Palavras que pertenciam apenas aos lábios de um mago de sangue. Um *Antari*. Como Holland. Como Kell.

— *As Travars*.

A magia subiu cantando pelo seu braço, espalhou-se pelo seu peito e então a cidade a envolveu com um solavanco, a gravidade oscilando conforme o mundo se abria.

Lila pensou que seria fácil, ou, ao menos, *simples*.

Algo a que se sobrevive ou não.

Ela estava enganada.

II

A um mundo de distância, Holland estava afundando.

Ele lutou para chegar à superfície da própria mente apenas para ser mais uma vez empurrado para o fundo da água escura por uma vontade forte como ferro. Ele lutou, arranhou, arquejou buscando ar; sua força se esvaindo cada vez que o corpo se debatia, a cada esforço desesperado. Era pior que perecer, porque perecer acabaria dando lugar à morte, mas isso não.

Não havia luz. Nem ar. Nem força. Tudo tinha sido tirado dele, amputado, deixando apenas escuridão e, em algum lugar além da opressão, uma voz gritando o seu nome.

A voz de Kell...

Longe demais.

Holland não conseguiu mais se segurar, ele fraquejou, escorregou, e estava afundando novamente.

Tudo o que ele sempre quis foi trazer a magia de volta, ver este mundo poupado da sua morte lenta e inexorável, uma morte causada primeiro pelo medo de outra Londres e depois pelo seu próprio medo.

Tudo o que Holland queria era ver o seu mundo recuperado.

Revigorado.

Ele conhecia as lendas — os sonhos — de um mago poderoso o suficiente para realizar isso. Forte o bastante para soprar ar de volta aos seus pulmões famintos e acelerar seu coração moribundo.

Até onde Holland se lembrava, isso era tudo que ele queria.

E, até onde Holland se lembrava, sempre desejou que esse mago fosse *ele*.

Mesmo antes de a escuridão florescer no seu olho, marcando-o com o sinal do poder, queria que fosse ele. Quando era criança, ficava de pé nas margens do Sijlt atirando pedras na superfície congelada, imaginando que seria ele a fender o gelo. Já adulto, mantinha-se entre as árvores do Bosque de Prata rezando para ter força e proteger seu lar. Nunca quis ser *rei*, mesmo que nas histórias o mago sempre o fosse. Ele não queria governar o mundo. Queria apenas salvá-lo.

Naquela primeira noite, Athos Dané chamou isso de arrogância, quando Holland foi arrastado, sangrando e semiconsciente, até os aposentos do novo rei. Arrogância e orgulho, repreendeu ele enquanto entalhava a sua maldição na pele de Holland.

Coisas a serem subjugadas.

E Athos o conseguiu. Ele subjugou Holland quebrando osso por osso, dia após dia, uma ordem após a outra. Até que tudo o que Holland desejava, mais que a habilidade de salvar o seu mundo, mais que a força para trazer a magia de volta, mais que *qualquer coisa*, era que isso acabasse.

Era covardia, ele sabia, mas a covardia vem à tona com muito mais facilidade que a esperança.

E naquele momento na ponte, quando Holland baixou a guarda e deixou o jovem e mimado príncipe Kell atravessar seu peito com a barra de metal, a primeira coisa que sentiu — primeira, última e *única* coisa que sentiu — foi alívio.

Porque aquilo estava, enfim, acabado.

Mas não estava.

Não é fácil matar um *Antari*.

Quando Holland acordou, deitado num jardim morto, numa cidade morta, num mundo morto, a primeira coisa que sentiu foi dor. A segunda, foi liberdade. Athos Dane não tinha mais nenhum controle sobre ele, e Holland estava vivo. Ferido, porém vivo.

E encalhado.

Preso num corpo machucado e num mundo sem portas à mercê de outro rei. Mas dessa vez ele tinha uma *escolha*.

A oportunidade de dar um jeito nas coisas.

Ele se postou, quase morto, diante do trono de ônix, e falou ao rei entalhado em pedra, trocando sua liberdade por uma chance de salvar a sua Londres, de vê-la florescer novamente. Holland fez o acordo e pagou com corpo e alma. E com o poder do rei das sombras ele enfim trouxe a magia de volta, viu seu mundo florescer em cores, seu povo se revitalizar com esperança, sua cidade ser restaurada.

Fez tudo o que estava ao seu alcance, abriu mão de tudo o que tinha para mantê-lo a salvo.

Mas ainda não era o bastante.

Não para o rei das sombras, que queria sempre mais, que se fortalecia a cada dia e desejava o caos, desejava a magia na sua forma mais pura, almejava um poder sem limites.

Holland estava perdendo o controle do monstro que habitava o seu corpo.

E, então, ele fez a única coisa que poderia fazer.

Ofereceu outro receptáculo a Osaron.

— *Muito bem...* — disse o rei, o demônio, o deus. — *Mas, se você não conseguir persuadi-lo, vou ficar com o seu corpo para mim.*

E Holland concordou. Como poderia discordar?

Faria qualquer coisa por Londres.

E Kell — o mimado, infantil e teimoso Kell, subjugado, impotente e capturado por aquela maldita gargantilha — ainda assim recusou.

É claro que recusou.

É claro...

Foi então que o rei das sombras sorriu, com os lábios do próprio Holland, que lutou com toda a força que conseguiu reunir. Mas trato é trato, e o acordo estava feito. Holland sentiu Osaron se erguer com um único e violento movimento e empurrá-lo para baixo, para as profundezas da sua própria mente, onde foi forçado a ficar pela corrente da vontade do rei das sombras.

Indefeso, preso num corpo, num acordo, incapaz de fazer qualquer coisa além de observar, de sentir e de se afogar.

— Holland!

A voz de Kell irrompeu enquanto ele espremia o corpo ferido na estrutura de metal, da mesma forma que *Holland* fez outrora, quando Athos Dane o prendeu pela primeira vez. O subjugou. A estrutura de metal drenou a maior parte do poder de Kell e a gargantilha no pescoço extirpou o resto. Havia terror nos olhos de Kell, um desespero que surpreendeu Holland.

— Holland, seu canalha, reaja, lute!

Ele tentou, porém seu corpo não mais lhe pertencia, e sua mente exausta estava afundando cada vez mais...

Desista, disse o rei das sombras.

— Mostre-me que você não é fraco! — provocava-o a voz de Kell. — Prove que não é só um escravizado da vontade dos outros.

Você não pode me deter.

— Você chegou mesmo até aqui para se entregar assim?

Eu já venci.

— Holland!

Holland odiava Kell e, naquele instante, o ódio era quase suficiente para lhe dar forças. Mas, ainda que quisesse morder a isca do outro *Antari*, Osaron era inflexível.

Holland ouviu a própria voz, mas obviamente não era a dele. Era uma versão distorcida emitida pelo monstro que usava o seu corpo. Holland segurava uma moeda carmesim, um símbolo de outra Londres, da Londres de Kell, que xingava e se debatia nas amarras até o peito arfar e os punhos ficarem ensanguentados.

Inútil.

Tudo isso era inútil.

Mais uma vez, ele era um prisioneiro no próprio corpo. A voz de Kell ecoou na escuridão.

Você apenas trocou um mestre por outro.

Agora eles se moviam, Osaron guiava o corpo de Holland. A porta se fechou atrás deles, mas os gritos de Kell ainda eram lançados na madeira, despedaçando-se em sílabas partidas e gritos sufocados.

Ojka estava de pé no corredor afiando suas facas. Ela ergueu o olhar, revelando a cicatriz em forma de crescente numa das faces e os olhos de duas cores, um amarelo e outro preto. Uma *Antari* forjada pelas mãos deles, pela vontade deles.

— Vossa Majestade — disse ela, empertigando-se.

Holland tentou emergir, tentou forçar a própria voz a atravessar os lábios dele, os seus *próprios* lábios. Mas, quando a fala veio, as palavras eram de Osaron.

— Vigie a porta. Não deixe ninguém passar.

A centelha de um sorriso perpassou o rasgão vermelho que era a boca de Ojka.

— Como quiser.

O palácio passou feito um borrão e então estavam do lado de fora, ladeando as estátuas dos gêmeos Dane na base da escadaria, movendo-se rapidamente sob um céu maculado através de um jardim que agora estava repleto de árvores em vez de corpos.

O que aconteceria com aquele lugar sem Osaron, sem *ele*? A cidade continuaria a florescer? Ou ruiria como um corpo extirpado de vida?

Por favor, implorou ele, silenciosamente. *Este mundo precisa de mim.*

— *Não há sentido nisso* — respondeu Osaron em voz alta, e Holland ficou enjoado porque isso era um pensamento na sua mente e não as suas palavras. — *Ele já está morto* — prosseguiu o rei. — *Recomeçaremos. Encontraremos um mundo digno do nosso poder.*

Eles alcançaram o muro do jardim, e Osaron retirou uma adaga da bainha na cintura. O corte do aço na carne não foi nada, como se Holland tivesse sido extirpado dos sentidos, enterrado fundo demais para sentir alguma coisa além do encarceramento de Osaron. Mas, conforme os dedos do rei das sombras se sujaram com o sangue e levaram a moeda de Kell até a parede, Holland tentou lutar uma última vez.

Ele não podia recuperar o seu corpo — não ainda, não por completo —, mas talvez não precisasse do controle total.

Uma das mãos. Cinco dedos.

Ele reuniu cada grama de força, cada fiapo de controle e os direcionou para aquele membro. E, no meio do caminho até a parede, a mão se deteve, pairando no ar.

O sangue escorreu pelo seu punho. Holland conhecia as palavras para destruir um corpo, para transformá-lo em gelo, em cinzas ou em pedra.

Tudo que precisava fazer era levar a própria mão ao peito.

Tudo que precisava fazer era dar forma à magia...

Holland sentia o aborrecimento perpassar por Osaron. Aborrecimento, mas não fúria, como se esta última resistência, este grande protesto, não fosse mais que uma comichão.

Que entediante.

Holland continuou lutando e conseguiu até guiar a própria mão por um centímetro ou dois.

Desista, Holland, advertiu a criatura na sua mente.

Holland fez com que o último resquício de determinação fosse para a mão, arrastando-a por mais um centímetro.

Osaron suspirou.

Não precisava ser assim.

O comando de Osaron o atingiu em cheio, como se o tivesse arremessado contra um muro. Seu corpo não se moveu, mas sua mente sofreu um solavanco e foi jogada para trás, paralisada por uma dor excruciante. Não a dor que sentiu centenas de vezes, à qual aprendeu a sobreviver, a deixar de lado, da qual poderia escapar. Essa dor estava enraizada no seu âmago. Ela o acendeu, repentina e incandescentemente, cada nervo queimando com tal calor calcinante que ele gritou, gritou e gritou dentro da própria cabeça até que a escuridão, por fim e misericordiosamente, fechou-se à sua volta, forçando-o a submergir.

E, dessa vez, Holland não tentou retornar à superfície.

Desta vez, ele se deixou submergir.

III

Kell continuou a se jogar na estrutura de metal por muito tempo depois de a porta ser fechada e o ferrolho trancado. Sua voz ainda ecoava nas paredes de pedra pálida. Gritou até ficar rouco. E, ainda assim, ninguém veio. O medo o esmagava; entretanto, o que mais o assustava era o que se afrouxava no seu peito — a desconexão de um vínculo vital, a crescente sensação de perda.

Ele mal sentia a pulsação do irmão.

Mal sentia alguma coisa além da dor nos pulsos e de um frio terrível e entorpecente. Ele se retorceu na estrutura de metal, lutando contra as amarras, mas elas não cederam. Havia feitiços rabiscados pelas laterais do dispositivo e, a despeito da quantidade de sangue que Kell esfregava no aço, ainda havia a gargantilha no pescoço que extirpava tudo de que precisava. Tudo que possuía. Tudo que *era*. A gargantilha lançava uma sombra na sua mente, uma película gélida nos seus pensamentos, um pânico depressivo, uma tristeza e, acima de tudo, uma ausência de esperança. De força. *Desista*, sussurrava pelo seu sangue. *Você nada tem. Você nada é. Impotente.*

Ele nunca foi impotente.

Não sabia ser impotente.

O pânico aflorou no lugar da magia.

Ele precisava fugir.

Fugir dessa estrutura de metal.

Fugir dessa gargantilha.

Fugir desse mundo.

Rhy havia entalhado uma palavra na própria pele para trazer Kell de volta para casa, e ele lhe deu as costas e partiu novamente. Abandonou o príncipe, a coroa, a cidade. Seguiu uma mulher de branco por uma porta entre mundos porque ela lhe disse que ele era necessário, disse que ele podia ajudar, disse que era culpa dele e que ele precisava consertar as coisas.

O coração de Kell fraquejou dentro do seu peito.

Não. Não o *seu* coração, mas o de Rhy. Uma vida atrelada à dele com magia que ele não *possuía* mais. O pânico queimou outra vez, um sopro de calor no frio entorpecente, e Kell se agarrou àquilo, lutando contra o pânico vazio da gargantilha. Ele se empertigou na estrutura de metal, cerrou os dentes e *puxou* a algema até sentir o estalo dos ossos do punho, o rasgo na pele. O sangue verteu em gotas pesadas pelo chão de pedra, vibrante mas inútil. Ele mordeu os lábios para conter o grito conforme o metal se arrastava — se enterrava — na pele. A dor subiu lancinante pelo braço, porém ele continuou puxando, o metal rasgando o músculo e, então, o osso antes que a mão direita, enfim, estivesse livre.

Kell cambaleou para trás com um arquejo e tentou envolver a gargantilha com os dedos ensanguentados e vacilantes, mas, no momento em que tocou o metal, um frio terrível e cortante subiu pelo seu braço e invadiu sua cabeça.

— *As Steno* — implorou ele. — *Quebrar.*

Nada aconteceu.

Nenhum poder emergiu para encontrar as palavras.

Kell soluçou e se recostou na estrutura de metal. O cômodo se inclinou e escureceu, e ele sentiu a mente deslizando para a escuridão, mas forçou o corpo a ficar de pé, obrigando-se a engolir a bile que subia pela garganta. Ele fechou a mão descarnada e esmigalhada em volta do braço ainda preso e começou a puxar.

Foram minutos que pareceram horas, anos, antes que Kell por fim conseguisse se libertar.

Ele tropeçou para fora da estrutura e oscilou para ficar de pé. As algemas de metal haviam feito um corte profundo em seus pulsos — fundo demais — e a pedra pálida sob seus pés era agora de um vermelho escorregadio.

É seu?, sussurrou uma voz.

A memória do rosto jovem de Rhy retorcido de horror ao ver os antebraços dilacerados de Kell, o sangue em filetes por todo o peito do príncipe. *É tudo seu?*

Agora o vermelho escorria da gargantilha enquanto Kell puxava freneticamente o metal. Seus dedos doíam com o frio enquanto procuravam o fecho e o agarrava, mas ele não se mexia. Kell não conseguia mais focalizar direito. Tropeçou no próprio sangue e caiu, apoiando-se nas mãos fraturadas. Gritou de dor, encolhendo-se ao mesmo tempo que berrava com o próprio corpo para que se levantasse.

Precisava se levantar.

Precisava voltar para a Londres Vermelha.

Precisava deter Holland — deter *Osaron*.

Precisava salvar Rhy.

Precisava, precisava, precisava... Mas, naquele momento, tudo o que Kell conseguiu fazer foi se deitar no mármore frio com o calor se esvaindo numa poça rasa e vermelha ao seu redor.

IV

O príncipe desabou na cama, encharcado de suor, engasgado com o gosto metálico de sangue. À sua volta, vozes se erguiam e baixavam, ao passo que o quarto era um borrão de sombras e réstias de luz. Um grito rasgou seus pensamentos, embora sua mandíbula estivesse cerrada pela dor. Uma dor que era e não era dele.

Kell.

Rhy se curvou, tossindo e cuspindo sangue e bile.

Ele tentou se levantar. Precisava ficar de pé, tinha que encontrar o irmão. Mas diversos pares de mãos surgiram da escuridão, lutando contra ele, segurando-o nos lençóis de seda; dedos se enterravam nos ombros, nos pulsos e nos joelhos, e de repente a dor estava ali outra vez, brutal e pontiaguda, descarnando a pele e arrastando suas unhas pelos ossos. Rhy tentou se lembrar. Kell: preso. A cela dele: vazia. Buscas pelo pomar banhado pelo sol. Ele chamando o nome do irmão. E então, do nada, veio a dor, deslizando por entre as costelas como na outra noite. Uma coisa horrível e lancinante, e logo ele não conseguia mais respirar.

Ele não conseguia...

— Não desista — pedia uma voz.

— Fique comigo.

— Fique...

Rhy aprendeu cedo a diferença entre desejo e necessidade.

Ser filho e herdeiro — o único herdeiro — da família Maresh, a luz de Arnes, o futuro do império, significava que ele jamais (como uma babá certa vez lhe disse, antes de ser retirada do serviço à realeza) havia de fato passado por nenhuma *necessidade*. Roupas, cavalos, instrumentos musicais e artigos finos; tudo o que ele precisava fazer era pedir e lhe seria concedido.

E, ainda assim, o jovem príncipe *desejava* — e muito — algo que não podia ser conseguido. Desejava aquilo que corria no sangue de tantos meninos e meninas nascidos na pobreza. O que vinha tão facilmente ao seu pai, à sua mãe, a Kell.

Rhy desejava a *magia*.

E desejava com um ardor que rivalizava com qualquer necessidade.

Seu nobre pai tinha habilidade com metais e sua mãe o domínio fácil sobre a água, mas a magia não era a mesma coisa que ter cabelos pretos, olhos castanhos ou nascer na alta sociedade. Não seguia as regras de hereditariedade, não era passada de pai para filho. Ela escolhia o próprio curso.

E, aos 9 anos, a magia já dava indícios de não ter escolhido Rhy.

Mas Rhy Maresh se recusava a acreditar que havia sido completamente ignorado; ela *tinha* de estar ali, em algum lugar dentro dele, como uma pequena chama de poder esperando pelo sopro no momento certo, esperando ser atiçada. Afinal, ele era um príncipe. E, se a magia não viesse até ele, ele iria até ela.

Foi essa lógica que o trouxera até aqui, até o chão de pedra da antiga e gélida biblioteca do Santuário, tremendo enquanto o frio das correntes de ar penetrava pela seda bordada das suas calças (feitas para o palácio, onde a temperatura era sempre amena).

Sempre que Rhy reclamava do frio do Santuário, o velho Tieren franzia o cenho.

A magia produz seu próprio calor, dizia ele, o que seria perfeito se você fosse um mago, o que Rhy não era.

Ainda não.

Desta vez, ele não reclamara. Sequer avisara ao sacerdote que estava ali.

O jovem príncipe se agachou numa alcova nos fundos da biblioteca, escondido entre uma estátua e uma grande mesa de madeira, e abriu no chão o pergaminho roubado.

Rhy nascera com dedos ágeis, mas obviamente, sendo da realeza, quase nunca precisava utilizá-los. As pessoas estavam sempre se propondo a lhe oferecer as coisas de bom grado, inclusive dispostas a levá-las até ele, desde uma capa num dia frio até um bolo decorado direto da cozinha do palácio.

Mas Rhy não requisitara o pergaminho; ele o retirara da mesa de Tieren, um entre outros tantos atados com as finas fitas brancas que os designava como feitiços de sacerdote. Nenhum deles era muito sofisticado ou elaborado, para a decepção de Rhy. Em vez disso, eram todos voltados para alguma utilidade prática.

Feitiços para impedir a comida de estragar.

Feitiços para proteger o pomar das geadas.

Feitiços para manter o fogo queimando sem combustível.

E Rhy testaria cada um deles até descobrir algum feitiço que fosse capaz de executar. Um feitiço que mostrasse que a magia certamente estava adormecida nas suas veias. Um feitiço que pudesse *despertá-la*.

Uma brisa varreu o Santuário conforme ele retirava um punhado de lins vermelhos do bolso e os colocava em cima do pergaminho para mantê-lo no chão. Sobre a página, com a caligrafia firme do sacerdote, havia um mapa. Não como o mapa na sala de guerra do seu pai, que exibia o reino inteiro. Não, este era o mapa de um feitiço. Um diagrama de magia.

No alto do pergaminho havia três palavras na língua comum.

Is Anos Vol, leu Rhy.

A Chama Eterna.

Abaixo dessas palavras havia um par de círculos concêntricos conectados por linhas delicadas e repletos de pequenos símbolos, a forma abreviada preferida, utilizada pelos fazedores de feitiços de Londres. Rhy estreitou os olhos, tentando extrair algum sentido daqueles rabiscos. Ele possuía aptidão para idiomas, captando a cadência etérea da língua faroense, as ondas entrecortadas de cada sílaba em veskano, as colinas e os vales dos dialetos fronteiriços do próprio Arnes. Porém, as palavras no pergaminho pareciam mudar e esmaecer diante dos seus olhos, entrando e saindo de foco.

Ele mordeu o lábio (era um mau hábito, do qual sua mãe sempre o advertia por não ser muito *principesco*), e então pousou as mãos, uma em cada lado do papel, a ponta dos dedos roçando o círculo externo, e iniciou o feitiço.

Ele manteve os olhos focados no centro da folha enquanto lia, pronunciando cada palavra, os fragmentos desajeitados e partidos na língua. Seu pulso martelou nos ouvidos, a batida descompassada com o ritmo natural da magia. Mas Rhy continuou com o feitiço, sustentando-o apenas com a força do seu comando, e, conforme se aproximava do fim, uma sensação de formigamento começou a se manifestar nas suas mãos. Ele podia senti-la subindo pelas palmas, pelos dedos, roçando o limite do círculo, e então...

Nada.

Nenhuma fagulha.

Nenhuma chama.

Ele pronunciou o feitiço uma, duas, três vezes, mas o calor nas mãos já se desvanecia, dissolvia-se numa mera comichão de dormência. Desanimado, ele permitiu que as palavras sumissem, levando o restante da sua concentração com elas.

O príncipe se deixou cair nas pedras frias.

— *Santo*! — murmurou ele, mesmo sabendo que era uma péssima forma de praguejar e que era ainda pior fazer aquilo *ali*.

— O que você está fazendo?

Rhy ergueu o olhar e viu o irmão de pé na entrada da alcova com uma capa vermelha envolvendo os ombros estreitos. Mesmo com 10 anos e 9 meses, o rosto de Kell tinha o ar de um homem sério, especialmente por causa da ruga entre as sobrancelhas. O cabelo ruivo de Kell reluzia até na luz cinzenta da manhã, e os seus olhos — um azul e outro preto como a noite — faziam com que as pessoas olhassem para baixo, desviassem o olhar. Rhy não sabia bem o porquê, mas sempre fazia questão de encarar Kell de frente para lhe mostrar que aquilo não importava. Olhos eram apenas olhos.

Kell não era seu irmão *de verdade*, é claro. Mesmo com um olhar de relance se perceberia como eram diferentes. Kell era uma amálgama, como se diferentes tipos de argila tivessem sido entremeados: tinha a pele pálida de um veskano, o corpo delgado de um faroense e o cabelo acobreado encontrado apenas na fronteira norte de Arnes. Além disso, é claro, havia seus olhos. Um natural, ainda que não particularmente arnesiano, e o outro *Antari*, marcado pela própria magia como *aven*. Abençoado.

Rhy, por outro lado, com a pele negra, o cabelo preto e os olhos cor de âmbar, era todo de Londres, todo Maresh, todo da realeza.

Kell percebeu o embaraço do príncipe e o pergaminho aberto diante dele. Ele se ajoelhou diante de Rhy de forma que o tecido da sua capa se amontoou nas pedras à sua volta.

— Onde você arrumou isso? — perguntou Kell com uma óbvia pontada de desagrado na voz.

— Peguei de Tieren — respondeu Rhy. Seu irmão lhe lançou um olhar desconfiado e Rhy arremedou: — Do escritório de Tieren.

Kell passou os olhos de relance pelo feitiço e franziu o cenho.

— Uma chama eterna?

Com ar distraído, Rhy pegou um dos lins que estava no chão e deu de ombros.

— Foi o primeiro que vi. — Ele tentou fingir que não se importava com aquele feitiço estúpido, mas sentia um nó na garganta e uma ardência nos olhos. — Não importa — retrucou, jogando a moeda no chão como se atirasse uma pedra num rio. — Não consigo fazer com que funcione.

Kell se ajeitou, os lábios se movendo silenciosamente conforme lia os rabiscos do sacerdote. Ele manteve a mão acima do papel, as palmas em concha como se estivesse aninhando uma chama que ainda nem estava ali, e começou a recitar o feitiço. Quando Rhy tentou, as palavras caíram como pedras, mas nos lábios de Kell elas se tornaram poesia: suaves e sibilantes.

O ar ao redor deles se aqueceu imediatamente e um vapor emergiu das linhas escritas no pergaminho. Logo depois a tinta se reuniu e subiu, formando uma gota de óleo que ardeu.

A chama pairou no ar entre as mãos de Kell, branca e cintilante.

Ele fazia aquilo parecer tão fácil, e Rhy sentiu uma pontada de raiva do irmão, quente como uma fagulha — e tão breve quanto.

Não era culpa de Kell que Rhy não conseguisse fazer magia. Rhy começou a se levantar quando Kell agarrou os punhos da camisa dele. Ele guiou as mãos do irmão, posicionando-as de cada lado do feitiço e puxando o príncipe para o centro da sua magia. Um calor formigou na palma das mãos de Rhy, que ficou dividido entre o prazer diante do poder e a consciência de que o poder não era seu.

— Não está certo — murmurou ele. — Sou príncipe da coroa, herdeiro de Maxim Maresh. Eu devia ser capaz de acender o raio de uma vela.

Kell mordeu o lábio. A mãe nunca ralhava com *ele* por causa desse mau hábito. E então disse:

— Há tipos diferentes de poder.

— Eu preferia ter magia a uma coroa — resmungou Rhy.

Kell observou a pequena chama branca entre eles.

— A coroa é uma espécie de magia, se você parar para pensar. Um mago governa um elemento. Um rei governa um império.

— Apenas se o rei for forte o bastante.

Kell então ergueu os olhos.

—Você será um bom rei, se não se meter em confusão e morrer antes.

Rhy suspirou, fazendo a chama estremecer.

— Como você sabe?

Diante disso, Kell sorriu. Era algo raro, e Rhy queria que perdurasse. Ele era o único que conseguia fazer o irmão sorrir, uma capacidade da qual se orgulhava. Mas então Kell disse:

— Magia. — E Rhy quis lhe dar um soco.

—Você é um idiota — resmungou ele, tentando se desvencilhar, mas os dedos do irmão o seguraram com mais força.

— Não solte.

— Me largue — disse Rhy, primeiro em tom de brincadeira, mas então, conforme o fogo ficava mais brilhante e quente entre a palma das suas mãos, ele pediu de novo, com sinceridade: — Pare. Você está me machucando.

O calor lambeu os seus dedos, e uma dor incandescente subiu lancinante por suas mãos e braços.

— Pare — implorou ele. — Kell, *pare*.

Mas, quando Rhy desviou os olhos do fogo para o rosto do irmão, não foi isso que viu. Não era o rosto de Kell, mas uma poça de escuridão. Rhy arfou e tentou se desvencilhar, porém o irmão não era mais de carne e osso e, sim, de pedra, as mãos entalhadas como algemas ao redor dos punhos de Rhy.

Isso não estava certo, pensou ele. Tinha de ser um sonho — um pesadelo —, mas o calor do fogo e a pressão esmagadora nos seus pulsos eram demasiadamente reais. E ficavam piores a cada pulsação, a cada respiração.

A chama entre eles se tornou alongada e fina, assumindo a forma de uma lâmina de luz afiada cuja ponta estava direcionada para o teto. E então, lenta e terrivelmente, ela apontou para Rhy.

Ele lutou e gritou, mas nada foi capaz de parar a faca enquanto ela ardia e se enterrava no seu peito.

Dor.

Faça parar.

A lâmina trinchou o caminho por entre as suas costelas, queimou os ossos e atravessou o coração. Rhy tentou gritar e engasgou com a fumaça. Seu peito era uma enorme ferida aberta e reluzente.

A voz de Kell soou, não da estátua, mas de algum outro lugar. Algum lugar longe e desvanecente. *Não desista.*

Mas doía. Doía demais.

Pare.

Rhy estava queimando de dentro para fora.

Por favor.

Morrendo.

Resista.

De novo.

Por um instante, a escuridão deu lugar a feixes de cor, um teto de tecidos ondulantes, um rosto familiar pairando no canto da sua visão turva pelas lágrimas. E olhos cor de tempestade arregalados de preocupação.

— Luc? — chamou Rhy com voz rouca.

— Estou aqui — respondeu Alucard. — Estou aqui. Fique comigo.

Ele tentou falar, mas o seu coração martelou nas costelas como se estivesse tentando quebrá-las para escapar.

Ele acelerou e então fraquejou.

— Encontraram Kell? — perguntou uma voz.

— Saia de perto de mim — ordenou outra.

— Todos para *fora.*

A visão de Rhy ficou turva.

O quarto oscilou, as vozes ficaram abafadas, e a dor deu lugar a algo pior, à agonia lancinante da faca invisível se dissolvendo em algo gélido conforme seu corpo lutava e falhava, lutava e falhava e falhava e...

Não, implorou ele, mas sentia os fios sendo rompidos dentro de si, um por um, até que nada mais restou para sustentá-lo.

Até que o rosto de Alucard sumiu e o quarto se dissolveu.

Até que a escuridão envolveu Rhy com seus braços pesados e o enterrou.

V

Alucard Emery não estava acostumado a se sentir impotente.

Poucas horas antes, ele havia vencido o *Essen Tasch* e sido aclamado o mago mais poderoso dos três impérios. Mas agora, sentado à beira da cama de Rhy, não tinha ideia do que fazer. De como ajudar. De como salvá-lo.

O mago observou o príncipe se encolher, mortalmente pálido nos lençóis embolados. Observou Rhy berrar de dor, atacado por algo que nem mesmo Alucard conseguia ver ou combater. E ele teria agido, teria ido aos confins do mundo para manter Rhy a salvo. Mas, seja lá o que for que matava o príncipe, não estava ali.

— O que está *acontecendo*? — perguntou ele dezenas de vezes. — O que posso *fazer*?

Mas não houve resposta, então tudo que pôde fazer foi tentar compreender as súplicas da rainha, as ordens do rei, as palavras urgentes de Lila e os ecos das vozes diligentes dos guardas. E todos eles chamavam por Kell.

Alucard se inclinou para a frente, agarrou a mão do príncipe e observou os fios mágicos ao redor do corpo de Rhy se esfiaparem, ameaçando se romper.

Outros olhavam para o mundo e viam luz, sombra e cores, porém Alucard Emery sempre foi capaz de enxergar mais. Sempre conseguiu ver a urdidura e a trama do poder, o padrão da magia. Não apenas a aura de um feitiço ou o resíduo de um encantamento, mas o tom da verdadeira magia que circundava uma pessoa e pulsava nas veias. Todos conseguiam ver a luz vermelha do Atol, mas Alucard divisava o mundo inteiro em feixes de cores vívidas. Poços naturais de magia cintilavam em carmesim. Magos elementais eram envoltos em verde e azul. Maldições exalavam roxo. Feitiços poderosos queimavam em dourado. Um *Antari*? Eles sozinhos irradiavam uma luz preta porém iridescente: não apenas uma cor, mas todas as cores combinadas juntas, naturais e não naturais, fios reluzentes e trêmulos que se enrolavam como seda ao redor e dançavam sobre a pele deles.

Alucard agora assistia a esses mesmos fios desfiando e se rompendo ao redor do príncipe em posição fetal.

Isso não estava certo. A minguada magia de Rhy sempre exibiu um verde-escuro (certa vez ele contara isso ao príncipe, apenas para observar as feições dele se enrugarem em desgosto, pois Rhy nunca gostou dessa cor).

Mas, no instante em que ele pôs os olhos em Rhy, depois de ficar três anos longe, Alucard soube que o príncipe estava diferente. *Alterado*. Não era o formato do queixo, nem a largura dos ombros ou as olheiras. Era a magia atrelada a ele. O poder vivia e respirava, estava fadado a se mover ao longo da vida de uma pessoa. Mas essa nova magia ao redor de Rhy estava imóvel, os fios enrolados tão apertados como uma corda em volta do corpo do príncipe.

E cada um deles brilhava como óleo na água. Fundindo cor e luz.

Naquela noite, no quarto de Rhy, quando Alucard deslizou a túnica para o lado para beijar o ombro do príncipe, ele viu o ponto onde os fios prateados se prendiam à pele de Rhy, tecendo cicatrizes circulares sobre o coração. Ele não precisou perguntar quem havia conjurado o feitiço — somente um *Antari* lhe vinha à mente —, mas Alucard não conseguia entender *como* Kell havia feito aquilo. Normalmente ele conseguia compreender um pedaço de magia ao olhar sua trama, mas os fios do feitiço não tinham começo nem fim. Os fios da magia de Kell mergulhavam diretamente no coração de Rhy e então se perdiam. Não, não se perdiam; eles se *enterravam*. O feitiço era rígido, imperturbável.

E agora, de alguma forma, estava ruindo.

Os fios se partiam, um a um, sob uma força invisível. A cada cordão perdido soava um soluço, uma respiração trêmula do príncipe semiconsciente. A cada títere esfiapado...

Então era disso que se tratava, ele percebeu. Não apenas um feitiço, mas um tipo de *vínculo*.

Com Kell.

Ele não sabia *por que* a vida do príncipe estava atrelada à do *Antari*. Nem queria imaginar, apesar de agora ter visto a cicatriz no meio das costelas trêmulas de Rhy, tão larga quanto o gume de uma adaga, e a compreensão o atingiu sem aviso, deixando-o enjoado e desamparado. Mas o vínculo estava se partindo, de modo que Alucard fez a única coisa que podia fazer.

Ele segurou a mão do príncipe e tentou verter o seu próprio poder nos fios em frangalhos, como se a luz azul de tormenta da sua magia pudesse se fundir com a luz iridescente de Kell em vez de ser inutilmente absorvida. Ele rezou para todos os poderes do mundo, para cada santo, cada sacerdote e cada figura abençoada — tanto para aqueles em que acreditava como para aqueles em que não acreditava — rogando força. E, quando ninguém respondeu, ele começou a falar com Rhy. Não lhe disse que aguentasse firme, não lhe pediu que fosse forte.

Em vez disso, falou do passado. Do passado *deles*.

— Você se lembra daquela noite, a véspera da minha partida? — Ele se esforçou para manter o medo longe da voz. — Você nunca respondeu a minha pergunta.

Alucard fechou os olhos, em parte para visualizar a lembrança e em parte porque não suportava ver o príncipe sentindo tamanha dor.

Era verão, e eles estavam deitados na cama, os corpos entrelaçados e quentes. Ele deslizou a mão pela pele perfeita de Rhy e, quando o príncipe ficou envaidecido, ele disse:

— Um dia você ficará velho e enrugado, e eu ainda vou te amar.

— Nunca ficarei velho — retrucou o príncipe com a certeza típica de alguém jovem, saudável e terrivelmente ingênuo.

— Então você planeja morrer jovem? — provocou ele, e Rhy encolheu elegantemente os ombros.

— Ou viver para sempre.

— Ah, é mesmo?

O príncipe afastou um cacho escuro da frente dos olhos.

— Morrer é tão mundano.

— E como, exatamente — perguntou Alucard, apoiando-se num dos cotovelos —, você pretende viver para sempre?

Rhy o puxou para baixo e então encerrou a conversa com um beijo.

Agora ele tremia sobre a cama, um soluço lhe escapou por entre os dentes cerrados. Os seus cachos pretos estavam grudados ao rosto. A rainha requisitou um pano úmido, requisitou o sumo sacerdote, requisitou Kell. Alucard segurava a mão do seu amante.

— Sinto muito por ter ido embora. Sinto muito. Mas estou aqui agora, então você não pode morrer — disse ele, com a voz enfim vacilante. — Não vê como isso seria rude, logo quando vim de tão longe?

A mão do príncipe o apertou mais forte quando seu corpo entrou em convulsão.

O peito de Rhy subiu e desceu num último e violento tremor.

E, em seguida, ele ficou imóvel.

E por um instante Alucard se sentiu aliviado porque Rhy finalmente estava descansando, finalmente tinha adormecido. Por um instante, tudo estava bem. Por um instante...

E então tudo se despedaçou.

Alguém gritava.

Os sacerdotes avançavam.

Os guardas o tiravam dali.

Alucard olhou para o príncipe.

Ele não compreendia.

Não *podia* compreender.

E então a mão de Rhy escorregou da sua e caiu na cama.

Sem vida.

Os últimos fios prateados estavam se soltando, deslizando da sua pele como lençóis no verão.

E logo *ele* começou a gritar.

Alucard não se lembra de nada do que aconteceu depois disso.

VI

Por um instante aterrorizante, Lila deixou de existir.

Ela sentiu como se estivesse sendo desfiada, despedaçada em milhões de fios, cada um sendo esticado, esfiapado e ameaçando arrebentar conforme ela saía do mundo, da própria vida — em direção ao nada. E então, tão repentinamente quanto antes, ela se viu cambaleando e caindo de quatro no meio da rua.

Ela deu um grito curto e involuntário quando chegou ao chão, sentindo os membros trêmulos e a cabeça ressoando como um sino.

O chão sob a palma das mãos — e *havia* um chão, de modo que ao menos isso era um bom sinal — era áspero e frio. A atmosfera estava calma. Sem fogos de artifício. Nenhuma música. Lila se levantou com muito esforço, o sangue pingando dos seus dedos e do seu nariz. Ela o limpou, salpicando as pedras de pontos vermelhos conforme desembainhava a faca e mudava de posição, apoiando as costas na parede gélida. Ela se lembrava da última vez em que estivera ali, nessa Londres, os olhos ávidos de homens e mulheres famintos por poder.

Um lampejo de cor chamou a sua atenção e ela olhou para cima.

O céu sobre a sua cabeça estava matizado pelo pôr do sol: cor-de-rosa, roxo e um tom de ouro reluzente. Mas o problema é que a Londres Branca *não tinha* cor, não dessa maneira, e por um terrível instante ela pensou que tivesse atravessado para *outra* cidade, outro mundo, e que ficaria presa ainda mais longe de casa. Onde quer que a sua casa fosse agora.

Mas não, Lila reconheceu a rua sob as suas botas, o castelo que se erguia em torres góticas e pontiagudas para o céu em contraste com o sol que se punha. Era a mesma cidade, ainda que estivesse completamente mudada. Passaram-se apenas quatro meses desde que ela estivera ali, quatro meses desde que ela e Kell enfrentaram os gêmeos Dane. Naquela época, esse mundo era feito de gelo, cinzas e frias pedras brancas. E agora... Agora um homem passava por ela na rua e *sorria*. Não a careta retorcida de alguém faminto, mas o sorriso tímido daqueles que estão satisfeitos, daqueles que foram abençoados.

Isso estava errado.

Quatro meses, e nesse meio-tempo ela aprendeu a sentir a magia, a sua presença e até mesmo o seu propósito. Não conseguia *vê-la*, não como Alucard fazia, mas a cada respiração ela sentia o gosto do poder no ar como se fosse açúcar; doce e forte o suficiente para enjoar. O ar da noite cintilava com o poder.

O que será que estava acontecendo?

E onde estava Kell?

Lila sabia onde *ela* estava, ou ao menos onde escolheu atravessar, e então seguiu o muro alto que contornava a esquina até os portões do castelo. Eles estavam abertos e havia uma hera de inverno entremeada e subindo pelo ferro. Lila se forçou a parar pela segunda vez. A Floresta de Pedra, outrora um jardim repleto de cadáveres, se foi, substituída por um trecho realmente cheio de árvores e por guardas de armadura reluzente flanqueando os degraus do castelo em posição de alerta.

Kell tinha de estar lá dentro. Havia uma ligação entre eles, fina como uma linha, porém estranhamente forte. Lila não sabia se era feita de magia ou de algo diferente, mas a atraía para o castelo como uma espécie de gravidade. Ela tentou não pensar no que isso significava, em quanto mais ela teria de avançar e em quantas pessoas precisaria enfrentar para encontrá-lo.

Não havia um feitiço de localização?

Lila vasculhou a sua mente em busca das palavras. *As Travars* a havia transportado entre mundos, e *As Tascen* era a forma de se mover entre lugares diferentes dentro de um *mesmo* mundo. Mas e se ela quisesse encontrar uma pessoa, não um lugar?

Ela se amaldiçoou por não conhecer as palavras, por nunca ter perguntado. Kell lhe contou uma vez que encontrou Rhy depois de ele ter sido sequestrado, ainda menino. Que feitiço havia usado? Ela vasculhou a memória e se lembrou de algo que Rhy fez com as próprias mãos. Um cavalo de madeira? Outra imagem lhe veio à mente, a de um lenço — o lenço dela — encerrado na mão de Kell quando ele a encontrou pela primeira vez, na Stone's Throw. Mas Lila não possuía nada que pertencesse a ele. Nenhum suvenir. Nenhum objeto.

Veio o pânico, e ela lutou contra ele.

E daí que não tivesse um amuleto para guiá-la? As pessoas eram mais do que aquilo que possuíam, e com certeza os objetos não eram as únicas coisas que continham marcas. Elas eram feitas de fragmentos, palavras... lembranças.

E estas Lila possuía.

Ela pressionou a palma da mão ainda ensanguentada no portão do castelo, o frio do ferro penetrando na ferida superficial enquanto ela cerrava os olhos e conjurava Kell. Primeiro com a lembrança da noite em que se conheceram, no beco em que ela o furtou, e então depois, quando ele atravessou a parede do quarto dela. Um estranho amarrado à sua cama, o gosto da magia, a promessa de liberdade, o medo de ser deixada para trás. De mãos dadas através de um mundo, e depois mais outro, imprensados um contra o outro enquanto se escondiam de Holland, enfrentando o malicioso Fletcher e lutando contra o não Rhy. O horror que assolou o palácio e a batalha na Londres Branca, quando o corpo ensanguentado de Kell se enroscou no dela em meio aos destroços da Floresta de Pedra. As peças quebradas que se tornaram a vida deles quando se separaram. E então o reencontro. Uma partida jogada por trás de máscaras. Um novo abraço. As mãos dele queimando na sua cintura quando dançaram, a boca de Kell ardendo contra a dela quando se beijaram, os corpos se golpeando como espadas na sacada do palácio. O calor aterrorizante e depois, cedo demais, o frio. O colapso dela na arena. A fúria dele arremessada como uma arma antes de ele virar as costas. Antes de ela deixá-lo ir.

Mas ela veio até aqui para levá-lo de volta.

Lila se preparou mais uma vez, a mandíbula cerrada diante da expectativa da dor que estava por vir.

Ela sustentou as lembranças na mente, pressionou-as no muro como se fossem um símbolo e proferiu as palavras.

— *As Tascen Kell*.

Pressionado na sua mão, o portão estremeceu e o mundo se desfez conforme Lila o atravessava cambaleando, saindo da rua para o aposento pálido e polido de um dos corredores do castelo.

Tochas ardiam em arandelas ao longo das paredes, passos soavam ao longe, e Lila se permitiu sentir uma breve satisfação, até mesmo alívio, antes de perceber que Kell não estava ali. A cabeça dela doía, um xingamento começou a ser emitido pelos seus lábios quando, do outro lado da porta à sua esquerda, ela ouviu um grito abafado.

O sangue de Lila se enregelou.

Kell. Ela alcançou a porta, mas, assim que os seus dedos se fecharam ao redor da maçaneta, Lila percebeu o assobio reverberante de metal cortando ar. Ela se afastou para o lado quando a faca se enterrou na madeira onde Lila estivera um segundo antes. Um cordão preto delineou o percurso do cabo da faca no ar, e ela se virou, seguindo a linha até uma mulher que usava um manto pálido. Uma cicatriz tracejava a maçã do rosto da outra mulher, mas essa era a sua única característica comum. A escuridão preenchia um dos olhos e se espalhava como cera derretida, escorrendo pela sua face e subindo pela sua têmpora, marcando a linha da mandíbula e se perdendo por um cabelo tão vermelho — mais vermelho que o casaco de Kell, ainda mais vermelho que o rio em Arnes — que parecia chamuscar o ar. Uma cor vívida demais para este mundo. Ou, ao menos, vívida demais para o que este mundo havia sido. Mas Lila sentiu que havia algo errado ali, e era mais que cores vibrantes e olhos arruinados.

A mulher não lembrava Kell, nem mesmo Holland, mas a pedra preta roubada meses antes. Aquela estranha atração, uma pulsação pesada.

Com um movimento do pulso, uma segunda faca apareceu na mão esquerda da estranha, o cabo amarrado na outra ponta do cordão. Um puxão leve e a primeira faca se soltou da madeira e voou direto para os dedos da sua mão direita. Um movimento tão gracioso quanto o de uma ave planando em formação.

Lila quase ficou impressionada.

— Quem raios é você? — perguntou ela.

— Sou uma mensageira — respondeu a mulher, mas Lila reconhecia uma assassina treinada quando via uma. — E você?

Lila desembainhou duas das suas facas.

— Sou uma ladra.

— Você não pode entrar.

Lila encostou as costas na porta, o poder de Kell como uma pulsação moribunda na sua espinha. *Aguente firme*, pensou ela desesperadamente e, em seguida, disse em voz alta:

— Tente me impedir.

— Qual o seu nome? — perguntou a mulher.

— Por que você quer saber?

Ela sorriu, um sorriso homicida.

— O meu rei vai querer saber quem eu...

Mas Lila não esperou que ela terminasse a frase.

A sua primeira faca voou pelo ar e, quando a mulher moveu a mão para desviá-la, Lila atacou com a segunda. Estava a meio caminho de encontrar carne quando a lâmina do cordão veio na sua direção e ela teve de se abaixar, mergulhando para sair do caminho.

Ela rodopiou, pronta para talhar de novo, apenas para se defender de outro ataque de escorpião. O cordão entre as facas era elástico e a mulher domava as lâminas como Jinnar dobrava o ar, Alucard a água ou Kisimyr a terra. As armas estavam envoltas em determinação, de modo que, quando voavam, tinham tanto a força do impulso como a elegância da magia.

E, além de tudo isso, a mulher se movia com uma graça perturbadora, com os gestos fluidos de uma dançarina.

Uma dançarina com duas lâminas muito afiadas.

Lila se abaixou e a primeira lâmina rasgou o ar ao lado do seu rosto. Vários fios de cabelo escuro pairaram até o chão. As armas eram borrões velozes que desviavam sua atenção para diferentes direções. Tudo o que Lila podia fazer era desviar dos pontos prateados e cintilantes.

Já teve sua cota de brigas de faca. Ela mesma começou a maioria delas. Sabia que o truque era encontrar uma posição de guarda e se manter nela, forçando um momento de defesa, uma abertura para o ataque. Mas este não era um combate corpo a corpo.

Como podia lutar contra uma mulher cujas facas sequer ficavam na mão dela?

A resposta, é claro, era simples: da mesma forma que lutava contra todos os outros.

Rápido e traiçoeiramente.

Afinal, o objetivo não era parecer boazinha. Era continuar viva.

As lâminas da mulher se projetaram como víboras, atacando com uma velocidade repentina e aterrorizante. Mas havia uma fraqueza: elas não conseguiam mudar de rumo. Uma vez que uma lâmina voava, voava em linha reta. E era por isso que uma faca na mão era melhor que uma arremessada.

Lila fingiu ir para a direita e, quando a primeira lâmina veio, ela partiu para o outro lado. A segunda chegou em seguida, traçando outro caminho, e Lila desviou novamente, abrindo um terceiro caminho enquanto ambas as lâminas estavam presas nas suas rotas.

— Peguei você — rosnou Lila, partindo para cima da mulher.

E então, para seu horror, as lâminas *mudaram de rumo*. Desviaram em pleno ar e mergulharam, fazendo Lila se mover freneticamente enquanto ambas as armas se enterravam no chão onde ela estivera agachada um segundo antes.

É claro. Uma encantadora de metal.

O sangue escorreu pelo braço de Lila e pingou pelos seus dedos. Ela foi rápida, mas não o suficiente.

Com outro movimento de pulso, as facas voaram de volta para as mãos da outra mulher.

— Nomes são importantes — disse ela, enrolando o cordão. — O meu é Ojka e eu tenho ordens de manter você fora daqui.

Atrás das portas, Kell soltou um grito de frustração e um soluço de dor.

— O meu nome é Lila Bard — respondeu ela, desembainhando a sua faca favorita — e eu não dou a mínima.

Ojka sorriu e atacou.

Quando o golpe seguinte foi desferido, Lila não mirou em carne ou lâmina, mas no cordão entre elas. O fio da faca se aproximou do tecido esticado e começou a...

Mas Ojka era rápida demais. O metal mal raspou no cordão antes que ele se recolhesse velozmente para os dedos da adversária.

— *Não!* — rosnou Lila, pegando o metal com a própria mão. A surpresa perpassou o rosto de Ojka, e Lila deixou escapar um pequeno som de triunfo pouco antes de a dor subir aguda pela sua perna quando uma *terceira* lâmina, curta e brutalmente afiada, enterrou-se na sua panturrilha.

Lila arquejou e cambaleou.

O sangue salpicou o chão pálido quando Lila puxou a faca da perna e se levantou.

Além daquela porta, Kell gritou.

Além daquele mundo, Rhy morreu.

Lila não tinha tempo para isso.

Ela raspou uma lâmina na outra e elas soltaram fagulhas, pegando fogo. O ar crepitou ao redor dela e, desta vez, quando Ojka lançou sua lâmina, os gumes chamuscantes das facas de Lila encontraram a extensão do cordão e o fogo se espalhou. Ele percorreu o tecido, lambendo por onde passava, e Ojka sibilou ao se retrair. No meio do caminho até a mão dela, o cordão se partiu e a faca despencou, perdendo-se no percurso até seus dedos. Uma dançarina que perdeu a deixa. O rosto da assassina queimou de raiva conforme ela diminuía a distância entre si e a oponente, agora armada com uma única lâmina.

Apesar disso, Ojka ainda se movia com a graça aterrorizante de uma predadora, e Lila estava tão atenta à faca na mão da mulher que esqueceu que o cômodo estava repleto de outras armas que uma maga poderia usar.

Lila se esquivou de um lampejo de metal e tentou pular para trás, mas a parte anterior dos seus joelhos bateu num banco baixo, fazendo com que ela tropeçasse e perdesse o equilíbrio. O fogo nas suas mãos se apagou e a mulher de cabelos ruivos estava diante dela antes que Lila chegasse ao chão, a lâmina já descendo num arco na direção do seu peito.

Lila ergueu os braços para bloquear a faca que descia cortando, os cabos das lâminas colidindo no ar em frente ao seu rosto. Um sorriso maldoso perpassou os lábios de Ojka quando a arma na sua mão se estendeu subitamente, o metal se afinando numa ponta de aço que se projetou para os olhos de Lila...

A cabeça de Lila pendeu para o lado quando o metal golpeou vidro e um som afiado de algo rachando reverberou no seu crânio. A faca, tendo atingido o seu olho falso, derrapou arranhando o chão de mármore. Uma gota de sangue escorreu pela sua bochecha onde a lâmina cortou a pele, como uma única lágrima carmesim.

Lila piscou, consternada.

A piranha tinha tentado enfiar uma faca no seu olho.

Felizmente, ela escolhera o olho errado.

Ojka olhou para baixo, presa num instante de confusão.

E um instante era tudo de que Lila precisava.

Sua própria faca, ainda erguida, agora cortou lateralmente, desenhando um sorriso vermelho ao longo da garganta da mulher.

A boca de Ojka abriu e fechou como um arremedo da pele aberta no seu pescoço, enquanto o sangue jorrava à sua frente. Ela desabou no chão ao lado de Lila, os dedos envolvendo a ferida larga e profunda: um golpe mortal.

A mulher se contorceu e depois ficou imóvel. Lila cambaleou para trás e para longe da crescente poça de sangue, a dor ainda latejando na panturrilha ferida e na cabeça zumbindo.

Ela se levantou e protegeu o olho despedaçado com uma das mãos.

A segunda lâmina que perdeu estava enterrada numa arandela e ela a retirou de lá, deixando uma trilha de sangue no seu rastro conforme mancava até a porta. Atrás dela, tudo estava silencioso. Ela tentou a maçaneta, mas estava trancada.

Provavelmente havia um feitiço para isso, mas Lila não o conhecia, e ela estava esgotada demais para conjurar ar, madeira ou qualquer outra coisa. Então, em vez disso, ela reuniu o que restava das suas forças e arrombou a porta com um chute.

VII

Kell encarou o teto, o mundo lá no alto tão distante e mais longínquo a cada respiração.

E então ouviu uma voz — a voz de *Lila* —, e ela era como um anzol o puxando de volta à superfície.

Ele arquejou e tentou se sentar. Não conseguiu. Tentou outra vez. Uma dor reverberou pelo seu corpo quando conseguiu se apoiar num dos joelhos. Em algum lugar longe dali, ele escutou o barulho de uma bota quebrando madeira. Uma tranca se partindo. Conseguiu ficar de pé ao mesmo tempo que a porta se abria, e lá estava ela, uma sombra tracejada na luz. E então a visão dele perdeu o foco e ela se tornou um borrão correndo na sua direção.

Kell ainda conseguiu dar um passo hesitante antes que as suas botas escorregassem na poça de sangue, antes que o choque e a dor o fizessem mergulhar na escuridão. Ele sentiu as pernas falhando pouco antes que braços quentes envolvessem a sua cintura conforme ele caía.

— Peguei você — falou Lila, tombando com ele até o chão.

A cabeça de Kell pendeu no ombro dela, e ele sussurrou rouco no casaco dela, tentando formar as palavras. Quando ela não entendeu, ele arrastou as mãos quebradas e ensanguentadas, os dedos dormentes mais uma vez se fechando ao redor da gargantilha no pescoço.

— Tire... isso — engasgou Kell.

O olhar de Lila — havia algo errado com os olhos dela? — percorreu o metal por um instante antes que ela envolvesse a gargantilha com ambas as mãos. Ela sibilou quando seus dedos encontraram o metal, mas não soltou, fazendo uma careta ao tatear o objeto até encontrar o fecho na base do pescoço de Kell. A gargantilha se abriu e ela a jogou do outro lado do cômodo.

O ar voltou aos pulmões de Kell e o calor verteu pelas suas veias. Por um instante, cada nervo no seu corpo cantou, primeiro com a dor e depois com o poder, conforme a magia retornava numa corrente elétrica. Ele arquejou e se curvou, o peito arfando e as lágrimas rolando pelo rosto conforme o mundo ao seu redor pulsava e ondulava, ameaçando pegar fogo. Até mesmo Lila deve ter sentido, uma vez que deu um pulo para trás, afastando-se enquanto o poder de Kell emergia e se assentava, reivindicando cada gota roubada.

Mas ainda faltava algo.

Não, pensou Kell. *Por favor, não*. O eco. A segunda pulsação. Ele baixou os olhos para as mãos em frangalhos, o sangue e a magia ainda pingando dos seus pulsos, mas nada daquilo importava. Ele atacou o próprio peito, rasgando a túnica sobre o selo que ainda estava ali, mas sob as cicatrizes e o feitiço apenas um coração batia. Apenas um...

— Rhy — falou ele, pronunciando a palavra em meio a um soluço. Um apelo. — Não consigo... Ele está...

Lila o pegou pelos ombros.

— Olhe para mim — disse ela. — O seu irmão ainda estava vivo quando eu parti. Tenha um pouco de fé. — As palavras dela eram vazias, e o medo dele ricocheteou dentro delas, preenchendo o espaço. — Além do mais — continuou —, você não pode ajudá-lo daqui.

Ela observou o cômodo e viu a estrutura de metal cujas algemas estavam recobertas de algo pegajoso e vermelho, a mesa ao lado dela, cheia de ferramentas, a gargantilha de metal jogada no chão, antes que a sua atenção voltasse para ele. *Havia* algo errado com os olhos dela. Um deles exibia o castanho usual, mas o outro estava repleto de rachaduras.

— Seu olho — começou ele, porém Lila o impediu de continuar com um aceno de mão.

— Agora não. — Ela se levantou. — Vamos, temos que sair daqui.

Mas Kell sabia que não tinha condições de ir a lugar nenhum. As mãos dele estavam fraturadas e feridas, o sangue ainda corria em filetes pelos seus punhos. Sua cabeça girava sempre que se mexia e, quando ela tentou ajudá-lo, ele sequer conseguiu ficar totalmente de pé antes que o seu corpo oscilasse e desabasse novamente. Ele deixou escapar um arquejo sufocado de frustração.

— Isso não combina com você — comentou ela, pressionando com os dedos um corte acima do tornozelo. — Fique quietinho, eu vou te remendar.

Kell arregalou os olhos.

— Espere! — exclamou ele, esquivando-se do toque dela.

Os lábios de Lila se encresparam.

— Você não confia em mim?

— Não.

— Azar o seu — retrucou ela, pressionando com a mão ensanguentada o ombro dele. — Qual é a palavra, Kell?

O cômodo sacudiu quando ele balançou a cabeça.

— Lila, eu não acho...

— Qual é a porra da palavra?

Ele engoliu em seco e respondeu, trêmulo:

— *Hasari. As Hasari.*

— Tudo bem — falou ela, segurando-o com mais força. — Pronto? — E então, antes que ele pudesse responder, ela conjurou o feitiço. — *As Hasari.*

Nada aconteceu.

Os olhos de Kell se agitaram de alívio, exaustão, dor.

Lila franziu o cenho.

— Eu pronunciei direito...

Uma luz estourou entre eles, a força da magia os atirando para lados opostos como fragmentos de uma explosão.

As costas de Kell atingiram o chão e Lila se chocou com a parede mais próxima com um baque seco.

Ele ficou ali deitado, arquejando, tão pasmo que por um segundo não soube dizer se havia de fato funcionado. Mas, em seguida, ele flexionou os dedos e sentiu os destroços das mãos e dos pulsos sendo remendados, a pele lisa e quente por baixo dos filetes de sangue, sentiu o ar se mover livremente nos pulmões, sentiu o vazio sendo preenchido e o que estava quebrado sendo consertado. Quando se sentou, o cômodo não girou. A pulsação martelou nos seus ouvidos, mas o sangue estava de volta às suas veias.

Lila ficou jogada no chão contra a parede, massageando a parte de trás da cabeça e gemendo baixinho.

— Maldita magia — resmungou ela quando ele se ajoelhou ao seu lado. Ao vê-lo ileso, ela exibiu um sorriso convencido e triunfante.

— Eu disse que ia funcion...

Kell a interrompeu, segurando o rosto dela nas suas mãos ensanguentadas e a beijando de uma vez só, de um jeito íntimo e desesperado. Um beijo entrelaçado com sangue e pânico, dor, medo e alívio. Ele não perguntou como ela o encontrou. Não a repreendeu por isso, mas apenas disse:

— Você é *louca*.

Ela conseguiu dar um sorriso tímido e exausto.

— De nada.

Ele a ajudou a se levantar e pegou o próprio casaco, que estava amarfanhado sobre a mesa onde Holland — Osaron — o havia deixado.

Mais uma vez, Lila vasculhou o cômodo com o olhar.

— O que aconteceu, Kell? Quem fez isso com você?

— Holland.

Ele viu que o nome a atingiu como um soco e pensou nas imagens que passaram pela sua mente, as mesmas que dominaram a dele quando se viu frente a frente com o novo rei da Londres Branca e percebeu que não era um estranho, mas um inimigo conhecido. O *Antari* com olhos de duas cores, um de tom esmeralda, o outro preto. O mago preso ao serviço dos gêmeos Dane. Aquele que ele havia assassinado e empurrado para o abismo entre mundos.

Porém, Kell sabia que Lila trazia outra imagem na sua mente: a do homem que matou Barron e atirou o seu relógio ensanguentado aos pés dela só para provocá-la.

— Holland está morto — retrucou ela com frieza.

Kell meneou a cabeça.

— Não. Ele sobreviveu. E voltou. Ele está...

Gritos soaram do outro lado da porta.

Sons de passos ecoaram no chão de pedra.

— Droga — rosnou Lila, o olhar percorrendo o corredor. — Temos mesmo que sair daqui.

Kell se virou para a porta, mas ela já estava um passo à frente, com um lin da Londres Vermelha na mão ensanguentada que buscava a dele, enquanto ela levava a outra até a mesa.

— *As...* — começou Lila.

Kell arregalou os olhos.

— Espere, você não pode simplesmente...

— ... *Travars.*

Os guardas invadiram o cômodo enquanto ele se dissolvia, o chão cedia e eles caíam.

Descendo por uma Londres até outra.

Kell se preparou para o impacto, mas o chão nunca os atingiu. Não estava ali. O castelo se transformou em noite, as paredes e o chão deram lugar ao ar gélido, à luz vermelha do rio, às ruas fervilhantes e aos telhados com campanários que vinham na direção deles enquanto caíam.

Havia regras quando se tratava de fazer portas.

A primeira — e, na opinião de Kell, a *mais* importante — era a de que é possível se mover entre dois lugares num mesmo mundo, ou entre dois mundos num mesmo lugar.

Exatamente o mesmo lugar.

Por isso era tão importante ter certeza de que os seus pés estavam no chão e não sobre, digamos, o piso de um castelo a dois andares de altura, porque era provável que não houvesse o piso de um castelo no outro mundo.

Kell tentou avisar isso a Lila, mas era tarde demais. O sangue já estava na mão dela, o símbolo já estava na palma da sua mão, e, antes que ele pudesse emitir as palavras, antes que pudesse dizer algo além de *não*, eles já estavam caindo.

Eles mergulharam através do piso, através do mundo, e através de diversos metros noite de inverno adentro antes de colidir com o telhado inclinado de uma construção. As telhas estavam semicongeladas e eles deslizaram por mais alguns metros antes de se agarrarem aos canos de escoamento. Ou, melhor, Kell se agarrou. O metal sob as botas de Lila envergou abruptamente e ela teria despencado pela lateral se ele não a tivesse segurado pelo pulso e arremessado de volta para cima das telhas ao seu lado.

Por um longo tempo, nenhum dos dois falou, ficaram apenas deitados no telhado inclinado, exalando nuvens de respiração trêmulas no ar da noite.

— No futuro — disse Kell por fim —, certifique-se de que você está pisando *na rua*.

Lila exalou uma nuvem vacilante.

— Anotado.

O telhado frio ardia na pele corada de Kell, mas ele não se mexeu, não a princípio. Ele não conseguia — não conseguia pensar, não conseguia sentir, não conseguia se forçar a fazer algo que não fosse olhar para cima e admirar as estrelas. Pontos delicados de luz contra o céu azul noturno — o céu *dele* — tracejado com nuvens cujas bordas eram tingidas com o vermelho que emanava do rio, tudo tão normal, intocado e alheio ao que havia acontecido que de repente ele quis gritar. Porque, mesmo que Lila tivesse curado o seu corpo, ele ainda se sentia ferido, assustado e vazio, e tudo o que queria era fechar os olhos e afundar novamente para encontrar aquele lugar escuro e silencioso sob a superfície do mundo. O lugar em que Rhy... Rhy... Rhy...

Ele se forçou a sentar.

Precisava encontrar Osaron.

— Kell — começou Lila, mas ele já estava pulando do telhado e caindo na rua abaixo.

Poderia ter conjurado o vento para amenizar a queda, mas não o fez, mal sentiu a dor latejando nas suas canelas quando aterrissou nas pedras. Um instante depois, ouviu o barulho suave de um corpo caindo e Lila aterrissando agachada ao lado dele.

— Kell — repetiu ela, mas ele já atravessava a rua até o muro mais próximo, tirando a faca do bolso do casaco e entalhando uma linha na pele recém-curada. — Droga, Kell.

Ela agarrou a manga dele e lá estava Kell de novo, olhando fixamente para aqueles olhos castanhos, um inteiro e outro estilhaçado. Como poderia saber? Como poderia *não* saber?

— O que você quer dizer com *Holland está aqui*?

— Ele...

Algo se partiu dentro dele, e Kell estava de volta ao pátio com a mulher de cabelos vermelhos, *Ojka*, seguindo-a através de uma porta no mundo para uma Londres que não fazia sentido, uma Londres que deveria estar em ruínas mas não estava, uma Londres colorida demais. E lá estava o novo rei, jovem e saudável, porém inconfundível. Holland. E então, antes que Kell pudesse compreender a presença do *Antari*, houve o frio terrível da gargantilha enfeitiçada, a dor excruciante de ser extirpado de si mesmo, de tudo, a armação de metal penetrando nos pulsos. E o olhar de Holland conforme ele se tornava outra pessoa, o som entrecortado da própria voz de Kell implorando enquanto o seu segundo coração falhava dentro do peito e o demônio dava as costas e...

Kell subitamente se encolheu. Estava de volta à rua, o sangue pingando dos seus dedos e Lila a alguns centímetros do seu rosto. E ele não saberia dizer se ela o havia beijado ou batido nele, sabia apenas que a sua cabeça latejava e que algo dentro dele ainda gritava.

— É ele — disse Kell com voz rouca —, mas não é. É... — Kell meneou a cabeça. — Eu não sei, Lila. De alguma forma, Holland chegou à Londres Preta e algo entrou dentro dele. É como Vitari, mas pior. E está... *vestindo* Holland.

— Então o verdadeiro Holland está morto? — perguntou Lila enquanto ele desenhava um símbolo nas pedras.

— Não — respondeu Kell, pegando a mão dela. — Ele ainda está lá em algum lugar. E agora ambos estão aqui.

Kell pressionou a palma da mão ensanguentada no muro e, desta vez, quando ele proferiu o feitiço, a magia respondeu sem esforço e misericordiosamente ao seu toque.

VIII

Emira se recusou a sair do lado de Rhy.

Nem quando os gritos dele se transformaram em soluços presos na garganta.

Nem quando a sua pele febril ficou pálida e as suas feições sem vida.

Nem quando a sua respiração parou e o seu pulso falhou.

Nem quando o quarto ficou silencioso, nem quando explodiu em caos e a mobília sacudiu, as janelas se estilhaçaram e os guardas tiveram de arrancar Alucard Emery da cama. Nem quando Maxim e Tieren tentaram retirar as mãos dela do corpo dele, porque não entendiam.

Uma rainha pode abandonar o trono.

Mas uma mãe *jamais* abandona um filho.

— Kell não vai deixá-lo morrer — disse em meio ao silêncio. — Kell não vai deixá-lo morrer — disse em meio ao barulho. — Kell não vai deixá-lo morrer — disse repetidamente para si mesma quando eles pararam de ouvir.

O quarto se tornou uma tempestade, mas ela permaneceu perfeitamente imóvel ao lado do filho.

Emira Maresh, que via rachaduras nas coisas mais lindas e passava pela vida com medo de quebrá-las ainda mais. Emira Nasaro, que jamais desejou ser rainha, que jamais quis ser responsável por legiões de pessoas e suas tristezas, suas alegrias. Que nunca pensou em trazer um filho a este mundo perigoso, e que agora se recusava a acreditar que o seu menino forte e belo... O coração dela...

— Ele está morto — declarou o sacerdote.

Não.

— Ele está morto — disse o rei.

Não.

— Ele está morto — falaram todas as vozes exceto a dela, porque não entediam que, se Rhy estivesse morto, então Kell também estava, e isso não aconteceria, isso *não podia* acontecer.

E, ainda assim...

Seu filho não se movia. Não respirava. A pele dele, tão recentemente fria, havia assumido uma horrível palidez cinzenta, seu corpo esquelético e encovado como se tivesse morrido há semanas, meses, em vez de minutos. A camisa dele permanecia aberta, revelando o selo no peito e as costelas tão terrivelmente visíveis debaixo da pele que um dia foi negra.

Os olhos dela ficaram embaçados com as lágrimas, mas ela não as deixaria escorrer, porque chorar significaria estar de luto, e ela não ficaria de luto pelo seu filho porque ele *não estava morto.*

— Emira — implorou o rei quando ela baixou a cabeça sobre o peito demasiadamente parado de Rhy.

— Por favor — sussurrou ela, e a palavra não era um apelo ao destino, à magia, aos santos, aos sacerdotes ou ao Atol. Era a Kell. — Por favor.

Quando ela ergueu o olhar, quase pôde ver um lampejo prateado no ar — um fio de luz —, mas, a cada segundo que passava, o corpo sobre a cama apresentava menos semelhanças com o seu filho.

Os dedos dela afastaram o cabelo dos olhos de Rhy, e ela lutou para reprimir um tremor ao ver os cachos ressecados, a pele sem viço. Ele estava se desfazendo diante dos seus olhos, o silêncio pontuado apenas pelo crepitar seco dos ossos se acomodando, o som que lembrava as brasas de uma chama moribunda.

— Emira.

— Por favor.

— Vossa Majestade.

— Por favor.

— Minha rainha.

— Por favor.

Ela começou a cantarolar — não uma canção nem uma oração, mas, sim, um feitiço que ela havia aprendido quando era só uma menina. Um feitiço que ela cantara centenas de vezes quando Rhy era garoto. Um feitiço para adormecer. Para ter bons sonhos.

Para se libertar.

Ela estava quase chegando ao fim quando o príncipe arfou.

IX

Num instante, Alucard era arrastado para fora do quarto do príncipe; no instante seguinte, ficou lá, esquecido. Ele não notou a repentina ausência de peso nos braços. Não notou nada além do brilho dos fios luminescentes e do som da respiração de Rhy.

O arquejo do príncipe foi fraco, quase inaudível, mas reverberou pelo quarto, ouvido por todos, por cada um dos presentes enquanto a rainha, o rei e os guardas respiraram chocados, maravilhados, aliviados.

Alucard se apoiou no batente da porta, as pernas ameaçando ceder.

Ele *viu* Rhy morrer.

Viu os últimos fios desaparecerem do peito do príncipe, viu Rhy ficar imóvel, viu a deterioração imediata e impossível.

Mas agora, enquanto observava, tudo estava desfeito.

O feitiço retornou diante dos seus olhos, uma chama subitamente acesa das brasas. Não, das cinzas. Os fios emergiram como água jorrando de uma represa rachada antes de envolverem como braços ferozes e protetores o corpo de Rhy, que respirou pela segunda e pela terceira vez. E, entre cada inspiração e expiração, o cadáver do príncipe voltava à vida.

A carne voltou a preencher os espaços em torno dos ossos. A cor invadiu as maçãs encovadas do rosto. Tão rápido como havia se deteriorado, ele agora revivia, todos os sinais de dor e tensão se amainaram numa máscara de calma. Os seus cabelos pretos se assentavam na testa em cachos perfeitos. O peito subia e descia com o ritmo gentil de um sono profundo.

E, enquanto Rhy dormia sossegado, o quarto à sua volta mergulhava num novo tipo de caos. Alucard entrou aos tropeços. Vozes se sobrepunham em camadas de som sem sentido. Alguns gritavam e outros sussurravam palavras de oração, agradecimentos pelo que acabaram de testemunhar, ou apenas para proteção.

Alucard estava no meio do caminho para a cabeceira de Rhy quando a voz do rei Maxim irrompeu no burburinho.

— Ninguém falará sobre isso — determinou ele, a voz trêmula enquanto endireitava a postura. — O baile em homenagem ao vencedor começou e deve ir até o fim.

— Mas, senhor... — começou um dos guardas ao mesmo tempo que Alucard alcançava a cama de Rhy.

— O príncipe está indisposto — interrompeu o rei. — Nada além disso. — O olhar dele se fixou, duro, sobre cada um deles. — Hoje à noite há aliados demais no palácio, e muitos inimigos em potencial.

Alucard não dava a mínima para o baile ou para o torneio, nem para as pessoas que estavam fora daquele quarto. Queria apenas tocar a mão do príncipe. Sentir o calor da sua pele e assegurar aos próprios dedos trêmulos, ao próprio coração ferido, que aquilo não era algum tipo de truque terrível.

O quarto se esvaziou ao redor dele. Primeiro o rei, depois os guardas e os sacerdotes, até que restavam apenas a rainha e Alucard, silenciosos, olhando para o príncipe adormecido.

Alucard esticou o braço, a sua mão se fechou sobre a de Rhy e, quando ele sentiu o batimento no pulso do príncipe, não parou para analisar a impossibilidade do que havia presenciado, não se perguntou que magia proibida poderia ser forte o suficiente para atrelar vida à morte.

Tudo o que importava — tudo o que *sempre* importou — era isso. Rhy estava vivo.

X

Kell cambaleou para sair das ruas e entrar no seu quarto no palácio, repentinamente atingido pela luz, pelo calor e pela impossível normalidade. Era como se uma vida não tivesse sido estilhaçada, como se um mundo não tivesse sido despedaçado. O tecido fino ondulava em camadas vindas do teto, e havia uma enorme cama com cortinas num estrado perto de uma parede, com a mobília de madeira escura com adornos em ouro. No andar superior, ele ouvia os sons do baile em homenagem ao vencedor.

Como o baile podia ainda estar acontecendo?

Como eles podiam *não* saber?

É *claro* que o rei manteria o baile do vencedor como planejado, pensou Kell com amargura. Esconderia a situação do próprio filho dos olhos predadores de Vesk e Faro.

— O que quer dizer com "Holland está aqui"? — indagou Lila. — Aqui em Londres ou aqui em "bem aqui"? — Ela seguiu no encalço dele, mas Kell já atravessava as portas do seu quarto. O quarto de Rhy ficava no fim do corredor, as portas de cerejeira e ouro completamente fechadas.

O espaço entre os quartos estava lotado de homens e mulheres; guardas, *vestra* e sacerdotes. Eles se viraram abruptamente ao ver Kell, que estava sem camisa por baixo do casaco, o cabelo emplastrado na cabeça e a pele recoberta de sangue escorrido. Nos olhos deles, Kell viu o choque e o horror, a surpresa e o medo.

Eles se moveram, alguns na direção de Kell e outros para o lado oposto, mas todos estavam no seu caminho. Então Kell conjurou uma rajada de vento, forçando-os a se afastar enquanto ele atravessava a multidão até a porta do quarto de Rhy.

Ele não queria entrar lá.

Ele *tinha* de entrar lá.

O grito na sua mente ficava pior a cada passo e ainda pior conforme Kell abria as portas e derrapava pelo cômodo, ofegante.

A primeira coisa que viu foi o rosto da rainha, pálido de tristeza.

A segunda foi o corpo do irmão, estirado na cama.

A terceira, e última, foi o peito de Rhy subindo e descendo.

Com esse pequeno e abençoado movimento, o peito do próprio Kell se agitou.

A tempestade na sua mente, fragilmente contida até então, agora irrompia. A súbita e violenta enxurrada de medo, tristeza, alívio e esperança dando lugar a uma calma reverberante.

O corpo dele se curvou com o alívio; Rhy estava vivo. Kell apenas não havia sentido o débil retorno do coração de Rhy através do próprio pulso frenético e errático. Mesmo agora era sutil demais para ser sentido. Mas Rhy estava vivo. Ele estava vivo. Ele estava *vivo*.

Os joelhos de Kell cederam, mas, antes que ele chegasse ao chão, ela o apoiou — desta vez não era Lila, mas a rainha. Ela não impediu a queda, mas desmoronou suavemente com ele. Os dedos dela o agarraram, presos com força às dobras do casaco dele, e Kell se preparou para as palavras, para o golpe. Ele havia ido embora. Ele havia falhado com o filho dela. Ele quase havia perdido Rhy — de novo.

Em vez disso, Emira Maresh recostou a cabeça no seu peito nu e ensanguentado e chorou.

Kell ficou ali, ajoelhado e petrificado, antes de erguer os braços cansados e envolver cautelosamente a rainha com eles.

— Eu rezei — sussurrou ela repetidamente enquanto ele a ajudava a se levantar.

O rei estava lá, na soleira da porta, sem fôlego, como se tivesse corrido pelo palácio inteiro, e Tieren estava ao seu lado. Maxim avançou, intempestivo, e mais uma vez Kell se preparou para o ataque, mas o rei não disse nada. Apenas envolveu Kell e Emira ao mesmo tempo num abraço silencioso.

Não era um abraço suave. O rei se apoiava em Kell como se ele fosse a única estrutura de pé numa tempestade violenta. Segurava tão firme que doía, mas Kell não se desvencilhou.

Quando enfim Maxim se afastou, levando Emira com ele, Kell foi até a cama do irmão. Até Rhy. Levou uma das mãos ao peito do príncipe apenas para sentir a pulsação. E lá estava novamente, estável, impossível, e, quando o seu próprio coração começou a se acalmar, ele sentiu Rhy mais uma vez por trás das suas costelas, aninhado no seu peito, um eco, ainda distante mas se aproximando mais a cada batida.

O irmão de Kell não parecia um homem perto da morte.

A cor estava vívida nas suas faces, e o cabelo cacheado sobre a testa era preto, brilhante e abundante, um contraste com as almofadas reviradas e os lençóis amassados que denotavam sofrimento e esforço. Kell baixou a cabeça e pressionou os lábios na testa de Rhy, desejando acordá-lo e vê-lo gracejando sobre donzelas em perigo, feitiços ou beijos de amor verdadeiro. Mas o príncipe não se mexeu. As suas pálpebras não estremeceram. O pulso não acelerou.

Kell apertou gentilmente o ombro do irmão, mas nem assim o príncipe acordou, e ele teria sacudido Rhy se Tieren não tivesse tocado o pulso de Kell, guiando a sua mão para longe.

— Tenha paciência — disse o *Aven Essen*, com gentileza.

Kell engoliu em seco e se virou para o quarto, de repente consciente de como estava silencioso apesar da presença do rei, da rainha e do público crescente de sacerdotes e guardas, incluindo Tieren e Hastra, o último agora trajando roupas comuns. Lila estava parada na soleira da porta, pálida de exaustão e alívio. E no canto estava Alucard Emery, cuja vermelhidão dos olhos havia mudado suas íris da cor de tempestade para um azul de pôr do sol.

Kell não foi capaz de perguntar o que havia acontecido, o que eles tinham visto. Todos no quarto sustentavam a mortalha dos assombrados, as feições quase imóveis pelo choque. Estava tudo tão silencioso que Kell conseguia ouvir a música da porcaria do baile do vencedor tocando acima deles.

Tão silencioso que ele conseguia — finalmente — ouvir a respiração de Rhy, sutil e estável.

E Kell desejou ardorosamente que eles pudessem permanecer neste momento, desejou que ele pudesse se deitar ao lado do príncipe, dormir e evitar as explicações, as acusações de derrota e traição. Mas ele via as perguntas nos olhos dos outros enquanto olhavam de Lila para ele, assimilando a sua volta repentina e o seu estado ensanguentado.

Kell engoliu em seco e começou a falar.

XI

A fronteira entre os mundos se abriu como seda sob uma lâmina afiada.

Osaron não encontrou resistência, nada além de sombras e um passo, um instante de vazio — aquela lacuna estreita entre o fim de um mundo e o começo do próximo — antes da bota de Holland, da *sua* bota, encontrar chão firme outra vez.

O caminho entre as Londres dele e a de Holland havia sido difícil, os feitiços antigos porém fortes, os portões fechados e enferrujados. Mas, como em metal velho, havia fraquezas, rachaduras. E, naqueles anos de busca pelo seu trono, Osaron as havia encontrado.

Aquela porta resistiu, mas essa aqui se abriu.

Abriu-se para algo maravilhoso.

O castelo se foi, o frio era menos gélido, e em todo lugar para onde olhava pulsava magia, que traçava linhas diante dos seus olhos, elevando-se do mundo como fumaça.

Tanto poder.

Tanto *potencial*.

Osaron ficou parado no meio da rua e sorriu.

Esse era um mundo que valia a pena moldar.

Um mundo que adorava magia.

E que *o* adoraria.

Música pairava na brisa, sutil como um carrilhão distante, e havia luz e vida por todos os lados. Mesmo as sombras mais escuras aqui eram poças rasas comparadas ao seu mundo, ao de Holland. O ar era rico com o aroma de flores e vinho de inverno, com o zumbido de energia, a inebriante pulsação de poder.

A moeda pendia entre os dedos de Osaron e ele a jogou para longe, atraído pela luz crescente do centro da cidade. A cada passo ele sentia que ficava mais forte, a magia invadindo os seus pulmões, o seu sangue. Ao longe, um rio brilhava vermelho, com uma pulsação tão forte, tão vital, enquanto a voz de Holland era uma batida de coração desvanecente na sua mente.

— *As Anasae* — sussurrou Holland de novo e de novo, tentando dispersar Osaron como se fosse uma maldição comum.

Holland, ralhou ele, *não sou um mero feitiço que possa ser desfeito*.

Uma tábua de divinação estava pendurada ali perto e, quando seus dedos roçaram nela, enroscaram-se nos fios de magia, e o feitiço tremulou e se transformou, as palavras mudando para a marca *Antari* da escuridão. Das sombras. *Dele*.

Conforme Osaron passava de lampião em lampião, as chamas aumentavam, estilhaçando o vidro e se derramando noite adentro enquanto as ruas sob suas botas se tornavam pretas e lisas, a escuridão se espalhando como gelo. Feitiços se desfaziam ao seu redor, os elementos se transformando em outros conforme o espectro se inclinava: fogo em ar, ar em água, água em terra, terra em pedra, pedra em magia, magia, *magia*...

Um grito soou atrás dele junto do som de cascos quando uma carruagem passou. O homem segurando as rédeas o xingou numa língua que ele nunca tinha ouvido, mas as palavras eram costuradas juntas assim como os feitiços, e as letras se desenrolaram e se realinharam na mente de Osaron, assumindo uma forma que ele conhecia.

— Saia da frente, seu imbecil!

Os olhos de Osaron se estreitaram, buscando as rédeas do cavalo.

— *Não sou imbecil* — disse ele. — *Sou um deus.*

Ele apertou as tiras de couro com mais força.

— *E deuses devem ser adorados.*

Uma sombra se espalhou pelas rédeas na velocidade da luz. Ela se fechou sobre as mãos do condutor, e o homem arquejou conforme a magia de Osaron escorria por debaixo da sua pele e entrava nas veias, envolvendo músculos, ossos e coração.

O condutor não lutou contra a magia, ou, se o fez, a batalha foi rapidamente perdida. Ele ao mesmo tempo pulou e caiu do assento da carruagem para se prostrar aos pés do rei das sombras e, quando olhou para cima, Osaron viu o eco fumacento da sua forma verdadeira girando nos olhos do homem.

Osaron o analisou: os fios de poder que obedeciam ao seu comando eram débeis, fracos.

Então, pensou ele, *esse é um mundo poderoso, mas nem todos que o habitam são poderosos.*

Ele poderia encontrar uma utilidade para os fracos. Ou apenas usá-los. Eram como gravetos, secos porém finos, queimavam rápido, mas não por tempo suficiente para mantê-lo aceso.

— *Levante-se* — ordenou ele, e, quando o homem se pôs de pé com dificuldade, Osaron esticou o braço e agarrou o pescoço do condutor sem muita força, curioso com o que aconteceria se ele derramasse mais de si mesmo numa casca tão simplória. Imaginou o quanto ela aguentaria.

Os seus dedos apertaram mais forte e as veias sob eles incharam, ficaram pretas e se partiram através da pele do homem. Centenas de fissuras mínimas brilharam conforme o homem começou a *queimar* com a magia, a sua boca aberta num grito eufórico e silencioso. Sua pele se soltou e seu corpo incandesceu em brasas vermelhas e depois pretas até que ele finalmente se *despedaçou*.

A mão de Osaron ficou pairando, as cinzas se espalhando pelo ar da noite.

Ele estava tão absorto no momento que *quase* não reparou em Holland tentando emergir mais uma vez, escalar por aquela lacuna na sua atenção.

Osaron fechou os olhos, voltando a concentração para dentro de si.

Você está se tornando desagradável.

Ele enrolou os fios da mente de Holland nos dedos e puxou até que, no fundo da sua cabeça, o *Antari* deu um grito gutural. Até que a resistência — *e o barulho* — finalmente se despedaçaram como o condutor na rua, como cada coisa mortal que havia tentado ficar no caminho de um deus.

No silêncio subsequente, Osaron voltou a atenção para a beleza do seu novo reino. As ruas, vivas e cheias de pessoas. O céu, vivo com centenas de estrelas. O palácio, vivo com a luz — Osaron se maravilhou com este último, porque não era um palácio achatado como o do mundo de Holland, mas uma estrutura de vidro e ouro que se erguia e parecia perfurar o céu, um lugar realmente digno de um rei.

O restante do mundo parecia um borrão em volta do ponto deslumbrante que era o palácio enquanto ele andava pelas ruas. Avistou o rio, de um vermelho pulsante, e o ar ficou preso no seu peito.

Lindo. Desperdiçado.

Poderíamos ser muito mais.

Um mercado fervilhava em tons de vermelho e ouro ao longo da margem do rio, e, à frente, a escadaria do palácio estava repleta de buquês de flores recobertos de geada. Quando as suas botas pisaram no primeiro degrau, uma fileira de flores perdeu a camada de gelo e floresceu de volta às suas cores vivas.

Ele se controlou por tempo demais.

Tempo demais.

A cada passo a cor se espalhava; as flores cresciam sem controle, botões se abrindo e pedúnculos brilhando com espinhos, todos se derramando pela escadaria num tapete verde e dourado, branco e vermelho.

E tudo isso prosperava — *ele* prosperava — neste mundo estranho e rico, tão maduro e pronto para ser colhido.

Ah, ele faria coisas estupendas.

No seu encalço, as flores mudaram de novo, e de novo, e de novo, as pétalas se transformando em gelo, e o gelo em pedra. Uma desordem de cores, um caos de formas até que, finalmente, subjugadas por essa transformação eufórica, tornaram-se pretas e lisas como vidro.

Osaron alcançou o topo da escadaria e ficou cara a cara com um grupo de homens que esperava por ele diante das portas. Falavam com ele e, por um instante, ele simplesmente ficou ali e deixou as palavras se derramarem, emaranhadas, pelo ar, nada além de sons grosseiros desordenando a sua noite perfeita. Em seguida, ele suspirou e lhes deu forma.

— Eu disse *pare* — advertiu um dos guardas.

— Não se aproxime mais — ordenou um segundo enquanto desembainhava uma espada, o gume reluzindo com feitiços. Para enfraquecer magia. Osaron quase sorriu, apesar do gesto ainda parecer duro no rosto de Holland.

Havia apenas uma palavra para *parar* na língua dele — *anasae* —, mas significava apenas desfazer, desmanchar. Uma palavra para encerrar a magia, mas tantas outras para fazê-la *crescer, se espalhar, mudar.*

Osaron ergueu uma das mãos, um gesto causal, o poder espiralando dos seus dedos e indo na direção daqueles homens nas suas cascas finas de metal, onde...

Uma explosão rasgou o céu acima deles.

Osaron ergueu a cabeça e viu, acima do palácio, uma esfera de luz colorida. E então outra, e mais outra, em estouros de vermelho e dourado. Gritos de alegria o alcançaram através do vento e ele sentiu a ressonância da pulsação dos corpos que estavam lá em cima.

Vida.

Poder.

— Pare — disseram os homens no seu idioma atrapalhado.

Mas Osaron estava apenas começando.

O ar rodopiou ao redor dos seus pés e ele pairou, erguendo-se no meio da noite.

DOIS

CIDADE NAS SOMBRAS

I

Kisimyr Vasrin estava um pouco bêbada.

Não de forma desagradável, apenas o suficiente para esmaecer as chatices do baile do vencedor, tornar mais belos os rostos no terraço e amenizar as conversinhas sem sentido, transformando-as em algo mais agradável. Ela ainda conseguiria se sair bem numa briga, e era assim que julgava a bebedeira: não por quantas copos havia tomado, mas por quão rápido conseguia transformar o conteúdo dos mesmos em armas. Ela inclinou o cálice, entornando todo o vinho, e o observou congelar e se transformar numa faca antes de aterrissar na sua outra mão.

Isso, pensou ela, reclinando-se sobre as almofadas. *Ainda estou bem.*

— Você está de mau humor — soou a voz de Losen de algum lugar atrás do sofá.

— Que bobagem — disse ela, arrastando as palavras. — Estou comemorando. — Ela inclinou a cabeça para olhar o pupilo e acrescentou secamente: — Não deu para perceber?

O jovem riu e os seus olhos se iluminaram.

— Como quiser, *mas arna*.

Arna. Santos, quando ela ficou velha o bastante para ser chamada de senhora? Não tinha nem 30 anos. Losen se afastou para dançar com uma nobre bastante jovem, então Kisimyr esvaziou o cálice e se recostou para observar, os ornamentos de ouro tilintando nos cabelos.

O terraço era agradável o bastante para uma festa, com colunas que se erguiam em coroas protuberantes que apontavam para o céu noturno, lareiras esféricas que aqueciam o ar da noite de inverno e piso de mármore tão branco que resplandecia como nuvens iluminadas pelo luar. Mas Kisimyr sempre preferiu a arena. Ao menos numa luta ela sabia como agir, conhecia o objetivo do exercício. Aqui, em sociedade, ela deveria sorrir, fazer mesuras e o pior: *socializar*. Kisimyr odiava socializar. Ela não pertencia à *vestra*, nem à *ostra*, apenas à boa e velha linhagem de Londres, carne e osso e uma boa dose de magia. Uma boa dose aperfeiçoada.

À sua volta, os outros magos bebiam e dançavam, as máscaras apoiadas de lado como ornamentos nos ombros ou usadas como capuzes sobre os cabelos. Aquelas sem rosto lembravam enfeites, ao passo que aquelas com feições humanas lançavam expressões enervantes vindas da nuca ou das suas capas. A própria máscara felina de Kisimyr estava apoiada no sofá, amassada e chamuscada de tantas lutas no ringue.

Kisimyr não estava em clima de festa. Ela sabia fingir que estava bem, mas ainda fervia de raiva por causa da partida final. Foi uma disputa apertada, e ela perdeu por pouco.

Mas, de todas as pessoas para quem podia ter perdido, tinha de ser para aquele menininho nobre e desagradável, Alucard Emery.

E onde estava o desgraçado? Nem sinal dele. Nem do rei e da rainha, a propósito. Nem do príncipe. Nem do irmão dele. O que era estranho. O príncipe e a princesa de Vesk estavam ali, rondando como se estivessem espreitando uma presa, enquanto o regente de Faro mantinha a própria corte perto de uma das colunas. Mas a família real arnesiana havia desaparecido.

A pele dela formigou num alerta como fazia antes de um oponente se mover no ringue. Havia algo errado.

Não havia?

Santos, ela não tinha certeza.

Um servo usando vermelho e dourado passou por ela, e Kisimyr pegou uma bebida da bandeja, vinho com especiarias, que fez cócegas no seu nariz e aqueceu os seus dedos antes de tocar a língua.

Mais dez minutos e ela iria embora, disse a si mesma.

Afinal de contas, ela era uma campeã, mesmo que não tivesse vencido este ano.

— Senhora Kisimyr?

Ela ergueu os olhos para o jovem da *vestra*, belo e bronzeado, as pálpebras pintadas de dourado para combinar com a faixa sobre a roupa. Ela olhou ao redor, procurando Losen, e logo encontrou o pupilo observando, parecendo tão presunçoso quanto um jovem gato oferecendo um rato.

— Meu nome é Viken Rosec... — começou o nobre.

— E eu não estou com vontade de dançar — interrompeu ela.

— Então — disse ele com timidez —, talvez eu possa lhe fazer companhia.

Ele não esperou por permissão e ela pôde sentir o sofá afundando ao seu lado. Mas a atenção de Kisimyr já estava longe do rapaz, no vulto de pé na beirada do terraço. Num instante, a área estava vazia e escura, e, no momento seguinte, enquanto os últimos fogos de artifício iluminavam o céu, ele surgiu ali. De onde ela se encontrava o homem nada mais era que uma silhueta contra a noite mais escura; porém, a forma como ele olhava ao redor, como se visse o terraço pela primeira vez, deixou-a alarmada. Não era um nobre nem um mago do torneio, e não pertencia a nenhum dos séquitos que ela viu ao longo do *Essen Tasch*.

A curiosidade aumentou e ela se levantou do sofá, deixando para trás a máscara nas almofadas ao lado de Viken, enquanto o estranho entrava por entre duas colunas, revelando uma compleição tão branca quanto a de um veskano, mas com cabelos mais pretos que os dela. Uma meia-capa azul-marinho estava jogada sobre os ombros dele, e na sua cabeça, onde deveria haver uma máscara de mago, havia uma coroa de prata.

Um membro da realeza?

Mas ela nunca o tinha visto antes. Também nunca captara esse aroma peculiar de poder. A magia reverberava por ele a cada passo, e o cheiro de lenha queimada, cinzas e terra recém-revolvida contrastava com as notas florais que enchiam o cômodo ao redor.

Kisimyr não foi a única a notar.

Uma por uma, a cabeça dos presentes no baile se voltou para aquele canto do salão.

A cabeça do próprio estranho fez uma ligeira mesura, como se analisasse o piso de mármore sob as botas pretas e polidas. Ele passou por uma mesa onde alguém deixara um elmo, então passou um dos dedos quase displicentemente pela mandíbula de metal. Conforme o fazia, o objeto se desfazia em cinzas — não, cinzas não, mas areia, em milhares de partículas cintilantes de vidro.

Uma brisa fria as levou embora.

O coração de Kisimyr acelerou.

Sem pensar, os seus próprios pés a carregaram para a frente, acompanhando o estranho passo a passo conforme ele atravessava o terraço, até que ambos estavam em limites opostos do amplo círculo polido utilizado como pista de dança.

A música parou abruptamente, restando apenas acordes dissonantes até finalmente silenciar conforme a estranha figura avançava até o centro da pista de dança.

— *Boa noite* — disse o estranho.

Enquanto falava, ele ergueu a cabeça e os cabelos pretos se moveram, revelando dois olhos completamente pretos, com sombras revolvendo nas suas profundezas.

Aqueles que estavam perto o bastante para olhá-lo nos olhos ficaram tensos e recuaram. Os que estavam mais distantes devem ter percebido a onda de inquietação porque também começaram a se afastar.

Os faroenses observaram, joias dançando nos seus rostos escuros enquanto tentavam entender se aquilo era algum tipo de atração. Os veskanos permaneceram imóveis, esperando que o estranho sacasse uma arma. Os arnesianos, porém, irritaram-se. Dois guardas saíram em disparada para alertar todo o palácio lá embaixo.

Kisimyr manteve a posição.

— *Espero não ter interrompido* — continuou ele, a voz se dividindo em duas, uma suave e a outra retumbante; uma que se espalhava pelo ar como um monte de areia, a outra límpida e cristalina dentro da mente dela. Os olhos pretos dele percorreram o terraço. — *Onde está o seu rei?*

A pergunta reverberou no crânio de Kisimyr e, quando tentou afastar a presença dele, a atenção do estranho se voltou para ela, aterrissando como uma pedra.

— *Poderosa* — ponderou ele. — *Tudo aqui é poderoso.*

— Quem é você? — exigiu saber Kisimyr, a própria voz parecendo débil em comparação com a dele.

O homem pareceu refletir por um instante e então respondeu:

— *O seu novo rei.*

Isso provocou um burburinho na multidão.

Kisimyr esticou um dos braços e a jarra de vinho mais próxima se esvaziou, o conteúdo rumando até os seus dedos e endurecendo na forma de uma lança de gelo.

— Isso é uma ameaça? — perguntou ela, tentando se concentrar no homem e não naqueles olhos assustadores nem naquela voz retumbante. — Sou uma alta maga de Arnes. Uma campeã do *Essen Tasch*. Carrego o honrado selo da Casa Maresh. E não deixarei que você machuque o rei.

O estranho inclinou a cabeça, deliciado.

— *Você é forte, maga* — falou ele, abrindo os braços como se fosse acolher o abraço dela. Seu sorriso se alargou. — *Mas não o suficiente para me deter.*

Kisimyr girou a lança uma vez, de forma quase indolente, e então investiu contra o estranho.

Ela conseguiu dar dois passos antes de o chão de mármore se abrir sob os seus pés, pedra num momento e água no seguinte, e então, antes que ela pudesse alcançá-lo, pedra novamente. Kisimyr arquejou, o corpo estremecendo até parar por completo conforme a pedra endurecia em volta dos seus tornozelos.

Losen começou a correr até ela, mas Kisimyr ergueu uma das mãos num gesto para impedi-lo, sem desviar o olhar do estranho.

Não era possível.

O homem sequer havia se mexido. Não havia tocado a pedra ou dito qualquer coisa para mudar a sua forma. Ele simplesmente a comandara a mudar de uma forma para outra, como se não fosse nada.

— *E não é nada* — disse ele, as palavras preenchendo o ar e entrando furtivamente na mente dela. — *Minha vontade é magia. E magia é minha vontade.*

A pedra começou a escalar as canelas dela enquanto ele continuava a avançar, atravessando o salão até ela em passos longos e lentos.

Atrás dele, Jinnar e Brost atacaram. Eles conseguiram chegar até o limite do círculo antes de serem repelidos com um movimento de pulso, os corpos colidindo forte com as colunas. Nenhum deles se levantou.

Kisimyr rosnou e conjurou o outro aspecto do seu poder. O mármore retumbou sob os seus pés. Ele rachou, partiu-se, e mesmo assim o estranho continuou vindo na direção dela. Quando ela conseguiu se libertar, ele já estava ali, perto o suficiente para beijá-la. Ela sequer sentiu os dedos dele antes que já estivessem em torno do seu pulso. Kisimyr olhou para baixo, chocada com o toque que começou leve como uma pluma e se tornou sólido como pedra.

— *Poderosa* — ponderou ele outra vez. — *Mas você é poderosa o bastante para me suportar?*

Algo foi passado entre eles, de pele para pele, e então foi mais fundo, espalhando-se pelo braço dela e pelo seu sangue. Era estranho e maravilhoso como luz, como mel nas suas veias, doce, quente e...

Não.

Ela tentou rechaçá-lo, forçando a magia a sair, mas os dedos dele apenas apertaram mais forte, e de repente o calor gratificante se tornou uma chama, uma luz que se tornou fogo. Os ossos dela ficaram quentes, sua pele rachou, cada centímetro dela incandesceu e Kisimyr começou a gritar.

II

Kell contou tudo a eles.

Ou ao menos tudo que eles precisavam saber. Ele não contou que seguiu Ojka por vontade *própria*, ainda enfurecido por causa da sua prisão e da briga com o rei. Não contou que ele condenou a vida do príncipe e a sua própria em vez de concordar com as condições da criatura. E não contou que, em determinado momento, ele desistiu. Mas contou ao rei e à rainha de Lila e de como ela salvou a vida dele — e a de Rhy — e o trouxe para casa. Contou que Holland sobreviveu, do poder de Osaron, da gargantilha de metal amaldiçoada e do símbolo da Londres Vermelha nas mãos do demônio.

— Onde está esse monstro agora? — exigiu saber o rei.

Kell se encolheu.

— Não sei. — Ele precisava dizer mais, advertir a todos sobre a força de Osaron, mas tudo o que conseguiu dizer foi: — Vossa Majestade, eu prometo que vou encontrá-lo. — A sua fúria não se manifestou, estava cansado demais para isso, mas queimou com frieza nas veias. — E vou matá-lo.

— Você ficará aqui — declarou o rei, apontando para a cama do príncipe. — Ao menos até que Rhy acorde.

Kell começou a protestar, mas Tieren pousou a mão no seu ombro e ele vacilou sob a influência do sacerdote. Afundou numa cadeira ao lado da cama do irmão enquanto o rei saía do cômodo para convocar os guardas.

Do lado de fora das janelas, os fogos de artifício já haviam começado, inundando o céu com vermelho e dourado.

Hastra, que não havia tirado os olhos do príncipe adormecido, estava encostado numa parede próxima, sussurrando calmamente. Seus cachos castanhos tinham nuances de dourado à luz do lampião, e ele girava algo repetidas vezes entre os dedos. Uma moeda. Num primeiro momento, Kell pensou que as palavras fossem algum feitiço para serenidade, lembrando-se de que Hastra já fora designado ao Santuário, mas logo percebeu que elas estavam apenas em arnesiano. Era uma oração, ou algo assim, mas ele pedia, dentre todas as coisas, perdão.

— Qual o problema? — perguntou Kell.

Hastra enrubesceu.

— Foi minha culpa ela ter encontrado você — sussurrou o ex--guarda. — Minha culpa ela tê-lo levado.

"Ela". Hastra se referia a *Ojka*.

Kell esfregou os olhos.

— Não foi — disse ele, mas o jovem apenas balançou teimosamente a cabeça, e Kell não conseguiu suportar a culpa nos olhos dele, tão similar à sua própria. Ele lançou um olhar de esguelha a Tieren, que agora estava junto a Lila. O sacerdote segurava o queixo dela com uma das mãos e a havia feito inclinar a cabeça para examinar o olho arruinado, ao passo que os dele não traziam sequer uma centelha de surpresa.

Alucard Emery ainda estava escondido, metade nas sombras, no canto depois da cama real. Seu olhar não estava em Kell nem no restante do cômodo, mas no peito de Rhy enquanto este subia e descia. Kell sabia do dom do capitão, da sua habilidade em ver os fios de magia. Agora Alucard estava ali, completamente imóvel, movendo apenas os olhos para seguir algum espectro invisível que se entrelaçava em volta do príncipe.

— Dê tempo a ele — murmurou o capitão, respondendo a Kell algo que ele ainda não havia perguntado. Kell respirou fundo, tentando dizer alguma coisa educada, mas a atenção de Alucard se deslocou repentinamente para as portas da varanda.

— O que foi? — perguntou Kell enquanto o homem saía de onde estava e espreitava a noite tingida de vermelho.

— Pensei ter visto algo.

Kell ficou tenso.

— Visto o quê?

Alucard não respondeu. Ele passou a mão pelo vidro da janela, limpando o vapor que a embaçava. Depois de um instante, balançou a cabeça.

— Deve ter sido impressão...

Ele foi interrompido por um grito.

Não naquele cômodo, nem mesmo no palácio, mas acima deles. No terraço. O baile do vencedor.

Kell levantou antes de saber se conseguia ficar de pé. Lila, sempre a mais rápida, havia desembainhado a faca, mesmo que ninguém tivesse cuidado das suas feridas.

— Osaron? — questionou ela enquanto Kell se dirigia para a porta.

Alucard também correu, mas Kell se virou e o forçou a retornar com um simples e rancoroso empurrão.

— Não, você não.

— Você não espera que eu fique...

— Espero que cuide do príncipe.

— Pensei que essa fosse a sua obrigação — rosnou Alucard.

A alfinetada o atingiu em cheio, mas Kell ainda bloqueava o caminho do capitão.

— Se você for lá em cima, vai morrer.

— E você, não? — desafiou Alucard.

Na mente de Kell, surgiu a imagem da escuridão nadando nos olhos de Holland. O zumbido de poder. O horror de uma maldição enlaçada fortemente no seu pescoço. Kell engoliu em seco.

— Se eu *não* for, *todos* vão morrer.

Ele olhou para a rainha, que abriu e fechou os lábios inúmeras vezes como se procurasse uma ordem, um protesto, mas que no fim disse apenas:

— Vá.

Lila não tinha ficado esperando permissão.

Ela já havia percorrido metade da escadaria quando ele a alcançara, o que não teria conseguido se a perna de Lila não estivesse machucada.

— Como ele chegou até aqui? — murmurou Kell.

— Como ele saiu da Londres Preta? — retrucou Lila. — Como ele tirou o seu poder de você? Como ele...

— Tudo bem — vociferou Kell. — Já entendi.

Eles passaram correndo e empurrando os guardas que estavam ali, subindo um lance de escada atrás do outro.

— Vamos colocar as cartas na mesa — falou Lila. — Não dou a mínima se Holland ainda estiver lá dentro. Se eu tiver uma chance, não vou poupá-lo.

Kell engoliu em seco.

— Combinado.

Quando eles alcançaram as portas do terraço, Lila agarrou a gola do casaco dele, puxando o seu rosto para perto do dela. Os olhos dela penetraram os dele, um perfeito, o outro fraturado em pontos de luz e sombra. Do outro lado das portas, o grito havia cessado.

— Você está forte o suficiente para vencer? — perguntou ela.

Estava? Isso não era um torneio de magia. Sequer era um fragmento de magia como Vitari. Osaron tinha destruído um mundo inteiro. Modificara outro por capricho.

— Não sei — respondeu ele com honestidade.

Lila lançou o vislumbre de um sorriso, afiado como vidro.

— Bom — respondeu ela, abrindo a porta. — Só idiotas têm certeza.

Kell não fazia ideia do que esperava encontrar no terraço.

Sangue. Corpos. Uma visão doentia da Floresta de Pedra que um dia se espalhara aos pés do castelo da Londres Branca, com seus cadáveres petrificados.

Em vez disso, o que ele viu foi uma multidão assolada entre a confusão e o terror, e, no meio dela, o rei das sombras. Kell sentiu o sangue deixar o rosto, dando lugar a um ódio frio pela figura que estava no meio do terraço — o monstro que habitava a pele de Holland — enquanto ele se virava lentamente num círculo, avaliando a plateia. Estava cercado pelos magos mais poderosos do mundo e não havia um traço sequer de medo naqueles olhos pretos. Apenas divertimento e um traço afiado de avidez entremeado. Parado ali, de pé no centro do círculo de mármore, Osaron parecia ser o centro do mundo. Inarredável. Invencível.

A cena mudou, e Kell viu Kisimyr Vasrin deitada no chão aos pés de Osaron. Ao menos o que restou dela. Uma das magas mais fortes e poderosas de Arnes reduzida a um cadáver preto e carbonizado, os anéis de metal dos seus cabelos agora fundidos, transformados em pequenos pontos derretidos de luz.

— *Mais alguém se habilita?* — perguntou Osaron com aquela versão distorcida e doentia da voz de Holland: sedosa, errada e que de alguma forma estava em todo lugar ao mesmo tempo.

Os membros da realeza veskana se agacharam atrás dos seus feiticeiros, um par de crianças assustadas, covardes vestidos em prata e verde. Lorde Sol-in-Ar, mesmo sem possuir magia, não fugiu, embora fosse possível ver o séquito faroense chamando por ele detrás de uma coluna. O restante dos magos se reuniu na beirada da plataforma de mármore, conjurando os seus elementos: chamas rodopiavam ao redor dos dedos, fragmentos de gelo eram erguidos como facas. Mas ninguém atacou. Eles eram lutadores de torneio, acostumados a se exibir num ringue onde o maior risco era para o seu orgulho.

O que Holland tinha dito a Kell, tantos meses antes?

Sabe o que o torna fraco?

Você nunca teve de ser forte.

Tenho certeza de que nunca teve de lutar pela sua vida.

Agora Kell enxergava essa falha nesses homens e mulheres, os rostos sem máscaras pálidos de medo.

Lila tocou o braço dele, uma faca pronta para atacar na outra mão. Nenhum dos dois falou, mas tampouco precisavam. Nos bailes do palácio e nos jogos do torneio eles eram incompatíveis, desajeitados, porém aqui e agora, cercados de morte e perigos, entendiam um ao outro.

Kell acenou com a cabeça e, sem dizer uma palavra, Lila escapuliu com a destreza silenciosa de uma ladra para as sombras ao redor do terraço.

— *Ninguém?* — incitou o rei das sombras.

Ele chutou o que restava de Kisimyr, que se desfez como cinzas sob a sua bota.

— *Com todo esse poder, vocês se rendem muito facilmente.*

Kell respirou fundo e se forçou a dar um passo à frente, a sair do abrigo da fronteira do círculo e a entrar na luz. Quando Osaron o viu, deu um surpreendente sorriso.

— *Kell* — falou o monstro. — *A sua resiliência me surpreende. Veio se prostrar diante de mim? Veio implorar?*

— Eu vim para lutar.

Osaron inclinou a cabeça.

— *Da última vez em que nos encontramos, deixei você aos gritos.*

Os membros de Kell reverberaram, não de medo e, sim, de fúria.

— Da última vez em que nos encontramos, eu estava acorrentado. — O ar em volta dele sibilou com o poder. — Agora estou livre.

O sorriso de Osaron se alargou.

— Mas eu vi o seu coração, e ele está preso.

As mãos de Kell se fecharam em punho. O mármore sob os seus pés tremeu e começou a rachar. Osaron fez um leve movimento com o pulso e a noite caiu com fúria sobre Kell. Apertou os seus pulmões e expulsou o ar, forçando-o a cair de joelhos. Ele precisou de toda a sua força para se manter de pé sob o peso, e, depois de um segundo terrível, Kell percebeu que não era o ar que o esmagava — Osaron exercia o seu comando nos seus próprios ossos. Kell era *Antari*. Ninguém jamais conseguiu controlar o corpo dele contra a sua vontade. Agora as suas juntas estavam imobilizadas e os seus membros ameaçavam se partir.

— *Verei você se ajoelhar diante do seu rei.*

— Não.

Kell tentou conjurar o chão de mármore outra vez, e a pedra tremeu enquanto o comando de um se chocava com o do outro. Ele se manteve de pé, mas percebeu pela expressão quase entediada no rosto do outro *Antari* que o rei das sombras estava brincando com ele.

— Holland — rosnou Kell, tentando controlar o seu pavor —, se você está aí dentro, lute. Por favor... lute.

Um olhar de desgosto passou pelo rosto de Osaron e então algo se chocou atrás de Kell, armaduras contra madeira, enquanto mais guardas formavam uma barreira no terraço, com Maxim ao centro.

A voz do rei ressoou na noite.

— Como se atreve a pisar no meu palácio?

Osaron desviou a atenção para o rei, e Kell arquejou, subitamente livre do peso do comando da criatura. Ele deu um passo cambaleante, já desembainhando a faca e derramando sangue, as gotas vermelhas caindo no chão de pedra pálida.

— Como ousa reivindicar o lugar de rei?

— *Tenho mais direito que você.*

Com outro movimento dos dedos compridos, a coroa do rei zarpou da cabeça dele, ou teria zarpado se Maxim não a tivesse agarrado no ar com uma velocidade aterradora. Os olhos do rei brilharam, como se estivessem incandescentes, enquanto ele apertava a coroa nas mãos e a transformava numa espada. Um gesto único e fluido que remetia aos seus dias passados, quando Maxim Maresh era o Príncipe de Aço em vez de o Rei de Ouro.

— Renda-se, demônio — ordenou ele —, ou será massacrado.

Atrás dele, os guardas reais ergueram as espadas, o feitiço rabiscado ao longo das lâminas. A visão do rei e dos guardas pareceu tirar os outros magos do estupor. Alguns começaram a se retirar, guiando os próprios nobres para fora do terraço ou simplesmente fugindo enquanto outros poucos foram corajosos o suficiente para avançar. Mas Kell sabia que eles não eram páreo nessa luta. Nem os guardas, nem os magos, nem mesmo o rei.

Mas a aparição do rei havia concedido algo a Kell.

Uma vantagem.

Com a atenção de Osaron ainda voltada para Maxim, Kell abaixou, agachando-se. O seu sangue havia se espalhado pelas fissuras que percorriam o chão de pedra, finas linhas vermelhas que alcançavam e contornavam a bota do monstro.

— *As Anasae –* comandou ele. *Dispersar.* Certa vez, as palavras foram suficientes para expurgar Vitari do mundo. Agora, nada fizeram. Osaron lhe lançou um olhar de pena, as sombras rodopiando nos seus olhos pretos como piche.

Kell não recuou. Forçou a palma da mão no chão.

— *As Steno* — ordenou ele, e o chão de mármore se fragmentou em centenas de estilhaços que se ergueram e se lançaram no rei das sombras. O primeiro encontrou o alvo, enterrando-se na perna de Osaron, e as esperanças de Kell aumentaram antes que ele percebesse o seu erro.

Ele não partira para um ataque mortal.

O primeiro estilhaço de pedra foi o único a atingir o alvo. Com nada mais que um olhar, o restante dos fragmentos hesitou, desacelerou e parou. Kell empurrou com toda a sua força, mas comandar o próprio corpo era uma coisa, e centenas de lâminas improvisadas era outra bem diferente. Osaron venceu com facilidade, virando os fragmentos de pedra no sentido oposto, como os raios de uma roda, como a borda ofuscante de um sol.

As mãos de Osaron se ergueram preguiçosamente, e os estilhaços tremeram como flechas em cordas retesadas, mas, antes que pudesse dispará-los nos guardas, no rei e nos magos que estavam no terraço, algo aconteceu com ele.

Uma hesitação. Um tremor.

As sombras nos seus olhos ficaram verdes.

Em algum lugar nas profundezas daquele corpo, Holland estava lutando, reagindo.

Os fragmentos de pedra caíram no chão quando Osaron ficou paralisado, toda a sua atenção concentrada para dentro de si mesmo.

Maxim percebeu a chance e fez um sinal.

Os guardas reais atacaram, uma dúzia de homens investindo contra um deus distraído.

E, por um instante, Kell achou que seria suficiente.

Por um instante...

Mas então Osaron ergueu o olhar, os olhos pretos reluzindo e um sorriso desafiador nos lábios. E os deixou se aproximar.

— Parem! — gritou Kell, mas era tarde demais.

Um instante antes de os guardas atingirem o rei das sombras, o monstro abandonou a casca. A escuridão verteu do corpo roubado de Holland, espessa e preta como fumaça.

O *Antari* desmoronou, e a sombra que era Osaron se moveu, serpenteando, pelo terraço. Caçando outro hospedeiro.

Kell se virou, procurando Lila, mas não conseguiu vê-la no meio da multidão e da fumaça.

E então, subitamente, a escuridão se voltou para *ele*.

Não, pensou Kell, que já havia recusado o monstro uma vez. Ele não suportaria outra gargantilha. O terror frio de uma pulsação parando no seu peito.

A escuridão se projetou na sua direção, e Kell involuntariamente deu um passo para trás, preparando-se para um ataque que nunca o atingiu. A sombra roçou os seus dedos ensanguentados e recuou, não como se tivesse sido repelida, mas como se estivesse avaliando algo.

A escuridão *gargalhou* — um som doentio — e começou a se reunir, a se aglutinar numa coluna e depois na forma de um homem. Não de carne e osso, mas de sombras sobrepostas, tão densas que pareciam pedra líquida, algumas beiradas afiadas e outras esmaecidas. Havia uma coroa na cabeça da figura, uma dúzia de espirais apontava para cima como chifres, as pontas desvanecendo e se transformando em fumaça.

O rei das sombras na sua forma verdadeira.

Osaron inspirou, e a escuridão fundida no centro dele se acendeu como brasas incandescentes, o calor fazendo o ar ao redor dele ondular. E, ainda assim, ele parecia sólido como pedra. Enquanto Osaron analisava as próprias mãos, as falanges parecendo menos com dedos do que com pontas afiadas, a sua boca se alargou num sorriso cruel.

— *Há muito tempo eu não era forte o suficiente para manter a minha própria forma.*

A mão dele se projetou para o pescoço de Kell, mas se deteve quando aço veio cortando o ar. A faca de Lila atingiu a lateral da cabeça de Osaron, mas a lâmina não se alojou; passou direto por ela.

Então ele não era real, não era *corpóreo*. Ainda não.

Osaron olhou de relance para Lila, que já atirava outra lâmina. Ela parou abruptamente sob o olhar dele, o seu corpo claramente se retesando sob o domínio do monstro, e Kell aproveitou essa nova oportunidade, pressionando a palma da mão ensanguentada no peito da criatura. Mas a figura se transformou em fumaça ao redor dos dedos de Kell, recuando da magia dele, e Osaron se virou, as feições pétreas parecendo aborrecidas. Livre outra vez, Lila avançou com a espada curta de um dos guardas em punho e desferiu um furioso arco com a arma, causando um talho de cima para baixo, através do corpo dele, do ombro ao quadril.

Osaron se partiu em volta da lâmina e então simplesmente se *dissolveu*.

Ali num instante, e desaparecido no instante seguinte.

Kell e Lila se encararam, sem fôlego e atordoados.

Os guardas ergueram um Holland inconsciente, colocando-o rudemente de pé, com a cabeça pendendo enquanto, por todo o terraço, homens e mulheres estavam paralisados como se estivessem sob o efeito de um feitiço, mesmo que fosse apenas o choque, o pavor, a confusão.

Do outro lado do terraço, Kell encontrou os olhos do rei Maxim.

— *Você tem muito a aprender*.

Ele se virou para o som e encontrou Osaron de novo na sua forma verdadeira e de pé, não no centro arruinado do terraço, mas sobre as estacas do parapeito, como se a grade de metal fosse terreno sólido. A sua capa ondulou na brisa. O espectro de um homem. A sombra de um monstro.

— *Não se destrói um deus* — declarou ele. — *Deve-se venerá-lo*.

Os olhos pretos dançavam com um prazer sombrio.

— *Não se preocupem. Vou ensiná-los. E, com o tempo...* — Osaron abriu os braços — *... tornarei este mundo digno de mim*.

Kell percebeu tarde demais o que ia acontecer.

Ele começou a correr assim que Osaron se inclinou para trás na grade de ferro e caiu.

Kell correu mais rápido e chegou a tempo de ver o rei das sombras atingir a água do Atol lá embaixo. O corpo bateu sem borrifar água, e, ao passar pela superfície e afundar, começou a se espalhar como tinta derramada na corrente do rio. Lila empurrou Kell e se esticou, tentando ver o que acontecia. Gritos ecoaram do terraço, mas os dois ficaram ali e observaram num silêncio aterrorizado enquanto a mancha de escuridão aumentava, e aumentava, e aumentava, espalhando-se até que o vermelho do rio se tornou preto.

III

Alucard andou de um lado para o outro no quarto do príncipe, aguardando notícias.

Ele nada ouviu desde aquele único grito, os primeiros berros dos guardas no corredor e os passos ecoando acima.

O dossel e as cortinas luxuosos de Rhy, os tapetes e os travesseiros volumosos, tudo criava um terrível isolamento, bloqueando o mundo lá fora e envolvendo o cômodo num silêncio opressivo.

Eles estavam sozinhos, o capitão e o príncipe adormecido.

O rei os deixou. Os sacerdotes os deixaram. Até a rainha os deixou. Um por um, todos foram embora, cada um olhando para Alucard com um olhar que dizia: *Sentado, parado*. Como se ele fosse embora. Ele abandonaria o silêncio enlouquecedor e as perguntas sufocantes com prazer, é claro, mas nunca Rhy.

A rainha foi a última a sair. Por muito tempo, ela ficou parada entre a cama e as portas, como se estivesse fisicamente dividida.

— Vossa Majestade — disse ele —, vou mantê-lo em segurança.

O rosto dela então mudou, a máscara da realeza caindo para revelar uma mãe assustada.

— Se você pudesse mesmo...

— *Você* pode? — perguntou ele, e os olhos castanhos e arregalados dela se dirigiram a Rhy, permanecendo nele por um bom tempo antes que ela se virasse e partisse.

Algo chamou a atenção dele na varanda. Não exatamente movimento, mas uma mudança na luz. Quando se aproximou das portas de vidro, viu uma sombra escorrendo pela lateral do palácio como uma cauda de vestido, um rabo, uma cortina preta e brilhante que cintilava, sólida, etérea, sólida, conforme subia da margem do rio lá embaixo até o alto do terraço.

Só podia ser magia, mas não tinha cor nem luz. Se aquilo seguia a urdidura e a trama do poder, ele não conseguia ver os fios.

Kell havia contado a todos de Osaron e da sua magia venenosa de outra Londres. Mas como um mago podia fazer *isso*? Como alguém podia?

— É um demônio — dissera Kell. — Um pedaço vivo de magia.

— Um pedaço de magia que acredita ser um homem? — perguntara o rei.

— Não — respondera ele. — Um pedaço de magia que acredita ser um *deus*.

Agora, olhando para aquela coluna de sombras, Alucard entendeu. Aquela *coisa* não obedecia às linhas de poder de forma alguma. Ela as estava costurando do nada.

Ele não conseguia parar de olhar.

O chão pareceu se inclinar, e Alucard sentiu como se estivesse se virando para as portas de vidro e a cortina de escuridão lá fora. Se ele chegasse mais perto, talvez pudesse ver os fios...

O capitão ergueu as mãos e as apoiou nas portas da varanda. Estava prestes a abri-las quando o príncipe se mexeu em seu sono. Um grunhido suave, uma respiração sutil, e foi preciso apenas isso para fazer Alucard voltar. A escuridão do outro lado do vidro momentaneamente esquecida enquanto ele atravessava o quarto até a cama.

— Rhy — sussurrou ele —, você consegue me ouvir?

Uma ruga surgiu entre as sobrancelhas do príncipe. Um vislumbre de tensão passou pela mandíbula dele. Pequenos sinais, porém Alucard se agarrou a eles e então afastou os cachos escuros da testa de Rhy, tentando se livrar da imagem do príncipe decomposto sobre os lençóis reais.

— Por favor, acorde.

A sua mão percorreu a manga da camisa do príncipe e parou sobre a mão dele.

Alucard sempre adorou as mãos de Rhy, as palmas macias e os dedos longos, feitos para tocar, para falar, para a música.

Não sabia se Rhy ainda tocava, mas ele o fazia antes, e, quando fazia, tocava do mesmo jeito como falava um idioma. Fluentemente.

O lampejo de uma memória lhe ocorreu. Unhas dançando sobre a sua pele.

— Toque algo para mim — disse Alucard então, e Rhy sorriu aquele sorriso deslumbrante, a luz de velas transformando os seus olhos cor de âmbar em ouro enquanto os dedos pairavam, percorrendo as cordas sobre os ombros, as costelas, a cintura.

— Prefiro tocar você.

Agora, Alucard entremeava os seus dedos aos do príncipe, aliviado por encontrá-los quentes, aliviado mais uma vez quando a mão de Rhy apertou, mesmo que de leve, a sua. Com cuidado, Alucard subiu na cama. Com cautela, ele se deitou ao lado do príncipe adormecido.

Além da janela, a escuridão começou a se dividir, a se espalhar, mas os olhos de Alucard estavam fixos no peito de Rhy, vendo-o subir e descer. Vendo uma centena de fios prateados serem costurados vagarosamente de volta no lugar.

IV

Enfim, Osaron estava *livre*.

Houve um instante no terraço — o espaço entre uma inspiração e uma expiração — quando sentiu que os pedaços de si mesmo podiam se espalhar ao vento sem carne e osso que os unissem. Mas ele *não* se despedaçou. Não se dissolveu. Não deixou de existir.

Ele havia ficado mais forte ao longo dos meses que passara naquele outro mundo.

Mais forte a cada minuto que passava neste.

E estava livre.

Algo tão estranho, há tanto esquecido, que ele mal reconhecia.

Quanto tempo atrás ele se sentou naquele trono no centro de uma cidade adormecida, observando a pulsação do seu mundo diminuir o ritmo, observando até mesmo a neve parar de cair e pairar suspensa no ar. E nada mais havia a fazer além de dormir, e esperar, e esperar, e esperar, e esperar...

Para ser livre.

E agora.

Osaron sorriu, e o rio cintilou. Ele riu, e o ar se agitou. Flexionou os músculos, e o mundo estremeceu.

Este mundo o acolhia.

Este mundo *queria* mudar.

Ele sabia, no seu âmago, que poderia ser *mais*.

Sussurrava para Osaron: *Faça, faça, faça.*

Este mundo ardia de promessa, da mesma forma que o seu próprio mundo ardera tanto tempo atrás, antes de se tornar cinzas. Mas ele era um deus jovem na época. Ansioso demais para se doar, para ser amado.

Agora, tinha aprendido a lição.

Humanos não eram bons governantes. Eram crianças, servos, súditos, animais de estimação, comida, matéria bruta. Eles tinham um lugar, assim como ele, e ele seria o deus de que precisavam, e eles o amariam por isso. Ele lhes mostraria como.

Ele os alimentaria com poder. Apenas o suficiente para mantê-los ligados a ele. Um gostinho do que poderia ser. Do que *eles* poderiam ser. E, conforme se entrelaçasse por eles, através deles, extrairia um pouco da força deles, da magia deles, do potencial deles, e isso o alimentaria, o atiçaria, e eles dariam tudo isso de boa vontade, porque ele era deles e eles eram seus. E juntos realizariam algo extraordinário.

Eu sou a misericórdia, sussurrou ele nos seus ouvidos.

Eu sou o poder.

Eu sou rei.

Eu sou deus.

Ajoelhem-se.

E, por toda a cidade — sua nova cidade —, eles *já* estavam se ajoelhando diante dele.

Ajoelhar-se era algo natural, uma questão de gravidade, de deixar o peso levá-lo para baixo. A maioria deles *queria* fazê-lo; ele sentia a submissão.

E, aqueles que não o fizessem, aqueles que recusassem...

Bom, não havia lugar para eles no reino de Osaron.

Não havia lugar nenhum.

V

— *Dois vivas para o vento...*

    — *E três para as mulheres...*

    — *E quatro para o esplêndido mar.*

A última palavra se perdeu, dissolvendo-se nos sons grosseiros de canecas batendo nas mesas e cerveja derramando no chão.

— A letra é assim mesmo? — perguntou Vasry, recostando a cabeça na parede do reservado. — Pensei que fosse "vinho", e não "vento".

— Não seria uma canção do mar sem o vento — respondeu Tav.

— Não seria uma canção sem o vinho — retrucou Vasry, embolando as palavras.

Lenos não sabia se era para impressionar ou porque o marinheiro — e a tripulação inteira, a propósito — estava bêbado.

A tripulação inteira, na verdade, exceto Lenos. Ele nunca foi fã de bebidas (não gostava de como embaralhavam tudo e o deixavam enjoado por dias), mas ninguém parecia notar se ele bebia mesmo ou não, contanto que tivesse um copo nas mãos para brindar. E ele sempre tinha. Lenos segurava um cálice quando a população brindou ao capitão, Alucard Emery, o vencedor do *Essen Tasch*, e ainda o segurava quando continuaram brindando a cada meia hora ou algo assim, até perderem a conta.

Agora que o torneio havia acabado, a maioria das flâmulas estava sobre as mesas, encharcadas de cerveja, e a chama prateada e azul no estandarte de Alucard estava cada vez mais enlameada.

O ilustre capitão deles estava longe, provavelmente brindando a si mesmo no baile do vencedor. Se Lenos se esforçasse, conseguia ouvir o eventual eco dos fogos de artifício acima da algazarra da multidão na Estrada Errante.

Haveria um desfile formal na manhã do dia seguinte, e uma última celebração (e metade de Londres ainda estaria bêbada), mas esta noite o palácio era apenas para os campeões e as tavernas para os demais.

— Algum sinal da Bard? — perguntou Tav.

Lenos passou os olhos pela taverna lotada. Ele não a tinha visto, não desde a primeira rodada de bebidas. A tripulação caçoou dele pela forma como ficava perto dela, confundindo o seu nervosismo com timidez, atração ou mesmo medo. Talvez fosse medo, ao menos um pouco, mas, se fosse isso, era uma reação inteligente. Lenos temia Lila da mesma forma que um coelho teme um sabujo. Da forma como um mortal teme o raio depois da tempestade.

Um arrepio o percorreu, súbita e friamente.

Ele sempre foi sensível ao equilíbrio das coisas. Poderia ter sido um sacerdote se tivesse um pouco mais de magia. Sabia quando as coisas estavam certas — aquele maravilhoso sentimento que lembrava o calor do sol num dia frio — e sabia quando elas estavam *aven* — como Lila, com o seu passado estranho e o seu poder estranho — e sabia quando as coisas estavam erradas.

E, naquele momento, havia algo errado.

Lenos tomou um gole de cerveja para acalmar os nervos — o seu reflexo uma carranca cor de âmbar na superfície do líquido — e se levantou. O primeiro imediato do *Spire* olhou para ele e se levantou também (Stross sabia desses seus *instantes* e, ao contrário do restante da tripulação, que o chamava de esquisito e supersticioso, parecia acreditar nele. Ou, ao menos, não desacreditar de pronto.).

Lenos se moveu pelo salão numa espécie de torpor, preso no estranho feitiço da sensação, a sensação de que havia algo errado o puxando como uma corda para algum lugar. Ele estava a meio caminho da porta quando o primeiro grito soou da janela da taverna.

— Tem algo no rio!

— Tem! — gritou Tav, retrucando. — Grandes arenas flutuantes. Estão lá tem uma semana.

Mas Lenos ainda se dirigia à entrada da taverna. Ele abriu a porta, imóvel pela súbita rajada de vento gelado.

As ruas estavam mais vazias que o normal, e as primeiras cabeças haviam acabado de sair de onde estavam para espiar.

Lenos andou, com Stross no seu encalço, até que viraram a esquina e viram o limite do mercado noturno, a multidão se dirigindo à margem do rio, pendendo para a água vermelha como uma carga solta a bordo de um navio.

O coração dele martelou no peito conforme avançava, o seu corpo esbelto abrindo passagem por lugares onde a forma larga de Stross ficava presa. Ali, logo em frente, o resplandecer carmesim do Atol e...

Lenos parou.

Havia algo se espalhando pela superfície do rio, como óleo, manchando a luz e a substituindo por algo preto, reluzente e errado. A escuridão chegou à margem do rio, espirrando na grama morta de inverno, na calçada de pedra, deixando para trás riscos iridescentes a cada onda que passava.

A visão atraiu os membros de Lenos, aquele mesmo puxão para baixo, tão simples como a gravidade, e, quando sentiu que andava para a frente, ele desviou o olhar, forçando-se a parar.

À sua direita, um homem tropeçou na beira do rio. Lenos tentou agarrá-lo pela manga, mas o sujeito já estava longe, seguido de perto por uma mulher. Por todo lado, a multidão estava dividida entre cambalear para trás e correr para a frente empurrando uns aos outros, e Lenos, incapaz de se *afastar* dali, podia apenas lutar para ficar no lugar.

— Pare! — gritou um guarda quando o homem que havia passado por Lenos se ajoelhou e esticou o braço, como se quisesse tocar a superfície do rio. Em vez disso, o rio tocou *nele*, estendeu a mão feita de água escura, envolveu o braço do sujeito com os dedos e o puxou. Gritos foram ouvidos, engolindo o barulho da água, o instante de luta antes de o homem submergir.

A multidão recuou enquanto os reflexos oleosos começaram a se acalmar, ficou em silêncio enquanto esperava o homem, ou seu corpo, emergir.

— Para trás! — ordenou outro guarda, forçando passagem. Ele estava quase na margem quando o homem reapareceu. O guarda deu um passo desajeitado para trás em choque quando o sujeito emergiu, não ofegando em busca de ar ou lutando contra a força do rio, mas lenta e calmamente, como se estivesse saindo de um banho de banheira. Suspiros e sussurros foram ouvidos enquanto o homem saía do rio e ia para a margem, alheio às roupas molhadas que pesavam sobre ele. Pingando da sua pele, a água parecia límpida, clara; porém, quando se acumulava em poças nas pedras, cintilava e se movia.

Stross pousou a mão no ombro de Lenos, puxando-o, mas não conseguia tirar os olhos do sujeito na margem. Havia algo errado com ele. Algo muito errado. Sombras rodopiavam nos seus olhos, serpenteando como tufos de fumaça, e as suas veias se destacavam na pele marrom-clara, escurecidas como fios pretos. Porém, mais que tudo, era o sorriso forçado e fixo no rosto dele que fez Lenos estremecer.

O homem abriu os braços, vertendo água, e anunciou audaciosamente:

— O rei chegou.

Ele jogou a cabeça para trás e começou a gargalhar enquanto a escuridão escalava as margens ao seu redor, tentáculos de névoa preta que galgavam o caminho como dedos, agarrando-se até alcançar a rua. A multidão havia entrado em pânico; aqueles que estavam perto o suficiente para ver agora lutavam para sair dali, apenas para serem encurralados pelos que estavam atrás. Lenos se virou, procurando Stross, mas o homem não estava em lugar nenhum. Ao longo da margem, outro grito. Em algum lugar distante, o eco das palavras do homem, agora nos lábios de uma mulher, depois nos de uma criança.

— O rei chegou.

— O rei chegou.

— O rei chegou — disse um velho com olhos brilhando. — E ele é *glorioso*.

Lenos tentou fugir dali, mas a rua era uma massa ondulante de corpos encurralados pelo alcance das sombras. A maioria lutava para se libertar, mas pontuando a multidão havia aqueles que não conseguiam desviar os olhos do rio preto. Aqueles que ficavam imóveis como pedra, hipnotizados pelas ondas cintilantes, a força gravitacional do feitiço os puxando para baixo.

Lenos sentiu o próprio olhar ser atraído de volta para a escuridão e para a loucura, balbuciou uma oração para os diversos santos sem nome mesmo quando os seus longos membros deram um único passo à frente.

E então mais outro.

As suas botas afundaram no solo argiloso da margem do rio, os pensamentos se aquietando, a visão se estreitando naquela escuridão hipnótica. No canto da mente, ele ouviu o ribombar de cascos, como um trovão, e então uma voz cortando o caos como uma faca.

— Volte! — gritou a voz, e Lenos piscou, afastando-se aos tropeços do alcance do rio e escapando por pouco de ser pisoteado por um cavalo real.

O enorme garanhão se deteve, mas foram as figuras montadas nele que atraíram a atenção de Lenos.

O príncipe *Antari* montava o cavalo, descabelado, o casaco vermelho aberto revelando o peito nu com sangue escorrido e uma cicatriz entalhada. E, atrás do príncipe de olhos pretos, agarrando-se a ele como à própria vida, estava Lila Bard.

— Animal maldito — resmungou ela, quase caindo ao tentar se desvencilhar da sela.

Kell Maresh — *Aven Vares* — desceu da montaria com facilidade, o casaco se agitando atrás dele, uma das mãos no ombro de Bard, e Lenos não soube dizer se o homem estava buscando equilíbrio ou o oferecendo. Os olhos de Bard esquadrinharam a multidão — um deles definitivamente estava *errado*, uma explosão de luz vítrea — antes de pousar em Lenos. Ela conseguiu abrir um leve e sofrido sorriso antes que alguém gritasse.

Perto dali, uma mulher desabou, um tentáculo de sombras se enrolando na sua perna. Ela tentou agarrá-lo, porém seus dedos passaram direto por ele. Lila se virou para ela, mas o príncipe *Antari* chegou primeiro. Ele tentou repelir a névoa com uma rajada de vento, e, quando isso não funcionou, sacou uma lâmina e entalhou uma linha nova na palma da mão.

Ele se ajoelhou, a mão pairando sobre as sombras que corriam entre o rio e a pele da mulher.

— *As Anasae* — ordenou ele, mas a substância apenas se dividiu ao redor do sangue. O próprio ar parecia vibrar com risadas enquanto as sombras penetravam na perna da mulher, manchando a pele antes de se infiltrar nas veias.

O *Antari* praguejou e a mulher estremeceu, agarrando-se cheia de medo à sua mão cortada. O sangue escorria pelos dedos dela e, enquanto Lenos observava, as sombras subitamente a largaram, recuando para longe da hospedeira.

Kell Maresh estava encarando o ponto onde a sua mão encontrava a da mulher.

— Lila! — gritou ele, mas ela já havia visto e desembainhado a faca. O sangue brotou da sua pele enquanto ela corria até um homem na margem, agarrando-o um instante antes que as sombras o fizessem. Mais uma vez, elas recuaram.

O *Antari* e... Não. Os dois *Antari*, pensou Lenos, pois era isso que Bard era, o que ela tinha de ser, começaram a agarrar todos ao seu alcance, passando os dedos manchados por mãos e faces. Mas o sangue nada fazia àqueles que já haviam sido envenenados. Estes apenas rosnavam e o limpavam, como se fosse algo sujo. E, para cada um que marcavam, dois caíam antes que os alcançassem.

O *Antari* da realeza se virou, sem fôlego, analisando o alcance da situação, a escala dos acontecimentos. Em vez de correr de pessoa em pessoa, ele ergueu as mãos com as palmas afastadas. Os seus lábios se moveram, e o sangue se aglomerou no ar, formando uma bola. Isso fez Lenos pensar no próprio Atol, com o brilho vermelho, uma artéria de magia pulsante e vibrante.

Com um único movimento ondulante, a esfera se ergueu sobre a multidão em pânico e...

Isso foi tudo o que Lenos viu antes que as sombras viessem *alcançá-lo*.

Tentáculos de noite serpentearam na direção dele, rápidos como víboras. Não havia para onde ir. O *Antari* ainda estava conjurando o feitiço e Lila estava longe demais, de modo que Lenos prendeu a respiração e começou a rezar como aprendeu em Olnis, quando as tormentas ficavam muito fortes. Fechou os olhos e rezou por calmaria enquanto as sombras quebravam sobre ele. Por equilíbrio, enquanto elas inundavam — ao mesmo tempo quentes e frias — sua pele. Por quietude, enquanto elas murmuravam como uma maré baixa na sua mente.

Deixe-me entrar, deixe-me entrar, deixe-me...

Uma gota de chuva caiu na sua mão, outra na sua face, e então as sombras recuaram, levando os seus murmúrios com elas. Lenos piscou, deixou o ar escapar trêmulo e viu que a chuva era vermelha. À sua volta, pequenas gotas de orvalho pontilhavam os rostos e os ombros, assentando-se como uma névoa em casacos, luvas e botas.

Não era chuva, percebeu.

Sangue.

As sombras na rua se dissolveram sob a névoa carmesim, e Lenos olhou para o príncipe *Antari* a tempo de vê-lo cambalear por causa do esforço. Ele conseguiu garantir um pouco de segurança, porém não seria o suficiente. A magia das trevas já estava ajustando o foco, a forma, dividindo-se de punho para uma mão aberta, os dedos de sombras surgindo em terra firme.

— *Santo!* — praguejou o príncipe enquanto cascos ressoavam no fim da rua. Uma onda de guardas reais alcançou o rio e desmontou. Bard se moveu rapidamente entre os homens armados, manchando o metal das suas vestes com a ponta dos dedos ensanguentados.

— Cerquem os envenenados — ordenou Kell Maresh, já se dirigindo ao seu cavalo.

As almas atormentadas não fugiram nem atacaram. Simplesmente ficaram ali, sorrindo e dizendo bobagens sobre um rei das sombras que sussurrava nos seus ouvidos, que lhes contava como o mundo poderia ser, como seria, que tocava as suas almas como música e lhes mostrava o verdadeiro poder de um rei.

O príncipe *Antari* subiu na montaria.

— Mantenham todos longe das margens — gritou ele. Lila Bard montou ao lado dele com uma careta, os braços apertados ao redor da sua cintura, e Lenos foi deixado ali, aturdido, enquanto o príncipe esporeava o cavalo, dando-lhe o comando para partir, e os dois sumiam pelas ruas de Londres.

VI

Eles precisavam se separar.

Kell não queria fazê-lo, isso era óbvio, mas a cidade era grande demais e a névoa rápida demais.

Ele pegou o cavalo porque ela o recusou. Havia diversas outras maneiras de morrer naquela noite.

— Lila — chamara ele, e ela esperara que ele a repreendesse, que a mandasse voltar para o palácio, mas ele apenas a pegara pelo braço e dissera: — Tenha cuidado. — Ele inclinara a testa para perto da dela e acrescentara num tom de voz quase baixo demais para ser ouvido: — Por favor.

Nas últimas horas, ela viu muitas versões dele. O menino ferido. O irmão em luto. O príncipe determinado. Esse Kell não era nenhum deles e, ao mesmo tempo, era todos. E, quando a beijou, ela sentiu o gosto da dor, do medo e da esperança desesperada. E então ele se foi, uma mancha de pele clara contra a noite, enquanto ele cavalgava para o mercado noturno.

Lila partiu a pé, dirigindo-se à aglomeração de pessoas mais próxima.

A noite deveria estar fria o suficiente para manter todos dentro das suas casas, mas o último dia do torneio significava que também era a última noite de celebração, e a cidade inteira estava nas tavernas, encerrando o *Essen Tasch* com classe. Havia muitas pessoas espalhadas pelas ruas; algumas atraídas pelo caos na margem do rio e outras ainda alheias a tudo, bebendo, cantarolando e tropeçando nos próprios pés.

Elas não notaram a ausência da luz vermelha no coração da cidade nem a névoa que se assomava, não até que estivesse praticamente sobre elas. Lila deslizou a faca pelo braço enquanto corria por entre as pessoas, a dor sobrepujada pelo pânico enquanto o sangue empoçava na palma da sua mão e ela sacudia o pulso, ferrões vermelhos arremessados pelo ar como agulhas, marcando as peles. As pessoas que celebravam o torneio ficavam imóveis, chocados e procurando a fonte da agressão, mas Lila não se demorava em lugar nenhum.

— Entrem! — gritava ela, correndo. — Tranquem as portas.

Porém, portas trancadas e janelas fechadas nada significavam para a noite envenenada, e logo Lila se pegou esmurrando as portas das casas e tentando impedir a escuridão de entrar. Aqui e ali ouvia-se um grito distante de alguém que tentou resistir. Uma risada quando alguém sucumbia.

A mente dela fervilhava, mesmo com a cabeça girando.

O arnesiano dela não era muito bom, e, quanto mais sangue perdia, pior ele ficava, até que o seu discurso se dissolveu de: "Tem um monstro na cidade se movendo pela névoa, me deixe ajudar..." para simplesmente "Não sai daqui".

A maioria a encarava de olhos arregalados, apesar de ela não saber se era por causa do sangue, do olho espatifado ou do suor escorrendo pelo seu rosto. Ela não se importava. Continuava tentando. Era uma causa perdida, aquilo tudo, uma tarefa impossível, uma vez que as sombras se moviam duas vezes mais rápido que ela. Parte dela queria desistir, recuar, poupar o que restava da sua força, pois apenas um tolo lutava quando *sabia* que não poderia ganhar. Porém, em algum lugar lá fora, Kell continuava tentando, e ela não desistiria até que ele o fizesse. De modo que se forçou a continuar.

Lila virou a esquina e viu uma mulher deitada na rua, o vestido claro amarfanhado nas pedras frias enquanto ela se encolhia em posição fetal e agarrava a própria cabeça, lutando contra a força monstruosa que fincava as suas garras dentro dela. Lila correu com a mão estendida e estava prestes a alcançá-la quando a mulher subitamente ficou imóvel. A luta abandonou os seus membros e a sua respiração enevoou o ar sobre o rosto enquanto ela se alongava preguiçosamente nas pedras geladas, alheia ao frio cortante, e sorria.

— Posso ouvir a voz dele — disse ela, extasiada. — Posso ver a beleza dele. — Ela virou a cabeça para Lila. Sombras deslizaram dos seus olhos como uma nuvem sobre uma campina. — Deixe-me mostrar a você.

Sem nenhum aviso, a mulher se levantou, tentando agarrar Lila, e os seus dedos envolveram o pescoço dela. Por um instante, Lila sentiu a pressão de um calor calcinante e de um frio inebriante enquanto a magia de Osaron tentava penetrar.

Tentava... e falhava.

A mulher recuou violentamente, como se tivesse se queimado, e Lila a acertou com força no rosto.

A mulher desabou no chão, inconsciente. Era um bom sinal. Se ela estivesse de fato possuída, uma lâmina não a teria parado, muito menos um soco.

Lila se endireitou, ciente de que a magia a envolvia e circulava. Ela não conseguia se livrar da sensação de que a escuridão possuía olhos e que a estava observando.

E com muita atenção.

— Venha brincar — chamou Lila calmamente, girando a faca. As sombras ondularam. — Qual o problema, Osaron? Tímido? Está se sentindo nu sem um corpo? — Ela se virou lentamente. — Fui eu quem matou Ojka. Fui eu quem resgatou Kell. — Ela virou a lâmina por entre os dedos, transpirando uma calma que não sentia conforme a escuridão tremulava ao seu redor e começava a se reunir, formando uma coluna espessa antes de fazer crescer membros, um rosto, um par de olhos tão pretos como gelo à noite e...

Em algum lugar ali perto, um cavalo relinchou.

Um grito soou. Não o berro de desespero estrangulado de quem lutava contra a névoa enfeitiçada, mas o som simples e gutural da frustração. Uma voz que ela conhecia muito bem.

As sombras desmoronaram assim que Lila as atravessou com a espada, correndo para o som.

Para Kell.

Primeiro, ela encontrou o cavalo dele. Abandonado e galopando pelas ruas na sua direção com um corte superficial ao longo de um flanco.

— Droga — praguejou ela, tentando se decidir entre bloquear a passagem do cavalo ou sair do caminho dele.

Por fim, ela se abaixou, deixando o animal passar, e então saiu correndo na direção de onde ele tinha vindo. Ela seguiu o aroma da magia dele — rosas, folhas e terra — e encontrou Kell no chão, cercado não pela névoa de Osaron mas por homens. Três deles com armas em punho: uma lâmina, uma barra de ferro e uma tábua grossa de madeira.

Kell enfim se levantou, com a mão num dos ombros, o rosto fantasmagoricamente pálido. Não parecia ter sangue suficiente sequer para ficar de pé, quanto mais para revidar. Somente quando chegou mais perto que Lila se deu conta de que um dos homens era Tav, seu companheiro do *Night Spire*, e o outro era o homem que havia se passado por Kamerov na Noite dos Estandartes, antes do torneio. O terceiro vestia a capa e as armas da guarda real, a sua meia espada empunhada e pronta.

— Escutem — dizia Kell. — Vocês são mais fortes que isso. São capazes de lutar contra ele.

O rosto dos homens se contorceu de satisfação, surpresa, confusão. Eles falavam com as próprias vozes, não com o eco de duas vozes que Osaron usou no terraço, e ainda assim havia uma cadência musical na forma de pronunciar as palavras, uma espécie de cantar que a deixou arrepiada.

— O rei quer você.

— O rei o terá.

— Venha conosco.

— Venha e se ajoelhe.

— Venha e implore.

Kell se retesou, a mandíbula cerrada.

— Digam ao seu rei que ele não clamará essa cidade. Digam a ele...

O homem com o pedaço de madeira atacou, golpeando a barriga de Kell. Ele agarrou a tábua e a madeira incandesceu e se consumiu em cinzas nas mãos dele. O círculo se desfez: Tav ergueu a barra de ferro e o guarda avançou, mas Lila já estava de joelhos pressionando o chão frio com a palma das mãos. Ela se lembrava das palavras que Kell usou. E conjurou o que restava da sua força.

— *As Isera* — pronunciou ela. *Congelar.*

Gelo se espalhou por debaixo das mãos dela, deslizando pelo chão e subindo pelo corpo dos homens em questão de segundos.

Lila não possuía o controle de Kell, não conseguia dizer ao gelo aonde deveria ir, mas ele o viu chegando e saiu do caminho do feitiço. E, quando o gelo encontrou as suas botas, derreteu, deixando-o intocado. Os outros homens ficaram ali, encerrados no gelo, as sombras ainda nadando nos seus olhos.

Lila se levantou, e a noite oscilou perigosamente sob os seus pés, o feitiço roubando o que lhe restava de poder nas veias.

Em algum lugar, soou outro grito, e Kell deu um passo na direção dele, um joelho quase sucumbindo antes que ele se apoiasse numa parede.

— Chega — falou Lila. — Você mal se aguenta em pé.

— Então você pode me curar.

— Com *o quê*? — ralhou ela, gesticulando para a própria figura abatida e machucada. — Não podemos continuar com isso. Podemos sangrar até a última gota e ainda assim não marcaremos uma fração sequer dessa cidade. — Ela deixou escapar uma risada exausta e sem humor. — Você sabe que eu sou a favor de probabilidades desfavoráveis, mas isso é demais. É exagero.

Era uma causa perdida, e, se ele não conseguia enxergar isso... Mas ele conseguia, é claro. Ela via nos olhos de Kell, na rigidez da sua mandíbula, nas rugas do seu rosto, que ele também sabia. Sabia e não conseguia deixar acontecer. Não podia se render. Não podia recuar.

— Kell — disse ela com gentileza.

— Essa é a minha cidade — falou ele, visivelmente abalado. — O meu lar. Se eu não conseguir protegê-lo...

Os dedos de Lila se moveram até uma pedra solta na rua. Ela não deixaria que ele se matasse, não desta forma. Não depois de tudo. Se ele não ouvia a voz da razão...

Cascos retumbaram na pedra, e um instante depois quatro cavalos se puseram em círculo, montados por guardas reais.

— Mestre Kell! — gritou o que estava na frente. Lila reconheceu o homem como um dos guardas designados para proteger Kell. Era mais velho e lançou um olhar para ela. E então, obviamente sem saber como se dirigir a Lila, fingiu que ela não estava ali. — Os sacerdotes estão protegendo o palácio e o senhor deve retornar imediatamente. Ordens do rei.

Kell parecia estar prestes a amaldiçoar o rei. Em vez disso, ele balançou a cabeça.

— Ainda não. Estamos marcando os cidadãos onde podemos, mas ainda não encontramos uma forma de conter as sombras, ou de proteger a cidade contra...

— É tarde demais — interrompeu o guarda.

— O que você quer dizer com isso? — exigiu saber Kell.

— Senhor — falou outra voz, e um homem no fundo retirou o elmo. Lila o conhecia. Hastra. O guarda mais jovem de Kell. Quando ele falou, a sua voz era gentil, mas o seu rosto estava tenso. — Acabou, senhor — continuou ele. — A cidade foi subjugada.

VII

A cidade foi subjugada.

As palavras de Hastra seguiram Kell pelas ruas, subiram com ele os degraus do palácio e continuaram pelos corredores. Aquilo não podia estar certo.

Não podia ser verdade.

Como uma cidade podia ser subjugada quando ainda havia tantos lutando?

Kell entrou intempestivamente no Grand Hall.

O salão de festas cintilava, ornamentado, extravagante, mas o clima havia sido completamente alterado. Magos e nobres que estavam no baile do terraço agora se amontoavam no meio do salão. A rainha e o seu séquito carregavam tigelas de água e algibeiras de areia para os sacerdotes que desenhavam amplificadores no chão de mármore polido e feitiços de proteção em cada parede. Lorde Sol-in-Ar estava de pé recostado numa coluna, as feições sombrias porém indecifráveis. O príncipe Col e a princesa Cora estavam sentados na escada, parecendo em choque.

Ele encontrou o rei Maxim na plataforma onde os músicos vestidos de dourado tocavam todas as noites, em conferência com mestre Tieren e o chefe da guarda real.

— O que você quer dizer com "a cidade foi subjugada"? — perguntou Kell, marchando enfurecido pelo piso de mármore. Com as mãos ensanguentadas e o peito nu sob o casaco aberto, ele sabia que parecia louco. Não se importava. — Por que me chamou de volta?

— Tieren tentou bloquear o seu caminho, mas Kell passou pelo sacerdote. — Você tem algum plano?

— O meu plano — respondeu o rei calmamente — é impedi-lo de se matar.

— Estava *funcionando* — rosnou Kell.

— O que estava funcionando? — indagou Maxim. — Abrir uma veia sobre Londres?

— Se o meu sangue puder proteger as pessoas...

— Quantas você protegeu, Kell? — perguntou o rei. — Dez? Vinte? Cem? Há *milhares* de pessoas nessa cidade.

Kell sentiu como se estivesse de volta à Londres Branca, a gargantilha de aço apertada no pescoço. Indefeso. Desesperado.

— Já é *alguma coisa*...

— *Não é* o suficiente.

— Você tem uma ideia melhor?

— Ainda não.

— Então, Santo, me deixe fazer o que eu puder!

Maxim o segurou pelos ombros.

— Escute — disse o rei em voz baixa. — Quais são os pontos fortes de Osaron? Quais são as fraquezas? O que ele está fazendo com o nosso povo? Pode ser desfeito? Quantas perguntas você falhou em se fazer porque estava ocupado demais sendo valente? Você não tem um plano. Nenhuma estratégia. Não encontrou uma rachadura na armadura do inimigo, um lugar para enfiar a faca. Em vez de planejar um ataque, você estava lá fora, golpeando cegamente, sequer capaz de desferir um golpe porque está gastando cada gota do seu sangue precioso protegendo os outros de um inimigo que não sabemos como derrotar.

O corpo inteiro de Kell se retesou com essas palavras.

— Eu estava lá fora tentando proteger o *seu povo*.

— E, para cada um que você blindou, outra dúzia mais foi possuída pela escuridão. — Não havia julgamento na voz de Maxim, apenas uma determinação sombria. — A cidade sucumbiu, Kell.

Não se erguerá de novo sem a sua ajuda, mas isso não significa que você tenha de salvá-la sozinho. — O rei o segurou com mais força. — Não vou perder os meus filhos para isso.

Filhos.

Kell piscou, abalado pelas palavras, enquanto Maxim o soltava, a fúria se amainando.

— Rhy acordou? — perguntou ele.

O rei meneou a cabeça.

— Ainda não. — A atenção dele se desviou de Kell. — E você? — Kell virou a cabeça e viu Lila, o cabelo caindo sobre o olho fraturado enquanto ela raspava o sangue debaixo das unhas. Ela ergueu o olhar, atendendo à convocação. — Quem é você? — exigiu saber o rei.

Lila franziu o cenho e começou a responder. Kell a interrompeu.

— Essa é a senhorita Delilah Bard.

— Uma amiga do trono — completou Tieren.

— Eu já salvei a sua cidade — acrescentou Lila. — *Duas vezes.* — Ela inclinou a cabeça, adejando a cortina de cabelo escuro para revelar a difração de luzes vinda do seu olho espatifado. Para o mérito de Maxim, ele não se espantou. Simplesmente olhou para Tieren.

— Essa é garota de quem você me contou?

O sumo sacerdote assentiu com a cabeça, e Kell ficou se perguntando o que exatamente o *Aven Essen* tinha dito, e por quanto tempo Tieren sabia o que ela era. O rei avaliou Lila, o olhar percorrendo dos olhos dela até os dedos ensanguentados antes de tomar uma decisão. Maxim ergueu levemente o queixo e disse:

— Marque todos aqui.

Não era um pedido, e, sim, uma ordem do rei à sua súdita.

Lila abriu a boca, e por um segundo Kell pensou que ela diria algo terrível, mas a mão de Tieren tocou o ombro dela num sinal universal de "Fique quieta". E, ao menos uma vez, Lila escutou.

Maxim se afastou, a voz subindo alguns decibéis para que os demais presentes no salão pudessem ouvi-lo. E eles *estavam* ouvindo, percebeu Kell, pois diversas cabeças se viraram com cautela para captar as palavras enquanto o rei se dirigia ao seu *Antari*.

— Holland foi levado para a prisão. — Apenas algumas horas antes era *Kell* quem estava preso embaixo do palácio. — Você falará com ele. Aprenda tudo o que puder sobre a força que estamos enfrentando. — A expressão de Maxim obscureceu. — Use quaisquer meios necessários.

Kell se retesou.

A opressão fria do aço.

A gargantilha no seu pescoço.

A pele rasgada pela estrutura de metal.

— Vossa Majestade — disse Kell, esforçando-se para utilizar o tom de voz correto. — Considere feito.

As botas de Kell ecoaram na escada da prisão, cada degrau o levando para mais longe da luz e do calor do coração do palácio.

Quando era garoto, a prisão real era o seu esconderijo favorito. As celas ficavam diretamente abaixo da sala dos guardas, entalhadas numa das gigantescas fundações de pedra que sustentavam o palácio acima do rio, e raramente estavam ocupadas. A prisão fora usada com frequência, de acordo com Tieren, quando Arnes e Faro estavam em guerra, mas agora estava abandonada. Os guardas reais a utilizavam ocasionalmente, só os santos sabem para quê, mas, quando Rhy fugia com nada além das suas risadas ou de um bilhete que dizia "Venha me encontrar", Kell começava a busca pelas celas.

As celas estavam sempre geladas, o ar pesado com o cheiro das pedras úmidas, e a sua voz ecoando enquanto gritava por Rhy — "Venha brincar, venha brincar, venha brincar". Kell sempre foi melhor em encontrar que Rhy em se esconder, e a brincadeira em geral terminava com os dois garotos enfiados numa das celas comendo maçãs furtadas e jogando rodadas de Santo.

Rhy sempre gostou de descer até lá, mas Kell achava que o irmão gostava mesmo era de subir as escadas quando era hora de voltar, de como podia simplesmente deixar aquele ambiente para trás quando ficava cansado e trocar o subterrâneo frio e úmido por roupas luxuosas e chá de especiarias, sendo então relembrado da sorte que tinha por ser um príncipe.

Kell nunca gostou daquelas celas quando criança.

Agora, ele as odiava.

A cada degrau, a repulsa crescia dentro dele, repulsa pela memória da sua prisão, repulsa pelo homem que estava agora sentado no lugar que ele já ocupou.

Lampiões lançavam uma luz pálida por todo o lugar. Ela cintilava onde encontrava metal e desvanecia nas pedras.

Quatro guardas de armadura completa estavam posicionados em frente à maior cela. A mesma que Kell havia ocupado algumas horas antes. As suas armas estavam a postos, os olhos fixos na silhueta atrás das grades. Kell percebeu o jeito como os guardas olhavam para Holland, o veneno nos seus olhos, e sabia que era assim que outros queriam olhar para *ele*. Nada além de medo e raiva, nenhuma partícula de respeito.

O *Antari* branco estava sentado num banco de pedra nos fundos da cela, as mãos e os pés algemados à parede atrás dele. Uma venda preta estava amarrada sobre os olhos, mas Kell percebia pelo movimento sutil dos seus membros e pela inclinação da sua cabeça que Holland estava acordado.

A viagem do terraço até a cela foi curta, porém os guardas não foram gentis. Eles o despiram da cintura para cima à procura de armas, e machucados recentes podiam ser vistos na sua mandíbula e no seu tórax, a pele pálida revelando cada abuso apesar de terem tido o cuidado de limpar os vestígios de sangue. Diversos dedos pareciam quebrados, e o lento movimento do seu peito indicava algumas costelas quebradas.

De pé diante de Holland, Kell foi mais uma vez surpreendido pelas mudanças no homem. A largura dos ombros dele, os músculos discretos no tórax, os lábios sem emoção, tudo isso ainda estava ali. Mas as características novas — a cor nas faces e o rubor da juventude — Osaron levou embora ao partir. A pele do *Antari* parecia acinzentada onde não havia hematomas, e o seu cabelo já não exibia o mesmo preto brilhante da sua breve aparição enquanto rei. Até mesmo o tom de carvão esmaecido a que Kell estava mais acostumado agora se entremeava de fios prateados.

Holland parecia alguém preso entre duas versões de si mesmo, o que causava um efeito assustador e desconcertante.

Os seus ombros estavam recostados na parede de pedra gelada, mas, se ele podia sentir o frio, não demonstrava. Kell enxergou os restos do feitiço de controle de Athos Dane entalhados no peito do *Antari* — e arruinados pela barra de aço que o próprio Kell havia usado para transpassá-lo — antes de reparar na teia de cicatrizes desenhada na pele de Holland. Havia certa ordem nas mutilações, como se quem as tivesse infligido tivesse sido cuidadoso. Meticuloso. Kell conhecia por experiência própria a facilidade com que os *Antari* se curavam. Para deixar essas cicatrizes, as feridas teriam de ser muito, muito profundas.

No fim, foi Holland quem quebrou o silêncio. Ele não conseguia *enxergar* Kell, não através da venda, mas deve ter percebido que era ele, porque, quando o *Antari* mais velho falou, tinha a voz cheia de desprezo.

— Veio obter a sua vingança?

Kell respirou lenta e profundamente para se acalmar.

— Saiam — disse ele, gesticulando para os guardas.

Eles hesitaram, os olhos adejando entre os dois *Antari*. Um dos guardas se retirou sem vacilar, outros dois tiveram a decência de ficar nervosos, e o quarto pareceu relutante em perder o que aconteceria.

— Ordens do rei — advertiu Kell, e eles acabaram se retirando, levando com eles o retinir das armaduras, o eco das suas botas.

— Eles sabem? — perguntou Holland, flexionando os dedos destroçados. A voz dele não tinha mais o eco de Osaron, somente aquele tom familiar rouco. — Que você os abandonou? Que veio ao meu castelo por vontade própria?

Kell fez um leve movimento com o pulso e as correntes que envolviam Holland o apertaram, forçando-o contra a parede da cela. Ele nada ganhou com o gesto, uma vez que o tom de voz de Holland continuou frio e impassível.

— Vou entender isso como um não.

Mesmo através da venda, Kell conseguia *sentir* o olhar de Holland, o preto do seu olho esquerdo arranhando o preto do olho direito de Kell.

Ele evocou o tom de voz do rei da melhor forma que pôde.

— Você me contará tudo o que sabe sobre Osaron.

Um vislumbre dos dentes dele.

— E então você me deixará partir? — escarneceu Holland.

— O que é ele?

Houve uma pausa dramática, e Kell achou que Holland o forçaria a arrancar as respostas à força. Mas então ele respondeu.

— Um *oshoc*.

Kell conhecia essa palavra. Era o termo em mahktan para "demônio", mas o que realmente significava era um pedaço de magia *encarnado*.

— Quais as fraquezas dele?

— Não sei.

— Como pode ser derrotado?

— Não pode. — Holland balançou as correntes. — Isso nos deixa quites?

— *Quites?* — rosnou Kell. — Mesmo se eu pudesse descontar as atrocidades que você cometeu durante o reinado dos Danes, isso não mudaria o fato de que *você* foi o responsável por libertar o *oshoc*

115

Você tramou contra a Londres Vermelha. *Você* me atraiu para a sua cidade. *Você* me amarrou, torturou e propositalmente me separou da minha magia. E, ao fazer isso, *você* quase matou o meu irmão.

Um leve erguer de queixo.

— Se vale de alguma coisa...

— Não vale — vociferou Kell. Ele começou a andar de um lado para o outro, dividido entre a exaustão e a fúria; o corpo dolorido, mas os nervos à flor da pele.

E Holland permanecia enlouquecedoramente calmo. Como se não estivesse acorrentado a uma parede. Como se eles estivessem de pé num cômodo real em vez de separados por barras de ferro numa cela de prisão.

— O que você quer, Kell? Um pedido de desculpas?

Ele sentiu o temperamento explosivo enfim estourar.

— O que eu *quero*? Quero destruir o demônio que *você* libertou. Quero proteger a minha família. Quero salvar o meu lar.

— Eu também queria. Fiz o que fiz para...

— Não — rosnou Kell. — Quando os Danes governavam, talvez tivessem forçado a sua mão, mas desta vez *você* escolheu. Você escolheu libertar Osaron. Escolheu ser o seu hospedeiro. Escolheu dar a ele...

— A vida não é feita de escolhas — falou Holland. — É feita de acordos. Alguns são bons, outros são ruins, mas todos têm um preço.

— Você barganhou com a segurança do *meu* mundo...

Holland de repente tentou forçar as correntes, e, mesmo que a sua voz não tenha se elevado, cada músculo dele se retesou.

— E o que você acha que a *sua* Londres fez quando a escuridão surgiu? Quando a magia de Osaron consumiu o mundo dele e ameaçou se apoderar do meu? *Vocês* trocaram a segurança do *nosso* mundo pela do seu, trancaram as portas e nos encurralaram entre as águas violentas e as pedras. Como se sentem agora?

Kell envolveu o crânio de Holland com o seu comando e o forçou a bater na parede. Uma leve tensão na mandíbula de Holland e o resfolegar das suas narinas foram os únicos sinais de dor.

— O ódio é algo poderoso — continuou Holland por entre os dentes cerrados. — Agarre-se a ele.

E, naquele momento, Kell *quis* fazer isso. Quis continuar com aquilo, quis ouvir o som de ossos se partindo, quis ver se conseguiria subjugar Holland como Holland *o* havia subjugado na Londres Branca.

Mas Kell sabia que não conseguiria subjugá-lo.

Holland já estava devastado. Era visível, não nas cicatrizes, mas na forma com que falava, na forma como se continha diante da dor, familiarizado demais com a sua forma e intensidade. Ele era um homem vazio muito antes de encontrar Osaron, um homem sem medo nem esperança, com nada a perder.

Por um instante, Kell apertou mais forte mesmo assim — por ódio e por rancor — e sentiu os ossos de Holland rangendo sob a tensão.

E então forçou a si mesmo a soltá-lo.

TRÊS

SUCUMBIR OU LUTAR

I

Alucard sonhava com o mar quando ouviu a porta se abrir. Não foi um som alto, mas estava em desacordo com o contexto, deslocado do barulho do oceano e das gaivotas de verão.

Ele rolou para o lado, perdido por um instante no torpor do sono, com o corpo dolorido pelos abusos que havia cometido no torneio e a cabeça apoiada em lençóis de seda. E então um passo e tábuas de madeira rangendo no chão. A súbita e bastante concreta presença de outra pessoa no quarto. No quarto de *Rhy*. E o príncipe, ainda inconsciente, desarmado ao lado dele.

Alucard se levantou num único e fluido movimento, erguendo a água do copo ao lado da cama e a congelando na forma de uma adaga que já empunhava.

— Mostre-se.

Ele segurou o fragmento em posição de luta, pronto para atacar enquanto o intruso continuava a sua lenta marcha adiante. O quarto ao redor estava na penumbra, um lampião queimando às costas do invasor, deixando-o nas sombras.

— Quieto, cão — falou uma voz inconfundível.

Alucard xingou em voz baixa e se jogou de volta na cama, o coração martelando.

— Kell.

O *Antari* avançou, a luz iluminando a boca severa e os olhos estreitos, um azul, o outro preto. Mas o que chamou a atenção de Alucard, o que o hipnotizou foi o símbolo desenhado no peito nu.

Um padrão de círculos concêntricos. Uma réplica exata da marca sobre o coração de Rhy, aquela emaranhada aos fios iridescentes.

Kell flexionou os dedos e a lâmina congelada de Alucard voou da mão dele, derretendo de volta numa faixa de água enquanto retornava para o copo.

O olhar de Kell se dirigiu à cama, os lençóis amarfanhados onde Alucard estivera deitado instantes antes.

— Está levando a sua tarefa a sério, pelo que vejo.

— Muito.

— Eu disse para mantê-lo em segurança, não aconchegado.

Alucard apoiou as mãos nos lençóis atrás de si.

— Sou mais do que capaz de desempenhar múltiplas tarefas. — Ele estava prestes a continuar quando percebeu a palidez na pele de Kell e o sangue manchando as suas mãos. — O que aconteceu?

Kell olhou para si mesmo, como se tivesse se esquecido de tudo.

— A cidade está sendo atacada — disse ele com a voz vazia.

De repente, Alucard se lembrou da coluna de magia sombria do lado de fora da janela, fragmentando-se pelo céu. Ele se virou para a sacada e ficou paralisado com a visão. Não havia mais a luz vermelha familiar refletida nas nuvens. Nenhum brilho vindo do rio lá embaixo. Quando ele alcançou a porta, Kell o segurou pelo pulso. Os dedos apertaram os seus ossos.

— Não — ordenou Kell com o seu jeito autoritário. — Estamos protegendo o palácio para manter a coisa lá fora.

Alucard se desvencilhou, esfregando a mancha de sangue que Kell deixou no seu pulso.

— *Coisa*?

O *Antari* olhou para além dele.

— Infecção, veneno, feitiço, eu não sei... — Ele ergueu uma das mãos como se fosse esfregar os olhos, então percebeu que ela estava ensanguentada e a abaixou. — O que quer que seja. O que quer que ele tenha feito... que esteja fazendo. Apenas fique longe das portas e das janelas.

Alucard olhou para ele, incrédulo.

— A cidade está sendo atacada e vamos simplesmente nos entocar no palácio e deixar isso acontecer? Há pessoas lá fora...

Kell cerrou a mandíbula.

— Não podemos salvar todos — disse ele, tenso. — Não sem um plano, e, até termos um...

— A minha *tripulação* está lá fora. A minha família também. E você espera que eu fique sentado aqui e observe...

— Não! — explodiu Kell. — Espero que você faça algo útil. — Ele apontou para a porta. — De preferência em outro lugar.

Alucard olhou para a cama.

— Não posso abandonar Rhy.

— Você já fez isso antes — retrucou Kell.

Era golpe baixo, mas ainda assim Alucard estremeceu.

— Eu disse à rainha que...

— Emery — interrompeu Kell, fechando os olhos, e foi apenas neste momento que percebeu quão perto o mago estava de desmoronar. O rosto dele não tinha cor e parecia que apenas a força de vontade o mantinha de pé, mas ele estava começando a vacilar. — Você é um dos melhores magos nesta cidade — disse Kell, retraindo-se como se admitir o fato o machucasse. — Prove. Vá e ajude os sacerdotes. Ajude o rei. Ajude alguém que precisa. Essa noite você não pode mais ajudar o meu irmão.

Alucard engoliu em seco e concordou com um aceno.

— Está bem.

Ele se forçou a atravessar o quarto, olhando para trás apenas uma vez, e viu Kell num movimento dividido entre sentar e desmoronar na cadeira que ficava ao lado da cama do príncipe.

O corredor que terminava no quarto de Rhy estava estranhamente vazio. Alucard chegou à escada antes de ver os primeiros serviçais passando correndo com os braços cheios de panos, areia e vasilhas com água. Não eram ferramentas para fechar ferimentos, mas para feitiços de proteção.

Um guarda contornou o corredor com o elmo debaixo do braço. Na testa uma linha desenhada com sangue, mas ele não parecia estar ferido. Além disso, a marca parecia proposital e não como se ele tivesse sujado o rosto sem querer.

Através de um par de portas de madeira, Alucard viu o rei cercado por membros da guarda, todos debruçados sobre um grande mapa da cidade. Pessoas correndo traziam notícias de novos ataques e, a cada notificação, o rei Maxim marcava o local no pergaminho com uma moeda preta.

Enquanto Alucard andava pelos corredores e descia lances de escada, sentia como se acordasse de um sonho diretamente para um pesadelo.

Horas antes o palácio brilhava com vida. Agora as únicas emoções eram nervosismo e hesitação. Os rostos eram máscaras do choque.

Como se estivessem em transe, os seus pés encontraram o Grand, o maior salão de festas do palácio, e pararam de pronto. Era raro Alucard Emery se sentir impotente, mas agora ficou ali num silêncio aturdido. Duas noites antes, homens e mulheres dançaram ali sob feixes de luz enquanto música era tocada sobre o estrado dourado. Duas noites antes, Rhy estivera ali, vestido de vermelho e dourado, sendo o centro cintilante das atenções de todo o baile. Duas noites antes, esse havia sido um local de risadas e música, de cálices de cristal e conversas sussurradas. Agora, membros da *ostra* e da *vestra* se aglomeravam em choque e sacerdotes de branco se posicionavam em todas as janelas, pressionando a palma das mãos nos vidros enquanto conjuravam feitiços por todo o palácio, criando um escudo contra a noite venenosa. Ele via a magia deles, pálida, brilhante e difusa, enquanto lançavam as redes de magia sobre janelas e paredes. Pareciam muito frágeis em comparação com as sombras pesadas que se projetavam sobre o vidro, querendo entrar.

Ali, de pé na entrada do salão de festas, os ouvidos de Alucard captavam fragmentos de informação muito pequenos e confusos, misturando-se uns aos outros até que ele não conseguia mais distingui-los, separar o real da fantasia, a verdade do medo.

A cidade estava sob ataque.

Um monstro havia chegado a Londres.

Uma névoa estava envenenando pessoas.

Invadindo mentes.

Deixando-as loucas.

Era como a Noite Preta outra vez, diziam, mas pior. A praga havia atacado vinte, talvez trinta pessoas, e passava de uma para a outra pelo toque. A coisa, ao que parecia, movia-se pelo próprio ar. Já havia reclamado centenas, talvez milhares de vítimas.

E estava se espalhando.

Os magos do torneio estavam aglomerados em grupos. Alguns falavam em tom grave e urgente enquanto outros simplesmente encaravam, através das janelas abobadadas da galeria, os tentáculos de névoa preta que se enrolavam no palácio, manchando a cidade com listras pretas.

Os faroenses se reuniam em volta de lorde Sol-in-Ar numa formação muito unida, enquanto o general falava no seu idioma serpentino, ao passo que os veskanos permaneciam num silêncio taciturno, o seu príncipe encarando a noite e a princesa vasculhando o salão.

A rainha viu Alucard e franziu o cenho, desvencilhando-se dos membros da *vestra* emaranhados nela.

— O meu filho acordou? — perguntou ela num sussurro.

— Ainda não, Vossa Majestade — respondeu ele. — Mas Kell está com ele agora.

Houve um longo silêncio, e a rainha acenou com a cabeça, apenas uma vez, a atenção já se desviando para outro lugar.

— É verdade? — perguntou ele. — Que Rhy... — Ele não conseguia pronunciar as palavras, não queria lhes dar forma e vida. Alucard havia captado fragmentos do caos do colapso de Rhy e visto o feitiço idêntico no peito de Kell.

Alguém feriu você, disse ele noites antes, oferecendo-se para beijar o selo marcado acima do coração do príncipe. Mas alguém fez algo pior que isso.

— Ele agora vai se recuperar — disse ela. — É isso que importa.

Ele queria dizer alguma coisa, contar a ela que também estava preocupado (perguntou-se se ela sabia — o *quanto* sabia — do verão que passou com o seu filho, do quanto gostava dele), mas a rainha já estava de saída, e ele ficou com as palavras amargando na língua.

— Certo, então quem é o próximo? — falou uma voz familiar perto dali, e Alucard se virou mais uma vez e avistou a sua ladra rodeada de guardas do palácio. O seu pulso acelerou até que ele se deu conta de que Bard não corria perigo algum.

Os guardas estavam se *ajoelhando* diante dela, e Lila Bard, dentre todas as pessoas, tocava a testa deles, como se estivesse concedendo bênçãos. De cabeça baixa, ela quase parecia uma santa.

Se uma santa se vestisse inteiramente de preto e portasse facas.

Se uma santa abençoasse com sangue.

Ele foi até ela e os guardas se afastaram, cada um deles ungido com uma linha vermelha.

De perto, Bard estava pálida, com sombras da cor de hematomas sob os seus olhos e a mandíbula cerrada enquanto ela envolvia um corte com uma atadura.

— Mantenha um pouco disso nas suas veias, se puder — disse ele, aproximando-se para ajudá-la a amarrar a atadura.

Ela olhou para cima e ele se deteve ao ver o brilho não natural do olhar dela. A superfície vítrea do seu olho direito, que no passado era castanha e *quase* igual ao olho esquerdo, estava completamente despedaçada.

— O seu olho — falou ele, estupidamente.

— Eu sei.

— Parece...

— Perigoso?

— Doloroso. — A ponta dos dedos dele tocaram o sangue que tinha secado como uma lágrima no canto do olho arruinado. Havia um corte onde a lâmina arranhara a pele. — Noite longa?

Ela deixou escapar uma única risada sufocada.

— E ficando mais longa ainda.

O olhar de Alucard foi da pele marcada dos guardas até os dedos ensanguentados dela.

— É um feitiço?

Bard deu de ombros.

— Uma bênção. — Ele ergueu uma sobrancelha. — Não te contaram? — perguntou, distraidamente. — Eu sou *aven*.

— Você sem dúvida é uma figura e tanto — respondeu ele quando uma rachadura serpenteou pela janela mais próxima e um par de sacerdotes mais velhos correu até o noviço que trabalhava no feitiço de proteção do vidro. Ele baixou a voz. — Você esteve lá fora?

— Estive — respondeu ela, e as suas feições ficaram tensas. — Não... Não está... nada bom... — Ela parou no meio da frase. Bard nunca foi muito de conversar, mas ele achava que jamais a veria sem palavras. Ela demorou um instante, olhando para a estranha aglomeração diante deles, e começou a falar outra vez, em voz baixa. — Os guardas estão mantendo as pessoas dentro de casa, mas a névoa... o que quer que esteja *dentro dela*... é venenosa. A maioria sucumbe pouco depois do contato. As pessoas não estão apodrecendo como acontecia na Noite Preta — acrescentou —, então não é uma possessão. Mas também não são mais elas mesmas. E aquelas que lutam contra o poder da névoa sofrem com algo pior. Os sacerdotes estão tentando aprender mais, mas até agora... — Ela exalou o ar com um sopro, tirando o cabelo da frente do olho danificado. — Eu consegui ver Lenos de relance na multidão e ele parecia bem. Já o Tav... — Ela balançou a cabeça.

Alucard engoliu em seco.

— A névoa já chegou à margem norte? — perguntou ele, pensando na propriedade dos Emery. Na sua irmã. Quando Bard não respondeu, ele se virou e seguiu em direção à porta. — Tenho de ir...

— Você não pode — advertiu ela, e ele esperou que o repreendesse, ou o lembrasse de que ele não podia fazer nada, mas essa era Bard, a sua Bard, e "não pode" significava algo mais simples. — Os guardas estão nas portas — explicou. — Eles têm ordens rigorosas para não deixar ninguém sair ou entrar.

— *Você* nunca deixou isso te impedir.

O espectro de um sorriso passou pelo rosto dela.

— Verdade. — E então: — Eu poderia impedir você.

— Você poderia tentar.

E ela deve ter visto a determinação no olhar dele, porque o sorriso tremulou e se apagou.

— Venha aqui.

Ela enrolou os dedos na gola do casaco dele e puxou o seu rosto para perto. Por um segundo estranho e desorientador, ele achou que ela queria beijá-lo. A memória de outra noite passou pela sua mente — um ponto de vista comprovado por corpos imprensados, uma discussão interrompida por um beijo —, mas agora ela simplesmente pressionou o polegar na testa dele e desenhou uma linha curta acima das sobrancelhas.

Ele ergueu uma das mãos para o rosto, mas ela a afastou.

— Isso deve proteger você — explicou ela, acenando com a cabeça para as janelas — do que quer que seja isso lá fora.

— Pensei que essa fosse a função do palácio — falou ele, sombrio.

Lila ergueu o queixo.

— Talvez — disse ela —, mas apenas se estiver planejando ficar aqui dentro.

Alucard se virou para ir embora.

— Que Deus te proteja — falou Bard, secamente.

— O quê? — perguntou ele, confuso.

— Nada — resmungou ela. — Apenas tente continuar vivo.

II

Emira Maresh ficou parada na porta do quarto do filho e observou os dois dormindo.

Kell estava jogado numa cadeira ao lado da cama de Rhy, sem o casaco e com um cobertor jogado sobre os ombros nus. A sua cabeça estava apoiada nos braços cruzados sobre os lençóis da cama.

O príncipe estava deitado com o corpo esticado na cama e um dos braços envolvia as costelas. A cor havia voltado ao seu rosto e as suas pálpebras tremulavam, os cílios dançando como quando ele sonhava.

Adormecidos, ambos pareciam tão serenos.

Quando eles eram crianças, Emira costumava pairar de quarto em quarto como um fantasma depois que iam dormir, ajeitando lençóis, afagando os seus cabelos e observando enquanto pegavam no sono. Rhy não deixava que ela o colocasse na cama — dizia que não era digno — e Kell, quando ela tentava, limitava-se a encará-la com aqueles olhos enormes e inescrutáveis. Ele conseguia fazer isso sozinho, insistia, e então o fazia.

Agora Kell se revirava no sono e o cobertor começou a escorregar dos seus ombros. Emira, sem pensar, foi ajeitá-lo; porém, quando os seus dedos roçaram a pele dele, ele acordou e se pôs prontamente de pé, como se estivesse sendo atacado: os olhos embaçados e o rosto contorcido de pânico. A magia já havia começado a fumegar na sua pele, enchendo o ar com calor.

129

— Sou só eu — disse ela baixinho; entretanto, mesmo após o rosto dele demonstrar que já a havia reconhecido, o corpo não relaxou. As mãos se abaixaram, mas os ombros permaneceram rijos, o olhar recaindo sobre ela com uma dureza de pedra, enquanto o olhar de Emira se desviava para a cama, para o chão, imaginando por que era tão mais difícil olhar para ele quando estava acordado.

— Vossa Majestade — disse ele com reverência, mas também com frieza.

— Kell — falou ela, tentando encontrar algum carinho em si mesma.

Ela queria continuar, queria que o nome dele fosse o começo de uma pergunta — *Por onde você esteve? O que aconteceu com você? Com o meu filho?* —, mas ele já estava de pé, vestindo o casaco.

— Eu não pretendia acordá-lo — disse ela.

Kell esfregou os olhos.

— Eu não pretendia dormir.

Ela queria impedi-lo de sair e não conseguiu. Não o fez.

— Sinto muito — disse ele, já na soleira da porta. — Sei que a culpa é minha.

Não, ela queria dizer. E *sim*. Porque sempre que olhava para Kell também via Rhy suplicando pelo irmão, via Rhy tossindo sangue por causa da ferida de outra pessoa, via Rhy imóvel, morto, não mais um príncipe, mas um corpo, um cadáver, algo sem vida há muito tempo. Mas ele voltou, e ela sabia que o responsável por isso era o feitiço de Kell.

Ela agora entendia o que Kell tinha dado ao príncipe e o que o príncipe era sem ele. E isso a *aterrorizava*: o modo como eles estavam vinculados. Mas o filho dela estava deitado na cama, vivo, e ela queria abraçar Kell, beijá-lo e dizer: *Obrigada, obrigada, obrigada.*

Ela não o perdoara de nada.

Ela devia tudo a ele.

Mas, antes que pudesse lhe dizer isso, ele havia ido embora.

Quando a porta se fechou atrás dele, Emira desabou na cadeira que Kell abandonara. As palavras presas na sua boca, não ditas. Ela engoliu em seco, retraindo-se como se elas descessem arranhando.

Ela se inclinou para a frente, pousando a mão gentilmente na de Rhy.

A pele dele estava macia e quente, o pulso forte. Lágrimas escorreram pelo seu rosto e congelaram conforme caíam, pequenas contas de gelo aterrissando no seu colo apenas para derreter novamente sobre o vestido.

— Está tudo bem — conseguiu dizer por fim, apesar de não saber se as palavras eram para Kell, para Rhy ou para si mesma.

Emira nunca desejou ser mãe.

Com certeza, jamais planejou se tornar rainha.

Antes de se casar com Maxim, Emira era a segundogênita de Vol Nasaro, o quarto na linha de sucessão ao trono, atrás dos Maresh, dos Emery e dos Loreni.

Quando criança, ela costumava ser o tipo de menina que quebrava coisas.

Ovos e jarras de vidro, xícaras de porcelana e espelhos.

— Você é capaz de quebrar uma pedra — costumava provocar o seu pai, e ela não sabia se era desastrada ou amaldiçoada; sabia apenas que, nas suas mãos, as coisas sempre se destruíam. Parecia uma piada cruel, uma vez que o seu elemento não era aço nem vento, mas água... *gelo*. Facilmente criado. Facilmente destruído.

A ideia de ter filhos sempre a aterrorizou. Eles eram tão pequenos, tão frágeis, machucavam-se tão facilmente. Mas então o príncipe Maxim entrou na sua vida, com a sua força tremenda, a sua determinação de aço, a sua bondade que lembrava água corrente sob a neve grossa do inverno. Ela sabia o que significava ser rainha, o que isso *implicava*, apesar de naquela época torcer em segredo para que isso não acontecesse, para que não pudesse acontecer.

Mas aconteceu.

E, por nove meses, ela se movimentou como se estivesse segurando uma vela no meio de uma ventania.

Por nove meses, ela prendeu a respiração, incentivada apenas pela certeza de que, se alguém quisesse chegar ao seu filho, teria de passar por ela primeiro.

Por nove meses, ela rezou para as fontes, para diversos santos e para o falecido Nasaro revogar a sua maldição ou fortalecer a sua mão.

E então Rhy nasceu, e ele era perfeito, e ela soube que passaria o resto da vida com medo.

A cada tropeço do príncipe, a cada tombo, era ela quem lutava contra as lágrimas. Rhy saía correndo e rindo, limpando os machucados como se fossem só terra, e ia brincar de novo, ia caçar a próxima catástrofe. E Emira ficava ali com as mãos ainda estendidas como se fosse pegá-lo no colo.

— Relaxe — dizia Maxim. — Meninos não se quebram tão facilmente. O nosso filho será tão forte quanto aço forjado e geleiras.

Mas Maxim estava errado.

Aço se enferruja e gelo só é forte até uma rachadura o fazer se espatifar no chão. Ela passava as noites acordada, esperando que algo se quebrasse, sabendo que isso aconteceria.

E, em vez disso, veio Kell.

Kell, que carregava um mundo de magia no sangue.

Kell, que era inquebrável.

Kell, que poderia proteger o seu filho.

— Num primeiro momento, eu *queria* criá-los como irmãos.

Emira não sabia quando havia começado a falar em vez de apenas pensar, mas ouviu a sua voz ecoando suavemente pelo quarto do príncipe.

— Vocês tinham idades tão próximas que pensei que seria bom. Maxim sempre quis mais de um filho, mas eu... eu não consegui me convencer a ter outro. — Ela se inclinou para a frente. — Eu me preocupava, sabe, que vocês dois pudessem não se dar bem; Kell era tão quieto e você tão barulhento, como a manhã e a meia-noite, mas ambos eram fortes como vinhas, desde o começo. E estava tudo bem quando o perigo eram só escadas escorregadias e joelhos machucados. Mas então as Sombras vieram e o capturaram, e Kell não estava lá porque vocês dois estavam numa das suas brincadeiras. E, depois disso, eu percebi que você não precisava de um irmão. Precisava de um guardião. Eu tentei criar Kell como tal, então, e não como filho. Mas já era tarde demais. Vocês eram inseparáveis. Eu pensei que talvez, conforme crescessem, vocês se separariam: Kell iria para a magia e você para a coroa. Vocês são tão diferentes que eu esperava que o tempo talhasse algum espaço entre os dois. Mas, em vez disso, vocês ficaram ainda mais próximos.

Houve um lampejo de movimento na cama, um movimento de pernas nos lençóis e ela já estava de pé, tirando os cachos pretos do rosto dele e sussurrando:

— Rhy, Rhy.

Os dedos dele agarraram os lençóis, e o seu sono foi ficando mais leve, inquieto. Uma palavra escapou dos lábios de Rhy, pouco mais que uma expiração, mas ela reconheceu o som e a forma do nome de Kell nos seus lábios antes de, finalmente, o filho acordar.

III

Por um instante, Rhy ficou preso entre adormecido e acordado, entre a escuridão impenetrável e uma explosão de cores. Havia uma palavra na sua língua, o eco de algo já dito, mas que se perdeu como um torrão de açúcar que se derrete.

Onde ele estava?

Onde ele esteve?

No pátio, procurando por Kell, e então desabando, atravessando o chão de pedra até um lugar escuro, aquele que chamava por ele sempre que adormecia.

Estava escuro ali também, mas era a escuridão difusa e sutil de um quarto à noite. O vermelho das almofadas da sua cama, com o seu bordado cor de mel, lançava sombras em variados tons de cinza, os lençóis estavam amarfanhados sob o corpo dele.

Sonhos se grudavam a ele como teias de aranha. Sonhos de dor, de mãos fortes o erguendo e depois o afundando, sonhos de gargantilhas frias como gelo e de estruturas de metal, de sangue derramado em pedras brancas. Mas ele não conseguia lembrar exatamente o que eram.

O corpo dele doía com a lembrança da dor, e ele desabou nos travesseiros, arquejando.

— Calma — disse a sua mãe. — Calma. — Lágrimas escorriam pelo rosto dela e ele se esticou para pegar uma gota, maravilhado com o cristal de gelo que rapidamente derreteu na palma da sua mão.

Ele achou que nunca a tinha visto chorar.

— Qual o problema?

Ela deixou escapar um som abafado, algo entre uma risada e um soluço, no limite da histeria.

— Qual o problema? — repetiu ela, trêmula. — Você foi embora. Você *morreu*. Fiquei aqui com o seu *cadáver*.

Rhy estremeceu com a última palavra, a escuridão o alcançando, tentando arrastá-lo de volta para a memória daquele lugar sem luz, sem esperança, sem vida.

A sua mãe ainda meneava a cabeça.

— Eu pensei... Eu pensei que ele tivesse curado a ferida. Pensei que ele tivesse trazido você de volta. Não tinha entendido que ele é a única coisa que o mantém aqui. Que vocês... Que vocês realmente... — A voz dela falhou.

— Eu estou aqui agora — confortou ele, acalmando-a, mesmo que uma parte dele ainda se sentisse presa em outro lugar. Ele estava se libertando de lá, instante a instante, centímetro a centímetro. — E onde está Kell?

A rainha ficou tensa e se afastou.

— O que aconteceu? — pressionou Rhy. — Ele está em segurança? O rosto dela endureceu.

— Eu vi você morrer por causa dele.

A frustração atingiu Rhy em cheio, e ele não sabia se era apenas dele ou de Kell também, mas a intensidade era avassaladora.

— E estou *vivo* de novo por causa dele — explodiu Rhy. — Como você pode odiá-lo depois de tudo isso?

Emira cambaleou para trás como se tivesse levado um golpe.

— Eu não o odeio, apesar de querer conseguir odiá-lo. Vocês são cegos um em relação ao outro, e isso me deixa aterrorizada. Não sei como manter você em segurança.

— Você não tem de fazer isso — retrucou Rhy, levantando-se. — Kell já o fez por você. Ele deu a própria vida, e santos sabem mais o quê, para me salvar, para me *trazer de volta*. Não porque eu sou o príncipe dele. Mas porque sou irmão dele. E vou passar todos os dias dessa vida emprestada tentando recompensá-lo.

— Ele deveria ser o seu escudo — murmurou ela. — O seu abrigo. Você nunca deveria ter sido o dele.

Rhy balançou a cabeça, exasperado.

— Não foi apenas ao Kell que você falhou em compreender. A minha ligação com ele não começou com essa maldição. Você queria que ele matasse por mim, morresse por mim e me protegesse a qualquer custo. Bem, mãe, desejo realizado. Você simplesmente falhou em perceber que esse tipo de amor, essa ligação vale para ambos os lados. Eu mataria por ele, morreria por ele e vou protegê-lo como puder de Faro e de Vesk, da Londres Branca e da Londres Preta, e de vocês.

Rhy foi até as portas da varanda e abriu as cortinas, pretendendo encher o quarto com a luz vermelha do Atol. Em vez disso, ele encontrou uma parede de escuridão. Os seus olhos se arregalaram, a raiva se dissolvendo em choque.

— O que aconteceu com o rio?

IV

Lila enxaguou o sangue das mãos, espantada por ainda restar um pouco em si mesma. O seu corpo era um emaranhado de dor — era engraçado como ele ainda encontrava maneiras de surpreendê-la — e, debaixo de tudo, havia um vazio que ela conhecia dos dias famintos e das noites gélidas.

Ela encarou a tigela de água, perdendo o foco.

Tieren já havia cuidado da sua panturrilha, onde Ojka tinha fincado a sua faca; das suas costelas, onde ela colidira com o telhado; do seu braço, onde ela vertera sangue, e mais sangue e mais sangue. E, quando ele terminou, colocou os dedos no queixo dela e o ergueu, o olhar dele um enorme peso, sólido mas estranhamente bem-vindo.

— Ainda inteira? — perguntou ele, e ela se lembrou do olho arruinado.

— Mais ou menos.

O quarto oscilou um pouco e então Tieren a ajudou a se equilibrar.

— Você precisa descansar — disse ele.

Lila afastou a mão dele com um tapa.

— Dormir é para os ricos e os enfadonhos — retrucou ela. — Não sou nenhum dos dois e conheço os meus limites.

— Você pode tê-los conhecido antes de vir para cá — ralhou ele —, antes de aceitar a magia. Mas o poder tem as suas próprias limitações.

Ela não deu ouvidos a ele, embora na verdade estivesse cansada de um jeito que raramente se sentia, um cansaço que ia muito além da pele, dos músculos e até mesmo dos ossos. Ele fincava os dedos na sua mente até tornar tudo confuso e desfocado. Um cansaço que tornava difícil respirar, pensar, existir.

Tieren suspirou e se virou para partir enquanto ela tirava o fragmento de pedra da face de Astrid Dane do bolso do casaco.

— Acho que já respondi a pergunta.

— Quando se trata de perguntas ao seu respeito, senhorita Bard — retrucou o sacerdote sem olhar para trás —, eu acho que mal começamos.

Outra gota de sangue bateu na água, manchando a bacia, e Lila se lembrou do espelho do mercado clandestino em Sasenroche; de como espetou os dedos, tirando sangue em troca de um futuro que poderia ser dela. Num dos lados, a promessa; do outro, os meios. O quão tentador foi virar o espelho. Não porque queria o que tinha visto, mas só porque havia poder em saber.

O sangue girou na tigela entre as mãos dela, transformando-se em formas incompletas antes de se dissolver numa névoa rosada.

Alguém pigarreou, e Lila ergueu o olhar.

Ela quase se esqueceu do rapaz que estava de pé à porta. Hastra. Ele a levou até ali, deu-lhe uma xícara de prata com chá — que ficou abandonada na mesa —, encheu a bacia e então assumiu o seu posto na porta para esperá-la.

— Eles estão com medo de que eu roube algo ou de que fuja? — perguntou ela quando ficou claro que ele fora designado para vigiá-la.

Ele corou e, depois de um instante, respondeu, tímido:

— Acho que um pouco de cada.

Ela quase riu.

— Sou prisioneira? — perguntou, e então ele olhou para ela com aqueles grandes olhos sinceros e disse, num inglês atenuado pelo sutil sotaque arnesiano:

— Somos todos prisioneiros, senhorita Bard. Ao menos essa noite.

Agora ele estava inquieto, olhando para ela e depois para o outro lado, e então de volta para ela. Os seus olhos se dividiam entre a poça cada vez mais vermelha e o olho despedaçado. Ela nunca conheceu um rapaz tão expressivo.

— Há algo que queira me perguntar?

Hastra piscou e pigarreou. Por fim, ele pareceu ter criado coragem.

— É verdade o que dizem sobre você?

— O que dizem? — inquiriu ela, limpando o último corte.

O garoto engoliu em seco.

— Que você é a terceira *Antari*. — Ouvir a palavra causou arrepios nela. — Da *outra* Londres.

— Não faço ideia — respondeu ela, limpando o braço com um pano.

— Espero que você seja como ele — insistiu o rapaz.

— Por quê?

As bochechas dele coraram.

— Só acho que o mestre Kell não devia ficar sozinho. Você sabe, ser o único.

— Até onde eu sei — disse Lila —, vocês têm outro na prisão. Talvez pudéssemos começar a sangria *nele*, em vez de em mim. — Ela amarrou a atadura, gotas vermelhas caindo na tigela.

Hastra corou.

— Eu só quis dizer... — Ele contraiu os lábios, buscando as palavras, ou talvez pela forma como dizê-las no idioma dela. — Estou feliz que ele tenha você.

— E quem disse que ele tem? — Mas as palavras não eram mordazes. Lila estava cansada demais para joguinhos. A dor era suportável mas persistente, e ela se sentia completamente drenada. Suprimiu um bocejo.

— Mesmo *Antari* precisam dormir — comentou Hastra com gentileza.

Ela não deu importância às palavras dele.

— Você parece Tieren falando.

O rosto dele se iluminou como se tivesse recebido um elogio.

— Mestre Tieren é sábio.

— Mestre Tieren é chato — retrucou ela, desviando o olhar mais uma vez para o reflexo na poça de água turva.

Dois olhos a encararam, um comum, o outro fraturado. Um castanho, o outro apenas uma explosão de luz fragmentada. Ela sustentou o olhar — algo que nunca gostou de fazer — e se deu conta de que, de um jeito estranho, isso era mais fácil agora. Como se esse reflexo de alguma forma estivesse mais próximo da verdade.

Lila sempre acreditou que segredos eram como moedas de ouro. Eles podiam ser acumulados ou utilizados, mas, uma vez que os gastasse ou perdesse, era muito difícil arranjar mais.

Por causa disso, ela sempre guardou os seus segredos, prezou-os acima de qualquer outra coisa.

Os atravessadores da Londres Cinza não sabiam que ela era cria das ruas.

Os patrulheiros não sabiam que ela era garota.

Ela mesma não sabia o que tinha acontecido com o seu olho.

Mas ninguém sabia que era falso.

Lila passou os dedos de leve pela água uma última vez.

Esse segredo já era, pensou.

E já estava ficando sem segredos para guardar.

— E agora? — perguntou ela, virando-se para o rapaz. — Ganho o direito de machucar mais alguém? De causar alguma confusão? Desafiar esse Osaron para uma briga? Ou vamos ver o que Kell anda fazendo?

Enquanto ela descartava as opções, os seus dedos dançavam distraidamente sobre as facas — faltava uma. Não estava perdida. Apenas emprestada.

Hastra segurou a porta para ela, olhando ameaçadoramente para a xícara abandonada.

— O seu chá, senhorita Bard.

Lila suspirou e pegou a xícara de prata, o conteúdo já frio.

Ela bebeu, retraindo-se com o sabor amargo dos resíduos antes de colocá-la de lado, e seguiu Hastra porta afora.

V

Kell não sabia que estava procurando por Lila, não até esbarrar em alguém que *não* era ela.

— Ah! — exclamou a garota, resplandecente num vestido verde e prateado.

Ele a segurou, equilibrando aos dois enquanto a princesa de Vesk se jogava em cima dele ao invés de se afastar. As suas faces estavam coradas, como se ela tivesse corrido, e os olhos estavam marejados e brilhantes. Com apenas 16 anos, Cora ainda tinha o porte e os membros longos característicos da juventude e o corpo de uma jovem mulher. Quando a viu pela primeira vez, ele ficou embasbacado por esse contraste; porém, agora, ela parecia uma criança, uma menina brincando de se fantasiar num mundo para o qual ainda não estava pronta. Ele ainda não conseguia acreditar que Rhy tinha medo dessa menina.

— Vossa Alteza.

— Mestre Kell — respondeu ela, sem fôlego. — O que está acontecendo? Eles não nos dizem coisa alguma, mas o homem no terraço e aquela névoa horrível e agora as pessoas nas ruas... Eu as vi pela janela antes que Col me afastasse delas — disse ela rapidamente, o sotaque veskano a fazendo tropeçar em algumas palavras. — O que vai acontecer com o resto de nós?

Ela estava ruborizada encostada nele, e Kell agradeceu por ter parado no próprio quarto para vestir uma camisa.

Ele a afastou com gentileza.

— Contanto que fiquem no palácio, estarão a salvo.

— A salvo — ecoou a voz dela, olhando de soslaio para as portas mais próximas, cujos painéis de vidro estavam recobertos da geada de inverno e manchadas pela sombra. — Acho que só me sentirei segura — acrescentou — com você ao meu lado.

— Que romântico — disse uma voz amarga, e Kell se virou para ver Lila recostada numa parede, Hastra alguns passos atrás dela. Cora ficou tensa nos braços de Kell ao vê-los. — Estou interrompendo algo? — perguntou Lila.

Cora disse "sim" ao mesmo tempo que Kell disse "não". A princesa lhe lançou um olhar mortificado, e então direcionou a irritação para Lila.

— Saia — ordenou ela naquele tom imperativo peculiar da realeza e das crianças mimadas.

Kell se encolheu, mas Lila apenas ergueu uma sobrancelha.

— O que foi que você disse? — perguntou ela, aproximando-se. Ela era quase uma cabeça mais alta que a garota da realeza veskana.

Para o crédito de Cora, ela não recuou.

— Você está na presença de uma princesa. Sugiro que aprenda qual é o seu lugar.

— E onde seria isso, *princesa*?

— Abaixo de mim.

Lila sorriu ao ouvir essas palavras, um daqueles sorrisos que deixavam Kell profundamente nervoso. O tipo de sorriso que normalmente precedia o uso de uma arma.

— *Sa'tach*, Cora! — O irmão dela, Col, virou o corredor, o rosto tenso de fúria. Com 18 anos, o príncipe não tinha nenhum dos traços infantis da irmã, nenhum vestígio da sua graça. Os últimos resquícios de juventude estavam nos olhos azuis penetrantes, mas em todos os outros aspectos ele era um touro, uma criatura de força bruta. — Eu disse a você que ficasse na galeria. Isso não é brincadeira.

Uma nuvem de tempestade atravessou o rosto de Cora.

— Eu estava procurando o *Antari*.

— E agora você o encontrou. — Ele acenou com a cabeça para Kell e então pegou a irmã pelo braço. — Venha.

Apesar da diferença de tamanho, Cora se desvencilhou dele, mas a sua rebeldia parou por aí. Ela lançou a Kell um olhar envergonhado e a Lila um olhar venenoso antes de seguir o irmão.

— Não mate o mensageiro — falou Lila depois que os dois foram embora —, mas acho que a princesa está querendo é cair... — ela olhou Kell de cima a baixo — ... na sua cama.

Ele revirou os olhos.

— Ela é só uma criança.

— Filhotes de víbora também têm presas... — Lila não terminou a frase, mas perdeu o equilíbrio, sentindo o sutil balançar de um corpo tentando encontrar o eixo. Ela se apoiou numa parede.

— Lila? — Ele a alcançou para segurá-la. — Você dormiu?

— Não você também — explodiu ela fazendo um sinal de desdém com a mão, e então apontou para Hastra. — O que eu preciso é de uma bebida de verdade e de um bom plano. — As palavras foram cuspidas com a sua acidez típica, mas Lila não parecia bem. Havia respingos de sangue nas suas faces, mas foram os seus olhos, mais uma vez os olhos, que o hipnotizaram. Um era cálido e castanho, o outro uma explosão de linhas fraturadas.

Parecia errado, e ao mesmo tempo certo, e Kell não conseguia olhar para outra coisa.

Lila sequer tentou. E essa era a sua característica mais marcante. Cada olhar era um teste, um desafio. Kell se aproximou dela e levou uma das mãos ao seu rosto, a pulsação e o poder de Lila fortes na palma da sua mão. Ela ficou tensa com o toque, mas não se afastou.

— Você não parece bem — sussurrou ele, o polegar tracejando o queixo dela.

— Considerando tudo — murmurou ela —, acho que estou aguentando bem...

A muitos metros dali, Hastra parecia querer se fundir com a parede.

— Vá — disse Kell a ele sem tirar os olhos de Lila. — Descanse um pouco.

Hastra se mexeu, desconfortável.

— Não posso, senhor — respondeu ele. — Tenho de escoltar a senhorita Bard...

— Eu me encarrego disso — interrompeu Kell. Hastra mordeu o lábio e recuou alguns passos.

Lila deixou a sua testa descansar na dele, o rosto tão perto que os traços dela saíram de foco. E, ainda assim, o olho fraturado brilhava com uma luz assustadora.

— Você nunca me contou — sussurrou Kell.

— Você nunca reparou — respondeu ela. E então: — Alucard notou.

O golpe o atingiu em cheio, e Kell começou a se afastar quando as pálpebras de Lila tremularam e o corpo dela oscilou perigosamente.

Ele a apoiou.

— Vamos — disse ele, com gentileza. — Eu tenho um quarto lá em cima. Por que nós não...

Um lampejo sonolento de divertimento passou pelo rosto dela.

— Está tentando me levar para a cama?

Kell exibiu um sorriso.

— É justo. Eu passei algumas horas na sua.

— Se eu lembro bem — falou ela, a voz sonhadora de cansaço —, você ficou o tempo todo *na* cama.

— E amarrado a ela — observou Kell.

As arestas das palavras dela ficaram suaves.

— Bons tempos... — disse ela pouco antes de desabar. Aconteceu tão subitamente que Kell não pôde fazer nada além de passar os braços em volta dela.

— Lila? — chamou ele, primeiro com gentileza e depois com mais urgência. — *Lila?*

Ela murmurou alguma coisa encostada no rosto dele, algo sobre facas afiadas e cantos macios, mas não despertou, e Kell olhou para Hastra, que ainda estava ali de pé, parecendo completamente envergonhado.

— O que você fez? — interpelou Kell.

— Foi apenas um tônico, senhor — balbuciou ele —, algo para dormir.

— Você a *drogou*?

— Foi ordem de Tieren — respondeu Hastra, parecendo repreendido. — Ele disse que ela era louca e teimosa e de nada nos serviria morta. — Hastra baixou a voz ao dizer isso, imitando o tom de voz de Tieren com uma similaridade espantosa.

— E o que você pretende fazer quando *ela acordar*?

Hastra se encolheu.

— Pedir desculpas?

Kell emitiu um som exasperado quando Lila se aconchegou — realmente *se aconchegou* — no ombro dele.

— Sugiro — explodiu ele com o jovem — que você pense em algo melhor. Como uma rota de fuga.

Hastra ficou pálido, e Kell pegou Lila nos braços, surpreso com a leveza. Ela ocupava tanto espaço no mundo — no mundo *dele* — que era difícil imaginar que fosse tão leve. Na sua concepção, ela era feita de pedra.

A cabeça de Lila se recostou no peito dele. E ele se deu conta de que nunca a tinha visto dormir — sem a mandíbula projetada, a ruga entre as sobrancelhas e o olhar ameaçador, ela parecia surpreendentemente jovem.

Kell rumou pelos corredores até chegar ao seu quarto e depositou Lila no sofá.

Hastra lhe entregou um cobertor.

— Não devíamos tirar as facas dela?

— Não há tônico suficiente no mundo que diminua o risco de fazer isso — falou Kell.

Ele começou a ajeitar o cobertor sobre ela e parou, franzindo o cenho ao olhar para as bainhas nos braços e nas pernas de Lila.

Uma delas estava vazia.

Não deve ser nada, disse a si mesmo, colocando-a para dormir. Porém, uma pontada de dúvida o acompanhou quando ele se levantou, uma preocupação desconfortável que se transformou num sussurro quando Kell chegou ao corredor.

Não deve ser nada, pensou ele enquanto deslizava até o chão, recostado na porta, e esfregava os resquícios de sono dos olhos.

Ele não pretendia cair no sono mais cedo, no quarto de Rhy. Queria apenas um momento de sossego para recuperar o fôlego. Para reunir forças para o que ainda estava por vir.

Neste momento, ele ouviu alguém pigarrear e ergueu os olhos para ver Hastra, que revirava uma moeda incessantemente por entre os dedos.

— Largue isso — disse Kell.

— Não posso — respondeu o antigo guarda.

Kell ordenou à moeda que abandonasse os dedos de Hastra e fosse para os dele. O guarda deixou escapar um leve guincho, mas não tentou recuperá-la.

De perto, Kell viu que não era uma moeda qualquer. Fora cunhada na Londres Branca, um disco de madeira com os vestígios de um feitiço de controle entalhados na face.

O que Hastra tinha dito?

Foi minha culpa ela ter encontrado você.

Então foi assim que Ojka conseguiu chegar até ele.

Era por isso que Hastra se culpava.

Kell fechou a mão com a moeda dentro e conjurou fogo, permitindo que as chamas devorassem o objeto.

— Pronto — disse ele, deixando cair as cinzas da palma da mão. Ele se levantou do chão com um impulso, mas o olhar de Hastra permaneceu ali, grudado aos ladrilhos.

— O príncipe está mesmo vivo? — sussurrou ele.

Kell recuou como se tivesse levado uma pancada.

— É claro. Por que você pergunta...

Os grandes olhos castanhos de Hastra estavam semicerrados de preocupação.

— Você não o viu, senhor. O jeito como ele estava antes de voltar. Ele não tinha apenas morrido. Era como se ele... *já tivesse morrido*. Morrido há muito tempo. Como se nunca mais fosse voltar. — Kell ficou tenso, mas Hastra continuou falando, a voz baixa porém urgente, o rosto corado. — E a rainha não saiu do lado do corpo dele, ficava repetindo que ele voltaria porque *você* voltaria, e eu sei que vocês dois têm a mesma cicatriz, sei que estão vinculados de alguma forma, vida com vida. E, bem, eu sei que não é o meu lugar, sei que não devo, mas tenho de perguntar. Isso é uma ilusão cruel? O verdadeiro príncipe está...

Kell levou uma das mãos ao ombro do guarda e sentiu que ele tremia. Sentiu o temor genuíno pela vida de Rhy. Apesar de toda a sua tolice, essas pessoas amavam o seu irmão.

Ele apontou para o fim do corredor.

— O verdadeiro príncipe — falou Kell com firmeza — está dormindo atrás daquela porta. O coração dele bate tão forte no peito quanto o meu coração bate no meu. E fará isso até o dia em que eu morrer.

Kell estava se afastando quando a voz de Hastra o atraiu de volta, baixa, mas insistente.

— Tem um ditado no Santuário. *Is aven stran.*

— O fio abençoado — traduziu Kell.

Hastra concordou com entusiasmo, acenando com a cabeça.

— Sabe o que significa? — Os olhos dele brilhavam enquanto ele falava. — É de um dos mitos, a Origem dos Magos. A Magia e o Homem eram irmãos, sabe, mas nada tinham em comum, pois a fraqueza de um era a força do outro. E assim, um dia, a Magia conjurou um fio abençoado e se atrelou ao Homem. Amarrou tão apertado que o fio cortou a pele dos dois... — Neste instante, ele virou a palma das mãos para cima, flexionando os pulsos para exibir as veias. — E, desse dia em diante, eles passaram a dividir o melhor e o pior, as forças e as fraquezas.

Algo se agitou no peito de Kell.

— Como a história termina? — perguntou ele.

— Não termina — respondeu Hastra.

— Nem mesmo se eles se separarem?

Hastra balançou a cabeça, negando.

— Não há mais *eles*, mestre Kell. A Magia deu tanto ao Homem, e o Homem tanto à Magia, que os seus limites se confundiram, e todos os fios deles se enrolaram, e agora eles não podem mais ser separados. Estão vinculados juntos, sabe, vida com vida. Metades de um todo. Se alguém tentar separá-los, ambos vão se desfiar.

VI

Alucard conhecia o palácio Maresh melhor do que deveria.

Rhy lhe mostrou uma dezena de formas de entrar e sair; portas ocultas e corredores secretos, uma cortina que se afastava para revelar uma escadaria, uma porta que se camuflava na parede. Todos os jeitos para um amigo se esgueirar até um quarto, ou um amante até uma cama.

Na primeira vez que Alucard entrou escondido no palácio, ele estava tão desorientado que quase esbarrou com *Kell*. E isso *teria* acontecido se o *Antari* estivesse no quarto dele, mas o cômodo estava vazio, a luz do lampião bruxuleando sobre a cama feita. Alucard estremeceu e fugiu por onde veio, caindo nos braços de Rhy alguns minutos depois, rindo de alívio até que o príncipe tapou a sua boca com a palma da mão.

Agora ele vasculhava a mente tentando se lembrar da saída mais próxima. Se as portas fossem feitas de — ou ocultas por — magia, ele veria os fios, mas os portais do palácio eram simples; madeira, pedra e tapeçaria, forçando-o a encontrar o caminho tateando e buscando pela memória em vez de enxergá-lo.

Uma porta oculta levava do primeiro andar até a estrutura sob o palácio. Seis colunas sustentavam a gigantesca estrutura, bases sólidas de onde o arco etéreo da residência dos Maresh se abobadava para o céu. Seis colunas de rochas ocas com uma rede de túneis que desembocavam no piso do palácio.

Era apenas uma questão de lembrar qual túnel seguir.

Alucard desceu até o local que acreditava ser o antigo santuário e o encontrou convertido numa espécie de câmara de treinamento. Os círculos concêntricos de uma arena de meditação ainda estavam montados no chão, porém as superfícies exibiam marcas de queimado e manchas dignas de um salão de treinamento.

Uma única tocha e o seu fogo branco encantado lançavam sombras cinzentas no espaço, e, na neblina sem cor, Alucard viu armas espalhadas numa pequena mesa, além de elementos em outra: bacias com água e areia e fragmentos de pedra. No meio disso tudo, uma pequena flor branca crescia num pote com terra, as folhas se espalhando pelas laterais, algo domado que se tornava selvagem.

Alucard escolheu a escadaria no lado oposto do cômodo, parando apenas quando alcançou a porta no topo. Uma linha tão tênue, pensou ele, entre o lado de dentro e o de fora, entre estar seguro e exposto. Mas a sua família e a tripulação estavam no lado de fora. Ele tocou a madeira, buscando toda a sua força, e a porta se abriu para a escuridão com um rangido.

Escuridão, e, antes dela, uma teia de luz.

Alucard hesitou, encarando o tecido do feitiço de proteção dos sacerdotes. Assemelhava-se à seda de uma teia, mas o véu não rasgou quando ele o atravessou; simplesmente estremeceu e voltou à sua forma original.

Deu um passo para a névoa, esperando que ela o envolvesse. E, ainda assim, as sombras foram absorvidas pelo seu casaco, varreram botas, mangas e gola e então sumiram, foram repelidas. Recuando a cada passo, porém perto, nunca longe.

A testa dele coçou, e ele se lembrou do toque de Lila, da listra de sangue agora seca, marcada por toda a sua fronte.

Era uma proteção leve, as sombras tentavam repetidas vezes encontrar uma forma de entrar.

Por quanto tempo duraria?

Ele ajeitou o casaco e apertou o passo.

A magia de Osaron estava em *todo lugar*, mas, em vez de fios de feitiço, Alucard via apenas uma sombra pesada, uma mancha cor de carvão por toda a cidade, a completa *ausência* de luz como pontos na sua visão. A escuridão se *movia* ao seu redor, cada sombra oscilando, mergulhando e ondulando como um cômodo fazia depois de muitas bebidas. E, entremeado por tudo isso, havia um aroma de madeira queimando e de flores desabrochando na primavera, de neve derretida e de papoulas, de fumaça de cachimbo e de vinho de verão. Às vezes enjoativo de tão doce e às vezes amargo, e tudo isso o deixava tonto.

A cidade era algo saído de um sonho.

Londres sempre foi feita tanto de sons quanto de magia, a música pairando no ar, os vidros cantantes e o riso da multidão, as carruagens e o burburinho do mercado.

Os sons que ele ouvia agora estavam todos errados.

O vento soprava alto e nele Alucard ouvia os cascos dos cavalos que os guardas montavam, o retinir do metal e a multidão de vozes fantasmagóricas, um eco das palavras que eram interrompidas antes de chegar até ele, formando uma música terrível. Vozes, ou talvez uma voz se repetindo, sobrepondo-se até parecer um coral, as palavras fora de alcance por pouco. Era um mundo de sussurros, e parte de Alucard queria se debruçar, ouvir, se esforçar até entender o que ela dizia.

Em vez disso, ele pronunciou os nomes.

Nomes de todos que precisavam dele, de todos de quem ele precisava e de todos que ele não podia — *não iria* — perder.

Anisa. Stross. Lenos. Vasry. Jinnar. Rhy. Delilah...

As tendas do torneio estavam vazias, a névoa se esgueirava dentro delas em busca de sinais de vida. As ruas estavam abandonadas, os cidadãos forçados a ficar dentro das suas casas como se madeira e pedra fossem suficientes para deter o feitiço. Talvez fossem. Mas Alucard duvidava disso.

No fim da rua, o mercado noturno estava em chamas. Dois guardas tentavam apagar o fogo desesperadamente, pegando água do Atol sem luz enquanto outros dois tentavam arrebanhar um grupo de homens e mulheres. A magia das trevas se desenhava no corpo deles, borrando a visão de Alucard, engolfando a luz da sua própria energia; azuis, verdes, vermelhos e roxos engolidos pelo preto.

Uma das mulheres chorava.

Outra ria das chamas.

Um homem seguia para o rio de braços abertos enquanto outro se ajoelhava em silêncio, a cabeça voltada para o céu. Apenas as montarias dos guardas pareciam imunes à magia. Os cavalos resfolegavam e balançavam os rabos, relinchando e batendo os cascos na névoa como se ela fosse uma serpente.

Berras e Anisa estavam do outro lado do rio, o *Night Spire* balançava no ancoradouro, mas Alucard sentiu os passos o guiarem para o mercado que ardia e para os guardas quando um homem correu até eles empunhando um bastão de metal.

— *Ras al!* — gritou Alucard, arrancando a barra das mãos do sujeito antes que ele atravessasse o pescoço do guarda com ela, que caiu e deslizou pelo chão, mas a cena deu uma ideia aos demais.

Aqueles que estavam no chão começaram a se erguer, com movimentos estranhamente fluidos, quase coordenados, como se fossem guiados pela mesma mão invisível.

O guarda disparou para o seu cavalo, mas não o alcançou a tempo. Eles o atacaram, as mãos despedaçando cegamente a armadura enquanto Alucard corria até eles. Um homem batia o elmo e a cabeça do guarda nas pedras, dizendo:

— Deixe-o entrar, deixe-o entrar, deixe-o entrar.

Alucard arrancou o homem dali, mas, em vez de se soltar e cambalear para longe, o homem segurou firme o seu braço, os dedos se enterrando nele.

— Você já conheceu o rei das sombras? — perguntou ele, os olhos arregalados e espiralados com a névoa, as veias se tornando pretas. Alucard deu um chute no rosto do sujeito e se libertou.

— Vá para dentro — ordenou o segundo guarda — rápido, antes que....

A sua voz foi interrompida pelo barulho de algo metálico e o som molhado de uma lâmina atravessando carne. Ele olhou para baixo, para a meia espada real, a espada *dele*, se projetando do peito. Enquanto ele cambaleava e caía de joelhos, a mulher que empunhava o cabo da espada lançou para Alucard um sorriso ofuscante.

— Por que não o deixa entrar? — perguntou ela.

Os dois guardas jaziam mortos no chão, e agora uma dúzia de pares de olhos envenenados se voltou para ele. A escuridão tecia teias sobre a pele deles. Alucard se pôs de pé e começou a recuar. O fogo continuava destruindo as tendas do mercado, expondo os fios de metal que mantinham os tecidos esticados, o aço ficando vermelho por causa do calor.

Eles partiram para cima dele como uma onda.

Alucard xingou, flexionou os dedos, e o metal se soltou enquanto as pessoas se lançavam sobre ele. Os fios serpentearam no ar, primeiro na direção das suas mãos e então subitamente para o outro lado. Eles capturaram os homens e as mulheres no seu aperto metálico, enrolando-se em braços e pernas. Mas, se eles sentiram a estocada ou a queimadura, não demonstraram.

— O rei vai encontrar você — rosnou um deles quando Alucard se dirigiu para a montaria do guarda.

— O rei vai entrar em você — disse um segundo enquanto ele montava e esporeava o cavalo, pondo-o em movimento.

As vozes seguiram no seu encalço.

— Salve o rei das sombras...

— Berras? — gritou Alucard enquanto atravessava os portões destrancados. — Anisa?

A casa da sua infância apareceu imponente diante dele, acesa como um lampião no meio da noite.

Apesar do frio, a pele de Alucard estava grudenta de suor por ter galopado freneticamente. Ele atravessou a Ponte de Cobre e prendeu a respiração por toda a sua extensão uma vez que a superfície do rio abaixo estava completamente tomada pela oleosidade da magia envenenada. Desesperada e, estupidamente, ele tinha esperanças de que a doença, qualquer que fosse, ainda não tivesse alcançado a margem norte, mas, no instante em que os cascos do seu cavalo tocaram em terra firme, essas esperanças desmoronaram. Mais caos. As pessoas se moviam em turbas, os marcados pelo *shal* ao lado dos nobres nas suas melhores roupas de inverno, ainda vestidos para o último baile do torneio, todos procurando aqueles que ainda não haviam sucumbido ao feitiço e os arrastando consigo.

E, soando em meio a tudo isso, o mesmo canto assombrado.

— Você já conheceu o rei?

Anisa. Stross. Lenos.

Alucard esporeou o cavalo para que ele corresse.

Vasry. Jinnar. Rhy. Delilah...

Alucard saltou do cavalo emprestado e correu escadaria acima.

As portas da frente estavam entreabertas.

Os criados haviam sumido.

O saguão de entrada estava vazio, exceto pela névoa.

— Anisa! — gritou ele outra vez, movendo-se do vestíbulo para a biblioteca, da biblioteca para a sala de jantar, da sala de jantar para o salão de festas. Em cada cômodo, os lampiões estavam acesos, as lareiras ardiam e o ar era asfixiante por causa do calor. Em cada cômodo, a névoa estava baixa e serpenteava entre as pernas das mesas e das cadeiras e subia pelas paredes como videiras em treliças. — Berras!

— Pelo amor dos santos, fique quieto — rosnou uma voz atrás dele.

Alucard se virou e encontrou o irmão mais velho com um ombro recostado na porta. Uma taça de vinho, como sempre, fora entrelaçada por seus dedos, e o rosto bem delineado exibia o desdém habitual. Berras, o prosaico e impertinente Berras.

O alívio expulsou o ar dos pulmões de Alucard.

— Onde estão os criados? Onde está Anisa?

— É assim que você me cumprimenta?

— A cidade está sob ataque.

— Está? — perguntou Berras distraidamente, e Alucard hesitou. Havia algo errado com a voz dele. Ela sustentava uma leveza que beirava o divertimento. Berras Emery nunca se divertia.

Ele devia ter percebido neste instante que havia algo errado.

Totalmente errado.

— Aqui não é seguro — falou Alucard.

Berras deu alguns passos.

— Não, não é. Não para você.

A luz incidiu sobre o olhar do irmão, revelando os fios de névoa que tremulavam nos seus olhos, deixando-os vidrados, as gotas de suor começando a se acumular nas concavidades do rosto. Sob a pele marrom-clara, as suas veias estavam escurecendo, e, se Berras Emery possuísse mais que um grama de magia, Alucard o teria visto se apagar, sufocado pelo feitiço.

— Irmão — disse Alucard bem devagar, apesar das palavras terem o gosto errado na sua boca.

Em outro momento, Berras teria desconsiderado o termo. Agora ele sequer parecia notar a menção.

— Você é mais forte que isso — falou Alucard, mesmo que Berras nunca tivesse sido o mestre do seu temperamento ou dos seus humores.

— Veio colher os louros? — prosseguiu Berras. — Mais um título para ser adicionado à sua coleção?

Ele ergueu o cálice e então, descobrindo que estava vazio, simplesmente o deixou cair. Alucard o pegou com o seu comando antes que se estilhaçasse no chão ornamentado.

— Campeão — articulou Berras, aproximando-se dele. — Nobre. Pirata. Gigolô.

Alucard ficou tenso, atingido em cheio pela última palavra.

— Você achava que eu não sabia?

— Pare — sussurrou ele, a palavra perdida entre os passos do irmão. Naquele instante, Berras pareceu tanto o pai. Um predador.

— Fui eu quem contou a ele — disse Berras, como se estivesse lendo a sua mente. — O nosso pai sequer ficou surpreso. Apenas *enojado*. Ele disse: "Que *decepção*."

— Fico feliz que ele esteja morto — rosnou Alucard. — Queria apenas ter estado em Londres quando aconteceu.

Berras pareceu mais sombrio, porém a leveza na voz dele e a tranquilidade vazia permaneceram.

— Fui até a arena, sabe — divagou ele. — Fiquei para assistir à sua luta. Cada partida, acredita? Não carreguei a sua flâmula, é claro. Não fui até lá para vê-lo vencer. Só esperava que alguém lhe desse uma surra. Que o *exterminasse*.

Alucard sabia como dominar um lugar. Ele nunca se sentiu pequeno, exceto aqui, nesta casa, com Berras. E, apesar de anos de prática, ele sentiu que estava recuando.

— Teria valido a pena — continuou Berras — ver alguém arrancar esse olhar presunçoso do seu rosto...

Um som abafado ecoou no andar de cima, o barulho seco de algo batendo no chão.

— Anisa! — gritou Alucard, desviando os olhos de Berras por um instante.

Foi algo estúpido de se fazer.

O seu irmão o atirou com as costas na parede mais próxima, uma montanha de músculos e ossos. Por ter crescido sem magia, o seu irmão sabia usar os punhos. E o fazia bem.

Alucard se encurvou, o ar abandonando os pulmões quando os nós dos dedos acertaram as suas costelas.

— Berras — disse ele num arquejo — Escute...

— Não. Você *me* escute, irmãozinho. Já está na hora de colocar as coisas em ordem. Sou eu quem o nosso pai queria. Já sou herdeiro da Casa Emery, mas posso ser muito *mais*. E serei, quando você se for. — Os seus dedos grossos encontraram o pescoço de Alucard. — Há um novo rei em ascensão.

Alucard nunca foi de jogar sujo, mas recentemente havia passado tempo suficiente observando Delilah Bard. Ele ergueu as mãos com agilidade, uma das palmas esmagando o nariz do irmão. Cegador, era como ela chamava esse golpe.

Lágrimas e sangue escorreram pelo rosto de Berras, mas ele não se moveu um milímetro. Os seus dedos apenas apertavam o pescoço de Alucard com mais força.

— Ber... ras... — arfou Alucard, buscando vidro, pedra, água. Nem mesmo *ele* era forte o suficiente para convocar um objeto sem vê-lo, e, com Berras bloqueando o caminho e a sua visão escurecendo, Alucard se viu buscando inutilmente por qualquer coisa, por tudo. A casa inteira tremia com o poder de Alucard, a sua precisão cuidadosamente cultivada perdida no pânico, na luta por ar.

Os seus lábios se moveram, conjurando silenciosamente, implorando.

As paredes estremeceram. As janelas se estilhaçaram. Pregos se libertaram das tábuas e a madeira rachou conforme era arrancada do chão. Por um momento desesperador, nada aconteceu, e então o mundo desabou num único ponto.

Mesas e cadeiras, obras de arte e espelhos, tapeçarias e cortinas, pedaços das paredes, do chão e da porta, tudo se chocou em Berras com uma força esmagadora. As mãos enormes soltaram o pescoço de Alucard enquanto Berras era afastado pelo redemoinho de escombros que se enroscavam nas suas pernas e nos seus braços, arrastando-o para baixo.

Mas ele ainda lutava com a força cega de alguém privado de sentidos, de dor, até que o último candelabro caiu, causando grandes rachaduras no teto enquanto despencava, enterrando Berras em ferro, gesso e pedra. O redemoinho se desfez e Alucard arquejou com as mãos apoiadas nos joelhos. Ao seu redor, a casa ainda rangia.

Lá em cima, nada. Nada. Até que ele ouviu o grito da sua irmã.

Ele encontrou Anisa num quarto no andar superior, encolhida num canto, os olhos arregalados de pavor. Pavor, ele logo percebeu, de algo que não estava ali.

As mãos dela pressionavam as orelhas, a cabeça estava enterrada nos joelhos, e ela sussurrava repetidamente:

— Não estou sozinha, não estou sozinha, não estou sozinha.

— Anisa — falou ele, ajoelhando-se diante dela. O seu rosto estava afogueado, as veias marcadas no pescoço, a escuridão nublando os olhos azuis.

— Alucard? — A voz dela era quase inaudível. O corpo todo tremia. — Faça com que ele pare.

— Eu já fiz — respondeu ele, pensando que ela falava de Berras, mas então Anisa balançou a cabeça e disse:

— Ele fica tentando entrar.

O rei das sombras.

Ele vasculhou o ar ao redor dela e pôde ver as sombras se enrolando na luz verde do poder da irmã. Parecia que uma tempestade estava presa no cômodo escuro, o ar cintilando com salpicos de luz enquanto a magia dela lutava contra o intruso.

— Isso dói — sussurrou ela, encolhendo-se. — Não me deixe. Por favor. Não me deixe sozinha com ele.

— Está tudo bem — falou ele, erguendo a irmã caçula nos braços. — Não vou a lugar algum, não sem você.

A casa rangeu em volta deles enquanto ele carregava Anisa pelo corredor.

As paredes racharam e a escada começou a se abrir sob os seus pés. Um dano profundo tinha sido feito à casa, uma ferida mortal que ele não conseguia ver, mas sentia a cada tremor.

A Mansão Emery passara séculos erguida.

E agora estava desabando.

Alucard a *destruíra*, afinal.

Foi necessária toda a sua força para manter a estrutura em volta deles, e, assim que cruzaram a soleira da porta, ele estava tonto por causa do esforço.

A cabeça de Anisa pendeu e encostou no seu peito.

— Fique comigo, Nis — pediu ele. — Fique comigo.

Ele montou no cavalo com a ajuda de um muro baixo e esporeou o animal, colocando-o em movimento, cavalgando através do portão enquanto o restante da propriedade terminava de desmoronar.

QUATRO

ARMAS À MÃO

I

Londres Branca

Nasi ficou de pé diante da plataforma e não chorou.

Ela tinha 9 invernos de idade, pelo amor dos corvos, e fazia muito havia aprendido a parecer calma, mesmo que fosse mentira. Às vezes, é preciso fingir, todos sabem disso. Fingir estar feliz. Fingir ser corajosa. Fingir ser forte. Se você finge por tempo o suficiente, acaba se tornando verdade.

Fingir não estar triste era o mais difícil, mas parecer triste faz com que as pessoas pensem que você é fraca, e, quando você já tem centímetros de menos e é franzina demais, e ainda por cima é uma menina, é preciso trabalhar em dobro para convencer a todos que isso não é verdade.

Então, mesmo que o cômodo estivesse vazio, exceto por Nasi e o cadáver, ela não deixava a tristeza transparecer. Nasi trabalhava no castelo fazendo o que fosse preciso, mas ela sabia que não deveria estar ali. Sabia que o salão norte, onde ficavam os aposentos privados do rei, era proibido. Mas o rei estava desaparecido e Nasi sempre foi boa em se esgueirar para onde não devia. De qualquer forma, ela não veio para bisbilhotar ou roubar.

Ela veio apenas para olhar.

E para ter certeza de que a mulher não estava se sentindo solitária.

Nasi sabia que isso era ridículo, porque pessoas mortas provavelmente não sentiam coisas como frio, tristeza ou solidão. Mas ela não tinha certeza, e, se fosse ela, gostaria que alguém lhe fizesse companhia ali.

Além disso, esse era o único cômodo silencioso do castelo.

O resto do lugar estava mergulhado em caos, todos gritando e procurando o rei, mas não aqui. Aqui, as velas queimavam e as portas e as paredes pesadas mantinham tudo em silêncio. Aqui, no meio do cômodo, numa plataforma feita em um lindo granito preto, jazia Ojka.

Ojka, trajada de preto, as mãos abertas ao lado do corpo, uma lâmina pousada na palma de cada uma. Vinhas, a primeira coisa a florescer nos jardins do castelo, enrolavam-se na plataforma; havia um prato com água ao lado da cabeça de Ojka e outro com terra aos seus pés. Eram lugares para onde a magia poderia ir quando deixasse o corpo dela. Havia um pano preto dobrado sobre os olhos dela, e o seu cabelo vermelho e curto se acumulava ao redor da cabeça. Um pedaço de tecido branco estava amarrado no seu pescoço, mas, mesmo depois de morta, uma linha vermelho-escura o manchava onde alguém o havia cortado.

Ninguém sabia o que tinha acontecido. Apenas que o rei havia desaparecido e que a campeã escolhida do rei estava morta. Nasi tinha visto o prisioneiro do rei, o homem de cabelos vermelhos e o seu próprio olho preto, e se perguntou se isso era culpa dele, uma vez que também havia desaparecido.

Nasi fechou as mãos em punho e sentiu a súbita pontada dos espinhos. Ela havia se esquecido das flores, coisas selvagens colhidas nos limites do terreno do castelo. As mais bonitas ainda não tinham florescido, então ela fora obrigada a colher um punhado de botões esmaecidos permeados de espinhos perversos.

— *Nijk shöst* — murmurou ela, depositando o buquê de flores na plataforma. A ponta da trança da menina roçou no braço de Ojka quando ela se inclinou para a frente.

Nasi costumava usar o cabelo solto para cobrir as cicatrizes no rosto. Não importava se ela mal conseguia enxergar através da cortina opaca, nem que estivesse sempre tropeçando e pisando em falso. Era o seu escudo contra o mundo.

E então, um dia, Ojka passou por ela no corredor e a interpelou, dizendo a ela que afastasse o cabelo da frente do rosto.

Ela não queria, mas a cavaleira do rei ficou ali, de braços cruzados, esperando que lhe obedecesse. E assim o fez, retraindo-se ao puxar as mechas para trás. Ojka examinou o rosto dela, mas não lhe perguntou o que tinha acontecido: se ela havia nascido daquele jeito (não havia) ou se fora pega de surpresa no *Kosik* (ela fora). Em vez disso, a mulher ergueu a cabeça dela e disse:

— Por que você se esconde?

Nasi não conseguiu responder a Ojka, contar à cavaleira do rei que odiava as cicatrizes quando Ojka tinha a escuridão se espalhando por um lado do rosto e do outro uma linha prateada entalhada do olho até os lábios. Como ela não falou, a mulher se agachou diante de Nasi e a segurou com firmeza pelos ombros.

— Cicatrizes não são motivo de vergonha — disse Ojka —, a menos que você deixe que sejam. — A cavaleira se empertigou. — Se você não as carregar, elas carregam você. — E, com isso, ela foi embora.

Nasi passou a usar o cabelo para trás desde esse dia.

E, sempre que Ojka passava por ela nos corredores, os seus olhos, um amarelo e o outro preto, desviavam-se para a trança. E ela acenava com a cabeça em aprovação. E tudo em Nasi ficou mais forte, como uma planta sedenta que foi regada gota a gota.

— Eu carrego as minhas cicatrizes agora — sussurrou ela no ouvido de Ojka.

O som de passos ecoou do lado de fora das portas, a marcha pesada da Guarda de Ferro, e Nasi se afastou depressa, quase derrubando a tigela de água quando puxou a manga da roupa que havia ficado presa nas vinhas que se enrolavam na plataforma.

Mas ela tinha apenas 9 invernos e era pequena como uma sombra. Quando as portas se abriram, ela já havia ido embora.

II

Nas masmorras do palácio Maresh, o sono escapava de Holland.

A mente dele pairava, mas, sempre que começava a se assentar, ele via Londres, — a Londres *dele* — desmoronando e sucumbindo. Via as cores desvanecerem de volta ao cinza, o rio congelar e o castelo... bem, tronos não ficavam vazios. Holland sabia muito bem disso. Ele imaginou a cidade procurando pelo seu rei, ouvia os criados gritando o seu nome antes que novas lâminas encontrassem o pescoço deles. O sangue manchando o mármore branco, cadáveres poluindo a floresta enquanto botas esmagavam tudo que ele havia planejado como se fosse grama fresca sob os pés.

Holland buscou automaticamente por Ojka, a sua mente se esticando através dos mundos divididos, mas não encontrou resposta.

A cela que ele atualmente ocupava era uma tumba de pedra, enterrada em algum lugar nas profundezas do esqueleto do palácio. Nenhuma janela. Nenhum calor. Ele perdeu a conta do número de escadas quando os guardas arnesianos o arrastaram até ali, semiconsciente, a mente ainda estripada pela intrusão de Osaron e pela sua repentina saída. Holland mal assimilou as celas, todas vazias. A parte animal dele havia lutado contra o toque do metal frio se fechando nos seus pulsos, e, em resposta, eles bateram a sua cabeça na parede. Quando ele voltou, tudo estava preto.

Holland perdeu a noção do tempo — tentou contar; porém, sem luz alguma, a sua mente pulava, gaguejava e caía com facilidade nas memórias que ele não queria visitar.

Ajoelhe-se, sussurrara Astrid numa das suas orelhas.

De pé, ordenara Athos na outra.

Curve-se.

Ceda.

Pare, pensou ele, tentando arrastar a sua mente de volta para a cela gelada. Ela permanecia escorregando para longe dele.

Pegue a faca.

Segure contra o seu pescoço.

Fique completamente parado.

Ele tentava comandar os próprios dedos, é claro, mas o feitiço de vinculação se mantinha, e, quando Athos retornava horas — às vezes dias — depois, tirava a lâmina das mãos de Holland e lhe dava permissão para se mover de novo, o seu corpo se encolhia até chegar ao chão. Os músculos doloridos. Os membros tremendo.

Este é o seu lugar, dissera Athos. *De joelhos.*

— *Pare!* — O rosnado de Holland reverberou no silêncio da prisão, respondido apenas pelo seu próprio eco. Por alguns instantes, a sua mente ficou calma, mas logo, cedo demais, tudo recomeçou: as memórias se infiltrando pela pedra fria, pelas algemas de ferro e pelo silêncio.

Na primeira vez em que alguém tentou matar Holland, ele mal tinha 9 anos.

O seu olho havia ficado preto no ano anterior, a pupila se dilatando dia após dia até que a escuridão tomou conta do verde, e depois do branco, envenenando lentamente todo o globo ocular. O seu cabelo era longo o suficiente para esconder a marca, contanto que ele mantivesse a cabeça abaixada, o que Holland sempre fazia.

Ele acordou com o assobio do metal, desviando para o lado a tempo de *quase* fugir da lâmina.

Ela arranhou o seu braço antes de se enterrar na cama estreita. Holland despencou no chão, batendo o ombro com força, e rolou, esperando encontrar um estranho, um mercenário, alguém marcado com o selo de ladrões e assassinos.

Em vez disso, ele viu o irmão mais velho. Tinha o dobro do seu tamanho, os olhos verdes de lodo do pai e os lábios tristes da mãe. O único parente de sangue que havia restado a Holland.

— Alox? — arfou ele, a dor latejando no braço machucado. Gotas de vermelho brilhante salpicaram o chão do quarto deles antes que Holland conseguisse pressionar uma das mãos na ferida ensanguentada.

Alox estava de pé ao lado dele, as veias do pescoço já começando a ficar pretas. Aos 15 anos, ele já recebera as 12 marcas, todas para ajudar a dobrar a vontade e amarrar a magia que queria escapar.

Holland estava deitado de costas no chão, o sangue ainda vertendo entre os dedos, mas não gritou por ajuda. Não havia ninguém a quem recorrer. O pai deles estava morto. A mãe desaparecera nos covis de *sho*, afogando-se em fumaça.

— Fique parado, Holland — murmurou Alox, desvencilhando a lâmina da cama. Os olhos dele estavam vermelhos por causa de bebida ou de algum feitiço. Holland não se mexeu. Não conseguia se mover. Não porque a lâmina estivesse envenenada, apesar de ele temer essa possibilidade. Mas porque todas as noites ele sonhava com possíveis atacantes, dava a eles centenas de nomes e rostos, e nenhum jamais havia sido Alox.

Alox, que lhe contara histórias quando ele não conseguia dormir. Contos sobre um rei que estava por vir. Aquele com poder suficiente para trazer o mundo de volta.

Alox, que costumava deixá-lo se sentar em tronos de mentirinha em quartos abandonados e a sonhar com dias melhores.

Alox, o primeiro a ver a marca no seu olho e a prometer que o manteria em segurança.

Alox, que agora estava diante dele com uma faca.

— *Vosk* — implorou Holland. *Pare.*

— Isso não está certo — admoestou o irmão, intoxicado pela faca, pelo sangue, pela proximidade com o poder. — Essa magia não é *sua.*

Os dedos ensanguentados de Holland foram direto para o olho dele.

— Mas ela me escolheu.

Alox balançou a cabeça lentamente, de forma lúgubre.

— A magia não *escolhe*, Holland. — Ele se agitou. — Ela não pertence àqueles que a possuem. Pertence àqueles que a *tomam.*

Com isso, Alox desceu a faca com firmeza.

— *Vosk!* — implorou Holland, as mãos ensanguentadas esticadas diante dele.

Ele agarrou a lâmina, empurrando de volta com toda a força que tinha, não a arma propriamente, mas o ar em volta dela, o metal. Ela ainda conseguiu acertá-lo, o sangue vertendo pela palma das suas mãos.

Holland encarou Alox, a dor forçando as palavras a saírem dos seus lábios.

— *As Staro.*

As palavras saíram por conta própria, surgindo da escuridão da sua mente como um sonho lembrado de repente, e, com elas, a magia brotou das suas mãos feridas, envolveu a lâmina e se enroscou no seu irmão. Alox tentou se desvencilhar, mas era tarde demais. O feitiço deslizou sobre a pele dele, transformando carne em pedra conforme se espalhava pelo seu tórax, escalava pelos seus ombros e envolvia o seu pescoço.

Um único arquejo escapou e então estava tudo acabado. O corpo transformado em pedra no tempo que uma gota de sangue leva para atingir o chão.

Holland ficou ali, sob o peso precário da estátua do irmão. Com Alox congelado apoiado em apenas um joelho, Holland pôde olhar nos olhos dele, e se pegou encarando o rosto do irmão: a boca entreaberta e a expressão presa entre surpresa e raiva. Devagar e com cuidado, Holland se libertou, saindo lentamente de baixo da pedra. Ele se levantou, tonto com o uso repentino da magia e trêmulo por causa do ataque.

Ele não chorou. Não fugiu. Simplesmente ficou ali, examinando Alox, procurando por alguma mudança no irmão como se fosse uma sarda, uma cicatriz, algo que ele devesse ter visto. A sua própria pulsação estava se acalmando e algo mais, algo mais profundo, começava a se acalmar também, como se o feitiço tivesse transformado uma parte *dele* mesmo em pedra.

— Alox — disse ele, a palavra pouco mais que uma expiração enquanto ele esticava a mão para tocar a face do irmão, apenas para recuar diante da dureza da pedra. Os seus dedos deixaram uma mancha vermelha ferruginosa na superfície daquele rosto de mármore.

Holland se inclinou para sussurrar algo no ouvido de pedra do irmão.

— Essa magia — falou ele, colocando a mão no ombro de Alox — é minha.

Ele o empurrou, deixando a gravidade tombar a estátua até ela cair e se espatifar no chão.

Passos soaram na escadaria da prisão, e Holland se endireitou, os sentidos voltando rapidamente de volta para a cela. Num primeiro momento, ele presumiu que o seu visitante fosse Kell, mas então contou as passadas e eram de três tipos distintos.

Estavam todos falando em arnesiano, correndo com a palavras e as juntando para que Holland não entendesse tudo.

Ele se forçou a ficar parado enquanto o cadeado era destrancado e a porta da cela se abria, forçou-se a não contra-atacar quando um inimigo agarrou o seu queixo, fazendo a sua boca ficar fechada.

— Vamos ver... olhos...

Dedos ásperos se enrolaram no seu cabelo e a venda foi desamarrada. Por um instante, o mundo ficou dourado. A luz dos lampiões lançava halos sobre tudo antes que o homem erguesse a sua cabeça.

— Deveríamos arrancar...

— Não parece... para mim.

Eles não usavam armadura, mas os três tinham a postura dos guardas do palácio.

O primeiro largou o queixo de Holland e começou a arregaçar as mangas.

Holland sabia o que estava por vir, mesmo antes de sentir o puxão agressivo nas correntes, os ombros se tensionando enquanto eles o colocavam de pé com violência. Ele sustentou o olhar dos guardas logo antes de receber o primeiro soco, um golpe brutal entre a clavícula e o pescoço.

Ele acompanhou a dor como uma corrente e tentou dispersá-la.

Na verdade, isso não era nada comparado com o que ele já sentiu. O sorriso frio de Athos surgiu na mente de Holland. A ferocidade daquele chicote de prata.

Ninguém sofre...

Ele perdeu o equilíbrio quando as suas costelas se partiram.

... tão lindamente como você.

A boca de Holland se encheu de sangue. Ele poderia ter cuspido no rosto deles, usado o mesmo esforço para transformá-los em pedra e deixá-los se quebrar no chão. Em vez disso, engoliu o sangue.

Não os mataria.

Tampouco lhes daria a satisfação de deixar transparecer a dor.

E então um cintilar de aço — inesperado — quando um guarda desembainhou uma faca. Quando o homem falou, foi no idioma comum dos reis.

— Isso é por Delilah Bard — disse ele, levando a adaga até o coração de Holland.

A magia ascendeu dentro dele, súbita e involuntariamente, as correntes frouxas agora fracas demais para deter a enchente enquanto a faca mergulhava para o seu peito nu. O corpo do guarda desacelerou quando Holland forçou o seu comando sobre metal e ossos. Mas, antes que pudesse deter a faca, ela voou da mão do guarda, escapando do controle do próprio Holland, e parou com um estalo na palma da mão de Kell.

O guarda se virou, o choque rapidamente dando lugar ao medo quando ele notou o homem na base da escada, o casaco preto camuflado nas sombras, o cabelo vermelho brilhando sob a luz.

— O que é isso? — perguntou o outro *Antari* com voz afiada.

— Mestre Ke...

O guarda voou, lançado para trás, e bateu com as costas na parede, entre dois lampiões. Ele não caiu, mas ficou pendurado lá, preso, enquanto Kell se virava para os outros dois. No mesmo instante, eles soltaram as correntes de Holland, que caiu sentado no banco, cerrando os dentes com a onda de dor. Kell largou o primeiro guarda e o homem despencou no chão.

O ar no cômodo estava congelando enquanto Kell observava a faca na sua mão. Ele levou a ponta dos dedos até a o gume e pressionou, extraindo uma única conta vermelha.

Os guardas recuaram, amontoados, e Kell ergueu o olhar, como se estivesse surpreso.

— Pensei que vocês quisessem um esporte sangrento.

— *Solase* — falou o primeiro guarda, levantando-se. — *Solase, mas vares.* — Os outros morderam a língua e se calaram.

— Saiam — ordenou Kell. — Da próxima vez que eu vir algum de vocês aqui embaixo, não sairão mais.

Os três fugiram, deixando a porta da cela aberta ao sair.

Holland, que nada tinha dito desde que os primeiros passos o tiraram dos seus devaneios, recostou a cabeça na parede de pedra.

— Meu herói.

A venda estava pendurada em volta do pescoço dele, e, pela primeira vez desde que estiveram no terraço, os seus olhos se encontraram enquanto Kell esticava a mão para fechar a porta da cela entre os dois.

Ele indicou a escada com um aceno de cabeça.

— Quantas vezes isso já aconteceu?

Holland não disse nada.

— Você não revidou.

Os dedos inchados de Holland se fecharam nas correntes como se dissesse: "Como eu poderia?"; e Kell arqueou as sobrancelhas como se retrucasse: "Elas fazem alguma diferença?" Porque ambos sabiam a verdade nua e crua: uma cela não é capaz de deter um *Antari*, a menos que ele a deixe fazê-lo.

Kell voltou a atenção para a faca, claramente a reconhecendo.

— Lila — murmurou ele. — Eu devia ter percebido antes.

— A senhorita Bard não tem apreço por mim.

— Não desde que você matou o único parente que ela tinha.

— O homem na taverna — falou Holland, pensativo. — Ela o matou quando pegou algo que não era dela. Quando me levou direto para a sua casa. Se fosse uma ladra melhor, talvez ele ainda estivesse vivo.

— É melhor guardar essa opinião para si mesmo — disse Kell —, se quiser manter a sua língua no lugar.

Houve um longo silêncio. Holland acabou sendo o responsável por quebrá-lo.

— Já acabou de se lamentar?

— Sabe de uma coisa? — explodiu Kell. — Você é ótimo em fazer inimigos. Alguma vez tentou fazer um *amigo*?

Holland inclinou a cabeça, sarcástico.

— Que utilidade eles têm? — Kell gesticulou para a cela. Holland não mordeu a isca. Ele mudou de assunto. — O que está acontecendo fora do palácio?

Kell pressionou o espaço entre os olhos com a palma da mão. Quando estava cansado, a sua calma falhava e as rachaduras nela apareciam.

— Osaron está livre — respondeu ele.

Holland ouviu e franziu o cenho conforme Kell contava do rio que se tornara preto e da névoa envenenada. Quando terminou, ele encarou Holland, esperando alguma resposta a uma pergunta que nunca foi feita. Holland não disse nada e, por fim, Kell emitiu um som exasperado.

— O que ele *quer*? — exigiu saber o jovem *Antari*, claramente resistindo ao ímpeto de andar de um lado para o outro.

Holland fechou os olhos e se lembrou do temperamento explosivo de Osaron, o seu eco de *mais, mais, mais, podemos fazer mais, ser mais.*

— Mais — respondeu ele, simplesmente.

— O que isso significa? — perguntou Kell.

Holland mediu as palavras antes de falar.

— Você pergunta o que ele quer — respondeu ele. — Mas para Osaron isso é menos sobre *querer* do que sobre *precisar*. O fogo precisa de ar. A terra precisa de água. E Osaron precisa de caos. Ele se alimenta disso, dessa energia de entropia. — Sempre que Holland encontrava um chão firme, sempre que as coisas começavam a se acalmar, Osaron os forçava a se mover mais uma vez, a mudar, ao caos. — Ele se parece muito com você — acrescentou enquanto Kell andava de um lado para o outro. — Não suporta ficar parado.

Na mente de Kell, as engrenagens estavam se movendo; pensamentos e emoções piscavam pelo seu rosto como luzes. Holland se perguntou se Kell sabia o quanto deixava isso transparecer.

— Então preciso encontrar uma forma de *fazê-lo* ficar parado — falou o jovem *Antari*.

— Se puder — disse Holland. — Por si só, isso não vai detê-lo, mas o forçará a ser imprudente. E, se humanos imprudentes cometem erros, deuses imprudentes também o farão.

— Você realmente acredita que ele é um deus?

Holland revirou os olhos.

— O que alguém é não importa. Apenas o que esse alguém *acredita* ser.

Uma porta se abriu no alto da escada e o reflexo de Holland foi ficar tenso, odiando o sutil, porém traidor ranger das correntes. Mas Kell não pareceu notar.

Pouco depois, um guarda apareceu na base da escada. Não um daqueles que havia atacado Holland, e sim um homem mais velho, as têmporas grisalhas.

— O que foi, Staff? — perguntou Kell.

— Senhor — respondeu bruscamente o homem. Ele não tinha amor pelo príncipe *Antari*. — O rei convocou o senhor.

Kell acenou com a cabeça e se virou para ir embora. Quando estava prestes a sair, hesitou.

— Você tem tão pouco apreço pelo seu próprio mundo, Holland?

Ele se retesou.

— O meu mundo — falou Holland calmamente — é a *única* coisa pela qual tenho apreço.

— E ainda assim você permanece aqui. Incapaz. Inútil.

Em algum lugar no âmago de Holland, alguém — o homem que ele fora, antes de Osaron, antes dos Danes — gritava. Lutava. Ele se mantinha impassível, aguardando essa onda passar.

— Você me disse uma vez — falou Kell — que ou você era o mestre ou o escravizado da magia. Então, qual dos dois é agora?

O grito morreu na mente de Holland, sufocado pelo silencioso vazio que ele treinou para ocupar o seu lugar.

— É isso que você não entende — disse Holland, deixando o vazio se apoderar dele. — Eu sempre fui só o escravizado.

III

A sala real de mapas sempre foi proibida.

Quando Kell e Rhy eram crianças, eles brincavam em cada cômodo e corredor do palácio, porém nunca ali. Não havia cadeiras nesta sala. Nenhuma parede forrada de livros. Nenhuma lareira, cela, porta escondida ou passagem secreta. Apenas uma mesa com o seu mapa imenso, de onde Arnes se erguia dos pergaminhos como um corpo sob um lençol esticado. O mapa abrangia a mesa de ponta a ponta com riqueza de detalhes, desde a cintilante cidade de Londres no centro até os mais longínquos limites do império. Pequenos navios de pedra flutuavam nos mares achatados, pequenos soldados de pedra demarcavam as guarnições reais posicionadas nas fronteiras e pequenos guardas de pedra patrulhavam as ruas em tropas esculpidas em quartzo rosa e mármore.

O rei Maxim dizia a eles que mexer as peças nesse tabuleiro tinha consequências. Que mover um cálice era decretar guerra. Afundar um navio era condenar a embarcação. Brincar com os homens era brincar com a vida deles.

O aviso foi dissuasão suficiente — quer fosse *verdade* ou não, nem Rhy nem Kell se atreveram a arriscar e sofrer tanto a fúria de Maxim quanto o próprio sentimento de culpa.

O mapa *era* realmente encantado. Mostrava o império exatamente como era: agora o rio brilhava como uma mancha de óleo; tentáculos de névoa finos como fumaça de cachimbo pairavam pelas ruas em miniatura; as arenas estavam abandonadas e a escuridão se erguia como vapor emanando de cada superfície.

O que ele não mostrava eram as pessoas que haviam sucumbido à névoa perambulando pelas ruas. Não mostrava os sobreviventes desesperados, batendo nas portas das casas e implorando para entrar. Não mostrava o pânico, nem o barulho, nem o medo.

O rei Maxim estava de pé no lado sul do mapa, as mãos espalmadas na mesa, a cabeça inclinada sobre a imagem da sua cidade. De um lado estava Tieren, que parecia ter envelhecido dez anos no decorrer de uma única noite. Do outro se via Isra, a capitã da guarda da cidade, uma londrina de ombros largos, cabelos pretos e curtos e queixo forte. Mulheres podiam ser algo raro na guarda, mas, se alguém questionasse a posição de Isra, só o fazia uma vez.

Dois membros do conselho *vestrano* de Maxim, lorde Casin e Lady Rosec, comandavam o lado leste do mapa, enquanto Parlo e Lisane, os membros da *ostra* que organizaram e supervisionaram o *Essen Tasch*, ocupavam o oeste. Todos pareciam deslocados, ainda vestidos para o baile do vencedor e não para uma cidade sitiada.

Kell foi até a fronteira norte, parando diante do rei.

— Não conseguimos descobrir um sentido nisso — dizia Isra. — Parece haver dois tipos de ataque, ou ao menos dois tipos de vítimas.

— Eles estão possuídos? — perguntou o rei. — Durante a Noite Preta, Vitari ocupou múltiplos hospedeiros, se espalhando como uma praga entre eles.

— Isso não é possessão — interferiu Kell. — Osaron é forte demais para se apoderar de um hospedeiro comum. Vitari consumiu cada receptáculo que encontrou, mas isso demorava horas. Osaron consumiria alguém até virar cinzas em questão de segundos. — Ele pensou em Kisimyr, no terraço, o corpo dela rachando e se esfarelando sob a bota de Osaron. — Não há sentido em tentar possuí-los.

A menos, pensou Kell, *que eles sejam* Antari.

— Então, pelos santos — perguntou o rei —, o que ele *está* fazendo?

— Parece algum tipo de doença — falou Isra.

O *ostra*, Lisane, estremeceu.

— Ele os está infectando?

— Está criando marionetes — disse Tieren, sombrio. — Invadindo as mentes e os corrompendo. E, se isso falha...

— Ele os toma à força — afirmou Kell.

— Ou os mata no processo — acrescentou Isra. — Diluindo o montante, eliminando a resistência.

— Há alguma defesa? — indagou o rei, olhando para Kell. — Além de sangue *Antari*.

— Ainda não.

— Sobreviventes?

Houve um longo silêncio.

Maxim pigarreou.

— Não temos notícias da Casa Loreni nem da Casa Emery — começou a falar lorde Casin. — Os seus homens não poderiam ser mobilizados...

— Os meus homens estão fazendo tudo o que podem — explodiu Maxim. Ao lado dele, Isra lançou ao lorde um olhar intenso e frio.

— Enviamos batedores para seguir a linha da névoa — continuou ela em tom equilibrado. — E *existe* um perímetro na magia de Osaron. Nesse momento, os feitiços acabam sete medidas depois dos limites da cidade, demarcando um círculo, mas os relatórios mostram que está se espalhando.

— Ele está absorvendo poder de cada vida que reclama. — A voz de Tieren era calma, mas autoritária. — Se Osaron não for detido em breve, a sua sombra cobrirá Arnes.

— E depois Faro — interrompeu Sol-in-Ar, entrando intempestivamente pela porta. Num reflexo, a mão da capitã se dirigiu à espada, mas Maxim a deteve com um olhar.

— Lorde Sol-in-Ar — disse o rei com frieza. — Não mandei chamá-lo.

— Pois deveria ter feito isso — retrucou o faroense quando o príncipe Col apareceu no seu encalço —, uma vez que esse assunto não diz respeito apenas a Arnes.

— Você acha que essa escuridão vai se restringir às suas fronteiras? — acrescentou o príncipe veskano.

— Se o detivermos primeiro — afirmou Maxim.

— E, se não conseguirem — disse Sol-in-Ar enquanto os seus olhos escuros recaíam sobre o mapa —, não importará quem caiu primeiro.

Quem caiu primeiro. Uma ideia se acendeu no canto da mente de Kell, lutando para tomar forma em meio ao barulho. A sensação do corpo de Lila desabando sobre o dele. Olhando para o cálice vazio nas mãos de Hastra.

— Muito bem — falou o rei. Ele acenou para que Isra prosseguisse.

— As cadeias estão abarrotadas daqueles que sucumbiram — informou a capitã. — Nós requisitamos a praça e as celas do porto, mas estamos ficando sem lugares para colocá-los. Já estamos usando o Rose Hall para os que estão com febre.

— E quanto às arenas do torneio? — ofereceu Kell.

Isra balançou a cabeça.

— Os meus homens não chegarão perto do rio, senhor. Não é seguro. Alguns tentaram e não retornaram.

— Os símbolos de sangue não estão durando muito — acrescentou Tieren. — Eles se desvanecem em algumas horas e aqueles que sucumbiram parecem ter descoberto o seu propósito. Já perdemos diversos guardas.

— Chame o restante de volta imediatamente — ordenou o rei.

Chame o restante.

Era isso.

— Tive uma ideia — falou Kell, baixinho, os fios do plano ainda se entrelaçando.

— Estamos encurralados — disse o general faroense, passando uma das mãos sobre o mapa. — E essa criatura roerá os nossos ossos, a menos que encontremos uma forma de revidar.

Faça-o ficar parado. Force-o a ser imprudente.

— Tive uma ideia — falou Kell de novo, mais alto. Desta vez, a sala ficou em silêncio.

— Fale — disse o rei.

Kell engoliu em seco.

— E se tirarmos as pessoas?

— Que pessoas?

— Todas elas.

— Não podemos evacuar a cidade — explicou Maxim. — Há pessoas demais envenenadas pela magia de Osaron. Se elas partissem, simplesmente espalhariam a doença ainda mais. Não, ela precisa ser contida. Sequer sabemos se aqueles que se perderam podem ser trazidos de volta, mas precisamos ter esperança de que isso seja uma doença e não uma sentença de morte.

— Não, não podemos evacuar a todos — confirmou Kell. — Mas todo corpo alerta é uma arma em potencial, e, se quisermos ter uma chance de derrotar Osaron, precisamos dele desarmado.

— Seja claro — ordenou Maxim.

Kell respirou fundo, mas foi interrompido por uma voz vinda da porta.

— O que significa isso? Nenhuma vigília ao lado da minha cama? Estou ofendido.

Kell se virou para ver o irmão parado na soleira da porta, as mãos nos bolsos e um ombro casualmente apoiado na soleira como se não houvesse nada errado. Como se ele não tivesse passado a maior parte da noite preso entre os vivos e os mortos. Nada disso transparecia, ao menos; não na superfície. Os seus olhos cor de âmbar estavam brilhantes, o cabelo penteado, o círculo de ouro polido de volta ao lugar onde pertencia, no alto dos cachos dele.

A pulsação de Kell ficou mais rápida quando viu o irmão, ao passo que o rei escondeu o seu alívio *quase* tão bem quanto o príncipe escondeu a sua provação.

— Rhy — falou Maxim, e a sua voz quase o traiu.

— Vossa Alteza — disse Sol-in-Ar lentamente —, nos disseram que havia sido ferido durante o ataque.

— Disseram que havia sucumbido à névoa das sombras — falou o príncipe Col.

— *Disseram* que havia adoecido antes do baile do vencedor — acrescentou lorde Casin.

Rhy conseguiu abrir um sorriso preguiçoso.

— Santos, os rumores se espalham rápido quando alguém está indisposto. — Ele gesticulou para si mesmo. — Como podem ver... — Ele olhou de esguelha para Kell — sou surpreendentemente resistente. Então, o que eu perdi?

— Kell estava prestes a nos contar — falou o rei — como derrotar esse monstro.

Os olhos de Rhy se arregalaram ao mesmo tempo que um espectro de cansaço passava pelo seu rosto. Ele tinha acabado de retornar. *Isso vai doer?*, parecia perguntar o seu olhar. Ou talvez: *Vamos morrer?* Mas tudo o que disse foi:

— Prossiga.

Kell se atrapalhou com os pensamentos.

— Não podemos evacuar a cidade — repetiu ele, dirigindo-se ao sumo sacerdote. — Mas não poderíamos colocá-la para dormir?

Tieren franziu o cenho, batendo com as juntas ossudas dos seus dedos na beira da mesa.

— Você quer lançar um feitiço sobre Londres?

— Sobre os seus habitantes — esclareceu Kell.

— Por quanto tempo? — perguntou Rhy.

— Pelo tempo que for preciso — retrucou Kell, virando-se de volta para o sacerdote. — Osaron o fez.

— Ele é um deus — observou Isra.

— Não — retrucou Kell, ríspido. — Não é.

— Então o que exatamente *estamos* enfrentando? — exigiu saber o rei.

— Ele é um *oshoc* — explicou Kell, utilizando a palavra de Holland. Somente Tieren pareceu entender.

— Um tipo de *encarnação* — explicou o sacerdote. — A magia na sua forma pura, natural, não é um indivíduo, não tem consciência. Simplesmente *é*. O rio Atol, por exemplo, é uma fonte imensa de poder, mas não tem identidade. Quando a magia se torna um indivíduo, adquire motivação, desejo, vontade.

— Então, Osaron é apenas um pedaço de magia com ego? — perguntou Rhy. — Um feitiço que deu errado?

Kell fez que sim com a cabeça.

— E, de acordo com Holland, ele se alimenta do caos. No momento, Osaron tem dez mil fontes. Mas, se tiramos todas elas, se ele não tiver nada além da própria magia...

— Que ainda é considerável — interrompeu Isra.

— Podemos atraí-lo para a luta.

Rhy cruzou os braços.

— E como você pretende lutar contra ele?

Kell tinha uma ideia, mas não se atrevia a dizer em voz alta, não ainda, com Rhy tendo acabado de se recuperar.

Tieren o poupou.

— Pode ser feito — disse o sacerdote, pensativo. — De certa forma. Nunca seríamos capazes de lançar um feitiço tão amplo, mas podemos fazer uma rede de encantamentos menores — divagou, meio para si mesmo —, e, com uma âncora, pode ser feito. — Ele olhou para cima, os olhos claros reluzindo. — Mas preciso de algumas coisas que estão no Santuário.

Dez olhos se dirigiram para a única janela da sala de mapas, onde os dedos do feitiço de Osaron arranhavam para entrar, apesar da luz da manhã. O príncipe Col se retesou. Lady Rosec fixou o olhar no chão. Kell começou a se oferecer, mas um olhar de Rhy o deteve. O olhar não era de recusa. De forma alguma. Era de permissão. De confiança plena.

Vá, dizia o olhar. *Faça o que tiver de fazer.*

— Que coincidência — soou uma voz da porta. Todos olharam ao mesmo tempo e viram Lila, as mãos nos quadris e totalmente desperta. — Preciso *mesmo* de um pouco de ar fresco.

IV

Lila andou pelo corredor, uma bolsa de couro vazia numa das mãos e a lista de suprimentos de Tieren na outra. Ela teve o luxo de ver o choque no rosto de Kell e o desgosto no de Tieren ao mesmo tempo, e só por isso já valeu a pena. A sua cabeça ainda doía por causa do que quer que tenham lhe dado, mas a bebida forte fez sua parte, e o plano consistente — ou ao menos uma etapa dele — havia se encarregado do resto.

O seu chá, senhorita Bard.

Não era a primeira vez que era drogada, mas a maior parte das suas experiências havia sido de natureza mais... investigativa. Ela passou um mês a bordo do *Spire* coletando pó para as estacas e para a cerveja que pretendia levar para o *Copper Thief*, o suficiente para derrubar uma tripulação inteira. Ela inalou uma parte, primeiro por acidente e depois com certo propósito, treinando os sentidos para reconhecê-lo e para resistir à determinada quantidade, porque a última coisa de que precisava era desmaiar no meio da empreitada.

Desta vez, ela sentiu o gosto do pó no chá assim que ele tocou a sua língua, e até conseguiu cuspir a maior parte de volta na xícara, mas os seus sentidos já estavam falhando, apagando-se como a chama dos lampiões num vento forte, e ela sabia o que estava por vir: a superficial e quase agradável escorregadela antes da queda. Num minuto, ela estava no corredor com Kell; no seguinte, perdia o equilíbrio, o chão oscilando como num navio durante uma tempestade. Ela ouviu a melodia da voz dele, sentiu o calor dos seus braços, e então afundou, cada vez mais fundo, e a próxima coisa que sentiu foi acordar sobressaltada num sofá com dor de cabeça e um rapaz encostado na parede olhando para ela de olhos arregalados.

— Você não deveria estar acordada — gaguejou Hastra enquanto ela afastava os cobertores.

— Essa é realmente a primeira coisa que você quer me dizer? — perguntou ela, cambaleando até o aparador para se servir de uma bebida. Hesitou, lembrando-se do chá amargo, mas depois de algumas farejadas encontrou algo que queimou nas suas narinas de forma familiar. Ela engoliu dois dedos do líquido, apoiando-se no balcão. A droga ainda estava grudada nela como teia de aranha, e só lhe restou tentar colocar as ideias em ordem, estreitando os olhos até as linhas desfocadas entrarem em foco outra vez.

Hastra demonstrou uma leve inquietação.

— Vou lhe fazer o favor — disse ela, deixando o cálice vazio de lado — de presumir que isso não foi ideia sua. — Ela se virou para ele. — E você fará a si mesmo o favor de ficar fora do meu caminho. E, da próxima vez que mexer na minha bebida — ela desembainhou uma faca, girou-a nos dedos e a levou para perto do queixo dele —, vou fincar você numa árvore.

Sons de passos correndo na direção dela trouxeram Lila de volta ao presente.

Ela se virou, sabendo que era ele.

— Foi ideia sua?

— O quê? — gaguejou Kell. — Não. Foi de Tieren. E o que você fez com Hastra?

— Nada de que ele não possa se recuperar.

Uma ruga profunda se formou entre os olhos de Kell. Nossa, ele era um alvo fácil.

— Veio me deter ou se despedir?

— Nenhum dos dois. — As feições dele se amainaram. — Vim lhe dar isso. — Ele segurou a faca perdida diante de Lila, com o punho voltado para ela. — Acredito que seja sua.

Ela pegou a lâmina, examinando se havia sangue no gume.

— Uma pena — murmurou ela enquanto guardava a faca de volta na bainha.

— Apesar de entender a ânsia — falou Kell —, matar Holland *não* ajudaria. Precisamos dele.

— Como de uma dose de veneno — murmurou Lila.

— Ele é o único que conhece Osaron.

— E por que ele o conhece tão bem? — explodiu ela. — Porque fez um *acordo* com ele.

— Eu sei.

— Ele deixou aquela criatura entrar na mente dele...

— Eu sei.

— ... no mundo dele, e agora no seu...

— Eu *sei*.

— Então por quê?

— Porque podia ter sido eu — disse Kell, sombrio. As palavras pairaram entre os dois. — Quase fui eu.

A imagem voltou à mente dela, a de Kell jogado no chão diante da estrutura quebrada, o sangue vermelho e rico formando uma poça ao redor dos seus pulsos. O que Osaron tinha dito a ele? O que lhe oferecera? O que ele havia *feito*?

Lila se pegou se aproximando de Kell e parou. Ela não sabia o que dizer, como suavizar a ruga entre os olhos dele.

A bolsa escorregou do ombro dela. O sol estava alto.

— Preciso ir.

Kell assentiu com a cabeça, mas, quando Lila se virou para sair, ele segurou a mão dela. O toque foi suave, mas a atingiu como uma faca.

— Aquela noite na varanda — falou ele. — Por que você me beijou?

Lila sentiu um aperto no peito.

— Parecia uma boa ideia.

Kell franziu o cenho.

— Só isso? — Ele começou a soltá-la, mas ela não o fez. As mãos dos dois ficaram no meio deles, entrelaçadas.

Lila deixou escapar uma leve risada.

— O que você quer, Kell? Uma declaração do meu afeto? Eu o beijei porque quis e...

A mão dele segurou a dela com mais força, puxando-a para perto, e Lila espalmou a mão livre no peito dele para se equilibrar.

— E agora? — sussurrou ele. Os seus lábios estavam a centímetros dos dela, e ela sentia o coração de Kell martelando nas suas costelas.

— O quê? — disse ela com um sorriso ardiloso. — Tenho *sempre* de assumir o comando? — Ela começou a se inclinar, mas ele já estava ali, já a estava beijando. Os corpos deles se encontraram com força, o último resquício de distância desaparecendo enquanto quadris encontravam quadris, dorsos encontravam dorsos e mãos procuravam pele. O corpo dela cantava como um diapasão encostado no dele, semelhante encontrando semelhante.

Kell a segurou mais apertado, como se pensasse que ela fosse desaparecer, mas Lila não iria a lugar nenhum. Ela poderia ter dado as costas a quase qualquer coisa, mas não daria as costas a isso. E esse fato em si era aterrorizante, mas ela não parou, assim como ele. Fagulhas saíam dos lábios dela, calor queimava pelos seus pulmões e o ar em volta deles se agitou como se alguém tivesse aberto as portas e as janelas.

O vento agitou o cabelo dos dois, e Kell *riu* encostado em Lila.

Um som suave e deslumbrante, curto demais, porém maravilhoso.

E então, cedo demais, o momento acabou.

O vento parou de soprar e Kell se afastou, ofegante.

— Melhor? — perguntou ela, a palavra pouco mais que um sussurro.

Ele baixou a cabeça e então deixou a testa se encostar na dela.

— Melhor — respondeu ele, e, quase ao mesmo tempo, chamou:
— Venha comigo.

— Aonde estamos indo? — perguntou ela enquanto ele a puxava escada acima para um quarto. O quarto *dele*. Tecidos diáfanos ondulavam, pendurados no teto alto em estilo arnesiano, como a pintura de uma noite com nuvens. Um sofá estava cheio de almofadas, um espelho brilhava com os seus adornos em ouro e, sobre um tablado, ficava uma cama de dossel enfeitada com sedas.

Lila sentiu o rosto ficar quente.

— Não é hora para isso — começou ela, mas então ele a conduziu para além de todos esses objetos refinados até uma porta, e depois para uma alcova abarrotada de livros, velas e algumas bugigangas aleatórias. A maioria estava desgastada demais para ser qualquer coisa além de objetos com valor sentimental. Ali dentro, o ar cheirava menos a rosas do que a madeira envernizada e papéis antigos, e Kell a virou de frente para a porta. Ela viu as marcações na madeira — uma dúzia de símbolos desenhada no marrom avermelhado característico de sangue ressecado, cada um deles simples, porém distinto. Ela quase havia se esquecido dos atalhos.

— Este aqui — indicou ele, batendo com o indicador no círculo cortado por uma cruz. Lila desembainhou uma faca e espetou a ponta do polegar, tracejando com sangue a marca.

Quando terminou, Kell colocou a mão sobre a dela. Ele não lhe disse que ficasse em segurança. Não lhe disse que tomasse cuidado. Simplesmente encostou os lábios no cabelo dela e falou:

— *As Tascen*.

E ele se foi. O quarto se foi, o mundo se foi, e Lila estava mais uma vez se dirigindo para a escuridão.

V

Alucard cavalgou ferozmente para as docas, Anisa tremendo encostada nele.

A sua irmã recuperava e perdia a consciência, e a sua pele estava suada e quente. Ele sabia que não podia levá-la para o palácio. Agora que estava infectada, jamais a deixariam entrar. Mesmo que ela estivesse lutando contra aquilo. Mesmo que ela não tivesse sucumbido... que *não* fosse sucumbir, Alucard tinha certeza.

Ele tinha de levá-la para casa.

— Fique comigo — disse a ela quando alcançaram a fila de navios.

O nível do Atol estava alto, deixando marcas oleosas nas paredes das docas e se esparramando pelas margens. Aqui, na beira do rio, a magia rolava para fora da superfície da água como se fosse vapor.

Alucard desmontou, carregando Anisa rampa acima até o convés do *Spire*.

Ele não sabia se tinha esperanças de encontrar alguém a bordo ou se temia que isso acontecesse, uma vez que parecia que na cidade restavam apenas loucos, doentes e aqueles que haviam sucumbido.

— Stross? — chamou ele. — Lenos? — Mas ninguém respondeu, e então Alucard a levou para baixo.

— Volte — sussurrou Anisa quando o céu da noite desapareceu, substituído pelo teto baixo de madeira da cabine.

— Estou bem aqui — disse Alucard.

— Volte — implorou ela mais uma vez enquanto ele a deitava na sua cama e pressionava uma compressa fria no rosto da irmã. Os seus olhos se abriram, buscaram o foco e encontraram os dele. — Luc — disse, a voz de repente clara e límpida.

— Estou aqui — falou ele, e ela sorriu, os dedos tocando a testa dele. Os olhos de Anisa começaram a tremular de novo, e o medo o atravessou, súbito e mordaz.

— Ei, Nis — disse ele, apertando a mão dela. — Você se lembra da história que eu costumava lhe contar? — Ela estremeceu de febre. — Aquela sobre o lugar para onde as sombras vão à noite?

Anisa se enroscou perto dele, como fazia quando ele lhe contava fábulas. Uma flor ao sol, era o que a mãe deles costumava dizer. A sua mãe, que morreu há tanto tempo e levou com ela a maior parte da luz. Anisa era a única que possuía parte daquela luz. Anisa era a única que tinha os olhos dela, o calor dela. Anisa era a única que lembrava Alucard de dias mais amenos.

Ele se ajoelhou ao lado da cama, segurando a mão dela por entre as dele.

— Certa vez, uma garota se apaixonou pela própria sombra — começou ele a contar, a voz escorregando para o tom baixo e melódico das histórias contadas para dormir, mesmo quando o *Spire* balançava e o mundo atrás da janela escurecia. — Durante o dia todo, eles eram inseparáveis, mas, quando caía a noite, ela ficava sozinha e sempre se perguntava para onde teria ido a sua sombra. Ela vasculhava todas as gavetas, todos os jarros, e todo lugar onde ela mesma gostava de se esconder. Mas não importava onde ela procurasse, nunca conseguia encontrar. Até que finalmente a garota acendeu uma vela, para ajudar na busca, e ali estava a sua sombra.

Anisa murmurou algo sem sentido. Lágrimas escorreram pelas bochechas encovadas.

— Viu só? — Os dedos de Alucard seguraram os dela com mais força. — A sombra não havia ido embora. Porque as nossas sombras nunca se vão. Então, veja só, você nunca está sozinha. — A voz dele falhou. — Não importa onde você está, nem quando, não importa se o sol está no céu, ou se a lua está cheia, ou se não há nada no céu além das estrelas. Não importa se você tem uma luz à mão, ou nenhuma por perto, sabe... Anisa? Anisa, fique comigo... por favor...

Durante a hora seguinte, a doença começou a queimar através dela, até que o chamou de pai, o chamou de mãe, o chamou de Berras. Até que ela parou de falar por completo, mesmo no seu sono febril, e se afundou mais, para algum lugar sem sonhos. As sombras ainda não haviam ganhado, mas a luz verde e viva da magia de Anisa começou a desvanecer. Desvanecer como um fogo consumindo a si mesmo, e tudo o que Alucard podia fazer era observar.

Ele se pôs de pé. A cabine balançou sob ele e Alucard foi até a cornija da lareira para se servir de uma bebida.

Alucard viu o próprio reflexo na superfície avermelhada do vinho e franziu o cenho, virando a taça. A mancha na sua testa, que Lila havia desenhado com o dedo ensanguentado, se foi. Apagada pela mão febril de Anisa ou talvez pelo ataque de Berras.

Que estranho, pensou ele. Sequer havia notado.

A cabine balançou mais uma vez antes que Alucard percebesse que não era o chão que se inclinava.

Era ele.

Não, pensou Alucard, pouco antes de uma voz penetrar na sua mente.

Deixe-me entrar, dizia ela, enquanto as suas mãos começavam a tremer. A taça escorregou e se espatifou no chão da cabine.

Deixe-me entrar.

Ele se apoiou na cornija da lareira, os olhos fechados se protegendo das vinhas assustadoras da maldição enquanto elas se entrelaçavam nele, por sangue e ossos.

Deixe-me entrar.

— Não! — rosnou ele em voz alta, fechando as portas da própria mente e forçando a escuridão a recuar. Até então, a voz havia sido um sussurro, suave, insistente, o pulso da magia como a batida persistente de um convidado à porta. Agora, forçava o caminho com todas as forças, esquadrinhando as fronteiras da mente de Alucard até que a cabine deu lugar à Mansão Emery. O seu pai estava diante dele, as mãos do homem cheias de fogo. O calor queimou a face de Alucard ao primeiro golpe.

— Uma vergonha! — rosnou Reson Emery, o calor tanto da sua fúria quanto da sua magia segurando Alucard de costas para a parede.

— Pai...

— Você jogou a si mesmo na lama. Jogou o seu nome. Jogou a sua família. — A mão dele segurou a pena de prata que pendia do pescoço de Alucard, uma chama lambia a sua pele. — Isso acaba agora — ressoou ele, arrancando o símbolo da Casa Emery do pescoço de Alucard. Ele se derreteu nas mãos do pai, gotas de prata caíram no chão como se fossem sangue, mas, quando Alucard voltou a erguer o olhar, o homem diante dele era e não era o seu pai. A imagem de Reson Emery piscou e foi substituída por um homem feito de escuridão da cabeça aos pés, como se a escuridão fosse sólida, preta, e absorvesse a luz como pedra. Uma coroa cintilava na silhueta da sua cabeça.

— Posso ser misericordioso — disse o rei da escuridão —, se você implorar.

Alucard se empertigou.

— *Não.*

O cômodo sacudiu violentamente e ele tropeçou, caindo de joelhos numa cela de pedra gélida, imobilizado, enquanto os seus pulsos presos por algemas eram forçados para o bloco de ferro entalhado. Brasas estalaram quando o ferro de atiçar aumentou o fogo, e a fumaça queimou os pulmões de Alucard quando ele tentou respirar. Um homem puxou o atiçador dos carvões e a sua extremidade tinha um violento vermelho vivo, e mais uma vez Alucard enxergou as feições do rei.

— Implore — falou Osaron, levando o ferro de novo até as correntes.

Alucard cerrou os dentes e não implorou.

— Implore — disse Osaron, e as correntes ficaram quentes.

Conforme o calor descarnava a pele, a recusa de Alucard se tornou um grito único e prolongado.

Ele puxou o corpo para trás, subitamente livre, e se viu de novo de pé num corredor, sem rei, sem pai, apenas Anisa, descalça e de camisola, segurando um pulso queimado, os dedos do pai fechados como uma algema em volta da pele dela.

— Por que você me deixou nesse lugar? — perguntou ela.

E, antes que ele pudesse responder, Alucard foi arrastado de volta para a cela, e era o irmão Berras que agora segurava o ferro e sorria enquanto a pele do irmão queimava.

— Você nunca devia ter voltado.

Os pensamentos se revolviam, memórias abrindo caminho a fogo pela carne e pelos músculos, pela mente e pela alma.

— Pare — implorou ele.

— Deixe-me entrar — falou Osaron.

— Posso ser leal — disse a irmã.

— Posso ser misericordioso — falou o pai.

— Posso ser justo — acrescentou o irmão.

— Você só tem de *nos deixar entrar*.

VI

— Vossa Majestade?

A cidade estava sucumbindo.

— Vossa Majestade?

A escuridão se alastrava.

— Maxim.

O rei ergueu os olhos e viu Isra, claramente esperando uma resposta a uma pergunta que ele não ouviu. Maxim voltou a atenção para o mapa de Londres uma última vez, com as sombras que se alastravam, o rio preto. Como ele deveria lutar contra um deus, um fantasma ou o que quer que essa *coisa* fosse?

Maxim rosnou e se forçou a se afastar da mesa.

— Não posso ficar aqui, seguro dentro do meu palácio, enquanto o meu reino morre. — Isra bloqueou o caminho dele.

— Tampouco pode ir lá fora.

— Saia do caminho.

— O que o reino ganhará se o senhor morrer com ele? Desde quando a solidariedade representa algum tipo de vitória? — Poucas pessoas falariam com Maxim Maresh com tal sinceridade, mas Isra estava ao lado dele desde antes que ele se tornasse rei, lutou com ele na Costa de Sangue muitos anos atrás, quando Maxim era general e Isra a sua segunda em comando, a sua amiga, a sua sombra. — O senhor está pensando como um soldado e não como um rei.

Maxim deu as costas para ela, passando a mão pelos grosseiros cabelos pretos.

Não, ele estava pensando *demais* como um rei. Um rei que havia amolecido após tantos anos de paz. Um rei cujas batalhas agora eram travadas em salões de festas e assentos em estádios, com palavras e vinho em vez de aço.

Como eles teriam lutado contra Osaron na batalha da Costa de Sangue?

Como eles teriam lutado contra ele se fosse um inimigo de carne e osso?

Com astúcia, pensou Maxim.

Mas essa era a diferença entre a magia e os homens — os últimos cometiam *erros*.

Maxim balançou a cabeça.

Esse monstro era magia com uma mente atrelada, e mentes poderiam ser enganadas, dobradas e até derrotadas. Mesmo os melhores lutadores tinham falhas nas suas posturas, fendas nas suas armaduras...

— Saia do caminho, Isra.

— Vossa Majestade...

— Não tenho a menor intenção de sair andando pela névoa — afirmou ele. — Você me conhece — acrescentou. — Se eu cair, cairei lutando.

Isra franziu o cenho, mas permitiu que ele passasse.

Maxim deixou a sala dos mapas, mas não virou para a galeria e, sim, para o outro lado, cruzando o palácio e subindo a escada para os aposentos reais. Ele atravessou o quarto sem parar para olhar para a cama acolhedora, para a grande escrivaninha de madeira encrustada de ouro, para a tigela de água limpa e os decantadores de vinho.

Ele esperava, de forma egoísta, encontrar Emira ali, mas o quarto estava vazio.

Maxim sabia que, se chamasse por ela, a rainha viria, iria ajudá-lo como pudesse para aliviar o fardo do que ele precisava fazer a seguir — quer fosse trabalhar a magia com ele ou simplesmente pressionar a mão fresca na sua testa, deslizando os dedos pelos cabelos dele como fazia quando eram jovens, cantarolando canções que funcionavam como feitiços.

Emira era o gelo para o fogo de Maxim, o banho frio no qual ele temperava o seu aço. Ela o deixava mais forte.

Mas ele não chamou por ela.

Em vez disso, andou sozinho até a parede mais afastada dos aposentos reais onde, parcialmente escondida por faixas de gaze e seda, havia uma porta.

Maxim levou a ponta dos dez dedos até a madeira oca e procurou pelo metal que havia ali dentro. Girou as duas mãos na porta e sentiu as engrenagens se movendo, o estalar dos pinos se soltando e outros entrando nos eixos. Não era uma trava simples, não havia combinação a ser testada, porém Maxim Maresh a havia construído e era o único a abri-la.

Certa vez, ele pegou Rhy tentando, quando o príncipe era apenas um menino.

O príncipe tinha uma queda por descobrir segredos, quer pertencessem a uma pessoa ou a um palácio, e no momento em que descobriu que a porta estava trancada ele deve ter ido encontrar Kell e arrastado o menino de olho preto — que ainda era novo nesse tipo de travessura inofensiva — até os aposentos reais. Maxim surpreendeu os dois, Rhy incitando Kell enquanto este erguia os dedos hesitantes para perto da madeira.

Maxim atravessou o quarto ao som do metal deslizando e alcançou a mão do garoto antes que pudesse abrir a porta. Não era uma questão de habilidade. Kell ficava mais poderoso a cada dia, a sua magia desabrochava como uma árvore na primavera. Porém, mesmo o jovem *Antari*, e talvez o jovem *Antari* acima de todos, precisava saber que o poder tinha limites.

Que regras devem ser obedecidas.

Rhy ficou amuado e explodiu, mas Kell nada disse enquanto Maxim os expulsava dali. Eles sempre foram assim, com temperamentos tão distintos. O de Rhy era quente e com pavio curto; o de Kell era frio e devagar para derreter. Estranhamente, pensou Maxim enquanto destrancava a porta, de muitas formas Kell e a rainha eram muito parecidos.

Nada havia de *proibido* a respeito da câmara atrás da porta. Era simplesmente particular. E, quando se é rei, privacidade é algo precioso, mais que qualquer joia.

Agora Maxim descia o pequeno lance de degraus de pedra até o seu escritório. O quarto era frio e seco, tracejado com metal. As prateleiras continham apenas alguns poucos livros, porém centenas de memórias, de objetos simbólicos. Não da sua vida no palácio. A rosa de ouro do casamento de Emira, a primeira coroa de Rhy, o retrato de Rhy e Kell no pátio das estações — tudo isso era mantido na câmara real. Estas eram relíquias de outros tempos, de outra vida.

Um estandarte queimado pela metade e um par de espadas, longas e finas como talos de trigo.

Um elmo reluzente, não de ouro, mas de metal polido, cravejado com fileiras de rubis.

Uma ponta de flecha de pedra que Isra removeu do seu flanco na última batalha da Costa de Sangue.

Havia armaduras de sentinela ao longo das paredes, máscaras sem rosto olhando para baixo, e, neste santuário, Maxim tirou a elegante capa cor de ouro e carmim, abriu as abotoaduras em forma de cálice que prendiam os punhos da camisa e pôs a coroa de lado. Peça por peça, ele se despiu da sua realeza e convocou o homem que fora antes.

An Tol Vares, era como o chamavam.

O Príncipe de Aço.

Fazia muito tempo que Maxim Maresh carregara aquele manto, mas havia tarefas para reis e tarefas para soldados, e neste momento o último arregaçou as mangas, pegou sua espada e começou a trabalhar.

VII

Quanta diferença de um dia para o outro, pensou Rhy, sozinho diante da janela enquanto o sol nascia. Um dia. Uma questão de horas. Um mundo de mudanças.

Dois dias antes, Kell havia desaparecido e Rhy entalhara oito letras no seu braço para trazê-lo de volta. *Desculpe*. Os cortes estavam frescos na sua pele, o mundo ainda queimava com movimento e, ainda assim, parecia que isso havia acontecido uma vida atrás.

Ontem, o seu irmão voltou para casa, foi preso e o príncipe teve de lutar para que ele fosse libertado, apenas para perdê-lo novamente, para perder a si mesmo, para perder tudo.

E acordar para testemunhar isso.

Nós ouvimos, nós ouvimos, nós ouvimos.

Na escuridão, era difícil enxergar a mudança, mas a luz fraca de inverno revelou uma cena aterrorizante.

Algumas horas antes, Londres transbordava com as comemorações do *Essen Tasch*, as flâmulas ondulantes para os magos finalistas que lutavam na arena central.

Agora, os três estádios flutuavam como cadáveres sombrios no rio escurecido, tendo como único som o canto regular dos sinos que vinha do Santuário. Corpos emergiam como maçãs na superfície do Atol e dezenas — centenas — mais se ajoelhavam ao longo da margem do rio, formando uma borda assustadora. Outros se moviam em bandos pelas ruas de Londres, procurando aqueles que ainda não haviam sucumbido, aqueles que não haviam se ajoelhado diante do rei das sombras. Quanta diferença de um dia para o outro.

Ele sentiu o irmão se aproximar.

Era estranha a forma como isso funcionava. Ele sempre foi capaz de sentir quando Kell estava por perto — uma intuição fraternal —, mas, nos últimos dias, ele sentia como se a presença do irmão funcionasse como uma amarra às avessas, ficando mais apertada ao invés de afrouxar quando eles se aproximavam.

Agora a tensão retumbava.

O eco no peito de Rhy ficou mais forte conforme Kell entrava no quarto. Ele parou na soleira da porta.

— Quer ficar sozinho?

— Nunca estou sozinho — disse o príncipe, distraidamente. E então, forçando-se a parecer mais alegre, completou: — Mas ainda *estou* vivo. — Kell engoliu em seco e Rhy podia ver o pedido de desculpas prestes a sair da garganta do irmão. — Não faça isso — falou Rhy, interrompendo-o. A atenção dele agora se voltava para o mundo do lado de fora do vidro. — O que acontece depois que os colocarmos para dormir?

— Forçamos Osaron a nos enfrentar. E o derrotamos.

— Como?

— Tenho um plano.

Rhy ergueu a ponta do dedo na direção do vidro. Do outro lado, a névoa assumiu a forma de mão, arrastou-se até a janela e então se afastou, desfazendo-se nas brumas.

— É assim que o mundo morre? — perguntou ele.

— Espero que não.

— Pessoalmente — respondeu Rhy com uma leveza súbita e vazia —, eu já cansei de morrer. Começou a perder o encanto.

Kell despiu o casaco e afundou numa cadeira.

— Você sabe o que aconteceu?

— Sei o que mamãe me contou, o que significa que sei o que você contou a ela.

— Quer saber a verdade?

Rhy hesitou.

— Se contá-la for ajudar a você.

Kell tentou sorrir, falhou e então meneou a cabeça.

— Do que você se lembra?

O olhar de Rhy dançou pela cidade.

— De nada — respondeu ele, mas na verdade se lembrava da dor, e da ausência da dor, da escuridão como água parada o envolvendo e de uma voz tentando trazê-lo de volta.

Você não pode morrer... vim de tão longe.

— Você viu Alucard?

Kell se encolheu.

— Presumo que ele esteja na galeria — respondeu como se não se importasse.

Rhy sentiu um aperto no peito.

— Você deve ter razão.

Mas Rhy sabia que ele não estava lá. Já o havia procurado no Grand Hall ao passar por lá atrás dele. O saguão de entrada, os salões de festa, a biblioteca. Rhy tinha vasculhado cada cômodo em busca daquele familiar brilho prata e azul, o cabelo tocado pelo sol e o lampejo de uma safira. Ele encontrou centenas de rostos, alguns conhecidos e outros estranhos, e nenhum deles pertencia a Alucard.

— Ele vai aparecer — acrescentou Kell, sem dar importância. — Ele sempre aparece.

Neste instante, um grito foi ouvido, não do lado de fora, mas de dentro do palácio. O barulho de portas sendo abertas com violência em algum lugar lá embaixo, um sotaque veskano em embate com um arnesiano.

— *Santo* — rosnou Kell, levantando-se. — Se a escuridão não os matar, o temperamento vai.

O irmão saiu do quarto sem olhar para trás, e Rhy ficou sozinho por um longo tempo, as sombras sussurrando no vidro, antes de pegar o casaco de Kell, encontrar a porta escondida mais próxima e sair por ela.

A cidade — a cidade *dele* — estava coberta de sombras.

Rhy se aninhou no casaco de Kell e envolveu o nariz e a boca com um lenço, como se faz antes de enfrentar um incêndio, como se um pedaço de tecido pudesse manter a magia afastada. Ele prendeu a respiração enquanto mergulhava no mar de névoa, mas, quando o seu corpo encontrou as sombras, elas recuaram, concedendo a Rhy uma passagem de vários metros.

Ele olhou em volta e, por um instante, sentiu como se fosse um homem que esperava se afogar, apenas para descobrir que as águas eram rasas demais.

E então Rhy simplesmente parou de pensar e correu.

O caos desabrochava por todos os lados e o ar era um emaranhado sem sentido de sons, medo e fumaça. Homens e mulheres tentavam arrastar quem estava ao seu lado para o rio preto. Algumas pessoas tropeçavam e caíam, atacadas por inimigos invisíveis, enquanto outras se escondiam atrás de portas trancadas e tentavam conjurar feitiços de proteção para as paredes com água, terra, areia e sangue.

Ainda assim, Rhy se movia como um fantasma no meio deles. Invisível. Despercebido. Nenhum som de passos o seguia pelas ruas. Nenhuma mão tentava arrastá-lo para o rio. Nenhuma turba tentava contaminá-lo com sombras.

A névoa envenenada abria caminho para o príncipe e deslizava em torno dele como água ao redor de pedra.

Seria a vida de Kell que o protegia do mal? Ou a ausência de vida dele próprio? O fato de que nada mais havia restado nele para a escuridão reclamar?

— Entrem — gritou ele para os febris, mas eles não o ouviram. — Voltem — gritou para os que haviam sucumbido, mas eles não o escutaram.

A loucura se erguia ao redor dele, e Rhy se desligou da cidade caótica e voltou os olhos novamente para a busca pelo capitão do *Night Spire*.

Havia apenas dois lugares para onde Alucard Emery iria: a mansão da sua família ou o seu navio.

A lógica apontava para a mansão, mas algo na intuição de Rhy lhe dizia que fosse na direção oposta, para as docas.

Ele encontrou o capitão no chão da cabine.

Uma das cadeiras em frente à lareira havia caído, uma das mesas estava vazia e as canecas e taças que deviam estar sobre ela agora eram cacos brilhantes espalhados pelo tapete e pelo piso de madeira. Alucard — o sempre decidido, forte e belo Alucard — estava deitado encolhido, tremendo de febre. O cabelo de um castanho vivo grudado nas faces por causa do suor. Ele agarrava a cabeça, a respiração saindo em arquejos irregulares enquanto falava com fantasmas.

— Pare... por favor... — A sua voz, aquela voz equilibrada e límpida, sempre cheia de risos, agora estava em frangalhos. — Não me faça...

Rhy se ajoelhou ao lado dele.

— Luc — chamou, tocando o ombro do homem.

Os olhos de Alucard se abriram de pronto, e Rhy recuou ao vê-los cheios de sombras. Não o preto retinto do olho de Kell, mas, em vez disso, os riscos ameaçadores da escuridão, que se retorciam e se enrolavam como serpentes na sua visão. As íris azuis de tempestade cintilavam e sumiam por trás da névoa.

— *Pare* — rosnou o capitão subitamente. Ele lutou para se levantar, os membros tremendo, apenas para desabar de novo no chão.

Rhy pairou sobre ele, inútil, sem saber se deveria mantê-lo no chão ou tentar ajudá-lo a se levantar. Os olhos de Alucard encontraram os dele, mas olharam através do príncipe. Ele estava em outro lugar.

— Por favor — implorou o capitão aos fantasmas. — Não me façam ir.

— Não farei — disse Rhy, perguntando-se quem Alucard via. O que ele via. Como libertá-lo. As veias do capitão se destacavam como cordas contra a pele dele.

— Ele nunca vai me perdoar.

— Quem? — perguntou Rhy, e Alucard franziu o cenho como se tentasse enxergar através da névoa e da febre.

— Rhy... — O veneno se agarrou com mais força, as sombras nos olhos dele eram rajadas de linhas luminosas como raios. O capitão sufocou um grito.

Rhy passou os dedos pelo cabelo de Alucard e pegou o rosto dele entre as mãos.

— Lute — ordenou. — O que quer que esteja se agarrando a você, *lute* contra isso.

Alucard se encurvou, tremendo.

— Não consigo...

— Concentre-se em mim.

— Rhy... — soluçou ele.

— Estou aqui. — Rhy Maresh se abaixou até o chão repleto de cacos de vidro, deitou ao lado dele e os seus rostos ficaram frente a frente. — Estou aqui.

Ele então se lembrou. Como um sonho que se aproximava e se afastava da superfície, ele se lembrou das mãos de Alucard nos seus ombros, da sua voz atravessando a dor, buscando por ele, mesmo na escuridão.

Estou aqui agora, dissera ele. *Então você não pode morrer.*

— Estou aqui agora — repetiu Rhy, entrelaçando os dedos nos de Alucard. — E não vou deixá-lo, então não se atreva a me deixar.

Outro grito irrompeu da garganta de Alucard e a sua mão apertou mais forte enquanto as linhas pretas na sua pele começavam a brilhar. Primeiro vermelhas e depois brancas. Queimando. Ele estava queimando de dentro para fora. E isso doía. Doía assistir, doía se sentir tão inútil.

Mas Rhy manteve a palavra.

Ele não o deixou.

VIII

Kell correu intempestivamente para o saguão oeste, seguindo o barulho de uma briga que estava começando.

Era apenas questão de tempo até o clima no palácio se alterar. Antes que os magos se recusassem a sentar, esperar e assistir à cidade sucumbir. Antes que alguém colocasse na cabeça que deveria agir.

Ele escancarou as portas e encontrou Hastra de pé diante da entrada oeste, a espada curta real apertada entre as mãos e parecendo um gato enfrentando uma fileira de lobos.

Brost, Losen e Sar.

Três dos magos do torneio, dois arnesianos e um veskano, antes competidores e agora aliados contra um inimigo comum. Kell esperava isso de Brost e de Sar, dois lutadores com temperamentos que faziam jus ao tamanho, mas o pupilo de Kisimyr, Losen, era como um salgueiro, conhecido tanto pela sua beleza quanto pelo talento incipiente. Anéis de ouro tilintavam no seu cabelo preto, e ele parecia deslocado entre os dois brutamontes. Mas havia manchas da cor de hematomas sob os olhos escuros e o seu rosto estava cinzento por causa da dor e da privação de sono.

— Saia do meu caminho — exigiu Brost.

Hastra não saiu do lugar, decidido.

— Não posso deixá-los passar.

— Por ordem de quem? — explodiu Losen com voz rouca.

— Da guarda real. Da patrulha da cidade. Do rei.

— O que está acontecendo? — perguntou Kell, andando até eles com passos largos.

— Fique fora disso, *Antari* — rosnou Sar sem sequer se virar para Kell. Ela era ainda mais alta que Brost: a sua silhueta veskana ocupava todo o saguão e havia um par de machados presos às suas costas. Ela havia perdido para Lila na rodada de abertura e passara o restante do torneio se lamentando e bebendo. Mas agora os seus olhos pegavam fogo.

Kell parou atrás deles, confiando que o instinto dos lutadores os faria se virar. Deu certo, e, por entre os seus membros, ele viu Hastra desabar de encontro à porta.

Kell partiu para cima de Losen primeiro.

— Isso não vai trazer Kisimyr de volta.

O jovem mago corou de indignação. O suor pontilhava a sua testa e ele balançava um pouco quando falava.

— Você viu o que aquele monstro fez com ela? — falou ele, a voz se embaralhando. — Preciso...

— Não, não precisa — retrucou Kell.

— Kisimyr teria...

— Kisimyr tentou e falhou — disse Kell, sombrio.

— Você pode ficar aqui, se escondendo no seu palácio — rugiu Brost. — Mas os nossos amigos estão lá fora! As nossas famílias!

— E a sua bravata não vai ajudá-los.

— Veskanos não ficam sentados inutilmente esperando pela morte — ressoou Sar.

— Não — retrucou Kell —, o seu orgulho os leva direto para ela.

Ela arreganhou os dentes.

— Não nos esconderemos como covardes nesse lugar.

— Esse lugar é a única coisa que os mantém seguros.

O ar começou a cintilar com o calor ao redor dos punhos cerrados de Brost.

— Não pode nos manter aqui.

— Acredite — falou Kell —, há dezenas de pessoas que eu preferia que estivessem aqui, mas vocês foram os únicos sortudos o bastante para estar no palácio quando a maldição nos atingiu.

— E agora as nossas cidades precisam de nós — rugiu Brost. — Somos a sua melhor proteção.

Kell fechou um dos punhos, furando a base da palma da mão com a ponta de metal que mantinha presa ao pulso. Ele sentiu a ferroada e o calor do sangue brotando na sua pele.

— Vocês são pôneis de exibição — disse ele. — Treinados para saltitar numa arena, e, se pensam que isso é o mesmo que combater magia, estão terrivelmente enganados.

— Como ousa... — começou Brost.

— O mestre Kell pode derrubar todos vocês com uma única gota de sangue — anunciou Hastra, atrás deles.

Kell encarou o jovem, estupefato.

— Ouvi dizer que o *Antari* real não tem dentes — interrompeu Sar.

— Não queremos machucá-lo, principezinho — escarneceu Brost.

— Mas vamos — murmurou Losen.

— Hastra — disse Kell, calmamente. — Saia.

O jovem hesitou, dividido entre abandonar Kell e desafiá-lo, mas, no fim, obedeceu. Os magos olharam de relance para ele enquanto Hastra passava e, neste instante, Kell se movimentou.

Um suspiro e já estava atrás deles, uma das mãos erguida para as portas que davam para fora do palácio.

— *As Staro* — falou ele. O lado interno da tranca das portas despencou com um barulho alto e metálico e novas barras de aço se espalharam de ponta a ponta sobre a madeira, selando as portas. — Agora — disse Kell, estendendo a mão ensanguentada, a palma voltada para cima, como se a oferecesse a eles —, voltem para a galeria.

Losen arregalou os olhos, mas o temperamento de Brost estava agitado demais e Sar estava louca por uma briga. Quando nenhum deles se mexeu, Kell suspirou e disse:

— Quero que lembrem que eu lhes dei uma chance.

❧

Tudo acabou rápido.

Em alguns instantes, Brost se viu sentado no chão, com as mãos no rosto; Losen ficou jogado encostado na parede, apertando as costelas machucadas; e Sar ficou inconsciente, com as pontas das tranças loiras chamuscadas.

O saguão ficou um pouco danificado, mas Kell conseguiu manter a maior parte dos estragos restrita ao corpo dos três magos.

Atraídas pelo barulho, diversas pessoas abriram as portas do interior do palácio e encheram a entrada — alguns magos, outros nobres, todos se esforçando para ver o que acontecia no saguão. Três magos derrubados com Kell bem no meio deles. Era justamente o que ele precisava. Um escândalo. Os sussurros aumentaram, e Kell sentia o peso dos olhos e das palavras quando recaíam sobre ele.

— Vocês se rendem? — perguntou ele para os corpos jogados no chão, sem saber exatamente a quem perguntava.

Um grupo de faroenses pareceu se divertir bastante quando Brost se esforçou para ficar de pé, ainda apertando o nariz.

Dois veskanos foram ajudar Sar a se levantar, e, enquanto a maioria dos arnesianos se manteve afastada, Jinnar, o mago do vento de cabelos prateados, foi até Losen e ajudou o jovem de luto a ficar de pé.

— Venha — disse ele com a voz mais baixa e mais suave que Kell já ouviu. Lágrimas escorriam silenciosamente pelas faces de Losen, e Kell sabia que elas não vinham das costelas machucadas nem do seu orgulho ferido.

— Eu não fui ajudá-la no terraço — murmurou ele. — Não fui..

Kell se ajoelhou para limpar uma gota de sangue que tinha ficado no chão de mármore antes que manchasse e ouviu os passos pesados do rei antes de ver a multidão se abrir para dar passagem a ele, com Hastra no seu encalço.

— Mestre Kell — falou Maxim, passando os olhos por toda a cena. — Eu lhe agradeceria se não derrubasse o palácio. — Mas Kell conseguia sentir o tom de aprovação na voz do rei. Melhor demonstrar força que tolerar fraquezas.

— Peço desculpas, Vossa Majestade — disse Kell, fazendo uma reverência com a cabeça.

O rei girou nos calcanhares e tudo acabou. O motim foi subjugado. Um instante de caos e a ordem já restaurada.

Kell sabia tanto quanto Maxim o quanto isso era importante neste momento, com a cidade se agarrando a cada vestígio de poder, a cada sinal de força. Assim que os magos foram levados ou saíram dali e o saguão se esvaziou de espectadores, ele se jogou numa cadeira encostada na parede, a almofada ainda fumegando levemente por causa do incidente. Ele a afofou, e então se virou para ver o seu antigo guarda ainda de pé ali, os olhos gentis arregalados sob o abrigo dos cabelos queimados de sol.

— Não precisa me agradecer — falou Kell, acenando com a mão.

— Não é isso, senhor — disse Hastra. — Quer dizer, eu sou grato, senhor, é claro. Mas...

Kell sentiu um nó na garganta.

— Qual o problema dessa vez?

— A rainha está chamando pelo príncipe.

— Pelo que sei — declarou Kell —, não sou eu.

Hastra olhou para o chão, para a parede, para o teto, antes de encontrar coragem para olhar de novo para Kell.

— Sei disso, senhor — disse ele, devagar. — Mas não consigo *encontrá-lo.*

Kell havia sentido que o golpe estava por vir, mas ainda assim foi atingido.

— Você vasculhou o palácio?

— De cima a baixo, senhor.

— Há mais alguém desaparecido?

Houve um instante de hesitação, e então:

— O capitão Emery.

Kell xingou baixinho.

Você viu Alucard?, perguntou Rhy, olhando fixamente para as janelas do palácio. Será que ele saberia se o príncipe tivesse sido infectado? Sentiria a magia sombria nadando no seu sangue?

— Faz quanto tempo? — perguntou Kell, já se dirigindo aos aposentos do príncipe.

— Não tenho certeza — respondeu Hastra. — Uma hora, talvez um pouco mais.

— *Santo.*

Kell invadiu o quarto de Rhy, pegando da mesa o broche de ouro do príncipe e enfiando no próprio polegar com mais força que o necessário. Ele esperava que, onde quer que Rhy estivesse, ele sentisse a perfuração do metal e que Kell estava a caminho.

— Devo contar ao rei? — perguntou Hastra.

— Você veio me procurar — respondeu Kell — porque tem mais bom senso que isso.

Ele se ajoelhou, desenhando um círculo de sangue no chão do quarto de Rhy, e pressionou a palma da mão, com o broche entre a carne e a madeira polida.

— Vigie a porta — ordenou ele, e então disse para a marca que fez e para a magia nela: — *As Tascen Rhy.*

O chão se abriu, o palácio desapareceu e houve um instante de escuridão antes de, muito rapidamente, dar lugar a um cômodo. O chão balançava gentilmente sob os seus pés, e Kell soube, antes mesmo de observar as paredes de madeira e as janelas em forma de escotilha, que estava num navio.

Kell encontrou os dois deitados no chão, as testas pressionadas uma na outra e as mãos entrelaçadas. Os olhos de Alucard estavam fechados, porém os de Rhy estavam abertos, o olhar fixo no rosto do capitão.

A raiva subiu pela garganta de Kell.

— Desculpe incomodar — explodiu ele —, mas dificilmente essa é uma hora para os amantes se...

Rhy calou Kell com um olhar. O âmbar dos seus olhos estava cercado de vermelho e então Kell notou o quão pálido e imóvel estava o capitão.

Por um segundo, ele pensou que Alucard Emery estivesse morto.

Então os olhos do capitão se abriram um pouco. Havia manchas roxas debaixo deles que lhe davam a aparência lúgubre de uma pessoa doente há muito tempo. E havia algo errado com a sua pele. Na luz fraca da cabine, ele distinguia uma cor prateada e não muito brilhante, mas com o cintilar embaçado de pele cicatrizada, em volta dos pulsos dele, da clavícula e do pescoço. Tracejava caminhos que desciam pelas suas faces como lágrimas e brilhava nas suas têmporas. Fios de luz traçavam caminhos onde o azul das suas veias deveria estar, ou estiveram.

Mas não havia feitiço nos olhos dele.

Alucard Emery sobreviveu à magia de Osaron.

Ele estava vivo, e, quando falou, ainda tinha aquele característico tom enfurecedor.

— Você podia ter batido na porta — disse ele, mas a sua voz era metálica, as palavras saíram baixinho, e Kell notou a escuridão nos olhos de Rhy. Não fruto de algum feitiço, mas apenas medo. O quão ruim a situação ficara? Quão perto ele estivera de sucumbir?

— Temos de ir — urgiu Kell. — Emery consegue ficar de pé ou... — A voz dele se perdeu quando a sua visão se adaptou à penumbra. Do outro lado da cabine, algo se moveu.

Uma silhueta, amontoada na cama do capitão, agora se levantava.

Era uma menina. O cabelo escuro caía em volta do seu rosto em ondas, amassadas no sono, mas foram os olhos dela que o paralisaram. Não estavam escurecidos pela maldição. Não havia nada neles. Estavam vazios.

— Anisa? — começou Alucard, esforçando-se para ficar de pé. A menção do nome reavivou uma lembrança em Kell. Algo sobre ler pergaminhos ao lado de Rhy, na biblioteca Maresh.

Anisa Emery, décima segunda na linha de sucessão ao trono, terceira filha de Reson e irmã mais nova de Alucard.

— Afaste-se — ordenou Kell, barrando o caminho do capitão sem tirar os olhos da menina.

Kell já deparou com a morte, já testemunhou o momento em que a pessoa deixa de existir e se torna apenas um corpo — a chama da vida extinta, deixando apenas a casca. Era tanto uma sensação quanto a visão do fato, o sentimento de perda.

Ao olhar para Anisa Emery, Kell teve a terrível sensação de que estava olhando para um cadáver.

Mas cadáveres não se levantam.

E ela o havia feito.

A menina jogou as pernas para fora da cama, e, quando os pés descalços encostaram no chão, as tábuas de madeira começaram a se petrificar, a cor escorrendo das tábuas enquanto murchavam, apodreciam. O coração dela brilhava no peito como carvão.

Quando ela tentou falar, não emitiu som nenhum, apenas o crepitar de brasas enquanto a coisa que estava dentro dela continuava a queimar.

Kell sabia que a menina não estava mais ali.

— Nis? — chamou novamente o irmão, aproximando-se dela. — Pode me ouvir?

Kell agarrou o braço do capitão e o puxou para trás no mesmo instante em que os dedos da menina roçaram as mangas de Alucard. O tecido ficou cinza onde ela encostou. Kell atirou Alucard nos braços de Rhy e se virou para Anisa, aproximando-se para detê-la com o seu comando, e, quando isso não funcionou — não era a vontade *dela* que ele combatia, não mais, e sim a vontade de um monstro, um fantasma, um deus autoproclamado —, ele dobrou o navio em torno deles. A madeira se soltou das paredes da cabine para se interpor no caminho dela. Ela foi desaparecendo para eles, tábua por tábua, e então de repente Kell se deu conta de que estava duelando contra um segundo comando, o de Alucard.

— Pare! — gritou o capitão, lutando para se desvencilhar de Rhy. — Não podemos deixá-la, eu não posso deixá-la, não outra vez...

Kell se virou e deu um soco na barriga de Alucard Emery.

O capitão se encurvou, arquejando, e Kell se ajoelhou diante deles, desenhando rapidamente um segundo círculo no chão da cabine.

— Rhy, agora — disse Kell, e, assim que a mão do príncipe encontrou o ombro dele, ele proferiu as palavras. A menina incandescente se foi, a cabine se abriu, e eles estavam de volta ao quarto de Rhy, agachados no chão enfeitado do príncipe.

Hastra desfaleceu de alívio ao vê-los, mas Alucard já lutava para se levantar, e Rhy se esforçava para impedi-lo, murmurando *"Solase, solase, solase"* repetidas vezes.

Me desculpe, me desculpe, me desculpe.

Alucard agarrou Kell pela gola da camisa, os olhos arregalados e desesperados.

— Leve-me de volta.

Kell meneou a cabeça.

— Não há mais ninguém naquele navio.

— A minha irmã...

Ele segurou com firmeza os ombros de Alucard.

— Escute — disse ele. — Não há mais *ninguém*.

As palavras devem por fim ter sido compreendidas, porque a luta cessou dentro de Alucard Emery. Ele se jogou no sofá mais próximo, tremendo.

— Kell — começou Rhy.

Ele se virou para o irmão.

— E você! Você é um tolo, sabia? Depois de tudo pelo que passamos, você simplesmente sai do palácio? Podia ter sido morto. Envenenado. É um milagre não ter sucumbido.

— Não — falou Rhy, devagar. — Não acho que seja.

Antes que Kell pudesse impedi-lo, o príncipe foi até a varanda e começou a destrancar as portas. Hastra correu até ele, mas já era tarde demais. Rhy abriu as portas e entrou na névoa; Kell o alcançou a tempo de ver as sombras se encontrarem com a pele do príncipe — e recuarem.

Rhy esticou a mão para a sombra mais próxima e ela se esquivou do seu toque.

Kell fez o mesmo. Mais uma vez, os tentáculos da magia de Osaron recuaram.

— A minha vida é a sua — falou Rhy devagar, pensativo. — E a sua é a minha. — Ele ergueu o olhar. — Faz sentido.

Ouviu-se o barulho de passos, e logo Alucard estava ao lado deles. Kell e Rhy se viraram para impedi-lo de passar pela porta, mas as sombras já estavam se afastando.

— Você deve ser imune — ponderou Rhy.

Alucard olhou para as próprias mãos, considerando as cicatrizes que tracejavam suas veias.

— E pensar que só precisei abrir mão da minha bela aparência.

Rhy conseguiu esboçar um sorriso.

— Eu até gosto do prateado.

Alucard arqueou uma sobrancelha.

— Gosta? Talvez eu comece uma moda.

Kell revirou os olhos.

— Se vocês dois já terminaram — interrompeu ele —, devíamos mostrar isso ao rei.

IX

Havia momentos em que Lila se perguntava como raios tinha vindo parar aqui.

Que passos, ou tropeços, dera. Um ano atrás, ela era uma ladra em outra Londres. Um mês atrás, ela era uma pirata, navegando o mar aberto. Uma semana atrás, ela era uma competidora do *Essen Tasch*. E agora ela era isso. *Antari*. Sozinha, e sem estar sozinha. Afastada, mas não à deriva. Havia vidas demais emaranhadas com a dela. Pessoas demais com quem se importar, e, mais uma vez, ela não sabia se devia ficar ou fugir. A resposta, no entanto, teria de esperar, porque esta cidade estava morrendo e ela queria salvá-la. E talvez isso fosse um sinal de que já havia escolhido. Por enquanto.

Lila examinou a cela do Santuário, que nada tinha além da cama estreita e de símbolos desenhados no chão. Lila já havia estado ali, com um príncipe moribundo jogado nos ombros. O Santuário já lhe parecera frio e vazio, mas agora estava ainda mais frio. O corredor lá fora, que era calmo, agora estava vazio como uma tumba, e a sua respiração era o único movimento no ar. Uma luz pálida queimava em archotes ao longo das paredes com uma firmeza que ela só pôde reconhecer como um feitiço. Uma corrente de ar passou, forte o suficiente para fazer o seu casaco se agitar, mas o vento mal conseguiu que as chamas oscilassem. Os sacerdotes saíram havia muito tempo, a maioria se refugiando enquanto sustentava os feitiços de proteção no palácio. O restante se espalhou pela cidade, perdido na névoa. Estranho, pensou ela, que eles não fossem imunes. Mas supôs que estar perto da magia nem sempre era positivo. Não quando a magia enganava tanto ao diabo quanto a um deus.

O silêncio do Santuário não parecia natural. Ela passou anos escapulindo por multidões, colhendo migalhas de privacidade em aposentos apertados. Agora, ela se movia sozinha por um lugar construído para dezenas, centenas de pessoas, uma espécie de igreja que parecia inadequada sem os fiéis, sem o calor suave e constante da magia combinada deles.

Havia apenas quietude e a voz — ou vozes? — do lado de fora das paredes, que a instigava:

— *Saia, saia, ou me deixe entrar.*

Lila sentiu calafrios, enervada, e começou a cantar baixinho enquanto subia a escada.

— *Como se sabe que o Sarows está chegando...*

No andar mais alto ficava o salão principal, com o teto abobadado e as colunas de pedra, tudo entalhado na mesma rocha salpicada de manchas. Entre as colunas havia grandes bacias entalhadas em madeira branca e lisa, cada uma cheia de água, flores ou areia fina. Lila passou os dedos pela água quando passou, uma bênção instintiva, uma memória esquecida que vinha da infância, a um mundo dali.

Os seus passos ecoaram no espaço cavernoso e ela se retraiu, passando a andar como uma ladra, sem som mesmo no chão de pedra. Os pelos da sua nuca se eriçaram enquanto ela cruzava o salão e...

Um baque seco, como pedra atingindo madeira. Soou uma vez, e de novo, e de novo.

Alguém batia à porta do Santuário.

Lila ficou parada ali, sem saber o que fazer.

— *Alos mas en* — gritou uma voz. *Me deixe entrar.* Por causa das portas de madeira pesada, ela não conseguia discernir se pertencia a um homem ou a uma mulher, mas de qualquer forma eles estavam fazendo barulho demais. Ela viu o tumulto nas ruas, as turbas de homens e mulheres com olhos possuídos pelas sombras, atacando aqueles que ainda não haviam sucumbido, aqueles que tentavam lutar. Atraídos pela luta como gatos atrás de ratos. E a última coisa de que ela precisava era que entrassem *ali*.

— Droga — rosnou Lila, correndo irritada até as portas.

Estavam trancadas, e ela precisou usar todo o seu peso no ferro da tranca para fazê-lo se mexer, a faca entre os dentes. Quando o trinco por fim se soltou e as portas do Santuário se abriram, um homem entrou aos tropeços, caindo de joelhos no chão de pedra.

— *Rensa tav, rensa tav* — gaguejou ele, sem fôlego, enquanto Lila forçava as portas a se fecharem novamente e cuspia a lâmina na palma da mão.

Ela se virou, pronta para lutar, mas ele ainda estava de joelhos, a cabeça abaixada, desculpando-se para o chão.

— Eu não devia ter vindo — falou ele.

— Provavelmente não — disse Lila —, mas agora você está aqui.

Ao ouvir o som da sua voz, a cabeça do invasor subitamente se ergueu e o capuz escorregou para trás, revelando um rosto magro e olhos arregalados, livres de feitiço.

A faca de Lila caiu ao lado dela.

— *Lenos*?

O segundo imediato do *Spire* a encarou.

— Bard?

Lila esperou que Lenos tropeçasse e fugisse de medo. Ele sempre a tratou como uma chama descontrolada, algo que podia queimá-lo a qualquer momento se ele chegasse perto demais. Mas o rosto dele era apenas uma máscara de choque. Choque e gratidão. Ele deixou escapar um soluço de alívio, e sequer recuou quando ela o colocou de pé, apesar de olhar pasmo para o lugar onde as mãos deles se encontraram ao mesmo tempo que disse:

— *Tas ira...*

Seu olho.

— Foi uma longa noite... — Lila olhou de relance para a luz que entrava pelas janelas. — Um longo dia. Como sabia que eu estava aqui?

— Não sabia — respondeu ele, a cabeça se mexendo de um lado para o outro com o nervosismo característico dele. — Mas, quando os sinos soaram, pensei que talvez um dos sacerdotes...

— Lamento desapontá-lo.

— O capitão está a salvo?

Lila hesitou. Ela não tinha visto Alucard, não desde que marcara a sua testa, mas, antes que pudesse lhe contar isso, outras batidas soaram na porta. Lila e Lenos se viraram.

— Deixe-me entrar — falou uma nova voz.

— Você estava sozinho? — sussurrou ela.

Lenos assentiu com a cabeça.

— Deixe-me entrar — continuou a voz, estranhamente equilibrada.

Lila e Lenos deram um passo para longe das portas. Elas eram sólidas, as trancas eram fortes, e o Santuário supostamente era resguardado contra magia das trevas, mas ela não sabia por quanto tempo essas coisas iriam aguentar na ausência dos sacerdotes.

— Vamos embora — disse ela. Lila tinha memória de ladra, e o mapa de Tieren se abriu na sua mente com todos os detalhes, revelando corredores, celas, o escritório. Lenos a seguiu de perto, os lábios se movendo silenciosamente em algum tipo de oração.

Ele sempre foi a pessoa religiosa a bordo do navio, rezando ao primeiro sinal de mau tempo, no início e no fim de cada viagem. Ela não fazia ideia de *para que* ou *para quem* ele rezava. O restante da tripulação não se incomodava, mas ninguém parecia acreditar muito naquilo. Lila presumiu que a magia representava para as pessoas daqui o que Deus representava para os cristãos, e ela nunca acreditou em Deus. Porém, mesmo que acreditasse, achava muito tolo acreditar que ele teria tempo de dar uma força a todos os navios no mar. E, ainda assim...

— Lenos — falou ela, devagar —, como é que você está bem?

Ele olhou para si mesmo, como se não tivesse muita certeza. Então puxou um talismã de dentro da camisa. Lila ficou tensa ao vê-lo. O símbolo na frente estava muito desgastado, mas tinha as mesmas extremidades curvas do símbolo na pedra preta, e olhar para ele causou em Lila a mesma sensação de calor e frio. No centro do talismã, preso numa conta de vidro, havia uma única gota de sangue.

— A minha avó — explicou ele — Helina. Ela era...

— *Antari* — interrompeu Lila.

Ele confirmou.

— Magia não é hereditária — disse ele —, de modo que o poder dela nunca me causou nenhum bem. — Ele olhou para o colar. — Até agora. — As batidas na porta persistiam, ficando mais fracas conforme eles andavam. — O pingente devia ter ficado com o meu irmão mais velho, Tanik, mas ele não quis. Disse que não passava de uma bugiganga inútil. Então eu fiquei com ele.

— Talvez os deuses da magia o favoreçam, afinal de contas — falou ela, averiguando os corredores dos dois lados.

— Talvez — ponderou Lenos, um pouco para si mesmo.

Lila pegou a segunda saída à esquerda e chegou às portas da biblioteca. Estavam fechadas.

— Bem — disse ela —, ou você é sortudo ou abençoado. Escolha um dos dois.

Lenos abriu um sorriso nervoso.

— Qual *você* escolheria?

Encostando a orelha na madeira, ela tentou escutar sinais de vida. Nada.

— Eu? — retrucou ela, empurrando as portas. — Eu escolheria ser inteligente.

As portas se abriram para exibir fileiras de mesas, livros ainda abertos sobre elas e páginas farfalhando levemente no cômodo cheio de correntes de ar.

No fundo da biblioteca, atrás da última fila de prateleiras, ela encontrou o escritório de Tieren. Havia uma pilha descomunal de pergaminhos em cima da escrivaninha. Potes de tinta e livros enchiam as paredes. Um gabinete estava aberto, deixando à mostra prateleiras e mais prateleiras de jarros de vidro.

— Tome conta da porta — pediu ela, os dedos passando por tinturas e ervas conforme ela semicerrava os olhos para ler os nomes escritos em arnesiano numa caligrafia que não conseguia decifrar. Ela cheirou um jarro que parecia conter óleo antes de virar a boca da garrafa contra a popa do polegar.

— *Tigre, tigre* — entoou para si mesma, reavivando o poder nas veias, liberando-o como desembainharia uma faca. Ela estalou os dedos e uma pequena chama surgiu na sua mão. Sob a luz bruxuleante, Lila examinou a lista de suprimentos e começou a trabalhar.

— Acho que isso é tudo — disse ela, pendurando a bolsa de lona no ombro. Pergaminhos pareciam prestes a cair e frascos se chocavam levemente lá dentro, garrafas de sangue e de tinta, ervas, areia e outras coisas cujo nome não fazia sentido. Além da lista de Tieren, ela afanou um frasco de algo chamado "durma bem" e uma pequena ampola com a inscrição "chá da vidente". Porém, deixou o restante, sentindo-se bastante impressionada com o autocontrole.

Lenos estava à porta, uma das mãos na madeira, e ela não sabia se estava se apoiando ou só ouvindo como marinheiros às vezes fazem com tempestades que se aproximam: não pelo som, mas pelo toque.

— Alguém ainda está batendo à porta — disse ele, baixinho. — E acho que agora há mais pessoas.

O que significava que eles não conseguiriam sair, não pelo caminho por onde entraram, não sem encontrar problemas. Lila colocou o pé no corredor e olhou ao redor, para a ramificação de caminhos, puxando pela memória o mapa e desejando ter tido tempo para estudar mais do que o caminho que pretendia percorrer. Ela estalou os dedos. Uma chama nasceu na palma da sua mão e ela prendeu a respiração até que o fogo se firmasse e então passasse a dançar sutilmente. Lila começou a andar, com Lenos nos seus calcanhares enquanto ela seguia o mapa.

Atrás deles soou o breve som de algo rolando de uma prateleira alta.

Lila se virou, o fogo queimando na sua mão, a tempo de ver uma esfera de pedra se espatifar no chão.

Ela se preparou para um ataque que nunca aconteceu. Em vez disso, a luz mostrou apenas um par de familiares olhos cor de ametista.

— Esa?

A gata de Alucard pulou para a frente, os pelos eriçados, mas, no instante em que Lila foi pegá-la, a criatura se esquivou, obviamente assustada, e saiu em disparada para a porta aberta mais próxima. Lila xingou em voz baixa. Ela pensou em deixá-la ali. Odiava a gata e tinha certeza de que o sentimento era mútuo, mas talvez ela conhecesse outra saída.

Lila e Lenos seguiram a gata através de uma porta e depois por uma segunda, os cômodos ficando congelantes de tão frios. Depois da terceira porta aberta, eles encontraram uma espécie de claustro ao ar livre. Uma dúzia de arcos abobadados levava a um jardim, não bem-cuidado como o restante do Santuário, e sim indomado: um emaranhado de árvores, algumas mortas pelo inverno e outras verdes e vivas como no verão. Isso lhe lembrou o pátio do palácio em que encontrou Rhy no dia anterior, porém sem um pingo de ordem. As flores floresciam e as videiras serpenteavam pelo caminho, e, além do jardim...

Além do jardim, não havia *nada*.

Nenhum arco. Nenhuma porta. Os claustros estavam voltados para o rio, e, em algum lugar depois da folhagem indomada, o jardim simplesmente terminava, transformando-se em escuridão.

— Esa? — gritou Lila, mas a gata havia sumido entre as cercas vivas e não conseguiam mais vê-la. Lila estremeceu e xingou o frio repentino e cortante. Ela já se virava para as portas, mas pôde ver o questionamento nos olhos de Lenos. A tripulação inteira sabia o quanto aquela gata idiota significava para Alucard. Certa vez, ele contou a Lila, brincando, que ela era um talismã onde ele guardava o próprio coração, mas também confessou que Esa foi presente da sua amada irmã mais nova. Talvez, de certa forma, as duas coisas fossem verdade.

Lila xingou e jogou a bolsa nos braços de Lenos.

— Fique aqui.

Ela ergueu a gola do casaco para se proteger do frio e correu até o jardim, pisando nas vinhas selvagens e se abaixando para desviar dos galhos baixos. Aquele lugar provavelmente era uma espécie de metáfora para o caos do mundo natural. Ela quase conseguia ouvir o sermão de Tieren para que pisasse com cuidado quando pegou a faca mais afiada que tinha e cortou uma vinha desagradável.

— Aqui, Esa — chamou Lila.

Ela estava no meio do jardim quando se deu conta de que não conseguia mais enxergar o caminho à frente. Ou atrás dela. Era como se tivesse saído completamente de Londres e entrado num mundo feito de nada além de névoa.

— Volte aqui, gatinha — murmurou ela, alcançando o limite do jardim —, ou eu juro por Deus que vou jogar você no...

Lila parou de falar. O jardim acabou abruptamente na frente dela, as raízes se arrastando até uma plataforma de pedra pálida. E, no fim da plataforma, exatamente como ela imaginava, não havia muro nem barreira. Apenas uma queda abrupta para o preto lustroso do Atol lá embaixo.

— Você não ouviu?

Lila se virou para a voz e encontrou uma garota cuja altura mal passava da sua cintura, de pé entre ela e o fim do jardim. Uma noviça trajando as vestes brancas do Santuário, o cabelo escuro completamente preso numa trança. Os olhos dela rodopiavam com a magia de Osaron, e os dedos de Lila apertaram a lâmina com mais força. Ela não queria matar a garota. Não se ainda houvesse alguma parte dela ali dentro, tentando sair. Não queria, mas a mataria.

A pequena noviça ergueu a cabeça, encarando o céu pálido. A pele em volta das unhas dela estava machucada e havia marcas escuras de feridas nas bochechas.

— O rei está chamando.

— É mesmo? — perguntou Lila, dando um passo para o jardim.

A névoa ficava mais espessa ao redor delas, engolindo as fronteiras do mundo. E então, do nada, começou a nevar. Um floco caiu, pousando no seu rosto, e...

Lila se encolheu quando uma pequena lâmina de gelo rasgou a sua pele.

— Que merda é...

A noviça deu uma risadinha enquanto Lila limpava o rosto com a parte de trás da manga da camisa e, ao seu redor, os flocos de neve se transformavam em pontas de facas e continuavam caindo. O fogo apareceu nas mãos de Lila antes que ela pensasse em chamá-lo, e ela baixou a cabeça quando o calor a envolveu como um escudo, derretendo o gelo antes que ele a atingisse.

— Belo truque — murmurou ela, erguendo o olhar.

Mas a noviça se foi.

Um instante depois, uma mãozinha gélida se fechou no pulso de Lila.

— Peguei você! — falou a garota, a voz ainda cheia de risos enquanto a sombra vertia dos dedos dela apenas para recuar diante da pele de Lila.

O semblante da garota se fechou.

— Você é um *deles* — disse ela, enojada. Mas, em vez de soltá-la, a mão dela segurou Lila com mais força. A garota era forte, uma força sobre-humana. Veias pretas percorriam a sua pele como cordas e ela arrastou Lila para fora do jardim, até o lugar em que o Santuário terminava e o mármore caía. Lá embaixo, o rio se estendia numa superfície preta e totalmente parada.

— Solte — advertiu Lila.

A noviça não soltou.

— Ele não está feliz com você, Delilah Bard.

— Solte, *agora*.

As botas de Lila derraparam na superfície de pedra escorregadia. Quatro passos para o fim da plataforma. Três.

— Ele ouviu o que você disse sobre libertar Kell. E, se você não deixá-lo entrar — ela deu outra risadinha —, ele vai afogá-la no mar.

— Ora, se você não é assustadora — rosnou Lila, tentando se desvencilhar uma última vez. Quando isso não funcionou, ela sacou uma faca.

Estava quase fora da bainha quando outra mão, desta vez enorme, pegou o seu pulso e o torceu com brutalidade até ela soltar a arma. Quando Lila se virou, agora presa entre as duas, encontrou um guarda real, maior que Barron, de barba escura e com os vestígios arruinados da marca *dela* na testa.

— Você já conheceu o rei das sombras? — vociferou ele.

— Ah, caramba! — disse Lila quando uma terceira figura saiu do jardim. Uma velha senhora, descalça e vestindo apenas uma camisola cintilante.

— Por que não o deixa entrar?

Lila perdeu a paciência. Ela ergueu as mãos e *empurrou* como fez na arena há pouco dias. Fisicamente. Comando contra comando. Mas, seja lá do que aquelas pessoas eram feitas, isso não funcionou. Elas simplesmente se desviavam do ataque. Ele passava direto por elas como o vento pelo trigo, e elas a arrastaram mais uma vez para o precipício.

Dois passos.

— Eu não quero machucar vocês — mentiu ela. Naquele momento, ela queria muito machucá-los, mas isso não deteria o monstro que comandava as marionetes. Ela se atrapalhou para pensar em algo.

Um passo e o tempo dela acabou. A bota de Lila acertou o peito da garotinha e fez a noviça tropeçar e cair. Então ela flexionou os dedos, puxou uma segunda faca e a enterrou no joelho do guarda, por entre as articulações da armadura dele. Lila esperava que o homem caísse, gritasse ou ao menos a *soltasse*. Ele não fez nada disso.

— Ah, qual é? — rosnou ela enquanto ele a empurrava pelo meio passo que faltava para a beirada, a noviça e a mulher impedindo a sua fuga.

— O rei quer que você pague — disse o guarda.

— O rei quer que você implore — falou a garota.

— O rei quer que você se ajoelhe — avisou a velha.

Todas as vozes tinham o mesmo horrível tom cadenciado, e a beira do precipício estava bem perto dos seus calcanhares.

— Implore pela sua cidade.

— Implore pelo seu mundo.

— Implore pela sua vida.

— Eu não *imploro* — rugiu Lila, chutando com força a lâmina enterrada no joelho do guarda. Por fim, a perna dele cedeu, mas, quando ele se ajoelhou, levou-a junto. Por sorte ele caiu *longe* da beirada, e ela rolou, libertando-se do guarda, e ficou mais uma vez de pé. No entanto, os braços magros da mulher já se fechavam no seu pescoço. Lila a afastou, jogando-a em cima da noviça que se aproximava, e se afastou vários passos do precipício.

Agora, pelo menos, era o jardim que estava atrás dela e não o penhasco.

Mas os três atacantes estavam de pé outra vez, os olhos cheios de sombras e os lábios repletos das palavras de Osaron. E, se Lila fugisse, eles simplesmente a seguiriam.

O sangue dela cantava com a adrenalina da luta, e os seus dedos comicharam para conjurar fogo, mas fogo só funcionava com quem se incomodasse com as queimaduras. Um corpo sem medo nunca hesitaria diante das chamas. Não, Lila precisava de algo mais substancial. De peso.

Ela baixou os olhos para a grande plataforma de pedra.

Podia dar certo.

— Ele quer que eu me ajoelhe? — perguntou ela, deixando as pernas se dobrarem, a pedra fria atingindo os joelhos.

Os caídos a encaravam com um olhar sombrio enquanto ela pressionava a palma das mãos no chão de mármore e vasculhava a memória por um fragmento de Blake — alguma coisa, qualquer coisa em que concentrar a mente. Mas então, de repente, Lila se deu conta de que não *precisava* de palavras. Ela buscou a pulsação na rocha e encontrou um ritmo fixo, como uma corda sendo dedilhada.

Os caídos voltaram a avançar na direção dela, mas já era tarde demais.

Lila se agarrou às cordas e puxou.

O chão estremeceu sob ela. A garota, o guarda e a velha olharam para baixo enquanto fissuras se formavam como raízes profundas no chão de pedra. Uma enorme rachadura se abriu de ponta a ponta, separando a plataforma do jardim, as almas caídas de Delilah Bard. E então ela se quebrou, e os três despencaram para o rio lá embaixo com um estrondo, uma onda e depois mais nada.

Lila ficou de pé, ofegante, um sorriso desafiador se abrindo nos lábios ao mesmo tempo que os últimos pedaços de pedra se soltavam e caíam, fazendo barulho ao desaparecerem de vista. Não foi a mais elegante das soluções, ela sabia, mas foi eficiente.

No jardim, alguém chamava o nome dela.

Lenos.

Ela se virou na direção dele no mesmo instante em que um tentáculo de escuridão se enrolou na sua perna e *puxou*.

Lila atingiu o chão com força.

E continuou caindo.

Escorregando.

A sombra se enrolava no seu tornozelo como uma vinha teimosa. Não, como uma *mão*, arrastando-a para o precipício. Ela derrapou no chão destruído, tateando em busca de algo, de qualquer coisa em que pudesse se agarrar enquanto a beirada se aproximava cada vez mais. E então ela perdeu o chão e começou a cair, nada mais havia além do rio preto lá embaixo.

Os dedos de Lila se agarraram à beirada. Ela segurou com toda a sua força.

A escuridão também segurou firme, puxando-a para baixo enquanto as bordas quebradas da plataforma se enterravam nas suas mãos e o sangue brotava. E foi apenas então, quando as primeiras gotas caíram, que a escuridão recuou e a soltou.

Lila ficou ali pendurada, arquejando, forçando as mãos feridas a aguentar o seu peso enquanto ela se erguia, enganchava uma das botas na borda quebrada e se içava.

Ela rolou e ficou de barriga para cima, as mãos latejando, arfando por ar.

Ainda estava deitada quando Lenos, por fim, apareceu.

Ele olhou em volta, para a plataforma quebrada, para as marcas de sangue. Arregalou os olhos imensamente.

— O que foi que *aconteceu*?

Lila se esforçou para conseguir se sentar.

— Nada — murmurou ela, pondo-se de pé. Sangue ainda escorria em gotas grossas pelos seus dedos.

— Isso é nada?

Lila alongou o pescoço.

— Nada que eu não pudesse resolver — acrescentou ela.

E foi então que ela notou a massa branca e fofa nos braços dele. Esa.

— Ela veio quando chamei — disse ele, envergonhado. — E acho que encontramos uma saída.

CINCO

CINZAS E REPARAÇÕES

I

— Fascinante — disse Tieren, revirando as mãos de Alucard e passando um dos dedos ossudos pelo ar acima dos pulsos cheios de cicatrizes prateadas. — Você sente dor?

— Não — respondeu Alucard com tranquilidade. — Não mais.

Rhy observou empoleirado nas costas do sofá, os dedos entrelaçados para impedi-los de tremer.

O rei e Kell estudavam Tieren enquanto o sacerdote estudava o capitão, pontuando o silêncio pesado com perguntas que Alucard tentava responder, mesmo que ainda estivesse visivelmente sofrendo.

Ele não revelava como havia sido, apenas que entrara em delírio e que, naquele estado febril, o rei das sombras tentara entrar na sua mente. E Rhy não o traiu contando mais detalhes. As mãos dele estavam dormentes de apertar as de Alucard, o corpo dolorido do tempo que passou deitado no chão do *Spire*, mas, se Kell sentiu aquela dor, nada disse. E por isso, dentre tantas outras coisas, Rhy lhe era grato.

— Então, Osaron *precisa* de permissão — concluiu Tieren.

Alucard engoliu em seco.

— Imagino que a maioria a conceda sem perceber. A doença ataca rápido. Quando eu percebi o que estava acontecendo, ele já estava dentro da minha mente. E no instante em que tentei resistir... — Alucard desviou do assunto e encontrou o olhar de Rhy. — Ele retorce a sua mente, as suas memórias.

— Mas agora — interrompeu Maxim — a magia dele não pode tocar você?

— Parece que não.

— Quem o encontrou? — exigiu saber o rei.

Kell olhou para Hastra, que se adiantou.

— Fui eu, Vossa Majestade — mentiu o antigo guarda. — Eu o vi partir e...

Rhy o interrompeu.

— Não foi Hastra quem encontrou o capitão Emery. Fui *eu*.

O seu irmão suspirou, exasperado.

A mãe dele ficou imóvel.

— Onde? — perguntou Maxim num tom de voz que sempre fez Rhy se encolher. Desta vez, ele se manteve firme.

— No navio dele. Quando cheguei lá, Alucard já estava doente. Fiquei com ele para ver se sobreviveria, e ele conseguiu...

O seu pai ficou vermelho e a sua mãe, lívida.

— Você saiu sozinho — indagou ela — pela névoa?

— As sombras não me tocaram.

— Você se colocou em risco — ralhou o pai.

— Eu não estou em perigo.

— Você podia ter sucumbido.

— Vocês não entendem! — explodiu Rhy. — Qualquer parte de mim que Osaron pudesse levar já se foi.

O cômodo ficou em silêncio. Ele não conseguia olhar para Kell. Sentia a pulsação do irmão acelerando, sentia o peso do seu olhar.

E então a porta foi escancarada e Lila Bard entrou intempestivamente, seguida por um homem magro e nervoso que segurava, dentre todas as coisas, um *gato*. Ela viu, ou sentiu, a tensão zumbindo pela sala e se deteve.

— O que foi que eu perdi?

As mãos dela estavam enfaixadas, havia um arranhão profundo ao longo do seu queixo e Rhy observou o irmão se mover na direção dela tão naturalmente como se o mundo tivesse simplesmente virado de cabeça para baixo. Para Kell, aparentemente, havia.

— *Casero* — falou o homem atrás dela, os olhos abatidos se iluminaram ao ver Alucard. Ele claramente tinha vindo de fora do palácio, mas não exibia sinais de nenhum mal.

— Lenos — disse o capitão quando a gata pulou e foi se aninhar na sua bota. — Onde...?

— É uma longa história — interrompeu Lila, jogando a bolsa para Tieren e só então percebendo as cicatrizes prateadas no rosto de Alucard. — O que aconteceu com *você*?

— É uma longa história — ecoou ele.

Lila foi até o aparador para se servir de uma bebida.

— A essa altura, não são todas?

Ela disse isso em tom leviano, mas Rhy notou que os seus dedos tremiam quando Lila levou a bebida cor de âmbar até os lábios.

O rei estava olhando para o marinheiro magro e desmazelado.

— Como você entrou no palácio? — questionou ele.

O homem olhou nervoso do rei para a rainha e depois para Kell.

— Ele é o meu segundo imediato, Vossa Majestade — respondeu Alucard.

— Isso não responde a minha pergunta.

— Nós nos encontramos... — começou Lila.

— Ele pode contar sozinho — explodiu o rei.

— Talvez se o senhor se desse ao trabalho de interrogar as pessoas na sua própria língua — retrucou Lila. O cômodo ficou em silêncio. Kell arqueou uma sobrancelha. Rhy, sem querer, quase começou a rir.

Um guarda apareceu na soleira da porta e pigarreou.

— Vossa Majestade — começou ele —, o prisioneiro deseja falar.

Lila ficou tensa com a menção a Holland. Alucard afundou pesadamente na cadeira.

— Finalmente! — exclamou Maxim, dirigindo-se à porta. O guarda, porém, baixou a cabeça, constrangido.

— Não com o senhor, Vossa Majestade. — Ele meneou a cabeça para Kell. — Com ele.

Kell olhou para Maxim, que concordou com um movimento bruto da cabeça.

— Traga-me respostas — advertiu ele — ou encontrarei outra forma de consegui-las.

Uma sombra passou pelo rosto de Kell, mas ele se limitou a fazer uma reverência e sair.

Rhy viu o irmão sair e então se virou para o pai.

— Se Alucard sobreviveu, devem haver outros. Deixe-me...

— Você sabia? — perguntou Maxim.

— O quê?

— Quando deixou a segurança desse palácio, você *sabia* que era imune à magia de Osaron?

— Eu suspeitava — respondeu Rhy —, mas teria ido de qualquer forma.

A rainha segurou o braço dele.

— Depois de tudo...

— Sim, depois de tudo — falou Rhy, desvencilhando-se dela. — *Por causa* de tudo. — Ele se virou para os pais. — Vocês me ensinaram que um governante sofre com o seu povo. Vocês me ensinaram que ele é a sua força, a pedra fundamental. Não entendem? Eu nunca terei magia, mas finalmente tenho um *propósito*.

— Rhy — começou a falar o pai.

— Não — interrompeu ele. — Não deixarei que pensem que os Maresh os abandonaram. Não me esconderei num palácio protegido quando posso andar sem medo por aquelas ruas. Quando posso lembrar ao nosso povo que ele não está sozinho, que estou lutando com ele, *por* ele. Quando posso ser derrubado e me levantar, e ao fazer isso lhe mostrar a imortalidade da esperança. É o que posso fazer pela minha cidade, e o farei com prazer. Vocês não precisam mais me proteger da escuridão. Ela não pode mais me machucar. Nada pode.

Rhy de repente se sentiu exausto, vazio, mas neste vazio havia uma espécie de paz. Não, não exatamente paz. Clareza. Determinação.

Ele olhou para a mãe, que apertava as mãos

— Você prefere que eu seja o seu filho ou o príncipe de Arnes?

Os nós dos dedos dela estavam brancos.

— Você sempre será ambos.

— Então não terei êxito em nenhuma das duas funções.

Ele encontrou o olhar do pai, mas foi o sacerdote quem falou.

— O príncipe está certo — disse Tieren com a sua sutileza e o seu equilíbrio habituais. — A guarda real e a patrulha da cidade perderam metade dos seus membros e os sacerdotes estão chegando ao seu limite para tentar manter os feitiços de proteção do palácio de pé. Cada homem e mulher imunes à magia de Osaron são aliados de quem não podemos prescindir. Precisamos de cada vida que pudermos salvar.

— Então está decidido — falou Rhy. — Vou sair e...

— Não sozinho — interrompeu o pai e, mais uma vez, antes que Rhy pudesse protestar, completou: — *Ninguém* sai sozinho.

Alucard, sentado, ergueu o olhar, pálido e exausto. As mãos apertaram a cadeira com força e ele tentou ficar de pé quando Lila tomou a frente, terminando a bebida.

— Lenos, ponha o capitão na cama — ordenou ela, voltando-se depois para o rei. — Eu vou com Sua Alteza.

Maxim franziu o cenho.

— Por que eu deveria confiar a segurança do meu filho a *você*?

Ela inclinou a cabeça quando começou a falar, de forma que o cabelo escuro emoldurasse o olho estilhaçado. Naquele único gesto de desafio, Rhy pôde ver por que Kell gostava tanto dela.

— Por quê? — repetiu ela. — Porque as sombras não podem me tocar e os que sucumbiram não o farão. Porque sou boa com magia e melhor ainda com uma faca, e tenho mais poder no meu sangue do que você possui em todo esse maldito palácio. Porque não tenho escrúpulos com relação a matar e, acima de tudo, tenho uma aptidão para manter os seus filhos, os *dois* filhos, vivos.

Se Kell estivesse ali, teria ficado lívido.

Como era de esperar, o rei ficou quase roxo.

Alucard deixou escapar um som leve e exausto que poderia ter sido um riso.

A rainha olhou incrédula para aquela garota estranha.

E Rhy, apesar de tudo, sorriu.

O príncipe possuía apenas uma armadura.

E ela nunca esteve numa batalha, nunca viu nada além dos olhos de um escultor quando foi escalada para ser modelo de uma pequena escultura de pedra que ficava no quarto dos seus pais; um presente de Maxim para Emira no seu décimo aniversário de casamento. Rhy a vestiu apenas aquela vez e planejava vesti-la de novo na noite do seu vigésimo aniversário, porém nada naquela noite ocorreu conforme o planejado.

A armadura era leve, leve demais para uma batalha de verdade, mas era perfeita para posar: de um ouro suave e trabalhado, com acabamento em pérolas brancas e uma capa bege. Emitia um suave som de carrilhão sempre que ele se mexia, um som agradável como um sino distante.

— Você não é muito sutil, não é? — comentou Lila quando o viu marchando pelo vestíbulo do palácio.

Ela estava de pé na soleira da porta, os olhos sobre a cidade, vendo a névoa continuar a se mover na luz do fim da manhã. Mas, ao ouvir o som suave da aproximação de Rhy, ela se virou e quase gargalhou. E ele supunha que ela tinha motivos para isso. Afinal, Lila usava botas surradas e um casaco preto de gola alta, e, com as mãos enfaixadas, ela parecia uma pirata depois de uma noite difícil. E ali estava *ele*, praticamente reluzindo dentro do ouro polido, com uma guarnição inteira de guardas em prateado atrás dele.

— Nunca fui fã de sutilezas — respondeu ele.

Rhy imaginou Kell balançando a cabeça, dividido entre a exasperação e o divertimento. Ele podia parecer tolo, mas Rhy *queria* ser visto, queria que o seu povo — se estivesse lá fora, se estivesse *lá* — soubesse que o príncipe não estava se escondendo, que ele não tinha medo da escuridão.

Enquanto eles desciam a escadaria do palácio, a expressão de Lila ficou severa, as mãos feridas se fechando em punho. Ele não sabia o que ela tinha visto no Santuário, mas podia perceber que não fora agradável, e, apesar da postura confiante, a expressão no rosto dela agora o preocupava.

— Você acha que isso é uma má ideia — disse ele. Não era uma pergunta. Mas provocou algo em Lila, reacendendo o fogo nos olhos dela e dando ignição para um sorriso.

— Sem dúvida.

— Então por que está sorrindo?

— Porque — respondeu ela — esse é o meu tipo favorito de ideia.

Eles alcançaram a praça na base da escadaria, as flores que normalmente enchiam os degraus agora eram esculturas de vidro preto. Fumaça subia de uma dúzia de pontos no horizonte, não colunas comuns advindas de lareiras, mas névoas escuras demais de prédios em chamas. Rhy se empertigou. Lila se aninhou no seu casaco.

— Pronto?

— Não preciso de uma dama de companhia.

— Ótimo — disse ela, apertando o passo. — Não preciso de um príncipe tropeçando nos meus calcanhares.

Rhy começou a falar:

— Você disse ao meu pai...

— Que eu podia mantê-lo vivo — interrompeu ela, olhando para trás. — Mas você não precisa de mim.

Algo em Rhy se desanuviou. Porque, de todas as pessoas na vida dele, o irmão, os pais, os guardas e até mesmo Alucard Emery, Lila era a primeira, a única pessoa a tratá-lo como se ele não precisasse ser salvo.

— Guardas — gritou ele, endurecendo o tom de voz —, abram caminho.

— Vossa Alteza — começou um deles —, não podemos deixar....

Rhy se virou para eles.

— Temos terreno demais para cobrir, e, até onde eu sei, todos temos um bom par de olhos. — Ele olhou para Lila de relance, percebendo o erro, mas ela simplesmente deu de ombros. — Então façam bom um uso dele e *encontrem sobreviventes*.

Era uma busca sombria.

Rhy encontrou cadáveres demais, e, pior ainda, o lugar onde os corpos *deveriam* estar, mas onde havia farrapos de tecido e pilhas de cinzas, o restante levado embora pelo vento do inverno. Ele pensou na irmã de Alucard, Anisa, queimando de dentro para fora. Pensou no que havia acontecido com aqueles que perderam a batalha para a magia de Osaron. E os que haviam sucumbido? Milhares de pessoas que *não* lutaram contra o rei das sombras, mas cederam, se entregaram. Será que ainda havia algo deles ali dentro, prisioneiros nas próprias mentes? Poderiam ser salvos? Ou já estavam perdidos?

— *Vas ir* — murmurou ele para os corpos que encontrou e para aqueles que não viu.

Vão em paz.

As ruas estavam longe de se encontrarem vazias, mas ele se movia através das massas como um fantasma, os olhos cheios de sombras passando por ele, através dele. Ele andava vestido de ouro reluzente, e nem assim o notavam. Ele chamou por eles, mas não responderam. Sequer se viraram.

Qualquer parte de mim que Osaron pudesse levar já se foi.

Ele realmente acreditava nisso?

As suas botas escorregaram um pouco no chão e, ao olhar para baixo, ele viu que uma parte da rua tinha *mudado*, de pedra para outra coisa, algo vítreo e preto como as flores na escadaria.

Ele se ajoelhou e passou a mão enluvada pelo caminho liso. Não era frio. Também não era quente. Não era úmido como gelo. Não era como *nenhuma* substância. O que não fazia sentido. Rhy se levantou, perplexo, e continuou procurando algo, *alguém* que ele pudesse ajudar.

Prateados, era como estavam chamando aqueles que haviam sido queimados pela magia de Osaron e sobreviveram. Os sacerdotes, afinal, acabaram descobrindo vários deles; a maioria havia se levantado das camas febris que se enfileiravam no Rose Hall.

Mas quantos outros esperavam na cidade?

Por fim, Rhy não encontrou o primeiro prateado.

O prateado o encontrou.

O menino saiu de uma casa e veio tropeçando até ele, caindo de joelhos aos pés de Rhy. Linhas dançavam pela sua pele como se estivessem iluminadas, o cabelo preto caía sobre os olhos reluzentes e febris.

— *Mas vares.*

Meu príncipe.

Rhy se ajoelhou em sua armadura, arranhando o metal quando a placa encontrou a pedra.

— Está tudo bem — disse ele ao menino que chorava, as lágrimas deixando novas trilhas sobre os caminhos prateados que marcavam as bochechas.

— Sozinho — murmurou ele, a respiração entrecortada. — Sozinho.

— Não mais — falou o príncipe.

Ele se levantou e começou a andar no sentido da casa, mas pequenos dedos agarraram a sua mão. O menino sacudiu a cabeça e Rhy viu as cinzas que manchavam o rosto dele. E entendeu. Não havia mais ninguém dentro da casa.

Não mais.

II

Lila foi direto ao mercado noturno.

A cidade à sua volta não estava vazia. Seria menos gélida se estivesse. Em vez disso, aqueles que haviam sucumbido ao feitiço de Osaron se moviam pelas ruas como sonâmbulos realizando tarefas das quais se lembravam nas profundezas dos seus sonhos.

O mercado noturno era uma sombra do que havia sido: metade fora consumida pelo fogo e o que restou continuava existindo daquela forma atordoada e fantasmagórica.

Um vendedor de frutas anunciava maçãs de inverno, os olhos nadando em sombras, enquanto uma mulher carregava flores cujas bordas estavam pretas e congeladas. A cena toda tinha um ar assombrado, era um mar de marionetes, e Lila semicerrava os olhos para o ar ao redor deles como se procurasse as cordas.

Rhy se movia pela cidade como um espectro, mas Lila era como uma convidada indesejável. As pessoas olhavam para ela quando passava, os olhos se estreitando, mas os cortes na palma das suas mãos ainda eram recentes e o sangue as mantinha longe, mesmo enquanto os sussurros a seguiam pelas ruas.

Havia caminhos de gelo preto espalhados por todo o mercado, como se alguém tivesse jogado tinta aguada no chão e a deixado congelar. Lila pisava ao redor deles com a precisão de uma ladra e a graciosidade de uma lutadora.

Ela se dirigia até a familiar tenda verde de Calla, no fim do mercado, quando viu um homem derramar uma bacia de pedras flamejantes no rio. Ele era grande e barbudo, com cicatrizes prateadas tracejando as mãos e o pescoço.

— Você não conseguiu me pegar, seu monstro! — gritava ele. — Não conseguiu me aprisionar.

A bacia atingiu o rio com um estampido, revolvendo a água semicongelada e fazendo subir uma nuvem de vapor fumegante.

E, sem mais nem menos, a ilusão se espatifou.

O homem que vendia maçãs, a mulher com as flores e todos os outros infectados do mercado acordaram e se voltaram para o homem, como se despertassem de um sonho. No entanto, eles não estavam acordando. Em vez disso, era como se a escuridão emergisse de dentro deles, Osaron instigava e movia a cabeça das pessoas, olhando pelos seus olhos. Elas se moviam como um único corpo, que não lhes pertencia.

— Idiota — murmurou Lila, andando até ele, mas o homem não pareceu notar. Não pareceu se *importar*.

— Me enfrente, seu covarde! — bramiu ele quando uma parte da tenda mais próxima se soltou e voou ao seu lado.

A multidão zumbiu em desgosto.

— Como ousa? — disse um mercador, os olhos brilhando sem vida quando ele sacou uma faca.

— O rei não aceitará isso — falou um segundo, torcendo uma corda entre as mãos.

O ar tremeu com o súbito ímpeto de violência, e a compreensão atingiu Lila como um soco. Osaron ganhava obediência dos que haviam sucumbido e energia dos febris. Mas não tinha utilidade para aqueles que se libertavam do seu feitiço. E o que Osaron não podia utilizar...

Lila correu.

A perna machucada latejou quando ela disparou na direção do homem.

— Cuidado! — gritou ela, a primeira lâmina já voando. Atingiu o peito do atacante mais próximo, enterrada até o cabo, mas a faca do mercador já havia deixado a sua mão antes que ele caísse.

Lila derrubou no chão o homem com as cicatrizes quando o metal passou zumbindo sobre a cabeça deles.

O estranho olhou para ela, em choque, mas não havia tempo. Os infectados já os circundavam, as armas em punho. O homem esmurrou o chão com o punho e um pedaço de pavimento largo como uma barraca da feira se ergueu tornando-se um escudo.

Ele levantou outro arremedo de muro e se virou, claramente pretendendo conjurar um terceiro, mas Lila não tinha a menor intenção de ser sepultada. Ela pôs o homem de pé com certa brutalidade, correndo para a tenda mais próxima antes de uma chaleira de aço ser atirada na lateral de lona grossa.

— Continue em frente — gritou ela, abrindo caminho pela lona de uma segunda tenda e depois por uma terceira, antes de o homem detê-la de repente.

— Por que você fez aquilo?

Lila se desvencilhou dele.

— Um "obrigado" seria bom. Perdi a minha quinta faca favorita por...

Ele a colocou contra o pilar da tenda.

— Por quê? — rosnou ele, os olhos arregalados. Eram de um verde brilhante, pontilhado de preto e dourado.

Um chute rápido nas costelas com a sola da bota e ele cambaleou para trás, mesmo que para não tão longe quanto ela esperava.

— Porque você estava se esgoelando para nada além de sombras e névoa. Uma dica: não comece uma briga como aquela se quiser continuar vivo.

— Eu *não* queria continuar vivo. — A voz dele tremeu quando olhou para as cicatrizes prateadas nas suas mãos. — Eu não queria *isso*.

— Um monte de gente adoraria trocar de lugar com você.

— O monstro tirou tudo de mim. A minha esposa. O meu pai. Lutei porque pensei que haveria alguém esperando por mim. Mas, quando acordei, quando eu... — Ele soltou um som sufocado. — Você devia ter me deixado morrer.

Lila franziu o cenho.

— Qual o seu nome?

— O quê?

— Você tem um nome. Qual é?

— Manel.

— Bem, Manel, morrer não ajuda os mortos. Não encontra os perdidos. Muitas pessoas sucumbiram. Mas alguns de nós ainda estão de pé. Então, se você quiser desistir, saia por aquela cortina. Não vou detê-lo. Não vou salvá-lo de novo. Mas, se você quiser usar a sua segunda chance de forma melhor, venha comigo.

Lila girou nos calcanhares e cortou a lona da tenda seguinte, atravessando-a apenas para parar abruptamente.

Ela encontrou a tenda de Calla.

— O que foi? — perguntou Manel atrás dela. — Qual o problema?

— Essa é a última tenda — falou ela, devagar. — Vá pela abertura e siga até o palácio.

Manel cuspiu.

— O *palácio*. Os nobres se esconderam lá dentro enquanto a minha família morria. O rei e a rainha estavam em segurança nos seus tronos enquanto Londres sucumbia e aquele príncipe mimado...

— Já chega — rosnou Lila. — Aquele príncipe mimado está vasculhando as ruas em busca de pessoas como você. Ele está caçando os vivos, enterrando os mortos e fazendo tudo o que pode para impedir que os primeiros virem os segundos, então você pode ajudar ou desaparecer. Mas, de um jeito ou de outro, vá embora.

Ele lhe lançou um olhar intenso por um longo tempo, então xingou baixinho e desapareceu pela abertura da tenda, os sinos soando no seu encalço.

Lila voltou a atenção para os fundos da loja vazia.

— Calla? — chamou ela, esperando que a mulher estivesse ali, e esperando que não estivesse. Os lampiões pendurados nos cantos estavam apagados; chapéus, lenços e capuzes nas paredes formavam silhuetas estranhas no escuro. Lila estalou os dedos e a luz se acendeu na sua mão, instável porém brilhante, conforme ela atravessava a pequena tenda, procurando qualquer sinal da vendedora. Queria ver o sorriso gentil da mulher, queria ouvir as palavras provocativas de Calla. Queria que Calla estivesse longe, muito longe, queria que ela estivesse a salvo.

Algo se quebrou sob as botas de Lila.

Uma conta de vidro como aquelas que Lila trouxe do mar. A caixa incrustada com ouro, fechos de rubi e uma dúzia de outras pequenas e belas coisas que ela deu a Calla para pagar pelo seu casaco, pela máscara e pela bondade.

As contas estavam espalhadas pelo chão numa trilha sem sentido que sumia embaixo da bainha de uma segunda cortina pendurada perto dos fundos da barraca. A luz passava por baixo dela e incidia sobre pedras preciosas, o tapete e algo sólido.

Delilah Bard não leu muitos livros na vida.

Os poucos que leu tinham piratas e ladrões, e sempre terminavam com liberdade e a promessa de mais histórias. Os personagens navegavam mar adentro. Sobreviviam. Lila sempre imaginou as pessoas daquela forma, como uma série de interseções e aventuras. Era mais fácil quando se andava pela vida, por mundos, como ela fazia. Era mais fácil quando não se importava, quando as pessoas chegavam a uma página e depois iam embora de novo, de volta para as próprias histórias. E era possível imaginar qualquer final que se quisesse para elas, caso se importasse o suficiente para escrevê-lo na sua própria mente.

Barron entrou na sua vida e se recusou a sair, e então acabou morrendo e ela era obrigada a ficar revivendo aquilo repetidas vezes em vez de deixá-lo viver em outra versão da história, sem ela.

Não queria aquilo para Calla.

Não queria olhar atrás da cortina, não queria saber o fim desta história, mas a sua mão se esticou de forma traiçoeira e puxou o tecido.

Lila viu o corpo no chão.

Ah, pensou Lila, a mente embotada. *Ali está ela.*

Calla, que estendia o único *i* do nome de Lila em vários e sempre parecia prestes a cair na gargalhada.

Calla, que simplesmente sorriu quando Lila entrou ali numa noite e pediu um casaco masculino em vez de um vestido feminino.

Calla, que achou que Lila estava apaixonada pelo príncipe de olho preto, mesmo antes de Lila realmente estar. Calla, que queria que Kell fosse feliz apenas como homem e não como *aven*. Que queria que *ela — Lila —* fosse feliz.

A caixa de bijuteria que Lila certa vez trouxe para a vendedora agora jazia aberta de lado, deixando esparramados centenas de pontos de luz pelo chão ao redor da cabeça da mulher.

Calla estava deitada de lado, o corpo baixinho e redondo encolhido, uma das mãos na bochecha. Mas a outra pressionava a orelha como se tentasse bloquear algo e, pensou — torceu — Lila por um instante, estivesse dormindo. Pensou que poderia — torceu para que pudesse — se ajoelhar e sacudir gentilmente a mulher e ela despertaria.

Mas obviamente Calla não era mais uma mulher. Sequer era um corpo. Os olhos — o que restou daqueles olhos acolhedores — estavam abertos e tinham o mesmo tom que o restante dela: o tom pálido das cinzas de uma lareira muito tempo depois de o fogo se extinguir.

Lila sentiu um nó na garganta.

É por isso que eu fujo.

Porque gostar era um sentimento com garras. Ele as fincava e não largava mais. Gostar doía mais que uma facada na perna, mais que algumas costelas quebradas, mais que qualquer coisa que sangrasse ou se quebrasse e se curasse depois. Gostar não era uma ferida da qual alguém se recupera. Era um osso que não se emenda, um corte que nunca se fecha.

Era melhor não gostar — Lila *tentou* não gostar —, mas, às vezes, pessoas conseguiam atravessar as defesas. Como uma faca numa armadura, elas encontravam as rachaduras, passavam pela guarda, e não se sabia quão fundo elas haviam chegado até que se fossem e se ficasse sangrando pelo chão. E não era justo. Lila não desejou gostar de Calla. Não queria deixá-la entrar. Então por que, mesmo assim, doía tanto?

Lila sentiu lágrimas escorrendo pelo seu rosto.

— Calla.

Ela não sabia por que tinha dito o nome dessa forma, suave, como se uma voz suave pudesse acordar os mortos.

Ela não sabia mesmo por que tinha dito aquilo.

Mas não teve tempo para ficar se perguntando. Quando Lila deu um passo à frente, uma rajada de vento passou pela tenda e Calla simplesmente... se espalhou pelo ar.

Lila deixou escapar um choro sufocado e correu para a cortina, mas era tarde demais.

Calla se foi.

Nada mais que uma pilha de cinzas arruinada e centenas de pedacinhos de prata e ouro.

Então algo cedeu em Lila. Ela afundou no chão, ignorando as fisgadas das contas de vidro que cortavam os seus joelhos, os dedos se enterrando no tapete desgastado.

Ela não pretendia conjurar fogo.

Foi só quando a fumaça fez cócegas nos seus pulmões que Lila percebeu que a tenda estava em chamas. Parte dela queria deixá-la queimar, mas o restante não suportava a ideia da loja de Calla ser consumida como a sua vida, sem deixar vestígios. E nunca mais ser vista.

Lila juntou as mãos e sufocou o fogo.

Então limpou as lágrimas e se levantou.

III

Kell ficou diante da cela de Holland, esperando que o homem falasse.

Ele não o fez. Sequer ergueu o olhar para encontrar o de Kell. Os olhos do homem estavam fixos em algo ao longe, além das grades, além das paredes, além da cidade. Uma raiva fria queimava dentro deles, mas parecia direcionada tanto para dentro quanto para fora, para si mesmo e para o monstro que envenenara a sua mente e roubara o seu corpo.

— Você *me* chamou — disse Kell, afinal. — Presumi que tivesse algo a dizer.

Quando mesmo assim Holland não respondeu, ele se virou para sair.

— Cento e oitenta e dois.

Kell se voltou para ele.

— O quê?

A atenção de Holland ainda estava focada em outro lugar.

— É o número de pessoas assassinadas por Astrid e Athos Dane.

— E quantas foram assassinadas por *você*?

— Sessenta e sete — respondeu Holland, sem hesitar. — Três antes que me tornasse escravizado. Sessenta e quatro antes que me tornasse rei. E nenhuma desde então. — Ele enfim olhou para Kell. — Eu dou valor à vida. Já provoquei morte. Você foi criado como príncipe, Kell. Eu assisti ao meu mundo definhar, dia após dia, estação após estação, ano após ano, e a única coisa que me fazia continuar era a esperança de que eu fosse um *Antari* por um motivo. De que eu pudesse fazer algo para ajudar.

— Pensei que a única coisa que o fazia continuar era o feitiço de vinculação marcado na sua pele.

Holland ergueu a cabeça.

— Quando *você* me conheceu, a única coisa que me fazia continuar era a ideia de matar Athos e Astrid Dane. E então você tirou isso de mim.

Kell fechou a cara.

— Não pedirei desculpas por privá-lo da sua vingança.

Holland ficou um tempo em silêncio e então disse:

— Quando perguntei o que você queria que eu tivesse feito quando acordei na Londres Preta, você me disse que eu deveria ter ficado lá, que deveria ter morrido. Eu pensei nisso. Sabia que Athos Dane estava morto. Podia sentir. — As correntes chacoalharam quando ele esticou a mão para bater na marca arruinada que havia no seu peito. — Mas *eu* não estava. Não sabia por que, mas pensei em quem eu tinha sido naqueles anos antes de eles tirarem tudo de mim exceto o ódio, no que eu queria para o meu mundo. Foi o que me levou de volta para casa. Não o medo da morte... a morte é gentil, a morte é bondosa... e, sim, a esperança de que eu ainda fosse capaz de fazer algo mais. E a ideia de ser livre... — Ele piscou, como se tivesse se perdido.

As palavras reverberaram no peito de Kell, ecoando.

— O que vai acontecer comigo agora? — Não havia medo na voz dele. Não havia *nada*.

— Acredito que você será julgado...

Holland balançava a cabeça.

— Não.

— Você não está em posição de fazer exigências.

Holland sentou, erguendo o corpo o máximo que as correntes permitiam.

— Não quero um julgamento, Kell — disse ele com firmeza. — Quero uma execução.

IV

As palavras causaram impacto, como Holland sabia que fariam.

Kell olhava fixamente para ele, esperando pela reviravolta, por algo ainda não dito.

— Uma execução? — perguntou ele, balançando a cabeça. — A sua inclinação pela autodestruição é impressionante, mas...

— É uma questão de praticidade — respondeu Holland, deixando os ombros recostarem na parede — e não de reparação.

— Não entendi.

Você nunca entende, pensou ele com frieza.

— Como isso é feito aqui? — indagou ele com falsa casualidade na voz, como se estivesse falando de uma refeição ou de um baile, e não de uma execução. — Pela espada ou pelo fogo?

Kell o encarou, atônito, como se nunca tivesse presenciado uma execução.

— Imagino — falou o outro *Antari*, devagar — que seria feito pela espada. — Então Holland estava certo. — Como era feito na *sua* cidade?

Holland havia testemunhado a primeira execução atrás do irmão. Seguira Alox até a praça durante anos. Ele se lembrava dos braços abertos e esticados à força, cortes profundos, ossos quebrados e sangue fresco recolhido em bacias.

— Na minha Londres, as execuções eram lentas, brutais e muito públicas.

O desgosto passou pelo rosto de Kell.

— Não glorificamos a morte com exposições.

As correntes chacoalharam quando Holland chegou para a frente, ainda sentado.

— A minha *precisa* ser pública. Algo num local aberto, onde ele possa ver.

— Aonde você quer chegar?

— Osaron precisa de um corpo. Ele não conseguirá conquistar este mundo sem um.

— É mesmo? — desafiou Kell. — Porque até agora ele está realizando um trabalho impressionante.

— São golpes óbvios e desajeitados — disse Holland com desdém. — Não é isso que ele quer.

— Você deve saber.

Holland ignorou a alfinetada.

— Não há glória numa coroa que ele não pode usar, mesmo que ainda não tenha percebido isso. Osaron é uma criatura de potencial. Nunca ficará satisfeito com o que tem, não por muito tempo. E, mesmo com todo o seu poder, toda a sua evocação, ele não pode fabricar carne e osso. Não que isso vá impedi-lo de tentar, de envenenar cada alma de Londres em busca de um peão ou receptáculo, mas nenhum servirá.

— Porque ele precisa de um *Antari*.

— E ele tem apenas três opções.

Kell ficou tenso.

— Você sabia de Lila?

— É claro — respondeu Holland, calmamente. — Não sou tolo.

— É tolo o suficiente para cair nas mãos de Osaron — falou Kell por entre os dentes cerrados. — Tolo o suficiente para pedir a própria execução. Com que propósito? Reduzir as opções dele de três para dois, e ele ainda...

— Planejo dar a Osaron o que ele quer — disse Holland, sombrio. — Planejo me ajoelhar, implorar e convidá-lo a entrar. Planejo fornecer a ele o seu receptáculo. — Kell olhou perplexo e claramente enojado. — E então planejo deixar você me matar.

O nojo de Kell se transformou em choque, e depois em confusão. Holland sorriu, um frio e pesaroso repuxar dos lábios.

— Você devia aprender a esconder os seus sentimentos.

Kell engoliu em seco e fez uma leve tentativa de mascarar as suas feições.

— Por mais que eu fosse gostar de matar você, Holland, fazer isso não matará *Osaron*. Ou já esqueceu que magia não morre?

— Talvez não, mas pode ser contida.

— Com o quê?

— *As Tosal*.

Kell se encolheu por reflexo ao ouvir o comando de sangue, e então empalideceu ao entender o significado.

— Não.

— Então você conhece o feitiço?

— Eu poderia transformar você em pedra. Seria um fim mais gentil.

— Não estou procurando gentileza, Kell. — Holland ergueu o queixo, voltando a atenção para o teto alto da cela. — Estou procurando terminar o que comecei.

O *Antari* passou os dedos pelo cabelo cor de cobre.

— E se Osaron não morder a isca? Se ele não aparecer, você morrerá.

— A morte chega para todos nós — disse Holland, calmamente. — Quero apenas que a minha tenha algum significado.

Na segunda vez que alguém tentou matar Holland, ele tinha 18 anos e estava voltando para casa com uma baguete de pão integral numa das mãos e uma garrafa de *kaash* na outra.

O sol estava se pondo, e a cidade mudava de forma. Andar com as duas mãos ocupadas era um risco, mas Holland havia encorpado: os membros longos ganharam músculos, os ombros ficaram mais largos e retos. Ele não usava mais o cabelo preto cobrindo o olho. Não tentava mais se esconder.

No meio do caminho para casa, percebeu que estava sendo seguido.

Não parou, não se virou, nem mesmo apertou o passo.

Holland não saía procurando brigas, mas ainda assim elas vinham até ele, seguiam-no pelas ruas como animais abandonados, como sombras.

Ele continuou andando, agora deixando que o retinir sutil da garrafa e o barulho regular dos seus passos formassem um pano de fundo para os sons do beco ao seu redor.

O rumor de passos.

A expiração suave antes de uma arma ser desembainhada.

Uma lâmina assobiando e saindo do escuro.

Holland deixou o pão cair e se virou com uma das mãos erguida. A faca parou a poucos centímetros do seu pescoço e pairou no ar, esperando para ser colhida. Em vez disso, ele retorceu as mãos e a faca girou no eixo, revertendo o curso. Com um estalar de dedos, ele fez o metal voar de volta para a escuridão, onde encontrou pele. Alguém gritou.

Três outros homens saíram da penumbra. Não por escolha — Holland os arrastou para a frente e o rosto deles se contorcia de tanto lutarem contra os próprios ossos, o comando sobre os corpos mais forte que as próprias vontades.

Ele conseguia sentir os corações acelerados, o sangue martelando nas veias.

Um dos homens tentou falar, mas Holland comandou a sua boca a ficar fechada. Ele não ligava para o que tinham a dizer.

Todos os três eram jovens, pouco mais velhos que o próprio Holland, e já possuíam tatuagens manchando pulsos, lábios e têmporas. Sangue e palavras, as fontes de poder. Ele estava quase convencido a ir embora dali e deixá-los presos ao chão da rua, mas este já era o terceiro ataque em menos de um mês e estava ficando cansado disso.

Ele liberou o rosto de apenas um deles.

— Quem enviou vocês?

— Ros... Ros Vortalis — gaguejou o jovem por entre os dentes ainda cerrados.

Não era a primeira vez que Holland ouvia esse nome. Não era nem mesmo a primeira vez que ouvia o nome da boca de um dos seus pretensos assassinos quando o seguiam até em casa. Vortalis era um bandido do *shal*, um zé-ninguém que tentava arrancar uma lasca de poder de um lugar com muito pouco para dividir. Um homem que tentava chamar a atenção de Holland por todas as vias erradas.

— Por quê? — perguntou ele.

— Ele nos disse... para trazer... a sua cabeça.

Holland suspirou. O pão ainda estava jogado no chão. O vinho começava a congelar.

— Diga a esse tal de *Vortalis* que, se ele quiser a minha cabeça, terá de vir buscá-la pessoalmente.

E, com isso, ele estalou os dedos e os homens foram arremessados para trás, exatamente como a faca, batendo na parede do beco com um baque seco. Eles caíram e não se levantaram. Holland pegou o pão, passou por cima dos corpos — os peitos ainda se mexiam — e continuou andando para casa.

Quando chegou lá, pressionou a palma da mão na porta, sentiu as trancas se soltarem na madeira e a abriu com facilidade. Havia uma folha de papel no chão e ele estava prestes a pegá-la quando ouviu som de passos, então ergueu o olhar a tempo de ver a garota. Ela atirou os braços ao redor do seu pescoço e, quando ele girou com o peso dela, as saias do vestido se abriram como pétalas, as bainhas manchadas de tanto dançar.

— Oi, Hol — disse ela, com meiguice.

— Oi, Tal.

Fazia nove anos desde que Alox o atacara. Nove anos tentando sobreviver numa cidade sedenta de sangue, prevendo cada tempestade, cada briga, cada sinal de problemas. E tudo isso esperando algo melhor.

E, então, algo melhor apareceu.

O nome dela era Talya.

Talya, um ponto de cor num mundo branco.

Talya, que carregava o sol com ela aonde quer que fosse.

Talya, tão linda que, quando sorria, o dia ficava mais resplandecente.

Certa noite, Holland a viu no mercado.

E, na noite seguinte, ele a viu na praça.

E, depois disso, ele a via em todos os lugares para onde olhava.

Ela tinha cicatrizes no canto dos olhos que cintilavam prateadas sob a luz e um riso de tirar o fôlego.

Quem ria daquele jeito num mundo como este?

Ela o fazia se lembrar de Alox. Não de como ele desaparecia por horas ou até dias e voltava para casa com as roupas manchadas de sangue, mas de como a presença dela conseguia fazê-lo esquecer a escuridão, o frio, o mundo morrendo lá fora.

— Qual o problema? — perguntou ela enquanto ele a colocava no chão.

— Nada — respondeu ele, beijando-a na testa. — Nada, mesmo.

E talvez isso não fosse rigorosamente verdade, mas havia uma verdade surpreendente sob a mentira: pela primeira vez na sua vida, Holland sentia algo próximo da felicidade.

Ele atiçou o fogo com um olhar, e Talya o puxou para a cama estreita que dividiam. E então, partindo pedaços de pão e bebericando vinho gelado, ela lhe contou histórias sobre um futuro rei. Como Alox fazia. Da primeira vez, Holland havia se encolhido ao ouvir as palavras, mas não a impedira porque gostava de como ela as contava, tão cheia de energia e luz. As histórias eram as favoritas dela, portanto ele a deixara continuar.

Na terceira ou quarta vez que ela começara a contar as histórias, ele esquecera por que pareciam tão familiares.

Na décima vez, ele esquecera que a primeira vez que as ouvira fora da boca de outra pessoa.

Na centésima vez, ele já havia se esquecido que tivera aquela outra vida.

Naquela noite, eles dormiram enrolados em cobertores e ela passou os dedos pelo cabelo dele. E Holland se sentiu flutuando com o ritmo do toque e com o calor do fogo.

Foi quando ela tentou arrancar o seu coração.

Ela era rápida, mas ele era mais, a ponta da faca afundou pouco mais de um centímetro antes que Holland recobrasse os sentidos e empurrasse o corpo da garota para longe. Ele se pôs de pé, apertando o peito enquanto o sangue vertia por entre os dedos.

Talya apenas ficou ali, de pé, no meio do pequeno cômodo que compartilhavam, do *lar* deles, a lâmina pendendo dos dedos.

— Por quê? — perguntou ele, aturdido.

— Sinto muito, Hol. Eles me procuraram no mercado. Disseram que pagariam em prata.

Ele queria perguntar quando, queria perguntar quem, mas nunca teve a chance.

Ela avançou sobre ele mais uma vez, com força, com rapidez, com toda a sua graciosidade de dançarina, e a faca zumbiu baixinho na sua direção. Aconteceu muito rápido. Sem pensar, os dedos de Holland se contraíram e a faca girou na mão dela, congelando no ar enquanto o corpo de Talya continuava avançando. A lâmina se enterrou suavemente entre as costelas dela.

Talya olhou para ele com um misto de surpresa e indignação, como se pensasse que ele deveria ter deixado que ela o matasse, como se pensasse que ele simplesmente se renderia.

— Desculpe, Tal — disse ele enquanto ela se esforçava para respirar, para falar, mas não conseguia.

Ela tentou dar um passo, e Holland a pegou nos braços quando ela caiu. Toda a graciosidade de dançarina havia abandonado os seus membros no fim.

Holland ficou lá até ela morrer, então a deitou cuidadosamente no chão, levantou-se e saiu.

V

— Ele quer *o quê?* — perguntou o rei, erguendo os olhos do mapa.

— Uma execução — repetiu Kell, ainda vacilante.

As Tosal, foram as palavras de Holland.

— Deve ser um truque — falou Isra.

— Acredito que não — começou Kell, mas a guarda não estava ouvindo.

— Vossa Majestade — disse ela, voltando-se para Maxim —, decerto ele quer atrair Osaron para poder escapar...

As Tosal.

Confinar.

Kell utilizou o feitiço de sangue apenas uma vez na vida, num passarinho, um pequeno beija-flor que ele capturou nos jardins do Santuário. O beija-flor ficou completamente imóvel nas suas mãos, mas não morreu. Ele podia sentir o coração batendo freneticamente sob o peito emplumado enquanto o pássaro ficava ali, imóvel, como se estivesse paralisado, preso dentro do próprio corpo.

Quando Tieren descobriu, o *Aven Essen* ficou furioso. Feitiço de sangue ou não, Kell quebrou a lei cardeal do poder: usar magia para ferir uma criatura viva, para alterar a vida dela. Kell se desculpou profusamente e proferiu as palavras para desfazer o que havia conjurado, para remediar o estrago. Porém, para seu choque e horror, os comandos não surtiram efeito. Nada do que dizia parecia funcionar.

O passarinho não voltou à vida.

Ficou apenas lá deitado, parado como se estivesse morto, nas mãos dele.

— Eu não entendo.

Tieren meneou a cabeça.

— As coisas não são tão simples quando se trata de vida e morte — disse ele então. — Nem sempre o que é feito com a mente ou o corpo pode ser desfeito. — E então pegou o beija-flor, levou até o próprio peito e quebrou o pescoço do animal. O sacerdote depositou a ave sem vida de novo nas mãos de Kell. — Esse — falou Tieren, sombrio — foi um fim mais gentil.

Ele nunca mais tentou usar o feitiço, porque nunca aprendeu as palavras para desfazê-lo.

— *Kell.*

A voz do rei o arrancou daquela memória.

Kell engoliu em seco.

— Holland fez o que fez para salvar o mundo dele. Acredito nisso. Agora ele quer que tudo termine.

— Você está pedindo a nós que confiemos *nele*? — desafiou Isra.

— Não — respondeu Kell, sustentando o olhar do rei. — Estou pedindo que confiem em *mim*.

Tieren apareceu na soleira da porta.

Os dedos dele estavam manchados de tinta e as faces encovadas pelo cansaço.

— Mandou me chamar, Maxim?

O rei expirou pesadamente.

— Quanto tempo até o feitiço ficar pronto?

O *Aven Essen* balançou a cabeça.

— Não é algo simples, colocar uma cidade inteira para dormir. O feitiço deve ser quebrado em sete ou oito feitiços menores e então posicionado ao redor da cidade para formar uma reação em...

— Quanto *tempo*?

Tieren soltou um som exasperado.

— Dias, Vossa Majestade.

O olhar do rei voltou para Kell.

— Você pode fazer isso?

Kell não sabia se Maxim estava perguntando se ele tinha vontade ou força para matar outro *Antari*.

Não estou procurando gentileza, Kell. Estou procurando terminar o que comecei.

— Posso — respondeu ele.

O rei assentiu e passou uma das mãos pelo mapa.

— Os feitiços de proteção do palácio não se estendem até as varandas, certo?

— Não — falou Tieren. — Tudo o que podemos fazer é mantê-los ao redor de paredes, janelas e portas.

— Muito bem — disse o rei, deixando as juntas dos dedos caírem na beirada da mesa. — O pátio norte, então. Vamos erguer uma plataforma com vista para o Atol e realizar o ritual ao anoitecer. E, quer Osaron apareça ou não... — Os olhos escuros recaíram sobre Kell —, Holland morrerá pelas suas mãos.

As palavras seguiram Kell até o corredor.

Holland morrerá pelas suas mãos.

Ele desabou nas portas da sala de mapas, a exaustão envolvendo os seus membros.

É muito difícil matar um Antari.

Pela espada.

Um fim mais gentil.

As Tosal.

Ele se afastou da madeira e seguiu para a escada.

— Kell?

A rainha estava parada no fim do corredor, olhando pelas portas de uma varanda para a sombra na sua cidade. Os olhos dela encontraram os dele no reflexo do vidro. Havia tristeza neles, e Kell se pegou avançando um passo na direção dela antes de se deter. Não tinha força suficiente.

— Vossa Majestade — disse ele, fazendo uma reverência antes de se virar e ir embora.

VI

Rhy passou o dia inteiro vasculhando a cidade em busca de sobreviventes.

Sozinhos ou às vezes em pares, ele os encontrou. Abalados, frágeis, mas vivos. A maioria era surpreendentemente jovem. Somente alguns poucos eram muito velhos. E, assim como a magia nas suas veias, não havia fator comum. Nenhum laço de sangue, de gênero ou de riquezas. Ele encontrou uma garota da nobreza da Casa Loreni, ainda vestida para o baile do torneio; um homem mais velho em andrajos escondido num beco; uma mãe de camisola de seda vermelha; um guarda real cuja marca havia falhado ou simplesmente desvanecido. Todos agora marcados com as veias prateadas dos sobreviventes.

Rhy ficava com eles tempo suficiente para mostrar que não estavam sozinhos, tempo suficiente para levá-los até a escadaria do palácio para procurar abrigo, e então saía novamente, de volta para a cidade, em busca de mais pessoas.

Antes do amanhecer, ele voltou ao *Spire*. Sabia que era tarde demais, mas precisava ver, e encontrou o que restava de Anisa: uma pequena pilha de cinzas com algumas brasas no chão da cabine de Alucard, depois da gaiola de tábuas deformadas. Algumas gotas de prata do seu anel da Casa Emery.

Rhy atravessou o convés num silêncio entorpecido quando enxergou o brilho do metal e viu uma mulher sentada de costas para um barril e com uma faca nas mãos.

As botas dele se chocaram com a madeira do convés, produzindo um baque seco.

A mulher não se mexeu.

Estava vestida como um homem, como um *marinheiro*, uma faixa de capitão preta e vermelha na cabeça.

À primeira vista, ele podia perceber que ela era das terras da fronteira, da costa de onde Arnes olhava para Vesk. Ela tinha o porte de uma nortenha e a cor de uma londrina, o cabelo de um rico tom castanho estava preso em duas tranças grossas que se enrolavam como uma juba ao redor do rosto. Os olhos se mantinham abertos, sem piscar, mas olhavam para a frente com uma intensidade que indicava que ela ainda permanecia ali, e as linhas finas e prateadas brilhavam contra o rosto bronzeado pelo mar.

A faca na mão dela estava pegajosa, recoberta de sangue.

Não parecia ser dela.

Uma dúzia de avisos ecoaram na cabeça de Rhy — todos na voz de Kell — quando ele se ajoelhou ao seu lado.

— Qual o seu nome? — perguntou ele em arnesiano.

Nada.

— Capitã?

Depois de alguns longos segundos, a mulher piscou, num gesto lento e definitivo.

— Jasta — disse ela com voz rouca, e então, como se o nome acendesse algo dentro dela, acrescentou: — Ele tentou me afogar. O meu primeiro imediato, Rigar, tentou me arrastar para aquele rio sussurrante. — Ela não desviou os olhos do navio. — Então eu o matei.

— Há mais alguém a bordo? — perguntou ele.

— Metade está desaparecida. Os outros... — Ela parou de falar, os olhos escuros passeando pela embarcação.

Rhy tocou o ombro dela.

— Consegue ficar de pé?

O rosto de Jasta se virou para o dele. Ela franziu o cenho.

— Alguém já lhe disse que você parece o príncipe?

Rhy sorriu.

— Uma ou duas vezes. — Ele estendeu uma das mãos e a ajudou a se levantar.

VII

O sol já havia se posto e Alucard Emery estava tentando ficar bêbado.

Não tinha dado certo até aquele momento, mas ele estava determinado a conseguir. Até inventara uma brincadeira:

Toda vez que a sua mente se voltava para Anisa — os pés descalços, a pele febril, os pequenos braços em volta do seu pescoço —, ele tomava um gole.

Toda vez que pensava em Berras — o tom de voz sarcástico do irmão, o sorriso odioso, as mãos ao redor do seu pescoço —, ele tomava um gole.

Toda vez que os pesadelos subiam pela sua garganta como bile, ou os próprios gritos ecoavam na sua mente, ou ele tinha de se lembrar dos olhos vazios da irmã, do seu coração incandescente, ele tomava um gole.

Toda vez que pensava nos dedos de Rhy entrelaçados nos dele, na voz do príncipe dizendo *"fique, fique, fique comigo"*, ele tomava um gole bem grande.

Do outro lado do cômodo, Lila parecia entretida no seu próprio jogo; a ladra silenciosa estava na terceira taça. Era bastante difícil abalar Delilah Bard, isso ele sabia. E, ainda assim, algo a havia abalado. Talvez ele nunca fosse capaz de ler os segredos no rosto dela, mas conseguia ver que ela ocultava alguns. O que ela teria visto do lado de fora dos muros do palácio? Que demônios havia enfrentado? Eram desconhecidos ou amigos?

Toda vez que se perguntava algo que Delilah Bard jamais responderia, ele tomava um gole, até que a dor e o luto finalmente começaram a se embaralhar e a formar algo mais firme.

O cômodo balançou ao seu redor e Alucard Emery — o último Emery vivo — afundou de novo na cadeira, passando os dedos pela madeira entalhada e pelos delicados enfeites de ouro.

Como era estranho estar ali, no quarto de Rhy. Já havia sido estranho o bastante quando Rhy estava deitado na cama, mas naquele momento os detalhes, o quarto, tudo que não era o próprio Rhy havia ficado fora de foco. Agora, Alucard observava as cortinas cintilantes, o chão elegante e a cama enorme, já arrumada. Todos os sinais de luta tinham desaparecido.

O olhar cor de âmbar de Rhy ficava se aproximando dele como um pêndulo numa corda pesada.

Ele tomou mais um gole.

E depois mais um, e mais outro, preparando-se para a dor do desejo, da perda e das lembranças que o assolavam, um pequeno barco sendo miseravelmente arremessado contra as ondas.

Fique comigo.

Foi o que Rhy disse quando Alucard estava queimando de dentro para fora. Quando Rhy estava deitado ao lado dele na cabine do navio, esperando desesperadamente que as suas mãos conseguissem manter Alucard ali, inteiro e a salvo. Impedi-lo de desaparecer novamente, e, desta vez, para sempre.

Agora que Alucard estava vivo e razoavelmente bem, Rhy não conseguia olhar para o amante. Tampouco conseguia tirar os olhos dele, então acabou fazendo nenhuma e ambas as coisas ao mesmo tempo.

Fazia muito tempo desde a última vez em que Rhy teve a chance de estudar o seu rosto. Três verões. Três invernos. Três anos, e o coração do príncipe ainda estava partido nas rachaduras deixadas por Alucard.

Eles estavam no conservatório: Rhy, Alucard e Lila.

O capitão estava jogado numa cadeira de espaldar alto, e tanto as cicatrizes prateadas quanto a safira cintilavam sob a luz. Um cálice pendia numa das suas mãos e uma gata felpuda chamada Esa estava encolhida embaixo do assento. Os olhos deles estavam abertos, porém longe dali.

Na frente do aparador, Lila se servia de outra bebida. (Seria a quarta? Rhy sabia que não estava em posição de julgar.) No entanto, ela estava servindo com um pouco de generosidade demais e derramou o restante do vinho de verão de Rhy no chão ornamentado. Houve um tempo em que ele se importaria com a mancha, mas essa vida se foi. Caiu por entre as tábuas como uma peça de joia, e agora estava ali, em algum lugar fora do alcance, vagamente lembrada mas facilmente esquecida.

— Vá com calma, Bard.

Foi a primeira coisa que Alucard disse na última hora. Não que Rhy estivesse esperando por isso.

O capitão estava lívido, a ladra pálida, e o próprio príncipe andava de um lado para o outro, a armadura deixada de lado numa cadeira no canto, como uma concha quebrada.

No fim do primeiro dia, eles encontraram vinte e quatro prateados. A maioria estava abrigada no Rose Hall, sendo atendida pelos sacerdotes. Mas havia mais. Ele sabia que havia mais. Tinha de haver. Rhy queria continuar procurando, manter as buscas noite adentro, mas Maxim não permitiu. Para piorar, o restante dos guardas reais o mantinha sob vigilância constante.

E o que perturbava Rhy tanto quanto o próprio confinamento quando ainda havia almas presas na cidade era a visão do apodrecimento que se espalhava por Londres. Uma escuridão na forma de uma espécie de gelo preto recobria as ruas e se espalhava pelas paredes: uma membrana que não era uma membrana, e sim uma *mudança*. Pedras, terra e água, tudo era engolido e substituído por algo que não era um elemento de forma alguma; era um nada escuro e vítreo, uma presença e uma ausência.

Ele contou a Tieren, mostrou um ponto isolado na fronteira do pátio, logo depois dos feitiços de proteção, onde o vazio se espalhava como geada. O rosto do velho ficou lívido.

— Magia e natureza existem em equilíbrio — disse ele, passando os dedos pelo ar acima da poça preta. — Isso é o que acontece quando o equilíbrio falha, quando a magia oprime a natureza.

O mundo estava se *deteriorando*, explicou ele. Porém, em vez de se tornar macio, como acontecia com os troncos no chão de uma floresta, ele se tornava rígido, calcificando-se em algo que parecia pedra, mas que não era pedra nenhuma.

— Quer ficar quieto? — explodiu Lila, olhando Rhy andar de um lado para o outro. — Você está me deixando tonta.

— Suspeito — disse uma voz vindo da porta — que tenha sido o vinho.

Rhy se virou, aliviado por ver o irmão.

— Kell — falou ele, tentando reunir algum bom humor enquanto inclinava o cálice para os guardas que protegiam a porta —, é assim que você se sente o tempo todo?

— Assim mesmo — respondeu Kell, tirando a bebida da mão de Lila e sorvendo um longo gole. Surpreendentemente, ela permitiu.

— Isso é irritante — disse Rhy com um gemido. E então perguntou aos homens: — Poderiam ao menos se sentar? Ou estão tentando parecer armaduras nas minhas paredes?

Eles não responderam.

Kell devolveu a bebida para Lila e então fechou o rosto quando viu Alucard. O irmão ignorou deliberadamente a presença do capitão e se serviu de uma bebida num cálice bem grande.

— A que estamos bebendo?

— Aos vivos — respondeu Rhy.

— Aos mortos — falaram Alucard e Lila ao mesmo tempo.

— Estamos sendo abrangentes — acrescentou Rhy.

A atenção dele se voltou para Alucard, que olhava para a noite lá fora. Rhy percebeu que não era o único que observava o capitão. Lila seguiu o olhar de Alucard para o vidro.

— Quando você olha para os que sucumbiram — perguntou ela —, o que você vê?

Alucard semicerrou os olhos devagar, como sempre fazia quando estava tentando imaginar algo.

— Nós atados — disse ele simplesmente.

— Se importa de explicar? — indagou Kell, que sabia do dom do capitão e se importava com isso tanto quanto com o que restou dele.

— Você não entenderia — murmurou Alucard.

— Talvez se você escolher as palavras certas.

— Eu não conseguiria escolher palavras pequenas o suficiente.

— Ah, pelo amor de Deus! — explodiu Lila. — Vocês dois parem de brigar por um instante.

Alucard se inclinou para a frente na cadeira e apoiou o cálice, outra vez vazio, no chão ao lado das suas botas, onde a gata o farejou.

— Esse *Osaron* — disse ele — está sugando a energia de todos em que toca. A magia dele se alimenta da nossa... a *infectando*. Ela entra nas pessoas pelos fios do nosso poder, da nossa vida, e fica enrolada neles até que tudo esteja atado, cheio de nós.

— Você tem razão — falou Kell após alguns instantes. — Não faço ideia do que você está falando.

— Deve ser irritante — retrucou Alucard — saber que eu tenho um poder que você não tem.

Os dentes de Kell se cerraram de tal forma que chegaram a fazer barulho, mas, quando ele falou, manteve a voz tranquila, calma.

— Acredite ou não, aprecio as mais ínfimas diferenças entre nós. Além disso, posso não ser capaz de ver o mundo como *você* o vê, mas ainda sei reconhecer um idiota.

Lila bufou.

Rhy emitiu um som exasperado.

— Chega — disse ele, e então se dirigiu a Kell: — O que o nosso prisioneiro tinha a dizer?

À menção de Holland, a cabeça de Alucard se virou bruscamente. Lila se sentou empertigada com um brilho no olhar. Kell terminou a bebida de um gole só, fazendo uma careta, e contou:

— Ele será executado pela manhã. Uma demonstração pública.

Por um longo tempo, ninguém falou.

E, então, Lila ergueu a taça.

— Bom — disse ela, animada. — Vou brindar a *isso*.

VIII

Emira Maresh vagava pelo palácio como um fantasma.

Ela já tinha ouvido o que o povo dizia ao seu respeito. Era chamada de distante, distraída. Embora, na verdade, ela estivesse apenas escutando. Não só povo, mas tudo e todos sob os pináculos dourados do teto do palácio. Poucas pessoas notavam as jarras ao lado de cada cama, as bacias em cada mesa. Uma tigela com água era algo simples, mas com o feitiço certo podia transportar som. Com o feitiço certo, Emira podia fazer o palácio falar.

O medo que tinha de quebrar as coisas a ensinou a tomar cuidado com cada passo, a ouvir com atenção. O mundo era um lugar frágil, cheio de rachaduras que nem sempre podiam ser vistas. Um passo em falso e elas podiam se partir, quebrar. Um movimento errado e tudo podia ruir, vir abaixo, uma torre de cartas de Santo queimadas até virar cinzas.

Era função de Emira assegurar que o seu mundo permanecesse forte, escorar as fraturas, ouvir para perceber novas rachaduras. Era dever dela manter a sua família em segurança, o seu palácio intacto, o seu reino bem. Era a sua vocação, e, se ela fosse cuidadosa o suficiente, ágil o suficiente, então nada de mau aconteceria. Era isso que ela dizia a si mesma.

No entanto, *ela estava enganada*.

Ela fez tudo o que podia, e mesmo assim Rhy quase morreu. Uma sombra recaiu sobre Londres. O seu marido escondia algo. Kell não olhava para ela.

Ela não foi capaz de deter as rachaduras, mas agora voltava o seu foco para o restante do palácio.

Enquanto andava pelos corredores, ouvia os sacerdotes na sala de treinamento, os vincos dos pergaminhos, o arranhar das penas cheias de tinta, o burburinho suave enquanto eles preparavam o feitiço.

Ela ouvia os passos pesados dos guardas de armadura se deslocando pelos andares inferiores; as vozes graves e guturais dos veskanos e a melodia sibilante do idioma faroense no saguão leste; o murmúrio dos nobres na galeria enquanto ficavam ali sem fazer nada, sussurrando ao tomar chá. Falando da cidade, da maldição, do rei. O que ele estava fazendo? O que *podia* fazer? Maxim Maresh, amolecido pela idade e pelos tempos de paz. Maxim Maresh, um homem contra um monstro, contra um deus.

Do Rose Hall, Emira escutou os corpos febris se revirando, ainda presos em sonhos incandescentes, e, quando ela se virou para ouvir o que se passava na ala leste do palácio, ouviu o sono igualmente agitado do filho, que era ecoado pela inquietação de Kell se revirando.

E, através de tudo isso, o sussurro constante nas janelas e nas portas, as palavras abafadas pelos feitiços de proteção, retalhadas pelo subir e descer, pelo barulho do vento. Uma voz tentando entrar.

Emira escutou muitas coisas mas também ouviu as ausências onde deveria haver som e não havia. Ouviu o sussurro abafado daqueles que se esforçavam demais para serem silenciosos. Num canto do salão de festas, um par de guardas reunia coragem. Numa alcova, um nobre e um mago se enroscavam como cordas. E, na sala dos mapas, havia o som de um único homem de pé diante da mesa.

Ela foi ao encontro dele, mas, ao se aproximar, percebeu que não era o seu marido.

O homem na sala dos mapas estava de pé, de costas para a porta, a cabeça inclinada sobre a cidade de Londres. Emira observou quando ele estendeu um único dedo escuro e o colocou na pequena escultura de quartzo de um guarda real diante do palácio.

A figura tombou de lado com o leve retinir de pedra batendo em pedra. Emira se encolheu, mas a estátua não quebrou.

— Lorde Sol-in-Ar — disse ela, calmamente.

O faroense se virou, as contas de ouro branco incrustadas no seu perfil refletindo a luz. Ele não demonstrou surpresa pela presença dela nem culpa pela sua própria.

— Vossa Majestade.

— Por que está aqui sozinho?

— Estava à procura do rei — respondeu Sol-in-Ar com o seu jeito manso e sussurrante.

Emira balançou a cabeça, os olhos percorrendo rapidamente o cômodo. Parecia errado sem Maxim. Ela examinou a mesa, como se houvesse algo faltando, mas Sol-in-Ar já havia endireitado a figura caída e pegou outra na beirada da mesa. O cálice e o sol. A marca da Casa Maresh.

O símbolo de Arnes.

— Espero não passar dos limites — disse ele — ao afirmar que somos parecidos.

— O senhor e o meu marido?

Um único balançar de cabeça.

— A senhora e eu.

O rosto de Emira ficou quente ao mesmo tempo que a temperatura da sala caía.

— Como?

— Ambos sabemos muito e falamos pouco. Ambos ficamos ao lado de reis. Somos a verdade sussurrada nos ouvidos deles. A razão.

Ela não disse nada, apenas inclinou a cabeça.

— A escuridão está se espalhando — acrescentou ele, com gentileza, apesar das palavras estarem cheias de sobressaltos. — E precisa ser contida.

— E será — respondeu a rainha.

Sol-in-Ar assentiu uma vez.

— Diga ao rei — avisou ele — que podemos ajudar. Se ele permitir.

O faroense se dirigiu à porta.

— Lorde Sol-ın-Ar — chamou a rainha —, o nosso estandarte.

Ele olhou para a figura entalhada na sua mão como se tivesse se esquecido dela por completo.

— Minhas desculpas — falou ele, colocando a peça de volta no tabuleiro.

Emira finalmente encontrou o marido nos aposentos deles, ainda que não estivesse na cama. Ele havia adormecido na escrivaninha, desabara na mesa de madeira entalhada, a cabeça apoiada nos braços dobrados sobre um livro de registros, o cheiro de tinta ainda fresco.

Somente a primeira linha era legível sob a manga amarrotada da sua camisa.

Para meu filho, príncipe herdeiro de Arnes, quando chegar a hora...

Emira inspirou bruscamente ao ler essas palavras e depois se recompôs. Ela não acordou Maxim. Não puxou o livro sob a cabeça dele. Ela andou silenciosamente até o sofá, pegou uma coberta e ajeitou a manta sobre os ombros do rei.

Maxim se mexeu brevemente, os braços trocando de posição sob a cabeça, a pequena mudança revelando não apenas a linha seguinte — *saiba que um pai vive para seu filho, mas que um rei vive para seu povo* — como também a atadura enrolada no seu pulso. Emira ficou imobilizada pela visão, linhas de sangue brotando através do linho pristinamente branco.

O que Maxim fez?

O que ainda planejava fazer?

Ela era capaz de ouvir as maquinações do palácio; porém, a mente do seu marido era sólida, impenetrável. Não importava o quanto se esforçasse para escutar, tudo que ouvia era o coração dele.

IX

Quando a noite caiu, as sombras floresceram.

Elas se juntaram ao rio, com a névoa e com o céu sem luar, até que estavam em toda parte. *Osaron* estava em toda parte. Em cada pulsação. Em cada respiração.

Alguns haviam escapado. Por enquanto. Outros já haviam sido reduzidos a pó. Era algo necessário, como a destruição de uma floresta, a limpeza de um terreno para que coisas novas — coisas *melhores* — pudessem crescer. Um processo tão natural quanto a mudança das estações.

Osaron era o outono, o inverno e a primavera.

E, por toda a cidade, ele ouvia a voz dos seus servos leais.

Como posso servi-lo?

Como posso idolatrá-lo?

Mostre-me o caminho.

Diga-me o que fazer.

Ele estava na mente deles.

No corpo deles. Sussurrava nas mentes e fluía pelo sangue. Estava em cada um deles e não se vinculava a ninguém.

Em todo lugar e em lugar nenhum.

Era o suficiente.

E *não* era.

Ele queria *mais*.

SEIS

EXECUÇÃO

I

Londres Cinza

Ned Tuttle acordou com uma sensação ruim.

Ele havia se mudado recentemente da casa da sua família em Mayfair para o quarto no andar de cima da taverna, da *sua* taverna. Aquele lugar mágico que já se chamou Stone's Throw e que ele rebatizou de Five Points.

Ned se sentou empertigado, escutando atentamente o silêncio. Podia jurar que havia alguém falando, mas não conseguia mais ouvir a voz e, conforme o tempo passava, já não tinha mais certeza se aquilo tinha sido real ou se eram apenas os vestígios do sono agarrados a ele, o ímpeto de ouvir o eco de algum sonho peculiar.

Ned sempre teve sonhos muito vívidos.

Tão vívidos que nem sempre ele conseguia distinguir quando algo tinha realmente acontecido ou se ele simplesmente sonhara com aquilo. Os sonhos de Ned sempre foram estranhos, e às vezes eram maravilhosos, mas ultimamente ficaram... perturbadores, pendendo à escuridão, mais ameaçadores.

Quando era criança, os seus pais explicaram que os seus sonhos eram apenas efeito colateral da leitura de histórias demais, de desaparecer por horas, e às vezes dias, perdendo-se em mundos fictícios e fantásticos. Na sua juventude, ele entendeu os sonhos como um sinal da sua sensibilidade ao *outro*, àquele aspecto do mundo que a maioria das pessoas era incapaz de enxergar, aquele que nem mesmo *Ned* conseguia ver, mas no qual acreditava fervorosamente, com uma determinação obstinada, até o dia em que ele conheceu Kell e soube com certeza que o *outro* era real.

Porém, esta noite, Ned sonhou com uma floresta feita de pedra. Kell também estava no sonho. Havia estado nele, mas não mais, e agora Ned se sentia perdido, e toda vez que gritava por socorro a floresta inteira ecoava o apelo como uma igreja vazia. Mas as vozes que retornavam não eram dele. Algumas pareciam agudas e outras graves; algumas jovens e doces, outras velhas; e no meio delas havia uma voz que ele não conseguia distinguir, uma voz que se curvava nos seus ouvidos como algumas vezes a luz se curva num canto.

Agora, sentado na sua pequena cama dura, ele sentiu o estranho ímpeto de gritar, como fez na floresta, mas uma pequena parte dele — bem, não tão pequena quanto gostaria — tinha medo de que, assim como na floresta, *outra* voz respondesse.

Talvez o som tivesse vindo do primeiro andar da taverna. Ele jogou as pernas compridas para o lado da cama, deslizou os pés nos chinelos e se levantou. O velho piso de madeira rangendo sob os pés.

Ele se moveu silenciosamente, apenas o *nhec-nhec-nhec* o acompanhando pelo cômodo, e então o *ai* quando ele deu um esbarrão na cômoda, o tilintar dos lampiões de metal balançando e quase virando, então o leve baque deles voltando ao lugar, seguidos pelo tamborilar das velas rolando pela mesa.

— Droga — murmurou Ned.

Teria sido terrivelmente conveniente, pensou, se pudesse apenas estalar os dedos e conjurar um pouco de fogo, mas ele tentou por quatro meses seguidos e mal conseguiu mover as peças no jogo de elementos de Kell. Por isso vestiu desajeitadamente o roupão, no escuro e seguiu para a escada.

E sentiu um calafrio.

Definitivamente havia algo estranho.

Normalmente, Ned adorava coisas estranhas, vivia com a esperança de conseguir vê-las, mas esse era o tipo de estranho que beirava o *errado*. O ar recendia a rosas, madeira queimada e folhas mortas. E, quando ele se movia, parecia que estava percorrendo um ponto de água morna em meio a uma piscina fria, ou um ponto de água fria no meio da água morna. Como uma corrente de ar num cômodo de portas fechadas e janelas trancadas.

Ele conhecia essa sensação, já havia sentido isso antes, na rua, do lado de fora da Five Points, quando ela se chamava Stone's Throw e ele ainda estava esperando pelo retorno de Kell com a terra que prometera. Ned vira uma carroça virar, ouvira o condutor falando nervosamente sobre o homem que ele tinha atropelado. Porém, não havia corpo, não havia homem, apenas fumaça, cinzas e uma leve vibração de magia.

Magia ruim.

Magia *sombria*.

Ned voltou para o quarto e pegou a sua adaga cerimonial. Ele a havia comprado de um freguês na semana anterior: no cabo havia incrustado um pentagrama de ônix, com runas entalhadas ao seu redor.

Meu nome é Edward Archibald Tuttle, pensou ele, segurando firme a adaga. *Sou o terceiro do meu nome e não tenho medo.*

O *nhec-nhec-nhec* o seguiu pelos degraus empenados, e, quando ele chegou ao fim da escadaria e ficou de pé na taverna escura ouvindo apenas o *tum-tum* do próprio coração, Ned percebeu de onde vinha a sensação de estranheza.

A Five Points estava silenciosa demais.

Um silêncio pesado, abafado e *não natural*, como se o cômodo estivesse cheio de lã em vez de ar. As últimas brasas da lareira se apagavam atrás da grade, o vento soprava pelas tábuas, mas nada disso emitia nenhum som.

Ned foi até a porta da frente e abriu o trinco. Lá fora, a rua estava vazia. Era a hora mais escura, o momento antes dos primeiros raios do alvorecer. Mas Londres nunca ficava completamente vazia, não tão perto do rio, de modo que ele foi logo cumprimentado pelo *clang-clang* das carruagens, pelos gorjeios distantes de risadas e música. Em algum lugar nas proximidades do Tâmisa, o arranhar das cordas de um violino, e, muito mais perto, o barulho de um gato de rua, silvando em busca de leite ou companhia, ou o que quer que um gato de rua procure. Uma dúzia de sons que formavam a tessitura da cidade, e, quando Ned fechou de novo a porta, os barulhos o seguiram, esgueirando-se pela frincha embaixo da porta, ao redor da soleira. A pressão diminuiu e o ar da taverna ficou mais fino, o feitiço quebrado.

Ned bocejou, a sensação de estranheza já se esvaindo enquanto ele subia a escada. De volta ao seu quarto, ele escancarou a janela, apesar do frio, e deixou que os sons de Londres entrassem. Mas, quando se deitou, puxou as cobertas e o mundo se aquietou, os sussurros voltaram. E, quando ele mergulhou naquele estado entre a vigília e o sono, as palavras ininteligíveis finalmente tomaram forma.

Deixe-me entrar, diziam elas.

Deixe-me entrar.

II

Vozes ecoaram do lado de fora da cela de Holland logo depois da meia-noite.

— Vocês estão adiantados — falou o guarda mais perto das grades.

— Onde está o seu parceiro? — perguntou o que estava próximo à parede.

— O rei precisa de homens na escada principal — respondeu o intruso — por causa da chegada dos sujeitos cheios de cicatrizes. — A voz dele estava abafada pelo elmo.

— Recebemos ordens.

— Também recebi — retrucou o novo guarda. — E estamos ficando sem pessoal.

Uma pausa, e nesta pausa Holland sentiu algo estranho acontecer. Como se alguém pegasse o ar, pegasse a energia no ar, e desse um puxão. De leve. Um puxão de comando. Uma mudança no equilíbrio. Um sutil emprego de controle.

— Além disso — falou, distraído, o novo guarda —, o que vocês preferem? Ficar olhando para esse monte de lixo ou salvar os seus amigos?

O equilíbrio pendeu. Os homens abandonaram os seus postos. Holland se perguntou se o novo guarda sabia o que tinha feito. Era um tipo de magia proibido neste mundo e venerado no dele.

O novo guarda observou os demais subirem a escada, e o seu corpo oscilou um pouco. Quando eles já estavam longe, ele se recostou na parede, de frente para a cela de Holland, o metal da armadura raspando a pedra, e desembainhou uma faca. Ele brincou sem propósito com ela, os dedos na ponta do gume, jogando a lâmina para cima e pegando e jogando novamente. Holland sentiu como se estivesse sendo estudado, então também resolveu observar. Analisou como o novo guarda inclinava a cabeça, a velocidade dos dedos dele na faca, o cheiro de outra Londres flutuando no sangue dele.

No sangue *dela*.

Ele deveria ter reconhecido aquela voz, mesmo através do elmo roubado. Talvez se tivesse dormido — há quanto tempo não dormia? —, talvez se não estivesse ensanguentado, ferido e atrás das grades. Ainda assim, ele deveria ter percebido.

— Delilah — cumprimentou ele em tom monótono.

— Holland.

Delilah Bard, a *Antari* da Londres Cinza, depositou o elmo na mesa que ficava sob o gancho de onde pendiam as chaves do carcereiro. Os seus dedos dançaram a esmo nos dentes delas.

— A sua última noite...

— Veio se despedir?

Ela cantarolou.

— Algo do tipo.

— Você está muito longe de casa.

O olhar dela se voltou imediatamente para ele, rápido e sagaz como uma agulha de aço.

— Você também. — Um dos olhos dela trazia o brilho embaçado de quem bebeu demais. O outro, o falso, fora estilhaçado. Estava unido por uma casca de vidro, mas o interior era uma difração de cores e rachaduras.

A faca de Lila voltou para a bainha. Ela tirou as manoplas e as deixou na mesa também. Mesmo bêbada, ela se movia com a elegância de uma lutadora. Ela o lembrava de Ojka.

— Ojka — repetiu ela, como se lesse a sua mente.

Holland ficou tenso.

— O quê?

Lila tocou de leve com o dedo indicador a própria bochecha.

— A ruiva com a cicatriz e o rosto manchado de preto. Ela fez isso, tentou enfiar uma faca no meu olho, pouco antes que eu cortasse o pescoço dela.

As palavras foram um golpe certeiro. Apenas uma pequena chama de esperança bruxuleando no peito dele. Nada restou. Cinzas sobre brasas.

— Ela estava seguindo ordens — falou Holland, sem emoção.

Lila pegou as chaves no gancho.

— Suas ou de Osaron?

Era uma pergunta difícil. Quando elas haviam sido diferentes? Será que sempre foram as mesmas?

Ele ouviu o retinir do metal, e Holland piscou para ver a porta da cela se abrindo e Lila entrando. Ela fechou a porta atrás de si e a trancou novamente.

— Se você veio me matar...

— Não — escarneceu ela —, isso pode esperar até de manhã.

— Então por que está aqui?

— Porque pessoas boas morrem e pessoas más continuam vivas, e isso não me parece muito justo, não é, Holland? — Ela franziu o rosto. — De todas as pessoas que você poderia ter matado, escolheu alguém que realmente significava algo para mim.

— Eu tive de fazê-lo.

O punho dela o atingiu como uma tijolada, forte o bastante para que a cabeça dele fosse jogada de lado e o mundo ficasse branco por um instante. Quando a sua visão clareou, ela estava sobre ele com as juntas dos dedos sangrando.

Ela tentou golpeá-lo de novo, mas desta vez Holland agarrou o pulso de Lila.

— Basta — falou ele.

Mas não bastava. A mão livre de Lila balançou, o fogo dançando nas suas juntas, mas ele a agarrou também.

— *Basta.*

Ela tentou se desvencilhar, mas as mãos dele seguraram com mais força, encontrando o lugar sensível em que os ossos se encontram. Ele pressionou e um som gutural escapou da garganta dela, grave e animalesco.

— De nada adianta se apegar àquilo que foi tirado de você — rosnou ele. — *Nada.*

Por sete anos, a vida de Holland foi destilada a um único desejo. Ver Athos e Astrid Dane sofrer. E Kell havia roubado isso dele. Roubado o olhar nos olhos de Astrid quando enfiava uma adaga no seu coração. Roubado a expressão de Athos ao desmembrá-lo, pedaço a pedaço.

Ninguém sofre tão lindamente como você.

Sete anos.

Holland empurrou Lila para trás. Ela tropeçou, os ombros batendo nas grades. Por um instante, a cela foi preenchida pelos sons de respiração ofegante enquanto eles se encaravam no espaço estreito, duas feras enjauladas juntas.

E então, devagar, Lila endireitou o corpo e flexionou as mãos.

— Se quer vingança — disse ele —, vá em frente.

Um de nós deve tê-la, pensou ele, fechando os olhos. Respirou fundo para se acalmar e passou a contar os seus mortos, começando com Alox e terminando com Ojka.

Mas, quando voltou a abrir os olhos, Delilah Bard não estava mais ali.

Vieram buscá-lo logo após o alvorecer.

Na verdade, ele não sabia que horas eram, mas podia sentir o palácio se agitando lá em cima, o calor sutil do mundo além do pilar da prisão. Após tantos anos de frio, ele aprendeu a sentir as menores mudanças no aquecimento, a saber como marcar a passagem do dia.

Os guardas vieram e libertaram Holland da parede, e, por um instante, ele ficou preso por nada além de duas mãos antes que envolvessem os seus pulsos, os seus ombros e a sua cintura com a corrente. O metal pesado o fazia mancar, e foi necessária toda a sua força para ficar de pé, para subir a escada, a marcha reduzida a passos hesitantes.

— *On vis och* — disse ele a si mesmo.

Da aurora ao crepúsculo. Uma frase que possuía dois significados na sua língua natal.

Um novo começo. Um bom fim.

Os guardas marcharam com Holland para cima e através dos corredores do palácio, onde homens e mulheres se aglomeravam para vê-lo passar. Eles o conduziram a uma varanda, um grande espaço vazio, exceto por uma ampla plataforma de madeira recém--construída. E sobre ela havia um bloco de pedra.

On vis och.

Holland sentiu a mudança assim que pôs os pés do lado de fora, o formigar dos feitiços de proteção do palácio deu lugar ao ar fresco e à luz tão clara que feria os seus olhos.

O sol nascia num dia frio, e Holland, ainda despido da cintura para cima por baixo das correntes, sentiu o ar gélido fustigar a sua pele violentamente. Mas ele aprendera havia muito a não dar aos outros a satisfação de vê-lo sofrer. E, apesar de saber que estava no centro de uma encenação, tendo a orquestrado pessoalmente, Holland não se permitiu estremecer e implorar. Não diante dessas pessoas.

O rei estava presente, assim como o príncipe, além de quatro guardas, cujas testas estavam marcadas com sangue, e um punhado de magos, igualmente marcados — um jovem de cabelos prateados com vento soprando ao seu redor, um casal de gêmeos de pele negra com as faces adornadas de pedras preciosas e um homem loiro grande e largo como um muro. Ao lado deles, com a pele marcada por finas cicatrizes prateadas, havia um homem quase familiar, com uma pedra preciosa azul sobre um dos olhos; um homem idoso em vestes brancas com uma gota de sangue na testa; e Delilah Bard, com a luz incidindo no olho estilhaçado.

Por fim, logo ali na plataforma ao lado do bloco de pedra, Kell empunhava uma espada longa, a ponta larga apoiada no chão.

Os passos de Holland devem ter ficado mais lentos porque um dos guardas lhe deu um soco nas costas, forçando-o a seguir em frente e subir os dois degraus curtos até o estrado recém-construído. Ele parou e se empertigou, olhando para o rio escurecido além da varanda.

Tão parecido com a Londres Preta.

Parecido demais com a Londres Preta.

— Está repensando? — perguntou Kell, segurando a espada com firmeza.

— Não — respondeu Holland, olhando atrás dele. — Só estou tirando um instante para aproveitar a vista.

O seu olhar parou no jovem *Antari*, no jeito como ele segurava a espada, uma das mãos em volta do punho e a outra apoiada na lâmina, pressionando com força suficiente para arrancar um pouco de sangue.

— Se ele não vier... — começou Holland.

— Serei rápido.

— Da última vez, você errou o meu coração.

— Não vou errar a sua cabeça — retrucou Kell. — Mas espero que não chegue a isso.

Holland começou a falar, mas se forçou a sufocar as palavras.

Elas não tinham propósito.

Ainda assim, ele pensou nelas.

Espero que chegue.

A voz do rei retumbou na manhã fria.

— Ajoelhe-se — ordenou o governante de Arnes.

Holland se retesou ao ouvir as palavras, a mente tropeçando em outra direção, para outra vida, para o aço frio e a voz suave de

Athos. Mas deixou que o peso das lembranças, assim como o atual peso das correntes, arrastasse-o para baixo. Ele manteve os olhos no rio, na escuridão que se movia logo abaixo da superfície, e, quando falou, a sua voz era baixa, as palavras direcionadas não para a multidão na varanda, nem para Kell, mas para o rei das sombras.

— Ajude-me.

As palavras eram pouco mais que vapor exalado pela respiração. Para a multidão reunida, talvez tenha parecido uma oração direcionada a qualquer deus que ele venerasse. E, de certa forma, era isso mesmo.

— *Antari* — falou o rei, dirigindo-se a ele não pelo nome, nem mesmo pelo título, mas apenas pelo que ele era, e Holland se perguntou se Maxim Maresh sequer sabia o seu verdadeiro nome.

Vosijk, esteve prestes a dizer. *O meu nome é Holland Vosijk.*

Mas isso já não importava.

— Você é culpado de pecados graves contra o império, culpado de praticar magia proibida, de incitar o caos e a destruição, de trazer a guerra...

As palavras do rei o rodearam quando Holland ergueu a cabeça mais uma vez para o céu. Pássaros voavam muito alto enquanto sombras se entremeavam às nuvens baixas. Osaron estava ali. Holland cerrou os dentes e se forçou a falar, não para os homens à sua volta, nem para o rei ou para Kell, mas para a presença que espreitava, que estava ouvindo.

— Ajude-me.

— Pelos seus crimes, você foi sentenciado à morte pela espada. O seu corpo será entregue ao fogo...

Ele sentia a magia do *oshoc* se emaranhando ao seu cabelo, roçando a sua pele, mas ainda não havia se instalado.

— Se quiser dizer algo, fale agora, mas saiba que o seu destino já foi decidido.

Foi então que ele ouviu uma nova voz, como uma vibração no ar invernal.

Implore.

Holland ficou imóvel.

— Nada tem a dizer? — perguntou o rei.

Implore.

Holland engoliu em seco e fez algo que jamais havia feito, nem nos sete anos de escravidão e tortura.

— Por favor — implorou ele, primeiro baixinho, e em seguida mais alto. — Por favor. Serei todo seu.

A escuridão gargalhou, mas não se manifestou.

O pulso de Holland disparou, as correntes subitamente apertadas demais.

— Osaron — clamou ele —, este corpo é seu. Esta vida, o que restou dela, é sua...

Os guardas se posicionaram dos dois lados de Holland, as mãos enluvadas forçando a cabeça dele no bloco de pedra.

— Osaron — rugiu ele, pela primeira vez resistindo aos guardas.

A gargalhada continuou, reverberando na sua mente.

— Deuses não precisam de corpos, mas reis sim! Como você vai governar sem uma cabeça para pôr a coroa?

Agora, Kell estava ao seu lado, empunhando a espada com as duas mãos.

— Termine — ordenou o rei.

Espere, pensou Holland.

— Mate-o — disse Lila.

— Fique parado — mandou Kell.

Holland semicerrou os olhos ao encarar a madeira da plataforma.

— Osaron! — berrou ele enquanto Kell erguia a espada.

Ela nunca chegou a baixar.

Uma sombra tomou conta da varanda. Num instante, o sol estava ali; no instante seguinte, eles estavam mergulhados na escuridão. Todos olharam para cima a tempo de ver a onda preta se erguer sobre a cabeça e arrebentar com toda a força.

Holland se virou de lado, ainda preso ao bloco de pedra, quando o rio irrompeu na plataforma. Um dos guardas foi derrubado da beirada, caindo na escuridão que se revolvia lá embaixo, enquanto o outro se agarrou a Holland.

A torrente gelada derrubou a lâmina das mãos de Kell e o empurrou para trás no tablado, um estilhaço de gelo prendendo a manga do seu casaco ao chão enquanto os guardas vinham proteger o rei e o príncipe. A onda atingiu os degraus entre a plataforma e a varanda e se ergueu, espiralando em forma de coluna, antes de ter as suas arestas amainadas até assumir a forma de um homem.

Um rei.

Osaron sorriu para Holland.

— *Viu só?* — disse ele com a voz que ecoava. — *Posso ser misericordioso.*

Alguém atravessou a extensão da varanda. O mago de cabelos prateados partiu para o ataque, o ar formando facas à sua volta.

Osaron sequer desviou o olhar de Holland, mas fez um movimento com os dedos aquosos e uma lança de gelo se materializou e foi arremessada na direção do peito do mago. O homem chegou a sorrir enquanto girava o corpo para se esquivar do estilhaço, o movimento leve como o ar antes de fazer a lança se espatifar com uma única rajada de vento.

Cabelos prateados e vestes ondulantes dançaram novamente indo para cima de Osaron, como um borrão, e então o mago golpeou, uma das mãos envolta numa lâmina de vento. A forma líquida de Osaron se abriu, enrolou-se no pulso do mago e então se fechou. O mago flutuante parou de repente, preso no cerne gelado da silhueta de Osaron. Antes que pudesse se libertar, o rei das sombras enfiou a própria mão no peito do mago.

Os seus dedos atravessaram completamente, as pontas afiadas de gelo preto brilhando com rajadas vermelhas.

— Jinnar! — gritou alguém quando o vento na plataforma parou subitamente e o mago desabou no chão, sem vida.

Osaron sacudiu o sangue dos dedos enquanto subia os degraus.

— *Diga-me, Holland* — provocou ele —, *eu pareço precisar de um corpo?*

Aproveitando-se da distração dele, Kell arrancou o estilhaço de gelo da manga do casaco e o atirou com força nas costas do rei das sombras. Holland, mesmo contra a sua vontade, ficou impressionado. Mas ele atravessou a forma aquosa de Osaron sem causar danos. Ele se virou, como se estivesse se divertindo, para encarar Kell.

— *Será preciso mais que isso*, Antari.

— Eu sei — retrucou Kell, e Holland viu o fio de sangue espiralando na coluna de água que formava o tórax de Osaron um instante antes de Kell dizer: — *As Isera.*

E, simples assim, Osaron *congelou.*

Aconteceu num instante, e o rei das sombras foi substituído por uma estátua esculpida em gelo.

Holland encontrou o olhar de Kell na superfície congelada do tronco de Osaron.

Ele foi o primeiro a ver, o alívio se transformando em horror quando o mago morto, Jinnar, se levantou. Os seus olhos estavam pretos — não com sombras, mas de um preto sólido —, e a pele dele já começava a queimar com a força do novo parasita. E, quando falou, uma voz familiar e suave verteu dos seus lábios.

— *Será preciso mais que isso* — repetiu Osaron, o cabelo prateado fumegando.

Corpos se erguiam ao redor dele, e Holland entendeu tarde demais. A onda. A água.

— Kell! — gritou ele. — As marcas de sangue...

Ele foi interrompido por um punho quando o guarda mais próximo socou as suas costelas com a mão protegida por uma manopla, a mancha carmesim do seu elmo lavada pela primeira onda do rio.

— Ajoelhe-se diante do rei.

O homem com cicatrizes prateadas e o príncipe Maresh avançaram, mas Kell os impediu com um movimento entrecortado do braço — um muro de gelo se ergueu e os manteve fora da plataforma e longe de Osaron.

Osaron, que agora estava entre Holland e Kell no seu hospedeiro roubado, a pele dele descamando como anéis de papel queimado.

Holland se forçou a se levantar apesar do peso das correntes.

— Que substituto medíocre você escolheu — disse ele, chamando a atenção do *oshoc* enquanto Kell se aproximava com sangue pingando dos dedos. — Como ele se despedaça rápido. — A voz dele era baixa entre o caos que se erguia e cheia de desprezo. — Não é o corpo digno de um rei.

— *Você ainda ofereceria o seu no lugar dele?* — devaneou Osaron. Aquela casca estava morrendo rapidamente, incandescida por um brilho cor de sangue que brotava na sua pele.

— Ofereço — afirmou Holland.

— *Tentador* — falou Osaron. Os seus olhos pretos queimaram dentro do crânio. Num segundo, ele estava ao lado de Holland. — *Mas prefiro ver você cair.*

Holland sentiu o empurrão antes mesmo de ver a mão, sentiu a força no seu peito e o súbito peso da gravidade enquanto o mundo adernava, a plataforma desaparecia e as correntes o puxavam para a beirada e para baixo, para dentro do rio.

III

Kell viu Holland cair.

Num instante, o *Antari* estava ali, na beirada; no instante seguinte, ele se foi, submergindo no rio sem dispor de nenhuma magia, apenas o peso morto e frio do ferro enfeitiçado ao redor dele. A varanda estava um caos, um guarda de joelhos, lutando contra a névoa, enquanto Lila e Alucard se posicionavam para lutar com o cadáver animado de Jinnar, que agora nada mais era que um monte de ossos chamuscados.

Não havia tempo para pensar, para refletir, para questionar.

Kell mergulhou.

A queda era maior do que parecia.

O impacto expulsou o ar dos pulmões de Kell, vibrando os seus ossos, e ele arquejou quando o rio se fechou à sua volta, frio como gelo e preto como tinta.

Lá embaixo, quase fora do campo de visão, uma forma pálida havia descido até o fundo da água podre.

Kell nadou até Holland, os pulmões ardendo enquanto ele lutava contra a pressão do rio. Não apenas da água, mas também da magia de Osaron, sugando o calor e a concentração enquanto tentava forçar a entrada.

Quando alcançou Holland, o homem estava de joelhos no leito do rio, os lábios se movendo debilmente e sem emitir nenhum som, o corpo preso pelas algemas nos pulsos e pelo peso das correntes de aço envolvendo a cintura e as pernas. O *Antari* lutou para se pôr de pé, mas não conseguiu. Após uma breve luta, ele perdeu a batalha para a gravidade e afundou outra vez de joelhos, causando uma nuvem de sedimentos quando os ferros atingiram o leito do rio.

Kell pairou diante dele, o seu próprio casaco pesado por causa da água, peso suficiente para mantê-lo submerso. Ele puxou uma adaga e cortou a pele antes de perceber a inutilidade, pois, no instante em que o sangue brotou, sumiu, disperso pela corrente do rio. Kell xingou, desperdiçando uma pequena bolha de ar enquanto Holland lutava para manter o que restava do dele. O cabelo preto de Holland flutuou na água ao redor do seu rosto, os olhos fechados, a resignação na sua postura, como se ele preferisse se afogar a retornar para o mundo lá em cima.

Como se quisesse terminar a própria vida aqui, no leito do rio.

Mas Kell não permitiria isso.

Os olhos de Holland se abriram de repente quando Kell segurou os seus ombros, agachado para alcançar os seus pulsos no lugar onde estavam presos ao fundo do rio. O *Antari* meneou a cabeça meticulosamente, mas Kell não desistiu. O seu corpo inteiro doía por causa do frio e da falta de ar, e ele pôde ver o peito de Holland tremendo ao lutar contra o ímpeto de respirar fundo.

Kell envolveu as algemas de ferro com as mãos e puxou, não com força, mas com magia. Ferro era um mineral, algo entre pedra e terra no espectro dos elementos. Ele não podia dispersá-lo, mas podia, com muito esforço, mudar a sua forma.

Transmutar um elemento não é tarefa simples, mesmo numa sala de trabalho com muito tempo e concentração. Fazê-lo embaixo da água cercado de magia das trevas enquanto o seu peito gritava e Holland se afogava lentamente era completamente diferente.

Concentre-se, ralhou mestre Tieren na mente dele. *Desconcentre-se.*

Kell comprimiu os olhos e tentou se lembrar das instruções de Tieren.

Elementos não são completos em si mesmos, dissera o Aven Essen, *e sim partes, cada um deles é um nó de uma corda sempre circulante, cada um dá lugar ao seguinte e assim por diante. Há uma pausa natural, mas nenhuma costura.*

Aprendera a fazer isso muitos anos antes; bastante tempo desde que ele ficara no escritório do sumo sacerdote com um copo em cada mão, seguindo as linhas do espectro do elemento enquanto derramava o conteúdo dos copos de um para o outro, transformando um cálice de água em areia, areia em pedra, pedra em fogo, fogo em ar, ar em água. Repetidas vezes, devagar e minuciosamente, a ação jamais fluindo com tanta naturalidade quanto na teoria. Os sacerdotes podiam fazê-lo, estavam tão afinados com as sutilezas da magia, com os limites entre os poros dos elementos nas suas mãos. Porém, a magia de Kell era forte demais, brilhante demais, e na metade das vezes ele falhava, estilhaçando o vidro e derramando o seu conteúdo, que agora era metade pedra, metade vidro.

Concentre-se.

Desconcentre-se.

O ferro estava frio nas suas mãos.

Inflexível.

Nós numa corda.

Holland estava morrendo.

O mundo líquido se revolveu sombrio.

Concentre-se.

Desconcentre-se.

Os olhos de Kell se abriram de súbito. Ele encontrou o olhar de Holland e, assim que o metal começou a ficar macio nas suas mãos, viu algo se iluminar no rosto do mago. Foi então que Kell se deu conta de que a resignação havia sido uma máscara, um véu para encobrir o pânico. As algemas cederam sob os dedos desesperados de Kell, transformando-se de ferro em areia, num sedimento que formou uma nuvem e em seguida se dissolveu na corrente do rio.

Na súbita ausência de correntes, Holland avançou. Ele subiu, a necessidade de ar o impulsionando para a superfície.

Kell tomou impulso no leito do rio para segui-lo.

Ou tentou fazê-lo.

Ele subiu alguns metros apenas para ser puxado de volta para baixo, preso por uma força repentina e invisível. O último resquício de ar nos pulmões de Kell escapou numa corrente violenta quando ele lutou contra a prisão da água. A força em volta das suas pernas apertou, tentando esmagar a força dos seus membros, do seu peito, arrastando os seus braços para os lados num eco cruel da estrutura de aço no castelo da Londres Branca.

A água diante de Kell se moveu e espiralou, a corrente formando a silhueta de um homem.

Olá, de novo, Antari.

Kell compreendeu tarde demais. Naquele último instante na varanda, quando Osaron olhou não para Holland, mas para ele. Quando empurrou Holland para o rio, sabendo que Kell o salvaria. Eles montaram uma armadilha para o rei das sombras, e ele armou uma para eles. Para *ele*.

Afinal, Kell foi aquele que resistiu, aquele que se recusou a se render.

Agora você vai se ajoelhar?

As amarras invisíveis forçaram Kell de encontro ao leito do rio. Os seus pulmões queimaram quando ele tentou lutar contra o rio. Tentou e falhou. O pânico tomou conta dele.

Agora você vai implorar?

Ele fechou os olhos e tentou lutar contra a necessidade de ar que gritava no peito, afogando os sentidos. A sua visão ficou salpicada de pontos de luz branca e de pontos escuros e vazios.

Agora você vai me deixar entrar?

IV

Lila viu Kell desaparecer na beirada da varanda.

A princípio, pensou que ele havia sido derrubado, que ele não pularia por *vontade própria* na água preta, não por Holland, mas então ela se lembrou das palavras de Kell — *podia ter sido eu* — e entendeu, com uma clareza gélida, que ele não havia lhe contado a verdade. A execução era uma farsa. Matar Holland nunca esteve nos planos.

Tudo não passou de uma armadilha, Osaron não mordeu a isca e agora Holland estava afundando até o leito do Atol. E Kell estava indo com ele.

— Que inferno — murmurou Lila, tirando o casaco.

Na varanda, Jinnar havia desmoronado, o corpo se transformando em cinzas lamacentas enquanto aqueles que sucumbiram ao feitiço de Osaron eram subjugados. Um par de guardas cheios de cicatrizes prateadas lutava para recuperar a ordem ao mesmo tempo que um terceiro combatia a febre que o devastava. O rei havia passado pelos seus próprios guardas, vasculhando a varanda enquanto Alucard protegia Rhy, que pousava uma das mãos sobre o peito como se não conseguisse respirar.

Porque, é claro, ele não *conseguia* respirar. Kell não era o único que se afogava.

Lila se virou, subiu no beiral da varanda e pulou.

A água cortava como facas. Ela vociferou coisas incoerentes, em choque pela dor e pelo frio. Ia *matar* alguém quando isso acabasse.

Sem o peso do casaco, o corpo dela se rebelou, tentando com todas as forças fazê-la flutuar até a superfície, até o ar, até a vida. Em vez disso, ela nadou para baixo, até a silhueta no leito do rio. Os seus pulmões queimavam e a água gelada aferroava o seu olho aberto. Ela esperava que fosse Holland, preso pelo peso das correntes. Mas a figura lutava livremente, o cabelo uma nuvem emaranhada.

Kell.

Lila bateu os pés quando uma mão agarrou o seu braço. Ela se virou para trás e viu Holland, agora livre das correntes.

Ela tentou chutá-lo para longe dali, mas a água a impediu e os dedos dele apertaram o seu braço, forçando-a a olhar de novo para a figura lutando no fundo do rio.

Por um instante frio e doentio, Lila pensou que Holland queria que ela visse Kell morrer.

Mas então ela a viu, a silhueta sutil de algo, de *alguém*, pairando na água diante dele.

Osaron.

Holland apontou para si mesmo e então para o rei das sombras. Apontou para ela e então para Kell. E depois a soltou, e ela entendeu.

Eles mergulharam ao mesmo tempo, mas Holland alcançou o leito do rio primeiro, aterrissando com uma nuvem de sedimentos que alcançaram a forma do rei das sombras como partículas de poeira captando luz.

Lila alcançou Kell encoberta pela água turva e tentou puxá-lo para cima, libertá-lo, mas Osaron continuou segurando firme. Ela acenou desesperadamente para Holland num apelo silencioso e então o mago abriu os braços e *empurrou*.

O rio recuou, dispersou-se em todas as direções, entalhando uma coluna de ar com Kell e Lila ao centro. Kell e Lila, mas não Holland.

Lila respirou fundo, os pulmões doendo, enquanto Kell desmoronava no leito do rio, arquejando e vomitando água.

Tire-o daqui, articulou com os lábios Holland, as mãos tremendo pelo esforço de manter o rio e *Osaron* afastados.

Com o quê?, queria dizer Lila. Eles podiam respirar, mas ainda estavam de pé no fundo do rio, Kell semiconsciente e Lila com toda a sua força mas nenhuma das habilidades dele. Ela não podia conjurar asas de ar nem esculpir uma escadaria de gelo. O seu olhar se dirigiu para o leito de sedimentos.

A coluna de ar oscilou ao redor deles.

Holland estava perdendo o controle.

As sombras se avolumavam, enrolando-se na água ao redor do *Antari* vacilante como membros errantes, dedos errantes, lábios errantes.

Ela queria deixá-lo lá, mas Kell os levara até ali, até este ponto, tudo por causa da porcaria da vida de Holland. *Deixe-o. Salve-o. Que ele se dane.* Lila rosnou e, mantendo uma das mãos na manga da camisa de Kell, esticou a outra para a coluna, alargando o círculo até que Holland tropeçou para dentro dele, a salvo.

A salvo era um termo relativo.

Holland respirou com dificuldade, e Kell, enfim recobrando os sentidos, pressionou o leito alagado do rio com a palma das mãos. Ele começou a se erguer, um disco de terra sob os pés deles, emergindo para a superfície conforme a coluna de ar desmoronava lá embaixo.

Eles atravessaram a superfície e cambalearam até a margem do rio sob o palácio, caindo no chão, encharcados e quase congelados, porém vivos.

Holland foi o primeiro a se recuperar, mas, antes que começasse a se levantar, Lila levou uma faca até o pescoço dele.

— Parado — disse ela com os próprios membros tremendo.

— Espere... — começou Kell, mas o rei e os seus homens já haviam chegado, e os guardas forçaram Holland a ficar de joelhos na margem gélida. Quando perceberam que ele não estava mais acorrentado, metade deles avançou, espadas em punho, e a outra metade se afastou. Mas Holland não se moveu para atacar. Lila manteve a faca em riste o tempo inteiro até que os homens do rei jogassem o prisioneiro de volta na cela. No seu encalço, Rhy chegou intempestivamente à margem do rio. A mandíbula estava tensa e as faces vermelhas, como se ele quase tivesse se afogado. Porque, é claro, ele tinha.

Kell o viu chegando.

— Rhy...

O príncipe deu um soco no rosto do irmão.

Kell cambaleou e caiu para trás, e o príncipe se abalou numa dor espelhada, afagando o próprio queixo.

Rhy agarrou Kell pelo colarinho encharcado do seu casaco.

— Eu já fiz as pazes com a morte — falou ele, apontando um dedo violentamente para Holland, que já estava longe —, mas me recuso a morrer por *ele*.

Com isso, Rhy empurrou o irmão de novo. Os lábios de Kell se abriram e se fecharam, um filete de sangue num canto, mas o príncipe se virou e marchou de volta ao palácio.

Lila se empertigou.

— Você mereceu — disse ela antes de deixar Kell ali, na margem, encharcado, tremendo e sozinho.

V

"Deuses não precisam de corpos, mas reis sim."

Osaron *ruminou* as palavras que ecoavam na sua mente. Ervas daninhas a serem arrancadas pela raiz. Afinal, ele era um deus. E um deus não precisava de um corpo. De uma casca. De uma *gaiola*. Um deus estava em todo lugar.

O rio se agitou e dele se ergueu uma gota, uma conta preta e cintilante que se alargou e se alongou até formar uma silhueta, membros, dedos, um rosto. Osaron ficou de pé na superfície da água.

Holland estava *errado*.

Um corpo era apenas uma ferramenta, uma coisa a ser usada, descartada, mas nunca *necessária*.

Osaron queria matar Holland lentamente, arrancar o seu coração mortal, um coração que ele *conhecia*, um coração que ele ouviu durante meses.

Ele deu tanto a Holland — uma segunda chance, uma cidade renascida. E tudo o que pediu em troca foi *cooperação*.

Eles fizeram um acordo.

E Holland pagaria por tê-lo quebrado.

A insolência desses Antari.

E quanto aos *outros* dois...

Ele ainda não havia decidido como os usaria.

Kell era uma tentação.

Uma dádiva concedida e então perdida. Um corpo a domar, ou simplesmente a destruir.

E a garota. Delilah. Forte e mordaz. Tanta obstinação dentro dela. Tanta promessa. Ela podia ser muito *mais*.

Ele queria...

Não.

Mas então...

Eram coisas diferentes um deus querer e um humano precisar.

Ele não *precisava* desses brinquedos, dessas cascas.

Não precisava ser *confinado*.

Ele estava em todo lugar.

(Era o suficiente.)

Era...

Osaron olhou para a sua forma esculpida em água escura e se lembrou de outro corpo, de outro mundo.

Em falta...

Não.

Mas *faltava* alguma coisa.

Ele se ergueu da superfície da água, subindo no ar para observar a cidade que se tornaria a *sua* cidade, e franziu o cenho. Era meio--dia e mesmo assim Londres estava imersa em sombras. As brumas do seu poder cintilavam, revolviam-se, enrolavam-se, mas, por baixo desse cobertor, a cidade parecia *enfadonha*.

O mundo, o seu mundo, deveria ser belo, brilhante, cheio de luz e magia, uma canção de poder.

E *seria* assim quando a cidade parasse de lutar. Quando todos se curvassem, todos se ajoelhassem, todos o reconhecessem como rei, e então ele faria da cidade tudo o que ela podia ser, o que ela *devia* ser. O progresso era um processo e as mudanças demandavam tempo. Um inverno antes de cada primavera.

Mas, enquanto isso...

Em falta...

O que faltava...

Ele girou no próprio eixo e lá estava.

O palácio real.

Em algum lugar ali dentro estavam amontoados aqueles que o desafiavam, escondendo-se atrás dos feitiços de proteção como se pudessem sobreviver a *ele*. E eles sucumbiriam com o tempo, mas era o palácio em si que brilhava aos seus olhos, erguendo-se sobre o rio escurecido como um segundo sol, lançando os seus raios de luz avermelhada ao céu mesmo agora. O seu eco dançando na superfície escura e espelhada do rio.

Todo governante precisava de um palácio.

Ele já tivera um antes, é claro, no centro da sua primeira cidade. Algo belo e esculpido com desejo, comando e puro potencial. Osaron dissera a si mesmo que não repetiria aquele lugar, que não cometeria os mesmos erros...

Mas aquela era a palavra errada.

Ele era jovem, estava aprendendo e, apesar de a cidade ter sido destruída, não foi culpa do *palácio*. Não foi culpa *dele*. Foi culpa deles, do povo, com as suas mentes imperfeitas, as suas formas frágeis. E sim, ele concedeu poder a eles, mas agora já havia aprendido a lição. Aprendeu que o poder devia ser dele e somente dele, e aquele havia sido um palácio *muito* esplêndido. O coração escuro do seu reino.

Daria mais certo aqui.

Bem aqui.

E então, talvez, este lugar pareceria o seu lar.

Lar.

Que ideia estranha.

Mesmo assim. Aqui. Isto.

Osaron agora pairava no ar, muito acima da extensão de preto brilhante que se tornara o rio, das arenas sem vida que pareciam enormes esqueletos de pedra e madeira enfeitados com os leões, as serpentes e as aves de rapina; os corpos vazios, os estandartes ainda ondulando na brisa.

Bem aqui.

Ele abriu as mãos e puxou os cordões do seu mundo, os fios de poder das pedras do estádio e da água lá embaixo, e as silhuetas gigantescas começaram a se unir, rangendo conforme se libertavam das suas pontes e sustentações.

Na mente dele, o palácio tomou forma: fumaça, pedra e magia flutuando e se reorganizando em algo diferente, algo maior. E assim foi, tanto na mente dele quanto no mundo abaixo. O seu novo palácio se alongou como uma sombra, erguendo-se em vez de se alargar, os tentáculos de névoa subindo pelas laterais como vinhas e se amainando numa pedra de um preto polido como uma pele nova sobre ossos velhos. Lá em cima, os estandartes do estádio se ergueram como fumaça antes de endurecer na forma de uma coroa feita de pináculos reluzentes acima da sua criação.

Osaron sorriu.

Era um começo.

VI

Kell sempre foi fã do silêncio.

Ele almejava aqueles momentos demasiadamente raros em que o mundo se acalmava e o caos da vida no palácio dava lugar a uma calmaria simples e confortável.

Esse *não* era aquele tipo de silêncio.

Não, esse silêncio era algo vazio e melancólico, uma calma opressora quebrada apenas pelo espalmar da água do rio batendo no piso polido, pelo crepitar do fogo na lareira e pelo arrastar dos pés de Rhy com o seu andar desassossegado.

Kell sentou numa das cadeiras do príncipe, uma xícara de chá fumegante numa das mãos, o queixo machucado na outra, e o seu cabelo era uma bagunça de mechas vermelhas encharcadas, a água do rio escorrendo pelo pescoço. Enquanto Tieren cuidava dos seus pulmões feridos, Kell fazia o inventário dos estragos: dois guardas mortos, assim como outro mago arnesiano. Holland estava de volta à prisão, a rainha estava na galeria e o rei postado do outro lado do cômodo, ao lado da lareira do príncipe, exibindo uma expressão sombria, lúgubre. Hastra estava perto da porta, Alucard Emery — uma sombra da qual Kell não parecia conseguir se livrar — estava sentado no sofá com um cálice de vinho enquanto um dos seus colegas de navio, Lenos, pairava como uma sombra atrás dele. Sangue e cinzas ainda manchavam a testa de Alucard. Parte era dele, mas o resto pertencia a Jinnar.

Jinnar, que tinha partido para a luta e falhado.

O melhor mago do vento de Arnes reduzido a um títere queimado, a uma pilha de cinzas.

Lila estava descansando no chão, as costas apoiadas no sofá de Alucard, e Kell, à visão dela sentada ali, perto da porcaria do corsário em vez de perto dele, sentiu o fogo no seu peito dolorido se atiçar.

Os minutos passaram depressa, e o seu cabelo molhado enfim começou a secar. Ainda assim, ninguém tinha dito uma palavra. Pelo contrário, o ar zumbia com a frustração de coisas não ditas, de ímpetos que começavam a ficar dormentes.

— Bem — falou o príncipe por fim —, acho que podemos dizer que aquilo não saiu como o planejado.

As palavras quebraram o gelo, e de repente o cômodo se encheu de vozes.

— Jinnar era meu *amigo* — disse Alucard, encarando Kell com raiva —, e ele está morto por sua causa.

— Jinnar está morto por culpa dele mesmo — retrucou Kell, desvencilhando-se das atenções de Tieren. — Ninguém o forçou a ficar naquela varanda. Ninguém pediu a ele que atacasse o rei das sombras.

Lila ficou irritada.

— Você devia ter deixado Holland se afogar.

— Por que não deixou? — interrompeu Rhy.

— Afinal — continuou ela —, não era para ser uma *execução*? Ou você tinha outros planos? Planos que não dividiu conosco.

— É, Kell — replicou Alucard. — Esclareça isso para nós.

Kell lançou um olhar gélido ao capitão.

— Por que você está aqui?

— Kell — falou o rei numa voz grave e rígida —, conte a eles.

Kell, frustrado, passou uma das mãos pelo cabelo arrepiado.

— Osaron precisa de permissão para possuir um hospedeiro *Antari* — explicou ele. — O plano era Holland deixar Osaron entrar, e então eu mataria Holland.

— Eu sabia — disse Lila.

— Parece que Osaron também — completou Rhy.

— Durante a execução — continuou Kell —, Holland estava tentando atrair Osaron. Quando Osaron apareceu, presumi que tinha funcionado, mas então ele empurrou Holland no rio... Eu não pensei...

— Não — explodiu Rhy —, não pensou.

Kell continuou defendendo as suas ações.

— Ele *poderia* ter deixado Holland se afogar, *ou* poderia simplesmente estar tentando afastá-lo de nós antes de reclamar o seu hospedeiro, e, se vocês pensam que Osaron é ruim sem um corpo, deviam tê-lo visto quando estava dentro de Holland. Só percebi que ele estava atrás de *mim* quando já era tarde demais.

— Era o certo a fazer — proclamou o rei. Kell olhou para ele, aturdido. Era o mais próximo que Maxim havia chegado de tomar o partido de Kell em *meses*.

— Bem — falou Rhy, rabugento —, Holland continua vivo e Osaron, livre. E ainda não temos a menor ideia de como detê-lo.

Kell pressionou os próprios olhos com a palma das mãos.

— Osaron ainda precisa de um corpo.

— Ele não parece concordar com você — disse Lila.

— Ele vai mudar de ideia — retrucou Kell.

Rhy parou de andar de um lado para o outro.

— Como você sabe?

— Porque, nesse momento, ele pode se dar ao luxo de ser teimoso. Ele tem opções de sobra. — Kell olhou para Tieren, que permanecia em silêncio, imóvel como uma pedra. — Quando vocês colocarem a cidade para dormir, ele ficará sem corpos com os quais brincar. Vai ficar inquieto. Vai ficar com raiva. E então teremos a atenção dele.

— E *então* faremos o quê? — perguntou Lila, exasperada. — Mesmo que consigamos convencer Osaron a ocupar o corpo que dermos a ele, teremos de ser rápidos o bastante para encarcerá-lo lá. É como tentar agarrar um raio.

— Precisamos de outra forma de contê-lo — falou Rhy. — Algo melhor que um corpo. Corpos contêm mentes, e mentes, como bem sabemos, podem ser manipuladas. — Ele apanhou uma pequena esfera de prata de uma prateleira e a estendeu a todos, mostrando-a na palma da sua mão. A esfera era feita de finas cordas de metal entremeadas de tal maneira que elas se afastavam, expandindo-se num orbe maior feito de filamentos delicados. Em seguida, a esfera se retraiu mais uma vez, fechando-se numa densa bola de prata, totalmente recolhida e retesada. — Precisamos de algo mais forte. Algo permanente.

— Precisamos de um Herdeiro — disse Tieren, calmamente.

Todos os presentes olharam para o *Aven Essen*, mas Maxim foi o único a falar. Ele estava ficando vermelho.

— Você me disse que eles não existiam.

— Não — falou Tieren —, eu lhe disse que não o ajudaria a *produzir* um.

O sacerdote e o rei trocaram olhares por um longo tempo até que Rhy se pronunciou.

— Alguém se importaria de explicar?

— Um Herdeiro — começou Tieren a falar com calma, dirigindo-se a todos — é um dispositivo que transfere magia. E, mesmo que pudesse ser produzido, é algo corrupto por natureza, que desafia completamente as leis cardeais, além de ser uma *interferência* — Maxim ficou tenso ao ouvir isso — na ordem natural da seleção da magia.

O cômodo ficou em silêncio. O rosto do rei estava rígido de raiva, as feições de Rhy estavam lívidas e a compreensão se assentou no peito de Kell. Um dispositivo para transferir magia permitiria dá-la àqueles que não a possuíam. O que um pai não faria por um filho nascido sem poder? O que um rei não faria pelo seu herdeiro?

Quando o príncipe falou, a voz era cautelosa, equilibrada.

— Isso é realmente possível, Tieren?

— Em *teoria* — respondeu o sacerdote, cruzando a sala até uma escrivaninha decorada que ficava no canto do cômodo. Ele pegou um pergaminho numa das gavetas, tirou um lápis de uma das muitas dobras das suas vestes brancas de sacerdote e começou a desenhar.

— A magia, como vocês sabem, não segue uma linhagem sanguínea. Ela escolhe os fortes e os fracos de acordo com a sua vontade. E isso é *natural* — acrescentou ele, olhando severamente para o rei. — Porém, tempos atrás, um nobre chamado Tolec Loreni queria encontrar uma forma de passar não apenas as suas terras e os seus títulos, mas também o seu poder para o amado primogênito. — O desenho na página começou a tomar forma. Um cilindro de metal no formato de um rolo de pergaminho cuja superfície estava repleta de feitiços incrustados. — Ele projetou um dispositivo que poderia ser enfeitiçado para conter e manter o poder de uma pessoa até que o familiar imediato pudesse reclamá-lo.

— Por isso chamou de *Herdeiro* — deduziu Lila.

Rhy engoliu em seco.

— E realmente funcionou?

— Bem, não — respondeu Tieren. — O feitiço o matou instantaneamente. Porém — o rosto dele se iluminou —, a sua sobrinha, Nadina, tinha uma mente brilhante. Ela aperfeiçoou o projeto e o primeiro Herdeiro foi produzido.

Kell balançou a cabeça.

— Por que nunca ouvi falar disso? E, se eles funcionam, por que não são mais utilizados?

— O poder não gosta de ser forçado a seguir caminhos — ponderou Tieren. — O Herdeiro de Nadina Loreni funcionou. Mas funcionava em *qualquer um. Para* qualquer um. Não havia como controlar *quem* reclamava o conteúdo de um Herdeiro. Magos podiam ser *persuadidos* a renunciar todo o seu poder para o dispositivo, e, uma vez que ele era entregue ao Herdeiro, podia ser reivindicado por qualquer um. Como podem imaginar, as coisas ficaram... confusas. No fim, a maioria dos Herdeiros foi destruída.

— Mas, se encontrarmos os projetos dos Loreni — falou Lila —, podemos recriar um...

— Não precisamos fazer isso — disse Alucard, falando pela primeira vez. — Sei exatamente onde encontrar um dispositivo desses.

VII

— O que você quer dizer com *vendeu*? — explodiu Kell com o capitão.

— Eu não sabia o que *era*.

Isso já se arrastava por alguns minutos, e Lila se serviu de outra bebida quando o cômodo em que estava começou a zumbir com a raiva de Kell, com a frustração do rei e com o aborrecimento de Alucard.

— Não reconheci a magia — explicou Alucard pela terceira vez. — Nunca tinha visto algo parecido. Eu sabia que era raro, mas só isso.

— Você *vendeu* um *Herdeiro* — repetiu Kell, prolongando as palavras.

— Tecnicamente — retrucou Alucard, defendendo-se —, eu não o *vendi*. Eu fiz uma troca.

Todos gemeram ao ouvir isso.

— Com quem você o trocou? — exigiu saber Maxim. O rei não estava com uma aparência boa. Havia manchas escuras sob os seus olhos e parecia que ele não dormia fazia dias. Não que qualquer um deles tivesse dormido, mas Lila gostava de pensar que lidava muito bem com o cansaço, uma vez que tivera uma boa dose de prática.

— Maris Patrol — respondeu Alucard.

O rei corou ao ouvir o nome. Ninguém mais pareceu notar. Mas Lila notou.

— O senhor conhece.

A atenção do rei se voltou para ela.

— O quê? Não. Apenas a sua reputação.

Lila sabia reconhecer uma mentira, especialmente uma mal contada, mas Rhy interveio.

— E que reputação é essa?

Não foi o rei quem respondeu. Lila também notou isso.

— Maris gerencia o *Ferase Stras* — respondeu Alucard.

— O Águas Prósperas? — traduziu Kell, presumindo que Lila não conhecesse as palavras. Mas ela conhecia. — Nunca ouvi falar dele — acrescentou.

— Não estou surpreso — provocou o capitão.

— *Er an merst...* — começou Lenos, falando pela primeira vez. *É um mercado.* Alucard lançou um olhar reprimindo o homem, mas o imediato continuou a falar com a voz suave e o sotaque da área rural de Arnes. — Serve a marinheiros de determinado tipo, buscando negociar... — Ele finalmente entendeu o olhar do capitão e desviou do assunto.

— Você quer dizer um mercado clandestino — emendou Lila, inclinando o cálice para o capitão. — Como Sasenroche.

O rei arqueou uma sobrancelha ao ouvir isso.

— Vossa Majestade — começou Alucard —, aconteceu antes de eu servir à coroa...

O rei ergueu uma das mãos, claramente sem interesse em ouvir desculpas.

— Você acredita que o Herdeiro ainda esteja lá?

Alucard assentiu com a cabeça.

— O chefe do mercado se apegou a ele. Da última vez que o vi, estava no pescoço de Maris.

— E onde fica esse *Ferase Stras*? — perguntou Tieren, empurrando um pedaço de pergaminho para eles. Na superfície estava desenhado um mapa simples do império. Sem legendas, apenas as fronteiras das regiões. A visão daquilo fez algo formigar na mente de Lila.

— Esse é o problema — falou Alucard, passando uma das mãos pelos cachos bagunçados do cabelo castanho. — Ele muda de lugar.

— Pode encontrá-lo? — perguntou Maxim.

— Com um criptograma de pirata, é claro — respondeu Alucard. — Mas não tenho mais um desses. Pela honra de Arnes, eu juro que...

— Você quer dizer que foi confiscado quando foi preso — disse Kell.

Alucard lhe lançou um olhar venenoso.

— Um criptograma de pirata? — perguntou Lila. — É como uma carta náutica?

Alucard assentiu.

— Mas nem todas as cartas náuticas são desenhadas da mesma forma. Todas têm portos, caminhos a serem evitados, os melhores lugares e horários para fazer negócios. Mas um criptograma de pirata é projetado para guardar segredos. A olho nu, o criptograma é praticamente inútil, nada além de linhas. Nenhuma cidade está nomeada. — Ele olhou para o mapa simplificado de Tieren. — Como aquele.

Lila franziu o cenho. Ali estava de novo, aquela sensação de formigamento, mas agora começava a ganhar forma. Na sua mente, surgia outro cômodo em outra Londres, em outra vida. Um mapa sem marcações aberto na mesa do sótão da Stone's Throw, preso a ela pelos ganhos da noite.

Ela deve ter baixado a guarda, deixado a lembrança transparecer no rosto, porque Kell tocou no seu braço.

— O que foi?

Ela deslizou o dedo pela borda do cálice, tentando não deixar a emoção transparecer na voz.

— Eu já tive um mapa como esse. Afanei de uma loja quando tinha 15 anos. Sequer sabia o que era. O pergaminho estava enrolado e amarrado com uma fita. Mas foi como se me *atraísse* para ele, então o peguei. O mais estranho, apesar de tudo, é que nunca pensei em vendê-lo. Acho que gostava da ideia de um mapa sem nomes, sem títulos de lugares, nada além de terra, mar e promessas. Eu o chamava de meu mapa para qualquer lugar do mundo...

Lila percebeu que o cômodo havia ficado em silêncio. Todos estavam olhando para ela — o rei e o capitão, o mago, o sacerdote e o príncipe.

— O que foi?

— Onde ele está agora? — perguntou Rhy. — Esse mapa para qualquer lugar do mundo?

Lila deu de ombros.

— Lá na Londres Cinza, imagino, no quarto no andar de cima da Stone's Throw.

— Não — disse Kell com gentileza. — Não está mais lá.

A informação a atingiu como um soco. Uma porta se fechando com violência.

— Ah... — disse ela, um pouco sem fôlego. — Bem... eu devia ter imaginado que alguém o...

— Eu o peguei — interrompeu Kell. E então, antes que ela pudesse lhe perguntar o motivo, ele acrescentou depressa: — Ele chamou a minha atenção. É como você disse, Lila, o mapa tem uma espécie de poder de atração. Deve ser o feitiço.

— Deve ser — disse Alucard com acidez.

Kell franziu o cenho para o capitão, mas foi buscar o mapa.

Enquanto ele esteve fora do cômodo, Maxim sentou numa cadeira, os dedos agarrando os braços estofados. Se mais alguém notou a exaustão nos olhos escuros do monarca, nada disse, mas Lila percebeu quando Tieren também se movimentou, assumindo um lugar atrás da cadeira do rei. Ele apoiou a mão no ombro de Maxim e Lila notou que as feições do rei se amainaram, alguma dor ou moléstia amenizada pelo toque do sacerdote.

Ela não soube por que a visão a deixou nervosa, mas ainda estava tentando se livrar do formigamento de inquietação quando Kell voltou com o mapa nas mãos. Todos os presentes se reuniram ao redor da mesa, exceto o rei, enquanto Kell desenrolava o prêmio, prendendo as bordas. Um dos lados estava manchado com sangue seco havia muito tempo. Os dedos de Lila se estenderam na direção da mancha, mas ela se refreou e enfiou as mãos no bolso do casaco, os dedos se fechando em volta do relógio no seu interior.

— Eu voltei lá uma vez — falou Kell com suavidade, a cabeça inclinada na direção dela. — Depois de Barron...

Depois de Barron, disse ele. Como se Barron fosse uma coisa simples, um marco no tempo. Como se Holland não tivesse cortado o pescoço dele.

— Você afanou mais alguma coisa? — perguntou ela com voz severa.

Kell meneou a cabeça.

— Sinto muito — respondeu ele, e ela não sabia se Kell se desculpava por ter pegado o mapa ou por não ter pegado outras coisas. Ou simplesmente por fazê-la se lembrar de uma vida, de uma morte, que queria tanto esquecer.

— Bem — perguntou o rei —, *é* um criptograma?

Alucard, do outro lado da mesa, assentiu.

— Parece que sim.

— Mas as portas foram seladas há séculos — disse Kell. — Como um criptograma de pirata arnesiano foi *parar* na Londres Cinza?

Lila bufou.

— Sério, Kell?

— O quê? — explodiu ele.

— Você não foi o primeiro *Antari* — retrucou ela — e aposto que também não foi o primeiro a quebrar as regras.

Alucard ergueu uma sobrancelha à menção dos crimes passados de Kell, mas teve o bom senso de não dizer nada. Manteve a atenção fixa no mapa, correndo os dedos de um lado para o outro como se procurasse por uma pista, por um fecho escondido.

— Você ao menos sabe o que está fazendo? — perguntou Kell.

Alucard emitiu um som que não era um não nem um sim, e pode muito bem ter sido um xingamento.

— Poderia me emprestar uma faca, Bard? — pediu ele, e Lila pegou uma pequena lâmina afiada no punho do casaco. Alucard segurou a arma e furou rapidamente o polegar, pressionando o corte no canto do papel.

— Magia de sangue? — perguntou ela, chateada por nunca ter sabido a forma de revelar os segredos do mapa, por sequer saber que ele tinha segredos a revelar.

— Não exatamente — respondeu Alucard. — O sangue é apenas a tinta.

Sob a mão dele, o mapa se *desdobrava* — foi essa a palavra que veio à mente dela —, o carmesim se espalhando em linhas finas através do papel, iluminando tudo, de portos a cidades, até serpentes pontuando mares e uma borda decorativa ao redor das beiradas.

O pulso de Lila acelerou.

O seu mapa para qualquer lugar do mundo se tornou um mapa para *todos os lugares*, ou, ao menos, todos para onde um pirata gostaria de ir.

Ela semicerrou os olhos, tentando decifrar os nomes escritos em sangue. Logo divisou *Sasenroche*, o mercado clandestino encravado nos penhascos no ponto exato onde Arnes, Faro e Vesk se encontravam. Viu uma cidade chamada *Astor* nos penhascos, e também um ponto na fronteira norte do império marcado apenas por uma pequena estrela e pelas palavras *Is Shast*.

Ela se lembrou daquela palavra da taverna na cidade, com o nome de duplo significado.

A Estrada ou *a Alma*.

Mas não conseguiu encontrar *Ferase Stras* em lugar nenhum.

— Não estou encontrando.

— Paciência, Bard.

Os dedos de Alucard roçaram a beirada do mapa, e foi aí que ela viu que a borda não era apenas decoração, mas sim três faixas de

313

números pequenos e amontoados enfeitando o papel. Enquanto ela olhava, os números pareceram se *mexer*. Era uma progressão fracionada, lenta como calda sendo derramada; porém, quanto mais ela observava, mais certeza tinha: a primeira e a terceira linhas estavam correndo para a esquerda e a do meio para a direita. Com que propósito, ela não sabia.

— *Isso* — falou Alucard, orgulhoso, tracejando as linhas — é o criptograma de pirata.

— Impressionante — disse Kell, a voz recheada de ceticismo. — Mas você consegue *entendê-lo*?

— Melhor torcer para que sim.

Alucard pegou uma pena e começou a estranha alquimia de transformar os símbolos na decoração do mapa em algo como coordenadas: não um conjunto, nem dois, e sim três. Ele fez isso mantendo uma linha de conversação, não com o restante das pessoas no cômodo, mas com ele mesmo. As palavras baixas demais para Lila ouvir.

Ao lado da lareira, o rei e Tieren mantinham uma conversa muda.

Ao lado das janelas, Kell e Rhy estavam lado a lado em silêncio.

Lenos estava empoleirado, nervoso, no canto do sofá, remexendo no seu medalhão.

Apenas Lila ficou com Alucard e o observou traduzir o criptograma de pirata, pensando o tempo inteiro no quanto ela ainda tinha a aprender.

VIII

Demorou quase uma hora para o capitão decifrar o código, o ar do cômodo ficando mais tenso a cada minuto, o silêncio tão rígido quanto velas de navio no vento forte. Era uma calmaria de ladrões, encolhida, à espreita, e Lila precisou ficar lembrando a si mesma de respirar.

Alucard, que normalmente era o responsável por perturbar qualquer silêncio antes que ele se tornasse opressivo, estava ocupado rabiscando números num pedaço de papel e brigando com Lenos sempre que o homem pairava sobre ele.

Tieren os havia deixado pouco depois que o capitão começara a trabalhar no mapa, explicando que precisava ajudar os sacerdotes com o feitiço, e o rei Maxim se levantara alguns minutos depois, parecendo um cadáver ressuscitado.

— Aonde você vai? — perguntou Rhy quando o pai se voltou para a porta.

— Tenho outros assuntos a resolver — respondeu ele distraidamente.

— O que pode ser mais...

— Um rei não é somente um homem, Rhy. Não tem o luxo de privilegiar uma direção e ignorar as demais. Esse Herdeiro, *se* puder ser encontrado, é apenas um caminho. É meu dever seguir por todos. — O rei saiu dando apenas a breve ordem de ser chamado quando aquela porcaria do negócio do mapa estivesse concluída.

Rhy se deitou no sofá, um dos braços cobrindo os olhos, enquanto Kell parecia estar de mau humor ao lado da lareira e Hastra ficava de prontidão com as costas viradas para a porta.

Lila tentou se concentrar nesses homens, nos movimentos lentos como engrenagens de relógio, mas a atenção dela insistia em se voltar para a janela, para aqueles tentáculos de fumaça que se enrolavam e desenrolavam no vidro, assumindo formas e se dispersando, crescendo e arrebentando como ondas sobre o palácio.

Ela olhou para a névoa, procurando formas nas sombras do mesmo modo que fazia com as nuvens — um pássaro, um navio, uma pilha de moedas de ouro — antes de perceber que as sombras estavam realmente tomando forma.

Mãos.

A revelação era perturbadora.

Lila observou enquanto a escuridão se reunia num mar de dedos. Hipnotizada, ela levou uma das mãos ao vidro frio, o calor do toque dela embaçando a janela ao redor da ponta dos seus dedos. Do outro lado do vidro, as sombras mais próximas desenharam uma imagem espelhada, a palma pressionada contra a dela, a emenda do vidro de repente fina demais, reverberando conforme a parede e o feitiço de proteção se esticavam e estremeciam entre elas.

Ela franziu o cenho quando flexionou os dedos e a sombra imitou os seus movimentos lentamente, como uma criança faria, próximo mas não ao mesmo tempo, uma fração fora de ritmo.

Moveu a mão de um lado para o outro.

As sombras a seguiram.

Bateu com os dedos no vidro sem fazer barulho.

A outra mão repetiu.

Ela estava começando a dobrar os dedos num gesto rude quando viu uma escuridão maior — aquela além da onda de mãos, aquela que se erguia do rio e cobria o céu — começar a se mover.

A princípio, ela achou que estavam se unindo numa coluna, mas logo a coluna começou a criar asas. Não do tipo que se encontra num pardal ou num corvo. Asas que se transformavam nas alas de um *castelo*. Contrafortes, torres, torreões se abrindo como uma flor, desabrochando súbita e violentamente. Enquanto ela observava, as sombras cintilaram e endureceram em pedra preta e brilhante.

A mão de Lila se afastou do vidro.

— Estou ficando louca — disse ela — ou há outro palácio flutuando no rio?

Rhy se sentou, empertigado. Kell chegou ao lado dela num instante, bisbilhotando através da névoa. Partes dele ainda desabrochavam, outras se dissolviam na névoa, presas num processo de fazer e refazer infinito. A coisa toda parecia ao mesmo tempo muito real e totalmente impossível.

— *Santo* — xingou Kell.

— Aquele monstro maldito — rosnou o príncipe, agora de pé do outro lado de Lila — está brincando de blocos de montar com as minhas arenas.

Lenos ficou atrás, os olhos arregalados de terror ou admiração enquanto ele encarava aquele palácio incrível, mas Hastra abandonou o seu posto ao lado da porta, aproximando-se para conseguir ver.

— Por todos os santos... — sussurrou ele.

Lila chamou por cima do ombro.

— Alucard, venha ver isso.

— Estou um pouco ocupado — murmurou o capitão, sem erguer os olhos. A julgar pela ruga entre as sobrancelhas, o criptograma não era tão simples quanto ele esperava. — Malditos números, fiquem *quietos* — murmurou ele, inclinando-se mais sobre o mapa.

Rhy continuava balançando a cabeça.

— Por quê? — perguntou ele. — Por que ele tinha de usar as arenas?

— Quer saber? — falou Kell — Esse não é nem de longe o aspecto mais importante dessa situação.

Alucard emitiu um som triunfante e deixou a pena de lado.

— Pronto!

Todos se voltaram para a mesa, exceto Kell. Ele ficou em frente à janela, visivelmente chocado com a mudança de foco.

— Então nós vamos simplesmente ignorar o palácio de sombras? — perguntou ele, balançando a mão para o espectro do lado de fora do vidro.

— De forma alguma — respondeu Lila, voltando a olhar para ele. — Na verdade, palácios de sombras são o meu limite. E é por isso que estou ansiosa para encontrar esse Herdeiro. — Ela olhou para o mapa. E franziu o cenho.

Lenos olhou para o pergaminho.

— *Nas teras* — disse ele, calmamente. *Não enxergo.*

O príncipe inclinou a cabeça.

— Eu também não.

Lila se aproximou do mapa.

— Talvez você devesse desenhar um X para dar um efeito dramático.

Alucard bufou indignado.

— Vocês são um grupo bem ingrato, sabiam? — Ele pegou um lápis e, apanhando um livro de aparência cara da estante, usou a lombada para desenhar uma linha no mapa. Kell finalmente se aproximou quando Alucard desenhou uma segunda linha, e uma terceira. As linhas se cruzaram em ângulos estranhos até formarem um pequeno triângulo. — Ali — disse ele, adicionando um X com um floreio no centro dele.

— Acho que você cometeu um erro — falou Kell, seco. Afinal de contas, o X não estava na costa, nem em terra firme, mas no mar Arnesiano.

— Dificilmente — retrucou Alucard. — *Ferase Stras* é o maior mercado clandestino *sobre as águas*.

Lila abriu um sorriso.

— Então não é um mercado — disse ela. — É um *navio*.

Os olhos de Alucard brilharam.

— É ambos. E agora — acrescentou ele, batendo com o dedo indicador no papel — nós sabemos onde encontrá-lo.

— Vou chamar o meu pai — falou Rhy enquanto os outros olhavam o mapa. De acordo com os cálculos de Alucard, o mercado não estava longe nessa época do ano, flutuando entre Arnes e a fronteira noroeste de Faro.

— Quanto tempo até chegar lá? — perguntou Kell.

— Depende do clima — respondeu Alucard. — Uma semana, talvez. Talvez menos. Presumindo que não encontremos problemas.

— Que tipo de problemas?

— Piratas. Tempestades. Navios inimigos. — E então, com uma piscadela enfeitada por uma safira, acrescentou: — É o mar, afinal. Tente acompanhar.

— Ainda temos um problema — disse Lila, acenando com a cabeça para a janela. — Osaron tomou conta do rio. A magia dele está mantendo os navios nos seus ancoradouros. Nada em Londres conseguirá navegar, e isso inclui o *Night Spire*.

Ela viu Lenos se empertigar ao ouvir isso, a forma macilenta do homem mudando o pé de apoio.

— A força de Osaron não é infinita — disse Kell. — A magia dele tem limites. E, nesse momento, o poder dele ainda está largamente concentrado na cidade.

— Muito bem — provocou Alucard. — Você não pode usar a sua magia para tirar o *Spire* de Londres?

Kell revirou os olhos.

— Não é assim que o meu poder funciona.

— Então para que você serve? — murmurou o capitão.

Lila observou Lenos deixar o cômodo. Nem Kell nem Alucard pareceram notar. Estavam ocupados demais implicando um com o outro.

— Ótimo — disse Alucard. — Preciso sair da esfera de atuação de Osaron e *então* encontrar um navio.

— Você? — retrucou Kell. — Não vou deixar o destino dessa cidade nas *suas* mãos.

— Fui eu quem encontrou o Herdeiro.

— E foi você quem o perdeu.

— Uma troca não é a mesma coisa que...

— Não vou deixar você...

Alucard se inclinou sobre a mesa.

— Você sequer sabe navegar, *mas vares*? — O tratamento honorífico foi dito com uma doçura viperina. — Pois é, suspeitei que não.

— Não deve ser preciso dar muito duro para aprender — rosnou Kell —, se eles permitem que alguém como você o faça.

Um brilho de travessura faiscou nos olhos do capitão.

— Sou muito bom com coisas duras. É só perguntar...

O soco atingiu Alucard no meio do rosto.

Lila sequer viu Kell se mover, mas o queixo do capitão estava marcado de vermelho.

Era um insulto, ela sabia, para um mago golpear outro com o próprio punho.

Como se não valesse a pena usar magia com ele.

Alucard exibiu um sorriso selvagem, o sangue manchando os seus dentes.

O ar zumbiu com magia e...

As portas se abriram e todos se viraram, esperando que o rei ou o príncipe retornassem. Em vez disso, ali estava Lenos, segurando uma mulher pelo cotovelo, o que produzia uma imagem estranha, uma vez que a mulher tinha o dobro do peso dele e não parecia do tipo que se deixava conduzir facilmente. Lila a reconheceu, era a capitã que os recebera no porto antes do torneio.

Jasta.

Ela só podia ser metade veskana, larga como era. O cabelo estava preso em duas enormes tranças ao redor do rosto e os olhos escuros eram enfeitados com ouro. Apesar do frio do inverno, vestia apenas um par de calças e uma túnica leve, cujas mangas estavam arregaçadas até os cotovelos, revelando linhas prateadas de cicatrizes recentes por toda a pele. Ela sobrevivera à névoa.

Alucard e Kell se distraíram com a visão dela.

— *Casero Jasta Felis* — falou a mulher, apresentando-se de má vontade.

— *Van nes* — disse Lenos, empurrando a capitã para a frente com um cutucão. *Diga a eles*.

Ela lhe lançou um olhar que Lila reconheceu, um que ela mesma já distribuíra diversas vezes. Um olhar que dizia, simplesmente, que, na próxima vez que o marinheiro encostasse a mão nela, perderia um dedo.

— *Kers la*? — perguntou Kell.

Jasta cruzou os braços, as cicatrizes cintilando na luz.

— Alguns de nós querem deixar a cidade. — Ela falou na língua comum, e o sotaque tinha o ronco de um gato grande, pulando letras e borrando sílabas de modo que Lila perderia uma a cada três palavras se não tomasse cuidado. — Posso ter mencionado algo sobre um navio, lá embaixo na galeria. O seu amigo me ouviu, e agora aqui estou.

— Os navios em Londres não podem zarpar — disse o rei, aparecendo atrás dela com Rhy ao lado. Ele falou na língua da capitã como um homem que dominava o arnesiano, mas não apreciava o gosto do idioma. Jasta deu um passo formal para o lado, meneando um pouco a cabeça. — *Anesh* — falou ela —, porém meu navio não está aqui. Está ancorado em Tanek, Vossa Majestade.

Tanto Alucard quanto Lila se empertigaram ao ouvir isso. Tanek estava na saída do Atol, o último porto antes do mar aberto.

— Por que você não navegou até Londres? — perguntou Rhy.

Jasta lançou ao príncipe um olhar desconfiado.

— É um *patacho* muito sensível. Parece corsário.

— Um navio pirata — falou Kell, sem rodeios.

Jasta lhe lançou um sorriso feroz e cheio de dentes.

— Essas são suas palavras, príncipe, não minhas. A minha embarcação transporta de tudo. É o patacho mais rápido do mar aberto. Vai e volta de Vesk em apenas nove dias. Mas, se o senhor quer saber, não, ele não navega sob o vermelho e dourado.

— Agora navega — determinou o rei, com clareza.

Depois de um instante, a capitã concordou.

— É perigoso, mas eu poderia guia-los até o navio... — Ela parou de falar.

Por um instante, Maxim pareceu irritado. Então o olhar dele se estreitou e as suas feições se amainaram.

— O que você quer?

Jasta fez uma mesura curta.

— Cair nas boas graças da coroa, Vossa Majestade... e cem lish.

Alucard sibilou por entre os dentes ao ouvir a soma e Kell ficou irritado, mas o rei evidentemente não estava com humor para negociações.

— Concedido.

A mulher ergueu uma sobrancelha.

— Eu devia ter pedido mais.

— Você não devia ter pedido nada — disse Kell.

A pirata o ignorou, os olhos escuros analisando o cômodo.

— Quantos vão?

Lila não perderia isso. Ela ergueu a mão.

Assim como Alucard e Lenos.

E também *Kell*.

Ele o fez enquanto sustentava o olhar do rei, como se desafiasse o monarca a impedi-lo. Mas o rei nada disse, assim como Rhy. O príncipe apenas encarou a mão erguida do irmão com o rosto impassível. Do outro lado do cômodo, Alucard cruzou os braços e franziu o cenho para Kell.

— Isso não pode dar errado — murmurou ele.

— Você poderia ficar para trás — explodiu Kell.

Alucard bufou, Kell se agitou, Jasta observou a cena, divertindo-se, e Lila se serviu de mais uma bebida.

Tinha a sensação de que ia precisar.

IX

Rhy ouviu Kell chegando.

Num momento, ele estava sozinho, encarando a imagem fantasmagórica do palácio de sombras, a versão estranha e impostora do seu *lar*, e, no momento seguinte, avistou o reflexo do irmão no vidro. Kell não usava mais o casaco vermelho real, mas o preto de gola alta e com botões prateados fechando a frente. Era o casaco que usava sempre que levava mensagens para outras Londres. Um casaco feito para viajar. Para partir.

— Você sempre quis viajar além das fronteiras da cidade — falou Rhy.

Kell abaixou a cabeça.

— Não era isso que eu tinha em mente.

Rhy se virou para ele. Kell estava de pé em frente ao espelho, de forma que Rhy podia ver o seu próprio rosto replicado. Ele tentou, e falhou, fazer com que as suas feições se suavizassem. Tentou, e falhou, deixar a tristeza longe da voz.

— Era para irmos juntos.

— E um dia nós iremos — falou Kell. — Mas agora não posso deter Osaron sentado aqui, e, se houver uma chance de ele estar atrás de um *Antari* em vez da cidade, se houver uma chance de atraí-lo para longe...

— Eu sei — interrompeu Rhy como se dissesse *Pare*. De uma forma que dizia: *Confio em você*. Ele se jogou numa cadeira. — Eu sei que você pensa que era apenas uma frase vazia, mas eu tinha planejado tudo. Nós podíamos ter ido embora antes da estação acabar, explorado a ilha primeiro, ido dos vales enevoados e subido até Orten, depois descido pelas florestas Stasina até os penhascos de Astor, e então pego o navio para o continente. — Ele se inclinou, deixando o olhar escapulir para o teto e suas dobras de cor. — Uma vez que aportássemos, teríamos de ir primeiro a Hanas e então pegar uma carruagem para Linar. Ouvi dizer que a capital um dia será rival de Londres. E dizem que o mercado em Nesto, perto da fronteira faroense, é feito de vidro. Imaginei pegarmos um navio lá e pararmos no ponto de Sheran, onde as águas mal formam uma costura entre Arnes e Vesk, tão estreitas que se pode atravessá-las a pé, e então voltaríamos a tempo para o ocaso do verão.

— Parece uma aventura e tanto — disse Kell.

— Você não é a única alma inquieta — falou Rhy, levantando-se. — Suponho que esteja na hora.

Kell assentiu.

— Mas eu lhe trouxe algo. — Ele enfiou uma das mãos no bolso e tirou dois broches de ouro, cada um ornamentado com o cálice e o sol nascente da Casa Maresh. Os mesmos broches que eles usaram durante o torneio: Rhy com orgulho e Kell sob coação. O mesmo broche que Rhy usou para entalhar a palavra no seu braço, e o seu gêmeo aquele que Kell usou para trazer Rhy e Alucard de volta do *Night Spire*.

— Fiz o melhor que pude para enfeitiçar os dois juntos — explicou o irmão. — O vínculo deve se manter, não importa a distância.

— Pensei que o meu jeito fosse bastante inteligente — disse Rhy, esfregando o antebraço no lugar em que havia entalhado a palavra.

— Este aqui exige bem menos sangue. — Kell se aproximou e colocou o broche sobre o coração do irmão. — Se algo preocupante acontecer e você precisar que eu volte, simplesmente segure o broche e diga "tol".

Tol.

Irmão.

Rhy conseguiu abrir um sorriso pesaroso.

— E se eu me sentir solitário?

Kell revirou os olhos, prendendo o segundo broche na frente do próprio casaco.

O peito de Rhy se contraiu.

Não vá, ele queria dizer, mesmo que soubesse que não era justo, não era certo, não era principesco. Ele engoliu em seco.

— Se você não voltar, terei de salvar o mundo sem você e roubar toda a glória para mim.

Uma risada curta, o fantasma de um sorriso, mas então Kell levou a mão ao ombro de Rhy. Era tão leve. Tão pesado. Ele podia sentir o fio entre os dois se retesando, as sombras dando voltas nos seus calcanhares, a escuridão sussurrando na sua mente.

— Escute — disse o irmão —, prometa que não sairá atrás de Osaron. Não até que estejamos de volta.

Rhy franziu o cenho.

— Você não espera que eu me esconda no palácio até que tudo esteja terminado.

— Não — retrucou Kell. — Mas espero que você seja inteligente. E espero que confie em mim quando digo que tenho um plano.

— Ajudaria se você me contasse.

Kell mordiscou o lábio. Um hábito horrível. Dificilmente principesco.

— Osaron não pode saber que estamos prontos — disse ele. — Se chegarmos intempestivamente, exigindo uma batalha, ele saberá que temos uma carta na manga. Mas, se chegarmos para salvar um dos nossos...

— Eu serei uma isca? — falou Rhy, fingindo estar horrorizado.

— Qual o problema? — provocou Kell. — Você sempre gostou que as pessoas lutassem pela sua causa.

— Na verdade — disse o príncipe —, prefiro que as pessoas lutem *por* mim.

Kell segurou a manga do casaco dele com mais força e o humor desvaneceu no ar.

— Quatro dias, Rhy. Voltaremos nesse tempo. E então você poderá arrumar confusão e...

Atrás deles, alguém pigarreou.

Os olhos de Kell se semicerraram. A mão dele despencou do braço de Rhy.

Alucard Emery estava esperando na porta, com o cabelo preso para trás e uma capa de viagem azul jogada nos ombros. O corpo de Rhy doeu com a visão dele. De pé, ali, Alucard não parecia um nobre, ou um mago tríade, ou mesmo o capitão de um navio. Parecia um estranho, alguém que poderia se misturar à multidão e desaparecer. *Era assim que ele estava naquela noite*, imaginou Rhy, *quando fugiu sorrateiramente da minha cama, do palácio, da cidade?*

Alucard entrou no quarto, as finas cicatrizes prateadas dançando na luz.

— Os cavalos estão prontos? — perguntou Kell, frio.

— Quase — respondeu o capitão, arrancando as próprias luvas.

Um breve silêncio recaiu sobre eles enquanto Kell esperava a saída de Alucard e Alucard permanecia onde estava.

— Eu gostaria — disse o capitão por fim — de ter uma palavra com o príncipe.

— Precisamos ir — anunciou Kell.

— Não vai demorar.

— Não temos...

— Kell — falou Rhy, dando um leve e gentil empurrão no irmão, direcionando-o para a porta —, vá. Estarei aqui quando você voltar.

Os braços de Kell subitamente envolveram os ombros de Rhy, e então, com a mesma rapidez, eles se soltaram. Rhy ficou tonto com o peso deles e depois com a sua falta. Um tecido preto ondulante passou, e a porta se fechou atrás de Kell. Um pânico estranho e irracional subiu pela garganta de Rhy e ele teve de lutar para sufocar o ímpeto de gritar pelo irmão ou correr atrás dele. Mas o príncipe se manteve firme.

Alucard estava olhando para o lugar onde Kell estivera como se o *Antari* tivesse deixado a sombra para trás. Algum vestígio visível agora pairava entre eles.

— Sempre odiei a proximidade de vocês dois — murmurou Alucard. — Suponho que agora eu deva ser grato por isso.

Rhy engoliu em seco, forçando-se a desviar o olhar da porta.

— Suponho que eu também deva ser. — A sua atenção se voltou para o capitão. Em todo o tempo que passaram juntos nos últimos dias, eles mal haviam se falado. Houve o delírio de Alucard a bordo do navio e a lembrança fugaz da mão de Alucard, a voz dele uma corda para puxá-lo da escuridão. O *Essen Tasch* foi uma enxurrada de risos espirituosos e olhares roubados, mas, da última vez em que estiveram juntos neste quarto, *sozinhos* neste quarto, as costas de Rhy estavam presas contra o espelho, os lábios do capitão no seu pescoço. E, antes disso... antes disso...

— Rhy...

— Já vai embora? — interrompeu ele, esforçando-se para manter a conversa casual. — Ao menos dessa vez você veio se despedir.

Alucard se retraiu com o golpe, mas não recuou. Em vez disso, diminuiu o espaço entre os dois, Rhy lutando para conter um arrepio quando os dedos do capitão encontraram a sua pele.

— Você estava comigo na escuridão.

— Eu estava retribuindo um favor. — Rhy sustentou o olhar dele. — Acho que agora estamos quites.

Os olhos de Alucard examinavam o rosto dele, e Rhy sentiu que corava, o corpo cantando com a ânsia de puxar a boca de Alucard para a sua, de deixar o mundo fora daquele quarto desaparecer.

— É melhor você ir — disse ele, sem fôlego.

Mas Alucard não se afastou. Uma sombra passou pelo rosto do capitão, havia uma tristeza nos seus olhos.

— Você nunca perguntou.

As palavras afundaram como pedra no peito de Rhy, e ele cambaleou sob aquele peso. Um lembrete pesado demais sobre o que havia acontecido três verões atrás. De ir para a cama nos braços de Alucard e acordar sozinho. Alucard desaparecido do palácio, da cidade, da vida dele.

— O quê? — retrucou ele com frieza na voz, mas as faces queimando. — Você queria que eu perguntasse por que você partiu? Por que escolheu o mar aberto no lugar da minha cama? Uma marca de criminoso no lugar do meu toque? Eu não perguntei a você, Alucard, por que eu não quero ouvir.

— Ouvir o quê? — perguntou Alucard, aninhando o rosto de Rhy numa das mãos.

Ele afastou a mão.

— As desculpas. — Alucard tomou fôlego para falar, mas Rhy o interrompeu. — Sei o que eu significava para você. Um fruto a ser colhido, um caso de verão.

— Você significava mais do que isso. Você *é* mais...

— Foi só uma estação.

— Não foi....

— *Pare* — exigiu Rhy com toda a força equilibrada da realeza. — Apenas. Pare. Nunca apreciei mentirosos, Luc, e aprecio menos ainda os tolos. Então não me faça me sentir como um. Você me pegou desprevenido na Noite dos Estandartes. O que aconteceu entre nós, aconteceu... — Rhy tentou controlar a respiração, e então acenou com a mão no ar, dispensando Alucard com desdém. — Mas agora acabou.

Alucard agarrou o pulso de Rhy, a cabeça abaixada para esconder aqueles olhos azuis de tempestade enquanto dizia baixinho:

— E se eu não quiser que acabe?

As palavras aterrissaram como um golpe, deixando Rhy sem fôlego, com um suspiro entrecortado. Algo queimou por todo o seu corpo, e Rhy precisou de um instante para entender o que era. *Raiva*.

— Que direito você tem — disse ele calma e imperiosamente — de querer *qualquer coisa* de mim?

A mão dele estava espalmada no peito de Alucard, um toque que um dia foi quente e que agora era cheio de força para empurrar Alucard para longe. O capitão se recompôs e ergueu o olhar, alarmado, mas não se mexeu para avançar. Ele estava errado nesta situação. Podia ser um nobre, mas Rhy era um príncipe. Intocável a menos que *quisesse* ser tocado. E ele tinha acabado de deixar claro que não queria.

— Rhy — falou Alucard, cerrando os punhos, qualquer brincadeira encerrada —, eu não queria ir embora.

— Mas você foi.

— Se ao menos você me escutasse...

— Não. — Rhy estava lutando contra outro temor interno e profundo. A tensão entre o amor e a perda, entre agarrar e deixar partir. — Não sou mais um brinquedo. Não sou mais um jovem tolo. — Ele expulsou a hesitação das palavras. — Sou o príncipe coroado de Arnes. O futuro rei desse império. E, se você quiser outra audiência comigo, uma chance de se explicar, então deve conquistá-la. Vá. Traga-me esse Herdeiro. Ajude-me a salvar a minha cidade. E então, mestre Emery, considerarei o seu pedido.

Alucard piscou rapidamente, obviamente abalado. Porém, depois de um longo tempo, ele se recompôs e endireitou o corpo.

— Sim, Vossa Alteza. — Ele se virou e atravessou o quarto com passos firmes, as botas ecoando as batidas do coração de Rhy. Pela segunda vez, ele via alguém que lhe era precioso indo embora. Pela segunda vez, ele se manteve firme. Mas não pôde impedir o ímpeto de suavizar o golpe. Pelos dois.

— E, Alucard — chamou quando o capitão alcançou a porta, e Alucard olhou para trás, o semblante pálido, porém composto, enquanto Rhy dizia: —, tente não matar o meu irmão.

Houve o vislumbre de um sorriso leve e desafiador no rosto do capitão. Entremeado com alegria, com esperança.

— Farei o possível.

SETE

ZARPANDO

I

Não era de admirar que Lila odiasse despedidas, pensou Kell. Teria sido muito mais fácil simplesmente *ir embora*. O coração do irmão ainda ecoava no seu peito enquanto ele descia a escada interna do palácio, mas os fios que os vinculavam se afrouxavam a cada passo. Como seria quando estivessem em cidades diferentes? Quando dias e léguas se alongassem entre os dois? Ele ainda sentiria o coração de Rhy?

O ar ficou subitamente gelado em volta dele, e Kell encontrou Emira Maresh embarreirando o seu caminho. É claro, tinha sido fácil demais. Depois de tudo, o rei permitiria que ele partisse, mas a rainha não.

— Vossa Majestade — disse ele, esperando acusações, uma reprimenda. Em vez disso, os olhos da rainha recaíram sobre ele, não um olhar severo, mas algo suave e forte. Eram um ciclone de verde e dourado, aqueles olhos, como folhas suspensas por uma brisa de outono. Olhos que não olhavam nos dele havia semanas.

— Então você está indo embora — falou ela, as palavras presas entre uma pergunta e uma observação.

Kell se manteve firme.

— Estou, por enquanto. O rei me deu permissão...

Emira já balançava a cabeça, um gesto interiorizado, como se estivesse tentando limpar a própria mente. Havia algo nas mãos dela, um pedaço de pano retorcido e apertado.

— Dá azar — disse ela, estendendo o pano — ir embora sem levar um pedaço de casa.

Kell encarou a oferta. Era um quadrado vermelho, do tipo que se costura nas túnicas das crianças, bordado com duas letras: *KM*.

Kell Maresh.

Ele nunca tinha visto aquilo e franziu o cenho, confuso com a segunda inicial. Nunca se considerou um Maresh. Irmão de Rhy, sim, e, certa vez, filho adotado deles, mas nunca isso. Nunca um membro da família.

Ele se perguntou se aquilo era algum tipo de oferta de paz, algo feito recentemente. Mas o tecido parecia antigo, desgastado pelo toque de outra pessoa.

— Eu mandei fazê-lo — falou Emira, hesitante de uma forma como raramente se comportava — quando você veio para o palácio pela primeira vez, mas depois eu não consegui... Não achei que fosse... — Ela desviou do assunto e tentou novamente. — As pessoas se machucam tão facilmente, Kell. De centenas de formas diferentes, e eu tinha medo... mas você precisa entender que você é... você sempre foi...

Desta vez, quando ela parou de falar, não teve forças para recomeçar, apenas ficou ali de pé, cabeça baixa, encarando o pedaço de tecido, o polegar roçando as letras de um lado para o outro, e ele sabia que era o momento de se aproximar dela ou de ir embora. A escolha era sua.

E não era justo, ele não deveria *ter* de escolher. Ela deveria ter ido até ele uma dezena de vezes, deveria tê-lo escutado, deveria ter feito milhares de coisas. Mas ele estava cansado, e ela sentia muito. E, naquele momento, era o suficiente.

— Obrigado — disse Kell, aceitando o pedaço de tecido —, minha rainha.

E então, para a sua surpresa, ela estendeu a mão com o pano e colocou a outra no rosto dele, como tinha feito tantas vezes quando ele retornava de uma das suas viagens. Havia uma pergunta silenciosa nos olhos dela. *Você está bem?*

Porém, agora, a pergunta era outra: *Nós vamos ficar bem?*

Ele assentiu com a cabeça uma vez, aninhando-se no toque dela.

— Volte para casa — falou ela com suavidade.

Kell encontrou o olhar dela.

— Eu voltarei.

Ele foi o primeiro a se afastar, os dedos da rainha escorregando do seu queixo para o ombro, e para a manga do casaco antes de ele partir. *Eu voltarei*, pensou Kell, e, pela primeira vez em um longo tempo, ele soube que era verdade.

Kell sabia o que precisava fazer agora.

E sabia que Lila não ficaria feliz.

Ele se dirigiu à prisão real, e estava quase lá quando sentiu o pulso se acalmar, o cobertor de calma que recaía sobre os ombros toda vez que estava na presença do sacerdote. Os passos de Kell ficaram mais devagar, porém não pararam quando Tieren apareceu ao seu lado. O *Aven Essen* nada disse, e o silêncio envolveu os membros de Kell como água.

— Não é o que você pensa — falou ele. — Não estou fugindo.

— Eu nunca disse que você estava.

— Não estou fazendo isso porque quero partir — continuou Kell. — Eu nunca... — Ele tropeçou nas palavras. Houve um tempo em que teria fugido, em que *fugira*. — Se eu acreditasse que a cidade estaria mais segura comigo aqui...

— Você espera atrair o demônio para longe. — Não era uma pergunta.

Por fim, os passos de Kell diminuíram o ritmo até parar.

— Osaron *quer*, Tieren. É a natureza dele. Holland estava certo sobre isso. Ele quer mudanças. Ele quer poder. Ele quer qualquer coisa que *não exista*. Fizemos uma oferta e ele escarneceu dela, tentando reivindicar a minha vida no lugar. Ele não quer o que tem, ele quer *usurpar* o que não tem.

— E se ele escolher não ir atrás de você?

— Se isso acontecer, ponha a cidade para dormir. — Kell voltou a andar, determinado. — Prive-o de cada marionete, de cada pessoa, e então, quando retornarmos com o Herdeiro, ele não terá escolha a não ser nos enfrentar.

— Muito bem... — falou Tieren.

— É agora que você me diz para tomar cuidado?

— Ah — disse o sacerdote —, acho que o momento para isso já passou.

Eles andaram juntos, Kell parando apenas quando alcançou a porta que levava para as celas lá embaixo. Ele levou a mão à madeira, os dedos espalmados na superfície.

— Eu fico me perguntando — disse ele, devagar — se tudo isso não é culpa minha. Quando começou, Tieren? — Ele ergueu o olhar. — Com a escolha de Holland ou com a minha?

O sacerdote o encarou, os olhos brilhando no rosto cansado, e meneou a cabeça. Pela primeira vez, o velho parecia não saber a resposta.

II

Delilah Bard *não* gostava de cavalos.

Nunca gostou, nem quando os conhecia apenas pelos dentes que gostavam de morder, caudas que gostavam de golpear e cascos que gostavam de pisotear. Nem quando se encontrou no lombo de um, a noite passando por ela tão rapidamente que virara um borrão, nem agora que observava um par de guardas cheios de cicatrizes prateadas selando três cavalos para o trajeto até o porto.

Até onde ela sabia, nada com tão pouco cérebro deveria ter tanta força.

No entanto, podia dizer o mesmo de metade dos magos do torneio.

— Se você olha para os animais desse jeito — ponderou Alucard, batendo de leve no ombro dela —, não me admira que eles odeiem você.

— Bem, então o sentimento é mútuo. — Ela olhou ao redor. — E a Esa?

— A minha gata detesta cavalos quase tanto quanto você — disse ele. — Deixei Esa no palácio.

— Deus os ajude.

— Tagarelas, tagarelas — disse Jasta em arnesiano, a juba de cabelos puxada para trás sob um capuz de viagem. — Vocês sempre fofocam na língua da realeza?

— Como um pássaro canoro — gabou-se Alucard, olhando em volta. — Onde está Sua Alteza?

— Bem aqui — falou Kell, sem responder à provocação. E, quando Lila se virou para ele, entendeu o porquê. Ele não estava sozinho.

— *Não* — rosnou ela.

Holland estava um passo atrás de Kell, flanqueado por dois guardas, as mãos acorrentadas a ferro sob a meia-capa cinzenta. Os olhos dele encontraram os dela, um de um verde estonteante, o outro preto.

— Delilah — disse ele, como forma de cumprimento.

Ao lado dela, Jasta ficou imóvel como uma pedra.

Lenos ficou lívido.

Até Alucard parecia desconfortável.

— *Kers la*? — rosnou Jasta.

— O que ele está fazendo aqui? — ecoou Lila.

Kell franziu ainda mais as sobrancelhas.

— Não posso deixá-lo no palácio.

— É claro que pode.

— Não farei isso. — E, com essas três palavras, ela percebeu que não era apenas com a segurança do *palácio* que ele estava preocupado. — Ele vem conosco.

— Ele não é um bichinho de estimação — explodiu ela.

— Viu só, Kell? — falou Holland em tom monótono. — Eu disse a você que ela não ia gostar.

— *Ela* não é a única — murmurou Alucard.

Jasta rosnou algo em voz baixa e arrastada demais para ser ouvida.

— Estamos perdendo tempo — falou Kell, movendo-se para abrir as algemas de Holland.

Lila já tinha uma faca empunhada antes que a chave tocasse no ferro.

— Ele fica acorrentado.

Holland ergueu as mãos algemadas.

— Você sabe, Delilah, que elas não vão me deter.

— É claro que não — retrucou ela com um sorriso feroz. — Mas elas vão atrapalhar você o suficiente para que *eu* possa.

Holland suspirou.

— Como quiser — disse ele pouco antes de Jasta lhe dar um soco no rosto. A cabeça dele pendeu para o lado e os pés deram um passo para trás, mas ele não caiu.

— Jasta! — gritou Kell quando o outro *Antari* abriu e fechou o maxilar e cuspiu um bocado de sangue no chão.

— Mais alguém? — perguntou Holland, sombrio.

— Eu não me importaria de... — começou Alucard, mas Kell o interrompeu.

— Já chega — explodiu ele, o chão tremendo levemente junto com a ordem. — Alucard, como você se ofereceu, Holland pode cavalgar com você.

O capitão ficou emburrado ao ouvir a atribuição, mesmo quando ajudou o *Antari* acorrentado a subir no cavalo.

— Se você tentar alguma coisa... — rosnou ele.

— Você vai me matar? — disse Holland, seco, terminando a frase.

— Não — respondeu Alucard com um sorriso perverso. — Deixo Bard acabar com você.

Lenos se ajeitou na sela com Jasta, um par igualmente cômico, a silhueta imensa dela fazendo com que o marinheiro parecesse ainda menor e mais esquelético. Ele se inclinou e bateu no flanco do cavalo ao mesmo tempo que Kell subia na própria sela. Ele estava enfurecedoramente elegante montado no cavalo, com a postura régia que alguém só adquiria com anos de prática, pensou Lila. Era um daqueles momentos que lhe lembravam, como se pudesse esquecer, que Kell no fundo era um príncipe. Ela fez uma anotação mental de dizer isso a ele em algum momento em que estivesse particularmente irritada.

— Vamos — falou ele, estendendo a mão.

Desta vez, quando a puxou para a sela, Kell a sentou na frente dele, ao invés de atrás, um dos braços envolvendo a cintura dela de modo protetor.

— Não me apunhale — sussurrou Kell no ouvido dela, e Lila desejou que a noite estivesse totalmente escura para que ninguém a visse corar.

Ela lançou um último olhar para o palácio e para o eco escuro e distorcido se estendendo como uma sombra ao seu lado.

— E se Osaron nos seguir? — perguntou ela.

Kell olhou de relance para trás.

— Se tivermos sorte, ele seguirá.

— Você tem uma noção estranha de sorte — comentou Jasta, esporeando o cavalo para que o animal andasse.

A montaria de Lila se moveu embaixo dela, assim como o seu *estômago. Não é assim que vou morrer*, disse ela a si mesma. Num retumbar de cascos e em meio à névoa da respiração, os cavalos mergulharam noite adentro.

III

Era um palácio digno de um rei.

Digno de um *deus*.

Um lugar de promessas, potencial, poder.

Osaron andou pelo grande salão da sua mais nova criação, os passos recaindo sem som na pedra polida. O chão tremia sob cada passo; grama, botões de flor e gelo nasciam a cada passada. E desvaneciam atrás dele como pegadas na areia.

Colunas se ergueram do chão, crescendo como árvores e não exatamente como pilares de mármore, os membros de pedra ramificando para cima e para os lados. Flores de um vidro escuro brotavam, assim como folhas de outono e gotas de orvalho, e nas suas colunas brilhantes ele viu como o mundo poderia ser. Tantas transformações possíveis, um potencial infinito.

E ali, no coração do grande salão, estava o seu trono. A base criava raízes, o espaldar se elevava como pináculos em forma de coroa, os braços estavam abertos como os de um velho amigo que espera ser abraçado. A superfície dele cintilava com uma luz iridescente e, enquanto Osaron subia os degraus, ficava de pé na plataforma e assumia o assento, o palácio inteiro cantava com a certeza de que a sua presença ali era o correto.

Osaron ficou sentado no centro dessa teia e sentiu as cordas retesadas da cidade, a mente de cada um dos seus servos presos como marionetes aos fios de magia. Um puxão aqui, um tremor ali, pensamentos transportados como se fossem movimentos ao longo de milhares de linhas.

Em cada vida devotada, um fogo ardia. Algumas chamas eram sem graça e pequenas, pouco mais que uma centelha, enquanto outras cintilavam brilhantes e quentes. Estas eram convocadas agora, chamadas de cada canto da cidade.

Venham, pensou ele. *Ajoelhem-se diante de mim como crianças, e eu os criarei. Serão homens. Serão mulheres. Serão escolhidos.*

Além dos muros do palácio, pontes começaram a desabrochar como gelo sobre o rio, mãos estendidas para conduzi-los para dentro.

Meu rei, disseram eles, levantando das suas mesas.

Meu rei, disseram eles, deixando os seus trabalhos.

Osaron sorriu, saboreando o eco daquelas palavras até que um novo coro os interrompeu.

Meu rei, sussurraram os seus súditos, *os maus estão indo embora.*

Meu rei, disseram eles, *os maus estão fugindo.*

Aqueles que ousaram recusá-lo.

Aqueles que ousaram desafiá-lo.

Osaron uniu as mãos, os dedos esticados e entrecruzados apontando para cima. Os *Antari* estavam deixando Londres.

Todos eles?, perguntou Osaron, e o eco respondeu.

Todos eles. Todos eles. Todos eles.

As palavras de Holland voltaram à sua mente numa intromissão indesejada.

Como você vai governar sem uma cabeça para pôr a coroa?

Palavras rapidamente sufocadas pelos seus servos clamorosos.

Devemos persegui-los?

Devemos detê-los?

Devemos buscá-los?

Devemos trazê-los de volta?

Osaron tamborilou no braço do trono. O gesto não emitiu som algum.

Devemos?

Não, pensou Osaron. O seu comando reverberou pela mente de milhares como uma vibração que percorre a corda de um instrumento musical. Ele se recostou no trono esculpido. *Não. Deixem que partam.*

Se aquilo era uma armadilha, ele não cairia.

Não precisava deles.

Não precisava da mente deles, nem dos seus corpos.

Ele possuía *milhares*.

Os primeiros dentre aqueles que convocara estavam entrando no salão e um homem andou até ele com um maxilar orgulhoso e a cabeça erguida. Ele parou diante do trono e se ajoelhou, a cabeça escura abaixada numa reverência.

— *Levante-se* — ordenou Osaron, e o homem obedeceu. — *Qual o seu nome?*

O homem ficou de pé, os ombros largos e os olhos cheios de sombras, um anel de prata com a forma de uma pena circulando um dos polegares.

— O meu nome é Berras Emery — respondeu o homem. — Como posso servi-lo?

IV

Tanek surgiu diante deles pouco depois do pôr do sol.

Alucard não gostava do porto, mas o conhecia bem. Por três anos, foi o mais perto de Londres que ousou chegar. Em muitos aspectos, era perto *demais*. As pessoas daqui conheciam o nome Emery, faziam ideia do que significava.

Foi aqui que ele aprendeu a ser outra pessoa. Não um nobre, mas o alegre capitão do *Night Spire*. Aqui ele conheceu Lenos e Stross, numa partida de Santo. Aqui ele foi lembrado, repetidas vezes, de quão perto e quão longe estava de casa. Sempre que retornava a Tanek, ele via Londres nas tapeçarias e nos ornamentos, ouvia-a nos sotaques, sentia o seu cheiro no ar, aquele aroma que lembrava os bosques na primavera. E o seu corpo doía.

Mas, agora, Tanek em nada parecia Londres. Estava fervilhando de forma surreal, alheia ao perigo que espreitava no interior. As docas estavam cheias de navios, as tavernas cheias de homens e mulheres, e o maior perigo era ser furtado ou pegar um resfriado de inverno.

No fim, Osaron não mordeu a isca malfeita, de modo que a sombra do seu poder havia acabado uma hora antes, o peso dela sumindo, deixando a sensação de ar fresco após a tempestade. O mais estranho, pensou Alucard, foi a *forma* como havia acabado. Não de súbito, mas lentamente, ao longo de um quilômetro, o feitiço desvanecendo de modo que, ao fim do seu alcance, as poucas pessoas que encontravam não tinham sombras nos olhos, e sim algo como uma sensação ruim, um desejo de voltar. Várias vezes eles passaram por viajantes na estrada que pareciam perdidos, quando, na verdade, eles simplesmente haviam vagado até a fronteira do feitiço e parado, repelidos por algo que não podiam nomear, não conseguiam lembrar.

— Não contem a eles — advertiu Kell quando passaram pelo primeiro grupo. — A última coisa de que precisamos é que o pânico se espalhe além da capital.

Um homem e uma mulher passaram por eles tropeçando, de braços dados e rindo, ébrios.

A notícia claramente não havia chegado ao porto.

Alucard desceu Holland do cavalo, depositando-o bruscamente no chão. O *Antari* não dissera uma palavra desde que eles partiram e o silêncio deixava Alucard nervoso. Bard também não falava muito, mas o silêncio dela era de um tipo diferente, presente e inquisitivo. O silêncio de Holland pairava no ar, fazendo Alucard querer falar apenas para quebrá-lo. Porém, talvez fosse a magia do homem que o deixasse inquieto, com os seus fios prateados salpicando o ar como raios.

Eles entregaram os cavalos para um cavalariço que arregalou os olhos ao ver os emblemas reais gravados nos arreios.

— Fiquem de cabeça baixa — pediu Kell enquanto o jovem levava os cavalos embora.

— Não somos um grupo discreto — falou Holland, finalmente, a voz áspera como pedra bruta. — Talvez, se você me soltasse...

— Nem pensar — disseram Lila e Jasta, as mesmas palavras sobrepostas em diferentes línguas.

O ar ficou um pouco mais quente apesar da escuridão crescente, e Alucard olhou em volta, procurando a fonte daquele calor, quando ouviu o barulho de botas de armadura se aproximando e avistou o brilho do metal.

— Ah, vejam só! — disse ele. — Uma festa de boas-vindas.

Seja por causa dos cavalos reais, seja por causa da visão daquela estranha comitiva, um par de soldados vinha direto na direção deles.

— Alto lá! — gritaram em arnesiano, e Holland teve o bom senso de esconder as mãos algemadas sob a capa. Mas, ao ver Kell, os dois homens ficaram pálidos: um fez uma reverência exagerada e o outro murmurou o que pode ter sido uma bênção ou uma oração, em voz baixa demais para ser entendida.

Alucard revirou os olhos diante da cena enquanto Kell adotava uma imitação da sua arrogância usual, explicando que estavam ali a serviço da coroa. Sim, estava tudo bem. Não, eles não precisavam de escolta.

Por fim, os homens retornaram aos seus postos e Lila fez uma imitação jocosa da reverência na direção de Kell.

— *Mas vares* — disse ela, e então se ajeitou rapidamente, o rosto já sem humor. Com um gesto que era ao mesmo tempo casual e assustadoramente veloz, ela desembainhou uma faca do cinto.

— O que foi? — indagaram Kell e Alucard ao mesmo tempo.

— Tem alguém nos seguindo — respondeu ela.

Kell ergueu as sobrancelhas.

— Você não pensou em nos contar isso antes?

— Eu poderia ter me enganado — falou ela, girando a faca por entre os dedos —, mas não me enganei.

— Onde está...

Antes que Kell pudesse terminar, ela girou o corpo e atirou a faca.

A faca cantou no ar, provocando um grito quando cravou num poste, alguns centímetros acima de um amontoado de cachos castanhos salpicados de fios dourados. Um jovem estava de pé, as costas pressionadas no poste e as mãos vazias erguidas para mostrar a rendição imediata. Na testa havia uma marca de sangue. Ele vestia roupas comuns, sem enfeites vermelhos e dourados, sem os símbolos da casa Maresh bordados no casaco, mas Alucard ainda assim o reconheceu do palácio.

— Hastra — disse Kell, sombrio.

O jovem se abaixou e se afastou da lâmina de Lila.

— Senhor — falou ele, desalojando a faca.

— O que você está fazendo aqui?

— Tieren me enviou.

Kell rosnou e murmurou:

— É claro que enviou. — E então, mais alto, disse: — Vá para casa. Você não tem nada para fazer aqui.

O garoto, e ele de fato não passava de um garoto, tanto no comportamento quanto na idade, empertigou-se ao ouvir isso, estufando o peito estreito.

— Sou o seu guarda, senhor. Para que eu sirvo se não para protegê-lo?

— Você não é o meu guarda, Hastra — retrucou Kell. — Não mais.

O garoto se encolheu, mas se manteve firme.

— Muito bem, senhor. Mas, se não sou um guarda, então sou um sacerdote, e as minhas ordens vieram diretamente do *Aven Essen*

— Hastra...

— E ele é realmente uma pessoa difícil de agradar, sabe...

— Hastra...

— E o senhor me deve um favor, pois eu o apoiei quando fugiu do palácio e entrou no torneio...

A cabeça de Alucard se virou bruscamente para eles.

— Você fez *o quê*?

— Basta — interrompeu Kell, acenando com a mão.

— *Anesh* — falou Jasta, que não estava acompanhando a conversa nem parecia se importar. — Venha, volte, eu não dou a mínima. Prefiro não ficar aqui à mostra. É ruim para a minha reputação ser vista com príncipes de olho preto, guardas reais e nobres que brincam de se fantasiar.

— Eu sou um corsário — retrucou Alucard, ofendido.

Jasta apenas bufou e começou a andar para as docas. Hastra ficou para trás, os olhos castanhos arregalados ainda focados em Kell, cheios de expectativa.

— Ah, qual é? — disse Lila. — Todo navio precisa de um bichinho de estimação.

Kell ergueu as mãos, derrotado.

— Tudo bem. Ele pode ficar.

— Quem era você? — perguntou Alucard enquanto andavam pelas docas, passando por navios de todos os tamanhos e cores. A ideia de que *Kell* participara do torneio, do seu torneio, era loucura. A ideia de que Alucard tivera a oportunidade de duelar com ele, que talvez *tivesse* duelado, era enlouquecedora.

— Não importa — respondeu Kell.

— Nós duelamos? — Mas como isso seria possível? Alucard teria visto os fios prateados, teria percebido...

— Se tivéssemos — disse Kell, assertivo —, eu teria vencido.

A irritação reverberou por Alucard, mas então ele pensou em Rhy, no vínculo entre os dois, e a raiva engoliu a indignação.

— Você tem noção de como isso foi idiota? De como foi perigoso para o príncipe?

— Não que isso seja da sua conta — retrucou Kell —, mas foi tudo ideia de Rhy. — Aqueles olhos de duas cores irromperam no caminho de Alucard. — Você tentou impedir *Lila*?

Alucard olhou sobre os ombros. Bard estava no fim da comitiva, Holland alguns passos à frente dela. O outro *Antari* olhava para os navios como Lila olhara para os cavalos, com uma mistura de desconforto e desdém.

— Qual é o problema? — dizia ela — Não sabe nadar?

Holland franziu os lábios.

—É um pouco mais difícil quando se está acorrentado. — A atenção dele voltou para as embarcações e Alucard compreendeu. Reconheceu a expressão nos olhos dele, uma preocupação que beirava o medo.

— Você nunca esteve num navio, não é?

O homem não respondeu. Não precisava responder.

Lila deixou escapar uma risada leve e maliciosa. Como se ela soubesse alguma coisa sobre navios quando Alucard a acolheu.

— Chegamos — avisou Jasta, parando ao lado de algo que poderia, em alguns lugares, ser qualificado como um navio. Da mesma forma como um chalé poderia ser qualificado como uma mansão. Jasta deu um tapinha no casco como um cavaleiro faria no flanco de um cavalo. O nome da embarcação estava escrito em letras prateadas ao longo do casco branco. *Is Hosna. O Ghost.* — Ele é um pouco pequeno — disse a capitã —, mas navega rápido.

— Um pouco pequeno — repetiu Lila, seca. *O Ghost* tinha metade do tamanho do *Night Spire,* três velas curtas e um casco em estilo faroense, estreito e alongado como uma pena. — É um *patacho*.

— É um corredor — esclareceu Alucard. — Não carregam muito peso, mas há poucas embarcações mais rápidas em mar aberto. Não será um percurso confortável, nem de longe, mas chegaremos rápido ao mercado. Especialmente com três *Antari* mantendo o vento ao nosso favor.

Lila olhou ansiosamente para os navios que ladeavam o patacho, embarcações enormes com madeira escura e velas reluzentes.

— O que acham daquele ali? — disse ela, apontando para um navio imponente que estava a duas docas dali.

Alucard balançou a cabeça.

— Não é nosso.

— *Poderia* ser.

Jasta lançou a ela um olhar penetrante, e Lila revirou os olhos.

— Estou brincando — falou ela, embora Alucard soubesse que não estava. — Além disso — acrescentou —, não iríamos querer algo bonito *demais*. Coisas bonitas tendem a atrair olhares gananciosos.

— Falando por experiência própria, Bard? — provocou ele.

— Obrigado, Jasta — interrompeu Kell. — Traremos o seu navio de volta inteiro.

— Ah, eu me certificarei disso — disse a capitã, subindo pela rampa estreita do barco.

— Jasta...

— Minha embarcação, minhas regras — falou ela com as mãos nos quadris. — Eu posso levá-lo ao seu destino na metade do tempo, e, se você está em alguma missão para salvar o reino, bem, é o meu reino também. E não me importaria em ter a coroa do meu lado da próxima vez que *eu* estiver em águas turbulentas.

— Como você sabe que os nossos motivos são tão honrados? — perguntou Alucard. — Poderíamos estar simplesmente fugindo.

— *Você* poderia — disse ela, e então virou o dedo em riste para Kell —, mas *ele* não está. — E com isso ela subiu no convés com passos pesados, e eles não tiveram escolha senão segui-la e subir a bordo.

— Três *Antari* subiram num barco — cantarolou Alucard, como se estivesse no começo de uma piada na taverna. Ele teve o prazer adicional de ver tanto Kell quanto Holland tentarem se equilibrar quando o convés balançou sob o peso súbito. Um deles parecia desconfortável, o outro enjoado, e Alucard poderia ter assegurado a eles que não seria tão ruim assim quando estivessem no mar, mas não estava se sentindo muito generoso.

— Hano! — gritou Jasta, e a cabeça de uma jovem garota apareceu por cima de uma pilha de caixotes, o cabelo preto puxado para trás num coque bagunçado.

— *Casero!* — Ela subiu no caixote, as pernas balançando, penduradas na beirada. — Você voltou mais cedo.

— Tenho um carregamento — avisou Jasta.

— *Sha!* — gritou Hano, deliciada.

Ouviram-se um baque e um xingamento abafado em algum lugar a bordo, e um instante depois um velho saiu de trás de outro caixote, esfregando a cabeça. As suas costas eram arqueadas feito um gancho, a pele era negra e os olhos de um branco leitoso.

— *Solase* — resmungou ele, e Alucard não conseguiu dizer se ele estava se desculpando com eles ou com as caixas nas quais tinha esbarrado.

— Esse é Ilo — disse Jasta, meneando a cabeça para o cego.

— Onde está o restante da sua tripulação? — perguntou Kell, olhando ao redor.

— Somos apenas nós três — respondeu Jasta.

— Você deixou uma garotinha e um cego protegendo um navio cheio de mercadorias roubadas? — indagou Alucard.

Hano deu uma risadinha e ergueu uma bolsinha. A bolsa de *Alucard*. Um instante depois, Ilo exibiu uma lâmina. Era de Kell.

O mago fez um movimento com os dedos e a lâmina voou de volta para as suas mãos, o punho primeiro, e a exibição lhe valeu aplausos de aprovação da garota. Alucard recuperou a bolsa com um floreio semelhante e foi mais longe, fazendo com que o couro se amarrasse novamente ao seu cinto. Lila apalpou a si mesma, certificando-se de que ainda tinha todas as facas, e sorriu de satisfação.

— O mapa — solicitou Jasta. Alucard entregou a ela. A capitã desenrolou o pergaminho, estalando a língua. — Para Águas Prósperas, então — disse ela. Não foi surpresa para ninguém que Jasta, dados os seus interesses particulares, conhecesse o mercado.

— O que há nessas caixas? — perguntou Kell, apoiando a mão numa tampa.

— Um pouco disso, um pouco daquilo — respondeu a capitã. — Nada que morda.

Hastra e Lenos já estavam desenrolando as cordas, o jovem guarda seguindo alegremente a liderança do marinheiro.

— Por que você está acorrentado? — perguntou Hano. Alucard não tinha visto a garota sair do seu poleiro, mas agora ela estava diante de Holland, as mãos nos quadris numa imitação da postura de Jasta, o coque preto batendo aproximadamente na altura das costelas do *Antari*. — Você fez uma coisa ruim?

— Hano! — gritou Jasta, e a garota correu para longe de novo sem esperar uma resposta. O barco foi desamarrado e balançou embaixo deles. Bard sorriu e Alucard sentiu o seu equilíbrio mudar e depois retornar.

Holland, entretanto, inclinou a cabeça para trás e inspirou profundamente para se acalmar, os olhos erguidos para o céu como se isso o impedisse de ficar enjoado.

— Venha — disse Kell, pegando o braço do outro *Antari*. — Vamos encontrar a prisão.

— Não gosto daquele ali — falou Alucard quando Bard ficou ao seu lado.

— Qual dos dois? — perguntou ela secamente, mas então olhou para ele de relance e deve ter visto alguma coisa na sua expressão, pois ficou séria. — O que você vê quando olha para Holland?

Alucard respirou fundo e expirou, formando uma nuvem.

— É com isso que a magia se parece — disse ele girando os dedos no meio da fumaça. Em vez de se dispersar, o ar pálido espiralou e se enrolou em fitas finas de névoa contra o horizonte sem divisão entre noite e mar. — Mas a magia de Holland é assim. — Ele espalmou os dedos e as fitas de nevoeiro se quebraram, desfiaram. — Ele não é mais fraco por isso. Na verdade, a luz dele brilha mais que a sua ou a de Kell. Mas ela é desigual, instável, as linhas todas quebradas, reformadas, como ossos que não se emendaram. É algo...

— Não natural? — sugeriu ela.

— Perigoso.

— Que ótimo — disse ela, cruzando os braços para se proteger do frio. Deixou escapar um bocejo, como um rosnado silencioso que escapa por entre os dentes cerrados.

— Vá descansar — sugeriu ele.

— Eu vou — falou Bard, mas não saiu do lugar.

Alucard se virou automaticamente para o leme antes de se lembrar de que não era o capitão deste navio. Ele hesitou, como um homem que passou por uma porta para buscar algo mas esqueceu o que ia buscar. Por fim, foi ajudar Lenos com as velas, deixando Bard na amurada do navio.

Quando olhou para trás, dez, quinze, vinte minutos depois, ela ainda estava lá, os olhos fixos na linha onde a água encontra o céu.

V

Rhy saiu cavalgando assim que eles partiram.

Havia almas demais para encontrar, e a ideia de permanecer no palácio mais um minuto lhe dava vontade de gritar. Logo a escuridão estaria sobre todos, sobre ele, a noite cairia e eles seriam confinados. Mas, por enquanto, ainda havia luz, ainda havia tempo.

Ele reuniu dois homens, ambos prateados, e rumou para a cidade, tentando impedir a sua atenção de se dirigir ao palácio fantasmagórico que flutuava ao lado do dele, à estranha procissão de homens e mulheres que subiam os degraus. Tentou evitar que o foco ficasse preso à estranha substância preta que tinha transformado trechos de estrada em riachos de algo brilhante parecido com gelo e que subia pelos muros como hera ou geada. *Magia oprimindo a natureza.*

Ele encontrou um casal escondido nos fundos de casa, com medo demais para sair. Uma menina vagando, atordoada e recoberta com as cinzas de outra pessoa — se era parente, amigo ou estranho, ela não sabia dizer. Na terceira viagem, um dos guardas veio galopando até ele.

— Vossa Alteza — chamou o homem, a marca de sangue borrada com suor na sua fronte enquanto ele guiava as rédeas do cavalo —, há algo que o senhor precisa ver.

Eles estavam no salão de uma taverna.

Duas dúzias de homens, todos vestidos com o dourado e o vermelho da guarda real. E todos doentes. Todos morrendo. Rhy conhecia cada um deles de vista, se não de nome. Isra dissera que alguns deles estavam desaparecidos. Que as marcas de sangue haviam falhado. Mas eles não desapareceram. Eles estavam *aqui*.

— Vossa Alteza, espere! — gritou o prateado enquanto Rhy avançava para o salão, mas ele não tinha medo da fumaça ou da doença. Alguém havia afastado as mesas e as cadeiras do caminho, liberado espaço, e agora os homens do seu pai, os seus homens, estavam deitados no chão em fileiras. Havia espaço aqui e ali onde alguns tinham se levantado ou caído para sempre.

As armaduras tinham sido arrancadas e postas de lado, arrumadas como uma galeria de espectadores vazios ao longo das paredes enquanto, no chão, os guardas suavam, contorciam-se e lutavam contra demônios que ele não conseguia ver, da mesma forma que Alucard tinha feito a bordo do *Spire*.

As veias se destacavam em preto nos pescoços, e todo o salão cheirava vagamente a pele chamuscada enquanto a magia se incendiava através deles.

O ar estava espesso com algo parecido com poeira.

Cinzas, entendeu Rhy.

Tudo o que restou daqueles que queimaram.

Um homem estava caído encostado na parede ao lado das portas, o rosto coberto de suor e a doença começando a se instalar.

A barba dele estava aparada bem rente, o cabelo era cheio de fios grisalhos, e Rhy o reconheceu imediatamente. Tolners. Um homem que serviu o seu pai antes que ele fosse rei. Um homem designado para servir *Rhy*. Ele vira o guarda esta manhã no palácio, em segurança e sadio do lado de dentro dos feitiços de proteção.

— O que foi que você fez? — perguntou ele, agarrando o guarda pelo colarinho. — Por que você saiu do palácio?

A visão do homem entrava e saía de foco.

— Vossa Majestade — grasnou ele. Preso pela febre, confundiu Rhy com o pai. — Nós somos... a guarda real. Não... nos escondemos. Se não formos... fortes o suficiente para enfrentar a escuridão...

nós não... merecemos servir... — Ele parou de falar, abalado por um arrepio violento e súbito.

— Seu tolo — explodiu Rhy, mesmo quando baixou Tolners de volta à cadeira e fechou o casaco do homem em volta da sua silhueta trêmula. Rhy se virou para a sala de guardas moribundos, passando a mão pegajosa de cinzas pelos cabelos, sentindo-se furioso, impotente. Ele não podia salvar esses homens. Só podia assistir enquanto eles lutavam, falhavam, morriam.

— Nós somos a guarda real — murmurou um homem no chão.

— Nós somos a guarda real — ecoaram outros dois, entoando a frase como um canto contra a escuridão que lutava para levá-los.

Rhy queria gritar, xingar, mas não podia, porque sabia as coisas que havia feito em nome da força; sabia o que estava fazendo naquele momento, andando pelas ruas amaldiçoadas, vasculhando a névoa envenenada; sabia que, mesmo que a magia de Kell não o estivesse protegendo, ele teria ido até lá de qualquer forma, pela sua cidade, pelo seu povo.

E então Rhy fez o que tinha feito por Alucard no chão do *Spire*.

Fez a única coisa que podia.

Ele *ficou*.

Maxim Maresh sabia o valor de um único *Antari*.

Ele havia ficado de pé diante das janelas e observado *três* viajarem para longe do palácio, da cidade, do monstro que envenenava o coração de Londres. Ele tinha pesado as probabilidades, sabia que era a decisão certa, a estratégia com a maior chance de sucesso. E, no entanto, não podia deixar de sentir que, de repente, as suas melhores armas estavam fora de alcance. Pior que isso, que ele havia afrouxado a mão e os deixado cair, e agora estava diante de um inimigo sem uma lâmina com que lutar.

A sua própria não estava pronta — ainda estava sendo forjada.

O reflexo de Maxim pendia no vidro. Ele não parecia bem. Sentia-se ainda pior. Estava com uma das mãos apoiada na janela, e sombras contornavam os seus dedos numa imitação fantasmagórica, um eco mórbido.

— O senhor o deixou partir — falou uma voz gentil, e o *Aven Essen* se materializou no vidro atrás dele, um espectro de branco.

— Deixei — disse Maxim. Ele viu o corpo do filho na cama, o peito imóvel, as faces encovadas, a pele cinzenta. A imagem foi gravada como luz nos seus olhos, era uma imagem que ele jamais esqueceria. E entendia, agora mais que nunca, que a vida de Kell era a de Rhy e, se ele próprio não pudesse protegê-la, ele a veria partir.

— Tentei deter Kell uma vez. Foi um erro.

— Ele poderia ter ficado desta vez — argumentou Tieren cuidadosamente — se o senhor tivesse pedido em vez de ordenado.

— Talvez. — A mão de Maxim escorregou do vidro. — Mas esta cidade não é mais segura.

Os olhos azuis do sacerdote eram penetrantes.

— O mundo pode não ser mais seguro.

— Nada posso fazer sobre os perigos do mundo, Tieren, mas posso fazer algo a respeito do monstro aqui em Londres.

Ele começou a atravessar a sala, e deu três passos antes que o chão oscilasse violentamente debaixo dele. Por um instante terrível, a sua visão escureceu e ele pensou que fosse cair.

— Vossa Majestade — disse Tieren, pegando-o pelo braço. Sob a sua túnica, a recente linha de cortes doía. As feridas eram profundas, a carne e o sangue entalhados. Um sacrifício necessário.

— Estou bem — mentiu ele, desvencilhando-se.

Tieren lançou um olhar de desprezo para o rei, e ele se arrependeu de mostrar o seu progresso ao sacerdote.

— Não posso impedir você, Maxim — falou Tieren —, mas esse tipo de magia tem consequências.

— Quando o feitiço de sono ficará pronto?

— Se não tiver cuidado...

— Quando?

— É difícil fazer um feitiço desses, e ainda mais difícil espalhá-lo sobre uma cidade. A própria natureza dele beira o obsceno, colocar corpo e mente para dormir ainda é uma manipulação, a sobreposição da vontade de um sobre...

— *Quando?*

O sacerdote suspirou.

— Mais um dia. Talvez dois.

Maxim se endireitou e assentiu com a cabeça. Eles durariam esse tempo. Teriam de durar. Quando voltou a andar, o chão se manteve firme sob os seus pés.

— Vossa Majestade...

— Vá e conclua o seu próprio feitiço, Tieren. E me deixe concluir o meu.

VI

Quando Rhy voltou ao palácio, a luz já havia desaparecido e a sua armadura, antes dourada, estava tingida com uma fina camada de cinzas. Mais de metade dos homens na taverna havia morrido, e os poucos que sobreviveram agora marchavam no seu encalço. Levavam os elmos debaixo do braço, tinham o rosto maltratado pela febre e iluminado por linhas de prata que escorriam como lágrimas pelas faces.

Rhy subiu os degraus da frente do palácio num silêncio exausto.

Os guardas prateados posicionados nas portas do palácio nada disseram, e ele se perguntou se eles sabiam — eles *tinham* de saber, depois de deixar tantos companheiros entrar no nevoeiro. Eles não olhariam nos olhos do príncipe, mas olharam uns para os outros, trocando um único cumprimento com a cabeça que pode ter significado orgulho ou solidariedade, ou qualquer outra coisa que Rhy não conseguiu decifrar.

O seu segundo guarda, Vis, estava de pé no saguão da frente, claramente esperando notícias de Tolners. Rhy balançou a cabeça e passou por ele, passou por todos, dirigindo-se aos banhos reais, precisando ficar limpo. Mas, ao andar, a armadura parecia ficar mais apertada, arranhando o seu pescoço, apertando as suas costelas.

Ele não conseguia respirar e, por um instante, pensou no rio, em Kell preso sob a superfície enquanto ele arquejava por ar lá em cima, mas isso não era um eco do sofrimento do irmão. O seu próprio peito subia e descia na armadura, o próprio coração martelava, os próprios pulmões estavam cheios de cinzas de homens mortos. Ele tinha de se livrar daquilo.

— Vossa Alteza? — chamou Vis enquanto ele lutava para tirar a armadura. As peças caíram no chão, retinindo e levantando nuvens de poeira.

Mas o seu peito continuava arfando, assim como o seu ventre, e ele mal alcançou a bacia mais próxima antes de vomitar.

Rhy agarrou as bordas da bacia, respirando com dificuldade enquanto o coração finalmente começava a desacelerar. Vis ficou ali perto, segurando o elmo descartado.

— Foi um longo dia — comentou Rhy tremendo, e Vis não perguntou o que estava errado, não disse nada. E por isso Rhy ficou agradecido. Ele limpou a boca com a mão trêmula, endireitou-se e continuou andando para os banhos reais.

Ele já estava desabotoando a túnica quando chegou às portas e viu que a sala adiante não estava vazia.

Dois criados envolvidos em tecidos prata e verde estavam de pé junto à parede mais distante, e Cora estava empoleirada na borda de pedra da grande piscina no chão, mergulhando um pente na água e passando pelos longos cabelos soltos. A princesa veskana usava apenas um robe aberto e Rhy sabia que o povo dela não era puritano quando se tratava de corpos, mas ainda assim ele corou ao ver tanta pele pálida.

A camisa dele ainda estava meio abotoada e as suas mãos deslizaram de volta para o lado do corpo.

Os olhos azuis de Cora o encontraram.

— *Mas vares* — falou ela num arnesiano pausado.

— *Na ch'al* — respondeu ele, rouco, em veskano.

O pente descansou no colo dela quando olhou para o rosto dele, marcado pelas cinzas.

— Quer que eu vá embora?

Ele honestamente não sabia. Depois de horas mantendo a cabeça erguida, sendo forte enquanto outros homens lutavam e morriam, ele não conseguia mais desempenhar outra performance, não conseguia fingir que estava tudo bem. Porém, a ideia de ficar sozinho com os seus pensamentos, com as sombras, não aquelas que estavam fora das paredes do palácio, e sim as que vinham procurar por *ele* à noite...

Cora estava começando a se levantar quando ele disse:

— *Ta'ch.*

Não.

Ela se sentou novamente sobre os joelhos enquanto dois dos servos dele se aproximavam e começavam a despi-lo com movimentos rápidos e eficientes. Ele esperava que Cora desviasse o olhar, mas ela observou com firmeza, uma luz curiosa nos olhos dela enquanto liberavam a última parte da armadura dele, desamarravam as botas, desabotoavam os botões no punho e na gola com mãos mais firmes que as dele. Os servos retiraram a túnica, expondo o seu peito nu, a pele negra e lisa exceto pela linha nas suas costelas, a cicatriz girando sobre o coração.

— Limpem a armadura — pediu ele com suavidade. — Queimem os tecidos.

Rhy deu um passo à frente; um comando silencioso de que ele mesmo cuidaria do resto.

Ele permaneceu de calças, andou descalço pelos belos degraus ornamentados e entrou na piscina. A água morna abraçou os seus tornozelos, os seus joelhos, a sua cintura. A água límpida se enevoou ao redor dele, deixando um rastro nebuloso de cinzas no seu encalço.

Ele se dirigiu até o centro da piscina e submergiu, dobrando os joelhos até encostar no fundo. O seu corpo tentou se levantar, mas ele expulsou todo o ar dos pulmões e agarrou a grade do fundo com os dedos, segurando até doer, até que a água ficasse parada ao seu redor, o mundo se fechasse e não houvesse mais cinzas para desgrudar da sua pele.

E, quando ele finalmente se levantou, irrompendo na superfície com um arquejo, Cora estava ali. O seu robe havia sido abandonado na borda, o cabelo comprido e loiro preso habilmente por um pente. As mãos dela flutuavam na superfície da água como lírios.

— Posso ajudar? — perguntou Cora. Antes que ele pudesse responder, ela o estava beijando, a ponta dos dedos roçando os quadris dele abaixo da água. O calor fluiu através dele, simples e físico, e Rhy lutou para manter o juízo enquanto as mãos da menina pegaram o cadarço das suas calças e começaram a desamarrá-lo.

Ele se desvencilhou dos lábios dela.

— Pensei que gostasse do meu irmão — disse ele com rispidez.

Cora lhe lançou um sorriso malicioso.

— Eu gosto de muitas coisas — respondeu ela, puxando-o para perto outra vez. A mão dela deslizou sobre ele, que sentia uma excitação crescente conforme ela apertava o corpo contra o dele, a boca macia buscando a sua. Parte de Rhy queria permitir, queria possuí-la, queria se perder como havia feito tantas vezes depois que Alucard partiu, para afastar as sombras e os pesadelos com a distração simples e bem-vinda de outro corpo.

As mãos dele subiram até os ombros dela.

— *Ta'ch* — disse ele, afastando-a.

As faces dela coraram, a mágoa passando pelo seu rosto antes da indignação.

— Você não me quer.

— Não — falou ele com gentileza. — Não assim.

O olhar dela baixou para o ponto em que os seus dedos ainda repousavam na pele dele e a sua expressão exibia uma falsa timidez.

— O seu corpo e a sua mente parecem discordar, meu príncipe.

Rhy corou e recuou um passo dentro da água.

— Peço desculpas. — Ele continuou a se retirar até as suas costas atingirem a borda de pedra da piscina. Ele se sentou num banco.

A princesa suspirou, deixando os braços boiarem distraidamente na água de forma infantil, como se aqueles dedos não tivessem acabado de percorrer a pele dele com muita habilidade.

— Então é verdade — provocou ela — o que dizem sobre você?

Rhy ficou tenso. Ele já ouviu a maioria dos rumores e todas as verdades, ouviu homens falando da sua falta de poderes, questionando se ele merecia ser rei, comentando quem compartilhava a sua cama e quem não o fazia, mas ainda assim se forçou a perguntar.

— O que dizem, Cora?

Ela se dirigiu até ele, os fios de cabelos loiros escapando do coque no calor do banho, e se sentou ao seu lado no banco, as pernas encolhidas sob o corpo. Cruzou os braços na borda da piscina e inclinou a cabeça sobre eles. E assim ela pareceu abandonar a sua última tentativa de sedução e voltou a ser uma menina.

— Dizem, Rhy Maresh, que o seu coração já tem dono.

Rhy tentou falar, mas não sabia o que dizer.

— É complicado — conseguiu dizer.

— É claro que é. — Cora percorreu os dedos pela água. — Eu já estive apaixonada uma vez — acrescentou, como se fosse um reflexo. — O nome dele era Vik. Eu o amei do jeito que a lua ama as estrelas. É assim que falamos quando uma pessoa enche o mundo de luz.

— O que aconteceu?

Ela ergueu os pálidos olhos azuis.

— Você é o único herdeiro do seu trono — disse ela. — Mas eu sou uma de sete. Amor não basta.

A maneira como Cora falou isso, como se fosse uma verdade simples e imutável, fez com que ele sentisse os olhos queimando e um nó na garganta. Pensou em Alucard, não em como ele se comportou quando Rhy o mandou embora, ou mesmo como estava na Noite dos Estandartes, mas no Alucard que se demorava na sua cama naquele primeiro verão, os lábios brincando na sua pele enquanto ele sussurrava as palavras.

Eu te amo.

Os dedos de Cora ficaram parados, espalmados na superfície da água, e Rhy notou os arranhões profundos que circundavam o seu pulso, a pele ferida. Ela o flagrou olhando e agitou a mão num movimento dispersivo.

— O meu irmão tem temperamento forte — disse ela distraidamente. — Às vezes, ele esquece a própria força. — E então, com um leve sorriso de desafio, concluiu: — Mas ele sempre esquece a minha.

— Ainda doem?

— Nada que não vá se curar. — Cora mudou de posição. — As suas cicatrizes são muito mais interessantes.

Rhy levou os dedos à marca sobre o coração, mas não disse nada, e ela não perguntou nada. Instalou-se um silêncio tranquilo entre os dois, o vapor subindo em gavinhas ao redor deles, os padrões espiralando na névoa. Rhy sentiu a mente flutuando para sombras e homens moribundos, para lâminas enterradas entre costelas e lugares frios e escuros, pegajosos por causa do sangue. E, além de tudo isso, o silêncio, espesso como algodão, pesado como pedra.

— Você tem o dom?

Rhy piscou, as visões se dissolveram e ele voltou ao banho.

— Que dom?

Os dedos de Cora se curvaram em meio ao vapor.

— No meu reino, há aqueles que olham para o nevoeiro e veem coisas que não estão lá. Coisas que ainda não aconteceram. Agora mesmo, você parecia estar vendo algo.

— Não estava vendo — disse Rhy. — Apenas lembrando.

Eles permaneceram horas sentados no banho, ansiosos para não abandonar o calor nem a companhia. Ficaram empoleirados lado a lado no banco de pedra da borda da piscina, ou nos azulejos mais frescos da sua beirada, e conversaram. Não sobre o passado, nem sobre as suas respectivas cicatrizes. Em vez disso, eles compartilharam a presente situação. Rhy contou a ela da cidade além das paredes do palácio, da maldição lançada sobre Londres, da sua transmutação estranha e que se alastrava, dos que haviam sucumbido e dos prateados. E Cora lhe contou do palácio claustrofóbico com os seus nobres irritantes, da galeria onde se reuniam para se preocupar, dos cantos onde eles se encolhiam para sussurrar.

Cora tinha o tipo de voz que ressoava numa sala, mas, quando falava suavemente, havia uma música nela, uma melodia que ele achava calmante. Ela contou histórias de tal senhor e tal senhora, identificando-os pelas roupas porque ela nem sempre sabia os seus nomes. Falou também dos magos com os seus temperamentos e egos, recontando conversas inteiras sem gaguejar ou parar.

Cora, ao que parecia, tinha uma mente como uma pedra preciosa, nítida e brilhante, mas enterrada sob a atmosfera infantil. Ele sabia por que ela fazia isso: era a mesma razão pela qual ele agia como libertino tanto quanto agia como membro da realeza. Às vezes, era mais fácil ser subestimado, desprezado, dispensado.

— ... E então ele realmente o fez — dizia Cora. — Engoliu uma taça de vinho e acendeu uma fagulha. E puf! Queimou metade da barba.

Rhy acabou rindo. E ele sentiu que isso foi fácil, errado e muito necessário. Cora balançou a cabeça.

— Nunca desafie um veskano. Isso nos torna estúpidos.

— Kell disse que teve de desacordar uma das suas magas para evitar que ela saísse no nevoeiro.

Cora inclinou a cabeça.

— Não vi o seu irmão o dia todo. Aonde ele foi?

Rhy inclinou a cabeça para trás, recostando nos azulejos.

— Procurar ajuda.

— Ele não está no palácio?

— Ele não está na cidade.

— Ah! — exclamou ela, pensativa. E logo o seu sorriso estava de volta, preguiçoso nos lábios. — E o que é isso? — perguntou, mostrando o broche real de Rhy.

Ele se empertigou.

— Onde você conseguiu isso?

— Estava no bolso da sua calça.

Ele esticou a mão para pegá-lo e ela o tirou do alcance, brincando.

— *Devolva* — exigiu ele, e ela deve ter percebido a advertência na voz de Rhy, o tom frio e repentino de comando, porque não resistiu, não continuou com joguinhos. A mão dele se fechou no metal aquecido pela água do banho. — Está ficando tarde — disse, saindo do banho. — Tenho de ir.

— Eu não queria aborrecê-lo — falou ela, parecendo genuinamente magoada.

Ele correu uma das mãos pelos cachos úmidos.

— Você não me aborreceu — mentiu ele enquanto um par de servos se aproximava, envolvendo os seus ombros nus com um manto. A raiva queimou dentro dele, mas voltada apenas a si mesmo, por deixar a sua guarda baixar, o seu foco se perder. Ele devia ter ido embora havia muito tempo, mas não queria enfrentar as sombras que surgiam quando dormia. Agora o corpo doía e a mente estava confusa pelo cansaço. — Foi um longo dia e estou cansado.

A tristeza passou pelo rosto de Cora.

— Rhy — miou ela —, era só brincadeira. Eu não teria ficado com ele.

Ele se ajoelhou na borda azulejada da piscina, ergueu o queixo dela e lhe deu um único beijo na testa.

— Eu sei.

Então a deixou sentada sozinha.

Do lado de fora, Vis estava jogado numa cadeira, cansado, mas acordado.

— Sinto muito — falou Rhy enquanto o guarda se punha de pé ao lado dele. — Você não deveria ter esperado. Ou eu não deveria ter demorado.

— Está tudo bem, senhor — disse o homem com voz sonolenta, andando atrás dele.

O palácio havia ficado silencioso ao redor deles, apenas o burburinho dos guardas em serviço enchia o ar conforme Rhy subia a escada e parava diante do quarto de Kell antes de lembrar que ele não estava lá.

O seu quarto estava vazio, os lampiões acesos lançando longas sombras em todas as superfícies. Uma coleção de tônicos cintilou em cima do aparador; misturas de Tieren para quando as noites iam mal. Porém, o calor do banho ainda estava agarrado ao seu corpo e o amanhecer estava a poucas horas de distância, de modo que Rhy colocou o broche sobre a mesa e caiu na cama.

E então foi atacado por uma bola de pelos brancos.

A gata de Alucard estava dormindo no seu travesseiro e chiou de indignação quando Rhy pousou nos lençóis. Ele não tinha energia para expulsar o animal; os seus olhos cor de violeta o desafiavam a tentar. Então Rhy se jogou de volta na cama, satisfeito em compartilhar o espaço. Ele jogou um braço sobre os olhos e ficou surpreso ao sentir o peso macio de uma pata cutucando o seu braço antes de se aninhar ao seu lado. Ele deslizou os dedos distraidamente no pelo da criatura, deixando que o suave ronronar e o fraco porém persistente cheiro do capitão — brisa do mar e vinho de verão — o fizessem dormir.

VII

Há um momento, quando um navio entra em alto-mar.

Quando a terra fica para trás e o mundo se estende para todos os lados, nada além de água, céu e liberdade.

Esse era o momento favorito de Lila, quando qualquer coisa podia acontecer e nada ainda havia acontecido. Ela ficou no convés do *Ghost* enquanto Tanek se despedia deles e a noite selvagem lhes abria os braços.

Quando ela finalmente desceu, Jasta estava esperando na base da escada.

— *Avan* — disse Lila casualmente.

— *Avan* — retumbou Jasta.

Era um corredor estreito, e ela teve de se esquivar da capitã para conseguir passar. Estava no meio do caminho quando a mão de Jasta disparou e se fechou em torno do seu pescoço. Os pés de Lila deixaram o chão e ela ficou pendurada, presa bruscamente contra a parede. Ela lutou para resistir, atordoada demais para conjurar magia ou alcançar a sua lâmina. Quando enfim liberou a faca que mantinha atada às costelas, a capitã recolheu a mão e Lila caiu, escorregando pela parede. Uma perna se dobrou antes que ela conseguisse se equilibrar.

— Por que raios você fez isso?

Jasta ficou parada ali, olhando para Lila como se não tivesse acabado de tentar estrangulá-la.

— Isso — disse a capitã — foi por insultar o meu navio.

— Você só pode estar de brincadeira — grunhiu Lila.

Jasta simplesmente deu de ombros.

— Isso foi um aviso. Da próxima vez, jogo você ao mar.

Tendo dito isso, a capitã estendeu a mão. Parecia má ideia aceitá-la, porém seria pior ainda recusá-la. Antes que Lila pudesse decidir, Jasta se abaixou e a puxou para cima, deu-lhe um tapinha firme nas costas e se afastou, assobiando.

Lila observou a mulher indo embora, abalada pela violência repentina, pelo fato de que não a tinha previsto. Ela guardou a lâmina na bainha com os dedos trêmulos e foi encontrar Kell.

Ele estava na primeira cabine à esquerda.

— Bom, isso é aconchegante — comentou ela, parada na soleira da porta.

A cabine tinha metade do tamanho de um armário e era tão acolhedora quanto. Com espaço suficiente para apenas um catre estreito, assemelhava-se um pouco demais com o caixão improvisado no qual Lila havia sido enterrada por um faroense ressentido durante o torneio.

Kell estava sentado na cama, revirando o broche real nos dedos. Quando a viu, ele o guardou no bolso.

— Tem lugar para mais uma? — perguntou ela, sentindo-se tola ao dizer isso. Havia apenas quatro cabines, e uma delas estava sendo usada como prisão.

— Acho que podemos dar um jeito — respondeu Kell, pondo-se de pé. — Mas se você preferir...

Ele deu um passo na direção da porta, como se fosse sair. Ela não queria que ele o fizesse.

— Fique — pediu ela, e lá estava, aquele sorriso oscilante, como brasa reavivada a cada respiração.

— Tudo bem.

Um único lampião pendia do teto, e Kell estalou os dedos, o fogo pálido dançou no seu polegar enquanto ele se esticava para acender o pavio. Lila se virou cuidadosamente examinando o cubículo.

— Um pouco menor que as suas acomodações habituais, *mas vares*?

— Não me chame assim — disse ele, virando-a de volta para si. Ela estava prestes a dizê-lo novamente apenas para provocá-lo quando notou a expressão nos seus olhos e cedeu, passando as mãos pelo casaco de Kell.

— Tudo bem.

Ele a puxou para perto, roçando o polegar na sua bochecha, e Lila sabia que ele estava olhando para o seu olho, para a espiral de vidro fraturado.

— Você não percebeu mesmo?

A cor se espalhou pelas faces pálidas de Kell e ela se perguntou, distraidamente, se a pele dele ganhava sardas no verão.

— Suponho que você não acreditaria em mim se eu dissesse que estava distraído pelo seu encanto?

Lila soltou uma risada baixa e afiada.

— Pelas minhas facas, talvez. Pelos meus dedos rápidos. Mas não pelo meu encanto.

— Esperteza, então. Poder.

Ela sorriu maliciosamente.

— Continue.

— Eu estava distraído por tudo em você, Lila. Ainda estou. Você é enlouquecedora, exasperante, incrível. — Ela o estivera provocando, mas ele claramente não. Tudo nele, a determinação da boca, o franzir das sobrancelhas, a intensidade daquele olho azul, era terrivelmente sério. — Eu nunca soube o que pensar sobre você. Desde o dia em que nos conhecemos. E isso me aterroriza. Você me aterroriza. — Ele aninhou o rosto dela entre as mãos. — E pensar em você indo embora novamente, desaparecendo da minha vida, é o que mais me aterroriza.

O coração de Lila havia disparado, tocando aquela velha canção: *fuja, fuja, fuja*. Mas ela estava cansada de correr, de abandonar as coisas antes que tivesse a chance de perdê-las. Ela puxou Kell para perto.

— Na próxima vez que eu for embora — sussurrou ela na pele dele —, venha comigo. — Ela deixou o olhar vagar pelo pescoço dele, pela mandíbula, pelos lábios. — Quando tudo isso tiver acabado, quando Osaron se for e nós tivermos salvado o mundo mais uma vez, quando todos os outros ficarem felizes para sempre, venha comigo.

— Lila — disse ele, e havia tristeza demais na sua voz.

De repente, ela se deu conta de que não queria ouvir a resposta, não queria pensar em todas as maneiras como a história deles poderia acabar, na chance de nenhum deles continuar vivo, a salvo. Ela não queria pensar em nada além deste barco, deste instante, então o beijou profundamente, e o que quer que ele fosse dizer morreu nos seus lábios assim que encontraram os dela.

VIII

Holland se sentou na cama com as costas apoiadas na parede da cabine.

Do outro lado das tábuas de madeira, o mar se chocava com o casco do navio e o balanço o deixava tonto. As algemas em torno do pulso de Holland tampouco o ajudavam, pois o ferro havia sido enfeitiçado para amortecer magia. O efeito era o de um pano molhado sobre fogo: não o bastante para dissipar as chamas, mas suficiente para fazê-lo fumegar, como uma nuvem que confundisse os seus sentidos.

O seu equilíbrio também era prejudicado pela segunda algema, não mais ao redor do pulso, e sim presa a um gancho na parede da cabine.

E o pior era que ele não estava sozinho.

Alucard Emery estava recostado na soleira da porta com um livro numa das mãos e uma taça de vinho na outra (só de pensar em ambos Holland ficava enjoado) e de vez em quando os seus olhos azuis se erguiam como se ele quisesse se certificar de que o *Antari* ainda estava ali, preso com segurança à parede.

A cabeça de Holland doía. A sua boca estava seca. Ele queria ar. Não o ar saturado da cela-cabine, mas sim o ar fresco do andar de cima, assobiando pelo convés.

— Se você me libertasse — propôs ele —, eu poderia ajudar a impulsionar o navio.

Alucard lambeu o polegar e virou uma página.

— Se eu te libertar, você poderia matar a todos nós.

— Eu poderia fazer isso daqui — falou Holland, casualmente.

— Palavras que não ajudam a sua causa — disse o capitão.

Havia uma pequena janela embutida na parede acima da cabeça de Holland.

— Você poderia pelo menos abrir aquilo — pediu ele. — Dar a nós dois um pouco de ar.

Alucard lhe lançou um longo olhar de desconfiança antes de enfiar o livro debaixo do braço. Tomou o último gole de vinho, colocou a taça vazia no chão e avançou, inclinando-se sobre Holland para destravar a escotilha.

Uma rajada de ar frio entrou e Holland encheu os pulmões enquanto uma pequena onda se chocava com o casco e entrava pela abertura, derramando-se pela cabine.

Holland se preparou para o borrifo gelado, mas ele nunca veio.

Com um movimento de pulso e palavras murmuradas, a água subiu, circundando os dedos de Alucard uma vez antes de endurecer, formando uma lâmina fina porém forte. A sua mão apertou o punho da faca quando ele pousou a ponta de gelo no pescoço de Holland.

Ele engoliu em seco, testando do fio da lâmina enquanto encontrava o olhar de Alucard.

— Seria tolice — disse devagar — derramar o meu sangue.

Dobrando o pulso, Holland sentiu o estilhaço de madeira que havia escondido debaixo da algema, a ponta se enterrando na base da palma da mão. Não seria preciso pressionar muito. Uma gota, uma palavra, e as correntes derreteriam. Mas isso não o libertaria.

O sorriso de Alucard se aguçou e a faca se dissolveu de volta numa fita de água que dançava no ar ao redor dele.

— Lembre-se apenas de uma coisa, *Antari* — advertiu ele, girando os dedos e a água junto com eles. — Se esse navio afundar, você afunda junto. — Alucard se endireitou, expulsando a água do mar pela janela aberta. — Deseja mais alguma coisa? — perguntou, a imagem da hospitalidade.

— Não — respondeu Holland com frieza. — Você já fez muito.

Alucard exibiu um sorriso gelado e abriu o livro de novo, obviamente satisfeito com o seu posto.

Na terceira vez em que a Morte veio buscar Holland, ele estava de joelhos.

Ele se agachou ao lado do córrego, o sangue escorrendo da ponta dos dedos em gotas vermelhas e pesadas enquanto as árvores do Bosque de Prata se erguiam ao seu redor. Duas vezes por ano ele ia até lá, um lugar rio acima onde o Sijlt se ramificava através de um bosque que crescia do chão estéril em tons de metal polido — nem madeira, nem pedra, nem aço. Alguns diziam que o Bosque de Prata tinha sido feito pelas mãos de um mago, enquanto outros diziam que era o lugar onde a magia fazia a sua declaração final antes de se retirar da superfície do mundo.

Era um lugar onde, se se parasse e fechasse os olhos, era possível sentir os ecos do verão. Uma lembrança da magia natural impregnada na madeira.

Holland inclinou a cabeça. Ele não rezava, não sabia para quem rezar nem o que dizer, apenas observava as águas gélidas do Sijlt se moverem sob a sua mão estendida, o rio esperando para capturar cada gota que caísse. Um traço carmesim, uma nuvem rosa, e então tudo desvanecia, a superfície pálida do riacho voltava ao seu habitual cinza esbranquiçado.

— Que desperdício de sangue — veio de uma voz atrás dele em tom casual.

Holland não se assustou. Ele tinha ouvido os passos vindo da fronteira do bosque, o som de botas pisando na grama seca. Uma faca curta e afiada estava pousada no banco ao seu lado, e os dedos de Holland se dirigiram para ela, apenas para descobrir que não estava mais lá. Ele então se levantou e se virou para encontrar o estranho empunhando a sua arma com ambas as mãos. O homem era muitos centímetros mais baixo que Holland e duas décadas mais velho, vestindo um cinza desbotado que quase passava por preto. Os seus cabelos eram de um castanho que parecia empoeirado e os olhos escuros eram salpicados de partículas de âmbar.

— Bela lâmina — comentou o intruso, testando a ponta. — É preciso mantê-las afiadas.

O sangue pingou da palma da mão de Holland e os olhos do homem se dirigiram imediatamente para o vermelho vivo antes de ele abrir um sorriso largo.

— *Sot* — falou ele, tranquilo. — Não vim atrás de problemas. — Ele se sentou num tronco petrificado e enfiou a faca na terra dura diante dos seus pés antes de entrelaçar os dedos e se inclinar para a frente, os cotovelos apoiados nos joelhos. Uma das mãos estava coberta por feitiços de vinculação, um elemento rabiscado ao longo de cada um dos dedos. — Bela vista.

Holland não disse nada.

—Venho aqui às vezes para pensar — continuou o homem, tirando um cigarro enrolado de trás da própria orelha. Ele olhou para a ponta, apagada, e então o estendeu para Holland. — Pode ajudar um amigo?

— Não somos amigos — retrucou Holland.

Os olhos do homem dançavam com luz.

— Ainda não.

Holland não se mexeu. O homem suspirou e estalou os próprios dedos, produzindo uma pequena chama do tamanho de uma moeda, que dançava acima do seu polegar. Não era uma façanha desprezível, essa exibição de magia natural, mesmo com o feitiço rabiscado na sua pele. Ele tragou longa e profundamente.

— Os meus amigos me chamam de Vor.

O nome atingiu o peito de Holland como uma pedra.

—Vortalis.

O homem se iluminou.

—Você lembra — falou ele. Não disse: "Você ouviu falar de mim" ou "Você me conhece", e sim "Você lembra".

E Holland lembrava. Ros Vortalis. Ele era uma lenda no Kosik, um mito nas ruas e nas sombras, um homem que usava palavras tanto quanto armas, e aquele que sempre parecia conseguir o que queria. Um homem conhecido em toda a cidade como Caçador, assim chamado por rastrear qualquer pessoa e qualquer coisa que desejasse e por nunca desistir da sua presa. Um homem que caçava *Holland* havia anos.

—Você tem uma reputação — disse Holland.

— Ah! — exclamou Vortalis, exalando. — Ambos temos. Quantos homens e mulheres andam nas ruas de Londres desarmados? Quantos encerram combates sem levantar um dedo? Quantos se recusam a se juntar às gangues ou à guarda...

— Não sou bandido.

Vortalis inclinou a cabeça. O seu sorriso havia desaparecido.

— O que você é então? Qual é o seu objetivo? Toda a magia nesse pequeno olho preto e para que você a usa? Esvaziar as veias num rio congelado? Sonhar com um mundo melhor? Decerto, há usos melhores.

— O meu poder nunca me trouxe nada além de dor.

— Então você o está usando da forma errada. — Com isso, ele se levantou e apagou o cigarro na casca da árvore mais próxima.

Holland franziu a testa.

— Isso é sagrado...

Ele não teve chance de concluir a advertência, pois foi neste instante que Vortalis se moveu, tão rápido que só podia ser um feitiço, algo rabiscado em algum lugar sob as suas roupas. Porém, feitiços apenas *amplificavam* o poder. Eles não conjuravam do nada.

O punho dele estava a centímetros do rosto de Holland quando o comando do *Antari* agiu sobre carne e osso, forçando Vortalis a parar. Mas não foi o suficiente. O punho do homem tremeu no ar, lutando contra a contenção, e depois partiu com toda força, como um tijolo atravessando vidro, e atingiu o maxilar de Holland. A dor foi repentina, aguda. Vortalis estava radiante enquanto recuava para longe do alcance de Holland. Ou ao menos tentava. O rio se ergueu atrás dele e avançou. Mas, um instante antes de pegar Vortalis pelas costas, ele se moveu outra vez, evitando um golpe que não poderia ter previsto antes que Holland enfim perdesse a paciência e arremessasse, vindas de lados opostos, duas lanças de gelo na direção do homem.

Ele se esquivou da primeira, mas a segunda o atingiu no estômago, a lança girando no próprio eixo de modo que se estilhaçou ao lado das costelas do homem em vez de atravessá-lo

Vortalis caiu para trás com um gemido.

Holland ficou de pé, esperando para ver se o homem se levantaria. Ele o fez, rindo suavemente enquanto se desequilibrava e caía de joelhos.

—Já me disseram que você era bom — disse Vortalis, esfregando as costelas.—Tenho a sensação de que você é ainda melhor do que pensam.

Os dedos de Holland se flexionaram em torno do sangue que secava. Vortalis pegou um estilhaço de gelo, manipulando-o menos como uma arma do que como um artefato, e concluiu:

—Tanto que você poderia ter me matado.

E Holland poderia. Com facilidade. Se ele não tivesse girado a lança, ela teria atravessado direto carne e músculos, quebrado ossos. Mas ele pensou em Alox, o corpo de pedra se espatifando no chão, e em Talya, caindo sem vida na própria faca.

Vortalis se levantou com a mão na lateral do corpo.

—Por que não me matou?

—Você não estava tentando *me* matar.

—Os homens que enviei estavam. Mas você também não os matou.

Holland sustentou o olhar de Vortalis.

—Você tem algo contra matar? — pressionou Vortalis.

—Já tirei vidas — respondeu Holland.

—Não foi isso que perguntei.

Holland permaneceu em silêncio. Ele cerrou os punhos, concentrado na linha de dor que percorria a palma da sua mão. Por fim, disse:

— É fácil demais.

— Matar? Claro que é — retrucou Vortalis. — Viver com isso, essa é a parte difícil. Mas, às vezes, vale a pena. Às vezes, é *necessário*.

— Não era necessário matar os seus homens.

Vortalis ergueu uma sobrancelha.

— Eles poderiam ter ido atrás de você de novo.

— Eles não o fizeram — falou Holland. — Você continuou enviando novos emissários.

— E você continuou deixando que vivessem. — Vortalis se alongou, estremecendo um pouco por causa das costelas feridas. — Eu diria que você deseja a morte, mas não parece tão ansioso para morrer. — Ele foi até o limite do bosque, de costas para Holland, enquanto olhava para a pálida extensão da cidade. Acendeu outro cigarro e o enfiou entre os dentes. — Sabe o que eu acho?

— Não me importo...

— Acho que você é um romântico. Um daqueles tolos que esperam que surja um futuro rei. Esperam que a magia volte, que o mundo acorde. Mas não funciona assim, Holland. Se quiser mudanças, tem de fazê-las. — Vortalis acenou com desdém para o córrego. — Você pode esvaziar as veias naquela água, mas não mudará nada. — Ele estendeu a mão. — Se você realmente quer salvar essa cidade, me ajude a dar um uso melhor a esse sangue.

Holland olhou para a mão do homem, recoberta de feitiços.

— E que uso seria esse?

Vortalis sorriu.

— Pode me ajudar a matar um rei.

OITO

ÁGUAS INEXPLORADAS

I

O café tinha gosto de água suja, mas ao menos mantinha as mãos de Alucard aquecidas.

Ele não havia dormido, os nervos à flor da pele por causa do navio estranho, do mago traidor e do fato de que sempre que fechava os olhos via Anisa queimando, via Jinnar se esfarelando em cinzas, via a si mesmo estendendo a mão como se houvesse algo que pudesse fazer para salvar a irmã, o amigo. Anisa sempre foi tão vivaz, Jinnar sempre foi tão forte, e no fim nada disso fez diferença.

Eles continuavam mortos.

Alucard subiu os degraus para o convés e tomou outro gole, esquecendo-se de quão ruim a bebida realmente era. Ele cuspiu a lama marrom sobre a amurada e limpou a boca.

Jasta estava ocupada amarrando uma corda ao mastro principal. Hastra e Hano estavam sentados num caixote à sombra da vela maior, o jovem guarda de pernas cruzadas e a marinheira empoleirada como um corvo, inclinando-se para a frente para ver algo sobre as mãos dele em concha. Parecia, dentre todas as coisas, com os primórdios verdejantes de um botão de acácia desabrochando. Hano emitiu um som de encantamento enquanto a flor se movia lentamente diante dos seus olhos. Hastra estava cercado pelos finos fios brancos de luz que pertenciam apenas àqueles raros indivíduos que mantinham os elementos em equilíbrio. Alucard se perguntou por um breve momento por que o jovem guarda não havia se tornado sacerdote. O ar ao redor de Hano era um ninho de espirais azul-escuras: uma maga do vento em formação, como Jinnar...

— Cuidado — disse uma voz. — Um marinheiro não vale de nada se não tiver todos os dedos.

Era Bard. Ela estava de pé perto da proa, ensinando a Lenos um truque com uma das suas facas. O marinheiro observava, de olhos arregalados, enquanto ela pegava a lâmina com a ponta dos dedos e a atirava no ar. Quando a apanhava pelo cabo, o gume da faca estava em chamas. Ela agradeceu com uma reverência, e Lenos abriu um sorriso nervoso.

Lenos, que tinha procurado Alucard na primeira noite de Lila a bordo do *Spire* e advertido que ela era um mau presságio. Como se Alucard já não soubesse.

Lenos, que a chamou de Sarows.

Quando Alucard viu Delilah Bard pela primeira vez, ela estava parada no seu navio, amarrada pelos pulsos e encrespando o ar com prata. Ele só havia conhecido um mago que brilhava daquele jeito e o sujeito em questão tinha um olho preto e um ar de desprezo por tudo que falava mais alto que qualquer palavra. Lila Bard, no entanto, tinha dois olhos castanhos comuns e nada a dizer a respeito de si mesma, nada a dizer a respeito do cadáver da tripulação de Alucard, esticado lá na prancha. Ela lhe ofereceu uma única frase fragmentada:

Is en ranes gast.

Eu sou a melhor ladra.

E, enquanto ficava lá, observando o seu sorriso afiado, as suas linhas de luz prateada, Alucard pensou: *Bem, você certamente é a mais estranha.*

A primeira decisão ruim que ele tomou foi acolhê-la a bordo.

A segunda foi deixá-la ficar.

A partir daí, as decisões ruins pareciam se multiplicar como bebidas num jogo de Santo.

Naquela primeira noite, na cabine dele, Lila se sentou em frente a Alucard, a sua magia emaranhada, um nó de poder nunca utilizado. E, quando ela lhe pediu que a ensinasse, ele quase engasgou com o vinho. Ensinar magia a uma *Antari*? Mas Alucard o fez. Ele preparou a bobina do poder, azeitou-a o melhor que pôde e observou a magia fluir através de canais mais limpos, mais brilhantes que qualquer coisa que ele já tinha visto.

Ele teve os seus momentos de clareza, é claro.

Ele pensou em vendê-la para Maris no *Ferase Stras*.

Pensou em matá-la antes que ela decidisse matá-lo.

Pensou em deixá-la, traí-la, imaginou uma dezena de maneiras de lavar as mãos com relação a ela. Lila era sinônimo de problemas, e até a tripulação sabia disso, e eles sequer conseguiam ver a palavra escrita em prata emaranhada acima da sua cabeça.

Mas, apesar de tudo isso, ele *gostava* dela.

Alucard pegou uma garota perigosa e a transformou em algo positivamente letal, e ele sabia que essa combinação provavelmente seria o fim dele, de uma forma ou de outra. Então, quando ela o traiu, atacando um competidor antes do *Essen Tasch*, roubando o seu lugar, mesmo sendo impossível que não soubesse o que isso significaria para *ele, para a sua tripulação, para o seu navio...* Alucard não ficou surpreso. Pelo contrário, ficou um pouco aliviado. Ele sempre soube que os *Antari* eram magos egoístas e teimosos. Lila estava simplesmente provando que o seu instinto estava correto.

Então, ele pensou que seria fácil se livrar dela, retomar o seu navio, a sua ordem, a sua vida. Mas nada relacionado a Bard era fácil. Aquela luz prateada o confundia, deixava a sua própria magia verde e azul totalmente emaranhada.

— Você *sabia*.

Alucard não tinha ouvido Kell se aproximar, não tinha notado a prata agitando o ar fora dos seus pensamentos, mas agora o outro mago estava ao lado dele, acompanhando o seu olhar para Bard.

— Nós parecemos diferentes para você, não é? — perguntou ele.

Alucard cruzou os braços.

— Todo mundo parece diferente para mim. Não há dois fios de magia iguais.

— Mas você sabia o que ela era — disse Kell — no momento em que a viu.

Alucard inclinou a cabeça.

— Imagine a minha surpresa — falou ele — quando uma ladra com uma nuvem de prata matou um dos meus homens, se juntou à minha tripulação e depois pediu *a mim* que ensinasse magia *a ela*.

— Então ela ter entrado no *Essen Tasch* foi culpa *sua*.

— Acredite ou não — retrucou Alucard, ecoando as palavras que Kell dissera sobre Rhy na noite anterior —, a ideia foi dela. E tentei impedi-la. Veementemente, mas parece que ela é bastante teimosa. — O olhar dele se desviou para Kell. — Deve ser uma característica *Antari*.

Kell deu um grunhido de aborrecimento e se virou para ir embora. Sempre saindo intempestivamente. Esse definitivamente era um hábito *Antari*.

— Espere — pediu Alucard. — Antes de ir, há algo...

— Não.

Alucard se eriçou.

— Você nem sabe o que eu ia dizer.

— Sei que provavelmente era sobre Rhy, então sei que não quero ouvir, porque, se você disser mais alguma coisa sobre como o meu irmão é na cama, eu vou quebrar a sua cara.

Alucard riu baixinho, com tristeza.

— Isso é *engraçado*? — rosnou Kell.

— Não... — disse Alucard, desviando o assunto. — É tão fácil te provocar. Você realmente não pode me culpar por fazê-lo.

— Não mais do que você pode me culpar por te dar um soco quando você for longe demais.

Alucard ergueu as mãos em rendição.

— Justo. — Ele começou a esfregar as velhas cicatrizes que circundavam os seus pulsos. — Olhe, tudo o que eu queria dizer era que... eu nunca quis magoá-lo.

Kell lhe lançou um olhar de desprezo.

— Você o tratou como um caso sem importância.

— Como você sabe?

— Rhy estava apaixonado por você, e você o *abandonou*. Você o fez pensar que... — Kell soltou um suspiro exasperado. — Ou você esqueceu que fugiu de Londres muito antes de eu tentar expulsá-lo?

Alucard balançou a cabeça, os olhos fugindo para a constante linha azul do mar. O seu maxilar estava cerrado, o corpo lutando contra a verdade. A verdade tinha garras e elas estavam cravadas no seu peito. Seria mais fácil deixar aquilo não dito, mas, quando Kell se virou novamente para ir embora, ele se forçou a falar.

— Eu *fui embora* — falou ele — porque o *meu* irmão descobriu onde eu passava as minhas noites, com quem eu *estava*.

Alucard manteve os olhos na água, mas ouviu os passos de Kell parando.

— Acredite ou não, nem todas as famílias estão dispostas a deixar de lado o decoro para satisfazer o gosto de um membro da realeza. Os Emery têm valores antigos. Rígidos. — Ele engoliu em seco. — O meu irmão, Berras, contou ao meu pai, que me bateu até eu não aguentar mais. Até quebrar o meu braço, o meu ombro, as minhas costelas. Até eu apagar. E então Berras me colocou no mar. Acordei preso no porão de um navio cujo capitão estava dez rish mais rico, com a ordem de não retornar a Londres até que a sua tripulação tivesse me *endireitado*. Eu fugi daquele navio na primeira vez que ele ancorou, com três lin no bolso, uma boa quantidade de magia nas veias, e ninguém para me acolher em casa. Então não, eu não voltei. E isso é culpa minha. Mas eu não sabia o que significava para ele. — Alucard desviou o olhar do mar e encarou Kell. — Eu nunca quis ir embora — continuou. — E, se soubesse que Rhy me amava tanto quanto eu o amava, jamais teria permanecido longe.

Os dois ficaram lá, rodeados pela bruma do mar e pelo crepitar das velas.

Por um longo minuto, nenhum deles falou.

Por fim, Kell suspirou.

— Eu ainda não suporto você.

Alucard riu de alívio.

— Ah, não se preocupe — disse ele. — O sentimento é mútuo.

Com isso, o capitão deixou o *Antari* e se dirigiu à ladra. Lenos a deixara sozinha na amurada e agora ela usava a sua faca para raspar a sujeira debaixo das unhas, o olhar fixo em algo distante.

— O meu reino pelo que está passando na sua cabeça, Bard.

Ela olhou para ele e um sorriso repuxou o canto da sua boca.

— Pensei que nunca mais compartilharíamos um convés.

— Bem, o mundo é cheio de surpresas. E reis das sombras. E maldições. Café? — perguntou Alucard, oferecendo a caneca.

Ela olhou para o lodo marrom e disse:

— Dispenso.

— Não sabe o que está perdendo, Bard.

— Ah, sei, sim. Cometi o erro de prová-lo hoje de manhã.

Alucard fez uma cara azeda e derrubou o restante da bebida no mar. Ilo fazia o cozinheiro habitual do *Spire* parecer um chef do palácio.

— Preciso de uma refeição de verdade.

— Sinto muito — provocou Lila. — Quando foi que alguém trocou o meu capitão durão por um nobre chorão?

— Quando foi que alguém trocou a minha melhor ladra por uma mala sem alça?

— Ah — disse ela —, mas eu sempre fui assim.

Lila inclinou o rosto para o sol. O seu cabelo estava ficando comprido, os fios escuros roçando os seus ombros, o olho de vidro piscando na luz branca do inverno.

— Você adora o mar — afirmou ele.

— Você não?

A mão de Alucard apertou a amurada.

— Amo partes dele. O ar em mar aberto, a energia de uma tripulação trabalhando em conjunto, a oportunidade de aventuras e tudo mais. Porém... — Ele sentiu a atenção dela ficar mais aguçada e parou. Durante meses, eles seguiram uma linha cuidadosa entre a completa mentira e a verdade por omissão, presos num impasse, nenhum dos dois querendo ceder. Eles partilhavam verdades como se fossem joias preciosas, e sempre em troca de algo.

Agora mesmo, ele quase se descuidou e contou algo de graça.

— Porém...? — cutucou ela com o leve toque de uma ladra.

— Você não se cansa de correr, Bard?

Ela ergueu a cabeça.

— Não.

O olhar de Alucard rumou para o horizonte.

— Então você ainda não deixou o bastante para trás.

Uma brisa gelada os atingiu, Lila cruzou os braços na amurada e olhou para a água lá embaixo. Ela franziu a testa.

— O que é aquilo?

Algo balançou na superfície, um pedaço de madeira à deriva. E depois outro. E mais outro. As tábuas flutuavam em pedaços quebrados, as bordas queimadas. Um arrepio desagradável percorreu Alucard.

O *Ghost* estava navegando pelos destroços de um navio.

— Aquilo — explicou Alucard — é trabalho das Serpentes do Mar.

Os olhos de Lila se arregalaram.

— Por favor, me diga que você está falando de mercenários e não de cobras gigantes que comem navios.

Alucard ergueu uma sobrancelha.

— Cobras gigantes que comem navios? Sério?

— O quê? — desafiou ela. — Como você quer que eu saiba qual é o limite nesse mundo?

— O limite fica bem antes de cobras gigantes que comem navios... Viu isso, Jasta? — gritou ele.

A capitã semicerrou os olhos para onde ele apontava.

— Vi. Parece ter uma semana, talvez.

— Não faz muito tempo — murmurou Alucard.

— Você queria a rota mais rápida — gritou ela, virando-se para o leme quando um grande pedaço de casco passou flutuando com parte do nome ainda pintado.

— Então, o que são elas, essas Serpentes do Mar? — perguntou Lila.

— Mercenários. Afundam os próprios navios antes de atacar.

— Como distração? — questionou Lila.

Ele balançou a cabeça, negando.

— Uma mensagem. De que não vão mais precisar deles. De que, quando acabarem de matar todos a bordo e despejarem os corpos no mar, eles vão pegar o barco das vítimas e ir embora.

— Hum — balbuciou Lila.

— Exatamente.

— Parece um desperdício de um navio em perfeito estado.

Ele revirou os olhos.

— Só você lamentaria o navio ao invés dos marinheiros.

— Bem — falou ela com ar sério —, o navio certamente não fez nada de errado. As *pessoas* podem ter feito por merecer.

II

Quando Kell era jovem e não conseguia dormir, ele costumava perambular pelo palácio.

O simples ato de andar estabilizava algo nele, acalmava os nervos e aquietava os pensamentos. Ele perdia a noção do tempo mas também do espaço e então se encontrava em alguma parte estranha do palácio sem lembrar como chegara lá, a atenção voltada para dentro de si mesmo em vez de para fora.

Ele não conseguiria se perder daquela forma no *Ghost* — o navio inteiro tinha aproximadamente o tamanho dos aposentos de Rhy —, mas ainda se surpreendeu ao olhar para cima e perceber que estava de pé ao lado da cela improvisada de Holland.

O velho, Ilo, estava apoiado numa cadeira na entrada da prisão, em silêncio, esculpindo um pedaço de madeira preta na forma de um navio apenas com o tato e fazendo um trabalho bastante decente. Ele parecia perdido na tarefa como Kell estivera momentos antes, porém agora Ilo se levantava, sentindo a sua presença e lendo nela uma dispensa silenciosa. Ele deixou a pequena escultura de madeira para trás, na cadeira. Kell olhou para o pequeno cômodo, esperando ver Holland olhando para ele, e franziu o cenho.

Holland estava sentado no catre com as costas voltadas para a parede, a cabeça apoiada nos joelhos dobrados. Uma das mãos fora algemada à parede, a corrente pendendo como uma coleira. A sua pele tinha assumido uma palidez acinzentada. O mar claramente não lhe fazia bem. O seu cabelo preto, Kell percebeu, estava agora entremeado com fios brilhantes cor de prata, como se o fato de se livrar de Osaron tivesse lhe custado algo vital.

Porém, o que mais surpreendeu Kell foi o simples fato de Holland estar *dormindo*.

Kell nunca viu Holland baixar a guarda, nunca o viu relaxado, muito menos inconsciente. E, no entanto, ele não estava completamente *quieto*. Os músculos nos braços do outro *Antari* se contraíam e ele estava ofegante como se estivesse preso num pesadelo.

Kell prendeu a respiração enquanto tirava a cadeira do caminho e entrava no cômodo.

Holland não se mexeu quando Kell se aproximou, nem quando ele se ajoelhou em frente à cama.

— Holland? — chamou Kell calmamente, mas o homem não se mexeu.

Foi apenas quando a mão de Kell tocou no braço de Holland que ele acordou. A sua cabeça se levantou de súbito e ele se afastou tão rápido quanto, ou ao menos tentou, pois os seus ombros bateram na parede da cabine. Por um instante, o seu olhar ficou arregalado e vazio, o corpo encolhido, a mente em outro lugar. Durou apenas um segundo, mas, naquele fragmento de tempo, Kell enxergou medo. Um medo profundo e treinado, do tipo incutido à força em animais que haviam mordido os seus mestres, a compostura cuidadosa de Holland escorregando e revelando a tensão que havia por baixo de tudo. E então ele piscou, uma vez, duas vezes, os olhos recuperando o foco.

— Kell — exalou ele bruscamente, a postura voltando àquele arremedo de calma, de controle, enquanto ele lutava com quaisquer demônios que assombravam o seu sono. — *Vos och?* — perguntou ele rispidamente na própria língua. *O que foi?*

Kell resistiu ao ímpeto de recuar sob o olhar do homem. Eles quase não se falaram desde que ele fora até a cela de Holland e lhe pedira que se levantasse. Então, ele disse apenas:

— Você parece doente.

O cabelo escuro de Holland estava encharcado de suor, os olhos febris.

— Preocupado com a minha saúde? — disse ele em tom áspero.

— Que comovente. — Ele começou a mexer distraidamente na algema que envolvia o pulso. Sob o ferro, a sua pele parecia vermelha, esfolada, e, antes de Kell ter realmente se decidido, já estendia a mão para o metal.

Holland ficou paralisado.

— O que você está fazendo?

— O que parece que estou fazendo? — retrucou Kell, pegando a chave. Os seus dedos se fecharam ao redor da algema, e o metal frio, com o estranho peso entorpecente, fez com que ele pensasse na Londres Branca: na gargantilha, na estrutura de metal e nos seus próprios gritos...

As correntes caíram, batendo no chão com peso e força suficientes para marcar a madeira.

Holland olhou para a própria pele, para o lugar onde o metal estivera. Ele flexionou os dedos.

— Acredita que é uma boa ideia?

— Acho que logo saberemos — respondeu Kell, recuando para se sentar na cadeira encostada na parede oposta. Ele manteve a guarda, a mão ainda pairando sobre uma lâmina, porém Holland não fez movimento nenhum para atacar, apenas esfregou o pulso cuidadosamente. — É uma sensação estranha, não é? — perguntou Kell. — O rei me prendeu. Passei algum tempo naquela cela. Nessas correntes.

Holland ergueu uma única sobrancelha escura.

— Quanto tempo você passou acorrentado, Kell? — indagou ele, o desprezo escorrendo na voz. — Foram algumas horas ou um dia inteiro?

Kell ficou em silêncio e Holland balançou a cabeça pesarosamente, um som de escárnio saindo da sua garganta. O *Ghost* deve ter se chocado com uma onda, porque balançou e Holland empalideceu.

— Por que estou nesse navio? — Quando Kell não respondeu, ele continuou: — Ou talvez a melhor pergunta seja: por que *você* está nesse navio?

Kell continuou sem dizer nada. Conhecimento é uma arma, e ele não tinha a intenção de armar Holland, não ainda. Ele esperava que o outro mago o pressionasse a contar, mas, em vez disso, ele se recostou com o rosto voltado para a janela aberta.

— Se você escutar, pode ouvir o mar. E o navio. E as pessoas nele. — Kell se retesou, mas Holland continuou: — Aquele Hastra, ele tem o tipo de voz que se propaga. Os capitães também, ambos gostam de falar. Um mercado clandestino, um dispositivo para magia... Não vou demorar muito para descobrir tudo.

Então ele não estava deixando o assunto de lado.

— Desfrute do desafio — falou Kell, perguntando-se por que ele ainda estava ali, por que havia ido até ali, em primeiro lugar.

— Se você está planejando um ataque contra Osaron, então me deixe *ajudar*. — A voz do outro *Antari* havia mudado, e levou um instante para Kell entender o que estava entremeado nela. Paixão. Raiva. A voz de Holland sempre foi regular e constante como uma rocha. Agora tinha fissuras.

— Ajudar requer confiança — afirmou Kell.

— Dificilmente — retrucou Holland. — Apenas interesse mútuo. — O olhar dele queimou através de Kell. — Por que você me trouxe? — perguntou ele novamente.

— Eu o trouxe para que você não causasse problemas no palácio. E o trouxe como isca, com a esperança de que Osaron nos seguisse. — Era uma verdade parcial, mas contá-la, assim como ver o olhar de Holland, afrouxou algo em Kell. Ele cedeu. — Esse dispositivo de que você ouviu falar... é chamado de Herdeiro. E vamos usá-lo para aprisionar Osaron.

— Como? — perguntou Holland, não incrédulo, e, sim, intenso.

— É um receptáculo para o poder — explicou Kell. — Magos já os utilizaram no passado para transmitir a totalidade da sua magia, transferindo-a para um dispositivo.

Holland ficou calado, porém os seus olhos ainda brilhavam febris. Depois de um longo momento, ele falou novamente, a voz baixa, composta.

— Se você quiser que eu use este Herdeiro...

— Não foi por isso que eu trouxe você — interrompeu Kell, rápido demais, sem saber se a suposição de Holland estava longe demais ou próxima demais da verdade. Ele já havia considerado o dilema; na verdade, tentou não pensar em mais nada depois que saíram de Londres. O Herdeiro exigia sacrifício. Seria um deles. Tinha de ser. Mas ele não confiava que fosse Holland, que já havia sucumbido uma vez. E não queria que fosse Lila, que nada temia, mesmo quando devia. E sabia que Osaron tinha a *ele* como alvo, mas ele tinha Rhy, e Holland não tinha ninguém. E Lila tinha vivido sem poder, e ele preferia morrer a perder o irmão, a perder a si mesmo... E os pensamentos giravam e giravam dentro da sua cabeça.

— Kell — falou Holland com voz firme —, eu me responsabilizo pelas minhas sombras e Osaron é uma delas.

— Como Vitari era minha — retrucou Kell.

Onde isso começou?

Ele se levantou antes que pudesse dizer mais alguma coisa, antes de começar a considerar seriamente essa possibilidade.

— Podemos discutir sobre sacrifícios nobres quando tivermos o dispositivo nas mãos. Enquanto isso — ele acenou com a cabeça para as correntes de Holland —, aproveite o gosto da liberdade. Eu lhe daria permissão para andar no navio, mas...

— Entre Delilah e Jasta, eu não chegaria muito longe. — Holland esfregou os pulsos novamente. Flexionou os dedos. Parecia não saber o que fazer com as próprias mãos. Por fim, cruzou os braços, imitando a postura de Kell. Holland fechou os olhos, mas Kell sabia que ele não estava descansando. A sua guarda estava erguida, a nuca eriçada.

— Quem eram eles? — perguntou Kell com suavidade.

Holland piscou.

— O quê?

— As três pessoas que você matou antes dos Danes.

A tensão reverberou pelo ar.

— Não importa.

— Foram importantes o bastante para você não esquecê-las — argumentou Kell.

Mas o rosto de Holland voltou a se esconder atrás da sua máscara de indiferença e o cômodo se encheu de silêncio até que ambos ficassem submersos nele.

III

Vortalis sempre quis ser rei. Não aquele *futuro* rei, dissera a Holland, mas o rei de *agora*. Ele não se importava com as histórias. Não acreditava nas lendas. Mas sabia que a cidade precisava de ordem. Precisava de força. Precisava de um líder.

— Todos querem ser rei — falou Vortalis.

— Eu não — afirmou Holland.

— Bem, então ou você é mentiroso ou tolo.

Eles estavam sentados num reservado da Scorched Bone. O tipo de lugar onde homens podiam falar sobre regicídio sem levantar suspeitas. A atenção se voltava para eles aqui e ali, mas Holland sabia que tinha menos a ver com o tópico em discussão do que com o seu olho esquerdo e com as facas de Vortalis.

— Formamos uma bela dupla — disse o homem assim que entraram na taverna. — O *Antari* e o Caçador. Parece o título de uma daquelas histórias que você gosta — acrescentou, servindo a primeira rodada de bebidas.

— Londres *tem* um rei — falou Holland, afinal.

— Londres *sempre* tem um rei — retrucou Vortalis. — Ou rainha. E há quanto tempo o governante tem sido um tirano?

Ambos sabiam que havia apenas um jeito de o trono mudar de mãos: pela força. Um governante usava a coroa desde que pudesse mantê-la na cabeça. E isso significava que todo rei ou rainha havia cometido um assassinato antes. Poder exigia corrupção e corrupção recompensava o poder. As pessoas que alcançavam o trono sempre pavimentaram o caminho com sangue.

— É preciso ser tirano — comentou Holland.

— Mas não tem de ser assim — argumentou Vortalis. — Você poderia ser a minha força, o meu cavaleiro, o meu poder, e eu poderia ser a lei, o direito, a ordem. E juntos poderíamos fazer mais que tomar esse trono — falou, pousando a caneca na mesa. — Poderíamos *mantê-lo*.

Ele era um orador talentoso, Holland tinha de admitir isso. O tipo de homem que alimentava a paixão como um atiçador faz com carvões em brasa. Eles o chamavam de Caçador, mas, quanto mais tempo Holland ficava na sua presença, mais pensava nele como Fole. Ele dissera isso a Vortalis uma vez e o homem havia rido, dissera que era mesmo um homem de ego inflado.

Havia nele um encanto inegável, não apenas os ares juvenis de quem ainda não tinha visto o que o mundo tem a oferecer de pior mas o brilho de alguém que conseguia acreditar na mudança apesar de tudo.

Quando Vortalis falava com Holland, sempre encarava os dois olhos dele, e, naquele olhar salpicado de partículas de âmbar, Holland sentia como se estivesse sendo realmente *visto*.

— Você sabe o que aconteceu com o último *Antari*? — perguntava Vortalis, inclinando-se para perto de Holland. — Eu sei. Eu estava lá no castelo quando a rainha Stol cortou a sua garganta e se banhou no seu sangue.

— O que você estava fazendo no castelo? — perguntou Holland.

Vortalis lhe lançou um olhar duro por um longo tempo.

— Foi isso que lhe chamou a atenção na minha história? — Ele balançou a cabeça. —Veja, o nosso mundo precisa de cada gota de magia possível, e nós temos reis e rainhas que a derramam como água para que possam ter um gostinho do poder, ou talvez apenas para que a magia não se levante contra eles. Nós chegamos aonde estamos por causa do medo. Medo da Londres Preta, medo da magia que não era nossa para a controlarmos. Mas esse caminho não nos levará para a frente, apenas para baixo. Eu poderia ter matado você...

— Poderia ter tentado...

— Mas o mundo *precisa* de poder. E de homens que não tenham medo dele. Pense no que Londres poderia fazer com um líder assim — disse Vortalis. — Um rei que se importasse com o seu povo.

Holland passou o indicador lentamente pela borda da caneca, a cerveja intocada enquanto o outro homem esvaziava o segundo copo.

— Então você quer matar o nosso rei atual.

Vortalis se inclinou para a frente.

— Não é o que todo mundo quer?

Era uma pergunta válida.

Gorst — um homem com a estatura de uma montanha, que abrira o seu caminho até o trono com o respaldo de um exército e que transformara o castelo numa fortaleza e a cidade numa favela. Os seus homens vasculhavam as ruas, saqueando tudo o que podiam, tudo o que queriam, em nome de um rei que fingia se importar, que alegava poder ressuscitar a cidade enquanto na verdade a drenava por completo.

E toda semana o rei Gorst cortava pescoços na praça de sangue, um dízimo para o mundo moribundo, como se aquele sacrifício, um sacrifício que sequer era dele, pudesse consertar o mundo. Como se o derramamento do sangue *deles* fosse prova da devoção *dele* à causa do povo.

Por quantos dias Holland havia ficado parado no canto daquela praça, assistindo, e pensado em cortar o pescoço de Gorst? De oferecer *a ele* de volta à terra faminta?

Vortalis olhava para ele com ar pesado e Holland compreendeu.

— Você quer que *eu* mate Gorst. — O outro homem sorriu. — Por que você mesmo não o mata?

Vortalis não tinha problemas em matar, não ganhou a alcunha se abstendo de violência, e era realmente muito bom nisso. Mas apenas um tolo entraria numa luta sem as suas facas mais afiadas, explicou Vortalis, inclinando-se para mais perto, e ninguém era tão preparado quanto Holland para a tarefa.

— Eu sei que você não gosta da prática — acrescentou ele —, mas há uma diferença entre matar com um propósito e matar por esporte, e os sábios compreendem que alguns devem cair para que outros possam se levantar.

— Alguns pescoços precisam ser cortados — disse Holland, seco.

Vortalis abriu um sorriso mordaz.

— Exatamente. Então, você pode ficar sentado esperando por um final de contos de fada ou pode me ajudar a escrever um final de verdade.

Holland tamborilou na mesa.

— Não será fácil — disse ele, pensativo. — Não com a guarda dele.

— São como ratos, aqueles homens — falou Vortalis, pegando um cigarro muito enrolado. Ele acendeu a ponta no lampião mais próximo. — Não importa quantos eu mate, mais deles correm para ocupar os lugares.

— Eles são leais? — perguntou Holland.

Uma fumaça jorrou das narinas do homem num resfolegar de escárnio.

— A lealdade é comprada ou merecida e, até onde sei, Gorst não tem nem as riquezas nem o charme para merecer o seu exército. Estes homens lutam por ele, morrem por ele, limpam a bunda dele. Têm a devoção cega dos amaldiçoados.

— Maldições morrem com os seus criadores — divagou Holland.

— E assim voltamos ao ponto: a morte de um tirano e criador de maldições. E por que você é tão adequado para o trabalho. De acordo com um dos poucos espiões que consegui, Gorst se resguarda no topo do palácio, numa sala com os quatro lados protegidos, trancado como um prêmio no seu próprio cofre. Agora, é verdade — falou Vortalis, os olhos dançando, iluminados — que os *Antari* podem criar portas?

Três noites depois, ao soar da nona badalada, Holland atravessou o portão do castelo e desapareceu. Um passo o fez atravessar a soleira e o seguinte o fez entrar no meio dos aposentos reais, um cômodo repleto de almofadas e sedas.

Sangue escorreu da mão do *Antari*, na qual ainda segurava o talismã. Gorst usava tantos que sequer percebeu que estava faltando, afanado pelo espião de Vortalis dentro do castelo. Três palavras simples — *As Tascen Gorst* — e ele estava lá dentro.

O rei estava sentado diante de uma lareira ardente, empanturrando-se de um banquete de aves, pães e peras cristalizadas. Por toda a cidade, as pessoas definhavam, mas os ossos de Gorst tinham sido engolidos havia muito tempo pelos constantes banquetes.

Ocupado com a refeição, o rei não notou Holland parado ali, atrás dele, não ouviu quando ele sacou a faca.

—Tente não esfaqueá-lo pelas costas — aconselhara Vortalis. — Afinal de contas, ele *é* o rei. Ele merece ver a chegada da lâmina.

—Você tem um conjunto muito estranho de princípios.

— Ah, mas pelo menos eu os tenho.

Holland estava no meio do caminho até o rei quando percebeu que Gorst não estava jantando sozinho.

Uma garota, de não mais que 15 anos, estava sentada nua ao lado do rei como uma besta, um animal de estimação. Ao contrário de Gorst, ela não parecia entretida e a sua cabeça se ergueu com o movimento dos passos de Holland. Ao vê-lo, ela começou a gritar.

O som foi bruscamente interrompido quando ele prendeu o ar nos pulmões da garota, mas Gorst já estava se levantando, a enorme silhueta escondendo a lareira. Holland não esperou, a sua faca foi chicoteando até o coração do rei.

E Gorst a *pegou*.

O rei apanhou a arma do ar com um sorriso de escárnio enquanto a garota ainda arranhava o próprio pescoço.

—Isso é tudo que pode fazer?

— Não — respondeu Holland, juntando a palma das mãos ao redor do broche. — *As Steno* — falou, abrindo as mãos enquanto o broche se estilhaçava em uma dúzia de cacos de metal. Eles voaram pelo ar, rápidos como a luz, atravessando roupas, carne e músculos.

Gorst rosnou enquanto sangue brotava no branco da sua túnica, manchava as mangas, mas ainda assim ele não caiu. Holland forçou o metal a entrar mais fundo, sentiu os estilhaços raspando os ossos, e Gorst caiu de joelhos ao lado da garota.

— Acha que é tão fácil... matar... um rei? — ofegou ele, e então, antes que Holland pudesse detê-lo, Gorst pegou a faca de Holland e a usou para cortar o pescoço da garota.

Holland cambaleou, liberando a voz dela enquanto o sangue jorrava no chão. Gorst estava passando os dedos pela poça viscosa, numa tentativa de escrever um feitiço. A vida dela não valera mais que a tinta mais mesquinha.

A raiva queimou em Holland. As suas mãos se estenderam, e Gorst foi puxado para trás e para cima, uma marionete acionada por cordões. O tirano soltou um rugido gutural quando os seus braços foram forçados a se abrir.

— Acha que pode governar essa cidade? — disse ele com voz rouca, os ossos lutando contra o domínio de Holland. — Tente e verá... quanto tempo... vai aguentar.

Holland convocou o fogo da lareira, uma fita de chamas que envolveu o pescoço do rei numa gola flamejante. Por fim, Gorst começou a se lamentar, gritos se arrastando até virarem choramingos. Holland deu um passo à frente, pisando no sangue desperdiçado da garota, até chegar perto o suficiente para que o calor da fita ardente lambesse a sua pele.

— Está na hora — falou ele, as palavras perdidas sob os sons de uma angústia mortal — para um novo tipo de rei.

— *As Orense* — falou Holland quando tudo estava terminado.

As chamas tinham se extinguido e as portas dos aposentos se abriram uma após a outra quando Vortalis entrou na sala, uma dúzia de homens no seu encalço. No peitoral das armaduras escuras, eles já usavam o selo escolhido por ele, a mão aberta com um círculo entalhado na palma.

O próprio Vortalis não estava vestido para batalha. Ele usava o habitual cinza escuro, as únicas manchas de cor nos espectros dos seus olhos e nos rastros de sangue que ele trazia como lama para dentro do cômodo.

Os corpos dos guardas de Gorst estavam espalhados pelo corredor atrás dele.

Holland franziu o cenho.

— Pensei que você tivesse dito que a maldição seria revogada. Eles não teriam de morrer.

— É melhor prevenir do que remediar — disse Vortalis, e então, ao ver a expressão no rosto de Holland, explicou-se: — Eu não matei aqueles que pediram misericórdia.

Ele olhou para o corpo de Gorst, para as feridas ensanguentadas, a queimadura em volta do pescoço, e assobiou baixinho.

— Lembre-me de nunca irritar você.

A refeição de Gorst ainda estava na frente da lareira, e Vortalis pegou o cálice do rei morto, despejou o conteúdo no fogo, provocando um sibilo, e se serviu de uma nova bebida, balançando o vinho para limpar o recipiente.

Ele ergueu o cálice para os seus homens.

— *On vis och* — disse ele. — O castelo é nosso. Derrubem os antigos estandartes. Ao amanhecer, quero que toda a cidade saiba que o tirano não se senta mais no trono. Pegue o conteúdo das suas despensas e esse vinho horrível e distribua tudo desde o *das* até o Kosik. Deixe o povo saber que há um novo rei em Londres e que seu nome é Ros Vortalis.

Os homens irromperam em aplausos, saindo pelas portas abertas, passando ao largo e por cima dos corpos da velha guarda.

— E encontrem alguém para limpar essa bagunça! — gritou Vortalis para eles.

—Você está de bom humor — comentou Holland.

—Você também deveria estar — repreendeu Vortalis. — É assim que as mudanças acontecem. Não com um sussurro e um desejo como naqueles contos de que você gosta, mas com um plano bem executado. E, bem, um pouco de sangue, mas o mundo é assim mesmo, não é? É a nossa vez agora. Eu serei o rei dessa cidade e você pode ser o seu valente cavaleiro. E juntos construiremos algo melhor. — Ele ergueu o cálice para Holland. — *On vis och* — repetiu. — A novos amanheceres, bons finais e amigos leais.

Holland cruzou os braços.

— Muito me admira que você ainda tenha algum amigo depois de enviar tantos atrás de mim.

Vortalis riu. Holland não ouvia uma risada assim desde Talya, e, mesmo naquela época, a risada dela tinha sido doce como bagas envenenadas, ao passo que a de Vortalis era como a corrente marinha. Ele disse:

— Eu nunca lhe enviei amigos. Apenas inimigos.

IV

Lenos estava de pé na popa do *Ghost*, brincando com um dos pequenos navios esculpidos que Ilo deixava por toda parte, quando um pássaro passou voando.

Ele ergueu o olhar, preocupado. Aquela aparição súbita só podia significar uma coisa: estavam se aproximando de terra firme. O que não seria um problema se eles não estivessem indo direto para o mercado de Maris, no meio do mar. O marinheiro correu para a proa enquanto o *Ghost* deslizava serenamente em direção a um porto que se erguia no litoral.

— Por que estamos aportando?

— É mais fácil traçar o curso a partir daqui — respondeu Jasta. — Além do mais, estamos com poucos suprimentos. Saímos com pressa.

Lenos lançou um olhar nervoso para Alucard, que subia os degraus.

— Não estamos mais com pressa? — perguntou Lenos.

— Não vamos demorar muito — foi tudo o que Jasta disse.

Lenos protegeu os olhos do sol, já passara do zênite e agora estava descendo para o horizonte. Ele semicerrou os olhos para a fileira de navios atracados às docas.

— Porto de Rosenal — esclareceu Alucard. — É a última parada para resolver qualquer coisa antes da baía do norte.

— Não gosto disso — resmungou o príncipe *Antari* quando se juntou a eles no convés. — Jasta, nós...

— Nós descarregaremos os caixotes e reabasteceremos — insistiu a capitã enquanto ela e Hano desenrolavam as cordas e as jogavam para fora do navio. — Uma hora, talvez duas. Estiquem as pernas. Sairemos do porto até o anoitecer e chegaremos ao mercado no fim da manhã.

— Eu não me importaria de fazer uma refeição — falou Alucard, desatrelando a rampa. — Sem ofensa, Jasta, mas Ilo cozinha tão bem quanto vê.

O navio parou quando dois ajudantes do cais pegaram as cordas e as amarraram. Alucard desceu a rampa sem olhar para trás, com Bard nos calcanhares.

— *Santo* — murmurou Jasta baixinho. Kell e Lenos se voltaram para ela. Havia algo errado, os instintos de Lenos diziam isso.

— Você vem? — gritou Lila, mas Kell gritou em resposta:

— Vou ficar no navio. — E então ele se virou para Jasta. — O que foi?

— Você precisa sair daqui — disse a capitã do *Ghost*. — Agora.

— Por quê? — perguntou Kell, mas Lenos já tinha visto o trio que se encaminhava para o cais. Dois homens e uma mulher, todos de preto, e cada um deles com uma espada pendurada na cintura. Um formigamento nervoso passou por todo o seu corpo.

Kell finalmente notou os estranhos.

— Quem são eles?

— Confusão — cuspiu Jasta, e Lenos se virou para avisar Alucard e Bard, mas eles já estavam na metade do cais, e o capitão deve ter percebido o perigo também, pois jogou o braço casualmente no ombro de Lila, tirando-a do caminho.

— O que está acontecendo? — perguntou Kell quando Jasta girou nos calcanhares e começou a se dirigir para o porão.

— Eles não deveriam estar aqui, não nessa época do ano.

— Quem são *eles*? — insistiu Kell.

— Esse é um porto privado — respondeu Lenos, as longas pernas acompanhando o ritmo com facilidade — dirigido por um homem chamado Rosenal. Esses são os seus guardas. Normalmente eles não atracam antes do verão, quando o tempo está bom e o mar está cheio. Estão aqui para checar a carga, procurar contrabando.

Kell balançou a cabeça.

— Pensei que esse navio *lidava* com contrabando.

— E lida — falou Jasta, descendo os degraus em dois passos e seguindo para o porão. — Os homens de Rosenal pegam uma parte. É conveniente também, uma vez que os únicos navios que vêm aqui não carregam as cores reais. Mas eles estão adiantados.

— Eu ainda não entendo por que temos de *sair* — disse Kell. — A sua carga é problema seu.

Jasta se virou para ele, a sua silhueta preenchendo o corredor.

— É mesmo? Você não está mais em Londres, principezinho, e nem todo mundo fora da capital é amigo da coroa. Aqui quem reina é o dinheiro, e sem dúvida os homens de Rosenal adorariam pedir resgate por um príncipe ou vender pedaços de um *Antari* para o *Ferase Stras*. Se quiser chegar lá inteiro, pegue o mago traidor e vá embora.

Lenos viu Kell empalidecer.

Passos soaram no convés, Jasta rosnou e prosseguiu a marcha, deixando Kell sem opção a não ser apanhar um par de capuzes dos ganchos no corredor e usar um deles para cobrir os cabelos cor de cobre. Holland não poderia ter ouvido o aviso de Jasta através do chão, mas o barulho deve ter dito o suficiente, porque ele já estava de pé quando eles chegaram.

— Suponho que haja um problema. — Lenos sentiu um aperto no estômago de preocupação ao vê-lo livre, mas Kell apenas empurrou o segundo capuz para as mãos do *Antari*.

— Jasta? — gritou uma nova voz lá em cima.

Holland colocou o capuz, o olho preto perdido sob a sombra da aba enquanto a capitã os empurrava para fora da cabine em direção a uma janela nos fundos do navio. Ela a abriu, revelando uma pequena escada que mergulhava na água lá embaixo.

— Vão. Agora. Voltem daqui a uma ou duas horas. — Jasta já se virava quando uma das figuras chegou à escada que levava ao porão. Um par de botas pretas apareceu e Lenos jogou a sua silhueta estreita na frente da janela.

Atrás dele, Kell saiu.

Ele esperou pelo barulho da água, mas não ouviu nada além de uma respiração ofegante, um instante de silêncio, e então o baque seco de botas atingindo o cais. Lenos olhou por cima do ombro e viu Holland pulando da escada e aterrissando agachado elegantemente ao lado de Kell, pouco antes de os mercenários de Rosenal chegarem ao porão.

— O que é isso? — perguntou a mulher quando viu Lenos, os braços esticados na abertura. Ele conseguiu abrir um sorriso desajeitado.

— Estou apenas arejando o porão — respondeu ele, virando-se para fechar a janela. A mercenária agarrou o seu pulso e o empurrou para o lado.

— É mesmo?

Lenos prendeu a respiração quando ela enfiou a cabeça pela janela, examinando a água e as docas.

Mas, quando ela voltou para o porão, ele viu a resposta na sua expressão entediada e relaxou de alívio.

Ela não tinha visto nada de estranho.

Os *Antari* haviam ido embora.

V

Lila tinha um mau pressentimento sobre Rosenal.

Ela não sabia se era o porto em si que a perturbava ou o fato de que estavam sendo seguidos. Provavelmente a segunda opção.

A princípio, ela achou que não era nada, um eco dos nervos daquele encontro quase mortal nas docas, mas, conforme subia o morro para a cidade, a certeza se assentou como uma capa sobre os seus ombros, a percepção arranhando a sua nuca.

Lila sempre sabia quando não estava sozinha. As pessoas tinham uma presença, um peso no mundo. Lila sempre conseguiu perceber isso, mas agora se perguntava se não era a magia no seu sangue que estivera ouvindo esse tempo todo, vibrando como a corda de um instrumento musical esticada.

E, quando eles alcançaram o cume, Kell também sentiu ou simplesmente percebeu a tensão de Lila, que estava ao seu lado.

— Acha que estamos sendo seguidos? — perguntou ele.

— Provavelmente — intrometeu-se Holland, falando sem emoção. Vê-lo solto e desacorrentado a deixou de estômago revirado.

— Sempre presumo que estou sendo seguida — disse ela com um falso gracejo. — Por que acha que tenho tantas facas?

Kell franziu o cenho.

— Para ser sincero, eu não sei dizer se você está brincando.

— Algumas cidades são envoltas em névoa — comentou Alucard —, outras em maus agouros. Rosenal simplesmente possui um pouco dos dois.

Lila desvencilhou o seu braço do de Kell, os sentidos formigando. A vista do porto que a cidade oferecia mostrava um ninho emaranhado de ruas, além de prédios achatados que se amontoavam para se proteger do vento frio. Marinheiros correndo de uma porta a outra, capuzes e golas erguidos para proteger do frio. A cidade era um grande enigma formado por becos, com poucas nesgas de luz e sombras profundas o suficiente para engolir lugares em que alguém poderia se esconder para espreitar.

— O lugar assume um tipo estranho de charme... — continuou o capitão. — Essa sensação de ser observado...

Os passos dela diminuíram diante da entrada de uma rua sinuosa, o peso familiar de uma faca surgiu na sua mão. O mau pressentimento estava piorando. Lila conhecia o modo como um coração disparava quando perseguia alguém e o jeito como vacilava quando era perseguido. Naquele momento, o seu coração se sentia menos como um predador e mais como uma presa, e ela não gostava disso. Ela semicerrou os olhos para a escuridão do beco, mas não viu nada.

Os outros estavam se adiantando, e Lila parecia prestes a se virar para alcançá-los quando a viu. Ali, na concavidade onde a rua fazia uma curva — a silhueta de um homem. O reflexo dos dentes podres. Uma sombra envolvendo o pescoço dele. Os seus lábios se moviam e, quando o vento aumentou, carregou os versos capengas de uma melodia.

Uma música que ela cantarolara centenas de vezes a bordo do *Spire*.

Como se sabe quando o Sarows está chegando?

Lila estremeceu e deu um passo à frente, passando a ponta do dedo pelo fio besuntado de óleo da faca.

Tigre, tigre...

— Bard!

A voz de Alucard cortou o ar, estilhaçando a percepção de Lila. Eles estavam esperando, todos eles, no alto da estrada, e, quando

Lila olhou de novo para o beco, a estrada estava vazia. A sombra sumira.

❧

Lila se jogou na cadeira decrépita e cruzou os braços. Perto dali, uma mulher subiu no colo do seu companheiro, e, três mesas à direita, uma briga estourou, cartas de Santo se espalhando pelo chão quando uma mesa foi virada entre os homens briguentos. A taverna era só bebida velha, corpos aglomerados e barulhos desordenados.

— Não é o melhor grupo de pessoas — observou Kell, tomando um gole da sua bebida.

— Nem o pior — disse o capitão, apoiando na mesa uma rodada de bebidas e uma bandeja cheia de comida.

— Você realmente pretende comer tudo isso? — perguntou Lila.

— Sozinho, não — respondeu ele, empurrando uma tigela de ensopado na direção dela. O estômago de Lila roncou e ela pegou a colher, mas manteve o olhar fixo em Holland.

Ele estava sentado no fundo do reservado e Lila na ponta, o mais longe possível dele. Não conseguia se livrar da sensação de que ele a estava observando por baixo daquele capuz, mesmo que, todas as vezes que ela verificara, a atenção dele estivesse voltada para a taverna atrás dela. Os dedos dele desenhavam padrões sem sentido numa poça de cerveja derramada, mas o seu olho verde se contraía de concentração. Ela demorou vários segundos para entender que Holland estava contando as pessoas no salão.

— Dezenove — falou ela, calmamente, e tanto Alucard quanto Kell olharam para Lila como se ela tivesse dito algo sem sentido, mas Holland simplesmente respondeu:

— Vinte. — E, sem querer, Lila girou o corpo na cadeira. Ela contou rapidamente. Ele estava certo; ela não contou um dos homens atrás do bar. Droga. — Se você precisa usar os seus olhos — acrescentou —, então está fazendo do jeito errado.

— Bem — falou Kell, franzindo o cenho para Holland antes de se virar para Alucard —, o que você sabe sobre esse mercado flutuante?

Alucard tomou um gole da sua cerveja.

— Bem, ele existe há tanto tempo quanto o seu dono, Maris, e isso é bastante tempo. Dizem que, da mesma forma que magia nunca morre, também nunca desaparece realmente. Apenas vai parar no *Ferase Stras*. É como uma lenda entre aqueles que navegam: se há algo que você deseja, encontrará no Águas Prósperas. Por um preço.

— E o que você comprou — perguntou Lila — da última vez em que esteve lá?

Alucard hesitou, baixando a caneca. Ela sempre se surpreendia com as coisas que ele decidia ocultar.

— Não é óbvio? — disse Kell. — Ele comprou a visão dele.

Alucard estreitou os olhos. Lila arregalou os dela.

— É verdade?

— Não — retrucou o capitão. — Só para você saber, mestre Kell, eu sempre tive esse dom.

— Então o que foi? — pressionou Lila.

— Comprei a morte do meu pai.

A mesa ficou quieta, um oásis de silêncio no salão barulhento. Kell ficou boquiaberto. Alucard cerrou os dentes. Lila se limitou a encará-lo.

— Isso não é possível — murmurou Kell.

— Estamos em alto-mar — disse Alucard, pondo-se de pé. — Tudo é possível. E a propósito… Tenho uma incumbência para resolver. Encontrarei vocês no navio.

Lila fechou a cara. Havia centenas de nuances entre a verdade e a mentira, e ela conhecia todas. Sabia dizer quando alguém estava sendo desonesto e quando estava contando meias-verdades.

— *Alucard* — insistiu ela —, o que você…

Ele se virou com as mãos nos bolsos.

— Ah, esqueci de mencionar… Cada um de vocês precisa de um passe para entrar no mercado. Algo de valor.

Kell colocou a caneca sobre a mesa com um baque seco.

— Você poderia ter dito isso antes de sairmos de Londres.

— Poderia — disse Alucard. — Devo ter me esquecido. Mas não se preocupe, tenho certeza de que você pensará em *algo*. Talvez Maris se contente com o seu casaco.

O nó dos dedos de Kell ficou branco pela força com que ele segurou a caneca, enquanto o capitão ia embora. Quando a porta fechou atrás dele, Lila já estava de pé.

— Aonde *você* vai? — explodiu Kell.

— O que você acha? — Ela não sabia como explicar. Eles tinham um acordo, ela e Alucard, mesmo que nunca verbalizassem. Cuidavam um do outro. — Ele não deveria ir sozinho.

— Deixe-o em paz — resmungou Kell.

— Ele é dado a se perder — disse ela, abotoando o casaco. — Eu...

— Eu te disse para *ficar*...

Foi a coisa errada a dizer.

Lila se eriçou.

— Que engraçado, Kell — disse ela, friamente. — Isso soou como uma ordem. — E, antes que ele pudesse dizer qualquer coisa, Lila levantou a gola do casaco para se proteger do vento e saiu intempestivamente.

Em questão de minutos, Lila perdeu Alucard de vista.

Ela não queria admitir, sempre se orgulhou de ser uma rastreadora inteligente, mas as ruas de Rosenal eram estreitas e sinuosas, cheias de curvas inesperadas e ocultas que tornavam fácil demais perder alguém de vista, perder o rastro de quem se estava tentando seguir. Fazia sentido, ela supunha, numa cidade que servia principalmente a piratas e ladrões e ao tipo de pessoa que não gostava de ser rastreada.

Em algum lugar naquele labirinto, Alucard simplesmente desapareceu. Depois disso, Lila desistiu de qualquer tentativa de ser furtiva, deixou que seus passos fizessem barulho e até chamou o nome dele, mas não adiantou. Ela não conseguiu encontrá-lo.

O sol estava se pondo rapidamente sobre o porto, a última luz dando lugar à sombra. No crepúsculo, as fronteiras entre luz e escuridão começavam a se confundir e cada coisa assumia camadas monótonas de cinza. O anoitecer era a única hora do dia em que Lila realmente sentia falta do segundo olho.

Se estivesse um pouco mais escuro, ela teria subido no telhado mais próximo e vasculhado a cidade, mas havia luz do dia suficiente para transformar a ação numa exibição.

Ela parou no cruzamento de quatro becos, certa de que já havia estado ali, e estava prestes a desistir, a voltar para a taverna e para a bebida à sua espera quando ouviu a voz.

Aquela *mesma* voz, a melodia carregada pela brisa.

Como se sabe quando o Sarows está chegando...

Com um movimento de pulso, uma faca surgiu na palma da sua mão, a outra livre para alcançar a lâmina sob o casaco.

Passos soaram, e ela se virou, preparando-se para o ataque.

Mas o beco estava vazio.

Lila começou a se posicionar no mesmo instante em que um baque ressoou no chão atrás dela, botas na pedra, e ela girou, pulando para trás enquanto a lâmina de um estranho cantava no ar, errando por pouco o seu estômago.

O seu agressor abriu aquele sorriso podre, mas ela olhou direto para a tatuagem de uma adaga no pescoço dele.

— Delilah Bard — rosnou ele. — Lembra de mim?

Ela girou as lâminas.

— Vagamente — mentiu.

Na verdade, ela se lembrava. Não do nome dele, que Lila nunca soube, mas conhecia a tatuagem que os exibiam assassinos do *Copper*

Thief. Eles navegavam sob o comando de Baliz Kasnov, um pirata impiedoso que ela havia assassinado de forma um tanto descuidada semanas antes. Fora parte de uma aposta com a tripulação do *Night Spire*. Eles zombaram da ideia de que ela poderia roubar um navio inteiro sozinha.

Ela provara que eles estavam errados, ganhara a aposta e até poupara a maioria dos ladrões.

Agora, quando outros dois homens pularam dos telhados atrás dele e um terceiro emergiu das sombras, ela decidiu que o ato de misericórdia tinha sido um erro.

— Quatro contra um não me parece nem um pouco justo — disse ela, voltando as costas para a parede enquanto mais dois homens se aproximavam, as tatuagens como feridas escuras e irregulares o queixo.

Isso fazia um total de seis.

Ela já teve de contá-los uma vez, mas naquela situação contava corpos caindo em vez de novos homens surgindo.

— Vou te dizer uma coisa — falou o primeiro atacante. — Se você implorar, podemos fazer isso rápido.

O sangue de Lila cantou como sempre fazia antes de uma luta: límpido, brilhante e faminto.

— E por que — disse ela — eu iria querer apressar as suas mortes?

— Piranha arrogante — rosnou o segundo. — Vou fo...

A sua faca assobiou pelo ar e se enterrou no pescoço dele. Sangue escorreu pela frente do corpo dela enquanto ele arranhava o pescoço e tombava para a frente. Ela conseguiu passar por baixo da guarda do homem seguinte antes que o corpo caísse no chão, empurrando a lâmina serrilhada pelo queixo dele antes que o primeiro soco a atingisse, o punho chegando à mandíbula dela.

Lila caiu com força, cuspindo sangue na rua.

O calor percorreu os seus membros quando a mão de alguém a agarrou pelos cabelos e a colocou de pé, uma faca sob o queixo dela.

— Ultimas palavras? — perguntou o homem de dentes podres.

Lila ergueu as mãos, como se estivesse se rendendo, antes de abrir um sorriso perverso.

— *Tigre, tigre* — falou ela, e o fogo rugiu, vivo.

VI

Kell e Holland estavam sentados de frente um para o outro, envoltos num silêncio que apenas ficava mais denso conforme Kell tentava afogar o aborrecimento na bebida. De todas as razões para Lila ir embora, de todas as pessoas que ela poderia acompanhar, tinha de ser Emery.

Do outro lado do salão, um grupo de homens bastante embriagados cantava uma espécie de canção do mar.

— *Sarows está chegando, está chegando, está chegando a bordo...*

Kell terminou de beber a cerveja e esticou a mão para pegar a dela.

Holland estava desenhando com os dedos em algo derramado na mesa, a caneca à sua frente intocada. Agora que eles estavam de volta a terra firme, a cor voltava ao seu rosto. Mas, mesmo vestindo tons invernais de cinza e com um capuz encobrindo a testa, havia algo em Holland que chamava a atenção. A maneira como ele se comportava, talvez, misturada com um aroma sutil de magia estrangeira. Cinzas, aço e gelo.

— Diga alguma coisa — murmurou Kell para a sua bebida.

Holland voltou a atenção para ele, e em seguida desviou propositalmente o olhar.

— Esse Herdeiro...

— O que tem ele?

— Eu deveria ser o responsável por utilizá-lo.

— Talvez. — A resposta de Kell foi simples, contundente. — Mas eu não confio em você. — A expressão de Holland endureceu. — E com certeza não deixarei Lila tentar. Ela não sabe *usar* o poder dela, quanto menos como sobreviver à perda dele.

— Com isso sobra apenas você.

Kell baixou os olhos para o resto da cerveja.

— Sobro apenas eu.

Se o Herdeiro funcionasse como Tieren havia sugerido, o dispositivo absorveria a magia de uma pessoa. Mas a magia de Kell era o que vinculava a vida de Rhy à sua. Ele aprendera isso com a gargantilha, aquela horrível secção de poder do corpo, o falsete do coração descompassado de Rhy. Seria assim? Doeria tanto assim? Ou seria fácil? O seu irmão sabia o que ele faria, dera o seu consentimento. Ele tinha visto nos olhos de Rhy quando se separaram. Ouvira na voz dele. Rhy havia se conformado muito antes de se despedir.

— Pare de ser egoísta.

Kell ergueu a cabeça de supetão.

— O quê?

— Osaron é *meu* — disse Holland, finalmente pegando a sua bebida. — Não dou a mínima para as suas noções altruístas, para a sua necessidade de ser herói. Quando chegar a hora de um de nós destruir esse monstro, serei *eu*. E, se você tentar me impedir, Kell, vou lembrar a você da pior maneira qual de nós é o *Antari* mais forte. Entendeu?

Holland encontrou o olhar de Kell por cima da caneca, e, além das palavras e do desafio, ele viu algo mais nos olhos do homem.

Misericórdia.

O peito de Kell doeu com alívio quando ele disse:

— Obrigado.

— Pelo quê? — questionou Holland com frieza. — Não estou fazendo isso por *você*.

No fim, Vortalis nomeou a si mesmo Rei do Inverno.

— Por que não do verão — perguntou Holland — ou da primavera?

Vortalis bufou.

— Você sente algum calor no ar, Holland? Você vê o rio correndo azul? Nesse mundo, não estamos na primavera e certamente não no verão. São estações para o seu futuro rei. Isso é inverno, e precisamos sobreviver a ele.

Eles estavam de pé, lado a lado, na varanda do castelo enquanto os estandartes — a mão aberta virada no fundo escuro — crepitavam ao vento. Os portões estavam abertos, o terreno se enchia de ponta a ponta enquanto as pessoas se reuniam para ver o novo rei e esperavam que as portas do castelo se abrissem para que pudessem levar os seus casos e as suas reivindicações. O ar zumbia com excitação. Sangue fresco no trono significava novas oportunidades para as ruas. A esperança de que *esse* governante fosse bem-sucedido onde tantos haviam fracassado antes dele, de que ele seria o único a restaurar o que estava perdido — o que começara a morrer quando as portas se fecharam pela primeira vez — e de que reavivaria as brasas.

Vortalis usava um único anel de aço polido no cabelo para combinar com o círculo no seu estandarte. Fora isso, ele parecia o mesmo homem que viera ao encontro de Holland meses antes, no meio do Bosque de Prata.

— O traje combina com você — disse o Rei do Inverno, gesticulando para a meia-capa de Holland, o alfinete de prata com o selo de Vortalis.

Holland deu um passo para trás, afastando-se da beirada da varanda.

— Até onde eu sei, *você* é o rei. Então por que *eu* estou em exibição?

— Porque governar é um equilíbrio entre esperança e medo, Holland. Eu posso ter *jeito* com as pessoas, mas você tem jeito para *assustá-las*. Eu as atraio como moscas, mas você as mantém à distância. Juntos somos um sinal de boas-vindas e uma advertência, e eu gostaria que todos soubessem que o meu cavaleiro de olho preto, a minha espada mais afiada, está ao meu lado. — Ele lançou um olhar de soslaio a Holland. — Estou ciente da tendência da nossa cidade ao regicídio, incluindo o padrão sangrento que perpetuamos para estarmos aqui hoje, mas, por mais egoísta que pareça, não estou disposto a cair da mesma forma que Gorst.

— Gorst não tinha a *mim* — falou Holland, e o rei abriu um sorriso.

— Graças aos deuses por isso.

— Devo lhe chamar de rei agora? — perguntou Holland.

Vortalis suspirou.

— Você deveria me chamar de amigo.

— Como quiser... — um sorriso invadiu os lábios de Holland com a lembrança do encontro deles no Bosque de Prata —, Vor.

O rei sorriu ao ouvir isso, um gesto amplo e brilhante, tão em desacordo com a cidade ao seu redor.

— E pensar, Holland, que tudo o que foi preciso foi uma coroa e...

— Köt Vortalis — interrompeu um guarda atrás deles.

O rosto de Vor se fechou, a luz substituída pelas feições endurecidas apropriadas para um novo rei.

— O que é?

— Há um menino solicitando uma audiência.

Holland franziu a testa.

— Ainda não abrimos as portas.

— Eu sei, senhor — falou o guarda. — Ele não entrou pela porta. Ele simplesmente... *apareceu*.

A primeira coisa que Holland notou foi o casaco vermelho do garoto.

Ele estava de pé no salão do trono, esticando a cabeça para observar as estruturas abobadadas do teto do castelo. E aquele casaco era de uma cor tão vívida, não um vermelho desbotado como o sol num fim de tarde, ou os tecidos usados no verão, mas um carmesim vibrante cor de sangue fresco.

O cabelo dele era de um tom mais suave, como folhas de outono, amainado porém não desbotado, e ele usava botas pretas retintas, verdadeiramente pretas, tão escuras quanto as noites de inverno, com fechos de ouro que combinavam com os punhos. Cada centímetro dele era afiado e cintilante como a visão de aço novo. Ainda mais estranho que a sua aparência era o aroma que emanava dele, algo doce, quase enjoativo, como botões de flor esmagados e deixadas para apodrecer.

Vortalis assobiou baixinho ao vê-lo e o menino se virou, revelando um par de olhos descasados. Holland ficou imóvel. O olho esquerdo do menino era de um azul translúcido. O direito era preto intenso. Os seus olhares se encontraram e uma vibração estranha passou pela cabeça de Holland. O estranho não devia ter mais de 12 ou 13 anos, a pele sem marcas característica de um membro da realeza e uma postura imperiosa para combinar, mas ele era inegavelmente *Antari*.

O menino deu um passo à frente e começou a falar rapidamente, numa língua estrangeira, o sotaque suave e cadenciado. Vortalis tinha uma runa de tradução na base do pescoço, fruto dos seus tempos no exterior, mas Holland nada possuía a não ser um ouvido bom para distinguir tons. Ao ver o vazio no seu olhar, o garoto parou e recomeçou, desta vez na língua nativa de Holland.

— Minhas desculpas — pediu ele. — O meu mahktan não é perfeito. Aprendi com um livro. O meu nome é Kell e trago uma mensagem do meu rei.

Ele levou a mão ao casaco, e do outro lado da sala os guardas avançaram, Holland já se colocando na frente de Vor, quando o menino tirou, dentre tudo que era possível, uma *carta*. Aquele mesmo aroma doce emanou do envelope.

Vortalis olhou para o papel e disse:

— Sou o único rei aqui.

— É claro — falou o menino *Antari*. — O *meu* rei está em outra Londres.

O salão ficou em silêncio. Todos sabiam, é claro, das outras Londres e dos mundos ao redor delas. Havia a Londres distante, um lugar onde a magia não tinha influência. Havia a Londres destruída, onde a magia devorava tudo. E então existia a Londres cruel, aquele lugar que havia selado as suas portas, forçando o mundo de Holland a enfrentar a escuridão sozinho.

Holland nunca esteve naquele outro lugar, conhecia o feitiço para ir até lá, tinha encontrado as palavras enterradas na sua mente como um tesouro, meses depois de ter transformado Alox em pedra. Mas para viajar era necessário um símbolo, assim como uma fechadura precisa de uma chave, e ele nunca possuiu nada com que lançar o feitiço, com que comprar a passagem e abrir o caminho.

E, no entanto, Holland sempre acreditou que o outro mundo era como o *dele*. Afinal, ambas as cidades haviam sido poderosas. Ambas haviam sido vibrantes. Ambas haviam sido isoladas quando as portas foram fechadas. Mas, quando Holland viu esse tal *Kell*, com o traje vibrante, o brilho saudável, ele viu o salão como o garoto devia ver: desbotado, revestido com uma camada de negligência sob a forma de uma geada, a marca de anos lutando por cada gota de magia. Então, ele sentiu uma onda de raiva. Era *assim* que a outra Londres vivia?

— Você está muito longe de casa — comentou Vor com frieza.

— Muito longe — falou o garoto — e a apenas um passo. — O olhar dele continuava se voltando para Holland, como se estivesse fascinado pela visão de outro *Antari*. Então eles eram raros no mundo dele também.

— O que o seu rei deseja? — perguntou Vor, recusando-se a receber a carta.

— O rei Maresh deseja restaurar a comunicação entre o seu mundo e o meu.

— Ele deseja abrir as portas?

O menino hesitou.

— Não — respondeu ele com cautela. — As portas não podem ser abertas. Mas este poderia ser o primeiro passo para retomar as relações...

— Não dou a mínima para relacionamentos — retrucou o Rei do Inverno. — Estou tentando reconstruir uma *cidade*. Esse tal *Maresh* pode me ajudar com isso?

— Eu não sei — respondeu Kell. — Sou apenas o mensageiro. Se o senhor anotar...

— Guarde a mensagem. — Vortalis voltou as costas para ele. — Você encontrou o seu caminho de entrada — falou ele. — Encontre o de saída.

Kell ergueu o queixo.

— Essa é a sua resposta final? — perguntou ele. — Talvez eu deva retornar em algumas semanas, quando o *próximo* rei assumir o trono.

— Cuidado, garoto — advertiu Holland.

Kell voltou a sua atenção — e aqueles olhos enervantes, tão estranhos e tão familiares — para ele. O menino estendeu uma moeda, pequena e vermelha, com uma estrela dourada no centro. Um símbolo. Uma chave.

— Aqui — disse ele. — Para o caso do seu rei mudar de ideia.

Holland não disse nada, mas flexionou a mão e a moeda pulou da mão do garoto para a dele, os dedos se fechando silenciosamente sobre o metal.

— É *As Travars* — acrescentou Kell —, caso você não saiba.

— Holland — disse Vortalis da porta.

Holland ainda sustentava o olhar de Kell.

— Estou indo, meu *rei* — falou ele enfaticamente, interrompendo o contato.

— Espere — gritou o garoto, e Holland percebeu pelo tom de voz que as palavras não eram para Vor, mas para ele. O *Antari* correu até ele, os passos soando como sinos por causa dos fechos de ouro do casaco.

— O quê? — perguntou Holland.

— É muito bom — disse Kell — encontrar alguém como eu.

Holland franziu a testa.

— Eu não sou como você — falou ele, e em seguida foi embora.

VII

Por um tempo, Lila aguentou firme.

Chama e aço contra força cega, a astúcia da ladra contra o poder do pirata.

Ela podia até estar ganhando.

E então, de repente, não estava mais.

Seis homens se tornaram quatro, mas quatro ainda eram muito mais que um.

Uma faca deslizou pela sua pele.

Uma mão se fechou no seu pescoço.

As suas costas bateram com força na parede.

Não, não uma parede, percebeu ela, uma *porta*. Ela a atingiu com força suficiente para rachar a madeira, para sacudir parafusos e pinos nos seus encaixes. E teve uma ideia. Ela ergueu as mãos e os pregos estremeceram, libertando-se. Alguns atingiram apenas ar ou pedra, mas outros encontraram pele e carne, fazendo com que dois dos piratas do *Copper Thief* cambaleassem para trás agarrando braços, ventres e cabeças.

Sem os parafusos, a porta tombou atrás dela e Lila caiu para trás, rolando agachada dentro de um corredor maltrapilho e erguendo a porta de volta à posição original antes de pressionar a madeira com os dedos grudentos de sangue.

— *As Steno* — proferiu ela, pensando que era a palavra que Kell lhe ensinara para *fechar*, mas estava errada. A porta inteira se *estilhaçou* como um painel de vidro, lascas de madeira caindo, e, antes que pudesse conjurá-las de volta, Lila foi arrastada para a rua. Algo a atingiu na barriga — um punho, um joelho, uma bota — e o ar deixou os seus pulmões num exalar violento.

Ela evocou o vento, que atravessou o beco e girou à sua volta, forçando os homens a recuar enquanto dava um passo correndo, pegava impulso na parede e saltava para a beira do telhado.

Lila quase conseguiu, mas um deles agarrou a sua bota e a puxou de volta. Ela caiu, atingindo o chão da rua com uma força brutal. Algo se partiu dentro do seu peito.

E então eles foram para cima dela.

Holland estava provando ser uma péssima companhia.

Kell tentou manter uma conversa, mas era como tentar atiçar brasas em carvões depois de um balde de água ter sido derramado sobre eles, produzindo nada além de fios frágeis de fumaça. Ele por fim desistiu, resignando-se ao silêncio desconfortável, quando o outro *Antari* encontrou o seu olhar do outro lado da mesa.

— Amanhã, no mercado — disse ele —, o que você vai oferecer?

Kell ergueu uma sobrancelha. A sua própria mente estava pairando sobre aquela questão.

— Estava pensando — respondeu ele — em oferecer você.

Foi dito em tom de brincadeira, mas Holland apenas olhou para ele, e Kell suspirou, desistindo. Ele nunca foi muito bom com sarcasmo.

— Vai depender — respondeu ele, honestamente — se Maris aprecia preço ou valor.

Ele revirou os bolsos e pegou um punhado de moedas, o lenço de Lila, o seu broche real. O olhar no rosto de Holland espelhava a preocupação no âmago de Kell — nenhuma daquelas coisas era boa o suficiente.

— Você *poderia* oferecer o casaco — disse Holland.

Mas a ideia fez o peito de Kell doer. Era *seu*, uma das únicas coisas na sua vida que não lhe fora concedida pela coroa, ou barganhada, nem oferecida por causa da sua posição, mas conquistada. Ele o ganhara num simples jogo de cartas.

Kell guardou as bugigangas e, em vez disso, tirou o cordão de debaixo da camisa. Na ponta estavam penduradas as três moedas, uma para cada mundo. Ele desamarrou o cordão e deslizou a última moeda para a palma da mão.

O símbolo da Londres Cinza.

O perfil de George III estava na face, o rosto desgastado pelo uso.

Kell deu ao rei um novo lin em cada visita, mas ainda tinha o mesmo xelim que George lhe dera na sua primeira viagem. Antes que a idade e a loucura o consumissem, antes que o seu filho o enterrasse em Windsor.

O seu preço era muito baixo, mas valia muito para ele.

— Odeio interromper esse devaneio que você está tendo — falou Holland, acenando com a cabeça para a janela —, mas certo alguém retornou.

Kell se virou na cadeira, esperando ver Lila, mas em vez disso viu Alucard entrando na taverna. Ele tinha um frasco na mão e o segurava contra a luz de um lampião. O conteúdo cintilou fracamente como areia branca ou vidro quebrado em pedaços muito pequenos.

O capitão olhou para eles e fez um sinal impaciente de convocação que se assemelhava muito a um gesto rude.

Kell suspirou e se levantou.

Os dois *Antari* deixaram a taverna, Alucard um quarteirão à frente, os passos largos enquanto se dirigia às docas. Kell franziu a testa, examinando as ruas.

— Onde está Lila? — gritou Kell.

Alucard se virou, as sobrancelhas erguidas.

— Bard? Eu a deixei com você.

O pânico tomou conta dele.

— E ela foi atrás de *você*.

Alucard começou a balançar a cabeça, mas Kell se dirigia para a porta, com Holland nos calcanhares.

— Dividam-se — orientou Alucard enquanto eles se espalhavam pelas ruas. Ele desceu a primeira rua, mas, quando Holland começou a descer por outra, Kell agarrou a manga do casaco dele.

— Espere. — A sua mente girou, dividida entre dever e pânico, entre razão e medo.

Deixar o *Antari* da Londres Branca desacorrentado era uma coisa.

Deixá-lo fora do seu campo de visão era outra.

Holland olhou para a mão do jovem *Antari* que o segurava.

— Você quer encontrá-la ou não?

A voz de Rhy ecoou na cabeça de Kell, aquelas advertências sobre o mundo além da cidade, sobre o valor de um príncipe de olho preto. Um *Antari*. Ele contou a Kell o que os veskanos pensavam dele, assim como os faroenses, mas não disse muito a respeito do próprio povo. E Kell, idiota, não pensou no risco de um sequestro por resgate. Ou algo pior, conhecendo Lila.

Kell rosnou, mas soltou Holland.

— Não me faça me arrepender disso — advertiu ele, saindo em disparada.

VIII

Lila se recostou na parede, ofegante. Ela estava sem facas e o sangue escorria sobre os seus olhos por causa de um golpe na têmpora. Doía para respirar, mas ela ainda estava de pé.

Seria preciso mais que isso, pensou ela, dando impulso para se afastar da parede e passando por cima dos corpos dos seis homens que agora jaziam mortos na rua.

Havia um sentimento de vazio nas suas veias, como se ela tivesse gastado tudo o que tinha. O chão balançou sob os seus pés e ela se apoiou na parede do beco, deixando um rastro vermelho ao passar. Um pé após o outro, cada respiração a dilacerando um pouco, a pulsação pesada nos seus ouvidos, e então um som que não era o pulso dela.

Passos.

Alguém estava vindo.

Lila ergueu a cabeça com dificuldade, vasculhando a mente cansada em busca de um feitiço enquanto os passos ecoavam nas paredes do beco.

Ouviu uma voz chamando o seu nome em algum lugar muito atrás dela e se virou bem a tempo de ver alguém enfiar uma faca entre as suas costelas.

— Isso é por Kasnov — rosnou o sétimo ladrão, enterrando a arma até o punho. A lâmina rasgou o seu peito e saiu pelas costas e, por um instante, por apenas um instante, ela não sentiu nada além do calor do sangue. Mas em seguida a dor engoliu tudo.

Não a dor superficial e incômoda de pele arranhada, e sim algo profundo. Lancinante.

A faca se soltou e as suas pernas cederam sob ela.

Lila tentou respirar, sufocada pelo sangue que subia na sua garganta. Que encharcava a camisa dela.

Levante-se, pensou enquanto o seu corpo permanecia caído no chão.

Não é assim que vou morrer, pensou, *não é...*

Ela vomitou sangue na rua.

Havia algo errado.

Doía.

Não.

Kell.

Levante-se.

Ela tentou se levantar e escorregou em algo pegajoso e quente.

Não.

Desse jeito, não.

Ela fechou os olhos e tentou desesperadamente conjurar magia.

Não havia restado nada.

Tudo o que tinha era o rosto de Kell. E de Alucard. O relógio de Barron. Um navio. O mar aberto. Uma chance de liberdade.

Ainda não terminei.

A visão dela saiu de foco.

Desse jeito, não.

O peito dela estremeceu.

Levante-se.

Ela agora estava deitada de barriga para cima, o ladrão a circundava como um abutre. Acima dele, o céu estava mudando de cor, uma miríade de nuances, como um hematoma.

Como o mar antes de... O quê?

Ele estava se aproximando, agachando-se ao lado dela, enterrando um joelho no seu peito ferido. Ela não conseguia respirar, e não era assim que ela deveria morrer, e...

Um borrão de movimento, rápido como uma faca, na sua visão periférica, e o homem se foi. Os inícios de um grito cessaram, o som distante de algo pesado batendo em algo sólido, porém Lila não conseguia levantar a cabeça para ver, não conseguia...

O mundo ficou estreito, a luz se esvaiu do céu e então foi completamente apagada pela sombra ajoelhada sobre ela, pressionando uma mão sobre as suas costelas.

— Aguente firme — disse uma voz grave enquanto o mundo escurecia. E então: — Aqui! Agora!

Outra voz.

— Fique comigo.

Ela estava com tanto frio.

— Fique...

Foi a última coisa que ouviu.

IX

Holland se ajoelhou sobre o corpo de Lila.

Ela estava pálida como um cadáver, mas ele foi rápido o bastante: o feitiço foi lançado a tempo. Kell estava do outro lado de Lila, aflito, o rosto lívido sob os cabelos vermelhos, e ele verificava as feridas dela como se duvidasse do trabalho de Holland.

Se ele tivesse chegado lá primeiro, poderia ele mesmo tê-la curado.

Holland não achou prudente esperar.

E agora havia problemas mais urgentes a resolver.

Ele viu as sombras se movendo lentamente sobre a parede no fim do beco. O *Antari* se pôs de pé.

— Fique comigo — murmurava Kell para a forma ensanguentada de Lila, como se isso fosse ajudar. — Fique com...

— Quantas lâminas você tem? — interpelou Holland.

Os olhos de Kell não deixaram Lila, mas os seus dedos foram até a bainha no seu antebraço.

— Uma.

Holland revirou os olhos.

— Excelente — disse ele, juntando a palma das mãos. O corte que havia feito na própria mão gotejou uma nova linha vermelha. — *As Narahi* — murmurou.

Acelerar.

A magia incandesceu ao comando dele, que se moveu com uma velocidade que raramente mostrava e que certamente nunca pretendeu mostrar a *Kell*. Era um feitiço difícil em qualquer circunstância, e esgotante quando usado em si mesmo. Porém, valeu a pena quando o mundo ao seu redor *desacelerou*.

Ele se tornou um borrão, pele pálida e manto cinzento cortando a escuridão. Quando o primeiro homem agachado no telhado puxou a faca, Holland já estava atrás dele. O homem arregalou os olhos para o lugar onde o seu alvo estivera enquanto Holland erguia as mãos e, com um movimento elegante, quebrava o pescoço do homem.

Holland deixou o corpo inerte cair nas pedras do beco e o seguiu rapidamente, posicionando-se de costas para Kell, que finalmente sentiu o cheiro do perigo, enquanto outras três sombras, com armas cintilando, caíam do céu.

E, simples assim, a luta começou.

Não durou muito tempo.

Logo, mais três corpos estavam espalhados pelo chão e o ar de inverno ao redor dos dois *Antari* se encheu de exaustão e triunfo. O sangue escorria do lábio de Kell, e as juntas dos dedos de Holland estavam em carne viva. Ambos haviam perdido os seus capuzes, mas fora isso estavam inteiros.

Era estranho lutar ao lado de Kell em vez de contra ele, a ressonância dos seus estilos, tão diferentes e de alguma forma em sincronia. Era enervante.

— Você melhorou — observou ele.

— Fui obrigado — retrucou Kell, limpando o sangue da faca antes de colocá-la de volta na bainha. Holland teve o estranho ímpeto de dizer algo mais, mas Kell já se dirigia novamente até o lado de Lila ao mesmo tempo que Alucard aparecia na entrada do beco com uma espada numa das mãos e uma foice de gelo na outra, claramente pronto para se juntar à luta.

— Você está atrasado — comentou Holland.

— Perdi toda a diversão? — perguntou o mago. Porém, quando viu Lila nos braços de Kell, o corpo inerte recoberto de sangue, qualquer traço de humor se esvaiu do seu rosto. — *Não*.

— Ela vai sobreviver — falou Holland.

— O que aconteceu? Santos, Bard. Você está me ouvindo? — disse Alucard, enquanto Kell retomava o seu cântico inútil, como se fosse um feitiço, uma oração.

Fique comigo.

Holland se recostou na parede do beco, subitamente cansado.

Fique comigo.

Ele fechou os olhos, as lembranças subindo como bílis pela sua garganta.

Fique comigo.

NOVE

CONFUSÃO

I

Tieren Serense nunca foi capaz de enxergar o futuro.

Ele só conseguia enxergar a si mesmo.

Era isso que muitos não entendiam sobre divinação. Um homem não podia olhar para o fluxo da vida, para o coração da magia e lê-los como se fossem livros. O mundo falava a sua própria língua, tão indecifrável quanto o chilrear de um pássaro ou o farfalhar das folhas. Um idioma que nem sacerdotes deveriam compreender.

É um homem arrogante aquele que se considera um deus.

E um deus arrogante, pensou Tieren, olhando pela janela, aquele que se considera um homem.

Então, quando ele derramou a água na bacia, quando pegou o frasco de tinta e pingou três gotas na água, quando olhou para a nuvem que florescia abaixo daquela superfície, ele não estava tentando ver o futuro. Ele sequer estava olhando para fora, mas, sim, para dentro.

Afinal, uma travessa de divinação era um espelho para a mente de alguém, uma forma de olhar para si mesmo, de formular perguntas que só ele mesmo poderia responder.

Esta noite, as perguntas de Tieren giravam em torno de Maxim Maresh. Em torno do feitiço que o seu rei estava tecendo e quão longe o *Aven Essen* deveria deixá-lo ir.

Tieren Serense serviu a Nokil Maresh quando era rei e observou o seu único filho, Maxim, crescer. Ficou ao seu lado quando ele se casou com Emira e esteve lá para levar Rhy ao mundo e Kell ao palácio. Passou a vida servindo a essa família.

Agora não sabia como salvá-la.

A tinta se espalhou pela bacia, tingindo a água de cinza, e, no tremor da sua superfície, ele sentiu a rainha antes de vê-la. Um rubor gélido invadiu o cômodo atrás dele.

— Espero que não se importe, Vossa Majestade — disse ele em tom suave. — Peguei emprestada uma das suas tigelas.

Ela estava ali de pé, de braços cruzados como se estivesse com frio ou guardando algo frágil atrás das costelas.

Emira, que jamais confidenciou algo a ele, que nunca o buscou como ouvinte, não importando quantas vezes ele se oferecesse. Em vez disso, ele aprendeu sobre ela através de Rhy, Maxim e Kell. Ele aprendeu sobre ela observando-a assistir ao mundo com aqueles olhos grandes e escuros que nunca piscavam por medo de perder alguma coisa.

Agora aqueles grandes olhos escuros observavam a tigela rasa entre as mãos dele.

— O que você viu?

— Eu vejo o que todos os reflexos mostram — respondeu ele, cansado. — Vejo a mim mesmo.

Emira mordeu o lábio, um gesto que ele viu Rhy fazer centenas de vezes. Os dedos dela se apertaram em torno das próprias costelas.

— O que Maxim está fazendo?

— O que ele acredita ser o certo.

— Não fazemos todos nós? — sussurrou ela.

Lágrimas suaves deslizaram pelas suas bochechas e ela as afastou com as costas da mão. Foi apenas a segunda vez que ele viu Emira chorar.

A primeira foi há mais de vinte anos, quando ela era nova no palácio.

Ele a encontrou no pátio, de costas para uma árvore de inverno, os braços em volta de si mesma como se estivesse com frio, mesmo que a duas fileiras de árvores dali o verão desabrochasse. Emira estava perfeitamente imóvel, exceto pelo tremor silencioso do seu peito, mas ele podia ver a tempestade nos olhos dela, a tensão na sua mandíbula. E ele se lembrou de ter pensado, naquele momento, que ela parecia velha para alguém tão jovem. Não envelhecida, mas desgastada, cansada do peso da sua própria mente. Medos, afinal, eram algo pesado. E quer Emira os expressasse, quer não, Tieren conseguia senti-los no ar, densos como chuva antes de cair.

Ela não lhe contou o que estava errado, mas, uma semana depois, Tieren ouviu a notícia, viu o rosto de Maxim brilhar de orgulho enquanto Emira estava ao seu lado, protegendo-se da declaração como se fosse uma sentença.

Ela estava grávida.

Emira pigarreou, os olhos ainda fixos na água nebulosa.

— Posso lhe perguntar uma coisa, mestre Tieren?

— É claro, Vossa Majestade.

O olhar dela desviou para ele, duas piscinas escuras que escondiam as suas profundezas.

— O que o senhor mais teme?

A pergunta o pegou de surpresa, porém a resposta surgiu para satisfazê-la.

— O vazio — respondeu ele. — E a senhora, minha rainha?

Os lábios dela se curvaram num sorriso triste.

— Tudo — respondeu. — Ou ao menos é o que parece.

— Não acredito nisso — falou Tieren, gentilmente.

Ela refletiu.

— A perda, então.

Tieren enrolou um dedo na barba.

— Amor e perda — disse ele — são como um navio e o mar. Eles se erguem juntos. Quanto mais amamos, mais temos a perder. Mas a única maneira de evitar a perda é evitar o amor. E como um mundo assim seria triste.

II

Lila abriu os olhos.

Num primeiro momento, tudo o que viu foi o céu. Aquele mesmo pôr do sol cor de hematoma que ela estava olhando um instante antes. Porém, o momento se foi e as cores desbotaram, deixando um pesado manto de noite. O chão estava frio embaixo dela, mas seco, um casaco amontoado sob a sua cabeça.

— Não devia demorar tanto — falou uma voz. — Tem certeza...

— Ela vai ficar bem.

A sua cabeça girou, os dedos procurando as costelas, o lugar onde a lâmina havia entrado. A camisa estava pegajosa por causa do sangue e ela se encolheu num reflexo, esperando a dor. A *lembrança* da dor a atravessou, mas não passava de um eco, e, quando ela respirou, testando, o ar fresco encheu os seus pulmões em vez do sangue.

— Malditos piratas do *Copper Thief* — disse uma terceira voz. — Deveria tê-los matado meses atrás. E pare de zanzar, Kell, você está me deixando tonto.

Lila fechou os olhos e engoliu em seco.

Quando ela piscou, a visão saindo e entrando em foco, Kell já estava ajoelhado ao seu lado. Lila olhou para os olhos de duas cores e percebeu que não eram os olhos dele. Um era preto. O outro verde-esmeralda.

— Ela acordou. — Holland se endireitou, o sangue escorrendo de um corte ao longo da palma da mão dele.

Um gosto forte de cobre ainda dominava a sua boca, então ela rolou o corpo e cuspiu nas pedras.

— Lila — disse Kell. Havia tanta emoção na pronúncia do seu nome, como ela poderia ter pensado que aquela voz fria e firme pertencia a ele? Ele se agachou ao lado dela, uma das mãos embaixo das suas costas. Ela estremeceu com a memória súbita e visceral da lâmina raspando o osso, projetando-se sob a sua omoplata, enquanto ele a ajudava a se sentar.

— Eu disse que ela ficaria bem — falou Holland, cruzando os braços.

— Ela ainda parece bastante abalada — comentou Alucard. — Sem ofensa, Bard.

— Sem problema — falou ela com voz rouca. Ela olhou para o rosto deles: Kell pálido, Holland austero e Alucard tenso; e soube que havia chegado bem perto da morte.

Apoiando-se em Kell, ela ficou de pé.

Dez ladrões do *Copper Thief* jaziam espalhados no chão do beco. As mãos de Lila tremeram quando ela assimilou a cena, e então chutou o cadáver mais próximo o mais forte que pôde. Repetidas vezes, até que Kell a pegou pelos braços e a puxou para perto, a respiração deixando os seus pulmões em suspiros fracionados, mesmo que o seu peito estivesse curado.

— Eu contei errado — disse ela em seu ombro. — Pensei que fossem seis...

Kell secou as lágrimas das faces de Lila. Ela não percebera que estava chorando.

— Você só passou quatro meses no mar — disse ele. — Quantos inimigos *fez*?

Lila riu, um riso que mais parecia um pequeno soluço irregular, quando ele a puxou para mais perto.

Ficaram assim por um longo tempo, enquanto Alucard e Holland andavam entre os mortos, tirando as facas de Lila de peitos, pernas e pescoços.

— E o que aprendemos com isso, Bard? — perguntou o capitão, limpando uma lâmina no peito de um cadáver.

Lila olhou para o corpo dos homens que ela havia poupado a bordo do *Copper Thief*.

— Homens mortos não guardam rancor.

Eles voltaram em silêncio para o navio, o braço de Kell em volta da cintura dela, apesar de Lila não precisar mais de apoio. Holland andava na frente com Alucard, e Lila manteve os olhos na nuca dele.

Ele não precisava fazer aquilo.

Ele poderia tê-la deixado sangrar até o fim, ali na rua.

Ele poderia ter ficado e a assistido morrer.

Era isso que ela teria feito.

Ela disse a si mesma que era o que teria feito.

Não é o suficiente, pensou ela. *Não é compensação por Barron, por Kell, por mim. Eu não esqueci.*

— *Tac!* — exclamou Jasta enquanto eles andavam pelo píer. — O que aconteceu com *você*?

— Rosenal — respondeu Lila, sem emoção.

— Diga-me que estamos prontos para partir — falou Kell.

Holland não disse nada, mas foi direto para o porão. Lila o observou ir embora.

Eu ainda não confio em você, pensou ela.

Como se pudesse sentir o peso do olhar dela, Holland olhou por cima do ombro.

Você não me conhece, parecia dizer o seu olhar.

Você não conhece nada a meu respeito.

III

— Tenho pensado no garoto — comentou Vor.

Eles estavam sentados ao redor de uma mesa baixa no quarto do rei, ele e Holland, jogando uma partida de Ost. Era um jogo de estratégia e risco, e a forma preferida de Vortalis de descontrair, mas ninguém mais jogava com ele — os guardas estavam cansados de perder partidas e dinheiro, de modo que Holland sempre acabava na frente do tabuleiro.

— Qual garoto? — perguntou ele, rolando as fichas na palma da mão.

— O mensageiro.

Aquela visita acontecera dois anos antes, e por dois longos anos eles vinham tentando reconstruir uma cidade arrasada, tentando esculpir um abrigo contra a tempestade. Tentando... e falhando. Holland manteve o tom de voz calmo.

— O que tem ele?

— Você ainda tem a moeda? — perguntou Vor, embora ambos soubessem que ele tinha. Estava sempre no seu bolso, o metal desgastado pelo manuseio. Eles não falavam sobre as ausências de Holland, sobre as vezes em que ele desaparecia e voltava cheirando de forma doce demais a flores em vez de a cinzas e pedras. Holland nunca ficou lá, é claro. E ele nunca ia embora por muito tempo. Ele odiava aquelas visitas, odiava ver o que o seu mundo poderia ter sido, e ainda assim ele não conseguia deixar de ir, de ver, de saber o que existia do outro lado da porta. Ele não conseguia desviar o olhar.

— Por quê? — perguntou ele agora.

— Acho que é hora de enviar uma carta.

— Por que agora?

— Não banque o tolo — falou Vor, deixando as fichas caírem sobre a mesa. — Não lhe cai bem. Ambos sabemos que as provisões estão diminuindo e os dias ficando mais curtos. Eu faço leis e as pessoas as infringem, eu instauro a ordem e elas a transformam em caos. — Ele passou a mão pelo cabelo, os dedos agarrando o anel de aço da sua coroa. O seu equilíbrio habitual vacilou. Com um grunhido, ele arremessou a coroa pela sala. — Não importa o que eu faça, a esperança continua apodrecendo e eu posso ouvir os sussurros começando nas ruas. Sangue novo, eles clamam. Como se isso fosse consertar o que está errado, como se derramar o suficiente fosse trazer a magia de volta para curar este mundo.

— E você consertaria tudo com uma *carta*? — perguntou Holland.

— Eu consertaria de qualquer maneira que conseguisse — retrucou Vor. — Talvez o mundo deles já tenha sido como o nosso, Holland. Talvez eles conheçam uma forma de *ajudar*.

— Foram eles que nos isolaram, são eles que vivem pomposamente enquanto apodrecemos, e você iria até lá implorar...

— Eu faria qualquer coisa se achasse que isso realmente ajudaria o meu mundo — explodiu Vortalis — e você também faria. É por isso que você está aqui ao meu lado. Não porque você é a minha espada, nem porque você é o meu escudo, nem porque você é meu amigo. Você está aqui comigo porque *ambos* faremos qualquer coisa que pudermos para manter o nosso mundo vivo.

Holland então olhou com severidade para o rei, e com severidade observou os fios prateados entremeados nos cabelos escuros dele, o sulco permanente entre as sobrancelhas. Ele ainda era charmoso, ainda magnético, ainda sorria quando algo lhe trazia prazer, mas esse ato agora desenhava rugas profundas na sua pele, e Holland sabia que os feitiços nas mãos de Vor não eram mais suficientes para vincular a magia.

Holland posicionou uma ficha no tabuleiro, como se eles ainda estivessem jogando.

— Pensei que estava aqui para manter a sua cabeça sobre os ombros.

Vortalis conseguiu dar um riso forçado, um falso humor.

— Isso também — disse ele. E então falou, sério: — Escute o que eu digo, Holland. De todas as maneiras de morrer, apenas um tolo escolhe o orgulho.

Um criado entrou com um pedaço de pão, uma garrafa de *kaash* e uma pilha de cigarros finos. Apesar da coroa e do castelo, Vor ainda era um homem que prezava os seus hábitos.

Ele pegou um cigarro bem enrolado e Holland estalou os dedos, oferecendo uma chama.

Vor se recostou na cadeira e examinou a extremidade incandescente do cigarro.

— Por que você não quis ser rei?

— Presumo que eu não seja arrogante o suficiente.

Vor riu.

— Talvez você seja um homem mais sábio que eu. — Ele deu uma longa tragada. — Estou começando a pensar que os tronos transformam todos nós em tiranos.

Ele exalou a fumaça e tossiu.

Holland franziu o cenho. O rei fumava dez vezes por dia e nunca parecia sentir qualquer coisa por isso.

— Você está bem?

Vor já estava acenando com a mão, fazendo pouco da pergunta. Porém, ao se inclinar para a frente para se servir de uma bebida, colocou muito peso na borda da mesa e ela virou, as fichas de Ost se derramando pelo chão de pedra quando ele caiu.

— Vortalis!

O rei ainda estava tossindo, um som profundo e angustiante, e arranhando o próprio peito com as duas mãos quando Holland o virou de barriga para cima. No chão perto dele, o cigarro ainda queimava. Vor tentou falar, mas conseguiu apenas expelir sangue.

— *Kajt* — xingou Holland enquanto apertava um estilhaço de vidro até que se enterrasse na sua mão, o sangue brotando quando ele rasgou a túnica de Vor e pressionou o peito do rei com a palma da mão, ordenando que ele se *curasse*.

Mas a toxina havia sido rápida demais e o coração do rei lento demais. Não estava funcionando.

— Aguente firme, Vor...

Holland estendeu as mãos de encontro ao peito arfante do amigo, e ele sentia o veneno no sangue de Vor, que afinal não era veneno, e sim uma centena de pequenas lascas de metal enfeitiçado, rasgando o rei por dentro. Não importava o quão rápido Holland tentasse sanar o dano, os fragmentos destruíam mais.

— Fique comigo — ordenou o *Antari* com toda a força de um feitiço, enquanto ele retirava os fragmentos de metal, a pele do rei encharcada primeiro com suor e depois com sangue enquanto as lascas de metal perfuravam veias, músculos e carne antes de sair.

Uma névoa vermelha escura se formou no ar sobre o peito de Vor.

— *As Tanas* — disse Holland, cerrando os punhos, e os cacos se juntaram numa nuvem de aço antes de se fundirem novamente numa peça sólida, o feitiço rabiscado pela superfície.

Mas era tarde demais.

Ele agiu tarde demais.

Sob o aço enfeitiçado, sob a mão de Holland, o rei ficou imóvel. Sangue sujava o seu peito, salpicava a sua barba e reluzia nos seus olhos abertos e vazios.

Ros Vortalis estava morto.

Holland cambaleou, o aço amaldiçoado caindo dos seus dedos, pousando entre as fichas de Ost abandonadas. Não rolou, e sim caiu suavemente na poça de sangue, fazendo-o espirrar. Sangue que já enlameava as mãos de Holland, enevoava a sua pele.

— Guardas — chamou ele uma vez, suavemente, e então ergueu a voz de um jeito que nunca fez antes: — *Guardas!*

O cômodo estava silencioso demais, o castelo calmo demais.

Holland gritou de novo, mas ninguém apareceu. Parte dele sabia que eles não viriam, mas o choque ainda reverberava, entremeado com a dor, tornando-o desajeitado, lento.

Ele se forçou a ficar de pé, afastou-se do corpo de Vor, desembainhando a lâmina que o seu rei — o seu amigo — lhe deu no dia em que estiveram na varanda, no dia em que Vor se tornou o Rei do Inverno, no dia em que Holland se tornou o seu cavaleiro. Holland deixou o rei e passou intempestivamente pelas portas, deparando com um castelo assustadoramente silencioso.

Ele chamou os guardas mais uma vez, mas é claro que eles já estavam mortos.

Corpos estavam tombados para a frente nas mesas e nas paredes, os corredores estavam vazios e o mundo fora reduzido ao *pinga-pinga* de sangue e vinho nos pisos de pedra clara. Deve ter acontecido em minutos. Segundos. O tempo que levou para acender um cigarro, para tragar e exalar uma nuvem de fumaça amaldiçoada.

Holland não viu o feitiço escrito no chão.

Não sentiu o salão ficar lento ao redor dele até cruzar a linha de magia, o seu corpo subitamente se arrastando como se estivesse em água em vez de ar.

Em algum lugar, ecoando nas paredes do castelo, alguém riu.

Era uma risada tão diferente da risada de Talya, tão diferente do riso de Vor. Sem doçura, sem riqueza, sem calor. Uma risada fria e afiada como vidro.

— Olhe, Athos — disse a voz. — Conquistei um prêmio para nós.

Holland tentou se virar, arrastando o corpo para o som, mas ele foi lento demais e a faca veio por trás, uma lâmina dentada que afundou profundamente na sua coxa. A dor acendeu a sua mente como uma luz quando ele cambaleou e caiu sobre um dos joelhos.

Uma mulher dançava na sua visão periférica. Pele branca. Cabelo branco. Olhos como gelo.

— Olá, coisa linda — falou ela, girando a faca até Holland começar a gritar. Um som que ecoou pelo castelo silencioso demais, apenas para ser interrompido por um lampejo prateado, um talho de dor, um chicote se fechando ao redor do seu pescoço, roubando o ar, roubando tudo. Um puxão rápido e Holland foi forçado para a frente, de quatro, o seu pescoço pegando fogo. Ele não conseguia respirar, não conseguia falar, não conseguia lançar um encantamento com o sangue que agora pingava no chão sob ele.

— Ah — disse uma segunda voz. — O infame Holland. — Uma forma pálida avançou, enrolando a ponta do chicote nos dedos. — Eu tinha esperanças de que você sobrevivesse.

A figura parou na fronteira do feitiço e afundou de cócoras diante da forma retorcida de Holland. De perto, a sua pele e o seu cabelo eram do mesmo branco que os da mulher, os seus olhos eram do mesmo azul gelado.

— Então — falou o homem com um sorriso lento —, o que devemos fazer com *você*?

✪

Alox estava morto.

Talya estava morta.

Vortalis estava morto.

Mas Holland não estava.

Ele estava preso a uma estrutura de metal, a pele quente e febril e os membros estendidos como uma mariposa no meio do voo. Sangue escorria para o chão de pedra, uma poça vermelho--escura sob os pés.

Ele poderia ter lançado centenas de feitiços com todo aquele sangue, mas a sua mandíbula estava amarrada. Ele acordou com o torno ao redor da cabeça, os dentes cerrados com tanta força que a única coisa que conseguiu produzir foi um som gutural, um gemido, um soluço de dor.

Athos Dane nadou na sua visão, aqueles frios olhos azuis e aquela boca curvada, um sorriso espreitando sob a superfície como um peixe sob gelo fino.

— Quero ouvir a sua voz, Holland — disse o homem, deslizando a faca pela pele dele. — Cante para mim. — A lâmina afundou mais, buscando nervos, atingindo tendões, deslizando entre ossos.

Holland estremeceu com a dor, mas não gritou. Nunca o fez. Era um pequeno consolo, no fim, alguma esperança errática de que, se não cedesse, Athos desistiria e simplesmente o mataria.

Ele *não* queria morrer. Não no começo. Nas primeiras horas, nos primeiros dias, ele resistiu, até que a estrutura de metal cortasse a sua pele, até que a poça de sangue se tornasse grande o suficiente para que ele se visse por inteiro nela. Até que a dor se tornasse um cobertor e a sua mente ficasse turva, privada de comida, de sono.

— É uma pena — devaneou Athos quando Holland não emitiu som nenhum. Ele se virou para uma mesa que continha, entre tantas coisas macabras, uma tigela de tinta. Nela ele mergulhou a faca manchada de sangue, cobrindo de preto o aço carmesim.

O estômago de Holland se revirou ao ver aquilo. Tinta e sangue, estes eram ingredientes de *maldições*. Athos voltou para ele e espalmou a mão sobre as costelas de Holland, saboreando claramente a respiração ofegante, o coração descompassado, os menores sinais de pavor.

—Você acha que sabe — falou ele em voz baixa — o que planejei para você. — Ele ergueu a faca, levou a ponta à pele pálida e intacta sobre o coração de Holland e sorriu. —Você não faz ideia.

Quando terminou, Athos Dane deu um passo para trás e admirou o trabalho.

Holland estava pendurado na estrutura de metal, sangue e tinta escorrendo do peito arruinado. A cabeça zumbia com magia, apesar de uma parte vital dele ter sido arrancada.

Não, não arrancada. Enterrada.

— Já terminou?

A voz pertencia a outra Dane. Holland se esforçou para erguer a cabeça.

Astrid estava parada na soleira da porta atrás do irmão, os braços cruzados preguiçosamente.

Athos, com um sorriso satisfeito, balançou a lâmina como se fosse um pincel.

— Não se pode apressar um artista.

Ela estalou a língua, aquele olhar gélido passando sobre o peito mutilado de Holland enquanto ela se aproximava, as botas ressoando com força na pedra.

— Diga-me, irmão — falou ela, tocando com dedos frios o braço de Holland. — Você acha que é sensato manter esse bichinho de estimação? — Ela arrastou uma unha ao longo do ombro dele. — Ele pode morder.

— Qual a vantagem de se ter uma fera que *não pode* morder?

Athos deslizou a faca pela face de Holland, cortando a tira de couro do torno que prendia a sua boca. A dor cantou pela sua mandíbula quando ela afrouxou o torno, os dentes doendo. O ar entrou nos seus pulmões, mas, quando ele tentou falar, invocar os feitiços que mantinha na ponta da língua, eles congelaram na sua garganta tão subitamente que ele se engasgou e quase vomitou.

Um dos pulsos foi solto da algema, depois o outro, e Holland cambaleou para a frente, os membros gritando e quase cedendo sob o peso repentino, enquanto Athos e Astrid ficaram ali parados, simplesmente *observando*.

Ele queria matar os dois.

Queria e não podia.

Athos havia entalhado as linhas da maldição, uma a uma, enterrando as regras do feitiço na sua pele com aço e tinta.

Holland tentara fechar a mente para a magia, mas ela já estava dentro dele, queimando no seu peito, atravessando como um espeto a sua carne, a sua mente e a sua alma.

As correntes do feitiço eram coisas rígidas e articuladas. Eles se enrolaram na sua cabeça, pesadas como ferro em torno de cada membro.

Obedeça, disseram eles. Não para a sua mente, nem para o seu coração; apenas para as suas mãos, para os seus lábios.

A ordem fora escrita na sua pele, entremeada nos seus ossos.

Athos inclinou a cabeça e gesticulou distraidamente.

— Ajoelhe-se.

Quando Holland não fez menção de obedecer, um bloco de pedra o atingiu nos ombros, um peso súbito, perverso e invisível o forçou a avançar. Ele lutou para se manter de pé, e o feitiço de vinculação atravessou os seus nervos, moeu os seus ossos.

A visão dele ficou branca e algo muito próximo a um grito escapou da sua boca dolorida antes que as pernas enfim se dobrassem, as canelas encontrando o chão de pedra fria.

Astrid bateu palmas uma vez, satisfeita.

—Vamos testar?

Um som, parte xingamento, parte choro, ecoou pela sala quando um homem foi arrastado, as mãos atadas às costas. Ele estava ensanguentado, havia sido espancado, o rosto quase totalmente coberto de hematomas. Ainda assim, Holland o reconheceu como um dos homens de Vor. Ele cambaleou e foi endireitado. No momento em que viu Holland, algo mudou nele. Despencou. A sua boca se abriu.

— *Traidor.*

— Corte o pescoço dele — instruiu Athos.

As palavras reverberaram pelos membros de Holland.

— Não — disse ele com voz rouca. Era a primeira palavra que conseguia proferir em dias, e foi inútil: os seus dedos se moveram antes mesmo que a sua mente pudesse processar. O vermelho brotou no pescoço do homem e ele caiu, as últimas palavras afogadas em sangue.

Holland olhou para a própria mão, a ponta da faca agora carmesim.

Eles deixaram o corpo onde caíra.

E trouxeram outro.

— Não — rosnou Holland ao vê-lo. Um rapaz da cozinha que mal tinha 14 anos e olhava para ele com olhos arregalados e inseguros.

— Me ajude — implorou ele.

Então trouxeram outro.

E mais outro.

Um a um, Athos e Astrid enfileiraram os restos da vida de Vor diante de Holland, instruindo-o repetidas vezes a cortar os pescoços. Ele tentou resistir à ordem todas as vezes. E todas as vezes falhou. Todas as vezes teve de olhar nos olhos deles e ver o ódio, a traição, a angústia da confusão antes de dilacerá-los.

Os corpos foram se empilhando. Athos assistiu. Astrid sorriu.

A mão de Holland se movia, guiada por uma corda de marionete.

E a sua mente gritou até por fim perder a voz.

IV

Lila não conseguia dormir.

A luta continuava girando na sua cabeça, becos escuros e facas afiadas, o coração tão acelerado que ela tinha certeza de que o som acordaria Kell. No meio da noite, ela se levantou do catre, atravessou a pequena cabine com dois passos curtos e se afundou no chão encostada na parede, uma lâmina apoiada no joelho, um conforto leve porém familiar.

Era tarde, ou cedo, aquela hora escura e densa antes dos primeiros raios de luz do dia. Estava frio na cabine, então ela tirou o casaco do gancho na parede e se aninhou nele, enfiando a mão livre no bolso para se aquecer. Os seus dedos roçaram em pedra, prata, prata, e ela pensou nas palavras de Alucard.

Cada um de vocês precisa de um passe para entrar no mercado. Algo de valor.

Ela procurou entre as posses escassas algo precioso o bastante para pagar a sua entrada. Havia a faca que ela roubou de Fletcher, com lâmina serrilhada e soqueira no cabo, e também a que ganhou de Lenos, com o botão escondido que dividia a lâmina em duas. Havia o pedaço de mármore branco, manchado de sangue, que foi parte do rosto de Astrid Dane. E, por último, aquele peso quente e constante no fundo do bolso: o relógio de Barron. A única ligação com o mundo que ela abandonou. A vida que ela abandonou. Lila sabia, com certeza absoluta, que as facas não seriam suficientes. Com isso, restavam a sua chave para a Londres Branca e a sua chave para a Londres Cinza. Ela fechou os olhos, segurando os dois símbolos até a mão doer, sabendo qual deles era inútil e qual compraria a sua entrada.

Na sua mente, viu o rosto de Barron na noite em que voltou ao Stone's Throw, a fumaça do navio em chamas ainda subindo atrás dela. Ouviu a própria voz oferecendo o relógio roubado como pagamento. Sentiu o peso e o calor das mãos dele ao fecharem os seus próprios dedos em torno do relógio, dizendo que ficasse com ele. Porém, ela deixou o objeto para trás na noite em que seguiu Kell, mais um sinal de gratidão que qualquer outra coisa, o único adeus que conseguiu dizer. Mas o relógio voltou para ela pelas mãos de Holland, manchado com o sangue de Barron.

Era parte do seu passado agora.

E se apegar a ele não o traria de volta.

Lila devolveu os objetos ao casaco e recostou a cabeça na parede da cabine.

Na cama, Kell se mexeu em seu sono.

Lá em cima, o som abafado de alguém andando no convés.

O barulho suave do mar. O balançar do navio.

Os seus olhos estavam quase se fechando quando ela ouviu um arquejo curto e dolorido. Ela se inclinou para a frente, atenta, mas Kell ainda estava dormindo. Ela ouviu o arquejo de novo e se pôs de pé, com a faca em punho enquanto seguia o som através do estreito corredor até a cabine onde mantinham Holland.

Ele estava deitado de barriga para cima no catre, desacorrentado, nem mesmo vigiado, e sonhava. Um pesadelo, ao que parecia. Os dentes estavam cerrados, o peito subia e descia numa respiração estranha e em *staccato*. Todo o corpo dele estremeceu, os dedos agarrando o cobertor fino embaixo dele. A boca se abriu e uma expiração ficou presa na sua garganta. O pesadelo o assolou como um calafrio, mas ele não emitiu som nenhum.

Deitado ali, preso dentro dos seus sonhos, Holland parecia... vulnerável.

Lila ficou parada, observando. E então ela se pegou entrando no quarto.

As tábuas do chão rangeram embaixo dela, e Holland se retesou durante o sono. Lila prendeu a respiração, hesitando por um instante antes de atravessar o espaço estreito, estender a mão e...

Holland pulou para a frente, os dedos se fechando no pulso dela. A dor subiu pelo braço de Lila. Não havia eletricidade nem magia, apenas pele na pele e o ranger dos ossos.

Os olhos dele estavam febris quando encontraram os dela no escuro.

— O que você pensa que está fazendo? — As palavras saíram num silvo, como o vento que passa por uma fresta.

Lila desvencilhou o braço.

— Você estava tendo um pesadelo — retrucou ela, esfregando o pulso. — Eu ia acordar você.

Os olhos dele logo notaram a faca na sua outra mão. Ela havia esquecido que estava lá. E se forçou a embainhá-la.

Agora que ele estava acordado, o rosto de Holland era uma máscara de calma, o estresse denunciado apenas pelo filete de suor que deslizava pela sua têmpora, traçando lentamente uma linha ao longo das bochechas e da mandíbula. Mas os seus olhos a acompanharam enquanto ela recuava para a porta.

— O quê? — perguntou Lila, cruzando os braços. — Está com medo de que eu tente te matar enquanto dorme?

— Não.

Lila o observou.

— Eu não esqueci o que você fez.

Ao ouvir isso, Holland fechou os olhos.

— Nem eu.

Ela ficou parada sem saber o que dizer, o que fazer, imobilizada pela incapacidade de fazer qualquer um dos dois. Tinha a sensação de que Holland não estava tentando dormir, mas tampouco tentava dispensá-la. Ele estava lhe dando uma chance de atacá-lo, testando a sua resolução de não fazê-lo.

Era tentador e ao mesmo tempo não era, e isso a irritou mais que qualquer coisa. Lila bufou e se virou para ir embora.

— Eu salvei a sua vida — disse ele com voz suave.

Ela hesitou e se virou de volta.

— Uma vez.

Com um leve arquear de sobrancelha e um único movimento no rosto, Holland disse:

— Diga-me, Delilah, quantas vezes serão necessárias?

Ela balançou a cabeça em desgosto.

— O homem na Stone's Throw — falou ela. — Aquele com o relógio, aquele cujo pescoço você cortou. Ele não merecia morrer.

— A maioria das pessoas não merece — comentou Holland calmamente.

— Você em algum momento pensou em poupar a vida dele?

— Não.

— Sequer hesitou antes de matá-lo?

— Não.

— Por que não? — rosnou ela, o ar se agitando com a raiva.

Holland sustentou o seu olhar.

— Porque foi mais fácil.

— Eu não...

— Porque, se parasse, eu pensaria, e, se pensasse, lembraria. E, se eu me lembrasse, eu iria... — Ele engoliu em seco, uma mínima oscilação no pescoço. — Não, eu não hesitei. Cortei o pescoço dele e acrescentei a morte àquelas que contabilizo todos os dias quando acordo. — Os olhos dele se fixaram nela, duros. — Agora me diga, Delilah, com quantas vidas você acabou? Você sabe o número?

Lila fez menção de responder e parou.

A verdade — a enfurecedora, enlouquecedora e doentia verdade — era que ela não sabia.

Lila voltou intempestivamente para a própria cabine.

Ela queria dormir, queria brigar, queria reprimir o medo e a raiva que subiam pela sua garganta como um grito. Queria erradicar as palavras de Holland, extirpar a memória da faca entre as costelas, sufocar o terrível instante em que a energia imprudente do perigo se transformou em puro medo.

Ela queria esquecer.

Quando entrou, Kell estava se levantando, o casaco numa das mãos.

Queria sentir...

— Aí está você — falou ele, o cabelo despenteado pelo sono. — Estava indo agora mesmo procurar...

Lila o pegou pelos ombros e pressionou a sua boca na dele.

— ... *você*. — terminou Kell, a palavra pouco mais que um sussurro entre os lábios dela.

... isso.

Kell retribuiu o beijo. Intensificou o beijo. A corrente de magia percorreu os lábios dela como uma faísca.

E então os seus braços a envolveram, e, com esse pequeno gesto, ela compreendeu, sentiu essa atração chegar aos ossos; não o pulso elétrico do poder e, sim, algo por baixo dele, aquele peso que ela nunca entendeu. Num mundo onde tudo balançava, oscilava e se desfazia, isso era terra firme.

Seguro.

O coração dela batia forte nas suas costelas, alguma parte primitiva sua dizendo *corra*. E ela estava *correndo*, mas não para longe. Estava cansada de fugir. Então, correu para Kell.

E ele a pegou.

O casaco dele caiu no chão e logo eles estavam ao mesmo tempo andando e tropeçando pelo pequeno cômodo. Eles erraram a cama, mas encontraram a parede — não era tão longe — e, quando as costas de Lila encontraram o casco do navio, a embarcação inteira pareceu balançar sob os pés deles, pressionando o corpo de Kell sobre o dela.

Lila arquejou, menos por causa do peso súbito sobre ela do que por causa da sensação do corpo dele contra o seu, uma perna de Kell entre as suas.

A mão dela escorregou por baixo da camisa dele com toda a graça praticada de uma ladra. Mas, desta vez, ela *queria* que ele sentisse o seu toque, a palma das suas mãos deslizando sobre as costelas dele e pelas costas, a ponta dos dedos se enterrando nas escápulas.

— Lila — murmurou Kell no ouvido dela quando o navio aprumou, então ele balançou para o outro lado e os dois tropeçaram, caindo no catre.

Ela o puxou para baixo junto consigo, e ele se apoiou nos cotovelos, pairando sobre ela. Os cílios de Kell eram fios de cobre em torno do olho preto e do olho azul. Nunca havia notado isso. Lila estendeu a mão e afastou o cabelo do seu rosto. Era macio como uma pluma ao passo que o resto dele era afiado, anguloso. O rosto de Kell roçou na palma da mão dela. Os quadris dele se afundaram nos de Lila. O corpo dos dois se acendeu um contra o outro, a energia elétrica atravessando a pele de ambos.

— Kell — disse ela, a palavra entre um sussurro e um suspiro.

E então a porta se abriu.

Alucard ficou parado à porta, encharcado, como se tivesse acabado de ser jogado no mar ou o mar tivesse sido jogado sobre ele.

— *Parem de foder com o navio.*

Kell e Lila olharam para ele num silêncio atordoado e então caíram na gargalhada quando a porta se fechou com brusquidão.

Eles caíram de volta no catre, o riso desaparecendo apenas para ressurgir do silêncio com força total. Lila riu de doer, e, mesmo quando pensou que havia terminado, o som saiu em forma de soluços.

— Calma — sussurrou Kell no cabelo dela, e isso quase a incendiou de novo enquanto ela rolava para perto dele na cama estreita, espremendo-se para não cair. Ele abriu espaço, um braço embaixo da cabeça e o outro em volta da cintura de Lila, puxando-a para si.

Ele cheirava a rosas.

Ela lembrou ter pensado isso quando se encontraram pela primeira vez e, mesmo agora, com o mar salgado e a madeira úmida do navio, ela sentia o aroma, o cheiro sutil e fresco de jardim que tinha a magia dele.

— Ensine-me as palavras — sussurrou ela.

— Hum? — perguntou ele, sonolento.

— Os feitiços de sangue. — Ela apoiou a cabeça numa das mãos. — Quero conhecê-los.

Kell suspirou fingindo estar exausto.

— Agora?

— Isso, agora. — Ela rolou e se deitou de costas, os olhos focados no teto de madeira. — O que aconteceu em Rosenal... Não planejo deixar que aconteça de novo. Nunca mais.

Kell ergueu o corpo e se apoiou num cotovelo, pairando sobre ela. Ele olhou para Lila por um longo tempo, estudando-a, e então um sorriso travesso surgiu no seu rosto.

— Está certo — falou ele. — Vou ensinar a você.

Os cílios de cobre se afundaram sobre os olhos de duas cores.

— Existe *As Travars*, para viajar entre os mundos.

Ela revirou os olhos.

— Esse eu conheço.

Ele desceu um pouco, levando os lábios ao ouvido dela.

— E *As Tascen* — continuou, a respiração quente — para se mover dentro de um mundo.

Ela sentiu um arrepio de prazer quando os lábios dele roçaram na sua mandíbula.

— E *As Hasari* — murmurou ele. — Curar.

A sua boca encontrou a dela, roubando um beijo antes de dizer:

— *As Staro*. Selar.

E teria deixado que ele se demorasse ali, mas a boca de Kell continuou descendo.

— *As Pyrata.*

Uma respiração no pescoço dela.

— Queimar.

As mãos dele deslizaram por baixo do tecido da blusa de Lila.

— *As Anasae.*

Uma explosão de calor entre os seus seios.

— Dissipar.

Acima do umbigo de Lila.

— *As Steno.*

Uma das mãos dele desamarrando os cordões das calças dela.

— Quebrar.

Retirando-as.

— *As Orense.*

Os dentes dele roçando o osso do quadril de Lila.

— Abrir...

A boca de Kell parou no meio das pernas dela, e o corpo de Lila se arqueou contra ele, os dedos enrolados nos cachos acobreados dele enquanto o calor a atravessava por completo. Suor brotou na pele dela. Lila queimou por dentro, e a sua respiração ficou ofegante. Uma das mãos estava agarrada no lençol, acima da sua cabeça, enquanto algo como magia surgia dentro dela. Uma maré que subia e subia até que ela não conseguiu mais segurar.

— Kell — gemeu ela quando o beijo dele ficou mais intenso. O seu corpo inteiro estremeceu com o poder e, quando ela por fim se soltou, arrebentou numa onda ao mesmo tempo elétrica e sublime.

Lila desmoronou nos lençóis emitindo algo entre uma risada e um suspiro, a cabine inteira zumbindo no encalço, o lençol chamuscado onde ela o agarrara.

Kell se levantou e se espremeu mais uma vez ao lado dela.

— A lição foi boa o suficiente? — perguntou ele, a própria respiração ainda irregular.

Lila abriu um sorriso largo e depois rolou para cima dele, montando na cintura de Kell. Os olhos dele se arregalaram, o peito arfando debaixo dela.

— Bem — disse ela, posicionando as mãos de Kell acima da cabeça dele —, vamos ver se eu me lembro de tudo.

Eles deitaram juntos, apertados naquele catre estreito, o braço de Kell em torno dela. O calor do momento se foi, substituído por uma calidez agradável e constante. A camisa dele estava aberta e ela levou a ponta dos dedos até a cicatriz sobre o seu coração, tracejando círculos distraidamente até que os olhos dele se fecharam.

Lila sabia que não ia dormir. Não assim, corpo encostado em corpo na cama.

Ela costumava dormir com as costas viradas para a parede.

Costumava dormir com uma faca no joelho.

Costumava dormir *sozinha*.

Mas logo a embarcação ficou em silêncio, o pequeno patacho balançando gentilmente na correnteza, e a respiração de Kell era calma e uniforme, o pulso dele batendo suavemente contra a pele dela e, pela primeira vez desde que conseguia se lembrar, Lila caiu num sono verdadeiramente tranquilo e profundo.

V

— *Santo* — murmurou Alucard —, está *piorando*.

Ele cuspiu a última leva do café dormido de Ilo no mar. Jasta gritou do timão, as palavras perdidas na brisa, ele limpou a boca com o dorso da mão e ergueu o olhar, percebendo que o Águas Prósperas tomava forma no horizonte.

Primeiro, apenas uma sombra, e então, lentamente, um navio.

Na sua primeira viagem para encontrar a embarcação infame de Maris, ele esperava encontrar algo como o porto de Sasenroche ou o mercado noturno de Londres, só que localizado no mar. *Is Ferase Stras* não era um nem outro. Era de fato um navio, ou melhor, vários, erguendo-se juntos como corais sobre o mar azul cristalino. Quadrados de lona se estendiam aqui e se inclinavam ali, transformando a rede de conveses e mastros em algo que se assemelhava a um ninho de tendas.

A coisa toda parecia instável, um castelo de cartas esperando para cair, balançando e oscilando na brisa do inverno. Tinha o ar desgastado de algo que já existia havia muito tempo, algo que não parava de crescer: não era demolido e reconstruído por capricho ou pelo vento, mas ganhava camadas como se fossem demãos de tinta.

Porém, havia uma estranha elegância naquela loucura, uma ordem naquele caos, tornada mais intensa pelo silêncio que envolvia o navio. Não havia gritos em convés nenhum. Nenhuma sobreposição de vozes ecoando na brisa. Tudo sobre as ondas estava em silêncio, uma propriedade em ruínas se banhando ao sol.

Fazia quase dois anos desde que Alucard tinha visto a embarcação de Maris pela última vez, e a visão ainda o deixava estranhamente impressionado.

Bard apareceu ao lado dele na amurada.

Ela soltou um assobio baixo, os olhos arregalados com a mesma luz faminta.

Um bote já havia sido baixado e estava preparado ao lado do mercado flutuante. Quando o *Ghost* diminuiu a velocidade, Alucard conseguiu distinguir um homem esquelético, a pele castigada pelo sol e pelo mar, sendo escoltado da embarcação de Maris.

— Espere! — dizia ele. — Eu paguei o meu tributo. Deixe-me continuar procurando. Vou encontrar outra coisa!

Mas os homens que o carregavam pareciam alheios aos seus pedidos e protestos enquanto o jogavam pela amurada. Foi uma queda de vários metros antes de aterrissar no convés da sua pequena embarcação, gemendo de dor.

— Um conselho — advertiu Alucard, com voz despreocupada. — Quando Maris disser para sair, você sai.

— Não se preocupe — disse Bard. — Vou me comportar.

Não era uma noção reconfortante. Até onde ele sabia, ela só tinha um tipo de comportamento, e em geral terminava com vários mortos.

Nas mãos de Jasta, o *Ghost* diminuiu a velocidade, parando ao lado do *Ferase Stras*. Uma prancha foi colocada entre o *Ghost* e a beirada do mercado flutuante, que levava a uma plataforma coberta com uma porta simples de madeira. Eles cruzaram a prancha, um de cada vez, Jasta na frente, depois Lila e Kell, com Alucard na retaguarda. Depois de uma hora de discordância, tinham tomado a decisão de deixar Holland para trás com Hastra e Lenos.

O *Antari* que sobrou voltou a ser algemado, mas algum acordo silencioso deve ter sido acertado entre Holland e Kell, porque ele tinha conquistado a liberdade de se mover a bordo do navio. Alucard havia entrado na cozinha naquela manhã e visto o mago sentado à mesa estreita, segurando uma xícara de *chá*. Agora Holland estava no convés, encostado no mastro à sombra da vela principal, os braços cruzados no limite que as suas correntes permitiam, a cabeça inclinada para o céu.

— Devemos bater à porta? — perguntou Lila, sorrindo para Alucard. Porém, antes que ela pudesse estender a mão e bater com o punho na porta, esta se abriu e um homem vestindo roupas brancas deu um passo à frente. Isso, mais que tudo, tornou a cena surreal. A vida no mar era uma pintura feita basicamente em tons suaves: o sol e o sal desbotavam as cores, o suor e a sujeira tornavam cinza qualquer branco. No entanto, o homem estava de pé, no meio das brumas do mar e da luz do meio da manhã, impecável nas calças e na túnica cor de leite, ambas imaculadas.

Na cabeça, usava algo que ficava entre um lenço e um elmo. Estava enrolado na cabeça e caía sobre a testa e as maçãs do rosto altas. O espaço entre eles deixava os olhos à mostra. Estes eram de um tom muito claro de castanho, emoldurados por longos cílios pretos. Ele era adorável. Sempre foi adorável.

Ao ver Alucard, a figura inclinou a cabeça.

— Não acabei de me livrar de você?

— É bom ver você também, Katros — saudou Alucard alegremente.

O olhar do homem passou por Alucard e parou nos demais, demorando um instante em cada um antes de estender a mão bronzeada.

— Os seus passes.

Eles os entregaram: Jasta, uma pequena esfera de metal cheia de buracos que assobiavam e sussurravam; Kell, uma moeda da Londres Cinza; Lila, um relógio de prata; e Alucard, o frasco de sonhos que ele pegou em Rosenal. Katros desapareceu atrás da porta e os quatro ficaram em silêncio na plataforma por longos minutos antes que ele voltasse para deixá-los entrar.

Kell foi o primeiro a passar pela porta, desaparecendo no espaço de sombras à frente, seguido por Bard com os seus passos rápidos e silenciosos e depois por Jasta. Porém, quando a capitã do *Ghost* começou a avançar, Katros bloqueou o seu caminho.

— Não desta vez, Jasta — disse ele, a voz sem emoção.

A mulher franziu o cenho.

— Por que não?

Katros deu de ombros.

— Maris escolhe.

— A minha oferta foi boa.

— Talvez — foi tudo o que ele disse.

Jasta deixou escapar um som que pode ter sido um xingamento ou apenas um grunhido, baixo demais para Alucard entender. Eles eram mais ou menos do mesmo tamanho, ela e Katros, mesmo contando o elmo, e Alucard se perguntou o que aconteceria se ela tentasse forçar a entrada. Duvidava que terminaria bem para qualquer um dos dois, então ficou aliviado quando ela ergueu as mãos em rendição e voltou para o *Ghost*.

Katros se virou para ele, um sorriso de esguelha encravado como uma flecha nos lábios.

— Alucard — falou ele, avaliando o capitão com aqueles olhos claros, e então disse por fim: —, entre.

VI

Kell entrou na sala e parou.

Ele esperava um espaço contraditório, um interior tão estranho e misterioso quanto a fachada do navio.

Em vez disso, encontrou um cômodo com aproximadamente o mesmo tamanho da cabine de Alucard a bordo do *Night Spire*, embora muito mais entulhado. Armários cheios de bugigangas, caixas lotadas de livros, baús enormes que cobriam todas as paredes, alguns trancados e outros abertos (um deles balançava como se dentro houvesse algo vivo que quisesse sair). Não havia janelas e, com tanta bagunça, Kell imaginava que a sala teria cheiro de mofo e coisas comidas por traças. No entanto, ficou surpreso ao encontrar ar fresco e limpo; o único aroma era sutil mas agradável, como papel velho.

Havia uma mesa larga no centro da sala com um grande cão branco — que mais parecia uma pilha de livros enfiados embaixo de um tapete felpudo do que um cachorro — roncando suavemente debaixo dela.

E ali, atrás da mesa, estava Maris.

O rei do mercado flutuante, que descobriram ser uma *rainha*.

Maris era velha, mais velha que qualquer pessoa que Kell já tinha visto, a pele escura até mesmo para os padrões arnesianos, com centenas de linhas formando rachaduras na superfície feito casca de árvore. Porém, assim como a sentinela na porta, as suas roupas (uma túnica branca com um laço amarrado no pescoço) não tinham sequer um único vinco. Os longos cabelos prateados estavam puxados para trás do rosto envelhecido e se derramavam por entre os seus ombros como uma folha de metal estreita. Ela usava prata nas orelhas e nas mãos, e uma delas segurava os passes da tripulação do *Ghost* enquanto a outra tinha os dedos ossudos curvados ao redor de uma bengala prateada.

E, do pescoço, junto de outras três ou quatro correntes de prata, pendia o Herdeiro. Era do tamanho de um pequeno rolo de pergaminho, exatamente como Tieren disse. Mas não exatamente um cilindro, e sim um objeto de seis ou oito lados, Kell não conseguia ver de onde estava, todos curtos, planos e formando cada um deles uma coluna. Cada faceta primorosamente modelada e com a base afilada na forma de um fuso.

Quando já estavam todos ali, exceto Jasta, que aparentemente tinha sido mandada de volta, Maris pigarreou.

— Um relógio de bolso. Uma moeda. E um frasco de açúcar. — A voz dela não continha nenhum traço da fragilidade da idade, era profunda, baixa e desdenhosa. — Devo admitir que estou desapontada. — Ela ergueu o olhar, revelando olhos cor de areia. — O relógio nem sequer é encantado, embora suponha que isso seja metade do charme. E isso é sangue? Bem, para você essa é a outra metade do charme. Embora eu goste de um objeto com história. Quanto à moeda, sei que não é daqui, mas está um pouco desgastada, não é? E quanto ao frasco de sonhos, capitão Emery, pelo menos você se lembrou, o que é desnecessário pois veio com dois anos de atraso. Mas devo dizer que esperava mais de dois magos *Antari* e do vencedor do *Essen Tasch*. Sim, eu já sei, as notícias voam. Alucard, suponho que lhe deva parabéns, embora duvide que tenha tido muito tempo para comemorar com as sombras pairando sobre Londres.

Tudo isso foi dito sem a menor pausa, ou, até onde Kell podia ver, a necessidade de respirar. Mas não foi isso o que mais o irritou.

— Como você sabe do estado de Londres?

A atenção de Maris se voltou para ele, e ela começou a responder, mas então estreitou os olhos.

— Ah — disse ela —, parece que você encontrou o meu velho casaco. — As mãos de Kell se ergueram defensivamente para o colarinho, mas Maris acenou com a mão, desfazendo-se do objeto. — Se eu o quisesse de volta, não o teria perdido. Essa coisa tem vontade própria, acho que o feitiço deve estar se desgastando. Ainda engole moedas e cospe fiapos? Não? Ele deve gostar de você.

Kell não disse uma palavra sequer, já que Maris parecia mais que satisfeita em continuar as suas conversas sem interlocutor. Ele se perguntou se a velha era um pouco estúpida, mas os seus olhos pálidos se moviam de alvo em alvo com toda a velocidade e precisão de uma faca bem arremessada.

Agora a atenção dela se fixava em Lila.

— Você não é mesmo uma peça? — disse Maris. — Mas aposto que é preciso o diabo para mantê-la. Alguém já te disse que tem algo errado com o seu olho? — A mão dela se inclinou, deixando os passes caírem descuidadamente sobre a mesa. — O relógio deve ser seu, querida viajante. Tem cheiro de cinzas e sangue em vez de flores.

— É a coisa mais preciosa que possuo — falou Lila por entre os dentes cerrados.

— *Possuía* — corrigiu Maris. — Ah, não me olhe assim, querida. *Você* abriu mão dele. — Os dedos dela apertaram a bengala, provocando um estalo de ligamentos e ossos. — Vocês devem querer algo especial. O que traz um príncipe, um nobre e uma estranha ao meu mercado? Vieram com um prêmio em particular em mente ou estão aqui para dar uma olhada?

— Só queremos ... — começou Kell, mas Alucard deu uma batida no ombro dele com a mão.

— Ajudar a nossa cidade — disse o capitão.

Kell lhe lançou um olhar confuso, mas teve o bom senso de ficar calado.

— Você está certa, Maris — continuou Alucard. — Uma sombra caiu sobre Londres e nada do que possuímos é capaz de detê-la.

A velha tamborilou com as unhas na mesa.

— E eu que pensava que Londres não quisesse mais saber de *você*, mestre Emery.

Alucard engoliu em seco.

— Talvez — disse ele, lançando um olhar sombrio para Kell. — Mas eu ainda me importo com ela.

A atenção de Lila ainda estava voltada para Maris.

— Quais são as regras?

— Isso é um mercado clandestino — declarou ela. — Não há regras.

— Isso é um navio — retrucou Lila. — E todo navio tem regras. A capitã as decreta. A menos, é claro, que você *não* seja a capitã desse navio.

Maris arreganhou os dentes.

— Eu sou capitã e tripulação, comerciante e lei. Todos a bordo trabalham para mim.

— Eles são da sua família, não são? — perguntou Lila.

— Pare de falar, Bard — advertiu Alucard.

— Os dois homens que jogaram o outro ao mar, eles se parecem com você. E o que vigia a porta, Katros, não é? Ele tem os seus olhos.

— Muito observadora — falou Maris — para uma garota com apenas um olho de verdade. — A mulher se levantou e Kell esperou ouvir o rangido e o estalo de velhos ossos se assentando. Em vez disso, ouviu apenas uma expiração suave, o farfalhar de pano enquanto se ajeitava. — As regras são bastante simples: o seu passe permite que você tenha acesso a esse mercado e ele só compra isso e mais nada. Tudo a bordo tem um preço, independentemente de você optar por pagá-lo ou não.

— E presumo que só podemos escolher uma coisa — disse Lila.

Kell se lembrou do homem jogado ao mar, do jeito que ele gritou por outra chance.

— Sabe, senhorita Bard, *é* possível ser afiada o suficiente para cortar a si mesma.

Lila sorriu, como se isso fosse um elogio.

— Por fim — continuou Maris com um olhar penetrante na direção dela —, o mercado tem cinco tipos de feitiços de proteção contra atos de magia e roubo. Encorajo vocês a não tentar colocar no bolso algo que não seja seu. Não vai acabar bem.

Com isso, Maris se sentou novamente, abriu um livro de registros e começou a escrever.

Eles ficaram ali parados, esperando que ela dissesse mais, ou que os dispensasse, mas depois de muito tempo de desconforto durante o qual os únicos sons eram o chacoalhar de um baú, o chapinhar do mar e o arranhar da sua pena, os dedos ossudos de Maris apontaram para uma segunda porta que ficava entre duas pilhas de caixas.

— Por que vocês ainda estão aqui? — perguntou ela sem erguer o olhar, e essa foi toda a despedia que receberam.

— Por que estamos sequer nos dando ao trabalho de percorrer o navio? — perguntou Kell assim que passaram pela porta. — Maris tem a única coisa de que precisamos.

— E essa é a última coisa que você vai *dizer* a ela — retrucou Alucard.

— Quanto mais você quer algo de alguém — acrescentou Lila —, menos a pessoa vai querer abrir mão. Se Maris descobrir do que realmente *precisamos*, vamos perder qualquer poder de barganha. — Kell cruzou os braços e fez menção de retrucar, mas ela continuou: — Nós somos três e há apenas um Herdeiro, o que significa que vocês dois precisam encontrar outra coisa para comprar. — Antes que um deles pudesse protestar, ela os interrompeu. — Alucard, você não pode pedir o Herdeiro de volta, pois foi você quem o deu a ela. E, Kell, sem querer ofender, você tende a deixar as pessoas com raiva.

Kell franziu o cenho.

— Não vejo como isso...

— Maris é uma *ladra* — falou Lila — e das boas, pela aparência do navio. Então, ela e eu temos algo em comum. Deixe o Herdeiro comigo.

— E o que *nós* devemos fazer? — perguntou Kell, apontando para si mesmo e para o capitão.

Alucard gesticulou, mostrando todo o mercado, a safira cintilando acima do olho.

— Compras.

VII

Holland ainda odiava estar no mar — odiava o movimento de subir e descer do navio, a sensação constante de desequilíbrio —, mas se movimentar ajudava um pouco. As algemas ainda exerciam uma pressão seca e opressora, porém o ar no convés era limpo e fresco e, se fechasse os olhos, quase conseguia imaginar que estava em outro lugar. Embora não soubesse de fato que outro lugar seria esse.

O seu estômago doía, ainda vazio por causa das primeiras horas a bordo, e ele relutantemente retornou ao porão.

O velho, Ilo, estava no balcão estreito da cozinha, lavando batatas e cantarolando consigo mesmo. Ele não parou quando Holland entrou, nem mesmo baixou o volume da cantoria, apenas continuou como se não soubesse que o mago estava ali.

Havia uma tigela de maçãs no centro da mesa, e Holland estendeu a mão, as correntes arranhando a madeira. Ainda assim, o cozinheiro não se mexeu. Então o gesto foi intencional, pensou Holland, virando-se para ir embora.

Mas o caminho estava bloqueado.

Jasta estava na soleira da porta, meia cabeça mais alta que Holland, os olhos escuros voltados para ele. Não havia gentileza naquele olhar e nenhum sinal de que os outros estivessem com ela.

Holland franziu a testa.

— Isso foi rápido...

Ele parou de falar ao ver a lâmina na mão de Jasta. Um pulso algemado se apoiou na mesa, a maçã na outra mão, um pequeno pedaço de corrente entre os dois. Ele perdera a lasca que mantinha entre o metal e a pele, mas havia uma faca no balcão mais próximo, com o cabo ao seu alcance. Ele não se moveu em direção à faca, ainda não.

Era um cômodo estreito e Ilo continuava lavando e cantarolando como se não houvesse nada errado, ignorando intencionalmente a crescente tensão.

Jasta segurava a lâmina displicentemente, com um conforto que espantou Holland.

— Capitã — disse ele com cautela.

Jasta olhou para a faca.

— O meu irmão está morto — falou ela lentamente — por sua causa. Metade da minha tripulação morreu por sua causa.

Ela deu um passo para perto dele.

— A minha cidade está em perigo por sua causa.

Ele se manteve firme. Ela estava perto agora. Perto o suficiente para usar a lâmina antes que ele pudesse detê-la sem que as coisas ficassem feias.

— Talvez dois *Antari* sejam suficientes — disse ela, levando a ponta da faca até a gola do casaco de Holland. Jasta sustentou o olhar dele enquanto pressionava a faca, testando, a ponta afundando apenas o suficiente para derramar um pouco de sangue antes que uma nova voz ecoasse pelo corredor. Hastra. Seguido por Lenos. Os passos soando rápidos na escada. — Talvez — repetiu, recuando —, mas não estou disposta a arriscar.

Ela se virou e saiu intempestivamente. Holland se jogou no balcão, limpando o sangue da sua pele, quando Hastra e Lenos apareceram e Ilo começou a cantar outra canção.

DEZ

SANGUE E VÍNCULOS

I

Londres Cinza

Ned Tuttle acordou com o som de alguém batendo à porta.

Era fim da manhã e ele havia adormecido numa mesa da taverna, as ranhuras do pentagrama entalhado na mesa agora marcadas como vincos de lençol na lateral do seu rosto.

Ele se sentou, perdido por um instante entre onde estava e onde estivera.

Os sonhos estavam ficando mais estranhos.

Todas as vezes ele se via num lugar diferente — numa ponte sobre um rio preto, olhando para um palácio de mármore, carmesim e ouro — e em todas as vezes ele estava perdido.

Tinha lido sobre homens que podiam andar pelos sonhos. Eles eram capazes de se projetar em outros lugares, em outros tempos. Porém, quando andavam, eram capazes de falar com as pessoas, aprender coisas, e sempre saíam de lá mais sábios. Quando *Ned* sonhava, apenas se sentia cada vez mais sozinho.

Ele se movia como um fantasma através de multidões de homens e mulheres que falavam línguas que ele nunca ouviu, pessoas cujos olhos nadavam com sombras e cujas bordas ardiam com luz. Às vezes, elas pareciam não vê-lo, mas outras vezes elas o viam e isso era pior, porque então tentavam alcançá-lo, agarrá-lo, e, por causa disso, Ned precisava correr e, toda vez que corria, ele acabava perdido.

E então ele ouvia aquela voz peculiar; os murmúrios e os sussurros, baixos, suaves e firmes como água sobre rochas, as palavras abafadas por algum véu invisível entre eles. Uma voz que tentava alcançá-lo exatamente como aquelas mãos de sombras, envolvendo o seu pescoço com os dedos.

As têmporas de Ned martelavam no ritmo das batidas à porta, quando ele pegou o cálice sobre a mesa que tão recentemente lhe serviu de cama. Ao perceber que estava vazio, ele praguejou e pegou a garrafa acomodada um pouco longe dos seus dedos, bebendo no gargalo de um jeito que lhe faria ser repreendido se ainda estivesse em casa. A mesa em si estava cheia de pergaminhos e tinta, além do conjunto de elementos que ele comprou do cavalheiro que comprou de Kell. Este último item balançava esporadicamente, como se estivesse possuído (e *estava*: os pedaços de osso, pedra e gotas de água tentavam sair dali). Ned pensou, atordoado, que aquilo podia ter sido a fonte das batidas, mas, quando apoiou a mão firmemente na caixa, o som ainda ecoava, vindo da porta.

— Já estou indo — gritou ele com voz rouca, parando por um instante para acalmar a cabeça que latejava. Mas, quando se levantou e se virou para a porta da taverna, ficou boquiaberto.

A porta estava batendo sozinha, balançando para a frente e para trás no batente, lutando contra o ferrolho. Ned se perguntou se estava ventando forte lá fora, mas, quando abriu as venezianas, a placa da taverna permanecia imóvel como uma estátua sob as primeiras luzes da manhã.

Um arrepio percorreu o seu corpo. Ele sempre soube que esse lugar era especial. Ouviu rumores de outros clientes quando era um deles, e agora eles se inclinavam para a frente nas suas banquetas e perguntavam a *ele*, como se soubesse mais que eles.

— É verdade... — começavam, e depois prosseguiam com uma dúzia de perguntas diferentes.

— Que esse lugar é assombrado?

— Que ele foi construído sobre uma Linha de Ley?

— Que ele fica em dois mundos?

— Que ele não pertence a nenhum dos dois?

É verdade?, é verdade?, e Ned só sabia que, o que quer que fosse, atraiu-o para si e agora estava atraindo algo mais.

A porta continuou com as suas batidas fantasmagóricas enquanto Ned subia a escada e entrava no quarto, vasculhando as gavetas até encontrar o maior feixe de sálvia e o seu livro de feitiços favorito.

Ele estava no meio da escada outra vez quando o barulho parou.

Ned voltou para a taverna, fazendo o sinal da cruz por precaução, e colocou o livro sobre a mesa, folheando as páginas até encontrar um encanto para banir forças negativas.

Ele foi até a lareira, alimentou as últimas brasas do fogo que tinha ficado aceso à noite e o tocou com a ponta do feixe de sálvia até que ele ficou em brasas.

— Eu expulso a escuridão — entoou ele, varrendo o ar com a sálvia. — Não é bem-vinda — continuou, benzendo portas e janelas. — Vão embora, espíritos perversos, demônios e fantasmas, pois este é um lugar de...

Ele parou de falar quando a fumaça da sálvia espiralou no ar ao seu redor e começou a criar *formas*. Primeiro bocas e depois olhos, rostos saídos de pesadelo que se desenhavam nas plumas de fumaça pálida ao redor dele.

Isso não deveria acontecer.

Ned procurou desajeitadamente um pedaço de giz e se pôs de joelhos, desenhando um pentagrama no chão da taverna. Ele entrou na figura, desejando ter um pouco de sal também, mas sem coragem de se aventurar atrás do bar, pois à sua volta os rostos grotescos cresciam, desfaziam-se e cresciam novamente, as bocas escancaradas, como se estivessem rindo ou gritando. Porém, o único som emitido foi *aquela voz*.

A mesma dos seus sonhos.

Estava perto e longe, o tipo de voz que parecia vir de outro cômodo e de outro mundo ao mesmo tempo.

— O que é você? — perguntou Ned com voz trêmula.

— *Eu sou um deus* — respondeu a voz. — *Eu sou um rei.*

— O que você quer? — insistiu ele, porque todos sabiam que espíritos tinham de dizer a verdade. Ou isso só valia para os fae? Cristo...

— *Eu sou justo* — falou a voz. — *Eu sou misericordioso...*

— Qual é o seu nome?

— *Venere-me e faremos coisas grandiosas...*

— Responda.

— *Eu sou um deus... Eu sou um rei...*

Foi quando Ned percebeu que, o que quer que fosse, *onde* quer que estivesse, a voz não falava com *ele*. Estava recitando as suas falas, repetindo as palavras como se fosse um feitiço. Ou uma invocação.

Ned começou a sair do pentagrama, o pé escorregando em algo liso. Ao olhar para baixo, viu uma pequena mancha preta no chão de madeira, do tamanho de uma moeda grande. Primeiro, ele pensou que tinha deixado de limpar algo que fora derramado, restos da bebida de alguém agora congelados no frio recente. Mas a sala não estava muito fria, e, quando Ned tocou a estranha mancha escura, não era isso. Ele bateu uma vez com a unha e o barulho soou quase como de vidro, e então, diante dos seus olhos, a mancha começou a se *espalhar*.

As batidas recomeçaram, mas desta vez uma voz muito humana gritou do outro lado:

— Ei, Tuttle! Abra!

Ned olhou da porta para os rostos de fumaça que ainda pairavam no ar, para a mancha de escuridão no chão e gritou:

— Estamos fechados!

As palavras foram recebidas por um xingamento resmungado e pelo arrastar de botas. Assim que o homem foi embora, Ned se levantou, apoiando uma cadeira na porta trancada por precaução antes de voltar para o livro aberto e começar a procurar um feitiço mais potente.

II

Não importava que Alucard já tivesse ido ao mercado antes. E não importava que ele tivesse uma bússola na cabeça, fruto de anos no mar, e aptidão para aprender caminhos. Em poucos minutos, Alucard Emery estava perdido. O mercado flutuante era um labirinto de escadas, cabines e corredores, todos sem pessoas e repletos de tesouros.

Não havia comerciantes aqui, anunciando as suas mercadorias aos gritos. Esta era uma coleção particular, a exibição de um tesouro de pirata. Apenas os objetos mais raros, estranhos e proibidos do mundo chegavam ao navio de Maris.

Era espantoso que nada se perdesse ou fosse furtado ali, embora Alucard tivesse ouvido que não foi por falta de tentativas. Maris tinha uma reputação aterrorizante, mas uma reputação só ia até certo ponto e, inevitavelmente, embriagado tanto pelo poder quanto por vinho barato, um ladrão ainda tentaria roubar a rainha do *Ferase Stras*.

Como ela avisou, isso nunca terminava bem.

A maioria das histórias envolvia perda de membros, embora alguns dos casos mais estranhos envolvessem tripulações inteiras espalhadas por terra e mar em pedaços tão pequenos que ninguém jamais encontrou mais que um polegar, um calcanhar.

Fazia sentido. Quando se tem uma fortuna em magia das trevas à sua disposição, há muitas maneiras de mantê-la em segurança. O mercado não era simplesmente protegido contra dedos leves. Era protegido, sabia ele, contra *intenções*. Não se podia desembainhar uma faca. Não era possível alcançar algo que não se pretendia comprar. Em certos dias, quando os feitiços de proteção estavam mais caprichosos, sequer era possível pensar em roubar.

Ao contrário da maioria dos magos, Alucard gostava dos feitiços de proteção de Maris, do modo como eles silenciavam tudo. Sem o ruído de outras magias, os tesouros brilhavam e os seus olhos podiam captar os fios de poder presos a cada artefato, as assinaturas dos magos que os encantaram. Num lugar sem comerciantes para dizer a ele o que um objeto *fazia*, a sua visão vinha a calhar. Um feitiço era, afinal, uma espécie de tapeçaria tecida com os fios da própria magia.

Mas isso não o impediu de se perder.

No fim das contas, Alucard levou meia hora para encontrar o quarto de espelhos.

Ele ficou lá parado, cercado por artefatos de todos os formatos e tamanhos — alguns feitos de vidro, outros de pedra polida, outros que refletiam o seu próprio rosto e outros que lhe mostravam outras épocas, outros lugares e outras pessoas. Examinou os feitiços até encontrar o caminho certo.

Era um objeto bonito, oval com borda de ônix e duas alças, como uma bandeja de servir. Não era um espelho comum, nem de longe, mas também não era estritamente proibido. Apenas muito raro. A maior parte das magias refletivas mostrava o que estava na mente, mas a mente é capaz de inventar praticamente qualquer coisa, então um refletor podia ser enganado e mostrar uma fábula em vez de a verdade.

Lançar-se ao passado, refletindo as coisas não como eram lembradas, ou reescritas, mas como *foram*, como de fato aconteceram, era um tipo muito especial de magia.

Ele recolocou o espelho no estojo, um compartimento que parecia uma bainha, porém feito de ônix delicadamente entalhado, e foi encarar Maris.

Estava retornando para os aposentos da capitã quando os seus olhos se prenderam nos fios familiares da magia *Antari*. A princípio, pensou que estava simplesmente vendo Kell, cuja iridescência sempre se arrastava atrás dele como um casaco. Porém, quando dobrou a esquina, o mago não estava em lugar nenhum. Em vez disso, os fios de magia se derramavam de uma mesa onde se enrolavam em torno de um anel.

Era antigo, o metal fosco com a idade, e largo, do comprimento de uma falange. Estava numa mesa com centenas de outros, cada um numa caixa aberta; mas, se o restante era entremeado com fios azuis e verdes, dourados e vermelhos, este estava entrelaçado com fios daquela cor instável, como óleo e água, que distinguia um *Antari*.

Alucard pegou o anel e foi encontrar Kell.

III

Apesar da abundância de magia natural e de anos de estudos rigorosos ao lado do *Aven Essen*, Kell não sabia tudo o que havia para saber sobre feitiços. Ele *sabia* disso, mas ainda assim era desconcertante estar cercado por tantas *evidências* que corroboravam o fato. No mercado de Maris, Kell sequer *identificava* metade dos objetos, muito menos os encantamentos entrelaçados neles. Quando a magia era escrita na superfície de um objeto, ele normalmente conseguia entender, mas a maioria dos talismãs nada tinha além de um desenho ou um enfeite. De vez em quando, ele *sentia* a intenção, não com um propósito específico, mas num sentido geral, e isso era tudo.

Ele sabia que o *Ferase Stras* era um lugar para onde a maioria das pessoas ia com um objeto em mente, um objetivo, e, quanto mais se vagava sem um propósito, mais se começava a se sentir perdido.

E provavelmente foi por isso que ele achou o quarto das facas tão reconfortante. Era o tipo de lugar para onde Lila gravitaria; a menor não tinha mais que o comprimento da palma da sua mão e a maior ultrapassava a envergadura dos seus braços.

Ele sabia que Maris não lidava com armas comuns, mas, ao estreitar os olhos para enxergar melhor os feitiços esculpidos à mão nos cabos e nas lâminas — cada mago tinha o seu próprio dialeto —, ele ainda ficou surpreso com a variedade.

Espadas para abrir feridas que não se curariam.

Facas para sangrar a verdade em vez de sangue.

Armas que canalizavam poder, ou o roubavam, ou matavam com um único golpe, ou ainda...

Um assobio baixo soou atrás dele quando Alucard apareceu na entrada do cômodo.

— Escolhendo um presente? — perguntou o capitão.

— Não.

— Ótimo. Então pegue isso.

Ele deixou cair um anel na mão de Kell.

Kell franziu a testa.

— Estou lisonjeado, mas acho que você está pedindo o irmão errado em casamento.

Um som exasperado escapou da garganta do homem.

— Eu não sei o que *faz*, mas é... como você. E eu não quero dizer pomposo e irritante. A magia que envolve esse anel... ela é *Antari*.

Kell se empertigou.

— Tem certeza? — Ele semicerrou os olhos, examinando o aro. Não trazia selos, nenhum feitiço óbvio, mas o metal zumbia bem fraco na sua pele, ressoando. De perto, a prata tinha sulcos, não em padrões mas em anéis. Hesitante, Kell o colocou no dedo. Nada aconteceu. Não que qualquer coisa fosse acontecer, é claro, uma vez que o navio era protegido. Ele deixou o anel escorregar de volta para a palma da mão. — Se você o quer, compre você — disse, entregando-o a Alucard. Mas o capitão se esquivou.

— Não posso — falou ele. — Há outra coisa de que preciso.

— Do que você poderia precisar?

Alucard desviou propositalmente o olhar.

— O tempo está passando, Kell. Apenas pegue o anel.

Kell suspirou e ergueu o anel outra vez, segurando-o entre as mãos e o revirando lentamente em busca de marcas ou pistas. E então aconteceu a coisa mais estranha. Ele o puxou gentilmente, e parte do anel *caiu* na sua mão.

— Perfeito — disse Alucard, olhando ao redor. — Agora você o quebrou.

Mas Kell não achava que o tivesse quebrado. Em vez de segurar dois pedaços quebrados de um anel, ele agora segurava dois *anéis*: o original, de alguma forma intacto, como se não tivesse dado metade de si mesmo para fazer o segundo, e este, que era uma réplica exata do irmão. Os dois reverberaram nas mãos dele, cantando na sua pele. O que quer que eles fossem, eram fortes.

E Kell sabia que precisariam de cada gota de força que pudessem reunir.

— Vamos lá — chamou ele, enfiando os dois anéis no bolso. — Vamos ver Maris.

Eles encontraram Lila postada ali, ainda esperando do lado de fora da porta de Maris. Kell percebeu que foi preciso uma grande dose de autocontrole para que ela ficasse ali, esperando, quando havia tantos tesouros espalhados pelo navio. Ela estava inquieta, as mãos enfiadas nos bolsos do casaco.

— Então? — perguntou Alucard. — Você pegou?

Ela balançou a cabeça.

— Ainda não.

— Por que não?

— Estou guardando o melhor para o final.

— Lila — repreendeu Kell —, temos apenas uma chance...

— Eu sei — disse ela, empertigando-se. — Então acho que você vai ter de confiar em mim.

Kell mudou o pé de apoio. Ele queria confiar nela. *Não* confiava, mas queria. Por enquanto, isso teria de ser suficiente.

Por fim, ela abriu um leve e afiado sorriso.

— Ei, quer fazer uma aposta?

— Não — responderam Kell e Alucard ao mesmo tempo.

Lila deu de ombros, mas, quando ele segurou a porta para ela, ela não o seguiu.

— Confie em mim — repetiu ela, apoiando-se na amurada como se não tivesse outro lugar para ir. Alucard pigarreou, Maris estava esperando, e finalmente Kell não teve escolha a não ser deixar Lila ali, olhando avidamente para o mercado.

Lá dentro, Maris estava sentada à sua mesa, folheando o livro de registros. Eles ficaram ali, em silêncio, esperando que olhasse para eles. Ela não olhou.

— Vá em frente — disse ela, virando a página.

Alucard foi o primeiro. Ele avançou um passo e mostrou, dentre todas as coisas, um *espelho*.

— Você deve estar brincando — rosnou Kell, mas Maris se limitou a sorrir.

— Capitão Emery, você sempre teve aptidão para encontrar coisas raras e preciosas.

— Como você acha que a encontrei?

— Lisonjas não servem como pagamento aqui.

A safira acima do olho de Alucard cintilou.

— E, no entanto, assim como dinheiro, nunca é demais.

— Ah — retrucou ela —, mas, assim como dinheiro, eu também não tenho interesse nelas.

Ela largou o livro e estendeu a mão sobre a mesa, os dedos indo para uma grande esfera num aparador ao lado da mesa. A princípio, Kell achou que o objeto era um globo terrestre, a superfície desgastada e amassada contendo impressões que poderiam ter sido terra e mar. Mas agora ele via que era algo completamente diferente.

— Cinco anos — disse ela.

Alucard soltou um leve e audível suspiro, como se tivesse levado um soco nas costelas.

— Dois.

Maris juntou a ponta dos dedos.

— Eu pareço o tipo de pessoa que barganha?

O capitão engoliu em seco.

— Não, Maris.

— Você é jovem o suficiente para arcar com o custo.

— Quatro.

— Alucard — advertiu ela.

— Muito pode ser feito com um ano — replicou ele. — E eu já perdi três.

Ela suspirou.

— Muito bem. Quatro.

Kell ainda não havia compreendido, não até Alucard colocar o espelho na beirada da mesa e ir até a esfera. Não até ele colocar as mãos nos sulcos de ambos os lados enquanto o mostrador girava, passando de zero para quatro.

— Chegamos a um acordo? — perguntou ela.

— Sim — respondeu Alucard, meneando a cabeça.

Maris estendeu a mão e puxou uma alavanca no suporte da esfera, e Kell observou com horror quando um tremor sacudiu o corpo do capitão, os ombros encolhidos contra a pressão. E então estava feito. O aparelho o soltou, ou ele o fez, e o capitão pegou a sua recompensa e recuou, embalando o espelho no peito.

O seu rosto havia se alterado ligeiramente; as cavidades nas suas bochechas se aprofundaram e rugas muito sutis apareceram no canto dos olhos. Ele envelheceu um pouco.

Quatro *anos*.

A atenção de Kell se voltou subitamente para a esfera. Era, como o Herdeiro pendurado no pescoço de Maris, como muitas coisas aqui, um tipo proibido de magia. Transferia poder, transferia *vida*. Aquelas coisas contradiziam a natureza, elas...

— E você, príncipe? — perguntou Maris, os olhos pálidos dançando no seu rosto escuro.

Kell desviou o olhar da esfera e tirou os anéis do bolso do casaco, mas apenas um saiu, e não dois. Ele congelou, com medo de ter deixado o segundo cair, ou, pior, de que o casaco o tivesse engolido como às vezes fazia com moedas, mas Maris não pareceu preocupada.

— Ah — exclamou ela enquanto ele colocava o objeto sobre a mesa —, anéis de vinculação *Antari*. Alucard, o seu pequeno *talento* às vezes é bastante inconveniente!

— Como eles funcionam? — perguntou Kell.

— Eu pareço um manual de instruções? — Ela se recostou na cadeira. — Eles estão parados no meu mercado há muito tempo. Coisas cheias de caprichos, elas requerem certo jeito, e se pode dizer que esse jeito está quase extinto, embora, entre o meu barco e o seu, você tenha conseguido reunir uma bela coleção. — Kell sentiu o choque passar por ele. Começou a falar, mas ela acenou com a mão, interrompendo-o. — O terceiro *Antari* nada significa para mim. Os meus interesses estão limitados a este navio. Mas, quanto à sua compra — ela ergueu os dedos —, três.

Três anos.

Poderia ter sido mais.

Mas poderia ter sido menos.

— A minha vida não é apenas minha — retrucou ele, lentamente.

Maris ergueu uma sobrancelha, o leve gesto fazendo com que rugas se multiplicassem como rachaduras no rosto dela.

— Esse problema é seu, não meu.

Alucard ficou em silêncio atrás dele, os olhos abertos porém vazios, como se a sua mente estivesse em outro lugar.

— De que servem para você — pressionou Kell — se ninguém mais pode usá-los?

— Ah, mas *você* pode usá-los — retrucou ela —, e aí reside o valor.

— Se eu recusar, nós dois acabaremos de mãos vazias. Como você disse, Maris, eu sou uma raça à beira da extinção.

A mulher o analisou por cima da ponta dos dedos.

— Hum. Dois por apresentar um argumento válido — falou ela — e um por me incomodar. O custo fica em três, Kell Maresh. — Ele começou a recuar quando ela acrescentou: — Seria sensato da sua parte aceitar essa oferta.

E havia algo no seu olhar, algo velho e estável, e ele se perguntou se ela via algo que ele não conseguia ver. Kell hesitou e em seguida foi até a esfera e colocou os dedos nos sulcos.

O mostrador passou de quatro para três.

Maris puxou a alavanca.

Não doeu, não exatamente. O orbe pareceu se vincular de repente às mãos dele, segurando-as no lugar. O seu pulso martelou na sua cabeça, e houve uma dor curta e entorpecida no seu peito, como se alguém estivesse tirando o ar dos seus pulmões. E então estava feito. Três anos gastos em três segundos. A esfera o libertou e ele fechou os olhos por causa de uma onda superficial de tontura antes de pegar o anel, agora legitimamente dele. Comprado e pago. Ele queria ficar longe desse cômodo, desse navio. Mas, antes que pudesse escapar, Maris falou novamente, a voz pesada como pedra.

— Capitão Emery — disse ela —, deixe-nos a sós.

Kell se virou para ver Alucard desaparecer pela porta, deixando-o sozinho com a anciã que tinha acabado de lhe roubar três anos de vida.

Ela se levantou da mesa, os nós dos dedos brancos por segurar a bengala que ajudava a sustentar o corpo velho, e então os seus dedos se cruzaram atrás da esfera.

— Capitã? — incitou ele, mas ela nada falou, ainda não. Ele observou a velha mulher espalmar uma das mãos no topo do orbe. Ela murmurou algumas palavras e a superfície de metal brilhou, um traço de luz que se recolheu linha por linha por baixo dos seus dedos. Quando sumiram, Maris exalou, os ombros relaxando como se um peso tivesse sido tirado deles.

— *Anesh* — disse ela, limpando as mãos. Havia uma nova agilidade nos seus movimentos, uma retidão na sua coluna. — Kell Maresh — falou, revirando o nome na língua. — O prêmio da coroa arnesiana. O *Antari* criado como realeza. Nós já nos encontramos, você e eu.

— Não, nós não nos encontramos — retrucou Kell, embora a visão dela fizesse cócegas em alguma coisa na sua mente. Não uma lembrança, ele percebeu, mas a ausência de uma. O lugar onde uma lembrança deveria estar. O lugar onde ela estava *faltando*.

Ele tinha 5 anos quando foi dado à família real, deixado no palácio com nada além de uma faca na bainha, as letras *KL* esculpidas no cabo, e um feitiço de memória marcado no seu cotovelo. O seu pouco tempo de vida até então apagado.

— Você era jovem — falou ela —, mas pensei que agora pudesse se lembrar.

— Você me conhecia antes? — Ele ficou espantado com a ideia. — Como?

— Eu lido com coisas raras, *Antari*. E existem poucas coisas mais raras que você. Conheci os seus pais — continuou Maris. — Eles o trouxeram aqui.

Kell se sentiu tonto, enjoado.

— Por quê?

— Talvez fossem gananciosos — disse ela distraidamente. — Talvez estivessem com medo. Talvez quisessem o que fosse melhor. Talvez quisessem apenas se livrar de você.

— Se você sabe a resposta...

— *Você* realmente quer saber? — interrompeu ela.

Ele fez menção de dizer "quero", a palavra automática, mas ficou presa na sua garganta. Quantos anos ele passou acordado na cama, roçando a cicatriz no cotovelo com o polegar, imaginando quem ele era, quem havia sido *antes*?

— Você quer saber a última coisa que a sua mãe me disse? O que as iniciais na faca do seu pai representam? Você quer saber quem é a sua verdadeira família?

Maris contornou a mesa e se sentou com uma precisão lenta que disfarçava a sua idade. Ela pegou uma pena e rabiscou algo num pedaço de pergaminho, dobrando-o duas vezes num quadrado pequeno e perfeito que segurou entre dois dedos envelhecidos.

— Para remover o feitiço que eu coloquei em você — disse ela.

Kell olhou para o papel, a visão entrando e saindo de foco. Ele engoliu em seco.

— Qual é o preço?

Um sorriso dançou pelos lábios velhos da mulher.

— Esse aqui, e somente esse, é de graça. Chame isso de uma dívida agora paga, de gentileza ou de uma porta que se fecha. Chame do que quiser, mas não espere mais nada.

Ele se forçou a se inclinar para a frente, forçou a mão a não tremer enquanto buscava o papel.

— Você ainda tem aquela ruga entre os olhos — comentou ela. — Ainda é o mesmo menino triste que era naquele dia.

Kell fechou o punho em volta do pedaço de papel.

— Isso é tudo, Maris?

Um suspiro escapou como vapor por entre os lábios dela.

— Suponho que sim. — Mas a voz dela o seguiu pela porta. — Há algo singular sobre feitiços de esquecimento — acrescentou quando ele pairou sob a soleira, entre a sombra e a luz intensa. — A maioria desvanece por conta própria. Forte num primeiro momento, seguro como pedra. Mas, com o tempo, eles se desgastam. A menos que a pessoa *não queira* que desvaneçam...

E, com isso, uma rajada de vento passou e a porta do mercado de Maris se fechou atrás dele.

IV

O mercado chamava por Delilah Bard.

Ela não conseguia ver os fios de magia da mesma forma que Alucard, não era capaz de ler os feitiços como Kell, mas a atração que havia ali era a mesma, tentadora como moedas novas, como joias finas, como armas afiadas.

Tentação: essa era a palavra para o que ela sentia, a ânsia de se permitir olhar, tocar, provar.

Mas aquele brilho, aquela promessa não dita, promessa de força, de poder, lembrou Lila da espada que ela encontrou na Londres Cinza. Lembrou como a magia Vitari a chamou através do aço, cantando promessas. Quase todas as coisas na sua vida mudaram desde aquela noite, mas ela ainda não confiava nesse tipo de desejo cego e imensurável.

Então ela esperou.

Esperou até que os sons do outro lado da porta cessassem, esperou até Kell e Alucard estarem longe, esperou até não haver mais ninguém e mais nada que a impedisse, até que Maris estivesse sozinha, e o desejo no peito de Lila tivesse esfriado até se tornar algo duro, afiado, útil.

E só então ela entrou.

A velha estava à mesa, segurando o relógio de Lila na mão enrugada como se fosse o pedaço de uma fruta madura enquanto enfiava um prego na superfície de cristal.

Não é Barron, disse Lila a si mesma. *Aquele relógio não é ele. É só uma coisa, e coisas foram feitas para ser usadas.*

Sob os pés de Maris, o cachorro soltou um suspiro, e deve ter sido uma ilusão, porque a rainha do mercado parecia... mais jovem. Ou, pelo menos, algumas rugas mais longe da antiguidade.

— Nada te agrada, queridinha? — disse ela sem levantar os olhos.

— Eu sei o que quero.

Maris deixou o relógio sobre a mesa com um surpreendente nível de cuidado.

— E ainda assim as suas mãos estão vazias.

Lila apontou para o Herdeiro pendurado no pescoço da mulher.

— Sim, porque você está usando o meu prêmio.

A mão de Maris se ergueu.

— Essa antiguidade? — duvidou ela, girando o Herdeiro entre os dedos como se fosse um pingente qualquer.

— O que posso dizer? — falou Lila, casualmente. — Tenho fraqueza por coisas antiquadas.

Um sorriso rasgou o rosto da velha, a inocência despida como pele.

— Você sabe o que é isso.

— Uma pirata inteligente mantém o seu melhor tesouro por perto.

Os olhos arenosos de Maris se voltaram para o relógio prateado.

— Um argumento válido. E se eu recusar?

— Você disse que tudo tinha um preço.

— Talvez eu tenha mentido.

Lila sorriu e disse sem malícia:

— Então, talvez eu apenas o arranque do seu pescoço enrugado.

Maris soltou uma risada rouca.

— Você não seria a primeira a tentar, mas não acho que isso acabaria bem para nenhuma de nós duas. — Ela passou os dedos pela bainha da túnica branca. — Você não acreditaria como é difícil tirar sangue dessas roupas. — Maris pegou o relógio de novo, sopesando-o. — Você precisa saber que não costumo aceitar coisas sem poder, mas poucas pessoas percebem que a memória lança o seu próprio feitiço, e ele se escreve num objeto assim como a magia, esperando ser apanhada, ou desfeita, por dedos inteligentes. Outra cidade. Outra casa. Outra vida. Tudo vinculado a algo tão simples como um cálice, um casaco, um relógio de prata. O passado é uma coisa poderosa, não acha?

— Passado é passado.

Um olhar fulminante.

— Não caio em mentiras com facilidade, senhorita Bard.

— Não estou mentindo — retrucou Lila. — Passado é passado. Ele não vive em coisa alguma. Com certeza não vive em algo de que se pode abrir mão. Se isso acontecesse, eu teria lhe dado tudo o que eu era, tudo o que eu sou. Mas você não pode ter isso, nem mesmo para pagar uma olhada no seu mercado. — Lila tentou desacelerar o coração antes de continuar. — O que você *pode* ter é um relógio de prata.

O olhar de Maris sustentou o dela.

— Um belo discurso. — Ela passou o Herdeiro pela cabeça e o colocou na mesa, ao lado do relógio. O seu rosto não demonstrou tensão, mas, quando o objeto atingiu a madeira, produziu um baque sólido, como se pesasse muito mais do que parecia pesar, e os ombros da mulher pareceram mais leves com a ausência dele. — O que você vai me dar?

Lila inclinou a cabeça.

— O que *você* quer?

Maris se recostou e cruzou as pernas, apoiando uma bota branca nas costas do cachorro. Ele não pareceu se importar.

— Você ficaria surpresa em saber que pouquíssimas pessoas perguntam isso. Elas vêm aqui supondo que vou querer dinheiro ou poder, como se eu precisasse de qualquer um deles.

— Então por que administrar esse mercado?

— Alguém tem de ficar de olho nas coisas. Pode chamar isso de paixão ou de passatempo. Mas, quanto ao pagamento... — Ela se endireitou na cadeira. — Sou uma mulher velha, senhorita Bard, mais velha do que pareço, e só tem uma coisa que eu quero de verdade.

Lila levantou o queixo.

— E o que seria isso?

Ela abriu as mãos.

— Algo que ainda não tenho.

— Algo impossível, pelo aspecto desse lugar.

— Na verdade, não — falou Maris. — Você quer o Herdeiro. Vou vendê-lo para você pelo preço de um olho.

O estômago de Lila se revirou.

— Sabe — disse ela, esforçando-se para manter um tom de voz casual —, eu preciso do único que tenho.

Maris riu.

— Acredite ou não, queridinha, eu não estou no negócio de cegar os meus clientes. — Ela estendeu a mão. — O quebrado serve.

Lila observou a tampa da caixinha preta se fechar sobre o seu olho de vidro.

O custo foi alto e a perda ainda maior, percebeu ao concordar com o preço. O olho sempre foi inútil, a sua origem tão estranha e desconhecida para ela quanto o acidente que lhe tirou o verdadeiro. Ela se perguntava a respeito disso, é claro. Um trabalho manual tão refinado que deve ter sido roubado de alguém. E, no entanto, Lila não era sentimental com relação a nada disso. Nunca foi particularmente apegada à bola de vidro, mas, no instante em que ela se foi, Lila se sentiu subitamente estranha, exposta. Uma deformidade em exibição, uma ausência tornada visível.

É apenas uma coisa, disse a si mesma mais uma vez, *e coisas foram feitas para ser usadas.*

Os seus dedos apertaram o Herdeiro, saboreando a dor causada pelo corte que fazia na palma da sua mão.

— As instruções estão escritas na lateral — dizia Maris. — Mas talvez eu devesse ter mencionado que o receptáculo está vazio. — A expressão da mulher ficou tímida, como se ela tivesse conseguido enganá-la. Como se pensasse que Lila estava atrás dos restos do poder de outra pessoa em vez do próprio dispositivo.

— Ótimo — disse ela simplesmente. — É ainda melhor assim.

Os lábios finos da mulher se curvaram, divertidos, mas se ela queria saber mais não perguntou. Lila se dirigiu para a porta, ajeitando o cabelo sobre o olho perdido.

— Um tapa-olho vai ajudar — falou Maris, colocando algo sobre a mesa. — Ou talvez isso.

Lila se virou para ela.

A caixa era pequena e branca. Aberta, a princípio, parecia vazia, nada além de um retalho de veludo preto amassado forrando o interior. Mas então a luz mudou e o objeto refletiu o sol, cintilando fracamente.

Era uma esfera quase do tamanho e do formato de um olho.

E era de um preto fechado.

— Todos conhecem a marca de um *Antari* — explicou Maris. — O olho inteiramente preto. Houve uma moda, hum, cerca de um século atrás. Aqueles que perdiam um olho em batalha ou por acidente e precisavam de um falso usavam um de vidro preto, se fazendo passar por mais do que eram. A moda acabou, é claro, quando aqueles poucos ambiciosos e mal orientados descobriram que um *Antari* é muito mais que apenas uma marca. Alguns foram desafiados a duelos que não poderiam vencer, outros foram sequestrados ou assassinados por causa da sua magia, e alguns simplesmente não suportaram a pressão. Sendo assim, esses olhos se tornaram bastante raros — explicou Maris. — Quase tão raros quanto você.

Lila não percebeu que tinha atravessado o quarto até que sentiu os dedos roçarem o vidro preto e liso. Parecia cantar sob o toque dela, como se quisesse ser segurado.

— Quanto?

— Pegue.

Lila ergueu o olhar.

— Um presente?

Maris riu baixinho, um som como vapor escapando de uma chaleira.

— Aqui é o *Ferase Stras* — disse ela. — Nada é de graça.

— Eu já dei a você o meu olho esquerdo — rosnou Lila.

— E, mesmo que olho por olho seja suficiente para alguns, em troca disso — falou ela, empurrando a caixa para Lila —, precisarei de algo mais precioso.

— Um coração?

— Um favor.

— Que tipo de favor?

Maris encolheu os ombros.

— Suponho que saberei quando eu precisar. Mas, quando eu chamá-la, você virá.

Lila hesitou. Era um negócio perigoso, ela sabia, do tipo que vilões tramam ao persuadir donzelas em contos de fadas e que demônios fazem com homens perdidos. Mas ainda assim ela se ouviu responder, uma única palavra formando o vínculo.

— Aceito.

O sorriso de Maris se abriu ainda mais.

— *Anesh* — falou ela. — Experimente.

Assim que o colocou no lugar, Lila ficou diante do espelho, piscando ferozmente para a sua aparência alterada, a surpreendente diferença de uma sombra no seu rosto, um poço de escuridão tão completo que demonstrava uma ausência. Era como se um pedaço dela estivesse faltando. Não apenas um olho, mas um eu inteiro.

A garota da Londres Cinza.

Aquela que furtava carteiras, arrancava bolsas e congelava até a morte nas noites de inverno, tendo apenas o seu orgulho para mantê-la aquecida.

Aquela sem família, sem mundo.

Esse novo olho parecia surpreendentemente estranho. Errado, porém certo.

— Isso — disse Maris. — Não está melhor?

E Lila sorriu, porque estava.

V

O pedaço de papel que Maris deu a Kell ainda queimava na palma da sua mão, mas ele manteve o punho fechado enquanto esperava de pé ao lado de Alucard do outro lado da porta.

Temia que, se atravessassem a plataforma e deixassem o navio, não lhes fosse permitido retornar. E, por causa da tendência de Lila de arrumar confusão, Kell quis ficar por perto.

Mas então a porta se abriu e Lila saiu por ela, o Herdeiro apertado numa das mãos. No entanto, não foi o dispositivo em forma de rolo de pergaminho que chamou a sua atenção. Foi o sorriso de Lila. Um sorriso feliz e radiante e, pouco acima dele, uma esfera preta e brilhante onde estivera a estilhaçada. Kell respirou fundo.

— O seu olho — comentou ele.

— Ah — disse Lila, com um sorriso presunçoso —, você reparou.

— Santos, Bard — falou Alucard. — Será que quero saber quanto isso custou?

— Valeu cada centavo — afirmou ela.

Kell estendeu a mão e colocou o cabelo de Lila atrás da orelha para poder ver melhor. O novo olho parecia severo, estranho e absolutamente genuíno. O seu próprio olhar não entrava em conflito com ele da forma como fazia com o de Holland. E, ainda assim, agora que estava ali, agora que os olhos de Lila se dividiam entre castanho e preto, ele não conseguia imaginar como algum dia pensou que ela era comum.

— Combina com você.

— Sem querer interromper... — falou Alucard atrás deles.

Lila jogou o Herdeiro para ele como se fosse uma simples moeda, um mero objeto em vez de o objetivo principal desta missão maluca, a sua melhor — e talvez única — chance de salvar Londres. Kell sentiu um peso no estômago, mas Alucard apanhou o talismã no ar com facilidade.

Alucard atravessou a prancha entre o mercado e o *Ghost*, Lila o seguindo de perto, mas Kell não se mexeu. Ele olhou para o papel que segurava. Era nada mais que um pedaço de pergaminho, e ainda assim podia pesar mais que uma rocha, pela forma como o prendia ao chão de madeira.

A sua verdadeira família.

Mas o que isso queria dizer? Família são aqueles que lhe dão a vida ou aqueles que lhe acolhem? Será que os primeiros anos da sua vida valiam mais que o resto?

Há algo singular sobre feitiços de esquecimento.

Rhy era seu irmão.

A maioria desvanece por conta própria.

Londres era seu lar.

A menos que a pessoa não queira que desvaneçam...

— Kell? — gritou Lila, olhando por cima do ombro com os seus olhos de duas cores. — Você vem?

Ele fez que sim com a cabeça.

— Já estou indo.

Os dedos de Kell se fecharam e, com um sopro de calor, o papel pegou fogo. Kell deixou que queimasse, e, quando o bilhete já não passava de cinzas, ele as jogou por cima da amurada, deixando que o vento as levasse antes mesmo que atingissem a superfície do mar.

A tripulação estava no convés, reunida ao redor de um caixote de madeira. Um arremedo de mesa onde Kell apoiou o prêmio pelo qual pagou com três anos da sua vida.

— Pode me explicar de novo — disse Lila — por que, num navio cheio de coisas brilhantes, você comprou um anel?

— Não é apenas um anel — protestou ele, expressando mais certeza do que realmente sentia.

— Então o que é? — perguntou Jasta de braços cruzados, claramente ainda ressentida por ter tido a sua entrada negada.

— Não sei exatamente — respondeu ele, na defensiva. — Maris chamou de anel de *vinculação*.

— Não — corrigiu Alucard. — Maris chamou de *anéis* de vinculação.

— Tem mais de um? — perguntou Holland.

Kell pegou o aro de metal e puxou, da mesma forma que fez antes, um se transformando em dois como as facas de Lila faziam. Porém, esses não tinham fecho ou botão escondido. Não era ilusão. Era magia.

Ele colocou o anel recém-formado em cima do caixote, analisando o original. Talvez dois fosse o limite da sua magia, mas ele não acreditava nisso.

Mais uma vez Kell segurou o anel com as duas mãos, mais uma vez ele puxou, e mais uma vez o aro se duplicou.

— Aquele ali nunca fica menor — notou Lila enquanto Kell tentava produzir um quarto anel. Não funcionou. Não havia resistência nem repulsão. A recusa era simples e sólida, como se o anel simplesmente não tivesse mais nada a oferecer.

Toda magia tem limites.

Era algo que Tieren diria.

— E você tem certeza de que foi produzido por um *Antari*? — indagou Lenos.

— Isso foi o que *Alucard* disse — respondeu Kell, olhando de relance para ele.

Alucard ergueu as mãos, defendendo-se.

— *Maris* confirmou. Ela chamou de anéis de vinculação *Antari*.

— Tudo bem — disse Lila —, mas o que eles *fazem*?

— Isso ela não quis contar.

Hastra pegou um dos anéis produzidos por feitiço e olhou através dele, semicerrando os olhos, como se esperasse ver algo além do rosto de Kell do outro lado.

Lenos cutucou o segundo anel com o indicador, sobressaltando-se um pouco quando o objeto rolou para longe e provou não ser um espectro e sim um aro sólido de metal.

O anel caiu do caixote e Holland o pegou no ar, as suas correntes chacoalhando ao esbarrar na madeira.

— Podem remover essas coisas ridículas?

Kell olhou para Lila, que franziu o cenho mas não ameaçou começar um motim. Ele colocou o anel original no seu dedo para que não caísse enquanto removia as algemas. Elas caíram com um baque seco, todos no convés se retesando com o súbito barulho e com a ciência de que Holland estava livre.

Lila pegou o terceiro anel das mãos de Hastra.

— Um tanto sem graça, não? — Ela começou a colocá-lo no dedo e então olhou para Holland, que ainda analisava o anel na palma da mão. Os olhos dela se estreitaram com desconfiança; afinal de contas, eles eram anéis de *vinculação*. Mas, no momento em que Holland recolocou o anel sobre o caixote, Lila exibiu um sorriso malicioso para Kell.

— Vamos ver o que eles fazem? — perguntou ela, já deslizando o aro de prata pelo dedo.

— Lila, espere...

Kell tentou tirar o próprio anel, mas era tarde demais. No momento em que o aro passou pela primeira falange, ele sentiu como se tivesse levado um soco.

Kell deu um grito curto e ofegante e se curvou, apoiando-se no caixote enquanto o convés se inclinava violentamente sob os seus pés. Não era dor, mas algo tão profundo quanto. Como se um fio no âmago do seu ser tivesse subitamente sido esticado e todo o seu eu vibrasse com a repentina tensão do cordão.

— *Mas vares* — começou a perguntar Hastra —, qual o problema?

Não havia um *problema*. O poder o atravessou de ponta a ponta, tão brilhante que acendeu o mundo, cada um dos seus sentidos reverberando com a tensão. A visão dele ficou turva, ofuscada pela súbita onda e, quando conseguiu se concentrar, olhar para Lila, quase podia *ver* os fios entre eles, um rio metálico de magia.

Os olhos dela estavam arregalados, como se ela também pudesse ver.

— Ah! — exclamou Alucard, percorrendo as linhas de energia com o olhar. — Então foi isso que Maris quis dizer.

— O quê? — perguntou Jasta, incapaz de enxergar.

Kell se endireitou, os fios zumbindo sob a sua pele. Ele queria tentar algo, então ele a estendeu. Não uma das mãos, mas a vontade, o comando, e atraiu uma fração da magia de Lila para si. Era como beber luz: quente, exuberante e surpreendentemente brilhante. De repente, tudo parecia possível. Era assim que o mundo parecia para Osaron? Era assim que parecia se *sentir* invencível?

Do outro lado do convés, Lila franziu o cenho ao sentir a mudança no equilíbrio.

— Isso é meu — disse ela, puxando o poder de volta. Tão rapidamente quanto havia chegado, a magia se foi, não apenas a parte emprestada de Lila mas também a sua fonte natural. E por um instante aterrorizante o mundo de Kell ficou preto. Ele cambaleou e caiu de joelhos no convés. Perto dali, Lila emitiu um som que era parte choque, parte triunfo, enquanto ela reivindicava o poder dele para si.

— Lila — falou ele, mas a sua voz estava instável, fraca, engolida pelo vento forte, pelo balanço do navio e por aquela súbita e eviscerante ausência de força que se parecia tanto com a gargantilha amaldiçoada e com a armação de metal. Todo o corpo de Kell tremeu, a visão oscilou, e, através da visão escura, ele a viu unir as mãos e, com nada além de um sorriso, invocar um arco de fogo.

— *Lila, pare* — arquejou ele, mas ela não parecia ouvi-lo. O olhar de Lila estava vazio, em outro lugar, a atenção consumida pela luz vermelho-dourada do fogo que crescia e crescia ao redor dela, ameaçando tocar as tábuas de madeira do *Ghost* e subir em direção à vela de lona. Um grito soou. Kell tentou se levantar, mas não conseguiu. As suas mãos formigavam com o calor, porém ele não conseguia tirar o anel do dedo. Estava preso, fundido no lugar por qualquer que fosse o feitiço que unia os dois.

E então, tão subitamente quanto o ganho da magia de Lila e a perda da sua, uma nova onda de magia surgiu nas veias de Kell. Não vinha de Lila, que ainda estava no centro ardente do seu próprio mundo. Era uma terceira fonte, afiada e fria, mas igualmente brilhante. A visão de Kell entrou em foco e ele viu *Holland*, o último anel na sua mão, a sua presença inundando os caminhos entre eles com magia nova.

O poder do próprio Kell retornou como ar aos seus pulmões famintos, enquanto o outro *Antari* arrancava fio após fio da magia de Lila, o fogo nas suas mãos se encolhendo conforme o poder se dissipava, dividido entre eles, o ar ao redor das mãos de Holland dançando com tentáculos de chamas roubadas.

Lila piscou rapidamente, acordando do jugo do poder. Assustada, ela arrancou o anel do dedo e quase caiu por causa do repentino ápice e da subsequente perda de poder. Assim que o aro saiu da sua mão, ele derreteu, primeiro se dissolvendo numa fita de névoa prateada e depois... virando nada.

Sem a presença dela, a conexão estremeceu e diminuiu, retesando-se entre Kell e Holland, a luz do seu poder coletivo diminuindo uma fração. Mais uma vez, Kell tentou arrancar o anel do dedo. E, mais uma vez, não conseguiu. Nada aconteceu até que *Holland* retirou o próprio anel, o eco do original de Kell, o feitiço se quebrando e o seu anel se soltando, caindo no convés de madeira e rolando vários metros antes de Alucard pará-lo com a ponta da bota.

Por um longo momento, ninguém falou nada.

Lila estava apoiada na amurada, o convés chamuscado sob os seus pés. Holland apoiou uma das mãos no mastro para se equilibrar. Kell estremeceu, lutando contra o ímpeto de vomitar.

— Que... — arquejou Lila — ... merda... foi essa?

Hastra assobiou baixinho para si mesmo enquanto Alucard se ajoelhava e pegava o anel abandonado.

— Bem — ponderou ele —, eu diria que valeu os três anos.

— Três anos de quê? — perguntou Lila, cambaleando enquanto tentava se endireitar. Kell encarou o capitão com raiva, mesmo enquanto caía de costas sobre uma pilha de caixotes.

— Não quero ofendê-la, Bard — continuou Alucard, arrastando a bota sobre o ponto do convés que Lila havia chamuscado —, mas você poderia treinar mais.

A cabeça de Kell estava martelando tão alto que ele levou um instante para entender que Holland também estava falando.

— É assim que faremos — dizia ele em voz baixa, o olho verde tomado por um brilho febril.

— Faremos o quê? — perguntou Lila.

— É assim que pegaremos Osaron. — Algo atravessou o rosto de Holland. Kell pensou ter sido um sorriso. — É assim que vamos *vencer*.

VI

Rhy estava na sua montaria, estreitando os olhos em meio à névoa de Londres em busca de sinais de vida.

As ruas estavam silenciosas demais, a cidade vazia demais.

Na última hora, ele não encontrou um único sobrevivente. Na verdade, ele não viu praticamente ninguém. Aqueles atingidos pela maldição, que se moviam como ecos em meio às pulsações das suas vidas, haviam se retirado para as suas casas, deixando apenas névoa cintilante e podridão preta se espalhando centímetro por centímetro sobre a cidade.

Rhy olhou para o palácio das sombras, pairando como óleo na superfície do rio, e por um instante quis atiçar o seu cavalo através da ponte gélida até as portas daquele lugar escuro e não natural. Queria forçar a entrada. Enfrentar o rei das sombras.

Mas Kell lhe pediu que esperasse. *Eu tenho um plano*, disse ele. *Você confia em mim?*

E Rhy confiava.

Ele virou o cavalo para o outro lado e se afastou.

— Vossa Alteza — falou o guarda, encontrando-o na entrada da estrada.

— Localizou mais alguém? — perguntou Rhy, um peso no coração quando o homem balançou a cabeça.

Eles cavalgaram em silêncio de volta para o palácio, apenas o som dos cavalos reverberando pelas ruas desertas.

Errado, disse o seu instinto.

Eles chegaram à praça, e ele fez o cavalo desacelerar quando os degraus do palácio entraram no campo de visão. Lá, na base da escada, havia uma jovem segurando um punhado de flores. Rosas de inverno, com pétalas de um branco gélido. Enquanto ele observava, ela se ajoelhou e depositou o buquê nos degraus. Era um gesto tão comum, o tipo de coisa que um plebeu teria feito num dia normal de inverno, uma oferenda, um agradecimento, uma oração. Porém, aquele não era um dia normal de inverno e tudo naquela cena estava fora de lugar, não fazia sentido tendo como cenário o nevoeiro e as ruas desertas.

— *Mas vares?* — indagou o guarda quando Rhy desmontou.

Errado, disseram as batidas do seu coração.

— Levem os cavalos e entrem — ordenou ele, começando a atravessar a praça a pé. Enquanto se aproximava, via a escuridão se espalhando como tinta ao redor das outras flores, pingando no pálido chão de pedra polida.

A jovem não ergueu o olhar, não até que ele estivesse praticamente ao seu lado, e então ela se levantou e apontou o queixo para o palácio, revelando os olhos envoltos pela névoa, veias tracejadas de preto com a maldição do rei das sombras.

Rhy ficou petrificado, mas não recuou.

— Todas as coisas ascendem e todas as coisas caem — disse ela, a voz fina, doce e melodiosa, como se recitasse o verso de uma canção. — Até mesmo castelos. Até mesmo reis. — Ela não reconheceu Rhy, ou foi o que ele pensou, até que esticou a mão, os dedos finos apertando a armadura sobre o antebraço dele com tanta força que a afundou levemente. — Ele o vê agora, príncipe vazio.

Rhy se desvencilhou, tropeçando nos degraus e caindo para trás.

— Soldadinho de brinquedo quebrado.

Ele se levantou novamente.

— Osaron vai destruir os seus vínculos.

Rhy manteve as costas voltadas para o palácio enquanto recuava. Um passo, dois passos.

Mas no terceiro degrau ele tropeçou.

E no quarto as sombras vieram.

A mulher deu uma risadinha maníaca e o vento fez com que as suas saias ondulassem enquanto as marionetes de Osaron vertiam de casas, lojas e becos. Dez, vinte, cinquenta, cem. Elas surgiram no canto da praça diante do palácio, segurando barras de ferro, machados, lâminas; fogo, e gelo, e pedra. Algumas eram jovens e outras velhas, algumas altas e outras pouco mais que crianças. E todas estavam sob o feitiço do rei das sombras.

— Só pode haver um castelo — gritou a mulher, seguindo Rhy enquanto ele subia a escada, tropeçando. — Só pode haver um...

Uma flecha a atingiu no peito, atirada por um guarda lá em cima. A jovem cambaleou um passo antes de envolver com os mesmos dedos delicados a flecha e arrancá-la. Sangue escorreu pelo seu peito, mais preto que vermelho, mas ela se arrastou atrás dele mais alguns passos antes de o seu coração falhar, as suas pernas se dobrarem e o seu corpo morrer.

Rhy chegou ao patamar e se virou para ver a sua cidade.

A primeira onda de ataque atingiu a base da escadaria do palácio. Ele reconheceu um dos homens à frente. Rhy pensou, por um segundo aterrorizante, que fosse Alucard, antes que percebesse que era o irmão mais velho do capitão. Lorde Berras.

E, quando Berras viu o príncipe, e agora ele realmente *via*, aqueles malditos olhos escuros se estreitaram e um sorriso feroz e sem alegria se espalhou pelo seu rosto. Uma chama dançou em torno da sua mão.

— Derrubem — urgiu ele numa voz mais grave e severa que a do irmão. — Derrubem *tudo*.

Era mais que uma ordem. Era o comando de um general, e Rhy observou com choque e horror a massa subindo a escada. Ele desembainhou a espada quando algo brilhou no céu, um cometa de fogo lançado por algum inimigo invisível. Um par de guardas o puxou para trás e para dentro do palácio um ínfimo instante antes que a explosão atingisse os feitiços de proteção e se espatifasse num clarão de luz ofuscante, porém inútil.

Os guardas bateram as portas, fechando-as para a visão aterrorizante do lado de fora do palácio e a substituindo subitamente pela madeira escura e pela ressonância silenciosa da magia poderosa. E a isso se seguiu o som doentio dos corpos se chocando com pedra, madeira e vidro.

Rhy cambaleou para trás, afastando-se das portas, e correu para a janela da sacada mais próxima.

Até aquele dia, Rhy nunca tinha visto o que acontecia quando um corpo proscrito se atirava contra um feitiço de proteção ativo. A princípio, ele era simplesmente repelido, mas, conforme tentava repetidas vezes, o efeito era semelhante ao de aço contra gelo espesso, um arrancava lascas do outro enquanto também se desgastava. Os feitiços de proteção do palácio estremeceram e ruíram, mas o mesmo aconteceu com os amaldiçoados. Sangue escorria de narizes e ouvidos enquanto atiravam elementos, feitiços e punhos contra os muros, arranhando a base, atirando-se nas portas.

— O que está acontecendo? — perguntou Isra, entrando intempestivamente no vestíbulo. Quando a chefe da guarda real viu o príncipe, recuou um passo e fez uma reverência. — Vossa Alteza.

— Encontre o rei — pediu Rhy enquanto o palácio tremia ao seu redor. — Estamos sendo atacados.

Naquele ritmo, os feitiços de proteção não resistiriam. Rhy não precisava ter o dom da magia para perceber isso. A galeria do palácio tremia com a força dos corpos que se atiravam na madeira e na pedra. Eles estavam nas margens. Eles estavam nos degraus. Eles estavam no rio.

E eles estavam se matando.

O *rei das sombras* estava matando a todos.

Por todos os lados, sacerdotes se esforçavam para desenhar novos anéis de concentração no chão da galeria. Feitiços para focalizar magia. Para reforçar proteções.

Onde estava Kell?

Clarões cintilavam no vidro a cada golpe, os feitiços se esforçando para resistir à força dos ataques.

O palácio real era uma concha. E estava rachando.

Os muros tremeram e várias pessoas gritaram. Nobres se amontoavam nos cantos. Magos embarreiravam portas, preparando-se para quando o palácio cedesse. O príncipe Col permanecia diante da irmã como um escudo humano, enquanto lorde Sol-in-Ar instruía o seu séquito com um fluxo rápido de palavras em faroense.

Outra explosão, e os feitiços de proteção se quebraram, a luz vazando pelas frestas ao longo das janelas. Rhy ergueu a mão para o vidro, esperando que se despedaçasse.

— Para trás — ordenou a sua mãe.

— Todo mago deve ficar dentro de um círculo — ordenou o seu pai. Maxim apareceu nos primeiros momentos do ataque, parecendo exausto, porém determinado. Havia sangue salpicado no punho da sua camisa, e Rhy se perguntou, aturdido, se o pai estivera brigando. Tieren estava ao seu lado. — Pensei que você tivesse dito que as proteções aguentariam — disse o rei.

— Contra o feitiço de Osaron — respondeu o sacerdote, desenhando outro círculo no chão. — Não contra a força bruta de trezentas almas.

— Temos de detê-los — falou Rhy. Ele não tinha trabalhado tão duro e salvado tão poucos apenas para assistir ao restante do seu povo se arrebentar contra aqueles muros.

— Emira — ordenou o rei —, leve todos para o Jewel. — O Jewel era o salão de festas no centro absoluto do palácio, o mais distante dos muros externos. A rainha hesitou, os olhos arregalados e perdidos enquanto o seu olhar ia de Rhy para as janelas. — Emira, *agora*.

Naquele instante, uma transformação estranha aconteceu na sua mãe. Ela pareceu acordar de um transe. Emira se empertigou e começou a falar num arnesiano nítido e claro.

— Brost, Losen, venham comigo. Vocês conseguem manter um círculo, não? Ótimo. Ister — disse ela, dirigindo-se a uma das sacerdotisas —, venha e conjure os feitiços de proteção.

Os muros estremeceram e houve um barulho profundo e perigoso.

— Eles não vão aguentar — disse o príncipe veskano, desembainhando uma lâmina como se o inimigo fosse de carne e osso, alguém que pudesse ser retalhado.

— Precisamos de um plano — falou Sol-in-Ar — antes que este refúgio se torne uma prisão.

Maxim se virou para Tieren.

— O feitiço para adormecer. Está pronto?

O velho sacerdote engoliu em seco.

— Está, mas...

— Então, pelo que há de mais sagrado — interrompeu o rei —, *faça-o agora.*

Tieren se aproximou do rei, baixando a voz.

— Um feitiço desse porte requer uma âncora.

— O que você quer dizer? — perguntou Rhy.

— Um mago para manter a magia no lugar.

— Um dos sacerdotes, então... — começou a falar Maxim.

Tieren meneou a cabeça.

— As exigências de tal feitiço são muito profundas. A mente errada vai se partir...

Rhy compreendeu subitamente.

— Não — disse ele. — Você, não...

Ao mesmo tempo que o pai dava a ordem:

— Siga em frente.

O *Aven Essen* assentiu.

— Vossa Majestade — falou Tieren —, uma vez iniciado o feitiço, eu não poderei ajudá-lo com...

— Está tudo certo — interrompeu o rei. — Posso terminar sozinho. Vá.

— Teimoso como sempre — comentou o velho, balançando a cabeça. Mas ele não discutiu, não se deteve. Tieren girou nos calcanhares, as vestes ondulando, e chamou três dos seus sacerdotes, que saíram no seu encalço. Rhy correu atrás deles.

— Tieren! — gritou ele. O velho reduziu o passo, mas não parou. — Do que o meu pai está falando?

— Assuntos do rei só interessam a ele.

Rhy se colocou no caminho dele.

— Como príncipe real, exijo saber o que ele está fazendo.

O *Aven Essen* estreitou os olhos, depois flexionou os dedos e Rhy se sentiu forçado fisicamente a sair da frente dele, enquanto Tieren e os três sacerdotes iam embora, tornando-se um borrão de vestes brancas. Rhy levou a mão ao peito, atordoado.

— Não fique aí parado, príncipe Rhy — falou Tieren —, quando poderia ajudar a salvar a todos nós.

Rhy se desencostou da parede e correu atrás deles.

Tieren conduziu o caminho pelo corredor dos guardas até a sala de treinamento.

Os sacerdotes haviam aberto espaço, removido armaduras, armas e equipamentos, exceto por uma única mesa de madeira, sobre a qual estavam pergaminhos e tinta, além de frascos vazios deitados de lado, cujo conteúdo lembrava poeira, cintilando numa tigela rasa.

Mesmo naquele momento, com as paredes tremendo, um par de sacerdotes trabalhava incansavelmente, as mãos firmes rabiscando no chão de pedra símbolos que ele não conseguia ler.

— Chegou a hora — avisou Tieren, despindo o manto mais pesado.

— *Aven Essen* — falou um dos sacerdotes, erguendo o olhar. — Os símbolos finais não estão...

— Vão ter de servir. — Ele desabotoou a gola e os punhos da túnica branca. — Vou ancorar o feitiço — explicou, dirigindo-se a Rhy. — Se eu me mover ou morrer, ele será quebrado. Não deixe que isso aconteça, não enquanto a maldição de Osaron se mantiver.

Tudo estava acontecendo rápido demais. Rhy cambaleou.

— Tieren, por favor...

Mas ele se acalmou quando o velho se virou e levou as mãos envelhecidas ao rosto do príncipe. Apesar de tudo, uma sensação de calma o invadiu.

— Se o palácio ruir, saia da cidade.

Rhy franziu a testa, concentrando-se em meio à paz repentina.

— Eu *não* vou fugir.

Um sorriso cansado se espalhou pelo rosto do velho.

— Essa é a resposta certa, *mas vares*.

Com isso, Tieren afastou as mãos dele, e a onda de calma desapareceu. Medo e pânico surgiram, fluindo novamente com fúria pelo sangue de Rhy, e, quando o sacerdote se dirigiu ao centro do círculo do feitiço, o príncipe lutou contra o ímpeto de puxá-lo de volta.

— Lembre ao seu pai — disse o *Aven Essen* — que mesmo reis são feitos de carne e osso.

Tieren se ajoelhou no centro do círculo e Rhy foi forçado a recuar quando os cinco sacerdotes começaram a trabalhar, deslocando-se com movimentos suaves e confiantes, como se o palácio não estivesse ameaçando desmoronar ao redor deles.

Um deles pegou uma tigela de areia enfeitiçada e derramou o conteúdo granulado ao redor da linha branca do círculo. Outros três ocuparam os seus lugares enquanto o último estendia uma vela longa e fina para Rhy e lhe explicava o que fazer.

Ele embalou a pequena chama como se fosse uma vida enquanto os cinco sacerdotes uniam as mãos, as cabeças baixas, e começavam a recitar um feitiço numa língua que o próprio Rhy não sabia falar. Tieren fechou os olhos, os lábios se movendo no ritmo do feitiço, que começou a ecoar nas paredes de pedra, enchendo o quarto como fumaça.

Do lado de fora do palácio, outra voz sussurrou através das rachaduras nos feitiços de proteção.

— *Deixe-me entrar.*

Rhy se ajoelhou, como haviam lhe indicado, e com a vela tocou a linha de areia que traçava o círculo.

— *Deixe-me entrar.*

Os outros continuaram entoando o feitiço, mas, quando a extremidade da areia se acendeu como um rastilho, os lábios de Tieren pararam de se mover. Ele respirou fundo, e então o velho sacerdote começou a expirar lentamente, esvaziando os pulmões enquanto o fogo sem chamas queimava ao redor do círculo, deixando uma linha preta e carbonizada no rastro.

— *Deixe-me entrar* — vociferou a voz, ecoando no cômodo enquanto os centímetros finais de areia queimavam e o último suspiro deixava os pulmões do sacerdote.

Rhy esperou que Tieren respirasse novamente.

Ele não o fez.

A forma ajoelhada do *Aven Essen* caiu de lado, e os outros sacerdotes logo estavam ali para ampará-lo antes que ele atingisse o chão. Eles baixaram o corpo até o chão de pedra, colocando-o dentro do círculo como se fosse um cadáver, apoiando a sua cabeça e entrelaçando os seus dedos. Um deles tirou a vela das mãos de Rhy e a aninhou nas do velho.

A chama bruxuleante ficou subitamente imóvel.

O cômodo inteiro prendeu a respiração quando o palácio estremeceu uma última vez e depois ficou imóvel.

Do lado de fora das paredes, os sussurros, os gritos, o esmurrar de punhos e corpos... tudo parou. Um silêncio pesado caiu como um lençol sobre a cidade.

O feitiço estava feito.

VII

— Entregue-me o anel — falou Holland.

Lila ergueu uma sobrancelha. Não foi uma pergunta ou um pedido. Foi uma *ordem*. E, considerando que o emissor havia passado a maior parte da viagem acorrentado no porão, aquilo lhe pareceu bastante ousado.

Alucard, que ainda segurava o anel de prata, fez menção de recusar, mas Holland revirou os olhos, flexionou os dedos e o anel disparou para fora da mão do capitão. Lila avançou para pegá-lo, mas Kell segurou o seu braço e o anel pousou na palma da mão de Holland.

Ele revirou o aro nas mãos.

— Por que nós o deixaríamos ficar com o anel? — rosnou ela, desvencilhando-se.

— Por quê? — repetiu Holland enquanto um fragmento de prata voava na direção dela. Lila pegou o segundo anel no ar. Um instante depois, Kell pegou o terceiro. — Porque eu sou o mais forte.

Kell revirou os olhos.

— Quer provar isso? — vociferou Lila.

Holland estava avaliando o anel.

— Há uma diferença entre poder e força, senhorita Bard. Sabe qual é? — Ele ergueu os olhos. — Controle.

A indignação se acendeu nela como um fósforo, não apenas porque odiava Holland, odiava o que ele estava insinuando, mas porque sabia que estava certo. Apesar de todo o seu poder bruto, não passava disso, bruto. Sem forma. Selvagem.

Ela *sabia* que ele estava certo, mas os seus dedos ainda ansiavam por uma faca.

Holland suspirou.

— A sua desconfiança é mais uma razão para me deixar fazer isso.

Lila franziu o cenho.

— Como assim?

— O anel original é a âncora. — Ele o colocou no polegar. — Sendo assim, está ligado às suas cópias, e não o contrário.

Lila não entendeu. Não era um sentimento de que gostasse. A única coisa que gostava *menos* era do olhar de Holland, o olhar presunçoso de alguém que *sabia* que ela estava perdida.

— Os anéis vão vincular o nosso poder — disse ele lentamente. — Mas *você* pode quebrar a conexão quando quiser, enquanto *eu* ficarei preso ao feitiço.

Um sorriso cruel atravessou o rosto de Lila. Ela estalou a língua.

— Não consegue passar um dia sem se acorrentar a alguém, não é mes...

Num instante, ele estava sobre ela, os dedos envolvendo o pescoço de Lila e a faca dela na garganta dele. Kell ergueu as mãos, exasperado, Jasta gritou uma advertência sobre derramar sangue no seu navio e uma segunda lâmina pousou embaixo do queixo de Holland.

— Ora, ora — disse Alucard casualmente. — Eu entendo, eu mesmo já pensei em matar *vocês dois*, mas, pelo bem maior, vamos tentar manter um ambiente civilizado.

Lila baixou a faca. Holland soltou o pescoço dela.

Cada um deu um único passo para trás. A irritação queimava dentro de Lila, mas não só isso. Ela levou um segundo para reconhecer. *Vergonha*. Estava ali, um peso frio, fumegando no seu estômago. Holland estava ali, de pé, as feições cuidadosamente compostas, como se o golpe não o tivesse atingido. O que claramente havia acontecido.

Ela engoliu em seco, pigarreou.

— Você estava dizendo...?

Holland sustentou o olhar dela.

— Estou disposto a ser a âncora do nosso feitiço — explicou ele com cuidado. — Enquanto nós três estivermos vinculados, o meu poder será de vocês.

— E, até que nós decidamos quebrar esse vínculo — retrucou ela —, o *nosso* poder será *seu*.

— É o único jeito — pressionou Holland. — A magia de um *Antari* não foi suficiente para atrair Osaron, mas juntos...

— Podemos atraí-lo — concluiu Kell. Ele olhou para o anel na sua mão e, em seguida, deslizou-o pelo dedo. Lila viu o momento em que os seus poderes se encontraram. O tremor que passou como um calafrio entre eles, o ar zumbindo com os poderes combinados.

Lila olhou para o seu próprio anel de prata. Ela se lembrava do poder, sim, mas também da sensação aterrorizante de estar exposta e ao mesmo tempo presa, nua e sujeita à vontade de outra pessoa.

Ela queria ajudar, mas a ideia de se vincular a outro...

Uma sombra atravessou a sua visão quando Holland se aproximou dela. Ela não olhou para cima, não queria ver a expressão dele, cheia de desprezo, ou, pior, o que quer que agora estivesse visível pela brecha que ela abrira.

— Não é fácil, é? Acorrentar-se a outra pessoa? — Um calafrio a percorreu quando ele jogou as palavras de volta na cara dela. Lila cerrou o punho em que estava o anel. — Mesmo quando é por uma causa maior — continuou ele sem levantar a voz. — Mesmo quando se pode salvar uma cidade, curar um mundo, mudar a vida de todos que se conhece... — Os olhos dela se voltaram para Kell. — É uma escolha difícil de fazer.

Lila encontrou o olhar de Holland, esperando — e possivelmente até torcendo para — encontrar aquela calma fria e implacável, talvez tingida de nojo. Em vez disso, ela encontrou tons de tristeza, de perda. E, de alguma forma, de força. Força para continuar. Tentar novamente. Confiar.

Ela colocou o anel no dedo.

ONZE

MORTE NO MAR

I

Que todos os santos sem nome acalmem os ventos e aquietem o mar revolto...

Lenos revirou o talismã da sua avó nas mãos enquanto rezava.

Peço proteção para este navio...

Um som reverberou por todo o navio, que estremeceu, e a isso se seguiu uma torrente de xingamentos. Lenos ergueu o olhar quando Lila se levantou, o vapor emanando das suas mãos.

... e para aqueles que navegam a bordo dele. Imploro por águas gentis e céus limpos enquanto traçamos nossa jornada...

— Se quebrarem o meu navio, vou matar todos vocês — gritou Jasta.

Os dedos dele apertaram o pingente.

... rumo ao perigo e à escuridão.

— Malditos *Antari* — resmungou Alucard, subindo intempestivamente os degraus até o patamar onde Lenos estava postado, com os cotovelos apoiados na amurada.

O capitão se chocou com um caixote e pegou um cantil.

— É por isso que eu bebo.

Lenos prosseguiu.

Imploro como humilde servo, com fé no vasto mundo e em todo o seu poder.

Ele se endireitou, colocando o colar de volta sob a gola da camisa.

— Interrompi algo? — perguntou Alucard.

Lenos olhou das marcas chamuscadas no convés para Jasta ao leme, berrando, quando o navio se inclinou de repente sob a força da magia que os três *Antari* estavam fazendo, e enfim olhou para o homem que estava sentado no chão, bebendo.

— Na verdade, não — disse Lenos, cruzando as longas pernas e se sentando ao lado dele.

Alucard ofereceu o conteúdo do cantil a Lenos, mas ele recusou. Nunca foi muito de beber. Nunca achou que a bebedeira compensasse a ressaca.

— Como sabe que eles estão ouvindo? — perguntou Alucard, tomando outro gole. — Esses santos para quem você reza.

Até onde Lenos sabia, o capitão não era um homem espiritualizado, e não havia problema nisso. A magia era um rio esculpindo o próprio curso, escolhendo para quem fluir e de quem desviar. E, para aqueles de quem se desviava, bem, havia uma razão para isso também. Porque eles tendiam a ter uma visão melhor da água se estivessem na margem. Lenos deu de ombros, procurando as palavras certas.

— Não é... exatamente... uma conversa.

Alucard arqueou uma sobrancelha, a safira cintilando à luz difusa do fim do dia.

— O que é, então?

Lenos hesitou.

— É mais como... uma oferenda.

O capitão emitiu um som que poderia ter significado compreensão. Ou ele poderia simplesmente estar pigarreando.

— Sempre há um tripulante estranho... — devaneou Alucard. — Como você foi parar no meu navio?

Lenos baixou os olhos para o talismã que ainda estava aninhado na palma da sua mão.

— A vida — disse ele, uma vez que não acreditava em sorte; era a ausência de projeto. E, se Lenos acreditava em algo, era que tudo tinha uma ordem, uma razão para acontecer. Às vezes se estava perto demais para ver, outras vezes longe demais, mas existia.

Ele pensou sobre isso e acrescentou:

— E Stross.

Afinal, foi o rude primeiro imediato do *Spire* que deparou com Lenos em Tanek quando ele saía da embarcação vinda de Hanas, que simpatizou com ele por alguma razão e que o levou para o convés de um novo navio, com o seu casco brilhando e as suas velas azul-marinho. Lá estava reunido um grupo estranho; porém, o mais estranho para Lenos era o homem empoleirado no leme.

— Agora estamos acolhendo desgarrados? — perguntou então o homem quando viu Lenos.

Ele tinha um jeito agradável, o tipo de sorriso que fazia qualquer um querer sorrir também. Lenos ficou observando — os marinheiros da sua aldeia eram todos bronzeados e descarnados. Até os capitães pareciam ter sido deixados ao relento por um verão, um inverno e uma primavera. Mas esse homem era jovem, forte e impressionante e vestia roupas pretas retintas com detalhes prateados.

— O nome é Alucard Emery — disse ele, e um burburinho passou pelos homens reunidos. Mas Lenos não fazia ideia do que era ser um Emery, ou por que ele deveria se importar. — Este aqui é o *Night Spire* e vocês estão aqui porque o navio precisa de uma tripulação. Mas vocês não são a minha tripulação. Ainda não. — Ele indicou com a cabeça o homem mais próximo, uma figura grande e imponente com músculos definidos feito cordas grossas envolvendo a sua estrutura. — O que você sabe fazer?

Uma risada perpassou o grupo.

— Bem — respondeu o homem grande —, eu sou razoavelmente bom em levantar peso.

— Leio qualquer mapa — ofereceu outro.

— Ladrão — disse um terceiro. — O melhor que vai encontrar.

Todos os homens a bordo eram mais que marinheiros. Cada um deles tinha uma habilidade; alguns tinham várias. E então Alucard Emery olhou para Lenos com aquele olhar escuro como uma tempestade.

— E você? — perguntou ele. — O que *você* sabe fazer?

Lenos avaliou a sua própria compleição, muito magra, as costelas se sobressaindo a cada respiração, as mãos ásperas não pelo trabalho, mas apenas por uma infância passada brincando em margens rochosas. A verdade é que Lenos nunca foi muito bom em nada. Nem em magia inata ou com mulheres bonitas, nem com demonstrações de força ou no jeito de se expressar. Sequer tinha muita habilidade em navegar (embora soubesse dar nós e não tivesse medo de se afogar).

A única coisa para a qual Lenos tinha aptidão era pressentir o perigo: não em lê-lo num prato escurecido ou localizá-lo em linhas de luz, mas simplesmente *senti-lo*, da forma como alguém sente um tremor sob os pés, uma tempestade que se aproxima. Sentir o perigo e sair do seu caminho.

— Então? — insistiu Alucard.

Lenos engoliu em seco.

— Eu sei dizer quando há algo errado.

Alucard ergueu uma sobrancelha (ainda não havia uma safira cintilando, não até a primeira jornada a Faro).

— Capitão — acrescentou Lenos apressadamente, interpretando mal a surpresa do homem, tomando-a por insulto.

Alucard Emery exibiu outro tipo de sorriso.

— Muito bem — disse ele —, vou cobrá-lo.

Isso aconteceu em outra noite, em outro tempo, em outro navio.

Mas Lenos manteve a sua palavra.

— Estou com um mau pressentimento — sussurrou ele agora, olhando para o mar. A água estava calma, o céu limpo, mas havia um peso no seu peito, como se estivesse prendendo a respiração há tempo demais.

— Lenos — Alucard deu uma risadinha e se levantou —, tem um pedaço de mágica desfilando como um deus, um nevoeiro envenenado destruindo Londres e três *Antari* treinando a bordo do nosso navio — falou o capitão. — Eu ficaria preocupado se *não* estivesse.

II

Maldição, pensou Lila ao se curvar no convés.

Após horas de treino, ela se sentia tonta e a pele de Kell estava encharcada de suor, porém Holland mal parecia ter se esforçado. Ela lutou contra o ímpeto de acertá-lo no estômago antes que Hano gritasse do alto do mastro, do cesto da gávea. O navio precisava de brisa.

Ela se jogou num caixote enquanto os outros iam ajudar. Parecia que tinha disputado três partidas do *Essen Tasch* e perdido todas. Cada centímetro do seu corpo, até os ossos, doía por causa do uso dos anéis. Como os outros dois *Antari* ainda tinham energia suficiente para conjurar vento para as velas ela não fazia ideia.

Mas o treinamento parecia estar funcionando.

Conforme o navio singrava pelas primeiras sombras do crepúsculo, eles atingiram certo equilíbrio. Já conseguiam manter uma espécie de harmonia e amplificar as suas magias sem demandar demais um do outro. Era uma sensação tão estranha, ser mais forte e mais fraco ao mesmo tempo, tanto poder e tamanha dificuldade em comandá-lo, como uma arma mal balanceada.

Ainda assim, o mundo resplandecia com magia, os fios dela entremeados no ar como luz, remanescendo a cada vez que Lila piscava. Ela sentia como se pudesse estender a mão, mexer num deles e fazer o mundo cantar.

Ela ergueu a mão diante dos olhos, protegendo-os do sol para observar o anel de prata ainda no dedo médio.

Era controle. Era equilíbrio. Era tudo o que ela não era, e mesmo agora Lila se sentia tentada a atirá-lo no mar.

Ela nunca prezou pela moderação. Não quando era apenas uma menina de rua rápida em julgar as coisas e com uma faca ainda mais rápida, e certamente não agora que havia acendido a magia nas suas veias. Ela sabia que era assim, *gostava* disso e estava convencida de que isso a mantinha viva. Viva, mas sozinha. Era difícil ficar de olho nos outros quando se estava ocupada cuidando de si mesma.

Lila estremeceu, o suor há muito frio no seu couro cabeludo.

Quando foi que as estrelas apareceram?

Ela se levantou, pulou do caixote e estava a meio caminho do porão quando ouviu o canto. O seu corpo doía e ela queria uma bebida, mas os seus pés seguiram o som e ela logo encontrou a fonte. Hastra estava sentado de pernas cruzadas com as costas na amurada e algo resguardado entre as mãos em concha.

Mesmo com pouca luz, os cachos castanhos de Hastra estavam entremeados de dourado. Ele parecia jovem, ainda mais jovem que ela, e, quando a viu ali parada, não fugiu como Lenos. Em vez disso, Hastra sorriu.

— Senhorita Bard — disse ele calorosamente —, eu gosto do seu novo olho.

— Eu também — concordou ela, escorregando até se sentar no chão. — O que você tem nas mãos?

Hastra abriu a mão dos e revelou um pequeno ovo azul.

— Encontrei nas docas, em Rosenal — explicou ele. — É preciso cantar para os ovos, sabia?

— Para que choquem?

Hastra balançou a cabeça.

— Não, isso vai acontecer de qualquer forma. É preciso cantar para que estejam felizes ao chocar.

Lila ergueu uma sobrancelha. Eles tinham mais ou menos a mesma idade, porém havia algo de *infantil* em Hastra. Ele era jovial de uma forma que ela jamais foi. E, além disso, o ar estava sempre quente ao redor dele, da mesma maneira que acontecia com Tieren, a calma deslizava pela mente dela como seda, como neve.

— Kell me disse que você devia ter se tornado sacerdote.

O sorriso de Hastra ficou triste.

— Eu sei que não fui um guarda muito bom.

— Não acredito que ele tenha dito isso como insulto.

Ele roçou o polegar pela casca frágil.

— Você é tão famosa no seu mundo quanto Kell é aqui?

Lila pensou nos cartazes de "Procura-se" pendurados na Londres *dela*.

— Não pelos mesmos motivos.

— Mas você decidiu ficar.

— Acho que sim.

O sorriso dele ficou mais caloroso.

— Fico feliz.

Lila exalou, soprando e balançando o próprio cabelo.

— Eu não ficaria — disse ela. — Sou propensa a complicar as coisas.

Hastra baixou os olhos para o pequeno ovo azul.

— Vida é caos. Tempo é ordem.

Lila dobrou os joelhos, encostando-os no peito.

— O que isso significa?

Ele corou.

— Não tenho certeza. Mas mestre Tieren disse isso, então me pareceu sábio.

Lila começou a rir, mas parou abruptamente quando o seu corpo estalou de dor. Ela realmente precisava daquela bebida, por isso deixou Hastra com o seu ovo e as suas canções e se dirigiu ao porão.

A cozinha não estava vazia.

Jasta estava sentada à mesa estreita, um copo numa das mãos e um baralho na outra. O estômago de Lila roncou, mas o cheiro do cômodo dizia que Ilo tinha tentado fazer um ensopado (e falhado). Então, em vez disso, ela foi até a despensa e se serviu de um copo da bebida que Jasta estava tomando. Algo forte e escuro.

Sentia o olhar da capitã pousado nela.

— Esse olho novo — ponderou Jasta — lhe cai bem.

Lila ergueu o copo para ela.

— Saúde.

Jasta pousou o seu copo e embaralhou as cartas com as duas mãos.

— Sente-se aqui comigo. Jogue uma partida.

Lila examinou a mesa, que estava recoberta com os restos de uma partida, copos vazios empilhados numa das pontas e cartas na outra.

— O que aconteceu com o último adversário?

Jasta deu de ombros.

— Ele perdeu.

Lila sorriu sem vontade.

— Acho que vou recusar.

Jasta soltou um grunhido baixinho.

— Você não vai jogar porque sabe que vai perder.

— Você não vai conseguir me provocar para me fazer jogar.

— *Tac*, talvez no fim das contas você não seja uma pirata, Bard. Talvez esteja apenas fingindo, como Alucard, brincando de se vestir com roupas que não lhe servem. Talvez o seu lugar seja em Londres e não aqui, no mar.

O sorriso de Lila se tornou mordaz.

— O meu lugar é onde eu escolher.

— Acho que você é uma ladra, não uma pirata.

— Uma ladra rouba na terra; uma pirata, no mar. Até onde sei, eu sou ambas.

— Essa não é uma diferença real — falou Jasta. — A verdadeira diferença é *tarnal*. — Lila não conhecia a palavra. A mulher deve ter percebido isso, porque procurou uma tradução por alguns segundos e disse: — Audácia.

Os olhos de Lila se estreitaram. Ela não sabia que Jasta falava outra língua além do arnesiano. No entanto, marinheiros tinham o hábito de roubar palavras como se fossem moedas, guardando-as para quando fossem necessárias.

— Sabe — continuou Jasta, cortando o baralho —, uma ladra joga apenas quando sabe que vai ganhar. Uma pirata joga até mesmo quando acha que vai perder.

Lila terminou a bebida e acomodou a perna sobre o banco, sentindo os membros pesados como chumbo. Ela tamborilou na mesa com o nó dos dedos, o novo anel cintilando à luz do lampião.

— Está bem, Jasta. Dê as cartas.

Era uma partida de Santo.

— Se perder, você bebe — falou Jasta, distribuindo as cartas.

Elas deslizaram pela superfície da mesa, viradas para baixo. O verso das cartas era preto e dourado. Lila olhou as próprias cartas e as analisou distraidamente. Ela conhecia as regras o suficiente para saber que era menos sobre jogar pelas regras do que sobre trapacear.

— Então, me diga — continuou a capitã, organizando a própria mão —, o que você quer?

— Essa é uma pergunta muito abrangente.

— E fácil. Se você não sabe a resposta, não conhece a si mesma.

Lila parou por um momento, refletindo. Ela jogou duas cartas na mesa. Um fantasma e uma rainha.

— Liberdade — respondeu. — E você?

— O que eu quero? — devaneou Jasta. — Vencer.

Ela jogou um par de santos.

Lila praguejou.

Jasta abriu um sorriso torto.

— Beba.

— *Como se sabe quando o Sarows está chegando?* — cantarolou Lila enquanto andava pelo corredor estreito do navio, a ponta dos dedos tateando ambas as paredes em busca de equilíbrio.

No mesmo instante, o aviso de Alucard sobre Jasta voltava à sua mente com força total.

— *Nunca desafie aquela mulher para uma competição de quem bebe mais. Ou para uma luta de espadas. Ou qualquer coisa em que você possa perder. Porque você vai.*

O navio oscilou sob os seus pés. Ou talvez fosse ela quem estava oscilando. Inferno. Lila era magra, mas tinha experiência. E, mesmo assim, ela nunca teve tanta dificuldade em ingerir muita bebida.

Quando chegou ao quarto, encontrou Kell debruçado sobre o Herdeiro, examinando as marcas nas laterais do objeto.

— Oi, bonitão — disse ela, apoiando-se na soleira da porta.

Kell ergueu o olhar, um meio sorriso nos lábios por alguns instantes antes de se desmanchar.

— Você está bêbada — falou ele, lançando-lhe um olhar demorado e avaliativo. — E não está usando sapatos.

— Os seus poderes de observação são espantosos. — Lila olhou para os próprios pés, descalços. — Eu os perdi.

— Como você perdeu os sapatos?

Lila franziu as sobrancelhas.

— Eu os apostei. Perdi.

Kell se levantou.

— Para quem?

Um leve soluço.

— Jasta.

Kell suspirou.

— Fique aqui. — Ele passou por ela e seguiu para o corredor, uma das mãos pousando na sua cintura e então, rápido demais, o toque se foi. Lila conseguiu ir até a cama e desabou nela, pegando o Herdeiro que havia sido deixado de lado e o segurando contra a luz. O fuso na base do cilindro era afiado o suficiente para cortar, então ela girou o dispositivo cuidadosamente entre os dedos, estreitando os olhos para enxergar as palavras marcadas ao redor dele.

Rosin, dizia um dos lados.

Cason, lia-se em outro.

Lila franziu o cenho, repetindo as palavras, quando Kell reapareceu à porta.

— *Dar...* e *Tomar* — traduziu ele, jogando as botas para ela.

Ela se sentou rápido demais e se retraiu.

— Como conseguiu isso?

— Simplesmente expliquei que ela não podia ficar com as botas. Não serviriam. E então eu dei as minhas a Jasta.

Lila olhou para os pés descalços de Kell e caiu na gargalhada. Kell se inclinava sobre ela, pressionando a boca de Lila com uma das mãos.

— *Vai acordar o navio inteiro* — disse ele num sussurro suave, o ar a acariciando.

E ela caiu de volta no catre, levando-o junto.

— Droga, Lila. — Ele se apoiou um instante antes de bater com a cabeça na parede. A cama realmente não era grande o suficiente para dois. — O quanto você bebeu?

Os risos de Lila cessaram.

— Nunca fui de beber acompanhada — ponderou ela em voz alta. Era estranho se ver falando mesmo que não estivesse pensando em fazer isso. As palavras apenas saíram. — Não queria ser pega de surpresa.

— E agora?

Aquele sorriso cintilante.

— Acho que dou conta de você.

Ele se abaixou até o seu cabelo roçar na têmpora de Lila.

— É mesmo?

Mas então algo na escotilha chamou a atenção dele.

— Há um navio lá.

Lila girou a cabeça.

— Como consegue enxergá-lo no escuro?

Kell franziu o cenho.

— Porque está em chamas.

Lila se pôs de pé em um segundo, o mundo inclinando sob os seus pés descalços. Ela enterrou as unhas na palma das próprias mãos, esperando que a dor clareasse a sua mente. O perigo teria de fazer o resto.

— O que isso significa? — perguntava Kell, mas ela já corria escada acima.

— Alucard! — gritou Lila assim que alcançou o convés.

Por um breve e terrível segundo, o *Ghost* ficou quieto ao seu redor, o convés vazio, e Lila pensou que fosse tarde demais. Mas não havia cadáveres, e um segundo depois a capitã estava lá; Hastra também, ainda embalando o seu ovo. Lenos apareceu, esfregando os olhos para despertar, os ombros tensos como se tivesse acordado de um pesadelo. Kell os alcançou, descalço, enquanto pegava o casaco.

Ao longe, o navio queimava, uma chama vermelha e dourada contra a noite.

Alucard parou ao lado dela.

— *Santo* — xingou ele, as chamas refletidas nos seus olhos.

— *Mas aven...* — começou Lenos.

E então ele emitiu um som estranho, como um soluço preso na garganta, e Lila se virou a tempo de ver a lâmina dentada se projetando do peito dele antes de Lenos ser jogado para o lado e as Serpentes do Mar embarcarem no *Ghost*.

III

Durante meses, Kell treinou sozinho sob o palácio real, deixando o chão do Dique manchado com suor e sangue. Lá, ele enfrentou centenas de inimigos e lutou contra centenas de formas, afiando a mente e a magia, aprendendo como usar tudo e qualquer habilidade que possuísse. Tudo isso foi uma preparação — não para o torneio, uma vez que ele nunca havia pensado em competir, mas para este exato momento. Para que, quando chegasse a hora de encarar a morte mais uma vez, estivesse preparado.

Ele treinou para lutar no palácio.

Treinou para lutar nas ruas.

Treinou para lutar à luz do dia e na escuridão.

Mas Kell não pensou em treinar para lutar no mar.

Sem o poder de Alucard enfunando as velas, as lonas desinflaram e se enroscaram, revirando o *Ghost* de forma que a água se chocava com o costado, balançando o navio enquanto os mercenários invadiam o convés.

Tudo o que restou de Lenos, após uma onda curta e fugaz, foram as gotas de sangue salpicando a madeira. Um instante de calmaria numa noite que se transformou em caos — água e vento rugindo nos ouvidos de Kell, madeira e aço sob os seus pés, tudo caturrando e balançando como se tivesse sido pego por uma tempestade. Tudo era tão mais barulhento e feroz que aquelas batalhas imaginárias travadas no Dique, tão mais aterrorizante que as partidas do *Essen Tasch* que, por um instante — *apenas um instante* —, Kell ficou petrificado.

Mas então o primeiro grito rasgou o ar, uma crista de água se ergueu como gelo quando Alucard conjurou uma lâmina direto do mar sombrio, e não havia mais tempo para pensar, não havia tempo para planejar, não havia tempo para nada além de *lutar*.

Kell logo perdeu Lila de vista, confiando nos fios da sua magia, naquele zumbido persistente do poder dela nas suas veias, para lhe confirmar que ela continuava viva enquanto o *Ghost* mergulhava no caos.

Hastra estava atracado com uma das sombras, as costas voltadas para o mastro, e Kell fez um movimento com o pulso, liberando os estilhaços de aço que mantinha embainhados nos punhos da própria camisa, quando os dois primeiros assassinos avançaram sobre ele. Os pregos de aço voaram como fizeram tantas vezes no Dique, mas agora eles perfuravam corações em vez de figuras de treinamento, e, para cada sombra que ele matava, aparecia outra.

O aço sibilou atrás dele, e Kell se virou a tempo de desviar da faca de um assassino. Mesmo assim ela encontrou carne, mas cortou a face no lugar do pescoço. A dor era algo distante, acirrada apenas pelo ar marinho quando os seus dedos roçaram o corte e então agarraram o pulso do assassino. Gelo subiu pelo braço do assassino, e Kell soltou assim que outra sombra o agarrou pela cintura e jogou o seu corpo de lado com força na amurada do navio.

Diante de tamanha força, a madeira se quebrou e ambos despencaram no mar. A superfície era como uma muralha gélida e o impacto expulsou o ar dos pulmões de Kell, a água gelada os envolvendo enquanto ele lutava com o assassino, a escuridão que revolvia ao redor deles quebrada apenas pela luz do navio em chamas, em algum lugar acima da água. Kell tentou acalmar o oceano, ou ao menos afastá-lo dos seus olhos, mas ele era grande demais, e, mesmo se convocasse o poder de Holland e de Lila juntos, ainda assim não seria o bastante. Ele estava ficando sem ar e não suportava a ideia de Rhy, a uma Londres de distância, não conseguir respirar novamente.

Não tinha escolha. Quando o assassino avançou outra vez com a sua faca curva, Kell deixou o golpe acertá-lo.

Um arquejo escapou numa corrente de ar quando a lâmina cortou a manga e atingiu o seu braço. Imediatamente, a água começou a ficar turva com o sangue.

— *As Steno* — proferiu ele, as palavras abafadas pela água, o seu último suspiro exalado, porém ainda audível e carregado de intenção. O mercenário ficou rígido quando o seu corpo se transformou de carne e osso em pedra, e então afundou rapidamente até o leito do mar. Num reflexo, Kell subiu com urgência para a superfície e emergiu entre as ondas. De onde estava, conseguia ver os botes dos atacantes, feitos de madeira, aço e feitiços, conduzindo da água até o convés do *Ghost*.

Kell escalou, o braço latejando e as roupas encharcadas e pesadas o empurrando para baixo a cada movimento da subida. Mas ele conseguiu, jogando-se de lado para dentro da embarcação.

— Cuidado, senhor!

Kell se virou ao mesmo tempo que o assassino avançava sobre ele, mas o homem foi impedido repentinamente pela espada de Hastra, cravada nas suas costas. O assassino se curvou e Kell se pegou encarando os olhos aterrorizados do jovem guarda. O rosto, as mãos e os cachos de Hastra estavam salpicados de sangue. Ele parecia prestes a perder o equilíbrio.

— Você está ferido? — perguntou Kell com urgência.

Hastra balançou a cabeça.

— Não, senhor — respondeu ele, a voz trêmula.

— Ótimo — falou Kell, recolhendo a faca do assassino. — Então vamos recuperar esse navio.

IV

Holland estava sentado na cama, estudando o aro de prata no polegar, quando ouviu Lila subir intempestivamente a escada, depois o barulho de algo pesado se chocando com a água, os passos de muitos pés.

Ele se levantou, e estava na metade do caminho até a porta quando o piso oscilou e a sua visão mergulhou na escuridão, todo o seu poder se esvaindo por um instante súbito e vacilante.

Ele cambaleou, buscando forças, e caiu de joelhos, o corpo se tornando algo separado do seu poder, como se alguém tivesse puxado a sua magia feito uma corda.

Por um instante aterrorizante, nada restou, e então, tão subitamente quanto desapareceu, o cômodo estava de volta, tudo no lugar, exatamente como antes, porém agora havia gritos lá em cima, um navio em chamas lá fora e alguém descendo os degraus.

Holland se forçou a ficar de pé, a cabeça ainda girando por causa da privação de magia.

Ele arrancou da parede as correntes que abandonou, enrolou-as nas mãos e foi cambaleando até o corredor.

Dois estranhos vinham na sua direção.

— *Kers la?* — falou um deles quando Holland se deixou tropeçar e cair.

— Um prisioneiro — disse o segundo ao ver o brilho do metal e presumindo, erroneamente, que Holland ainda estava acorrentado.

Ele ouviu o sibilar das lâminas sendo liberadas das bainhas enquanto convocava o seu poder de volta como se inspirasse.

O sangue de Holland cantou, a magia fluindo nas suas veias, renovada, no instante em que a mão do invasor se enrolou nos seus cabelos, virando a sua cabeça para trás e expondo a sua garganta. Por um ínfimo instante, ele deixou que pensassem que estavam ganhando, deixou que pensassem que seria fácil e quase pôde sentir a guarda deles baixar, a tensão diminuir.

E então ele avançou, girando para cima e se desvencilhando num movimento suave, quase displicente, e envolveu o pescoço de um inimigo com as correntes antes de transformar em pedra o torno feito de correntes de ferro. Ele soltou e o homem tombou para a frente, agarrando inutilmente o próprio pescoço enquanto Holland tirava uma lâmina da bainha no quadril e cortava o pescoço do segundo homem.

Ou tentou fazer isso.

O assassino foi rápido, desviando ao dar um passo para trás, depois dois, dançando ao redor da lâmina como Ojka costumava fazer. Mas Ojka nunca tropeçou, e o assassino o fez, errando o suficiente para Holland derrubá-lo e transpassar a espada pelas costas dele, espetando o sujeito no chão.

Holland passou por cima dos corpos que ainda se contorciam e seguiu para a escada.

A foice surgiu do nada, cantando da sua maneira peculiar.

Se Athos e Astrid não tivessem predileção pelas sinuosidades malignas do aço, se Holland não tivesse sonhado em usar as lâminas curvas para cortar o pescoço deles, nunca teria reconhecido o som da lâmina, nem saberia como e quando abaixar.

Ele dobrou um joelho ao mesmo tempo que a foice era cravada na parede acima da sua cabeça e se virou bem a tempo de agarrar uma segunda lâmina com as próprias mãos. O aço cortou rápido e profundamente, mesmo enquanto ele se esforçava para amortecer o golpe, comandando metal, ar e osso. O assassino se inclinou com a lâmina e o sangue de Holland gotejou espesso no chão; o triunfo se transformando em medo no rosto do homem quando ele percebeu o que havia feito.

— *As Isera* — pronunciou Holland, fazendo surgir gelo da palma das mãos machucadas, engolindo lâmina e pele em um segundo.

A foice escorregou dos dedos congelados; as mãos do próprio Holland cantando de dor. Os cortes eram profundos, mas, antes que pudesse curá-los, antes que pudesse fazer qualquer coisa, uma corda se enrolou no seu pescoço. As suas mãos rumaram para o pescoço, porém outras duas cordas surgiram do nada, apertando os seus pulsos e forçando os braços a se manterem abertos.

— Contenham-no — ordenou uma assassina, passando por cima de alguns corpos que entulhavam o corredor. Ela segurava um gancho numa das mãos. — Eles querem o olho intacto.

Holland não atacou. Ficou imóvel, fazendo um balanço das suas armas e contando as vidas que adicionaria à sua lista.

Enquanto a assassina se aproximava dele, as suas mãos começaram a formigar com um calor estranho. O eco da magia de outra pessoa.

Lila.

Holland sorriu, enrolou os dedos nas cordas e puxou. Não as próprias cordas, e, sim, o feitiço de outra *Antari*.

Fogo irrompeu pelas cordas.

Os fios retorcidos se partiram como ossos e Holland se libertou. Com um movimento da mão as lanternas se quebraram, o corredor ficou escuro e ele avançou sobre eles.

V

As Serpentes do Mar lutavam bem.

Assustadoramente bem.

Certamente melhor que os tripulantes do *Copper Thief*, melhor que todos os piratas que Lila encontrou naqueles meses no mar.

As Serpentes lutavam como se fosse muito importante.

Lutavam como se a vida delas dependesse disso.

Mas ela também lutava assim.

Lila se abaixou enquanto uma lâmina curva se enterrava no mastro atrás dela, girou para longe fugindo de uma espada que cortava o ar. Alguém tentou enrolar uma corda no seu pescoço, mas ela a pegou, girou e se soltou, então enfiou a sua faca entre as costelas de um estranho.

A magia retumbava nas suas veias, tracejando o navio em linhas de vida. As Serpentes se moviam como sombras, mas para Lila elas brilhavam com luz. As lâminas dela deslizaram sob armaduras, encontraram carne e arrancaram sangue.

Um punho acertou o seu queixo, uma faca roçou a sua coxa, mas ela não parou, não diminuiu o ritmo. Estava zumbindo com poder, um pouco dela e um pouco emprestado, e a sua totalidade incandescendo.

Sangue escorreu pelo olho bom de Lila, mas ela não se importou, porque sempre que tirava uma vida ela via Lenos.

Lenos, que a temeu.

Lenos, que foi gentil apesar disso.

Lenos, que a chamou de presságio, de sinal de mudança.

Lenos, que a enxergou antes que ela fosse capaz de reconhecer a si mesma.

Lenos, que morreu com um ferrão no peito e a mesma confusão triste que ela sentiu no beco em Rosenal, a mesma compreensão horrível rabiscada no seu rosto.

Ela conseguia sentir Kell e Holland lutando também, em lados opostos do navio, sentir o flexionar e repuxar da magia deles nas suas veias, a dor deles como um membro amputado.

Se as Serpentes possuíam magia, não estavam fazendo uso dela. Talvez estivessem apenas evitando danificar o *Ghost*, uma vez que já haviam afundado o seu próprio navio. Mas Lila se amaldiçoaria se perecesse tentando poupar este pequeno barco de merda. Fogo ardia nas mãos dela. As tábuas do assoalho rangiam quando ela as convocava. O navio se inclinou violentamente embaixo dela.

Ela afundaria a porcaria da embarcação se fosse necessário.

Mas não teve a oportunidade. A mão de alguém surgiu e agarrou a gola do seu casaco, puxando-a para trás de um caixote. Ela libertou a faca da bainha escondida sob o braço, porém a outra mão do atacante, muito maior que a dela, segurou o seu pulso e o prendeu contra a madeira, ao lado da sua cabeça.

Era Jasta, pairando sobre ela, e, por um instante, Lila pensou que a capitã estivesse tentando ajudar; tentando, por algum motivo, tirá-la do caminho do perigo, poupá-la da luta. Então ela viu o corpo caído no convés.

Hano.

Os olhos da garota brilhavam no escuro, abertos, vazios, um corte limpo atravessando o pescoço.

A raiva percorreu Lila quando foi atingida pela compreensão. A insistência de Jasta em conduzir o *Ghost*, em ir com eles até o mercado flutuante. O perigo repentino nas docas de Rosenal. O jogo da embriaguez que haviam disputado mais cedo naquela mesma noite com uma bebida forte demais.

— Você está com eles.

Jasta não negou. Limitou-se a exibir um sorriso impiedoso.

Lila projetou o seu comando contra a capitã vira-casaca e a outra mulher foi forçada a recuar.

— Por quê?

A mulher deu de ombros.

— Aqui quem reina é o dinheiro.

Lila atacou, mas Jasta era duas vezes mais rápida do que parecia e igualmente forte. Um segundo depois, Lila foi empurrada de volta para a lateral do navio, a amurada esmagando as suas costelas com força suficiente para arrancar o ar dos seus pulmões.

Jasta estava no mesmo lugar de antes, parecendo quase entediada.

— As minhas ordens são para matar o principezinho de Arnes — disse ela, pegando uma lâmina no quadril. — Ninguém me disse o que fazer com você.

O ódio gélido subiu pelas veias de Lila, sobrepujando até mesmo o calor do poder.

— Se queria me matar, já deveria ter feito isso.

— Mas eu não *tenho* de matar você — falou Jasta enquanto a embarcação continuava sendo invadida por sombras ameaçadoras. — Você é uma ladra e eu sou uma pirata, mas ambas somos lâminas. Vejo isso em você. Você sabe que aqui não é o seu lugar. Não aqui com eles.

— Você está errada.

— Pode fingir o quanto quiser — escarneceu Jasta. — Pode mudar as suas roupas. Mudar de idioma. Mudar de rosto. Mas você sempre será uma lâmina, e elas são boas para uma coisa e somente uma coisa: cortar.

Lila deixou as mãos penderem ao lado do corpo, como se estivesse ponderando sobre as palavras da traidora. Sangue escorria dos seus dedos, e os seus lábios se moveram lentamente, de forma quase imperceptível. As palavras *As Athera* perdidas entre os regozijos de Jasta e metais se chocando por todo lado.

Lila ergueu a voz.

— Talvez você esteja certa.

O sorriso de Jasta se alargou.

— Sei reconhecer uma lâmina. Sempre soube. E eu posso ensiná-la a...

Lila cerrou o punho, convocando madeira, e os caixotes atrás de Jasta se projetaram com força para a frente. A mulher se virou, tentando se esquivar, mas a magia sussurrada de Lila funcionou — *As Athera, crescer* — e as tábuas do navio se ramificaram pelas botas de Jasta enquanto ela se gabava. A capitã despencou no convés e ficou debaixo de caixas pesadas.

Jasta soltou um xingamento sufocado, numa língua que Lila não conhecia, a perna presa sob o peso, o som do osso se partindo pairando no ar.

Lila se agachou diante dela.

— Talvez você esteja certa — repetiu ela, levando a sua lâmina até o pescoço de Jasta. — E talvez esteja errada. Não escolhemos o que somos, mas escolhemos o que fazemos. — A faca estava pronta para se enterrar.

— Certifique-se de cortar bem fundo — provocou Jasta quando o sangue brotou ao redor da ponta da lâmina, derramando-se em linhas finas pelo seu pescoço.

— Não — falou Lila, recuando.

— Não vai me matar? — zombou Jasta.

— Ah, vou sim — respondeu Lila —, mas não antes de você me contar tudo.

VI

O navio estava tomado por sangue, aço e morte.

E então não estava mais.

Não houve um ínterim.

O último corpo desabou no convés, aos pés de Kell, e estava tudo acabado. Ele soube por causa do silêncio e da repentina quietude dos fios de magia que se moviam entre ele, Holland e Lila.

Kell cambaleou de exaustão enquanto Holland subia a escada, passando por cima de uma poça brilhante de umidade, as mãos uma confusão de pele rasgada. No mesmo instante, Alucard apareceu, mantendo um braço contra o peito. Alguém havia arrancado a safira da sua testa e sangue escorria sobre um dos seus olhos, transformando o cinza tempestade da íris num azul violento.

Perto dali, Hastra desabou sobre um caixote, ainda trêmulo e pálido. Kell tocou o ombro do jovem guarda.

— Foi a primeira vez que você tirou uma vida?

Hastra engoliu em seco e assentiu.

— Eu sempre soube que a vida era frágil — disse ele com voz rouca. — Manter algo vivo já é bastante difícil. Mas matar... — Ele foi parando de falar e então, de forma abrupta, virou-se e vomitou no convés.

— Está tudo bem — falou Kell, ajoelhando-se ao lado dele, o seu próprio corpo reclamando por causa de uma dúzia de pequenas feridas, bem como pelo vazio que sempre se seguia a uma luta.

Depois de alguns segundos, Hastra se endireitou, limpando a boca na manga do casaco.

— Acredito estar pronto para me tornar sacerdote. Acha que Tieren me aceitaria de volta?

Kell apertou o ombro do rapaz.

— Podemos conversar com ele — falou Kell — quando voltarmos para casa.

Hastra conseguiu abrir um sorriso.

— Isso seria bom.

— Onde está Bard? — interrompeu Alucard.

Lila apareceu um instante depois, arrastando a forma enorme e manca da capitã do *Ghost*.

Kell olhou, chocado, quando Lila forçou Jasta a ficar de joelhos no convés. O rosto da mulher estava inchado e manchado de sangue, as mãos amarradas com uma corda grossa, uma das pernas claramente quebrada.

— Lila, o que você...

— Por que não conta a eles? — disse Lila, cutucando Jasta com a bota. Quando a mulher apenas rosnou, Lila falou: — Foi ela.

Alucard emitiu um som de nojo.

— *Tac*, Jasta. As Serpentes do Mar?

Foi a vez de a mulher escarnecer.

— Não podemos todos ser bichinhos de estimação da coroa.

A mente cansada de Kell se transformou. Uma coisa era ser atacado por piratas. Outra era ser feito de recompensa.

— Quem contratou você?

— Encontrei isso com ela — falou Lila, exibindo uma bolsa de pedras preciosas azuis. Não de qualquer tipo, mas as pequenas gemas ovais usadas para enfeitar o rosto de um faroense.

— Sol-in-Ar — resmungou Kell. — Qual era a sua missão?

Quando Jasta respondeu com uma cusparada no convés, Lila enfiou a bota na perna ferida da mulher. Um rosnado escapou da garganta dela.

— Matar o traidor teria sido um privilégio — rugiu ela. — Fui contratada para matar o príncipe de olho preto. — O olhar dela rumou até encontrar o de Kell. — E uma Serpente não para até o trabalho estar concluído.

A faca surgiu do nada.

Num instante, as mãos de Jasta estavam vazias e, no seguinte, o último pedaço oculto de aço que ela tinha estava livre e voando para o coração de Kell. A mente dele foi mais rápida que os seus membros, e as suas mãos se levantaram devagar demais, tarde demais.

Ele se perguntaria por semanas, meses, anos, se poderia ter impedido.

Se poderia ter reunido forças para afastar o aço.

Mas, naquele instante, nada mais lhe restava.

A lâmina atingiu o destino, cravando-se até o cabo.

Kell cambaleou para trás, preparado para uma dor que nunca veio.

Os cachos de Hastra flutuaram diante dos seus olhos, tocados por fios de ouro mesmo no escuro. O rapaz tinha se movido rápido como a luz, pulando entre Kell e a faca. Os seus braços não estavam estendidos para bloquear a lâmina, mas esticados como se quisessem pegá-la.

Ela o atingiu no coração.

Um som gutural saiu da garganta de Kell quando Hastra — Hastra, que fazia as coisas crescerem, que teria sido sacerdote, que poderia ter sido qualquer coisa que quisesse e escolhera ser guarda, o guarda de *Kell* — cambaleou e tombou.

— Não! — gritou Kell, pegando o corpo do jovem antes que atingisse o convés.

Ele já estava tão quieto, imóvel, já morto, mas Kell tinha de dizer alguma coisa, tinha de fazer alguma coisa. Qual era o propósito de possuir tanto poder se as pessoas continuavam morrendo?

— *As Hasari* — implorou ele, pressionando o peito de Hastra com a palma da mão, mesmo quando as últimas batidas do seu pulso desvaneceram sob as mãos de Kell.

Era tarde demais.

Ele chegou tarde demais.

Mesmo a magia tinha seus limites.

E Hastra já estava morto.

Cachos caíram para trás, mostrando olhos que uma vez, instantes atrás, estiveram iluminados com vida, porém agora estavam escuros, imóveis, abertos.

Kell baixou o corpo de Hastra, arrancando a faca do peito do seu guarda enquanto se punha de pé. O seu peito estava ofegante, respirações irregulares se liberando sem controle. Ele queria gritar. Ele queria chorar e soluçar.

Em vez disso, ele atravessou o convés e cortou o pescoço de Jasta.

VII

Rhy rosnou de dor.

Não foi um golpe súbito e pungente, e sim a dor profunda de músculos extenuados ao limite, de energia que foi drenada. A sua cabeça latejava e o seu coração disparou quando ele se sentou, tentando se aterrar com o toque dos lençóis de seda, com o calor do fogo ainda queimando na lareira.

Você está aqui, disse a si mesmo, tentando desvencilhar a mente do pesadelo.

No sonho, ele estava se afogando.

Não do jeito como ele quase se afogou na varanda, apenas algumas horas (ou dias?) antes, quando Kell seguiu Holland até o rio. Não, isso foi mais lento. O eu de Rhy no sonho estava afundando, cada vez mais, num túmulo formado por ondas, a pressão da água expulsando o ar dos seus pulmões.

Mas a dor que Rhy sentia agora não o seguiu para fora do sonho.

Não pertencia de forma alguma a ele.

Pertencia a Kell.

Rhy pegou o broche real na mesa, desejando ser capaz de ver o que estava acontecendo com o irmão, em vez de apenas sentir os efeitos. Às vezes, ele pensava que conseguia, em vislumbres e sonhos, mas nada ficava, nada jamais permanecia.

Rhy fechou os dedos ao redor do aro de ouro enfeitiçado, esperando sentir o calor dos feitiços de Kell, e só então percebeu o quão impotente ele realmente era. Quão inútil para Kell. Ele poderia convocar o irmão, mas Kell não iria, não poderia, convocar Rhy.

Rhy se jogou nos travesseiros, apertando o broche contra o peito.

A dor já estava desaparecendo, um eco de um eco, uma maré recuando, deixando apenas desconforto e medo no seu encalço.

Ele não conseguiria voltar a dormir.

Os decantadores no aparador cintilaram à luz fraca do lampião, chamando-o, e ele se levantou para servir uma bebida, adicionando uma única gota do tônico de Tieren ao líquido cor de âmbar. Rhy levou o cálice aos lábios, mas não bebeu. Algo chamou a sua atenção. A sua armadura. Estava estendida como um corpo adormecido no seu sofá, os braços encouraçados cruzados. Não havia necessidade dela naquele momento, não com a cidade dormindo, mas ela ainda o chamava, mais alto que o tônico, mais alto até mesmo que a escuridão, sempre pior antes do amanhecer.

Rhy deixou o cálice de lado e pegou o elmo de ouro.

VIII

Mitos não tomam forma de repente.

Não brotam no mundo já definidos. Eles se formam aos poucos, rolando entre as mãos do tempo até que as suas bordas se suavizem, até que a repetição da história dê peso suficiente às palavras, às lembranças, para mantê-las em movimento por conta própria.

Mas toda história começa em algum lugar, e, naquela noite, enquanto Rhy Maresh andava pelas ruas de Londres, um novo mito tomava forma.

Era a história de um príncipe que vigiava a sua cidade enquanto ela dormia. Que andava a pé, com medo de atropelar um dos caídos, que traçava o seu caminho por entre os corpos do seu povo.

Alguns diriam que ele se movia em silêncio, com apenas o suave tinir dos passos de armadura dourada ecoando como sinos distantes pela rua silenciosa.

Alguns diriam que ele falava. Que mesmo na escuridão total os adormecidos o ouviam sussurrar, repetidamente:

— Vocês não estão sozinhos.

Alguns diriam que isso jamais aconteceu.

De fato, não havia ninguém lá para ver.

Mas Rhy realmente *andou* por entre eles, porque era o seu príncipe, porque não conseguia dormir e porque sabia o que era ser aprisionado por um feitiço. O que era ser arrastado para a escuridão, estar vinculado a algo e ainda assim se sentir completamente sozinho.

Uma camada cintilante de geada estava se instalando sobre o seu povo, fazendo-os parecer mais estátuas que homens, mulheres e crianças. O príncipe tinha visto árvores caídas serem lentamente engolidas pelo musgo, pedaços do mundo lentamente reclamados, e, enquanto ele se movia por entre a multidão de caídos, perguntava-se o que aconteceria se Londres ficasse sob este feitiço por um mês, uma estação, um ano.

O mundo se refaria por cima dos corpos adormecidos?

O mundo os reclamaria, centímetro a centímetro?

A neve começou a cair pesada (estranho, estavam perto da primavera, mas essa não era a coisa mais estranha caindo sobre Londres), e então Rhy espanou o gelo das faces imóveis, rasgou a lona das carcaças fantasmagóricas do mercado noturno e tirou cobertores de casas agora assombradas apenas com lembranças de vida. E, pacientemente, o príncipe cobriu cada pessoa que encontrava, embora não parecessem sentir frio sob a segurança que os envolvia com a magia e o sono.

O frio se alimentou dos dedos do príncipe. Infiltrou-se pela armadura e chegou à pele dolorida, mas Rhy não voltou atrás, não interrompeu a sua vigília até a primeira luz do dia romper o casulo da escuridão e a aurora derreter levemente a geada. Só então o príncipe voltou ao palácio, deitou-se na cama e dormiu.

DOZE

TRAIÇÃO

I

O amanhecer despontou em silêncio sobre o *Ghost*.

Eles jogaram os corpos por cima da amurada: Hano, com o pescoço cortado; Ilo, que encontraram morto lá embaixo; Jasta, que traiu a todos; e cada um dos cadáveres das Serpentes.

Hastra foi o único envolvido num cobertor. Kell cingiu o tecido cuidadosamente ao redor das pernas do rapaz, da cintura, dos ombros, poupando o seu rosto o quanto foi possível. O sorriso tímido se foi, os cachos outrora brilhantes agora estavam sem viço.

Marinheiros costumavam ser atirados ao mar, mas Hastra não era marinheiro. Era membro da guarda real.

Se houvesse flores na embarcação, Kell as teria colocado no espaço sobre o coração de Hastra. Esse era o costume em Arnes para marcar a ferida mortal.

Pensou na flor que estava no Dique, aquela que Hastra um dia fez para ele, convocando vida de um torrão de terra, uma gota de água e uma semente, a soma muito maior que as partes, uma nesga de luz num mundo que escurecia. Ainda estaria lá quando eles voltassem para casa? Ou já teria perecido?

Se Lenos estivesse lá poderia ter dito alguma coisa, proferido uma oração a todos os santos, mas Lenos também se foi, perdido na maré, e Kell não tinha flores, não sabia orações, não tinha nada além da raiva vazia que nadava no seu coração.

— *Anoshe* — murmurou ele enquanto o corpo era deixado de lado.

Eles deveriam ter limpado o convés, mas não parecia haver propósito nisso. O *Ghost*, ou o que restava dele, alcançaria Tanek ainda naquele dia.

O seu corpo oscilou de cansaço.

Ele não dormiu. Nenhum deles dormiu.

Holland estava concentrado em manter o vento nas velas enquanto Alucard permanecia no comando do leme, entorpecido. O poder era precioso, mas Lila insistiu em curar as feridas do capitão. Kell presumiu que não poderia culpá-la. Alucard Emery fez a parte dele para manter o navio à tona.

A própria Lila estava por perto, passando as pedras faroenses de uma mão para a outra, olhando para os pedacinhos azuis, a testa franzida indicando que estava perdida nos próprios pensamentos.

— O que foi? — perguntou ele.

— Eu matei um faroense uma vez — murmurou ela, colocando as pedras de volta na primeira mão. — Durante o torneio.

— Você *o quê*? — começou Kell, esperando que tivesse ouvido mal, que ele não se sentisse compelido a mencionar isso para Rhy, ou, pior, para Maxim, assim que atracassem. — Quando você...

— Essa não é a questão dessa história — ralhou ela, deixando as pedras caírem por entre os dedos. — Você já viu um faroense se desfazer delas? Já os viu negociar com qualquer coisa a não ser dinheiro?

Kell franziu um pouco a testa.

— Não.

— Isso porque as pedras são incrustadas na pele deles. Não se pode arrancar uma, nem se quiser, não sem uma faca.

— Eu não sabia disso.

Lila deu de ombros, estendendo a mão sobre um caixote.

— É o tipo de coisa em que se pensa quando se é uma ladra. — Ela inclinou a mão e as gemas bateram no tampo de madeira. — E, quando matei aquele faroense, as gemas no seu rosto ficaram livres.

Caíram como se o que as estivesse segurando no lugar não existisse mais.

Kell arregalou os olhos.

— Você não acha que elas vieram de um faroense.

— Ah, tenho certeza de que vieram — disse Lila, pegando uma única pedra. — Mas duvido que ele tenha tido escolha.

II

Maxim terminou o seu feitiço em algum momento depois do amanhecer.

Ele se recostou na mesa e admirou o trabalho, os homens sem rosto em formação, os peitorais fechados sobre corações de aço. Doze cortes profundos marcavam o interior do braço do rei, alguns já se curando e outros recentes. Doze figuras revestidas de aço e vinculadas por um feitiço estavam diante dele, forjadas, soldadas e renovadas.

O esforço de vincular magia era extenuante, um dreno constante do seu poder, amplificando-se a cada couraça adicionada. O seu corpo tremia levemente com o peso, mas não demoraria muito, uma vez que a tarefa fosse iniciada. Maxim iria suportar.

Ele se endireitou — o quarto girou perigosamente por vários segundos antes de se estabilizar — e desceu a escada para compartilhar uma última refeição com a sua esposa, com o seu filho. Uma despedida sem palavras. Emira iria entender, e Rhy, ele esperava, iria perdoá-lo. O livro ajudaria.

Enquanto Maxim andava, ele se imaginou sentado com eles no grande salão, a mesa coberta de bules de chá e pães frescos, fumegantes. A mão de Emira na dele. A risada de Rhy transbordando pelo cômodo. E Kell, onde ele sempre esteve, sentado ao lado do irmão.

Maxim deixou a mente cansada viver dentro deste sonho, desta lembrança, deixou que ela o levasse adiante.

Somente uma última refeição.

Uma última vez.

— Vossa Majestade!

Maxim suspirou, virando-se. O seu último sonho morreu ao ver os guardas reais segurando um homem entre eles. O prisioneiro usava os tecidos roxo e branco da comitiva faroense, veias prateadas correndo como metal derretido entre as pedras preciosas que se destacavam na pele escura. Sol-in-Ar seguia atrás dos homens intempestivamente pelo corredor, diminuindo a distância a cada passo.

— Soltem-no — ordenou o lorde faroense.

— O que significa isso? — perguntou Maxim, o cansaço desgastando todos os músculos, todos os ossos.

Um dos guardas brandia uma carta.

— Nós o interpelamos, Vossa Majestade, tentando se esgueirar para fora do palácio.

— Um mensageiro? — perguntou Maxim, rodeando Sol-in-Ar.

— Estamos proibidos de enviar cartas? — desafiou o lorde faroense. — Não sabia que éramos prisioneiros aqui.

Maxim fez menção de abrir a carta, mas Sol-in-Ar agarrou o seu pulso.

— Não transforme aliados em inimigos — advertiu ele no seu tom sibilante. — Vocês já têm o segundo tipo em demasia.

Maxim ergueu o pulso livre e cortou a carta, abrindo-a com um único gesto fluido, os olhos voando pela escrita faroense.

— Você chamou reforços.

— *Precisamos* deles — disse Sol-in-Ar.

— Não. — A cabeça de Maxim martelava. — Isso só vai atrair mais vidas para a luta...

— Talvez se tivesse nos *contado* sobre o feitiço dos sacerdotes...

— ... mais vidas para Osaron reclamar e usar contra *todos* nós.

O príncipe veskano chegou neste instante, e Maxim voltou a própria ira contra ele, também.

— E você? Os veskanos também mandaram alguma mensagem para fora de Londres?

Col ficou lívido.

— E arriscar a vida deles também? É claro que não.

Sol-in-Ar olhou com raiva para o príncipe veskano.

— Você está mentindo.

Maxim não tinha mais energia para situações como esta. Não tinha mais tempo.

— Confinem lorde Sol-in-Ar e o seu séquito nos quartos.

O faroense o encarou, chocado.

— Rei Maresh...

— Você tem duas opções — interrompeu Maxim. — Os seus quartos ou a prisão real. E, para o seu próprio bem, e o nosso, espero que tenha enviado apenas um homem.

Quando os homens de Maxim levaram Sol-in-Ar embora, ele não protestou, não brigou. Disse apenas uma coisa com palavras engasgadas e tensas.

— Você está cometendo um erro.

A família Maresh não estava sentada no grande salão. As cadeiras permaneciam vazias. A mesa não foi posta. Não seria por algumas horas, percebeu ele. O sol sequer havia nascido.

O corpo de Maxim estava começando a tremer.

Ele não tinha forças para continuar procurando, de modo que voltou aos aposentos reais, esperando inutilmente que Emira estivesse ali, esperando por ele. O seu coração afundou ao encontrar o cômodo vazio, mesmo que uma ínfima parte sua expirasse aliviada por ele ter sido poupado da prolongada dor da despedida.

Com mãos trêmulas, ele começou a colocar os seus assuntos em ordem. Terminou de se vestir, organizou a sua escrivaninha e acomodou o texto que escreveu para o filho no meio dela.

O feitiço exauria Maxim a cada respiração, a cada pulsação; os fios da magia se enroscavam nas paredes e desciam a escada, drenando energia a cada instante não utilizada.

Em breve, prometeu o rei ao feitiço. Em breve.

Ele escreveu três cartas: uma para Rhy, uma para Kell e, por fim, uma para Emira. Todas longas demais e curtas demais. Maxim sempre foi um homem de ação, não de palavras. E o tempo urgia.

Ele estava soprando a tinta quando ouviu a porta se abrir.

O seu coração acelerou, a esperança emergindo enquanto ele se virava, esperando encontrar a esposa.

— Minha querida... — Maxim parou de falar ao ver a garota, pálida, loira e vestida de verde, uma coroa de prata nos cabelos e uma mancha vermelha como se fosse tinta na testa.

A princesa veskana sorriu. Ela tinha quatro lâminas polidas entre os dedos, finas como agulhas, e de cada uma delas pingava sangue. Quando falou, a sua voz era calma, vibrante, como se não tivesse acabado de invadir os aposentos reais, como se não houvesse corpos no corredor atrás dela nem sangue borrando a sua fronte.

— Vossa Majestade! Esperava encontrá-lo aqui.

Maxim se manteve firme.

— Princesa, o que você está...

Antes que ele pudesse concluir a frase, a primeira lâmina voou pelo ar, e, quando o rei ergueu a mão, a magia conjurada para desviar o golpe, uma segunda lâmina já se enterrava na sua bota, prendendo o seu pé ao chão.

Um rugido de dor escapou quando Maxim ainda assim tentou girar o corpo para desviar de uma terceira lâmina, apenas para receber uma quarta no braço. Esta última não havia sido arremessada, ainda estava na mão da sua atacante enquanto ela fincava o aço bem acima do cotovelo dele, prendendo o braço na parede.

Tudo aconteceu num piscar de olhos.

A princesa veskana estava na ponta dos pés como se quisesse beijá-lo. Ela era muito jovem para parecer tão velha.

— Você não parece bem — comentou ela.

A cabeça de Maxim latejou. Ele deu demais de si para o feitiço. Tinha pouca força para convocar magia para uma briga. Mas ainda havia a lâmina embainhada no seu quadril. Outra na sua panturrilha. Os seus dedos estremeceram, mas, antes que ele pudesse alcançar qualquer uma delas, uma das lâminas descartadas de Cora voltou para os dedos dela.

Ela a encostou no pescoço dele.

O braço e o pé de Maxim estavam ficando dormentes; não apenas por causa da dor, mas por algo mais.

— Veneno — rosnou ele.

A princesa fez que sim com a cabeça.

— Não é o suficiente para matar — falou ela alegremente. — Esse é o meu trabalho. Mas você tem sido um anfitrião muito gentil.

— O que você fez? Sua menina tola.

O sorriso dela ganhou um ar de escárnio.

— Essa menina tola trará glória ao nome da família. Essa menina tola vai tomar o seu palácio e entregar o seu reino para o dela. — Cora se inclinou para perto, a voz deslizando de doce para sensual. — Mas, antes, essa menina tola vai cortar o seu pescoço.

Pela porta aberta, Maxim viu o corpo caído dos seus guardas espalhado pelo corredor, braços e pernas em armadura esparramados pelo carpete.

E então viu o vestígio de pele negra, o brilho de pedras preciosas como lágrimas que refletiam luz.

— Você está delirando, princesa — disse ele enquanto o entorpecimento se espalhava pelos seus membros e os faroenses avançavam em silêncio, com Sol-in-Ar à frente. — Matar um rei lhe garante apenas uma coisa.

— O quê? — sussurrou ela.

Maxim encontrou os olhos da princesa.

— Uma morte lenta.

A lâmina de Cora começou a cortar quando os faroenses encheram a sala.

Num piscar de olhos, Sol-in-Ar conteve a menina assassina contra o próprio corpo, um braço em torno do pescoço dela.

Ela girou a faca em forma de agulha na mão, movendo-se para enterrar a ponta na perna do faroense, mas os outros chegaram rápido até ela, segurando os seus braços e a forçando a se ajoelhar diante de Maxim.

O rei tentou falar e percebeu que a sua língua estava pesada na boca, o seu corpo lutando contra inimigos demais entre o veneno e o custo da magia despendida.

— Encontrem os guardas arnesianos! — ordenou Sol-in-Ar.

Cora então lutou violentamente, com selvageria, todo o humor juvenil extirpado quando eles a privaram das suas lâminas.

Maxim por fim removeu a faca do braço com os dedos entorpecidos e libertou o pé, o sangue escorrendo pela bota enquanto ele se movia com passos irregulares até o aparador.

Ali encontrou os tônicos que Tieren mantinha preparados para ele, os para dor e os para o sono, e um, apenas um, para veneno. Então, ele se serviu de um copo de líquido rosado, como se estivesse simplesmente com sede e não lutando contra a morte.

Os seus dedos tremiam, mas ele bebeu sofregamente e colocou o copo vazio de lado, enquanto a sensibilidade retornava numa onda de calor, trazendo também a dor. Uma nova leva de guardas apareceu na soleira da porta, todos sem fôlego e armados, com Isra no comando.

— Vossa Majestade — falou ela, examinando a sala e empalidecendo ao ver a pequena princesa veskana presa, o lorde faroense dando ordens em vez de confinado à sua ala do palácio, as facas descartadas e o rastro de pegadas sangrentas.

Maxim se forçou a se empertigar.

— Cuide dos seus guardas — ordenou ele.

— Os seus ferimentos — começou Isra, mas o rei a interrompeu.

— Não é tão fácil se livrar de mim. — Ele se virou para Sol-in-Ar. Foi uma situação quase irreversível, e ambos sabiam disso, mas o lorde faroense não disse nada. — Estou em dívida com você — continuou —, e retribuirei o favor. — Temendo que pudesse cair se demorasse muito, Maxim voltou a atenção para a menina veskana ajoelhada no chão. — Você falhou, princesinha, e isso vai lhe custar caro.

Os olhos azuis de Cora estavam febris.

— Não tanto quanto a você — disse ela, os lábios se abrindo num sorriso frio. — Ao contrário de mim, o meu irmão Col *nunca* erra o alvo.

O sangue de Maxim gelou enquanto ele se virava para Isra e para os outros guardas.

— Onde está a rainha?

III

Rhy não saiu à procura da mãe.

Encontrou com ela totalmente por acidente.

Antes dos pesadelos, ele sempre dormia até tarde. Passava a manhã inteira deitado, maravilhado com o fato de como os travesseiros pareciam mais macios depois do sono, ou de como a luz se movia no teto recoberto pelo dossel de tecidos. Nos primeiros 20 anos de vida, a sua cama era o seu lugar favorito no palácio.

Agora ele só queria se livrar dela.

Toda vez que o seu corpo afundava nas almofadas, ele sentia a escuridão chegando, envolvendo-o com os braços. Toda vez que a sua mente deslizava em direção ao sono, as sombras estavam lá para encontrá-lo.

Nos dias atuais, Rhy acordava cedo, desesperado por luz.

Não importava que ele tivesse passado a maior parte da noite de vigília nas ruas, não importava que a mente dele estivesse nebulosa, nem que os seus membros estivessem rígidos, machucados e doloridos pelo eco das lutas de outra pessoa. A falta de sono o preocupava menos do que o que ele encontrava nos seus sonhos.

O sol mal despontava no rio quando Rhy acordou, o restante do palácio ainda envolto num sono conturbado. Ele poderia ter chamado um criado — havia sempre dois ou três acordados —, mas, em vez disso, ele mesmo se vestiu, não com a armadura principesca nem com o vermelho e dourado formais, e, sim, com as vestes pretas e macias que às vezes usava nas salas íntimas do palácio.

Pegou a espada quase por reflexo, a arma em desacordo com o restante do traje. Talvez tenha sido a ausência de Kell. Talvez tenha sido o sono de Tieren. Talvez fosse a forma como o seu pai ficava mais pálido a cada dia, ou talvez ele simplesmente estivesse se acostumando a usá-la. Qualquer que fosse o motivo, Rhy pegou a espada curta real e prendeu o cinto nos quadris.

Ele vagou distraído para o salão, a mente privada de sono esperando encontrar o rei e a rainha tomando café da manhã, mas é claro que o cômodo estava vazio. De lá, Rhy rumou para a galeria, mas se virou aos primeiros sons de vozes, baixas, preocupadas e fazendo perguntas para as quais ele não tinha respostas.

Rhy recuou, primeiro para as salas de treinamento, cheias com os remanescentes exaustos da guarda real, e depois para a sala de mapas em busca do pai, que não estava lá. Ele vasculhou salão de festas atrás de salão de festas à procura de paz, de tranquilidade, de um pingo de normalidade. Encontrou prateados, nobres, sacerdotes, magos, perguntas.

Quando chegou ao Jewel, só queria ficar sozinho.

Em vez disso, Rhy Maresh encontrou a rainha.

Ela estava de pé no centro da enorme câmara de vidro com a cabeça inclinada para a frente, como se rezasse.

— O que você está fazendo, mãe? — As palavras foram ditas suavemente, mas a voz dele ecoou pela sala vazia.

Emira ergueu a cabeça.

— Ouvindo.

Rhy deu uma olhada no salão, como se houvesse alguma coisa, ou alguém, que ele não tivesse percebido. Mas eles estavam sozinhos na enorme câmara. Sob os seus pés, o chão estava marcado por círculos inacabados, feitiços iniciados quando o palácio estava sendo atacado e abandonados assim que a magia de Tieren se instalou. O teto se erguia alto, florescendo ao redor de finas colunas de cristal.

A sua mãe estendeu a mão e percorreu o círculo mais próximo com os dedos.

— Você lembra — perguntou ela, a voz ecoando — quando pensou que as flores da primavera eram todas comestíveis?

Os passos dele soaram no chão de vidro, fazendo a sala cantar debilmente enquanto se aproximava dela.

— Foi culpa de Kell. Foi ele quem insistiu que eram.

— E você acreditou nele. E ficou muito enjoado.

— Eu me vinguei dele, lembra? Quando o desafiei para ver quem comia mais bolo com frutas. Ele não percebeu, até dar a primeira mordida, que os cozinheiros haviam feito todos com limão. — Uma risada suave escapou com a lembrança de Kell resistindo à vontade de cuspir e vomitando num vaso de mármore. — Nós tivemos uma boa cota de travessuras.

— Você diz isso como se já tivessem parado de fazê-las. — A mão de Emira soltou a coluna. — Quando cheguei ao palácio, odiei esta sala — comentou ela distraidamente, mas Rhy conhecia a mãe, sabia que nada do que dizia ou fazia era privado de significado.

— Odiou? — questionou ele.

— Eu pensei: o que poderia ser pior que um salão de festas feito de vidro? Era apenas questão de tempo para ele se quebrar. E então, um dia, ah, eu estava tão furiosa com o seu pai, não lembro por quê, mas eu queria quebrar alguma coisa. Então vim até aqui, até esse salão frágil, e soquei as paredes, o chão, as colunas. Eu bati com as minhas mãos no cristal e no vidro até as minhas juntas ficarem em carne viva. Mas não importava o que eu fizesse, o Jewel não quebrava.

— Até mesmo vidro pode ser forte — ponderou Rhy — se for grosso o suficiente.

Um sorriso vacilante, estava ali e logo não estava mais, então retornou. O primeiro foi real; o segundo, fingido.

— Criei um filho inteligente.

Rhy correu a mão pelo próprio cabelo.

— Você também *me* criou.

Ela franziu o cenho ao ouvir isso como fez tantas vezes diante dos gracejos dele. Franziu-o de um jeito que o fez lembrar Kell, mas ele jamais diria isso.

— Rhy — começou ela —, eu nunca quis...

Atrás deles, um homem pigarreou. Rhy se virou e deparou com o príncipe Col parado à porta, as suas roupas amarrotadas e o cabelo desgrenhado, como se nunca tivesse ido dormir.

— Espero não estar interrompendo — disse o veskano com uma tensão sutil na voz que alarmou o príncipe.

— Não — respondeu com frieza a rainha ao mesmo tempo que Rhy dizia:

— Está.

Os olhos azuis de Col olharam de um para o outro, claramente registrando o desconforto, mas ele não se retirou. Em vez disso, entrou no Jewel, deixando as portas se fecharem atrás de si.

— Eu estava procurando a minha irmã.

Rhy se lembrou dos hematomas no pulso de Cora.

— Ela não está aqui.

O príncipe veskano vasculhou o cômodo com o olhar.

— Posso ver que não — falou Col, andando até eles. — O seu palácio é de fato magnífico. — Ele se movia num ritmo casual, como se admirasse o salão, mas os seus olhos continuavam se alternando entre Rhy e a rainha. — Sempre que penso que já vi tudo, encontro outro cômodo.

Uma espada pendia do seu quadril, o punho incrustado de joias deixando a arma em destaque, mas ainda assim Rhy se arrepiou ao notá-la, ao notar a postura do príncipe, com a própria presença dele. E, então, a atenção de Emira se voltou de repente para cima, como se ela tivesse ouvido algo que Rhy não podia escutar.

— Maxim.

O nome do seu pai saiu estrangulado na forma de um sussurro dos lábios da rainha, e ela rumou para a porta apenas para ser detida quando Col desembainhou a espada.

Com esse único gesto, tudo no veskano mudou. A arrogância juvenil evaporou, e o ar casual deu lugar a algo sombrio, determinado. Col podia ser um príncipe, mas empunhava a espada com a calma controlada de um soldado.

— O que você está fazendo? — questionou Rhy.

— Não é óbvio? — Col segurou a lâmina com mais força. — Estou ganhando uma guerra antes que ela comece.

— Abaixe a espada — ordenou a rainha.

— Mil perdões, Vossa Majestade, mas não posso.

Com esperança, Rhy buscou nos olhos do príncipe alguma sombra de corrupção, a vontade distorcida pela maldição que estava do lado de fora das paredes do palácio. E estremeceu ao ver que eles estavam verdes e límpidos.

O que quer que Col estivesse fazendo era por vontade própria.

Em algum lugar atrás das portas, um grito emergiu, as palavras sufocadas, perdidas.

— Para constar — falou o príncipe veskano, brandindo a espada —, eu só vim pela rainha.

A sua mãe abriu os braços, o ar em volta dos dedos dela cintilando com gelo.

— Rhy — disse ela, a voz um sopro de fumaça —, *fuja*.

Antes que a palavra fosse completamente pronunciada, Col já investia.

O veskano era rápido, porém Rhy era mais, ou ao menos assim parecia conforme a magia da rainha pesava nos membros de Col. O ar gelado não era suficiente para deter o ataque, mas diminuiu a velocidade de Col o suficiente para Rhy se jogar na frente da mãe. A lâmina destinada a ela, em vez disso, atravessou o peito *dele*.

Rhy arquejou com a dor selvagem do aço perfurando a pele, e por um instante ele se viu de volta aos seus aposentos, um punhal entre as costelas e sangue vertendo entre as mãos, a terrível ardência da carne rasgada rapidamente dando lugar a um frio entorpecente. Mas essa dor era real, era quente e não dava lugar a nada.

Ele sentia cada terrível centímetro do metal, desde o ferimento de entrada logo abaixo do esterno até o ferimento de saída abaixo do ombro. Rhy tossiu, cuspindo sangue no chão de vidro, e as suas pernas ameaçaram ceder. Mas ele conseguiu se manter de pé.

O corpo gritou, a mente gritou, mas o coração continuava batendo teimosamente, *desafiadoramente*, ao redor da lâmina do outro príncipe.

Rhy respirou fundo, a respiração entrecortada, e ergueu a cabeça.

— Como você... se atreve? — rosnou ele, a boca sendo tomada pelo gosto cúprico de sangue.

A expressão de vitória no rosto de Col se transformou em choque.

— Não é possível — gaguejou ele, e, então, horrorizado, perguntou: — *O que é você?*

— Eu sou... Rhy Maresh. Filho de Maxim e Emira, irmão de Kell, herdeiro desta cidade e futuro rei de Arnes.

As mãos de Col soltaram a arma.

— Mas você deveria estar *morto*.

— Eu sei — falou Rhy, desembainhando a própria lâmina e enterrando o aço no peito de Col.

Era um ferimento espelhado, mas não havia feitiços que protegessem o príncipe veskano. Não havia magia que o salvasse. Não havia nenhuma vida vinculada à dele. A lâmina se afundou. Rhy esperava sentir culpa, raiva, ou mesmo triunfo, quando o jovem loiro desmaiou, sem vida. Mas tudo o que sentiu foi alívio.

Rhy inspirou novamente e envolveu com as mãos o punho da espada ainda incrustada no seu peito. Ela se soltou, toda a lâmina tingida de vermelho.

Ele a deixou cair no chão.

Só então ouviu o leve suspiro, um grito quase silencioso, e sentiu os dedos frios da mãe apertando o seu braço. Ele se virou para ela. Viu a mancha vermelha se espalhando na frente do seu vestido, onde a espada havia entrado. Através dele. Através dela. Ali, logo acima do coração dela. O buraco pequeno demais de um ferimento severo demais. Os olhos da mãe encontraram os dele.

— Rhy — disse ela, uma leve ruga desconcertada entre as sobrancelhas, a expressão que esboçou centenas de vezes sempre que ele e Kell se metiam em brigas, sempre que ele gritava, roía a unha ou fazia qualquer coisa que não fosse principesca.

O sulco na fronte dela se aprofundou, mesmo quando os seus olhos ficaram vidrados, uma das mãos deslizando até a ferida. E, então, ela começou a cair. Ele a pegou, tropeçou quando o peso repentino dilacerou o seu peito aberto e arruinado.

— Não, não, não — balbuciou Rhy, afundando com ela no chão de vidro. Não, não era justo. Pela primeira vez ele foi rápido o suficiente. Pela primeira vez ele foi forte o suficiente. Pela primeira vez...

— Rhy — repetiu ela. Tão gentil, gentil demais.

— Não.

As mãos ensanguentadas de Emira buscaram o rosto dele, tentaram segurar as suas faces e erraram, manchando o queixo de vermelho.

— Rhy...

As lágrimas dele se derramaram sobre os dedos dela.

— Não.

A mão dela tombou, o corpo caiu sobre ele, imóvel, e, na súbita quietude, o mundo de Rhy se estreitou na mancha que se espalhava, no persistente sulco entre os olhos da mãe.

Só então a dor veio, envolvendo-o com uma força tão repentina, um peso tão horrível, que ele agarrou o próprio peito e começou a gritar.

IV

Alucard assumiu o leme do navio, a atenção se dividindo entre os três magos no convés e a linha do horizonte no mar. Ter o *Ghost* sob o seu comando parecia errado, leve demais, comprido demais, um sapato feito para o pé de outra pessoa. O que ele não daria pela segurança robusta do *Spire*. Por Stross, Tav e Lenos, cada nome uma lasca de madeira sob a sua pele. E por Rhy, esse nome uma ferida ainda mais profunda.

Alucard nunca desejou Londres tão intensamente.

O *Ghost* estava tendo um bom desempenho, indo rápido, mas, mesmo com o dia claro e fresco, além de três *Antari* em recuperação mantendo o vento nas velas, alguém ainda tinha de traçar um curso. E, apesar de toda a presunção, Kell Maresh nada sabia sobre o comando de um navio, Holland mal conseguia manter a comida no estômago e Bard aprendia rápido, mas sempre seria melhor ladra que marinheira — e ele jamais diria isso diretamente a ela. Assim, a tarefa de levar o *Ghost* a Tanek e a sua tripulação (ou o que restava dela) a Londres ficou ao encargo dele.

— O que isso quer dizer? — A voz de Bard subiu do convés inferior. Ela estava de pé perto do príncipe *Antari* enquanto ele segurava o Herdeiro contra o sol.

Alucard estremeceu, lembrando-se do que havia passado para pegar o maldito objeto. A dica em Sasenroche. O barco para as falésias de Hanas. O túmulo sem nome e o caixão vazio, e isso foi só o começo. Mas tudo rendeu uma boa história, e para Maris isso foi metade do preço.

E todos pagavam o preço. Especialmente na primeira vez. Se Maris não o conhecesse, não confiava em você, então oferecer algo modesto significava ser mandado embora rapidamente sem convite para voltar. Sendo assim, Alucard pagou o preço. Encontrou aquele Herdeiro e o levou para Maris. E agora eles estavam aqui, e o objeto estava aqui com ele mais uma vez.

O irmão de Rhy (Alucard descobriu que odiava Kell um pouco menos quando pensava nele desse jeito) estava girando o dispositivo cuidadosamente entre os dedos enquanto Bard se debruçava sobre ele.

Holland observava os outros em silêncio, e Alucard o analisava. O terceiro *Antari* não falava muito e, quando o fazia, as suas palavras eram secas e repletas de desprezo. Ele tinha o ar de quem conhece a extensão da própria força, e sabia que era inigualável, pelo menos na companhia atual. Alucard poderia ter gostado dele se ele fosse um pouco menos imbecil. Ou talvez um pouco mais. Poderia ter gostado dele, de qualquer forma, se não fosse um traidor. Se não tivesse invocado o monstro que agora assolava Londres como um incêndio. O monstro que matou Anisa.

— *Dar* e *Tomar* — disse Kell, estreitando os olhos.

— Certo — pressionou Bard. — Mas como isso *funciona*?

— Imagino que se deva furar a mão com o fuso — explicou ele.

— Dê para mim.

— Isso não é brinquedo, Lila.

— E eu não sou criança, Kell.

Holland pigarreou.

— Todos nós devemos nos familiarizar com o objeto.

Kell revirou os olhos e deu uma última olhada, avaliando o Herdeiro antes de oferecê-lo.

Holland estendeu a mão para pegá-lo quando Kell arquejou de repente e o soltou. O cilindro caiu dos seus dedos quando ele se encolheu e um gemido baixo escapou da sua garganta.

Holland pegou o Herdeiro e Bard pegou Kell. Ele ficou branco feito a vela de um navio, uma das mãos no peito.

Alucard correu imediatamente até eles, uma palavra martelando na sua cabeça, no seu coração.

Rhy.

Rhy.

Rhy.

Magia cintilou na sua visão quando ele chegou até Kell, examinando as linhas prateadas que envolviam o *Antari*. O nó que ficava no coração de Kell ainda estava lá, mas os fios se mantinham incandescentes, pulsando fracamente com certa tensão invisível.

Kell lutou para conter um grito, o som assobiando entre os dentes cerrados.

— O que houve? — perguntou Alucard, mal ouvindo as próprias palavras por cima daquele eco de pânico no sangue. — O que está acontecendo?

— O príncipe — foi tudo o que Kell conseguiu dizer, a respiração ofegante.

Isso eu sei, queria gritar Alucard.

— Ele está vivo? — Alucard percebeu a resposta antes mesmo de Kell franzir o cenho de escárnio para ele.

— É claro que está — retrucou o *Antari*, afundando os dedos no peito. — Mas... ele foi atacado.

— Por quem?

— Não sei — vociferou Kell. — Eu não sou vidente.

— Aposto em Vesk — declarou Bard.

Kell soltou um leve soluço de dor quando os fios se acenderam, chamuscando o ar antes de voltar ao habitual cintilar prateado.

Holland guardou o Herdeiro no bolso.

— Se ele não pode morrer, não há com o que se preocupar.

— É claro que *há* — vociferou Kell em resposta, forçando-se a ficar de pé. — Alguém acabou de tentar *assassinar* o príncipe de Arnes. — Ele tirou um broche real do bolso do casaco. — Temos de ir. Lila. Holland.

Alucard os encarou.

— E quanto a *mim*? — O seu pulso estava voltando ao normal, mas todo o seu corpo ainda vibrava com o pânico animalesco, com a necessidade de agir.

Kell pressionou o polegar no alfinete do broche, derramando sangue.

— Você pode ficar com o navio.

— De jeito nenhum — rosnou Alucard, lançando o olhar para a escassa tripulação deixada a bordo.

Holland estava ali parado, observando, mas, quando Lila fez menção de se aproximar de Kell, os seus dedos pálidos seguraram o braço dela. Ela olhou para ele com raiva, mas Holland não soltou, e Kell não olhou para trás, não esperou para ver se eles o seguiam quando levou o objeto à parede.

Holland balançou a cabeça.

— Isso não vai funcionar.

Kell não estava escutando.

— *As Tascen...*

O restante do feitiço foi interrompido por um barulho crepitante que rachou o ar, acompanhado pelo súbito tranco que sacudiu o navio e pelo grito atordoado de Kell quando o seu corpo foi violentamente arremessado de costas pelo convés.

Para Alucard, parecia que os fogos do Dia do Santo haviam sido disparados no meio do *Ghost*.

Um crepitar de luz, uma explosão de energia, a magia prateada de Kell ricocheteando no azul, verde e vermelho do mundo natural. O irmão de Rhy tentou se levantar, segurando a cabeça, claramente surpreso por ainda se encontrar no navio.

— Que raios foi isso? — perguntou Bard.

Devagar, Holland deu um passo à frente, lançando a sombra sobre Kell.

— Como eu estava dizendo, você não pode fazer uma porta num veículo em movimento. Isso desafia as regras da magia transicional.

— Por que você não disse isso antes?

O outro *Antari* ergueu uma sobrancelha.

— Obviamente, presumi que você soubesse.

A cor estava voltando ao rosto de Kell, a carranca de dor desaparecendo, substituída por um rubor quente.

— Até alcançarmos terra firme — continuou Holland —, não somos melhores que magos normais.

O desprezo na voz dele perturbou os nervos de Alucard. Não era de admirar que Bard estivesse sempre tentando matá-lo.

Lila emitiu um som indistinto e Alucard se virou a tempo de ver Kell de pé, as mãos erguidas para o mastro. A corrente de magia encheu a sua visão, o poder se inclinando para Kell como água num copo. Um segundo depois, a rajada de vento atingiu o navio com tanta força que as velas se enfunaram com um estalo e a madeira do navio inteiro rangeu.

— Cuidado! — gritou Alucard, correndo até o leme enquanto o navio se inclinava sob a força do vendaval súbito.

Ele colocou o *Ghost* de volta no curso enquanto Kell o impulsionava com um grau de foco, de força concentrada, que ele jamais viu num *Antari*. Um nível de força reservado não para Londres, nem para o rei ou a rainha, nem para Rosenal ou para o próprio Osaron.

Mas para Rhy, pensou Alucard.

O mesmo poder do amor que quebrou as leis do mundo e trouxe um irmão de volta à vida.

Os fios de magia se esticavam e brilhavam enquanto Kell impunha a sua força às velas; Holland e Lila se seguravam enquanto ele ultrapassava os limites do próprio poder e se apoiava no deles.

Aguente firme, Rhy, pensou Alucard enquanto o navio patinava em frente, subindo até deslizar na superfície da água, o mar borrifando ao redor deles enquanto o *Ghost* retornava mais uma vez para Londres.

V

Rhy desceu a escadaria da prisão.

Os seus passos eram lentos e ponderados, uma vez que ele tentava se recompor. Respirar doía, uma dor que nada tinha a ver com o ferimento no peito e tudo a ver com o fato de a sua mãe estar morta.

Ataduras envolviam as suas costelas e passavam por cima do ombro, apertadas demais, a pele por baixo já fechada. *Curada*, se essa fosse a palavra certa para isso. Mas não era, porque Rhy Maresh não se *curava* havia meses.

Curar-se era algo natural, curar-se levava *tempo*. Tempo para os músculos se recomporem, para os ossos se fundirem, para a pele se fechar, para as cicatrizes se formarem, para a dor lentamente desvanecer e permitir o retorno da força.

Para ser justo, Rhy nunca conheceu o longo sofrimento da convalescença. Sempre que ele se feria quando criança, Kell estava lá para remendá-lo. Nada que fosse pior que um corte ou uma contusão durou mais que o tempo que levou para encontrar o irmão.

Porém, mesmo aquilo havia sido diferente.

Uma escolha.

Rhy se lembrou de ter caído do muro do pátio quando tinha 12 anos e torcido o pulso. Lembrou-se da rapidez de Kell em derramar o sangue, da sua própria rapidez em detê-lo, porque era mais fácil suportar a dor que ver a feição de Kell quando a lâmina furava, que saber que o irmão se sentiria tonto e enjoado pelo resto do dia por causa do esforço da magia. E porque, secretamente, Rhy queria saber que tinha escolha.

Curar-se sozinho.

Mas, quando Astrid Dane cravou a lâmina entre as suas costelas, quando a escuridão o engoliu e depois recuou como a maré, não houve escolha, não houve chance de dizer não. A ferida já estava fechada. O feitiço já estava feito.

Ele passou três dias na cama num arremedo de convalescença. Sentiu-se fraco e doente, mas tinha menos a ver com o seu corpo remendado do que com o novo vazio dentro de si. A voz na sua cabeça que sussurrava *errado, errado* a cada pulsação.

E agora ele não se curou. Uma ferida era uma ferida e então não era mais.

Um tremor atravessou o seu corpo quando ele alcançou o último degrau.

Rhy não queria fazer isso.

Não queria encará-la.

Mas alguém tinha de lidar com os vivos, tanto quanto alguém tinha de lidar com os mortos, e o rei já havia reivindicado os últimos. O seu pai, que estava lidando com a dor como se fosse um inimigo, algo a derrotar, a subjugar. Que ordenou que todos os veskanos no palácio fossem reunidos, colocados sob o jugo da guarda armada e confinados na ala sul. O seu pai, que deitou a esposa morta no bloco de pedra do luto com um cuidado tão peculiar, como se ela fosse frágil, como se alguma coisa pudesse atingi-la agora.

Na penumbra da prisão, havia um par de guardas de vigia.

Cora estava sentada de pernas cruzadas no banco nos fundos da cela, como uma criança. Não estava acorrentada à parede, como Holland estivera, mas os pulsos delicados estavam presos em ferros tão pesados que as suas mãos tinham de ficar apoiadas no banco diante dos joelhos, fazendo com que ela parecesse estar inclinada para a frente pronta para sussurrar um segredo.

Sangue manchava o seu rosto como sardas, mas, quando viu Rhy, ela sorriu. Não o sorriso escancarado dos loucos ou o sorriso pesaroso dos arrependidos. O mesmo sorriso que ela lhe ofereceu quando se empoleiraram nos banhos reais contando histórias: um sorriso alegre, inocente.

— Rhy — cumprimentou ela, radiante.

— Foi ideia sua ou de Col?

Cora fez biquinho, emburrada com a falta de preâmbulo. Mas então os seus olhos encontraram as ataduras visíveis pelo colarinho engomado de Rhy. Devia ter sido um golpe mortal. E foi.

— O meu irmão é um dos melhores espadachins de Vesk — disse Cora. — Col nunca errou um alvo.

— Ele não errou — falou Rhy, simplesmente.

Rugas surgiram na testa de Cora, depois sumiram. Expressões rodopiavam no seu rosto como páginas sendo passadas pela brisa, rápidas demais para se alcançar.

— Há rumores na minha cidade — disse ela. — Boatos sobre Kell e rumores sobre você. Dizem que você mo...

— Foi ideia sua ou dele? — exigiu saber Rhy, lutando para manter a voz firme, para esconder a dor da mesma forma que o seu pai fazia; a tristeza mantida atrás de uma represa.

Cora se levantou apesar do peso das algemas.

— O meu irmão tem dom para espadas, não para estratégias. — Ela envolveu as barras da grade com os dedos, o barulho de metal contra metal soando como um sino. A algema escorregou para baixo e Rhy viu mais uma vez a pele machucada no pulso de Cora. Havia algo não natural naquelas marcas, ele percebia agora, algo não humano.

— Não foi o seu irmão que fez isso, foi?

Ela o pegou olhando e riu.

— Falcão — admitiu. — Aves belíssimas. É fácil esquecer que têm garras.

Ele conseguia ver agora, a curva das patas que confundiu com dedos, a puntura das garras da criatura.

—Sinto muito pela sua mãe — disse Cora, e o que ele mais odiou foi que ela pareceu sincera. Rhy pensou na noite que passaram juntos, em como ela o fez se sentir menos solitário. A tranquilidade da presença dela, a compreensão de que ela era apenas uma criança, uma garota brincando de faz de conta, com esquemas que não entendia por completo. Agora, ele se perguntava sobre aquela inocência, se tudo havia sido ilusão. Se ele deveria ter sido capaz de perceber alguma coisa. Se isso teria mudado alguma coisa. Se...

— *Por que* você fez isso? — perguntou ele, a determinação ameaçando falhar. Ela inclinou a cabeça, perplexa, como uma ave de rapina encapuzada.

—Sou a sexta dentre sete filhos. Que futuro há para mim? Em que mundo eu iria governar?

—Você poderia ter matado a sua *própria* família em vez de a minha.

Cora se inclinou, aquele rosto angelical pressionado contra as barras da cela.

—Eu pensei a respeito. Suponho que um dia eu possa fazê-lo.

—Não fará, não. — Rhy se virou para ir embora. — Você nunca saíra dessa cela.

—Eu sou igual a você — disse ela com suavidade.

—Não. — Ele se desvencilhou das palavras dela.

—Quase não possuo magia — pressionou ela. — Mas nós dois sabemos que existem outros tipos de poder. — Rhy diminuiu o passo. — Há o charme, a astúcia, a sedução, a estratégia.

—O assassinato — disse ele, voltando-se para Cora.

—Nós usamos o que temos e criamos o que não possuímos. Na verdade, não somos tão diferentes assim — falou Cora, segurando as grades. — Nós dois queremos a mesma coisa. Sermos vistos como fortes. A única diferença entre nós é o número de irmãos no nosso caminho para o trono.

— Essa não é a única diferença, Cora.

— Isso não te deixa louco, ser o mais fraco?

Ele envolveu as mãos dela com as suas, prendendo-as nas barras da cela.

— Eu estou vivo porque o meu irmão é forte — disse ele, friamente. — Você só está viva porque o seu está morto.

VI

Osaron se sentou no trono e esperou.

Esperou que o palácio do impostor caísse.

Esperou que os seus súditos retornassem.

Esperou que a sua vitória fosse anunciada.

Que qualquer coisa fosse anunciada.

Milhares de vozes haviam sussurrado na sua cabeça — determinadas, chorando, cantando, implorando, triunfantes — e então, num único instante, elas se foram, o mundo parou repentinamente.

Ele estendeu a mão outra vez e puxou os fios, mas ninguém respondeu.

Ninguém veio.

Não era possível que todos tivessem perecido ao se jogar contra os feitiços de proteção do palácio. Não era possível que todos tivessem desaparecido tão facilmente do jugo do seu poder, do seu comando.

Ele esperou, perguntando-se se o próprio silêncio era algum tipo de truque, um ardil, mas, quando o silêncio se alongou, os seus pensamentos altos e ecoando no espaço vazio, Osaron se levantou.

O rei das sombras foi até as portas do palácio, a madeira escura e lisa se dissolvendo em fumaça diante dele e tomando forma mais uma vez no seu encalço, abrindo-se como o mundo deveria se abrir para um deus.

Contra o céu, o palácio de pedra do impostor se erguia, as proteções rachadas, porém não destruídas.

E ali, enchendo os degraus, as margens, a cidade, Osaron viu os corpos das suas marionetes, com as cordas cortadas.

Para onde quer que olhasse, ele os via. Milhares. Mortos.

Não, não mortos.

Porém, não totalmente *vivos*.

Apesar do frio, cada um possuía o brilho essencial da vida, o ritmo débil e constante de um coração ainda batendo, o som tão suave que não conseguia romper o silêncio.

Aquele silêncio, aquele silêncio horrível e ensurdecedor, tão parecido com o mundo, com o seu mundo, quando a última vida se esvaiu e tudo o que restou foi um fragmento de poder, uma lasca ressequida da magia que certa vez foi Osaron. Ele andou por dias por entre os restos mortais da sua cidade. Cada centímetro havia ficado preto, até que ele próprio ficou imóvel, fraco demais para se mexer, fraco demais para fazer qualquer coisa além de existir, de pulsar teimosamente como esses corações adormecidos.

— *Levantem-se* — ordenou ele aos seus súditos.

Ninguém respondeu.

— *Levantem-se* — gritou ele nas suas mentes, no próprio âmago deles, puxando cada fio, buscando lembranças, sonhos, ossos.

Ainda assim, ninguém se levantou.

Um servo jazia encolhido aos pés do deus, e Osaron se ajoelhou, colocando a mão no peito do homem e envolvendo o coração com os dedos.

— *Levante-se* — ordenou ele.

O homem não se mexeu. Osaron apertou com mais força, derramando mais e mais de si mesmo naquele hospedeiro, até que a forma simplesmente... se desfez. Inútil. Inútil. Todos eles, inúteis.

O rei das sombras ficou de pé, as cinzas soprando ao vento enquanto ele olhava para aquele *outro* palácio, aquele lugar de realeza *redundante*, os fios de feitiço se projetando dos seus pináculos. Então eles fizeram isso, roubaram os seus servos, silenciaram a sua voz.

Não importava.

Eles não conseguiriam detê-lo.

Osaron conquistaria esta cidade, este mundo.

E, primeiro, ele próprio derrubaria o palácio.

VII

As pessoas falavam de amor como se fosse uma flecha. Algo que voava rápido e sempre encontrava o alvo. Falavam disso como se fosse uma coisa agradável, porém Maxim foi atingido por uma flecha e sabia como realmente era: excruciante.

Ele nunca quis se apaixonar, nunca quis se abrir para aquela dor; teria fingido de bom grado ter sido alvejado.

E então conheceu Emira.

E, por um longo tempo, pensou que a flecha tinha aplicado o seu truque mais cruel, que o atingira e falhara com *ela*. Pensou que ela havia se esquivado, assim como costumava se esquivar do que não gostava.

Ele passou um ano tentando remover a farpa do próprio peito antes de perceber que não queria fazê-lo. Ou talvez que não pudesse. E mais um ano até perceber que ela também havia sido ferida.

Foi uma perseguição lenta, como derretimento de gelo. Uma afinidade entre quente e frio, entre forças poderosas igualmente opostas, daqueles que não sabiam ser mais brandos, como se acalmar. E encontraram a resposta um no outro.

A farpa da flecha já estava curada havia muito tempo. Ele tinha esquecido totalmente a dor.

Mas agora...

Agora ele sentia a ferida, uma haste que transpassou as suas costelas. Arranhando ossos e pulmões a cada respiração entrecortada, tirando a mão que revolvia a flecha, tentando soltá-la antes que o matasse, porém causando danos demais no processo.

Maxim queria estar com ela. Não com o corpo exposto no Rose Hall, mas com a mulher que ele amava. Ele queria estar com ela e, em vez disso, estava na sala do mapa, de frente para Sol-in-Ar, obrigado a fazer um curativo numa ferida mortal, a sufocar a dor porque a batalha ainda não havia sido vencida.

O seu feitiço pulsava nas paredes do crânio, ele sentia gosto de sangue sempre que engolia em seco, e, quando levou o cálice de cristal aos lábios, a sua mão tremia.

Sol-in-Ar estava do lado oposto do mapa, os dois separados pela vasta extensão do império arnesiano reproduzida sobre a mesa, a cidade de Londres se erguendo ao centro. Isra aguardava na porta, a cabeça baixa.

— Sinto muito pela sua perda — disse o lorde faroense, porque era algo que precisava ser dito. Ambos os homens sabiam que falta-vam palavras. Sempre faltariam.

Como rei, Maxim sabia que não era certo ficar de luto por uma vida em detrimento de uma cidade inteira, mas o Maxim que pou-sou a rosa sobre o coração da esposa ainda estava estilhaçado por dentro.

Quando foi a última vez que ele a viu? Qual foi a última coisa que disse a ela? Ele não sabia, não conseguia se lembrar. A flecha revolveu. A ferida latejou. Ele lutou para lembrar, lembrar, lembrar.

Emira, com os seus olhos escuros que viam tanto e os seus lábios que guardavam sorrisos como se fossem segredos. Com a sua bele-za, a sua força, a sua concha sólida ao redor do coração frágil.

Emira, que baixou os seus muros o suficiente para deixá-lo en-trar, que os tornou duas vezes mais fortes quando Rhy nasceu para que nada pudesse entrar. Ela, cuja confiança ele batalhou para con-quistar, cuja confiança traiu quando prometeu repetidas vezes que os manteria em segurança.

Emira, que agora se foi.

Aqueles que acreditam que a morte se assemelha ao sono jamais a viram.

Quando Emira dormia, os seus cílios dançavam, os seus lábios se abriam, os seus dedos remexiam, cada parte dela viva e perdida nos sonhos. O corpo no Rose Hall não era a sua esposa, não era a sua rainha, nem a mãe do seu herdeiro, não era ninguém. Estava vazio, a presença intangível da vida, da magia e da personalidade extinta como uma vela, deixando para trás apenas a cera fria.

— Você sabia que eram os veskanos — disse Maxim, forçando a mente de volta à sala de mapas.

A feição de Sol-in-Ar estava sombria, os adornos de ouro branco no rosto do lorde estranhamente imóveis na luz.

— Eu suspeitava.

— Como?

— Eu não possuo magia, Vossa Majestade — respondeu Sol-in-Ar num arnesiano lento, porém cadenciado, as pontas suavizadas pelo seu sotaque —, mas possuo astúcia. O tratado entre Faro e Vesk se tornou frágil nos últimos meses. — Ele gesticulou para o mapa. — Arnes fica exatamente no meio dos nossos impérios. Um obstáculo. Um muro. Tenho observado o príncipe e a princesa desde que cheguei aqui, e, quando Col lhe afirmou que não tinha enviado mensagens para Vesk, eu soube que ele estava mentindo. Soube porque o senhor acomodou o presente dele no cômodo abaixo do meu.

— O falcão — falou Maxim, lembrando-se do presente ofertado pelos veskanos, um grande predador cinzento, antes do *Essen Tasch*.

Sol-in-Ar confirmou.

— Eu fiquei surpreso com o presente deles. Uma ave como aquela não gosta de ficar engaiolada. Os veskanos as usam para enviar missivas em grandes áreas inóspitas do seu território, e, quando do ficam confinadas, grasnam baixo constantemente. A que estava abaixo do meu quarto ficou em silêncio dois dias atrás.

— *Santo* — murmurou Maxim. — Você deveria ter mencionado algo.

Sol-in-Ar ergueu uma das sobrancelhas.

— O senhor teria escutado, Vossa Majestade?

— Peço desculpas — falou o rei — por desconfiar de um aliado.

O olhar de Sol-in-Ar era firme, os adornos pálidos eram como pontos de luz.

— Ambos somos homens da guerra, Maxim Maresh. Confiança não é algo que nos venha com facilidade.

Maxim balançou a cabeça e encheu outra vez o seu cálice, esperando que o líquido aniquilasse o gosto persistente de sangue e desse firmeza às suas mãos. Ele não pretendia manter o seu feitiço em suspenso por tanto tempo, só queria... ver Emira, despedir-se...

— Faz muito tempo — falou ele, forçando os pensamentos a voltar para a situação — desde que eu estive na guerra. Antes de ser rei, fui comandante na Costa de Sangue. Esse foi o apelido que os meus soldados e eu demos para o mar que corre entre os impérios. Aquela lacuna de território onde piratas, rebeldes e qualquer um que se recusasse a reconhecer a paz ia para fazer uma pequena guerra.

— *Anastamar* — disse Sol-in-Ar. — Era o nosso nome para o lugar. Significa *O estreito da Morte*.

— Apropriado — ponderou Maxim, sorvendo um longo gole. — Naquela época, a paz era recente o suficiente para ser frágil, embora eu suponha que a paz seja sempre frágil, e eu tinha apenas mil homens para vigiar toda a costa. Embora eu tivesse outro título. Não um dado pela corte, ou pelo meu pai, mas pelos meus soldados.

— O Príncipe de Aço — disse Sol-in-Ar, e então, lendo a expressão de Maxim, continuou: — É surpresa que as lendas das suas façanhas atravessem as suas fronteiras? — Os dedos do faroense roçaram a borda do mapa. — O Príncipe de Aço, que arrancou o coração do exército rebelde. O Príncipe de Aço, que sobreviveu à noite das facas. O Príncipe de Aço, que matou a rainha pirata.

Maxim terminou a bebida e deixou o copo de lado.

— Suponho que nunca sabemos a grandeza das histórias da nossa vida. Quais partes sobreviverão e quais morrerão conosco, mas...

Ele foi interrompido por um tremor repentino, não em seu corpo, mas no cômodo. O palácio estremeceu violentamente, as paredes sacudindo, as figuras de pedra no mapa ameaçando tombar. Maxim e Sol-in-Ar buscaram apoio enquanto o tremor passava.

— Isra — ordenou Maxim, mas a guarda já avançava pelo corredor. Ele e Sol-in-Ar a seguiram.

Os feitiços de proteção ainda estavam fracos por causa do ataque, mas isso não deveria fazer diferença, uma vez que todos além das portas do palácio estavam adormecidos.

Todos... menos Osaron.

Agora a voz da criatura retumbava através da cidade, não o sussurro suave e sedutor na mente de Maxim, mas algo sonoro e trovejante.

— *Esse palácio é meu. Essa cidade é minha. Essas pessoas são minhas.*

Osaron sabia do feitiço, logo deveria saber também que vinha de dentro das paredes do palácio. Se Tieren acordasse, o encantamento se estilhaçaria. Os caídos acordariam.

Então, estava na hora.

Maxim se forçou a ir para a frente do palácio, carregando o peso do seu feitiço a cada passo, mesmo que o seu coração chamasse por Rhy. Quem dera o seu filho estivesse ali. Quem dera ao menos Maxim pudesse vê-lo uma última vez.

Como se convocado pelo pensamento, o príncipe apareceu na soleira da porta, e de repente Maxim desejou não ter sido tão egoísta. O luto e o medo estavam estampados na feição de Rhy, fazendo-o parecer jovem. Ele *era* jovem.

— O que está acontecendo? — perguntou o príncipe.

— Rhy — disse ele, a palavra curta deixando-o sem fôlego. Maxim não sabia como fazer isso. Se ele parasse de se mexer, jamais recomeçaria.

— Aonde você está indo? — questionou o seu filho ao mesmo tempo que a voz de Osaron agitava o mundo.

— *Enfrente-me, falso rei.*

Maxim puxou os fios do seu poder e sentiu o feitiço se retesar, apertando como uma armadura ao redor de si enquanto corações de aço ganhavam vida dentro dos peitorais de aço.

— Pai — chamou Rhy.

— *Renda-se, e eu pouparei os que estão aí dentro.*

O rei convocou os seus homens de aço, sentiu-os marchando pelos corredores.

— *Recuse, e eu vou destruir esse lugar.*

Ele continuou andando.

— Pare! — exigiu Rhy. — Se você for lá fora, vai morrer.

— Não há vergonha na morte — afirmou o rei.

— *Você não é nenhum deus.*

— Você não pode fazer isso — disse Rhy, embarreirando o seu caminho quando eles chegaram no saguão da frente. — Você está indo direto para a armadilha dele.

Maxim parou, o peso do feitiço e o rosto arrasado do seu filho ameaçando prendê-lo ali.

— Deixe-me passar, Rhy — ordenou ele com gentileza.

O seu filho meneou a cabeça furiosamente.

— Por favor.

Lágrimas transbordavam pelos seus cílios escuros, ameaçando se derramar. O coração de Maxim doeu. O palácio estremeceu. A guarda de aço estava chegando. Eles chegaram ao saguão da frente, uma dúzia de armaduras enfeitiçadas com sangue, comando e magia para se mover. Espadas curtas reais pendiam nas cinturas e, nos elmos, a luz suave do coração enfeitiçado deles ardia como carvão em brasa. Eles estavam prontos. Ele estava pronto.

— Rhy Maresh — falou Maxim com firmeza —, vou lhe pedir como seu pai, mas, se for preciso, vou comandar você como seu rei.

— *Não* — disse Rhy, agarrando-o pelos ombros. — Não vou deixar você fazer isso.

A flecha no seu peito se afundou.

— Sol-in-Ar — falou Maxim. — Isra.

E eles entenderam. Os dois se aproximaram e agarraram os braços de Rhy, puxando-o para longe. Rhy lutou ferozmente contra eles, mas, com um aceno de cabeça do rei, Isra atingiu as costelas do príncipe com uma das suas manoplas e Rhy se curvou, arquejando.

— *Não, não...*

— *Sosora nastima* — disse Sol-in-Ar. — *Ouça o seu rei.*

— Observe, meu príncipe — acrescentou Isra. — Observe com orgulho.

— Abram as portas — ordenou Maxim.

Lágrimas escorriam pelo rosto de Rhy.

— Pai...

A madeira pesada se dividiu. As portas se abriram. Na base da escadaria do palácio estava a sombra, um demônio disfarçado de rei.

Osaron ergueu o queixo.

— *Enfrente-me.*

— Solte-me! — gritou Rhy.

Maxim atravessou as portas. Ele não olhou para trás, nem para a guarda de aço que marchava no seu encalço, nem para o rosto do filho, os olhos que se pareciam tanto com os de Emira agora vermelhos de angústia.

— *Por favor* — implorou Rhy. — Por favor, me soltem...

Foram as últimas palavras que Maxim ouviu antes de as portas do palácio se fecharem.

VIII

Rhy tinha 8 anos quando viu a sala dos mapas do pai pela primeira vez.

Ele não tinha permissão de ir além das portas douradas, então viu apenas de relance as figuras de pedra organizadas ao longo da extensa mesa, as cenas se movendo com o mesmo feitiço lento das imagens nas tábuas de divinação pela cidade.

Ele tentou voltar para lá sorrateiramente, é claro, mas Kell não o ajudaria, e havia outros lugares no palácio a explorar. Mas Rhy não conseguia esquecer a estranha magia daquela sala. Então, naquele inverno, quando o tempo mudou e o sol parecia que nunca ia sair, ele fabricou o seu próprio mapa, construindo o palácio a partir de um suporte dourado de bolo de três andares, o rio com uma tira de gaze e mais uma centena de figuras minúsculas com qualquer coisa em que pudesse colocar as mãos. Ele fez *vestra* e *ostra*, sacerdotes e guardas reais.

— Esse aqui é você — disse a Kell.

Ele segurava um acendedor de fogo com a ponta vermelha, um pouco de tinta preta para formar um olho. Kell não ficou impressionado.

— Esse aqui é você — disse à mãe.

Ele brandiu a rainha que idealizara com o frasco de vidro de algum tônico.

— Esse aqui é você — disse a Tieren.

Ele mostrou com orgulho o pedacinho de pedra branca que havia tirado do pátio.

Ele trabalhou na construção por mais de um ano antes que o seu pai viesse vê-la. Nunca encontrou um objeto adequado para fazer o rei. Kell, que normalmente não queria brincar, ofereceu uma pedra com uma dúzia de pequenas ranhuras que *quase* formavam um rosto macabro, se vista na luz certa, mas Rhy achou que parecia mais o cozinheiro real, Lor.

Certa noite, Rhy estava agachado sobre o tabuleiro antes de dormir quando Maxim entrou. Ele era um homem enorme envolto em vermelho e dourado, a barba escura e as sobrancelhas engolindo o rosto. Não era de admirar que Rhy não tivesse conseguido encontrar a peça para interpretá-lo. Nada parecia *grande* o suficiente.

— O que é isso? — perguntou o pai, ajoelhando-se ao lado do palácio improvisado.

— É um jogo — respondeu Rhy com orgulho —, igual ao seu.

Foi então que Maxim o pegou pela mão e o levou, descendo a escada e atravessando o palácio, os pés descalços afundando no tapete macio. Quando alcançaram as portas douradas, o coração de Rhy saltou, meio apavorado, meio empolgado, quando o pai destrancou as portas.

A memória com frequência distorce alguma coisa, tornando-a ainda mais maravilhosa. Mas a própria memória de Rhy sobre a sala de mapas empalideceu diante da verdade. Rhy havia crescido cinco centímetros naquele ano. Porém, em vez de parecer menor, o mapa era igualmente grandioso, igualmente arrebatador, igualmente mágico.

— Isso — disse o pai severamente — não é um jogo. Cada navio, cada soldado, cada pedaço de pedra e vidro... As vidas desse reino dependem do equilíbrio desse tabuleiro.

Rhy encarou o mapa, maravilhado, o objeto ainda mais mágico depois da advertência do pai. Maxim ficou de braços cruzados enquanto Rhy circulava a mesa, examinando cada aspecto antes de voltar sua atenção ao palácio.

Não era uma chaleira nem um prato de bolo. O palácio brilhava, uma miniatura perfeita, esculpida em vidro e ouro, do lar de Rhy.

Rhy ficou na ponta dos pés, olhando pelas janelas.

— O que você está procurando? — perguntou o pai.

Rhy ergueu o olhar, com os olhos arregalados.

— Você.

Enfim um sorriso irrompeu na barba aparada. Maxim apontou para uma sutil elevação na paisagem da cidade, uma praça a duas pontes do palácio onde havia um grupo de guardas de pedra a cavalo. E, no meio deles, não maior que o restante, uma figura se destacava apenas pelo aro de ouro de uma coroa.

— Um rei — disse o pai — deve ficar com o seu povo.

Rhy enfiou a mão no bolso do pijama e tirou uma pequena figura, um príncipe esculpido em puro açúcar, roubado do seu último bolo de aniversário. Ali, com cuidado, Rhy colocou a figura no mapa ao lado do pai.

— E o príncipe — disse ele com orgulho — deve ficar com o seu rei.

Rhy gritou, debateu-se, lutou para se livrar do agarrão.

Um rei deve ficar com o seu povo.

Ele implorou, suplicou, tentou se libertar.

Um príncipe deve ficar com o seu rei.

As portas estavam fechadas. O seu pai havia desaparecido, engolido por madeira e pedra.

— Vossa Alteza, por favor.

Rhy desferiu um soco, atingindo o queixo de Isra com força. Ela o soltou, e ele deu um único passo antes que Sol-in-Ar o prendesse com uma eficiência violenta, um braço torcido nas costas.

— Vossa Alteza, não.

A dor queimou no seu corpo quando tentou lutar, mas agora a dor não representava nada para Rhy e ele se soltou, deslocando o ombro quando lançou o cotovelo para trás, atingindo o rosto do faroense.

Mais guardas estavam chegando, bloqueando a porta enquanto Isra gritava ordens por entre os dentes manchados de sangue.

— Afastem-se — exigiu ele, a voz falhando.

— Vossa Alteza...

— *Afastem-se.*

Lentamente, com relutância, os guardas se afastaram das portas e Rhy avançou, agarrando-se à maçaneta um instante antes de Isra prender a sua mão na madeira.

— Vossa Alteza — rosnou ela —, não se *atreva* a fazer isso. *Um rei deve ficar com o seu povo.*

— Isra — implorou ele —, um príncipe deve ficar com o seu rei.

— Então, fique com ele — disse a guarda — honrando o seu último pedido.

O peso da mão de Isra recuou, e Rhy ficou sozinho diante das amplas portas de madeira. Em algum lugar do outro lado, tão perto e ao mesmo tempo tão longe...

Ele sentiu algo se despedaçar dentro de si, não carne, porém algo muito mais profundo. Ele espalmou as mãos na madeira. Rhy fechou os olhos com força, encostou a testa na porta, todo o corpo tremendo com o ímpeto de abri-las e correr atrás do pai.

Ele não fez isso.

As suas pernas cederam, o corpo afundou no chão e, se o mundo tivesse escolhido aquele momento para engoli-lo por inteiro, Rhy teria ficado grato.

TREZE

O LUGAR DE UM REI

I

Maxim Maresh havia se esquecido da névoa.

Assim que atravessou os feitiços de proteção do palácio, sentiu o veneno de Osaron pesando no ar. Era tarde demais para prender a respiração. O ar forçava a entrada, enchendo os seus pulmões enquanto a maldição sussurrava na sua mente.

Ajoelhe-se diante do rei das sombras.

Maxim resistiu à atração hipnótica da névoa, os nervos se esfarelando enquanto ele lutava contra o seu jugo, direcionando o foco para o som dos guardas de aço que marchavam em seu encalço e para a figura ondulante ao pé da escadaria do palácio.

Sem um corpo, o rei das sombras parecia menos um homem e mais uma fumaça presa num vidro escuro, a presença se movendo dentro de um falso invólucro como uma ilusão. Apenas os seus olhos pareciam sólidos, como o preto brilhante de uma pedra polida.

Igual ao de Kell, pensou Maxim, e então rescindiu o pensamento. *Não, nada parecido com o de Kell.*

O olhar de Kell tinha o calor de uma chama, ao passo que o de Osaron era afiado, frio e completamente desumano.

Ao ver Maxim descendo a escada, o rosto do rei das sombras cintilou, os lábios se contorcendo num sorriso.

— *Falso rei.*

Maxim forçou o corpo a descer degrau por degrau enquanto a sua visão ficava turva e a sua pele formigava com o começo da febre. Quando as suas botas pisaram no chão de pedra da praça, os doze homens da sua guarda final se espalharam, assumindo os seus postos ao redor de ambos os reis como ponteiros de um relógio. Cada um empunhava uma espada curta de aço com a lâmina enfeitiçada para extirpar magia.

Osaron mal pareceu notar as figuras nos seus casulos de aço, a forma como se moviam juntas como dedos de uma mesma mão, a maneira como as sombras se desviavam e espiralavam ao redor das armaduras e das lâminas sem tocá-las.

— *Veio se ajoelhar?* — perguntou o rei das sombras, as palavras ecoando no crânio de Maxim, reverberando nos seus ossos. — *Veio implorar?*

Maxim ergueu a cabeça. Ele não trajava armadura nem elmo, nada além de uma única espada no quadril e da coroa de ouro apoiada na cabeça. Ainda assim, ele olhou diretamente dentro daqueles olhos de ônix e disse:

— Vim destruí-lo.

A escuridão riu, um som grave como o de um trovão.

— *Veio morrer.*

Maxim quase perdeu o equilíbrio, não de medo, mas por causa da febre. Delírio. A noite dançou diante dos seus olhos, as lembranças se sobrepondo à realidade. O corpo de Emira. Os gritos de Rhy. A dor perfurou o peito de Maxim conforme ele lutava para resistir à magia do rei das sombras. A doença acelerou o seu coração, a maldição de Osaron dominando a sua mente enquanto o seu próprio feitiço exauria o seu corpo.

— *Devo fazer com que os seus próprios homens o matem?*

Osaron fez um movimento com a mão, mas a guarda de aço que os circundava não se moveu. Nenhuma mão que brandia uma espada se ergueu para atacar. Nenhuma bota se mexeu obedientemente para a frente.

Um olhar carregado passou pelo rosto do rei das sombras, como uma nuvem no céu, quando ele percebeu que os guardas não eram pessoas, apenas marionetes em cordas desajeitadas, a armadura nada além de um encanto oco, um último esforço de poupar os homens de Maxim desta tarefa lúgubre.

— *Que desperdício.*

Maxim se endireitou, o suor escorrendo pela nuca.

— Você mesmo terá de me enfrentar.

Com isso, o rei arnesiano desembainhou a espada, enfeitiçada para arrebentar os fios da magia como as outras, e golpeou a massa sombria diante de si. Osaron não se esquivou, nem desviou, nem atacou. Ele sequer se moveu. Simplesmente se *abriu* ao redor da lâmina de Maxim e se formou de novo alguns metros à esquerda.

Mais uma vez Maxim atacou.

Mais uma vez Osaron se dissolveu.

A cada golpe, a cada ataque, o cansaço e a febre de Maxim aumentavam, como uma maré ameaçando engoli-lo.

E então, no quinto, sexto ou décimo ataque, Osaron finalmente revidou. Dessa vez, quando ele voltou a assumir uma forma, foi dentro do alcance de Maxim.

— *Basta* — disse o monstro, com um sorriso cintilante.

Ele estendeu a mão insubstancial, os dedos espalmados, e Maxim sentiu o seu corpo paralisar subitamente. Sentiu os ossos sob a pele gemerem e rangerem, a dor acendendo os seus nervos enquanto ele ficava imobilizado como um boneco contra a noite.

— *Tão frágil* — repreendeu Osaron.

A mão dele se contraiu, mais névoa que dedos, e o pulso de Maxim se estilhaçou. A sua espada curta se espatifou no chão, o barulho metálico de metal raspando em pedra abafou a sua respiração ofegante.

— *Implore* — disse o rei das sombras.

Maxim engoliu em seco.

— Não, eu...

A sua clavícula se partiu com um estalo violento, como um joelho partindo um graveto. Um grito sufocado atravessou os seus dentes cerrados.

— *Implore.*

Maxim estremeceu, as costelas sacudindo sob a força do comando de Osaron enquanto elas tamborilavam como dedos nos seus ossos.

— Não.

O rei das sombras estava provocando, brincando, prolongando. E Maxim permitiu, com a esperança de que durante todo esse tempo Rhy estivesse a salvo dentro do palácio, longe das janelas, longe da porta, longe de tudo isso. Os guardas de aço estremeciam no lugar, a manopla segurando a espada com firmeza. Ainda não. Ainda não. Ainda não.

— Eu sou o rei... deste império...

Algo rachou dentro do seu peito, e Maxim sofreu um espasmo, o sangue subindo pela garganta.

— *É isso que se passa por rei neste mundo?*

— O meu povo jamais vai...

Ao ouvir isso, a mão de Osaron, não de carne e osso nem de fumaça, mas algo denso, frio e *errado*, envolveu o maxilar de Maxim.

— *A insolência dos reis mortais.*

Maxim olhou para o redemoinho de escuridão no olhar da criatura.

— A... insolência de... deuses... caídos.

O rosto de Osaron se abriu num sorriso terrível.

— *Vou trajar o seu corpo pelas ruas até ele queimar.*

Naqueles olhos pretos, Maxim viu o reflexo deformado do palácio, o *soner rast*, o coração pulsante da sua cidade.

O seu lar.

Ele puxou as últimas cordas e os guardas enfim avançaram. Doze homens sem rosto desembainharam espadas.

— Eu sou o chefe... da Casa Maresh — disse Maxim — ... o sétimo rei sob esse nome... e você não é digno... de usar a minha pele.

Osaron inclinou a cabeça.

— *Veremos.*

A escuridão forçou a entrada.

Não era uma onda, e, sim, um oceano. Maxim sentiu a sua vontade ceder sob o peso do poder de Osaron. Não havia ar. Nem luz. Nem superfície.

Emira. Rhy. Kell.

As flechas se fincaram profundamente, a dor uma âncora, mas a mente de Maxim já estava se estilhaçando e o seu corpo se quebrou ainda mais quando ele impôs o último resquício das suas forças aos seus guardas de aço. As manoplas se apertaram e doze espadas curtas se ergueram no ar, apontando para o centro do círculo enquanto Osaron se derramava como metal derretido no corpo de Maxim Maresh.

E o rei começou a *queimar*.

A sua mente derreteu, a sua vida falhou, mas não antes de uma dúzia de pontas de aço cantar pelo ar, dirigindo-se para a fonte do seu feitiço.

Para o corpo de Maxim.

O seu coração.

Ele parou de lutar. Era como se livrar de um peso grande demais, o ofuscante alívio de se entregar. A voz de Osaron riu na sua cabeça, mas ele já caía, já não estava mais lá quando as lâminas encontraram o alvo.

II

Por toda a cidade de Londres, a escuridão começou a escassear.

A escuridão profunda recuou e o lustroso painel preto do rio rachou, abrindo caminho, aqui e ali, para violentos borbotões de vermelho enquanto o jugo de Osaron vacilava, falhava.

O corpo de Maxim Maresh se ajoelhou na rua, uma dúzia de espadas enterrada até o cabo. O sangue se acumulou debaixo dele numa mancha de um vermelho vivo e, por alguns instantes, o corpo não se mexeu. Os únicos sons vinham do sangue do rei morto gotejando intensamente na pedra e do assobio do vento pelas ruas adormecidas.

E então, depois de um longo tempo, o cadáver de Maxim se levantou.

Ele estremeceu como uma cortina ao vento, e então uma espada se libertou do seu peito arruinado e retiniu no chão. E então outra, e mais outra, uma a uma até que as doze lâminas estavam livres, extensões de aço carmesim jogados pela rua. Fumaça começou a vazar de cada ferimento em finos tentáculos antes de se agrupar numa nuvem, depois formar uma sombra e, por fim, algo parecido com um homem. Levou várias tentativas, a escuridão se transformando em fumaça repetidas vezes antes de por fim conseguir manter a forma, com os limites oscilando, instáveis, enquanto o seu peito subia e descia com a respiração ardente.

— *Eu sou rei* — rosnou a sombra enquanto as espirais de vermelho no rio desapareciam e a névoa espessava.

Mas o jugo do pesadelo não era tão forte quanto antes.

Osaron soltou um rugido de raiva quando os seus membros se dissolveram e se formaram novamente.

O feitiço gravado naquelas espadas ainda corria como gelo pelas veias do seu poder, liberando calor e chamas sufocantes. Um pequeno feitiço tão estúpido, enterrado tão profundamente.

Osaron zombou do cadáver do rei, que enfim se ajoelhara diante dele.

— *Todos os homens se curvam.*

Dedos de sombras deram um peteleco uma vez e o corpo tombou, sem vida, no chão.

Mortal insolente, pensou o rei das sombras ao se virar e atravessar a cidade adormecida, subindo a ponte e entrando no seu palácio, fumegando enquanto lutava para manter a forma a cada passo. Quando a sua mão roçou uma coluna, atravessou-a direto como se ele não fosse *nada*.

Mas o falso rei estava morto e Osaron continuava vivo. Seria preciso muito mais que metal enfeitiçado, muito mais que a magia de um homem, para matar um deus.

O rei das sombras subiu a escada para o trono e se sentou, as mãos de fumaça nos braços do assento.

Esses mortais pensavam que eram fortes, pensavam que eram espertos, mas nada eram além de crianças neste mundo, no mundo de Osaron, e ele viveu o suficiente para ter certeza disso.

Eles *não faziam ideia* do que ele era capaz.

O rei das sombras fechou os olhos e abriu a mente, indo além do palácio, além da cidade, além do mundo, até os limites extremos do seu poder.

Assim como uma árvore poderia se conhecer, desde a raiz mais profunda até a folha mais alta, Osaron conhecia cada centímetro da própria magia. E então ele buscou, e buscou, e buscou, tateando no escuro até que a sentiu lá. Ou melhor, sentiu o que restava dele dentro dela.

— *Ojka.*

Osaron sabia, é claro, que ela estava morta. Ela se foi, como acontecia com todas as coisas no devido tempo. Ele sentiu o instante em que isso aconteceu, mesmo aquela pequena morte agitou a sua mente, a repentina sensação de perda pálida porém palpável.

Ainda assim... Osaron continuava reverberando por ela. Estava no sangue dela. Aquele sangue podia não *fluir* mais, mas ele ainda vivia nele, o seu comando um filamento, um fio de arame envolto no seu corpo de palha. A sua consciência se perdeu, a sua própria vontade desapareceu, mas a sua forma ainda era uma forma. Um receptáculo.

E assim Osaron preencheu o silêncio da sua mente e envolveu os membros dela com o seu comando.

— *Ojka* — repetiu ele. — *Levante-se.*

III

Londres Branca

Nasi sempre sabia quando havia algo errado.

Ela sabia no seu âmago, uma habilidade adquirida em anos observando rostos, mãos, lendo os leves trejeitos que uma pessoa deixava escapar antes de fazer algo ruim.

Agora, não era uma pessoa fazendo algo ruim.

Era um mundo.

Um frio incômodo estava de volta no ar, a geada se acumulando no canto das janelas do castelo. O rei continuava desaparecido, e, sem ele, Londres estava retornando ao caos, desta vez ainda *pior*. Parecia que o mundo se desfiava ao redor dela, toda cor e toda vida sangrando como deve ter acontecido da primeira vez, tantos anos antes. Porém, de acordo com as histórias, daquela vez foi lento, e agora acontecia rapidamente, como uma cobra trocando de pele.

E Nasi sabia que ela não era a única a perceber.

Toda Londres parecia sentir a estranheza.

Alguns membros da Guarda de Ferro do rei, aqueles ainda leais à sua causa, estavam fazendo o melhor que podiam para manter as coisas sob controle. O castelo se mantinha sob vigia constante. Nasi não conseguiu escapulir de novo, portanto não tinha flores frescas, não que muitas tivessem sobrevivido à súbita geada, para deixar ao lado do corpo de Ojka.

Mas ela veio de qualquer jeito, em parte por causa do silêncio, em parte porque o restante do mundo estava se tornando assustador, e, se algo acontecesse, Nasi queria estar perto da fiel escudeira do rei, mesmo que estivesse morta.

Era início da manhã, aquela hora antes de o mundo acordar por completo, e ela se mantinha de pé ao lado da cabeça da mulher, rezando por poder, por força (eram as únicas orações que ela conhecia). Começava a não ter o que dizer quando, sobre a mesa, os dedos de Ojka *estremeceram*.

Nasi tomou um susto, mas, mesmo de olhos arregalados e coração disparado, tentou se acalmar como fazia quando era pequena e cada mínima sombra parecia se transformar num monstro. Pode ter sido ilusão, provavelmente foi, então ela estendeu a mão e tocou o pulso da escudeira, buscando a pulsação.

Com certeza absoluta, Ojka ainda estava fria. Ainda estava morta.

E então, abruptamente, a mulher se sentou.

Nasi cambaleou para trás quando o pano preto caiu do rosto de Ojka.

Ela não piscou, não virou a cabeça, sequer pareceu notar Nasi, a plataforma dos mortos ou o cômodo iluminado por velas. Os olhos dela estavam bem abertos, monótonos e vazios, e Nasi se lembrou dos soldados que costumavam proteger Astrid e Athos Dane: esvaziados e enfeitiçados para serem submissos.

Ojka estava parecida com eles.

Ela era real, e, ainda assim, irreal; viva e ao mesmo tempo muito, muito morta.

A ferida no seu pescoço permanecia ali, profunda como sempre foi, mas agora Ojka mexia a mandíbula. Quando tentou dizer algo, um assobio baixo saiu da sua garganta arruinada. A escudeira contraiu os lábios e engoliu em seco, e Nasi viu os tentáculos de sombra e fumaça envolverem o seu pescoço, quase como um curativo novo.

Ela pulou da mesa, empurrando as vinhas e as tigelas que Nasi dispusera com tanto cuidado em torno do cadáver. Eles caíram no chão com um clangor e um estampido.

Ojka sempre foi muito graciosa, mas agora os seus passos pareciam pouco naturais, como um potro ou uma marionete se mexendo, e Nasi recuou até o seu ombro bater na coluna. A escudeira olhou diretamente para a garota, sombras nadando no seu olho pálido. Ojka não falou, apenas a encarou, a água derramada pingando nas pedras atrás dela. A sua mão pairou em direção ao rosto de Nasi quando as portas se abriram e dois membros da Guarda de Ferro irromperam no local, atraídos pelo barulho.

Eles viram a escudeira morta de pé e ficaram petrificados.

A mão de Ojka se afastou de Nasi quando ela se virou para encará-los, a graciosidade retornando. O ar ao redor dela cintilava com magia, e algo da mesa — uma adaga — zarpou até a mão de Ojka.

Os guardas agora estavam gritando, e Nasi devia ter fugido, devia ter feito algo, mas ela permanecia paralisada contra a coluna, presa por algo tão forte quanto a magia mais poderosa.

Não queria ver o que aconteceria em seguida, não queria ver a escudeira do rei morrer pela segunda vez, não queria ver os últimos integrantes da guarda de Holland perecerem diante de um espectro. Então ela se agachou, fechou os olhos com força e tapou os ouvidos com as mãos. Como ela costumava fazer quando algo errado acontecia no castelo. Quando Athos Dane brincava com as pessoas até quebrá-las.

Porém, mesmo através das mãos, ela ouviu a voz que saiu da garganta de Ojka — não era a de Ojka, e, sim, de outra pessoa, vazia, ecoante e suntuosa —, e os guardas também deviam temer fantasmas e monstros, porque, quando Nasi enfim abriu os olhos, não havia sinal de Ojka nem dos homens.

O cômodo estava vazio.

Ela estava completamente só.

IV

O *Ghost* estava quase de volta a Tanek quando Lila sentiu a embarcação parar subitamente.

Não o suave costear de um navio perdendo velocidade, mas uma parada violenta como não era natural acontecer no mar.

Ela e Kell estavam na cabine quando isso aconteceu, empacotando os poucos pertences, a mão de Lila rumando repetidamente para o bolso — a ausência do relógio tinha um peso próprio e estranho — enquanto Kell ficava colocando a mão no peito.

— Ainda dói? — perguntou ela, e Kell fez menção de responder quando o navio gaguejou bruscamente, o rangido da madeira e das velas interrompido pelo grito de Alucard chamando por eles. A voz dele tinha a leveza peculiar de quando estava bêbado ou nervoso, e ela tinha certeza de que Alucard não andara bebendo ao leme do navio (embora não fosse ficar surpresa se o tivesse feito).

Era um dia cinzento, a névoa nublando o mundo fora do barco. Holland já estava no convés, encarando o nevoeiro.

— Por que você parou? — perguntou Kell, o cenho franzido.

— Porque temos um problema — respondeu Alucard, inclinando a cabeça para a frente.

Lila examinou o horizonte. O nevoeiro era mais pesado do que deveria ser naquele horário, pairando como uma segunda pele sobre a água.

— Não consigo ver nada.

— Essa é a ideia — disse Alucard. As suas mãos se espalharam, os seus lábios se moveram e a névoa que ele havia conjurado ficou um pouco mais tênue diante deles.

Lila semicerrou os olhos e a princípio não viu nada além de mar, mas então...

Ela ficou imóvel.

Não havia terra à frente.

E, sim, uma fileira de navios.

Dez embarcações pesadas com cascos de madeira clara e bandeiras cor de esmeralda que cortavam o nevoeiro como facas.

Uma frota veskana.

— Bem — falou Lila lentamente —, acho que isso responde à pergunta sobre quem pagou Jasta para nos matar.

— E a Rhy — acrescentou Kell.

— Quão longe estamos de terra firme? — perguntou Holland.

Alucard balançou a cabeça.

— Não muito, mas eles estão exatamente entre nós e Tanek. A costa mais próxima fica a uma hora velejando para ambos os lados.

— Então daremos a volta.

Alucard lançou um olhar duro para Kell.

— Não nisso aqui — disse ele, gesticulando para o *Ghost*, e Lila entendeu. O capitão havia manobrado a embarcação de forma que a proa estreita ficasse de frente para a espinha dorsal da frota. Enquanto o nevoeiro se mantivesse ali e o *Ghost* ficasse parado, *poderia* passar despercebido, mas, assim que se aproximasse, seria um alvo. O *Ghost* não carregava bandeiras, assim como os três pequenos navios balançando como boias ao lado da frota, cada um portando a bandeira branca de uma embarcação capturada. Os veskanos estavam nitidamente dominando a passagem.

— Devemos atacar? — perguntou Lila. Isso fez com que Kell, Alucard *e* Holland olhassem para ela incrédulos. — O que foi? — indagou.

Alucard balançou a cabeça, consternado.

— Deve haver *centenas* de homens a bordo desses navios, Bard.

— E nós somos *Antari*.

— *Antari*, não imortais — retrucou Kell.

— Não temos tempo para lutar contra uma frota — disse Holland. — Precisamos alcançar terra firme.

O olhar de Alucard se voltou para a fileira de navios.

— Ah, vocês podem chegar à costa — falou ele —, mas terão de *remar*.

Lila achou que Alucard só podia estar de brincadeira.

Ele não estava.

V

Rhy Maresh manteve os olhos na luz.

Ele estava de pé na beirada do círculo de feitiços onde Tieren estava deitado, a atenção voltada para a vela nas mãos do sacerdote, com a chama firme e imóvel.

Ele queria acordar o *Aven Essen* do transe, queria enterrar a cabeça no ombro do velho e chorar. Queria sentir a calma da magia dele.

Nos últimos meses, ele se tornou íntimo da dor e da morte, mas o luto era algo novo. Dor era claridade e morte era escuridão, mas luto era cinzento. Uma laje de pedra descansando no seu peito. Uma nuvem tóxica que não o deixava respirar.

Não posso fazer isso sozinho, pensou ele.

Não posso fazer isso...

Não posso...

O que quer que o seu pai tenha tentado fazer não deu certo.

Rhy viu o rio se iluminar, viu as sombras que começavam a se retirar, teve um vislumbre da cidade de vermelho e ouro como um espectro através da névoa.

Mas não perdurou.

Em questão de minutos, a escuridão retornou.

Ele perdeu o pai pelo quê?

Um instante?

Uma respiração?

Eles recuperaram o corpo do rei na base da escadaria do palácio.

O seu pai, que jazia numa poça de sangue gélido.

O seu pai, que agora jazia ao lado da sua mãe, um par de esculturas, receptáculos vazios, os olhos fechados, os corpos subitamente envelhecidos pela morte. Quando foi que as faces da sua mãe ficaram encovadas? Quando foi que as têmporas do seu pai se tornaram grisalhas? Eles eram impostores, imitações grosseiras das pessoas que foram em vida. Das pessoas que Rhy amou. A visão deles — do que restou deles — o deixou enjoado, de modo que ele correu para o único lugar que podia. Para a única pessoa.

Para Tieren.

Tieren, que dormia tão quieto que poderia ser dado como morto se Rhy não tivesse acabado de ver a morte, se não tivesse pousado as mãos nas costelas imóveis do pai, se não tivesse se agarrado ao ombro endurecido da mãe.

Volte...

Volte...

Volte...

Ele não disse as palavras em voz alta, com medo de acordar o sacerdote, um sentimento profundo de que não importava o quão suave fosse o tom da sua voz, a tristeza ainda falaria alto. Os demais sacerdotes estavam ajoelhados, as cabeças baixas como se eles mesmos estivessem em transe, os cenhos franzidos de concentração enquanto o rosto de Tieren carregava a mesma palidez serena dos homens e das mulheres adormecidos nas ruas. Rhy teria dado qualquer coisa para ouvir a voz do *Aven Essen*, para sentir o peso dos braços dele nos seus ombros, para ver a compreensão nos seus olhos.

Ele estava tão perto.

Ele estava tão longe.

Lágrimas arderam nos olhos de Rhy, ameaçando se derramar, e então isso aconteceu, elas atingiram o chão a centímetros da borda de cinzas do círculo do feitiço. Os seus dedos doíam por terem esmurrado Isra, o ombro latejava por ter se deslocado para escapar de

Sol-in-Ar. Mas essas dores eram pouco mais que uma memória, ferimentos superficiais comparados ao rasgo no peito, à ausência que restou no lugar de onde duas pessoas foram extirpadas, arrancadas.

Os seus braços pesaram ao lado do corpo.

Numa das mãos, a própria coroa, o aro de ouro que ele usava desde menino; e na outra, o broche real que era capaz de alcançar Kell.

Ele pensou em chamar o irmão, é claro. Segurou o broche até que o emblema do cálice e do sol cortasse a palma da sua mão, mesmo que Kell tivesse dito que sangue não era necessário. Kell estava errado. Sangue era sempre necessário.

Uma palavra e o seu irmão viria.

Uma palavra e ele não estaria mais sozinho.

Uma palavra... mas Rhy Maresh não conseguiu se forçar a fazer isso.

Ele falhou tantas vezes consigo mesmo. Não falharia com Kell.

Alguém pigarreou atrás dele.

— Vossa Majestade.

Rhy exalou uma respiração trêmula e se afastou da beirada do feitiço de Tieren. Ao se virar, ele deparou com a capitã da guarda da cidade do seu pai, um hematoma aflorando no queixo de Isra, os olhos pesados com o luto.

Ele a seguiu saindo da câmara silenciosa para o corredor, onde um mensageiro aguardava, ofegante, as roupas grudadas no corpo com suor e lama, como se tivesse cavalgado ferozmente. Era um dos batedores do pai, enviado para monitorar a propagação da magia de Osaron para além da cidade. Por um instante, a mente exausta de Rhy não foi capaz de processar por que o mensageiro tinha vindo até *ele*. Então se lembrou: não restou mais ninguém — e ali estava de novo, pior que uma faca, o súbito golpe da memória, uma ferida em carne viva, reaberta.

— O que houve? — perguntou Rhy com voz áspera.

— Trago notícias de Tanek — respondeu o mensageiro.

Rhy se sentiu nauseado.

— A névoa chegou tão longe?

O mensageiro meneou a cabeça.

— Não, senhor, ainda não. Mas encontrei um cavaleiro na estrada. Ele viu uma frota na entrada do Atol. Dez navios. Carregam a bandeira verde e prateada de Vesk.

Isra xingou baixinho.

Rhy fechou os olhos. O que o seu pai dizia, que política era uma dança? Vesk estava tentando ditar o ritmo. Era hora de Rhy assumir o comando. Mostrar que ele era o rei.

— Vossa Majestade? — urgiu o mensageiro.

Rhy abriu os olhos.

— Tragam-me dois magos veskanos.

Ele os encontrou na sala de mapas.

Rhy preferia o Rose Hall, com os tetos de pedra abobadados, o tablado, o trono. Mas o rei e a rainha jaziam lá, de modo que esta sala teria de servir.

Ele estava de pé no lugar do pai atrás da mesa, os braços apoiados na beirada da madeira. Os seus sentidos deviam estar lhe pregando uma peça, mas Rhy pensou ter sido capaz de sentir os sulcos onde os dedos de Maxim Maresh pressionavam a borda da mesa, a madeira ainda preservando um pouco de calor.

Lorde Sol-in-Ar estava encostado na parede à sua esquerda, flanqueado por membros do seu séquito.

Isra e dois membros da guarda estavam alinhados na parede à sua direita.

Os magos veskanos vieram, Otto e Rul, homens enormes conduzidos por um par de guardas armados. Por ordens de Rhy, as suas algemas haviam sido removidas. Ele queria que os homens percebessem que não estavam sendo punidos pelas ações da sua coroa.

Ainda não.

Na arena do torneio, Rul, o Lobo, uivou antes de cada partida.

Otto, o Urso, bateu no próprio peito.

Agora, os dois estavam silenciosos como estátuas. Ele podia ver nos seus rostos que eles sabiam da traição dos seus governantes, do assassinato da rainha, do sacrifício do rei.

— Sentimos muito pela sua perda — disse Rul.

— Sentem? — perguntou Rhy, encobrindo a tristeza com desprezo.

Enquanto Kell passou a infância estudando magia, Rhy estudou pessoas, aprendeu tudo o que podia sobre o seu reino, da *vestra* e da *ostra* até os plebeus e os criminosos. E então ele passou para Faro e Vesk. E, apesar de saber que não era possível conhecer verdadeiramente o mundo através de um livro, teria de ser um começo.

Afinal de contas, conhecimento era uma forma de poder, um tipo de força. E os veskanos, pelo que aprendeu, respeitavam raiva e alegria, até mesmo inveja, mas não luto.

Rhy gesticulou para o mapa.

— O que vocês veem?

— Uma cidade, senhor — respondeu Otto.

Rhy concordou, meneando a cabeça para as fileiras de figuras que dispusera na entrada de Arnes. Pequenos navios de pedra pintados de verde-esmeralda e carregando estandartes cinzentos.

— E ali?

Rul franziu o cenho para a fileira.

— Uma frota?

— Uma frota *veskana* — explicou Rhy. — Antes de o seu príncipe e de a sua princesa atacarem o meu rei e a minha rainha, eles enviaram uma mensagem para Vesk e convocaram uma frota de dez navios de guerra. — Ele olhou para Otto, que ficou tenso com as notícias, não de culpa, pensou ele, mas de choque. — Será que o seu reino se cansou da nossa paz? Será que almeja guerra?

— Eu... Eu sou apenas um mago — falou Otto. — Não sei o que se passa no coração da minha rainha.

— Mas você conhece o seu império. Não faz parte dele? O que o *seu* coração lhe diz?

Rhy sabia que os veskanos eram pessoas orgulhosas e teimosas, mas não eram tolas. Gostavam de uma boa briga, mas não saíam por aí atrás de guerras.

— Nós não...

— Arnes pode ser o campo de batalha — interrompeu Sol-in-Ar —, mas, se Vesk procura guerra, vai encontrá-la em Faro também. Dê a ordem, Vossa Majestade, e eu trarei cem mil soldados para engrossar as suas fileiras.

Rul ficou vermelho como brasa; Otto, branco como giz.

— Nós não *fizemos* isso — rugiu Rul.

— Nada sabíamos dessa traição — acrescentou Otto com firmeza. — Não queremos...

— *Querer?* — rosnou Rhy. — O que querer tem a ver com isso? E eu lá quero ver o meu povo sofrer? Quero ver o meu reino afundado em guerra? As massas pagam pelas escolhas de poucos, e, se os membros da sua realeza tivessem ido a vocês e pedido ajuda, podem me dizer que não teriam ajudado?

— Mas eles não pediram — retrucou Otto com frieza. — Com todo o respeito, Vossa Majestade, um governante não segue o seu povo, mas um povo deve seguir as regras dele. O senhor está certo, muitos pagam pelas escolhas de poucos. Mas a *realeza* é quem escolhe, e somos nós que pagamos por isso.

Rhy lutou contra o ímpeto de se encolher diante das palavras. Lutou contra o ímpeto de olhar para Isra ou para Sol-in-Ar.

— Mas o senhor perguntou ao meu coração — continuou Otto —, e o meu coração tem família. O meu coração tem vida e lar. O meu coração se regozija com campos de disputa, não de guerra.

Rhy engoliu em seco e pegou um dos navios.

— Vocês escreverão duas cartas — disse ele, pesando o marcador na palma da mão. — Uma para a frota e outra para a coroa. Você contará a eles da traição a sangue-frio do príncipe e da princesa. Contará a eles que podem se retirar agora e tomaremos as ações dos dois membros da realeza como iniciativas próprias. Que podem se retirar e poupar o seu reino de uma guerra. Mas, se eles avançarem qualquer extensão na direção desta cidade, eles o farão sabendo que enfrentarão um rei muito vivo e um império aliado. Se avançarem, terão assinado a morte de milhares de pessoas.

A voz de Rhy baixou um tom enquanto ele falava, como o seu pai sempre fazia, as palavras zumbindo como aço recém-forjado.

Reis não precisam levantar a voz para serem ouvidos.

Uma das muitas lições de Maxim.

— E esse rei das sombras? — perguntou Rul friamente. — Devemos escrever sobre ele também?

Os dedos de Rhy apertaram o pequeno navio de pedra.

— A fraqueza da minha cidade se tornará a sua se esses navios zarparem para Londres. O meu povo vai dormir, mas o seu vai morrer. Pelo bem deles, sugiro que você seja o mais persuasivo possível. — Ele colocou o marcador de volta na mesa. — Está entendido? — concluiu, as palavras mais uma ordem que uma pergunta.

Otto assentiu. Assim como Rul.

Quando as portas se fecharam atrás deles, a força abandonou os ombros de Rhy. Ele desabou na parede da sala de mapas.

— Como me saí? — perguntou ele.

Isra curvou a cabeça em reverência.

— Lidou com eles como um rei.

Não houve tempo para saborear o elogio.

Os sinos do Santuário estavam em silêncio com o restante da cidade, mas aqui no palácio um relógio começou a badalar. Ninguém mais se agitou, porque ninguém mais estava contando o tempo, mas Rhy se empertigou.

Kell estava fora havia quatro dias.

Quatro dias, Rhy. Voltaremos nesse tempo. E então você poderá arrumar confusão...

Mas os problemas vieram e se foram e voltaram sem nenhum sinal do seu irmão. Ele prometeu a Kell que esperaria, mas Rhy já havia esperado o bastante. Era apenas questão de tempo antes que Osaron recuperasse as suas forças. Apenas questão de tempo antes que ele voltasse a sua atenção para o palácio. A última defesa da cidade. Ele abrigava todos os corpos acordados, todos os prateados, todos os sacerdotes, protegia Tieren e o feitiço que mantinha o restante das pessoas adormecido. E, se caísse, nada mais restaria.

Ele fez uma promessa a Kell, mas o seu irmão estava atrasado, e Rhy não podia ficar aqui, sepultado com os corpos dos seus pais.

Ele não se esconderia das sombras uma vez que as sombras não podiam tocá-lo.

Ele tinha uma escolha. E a levaria adiante.

Ele próprio enfrentaria o rei das sombras.

Mais uma vez, a capitã da guarda embarreirou o seu caminho.

Isra tinha a idade do seu pai, mas, onde Maxim era — fora — largo, ela era esbelta, com músculos rijos. E, ainda assim, era a mulher mais imponente que ele conhecia, altiva e severa, uma das mãos sempre descansando no cabo da espada.

— Saia do caminho — instruiu Rhy, prendendo a capa vermelha e dourada nos ombros.

— Vossa Majestade — disse a guarda —, sempre fui honesta com o seu pai e sempre serei honesta com o senhor, então me perdoe por falar livremente. Com quanto sangue devemos alimentar este monstro?

— Vou alimentá-lo com cada gota que tenho — respondeu Rhy — se isso for capaz de saciá-lo. Agora, saia do caminho. É uma ordem do seu rei. — As palavras queimaram a sua garganta quando ele as disse, mas Isra obedeceu, saindo do caminho.

A mão de Rhy estava na porta quando a mulher falou de novo, a voz baixa, insistente.

— Quando essas pessoas acordarem — disse ela —, precisarão do seu rei. Quem vai liderá-las se o senhor morrer?

Rhy sustentou o olhar da mulher.

— Você não sabia? — disse ele, abrindo a porta. — Eu já estou morto.

VI

O *Ghost* tinha um único bote, uma coisinha pequena amarrada no costado do navio. Possuía um assento e dois remos, e era destinado a transportar uma única pessoa entre embarcações, ou talvez entre a embarcação e a costa, caso esta não conseguisse atracar ou não pretendesse fazê-lo.

O bote não parecia capaz de comportar quatro pessoas, quanto mais levá-las para a praia sem afundar, mas eles não tinham muita escolha.

Eles o baixaram até a água, e Holland foi o primeiro a descer, equilibrando a pequena embarcação contra o costado do *Ghost*. Kell já havia passado uma perna para dentro do bote, mas, quando Lila se moveu para segui-lo, viu Alucard ainda no meio do convés, com a atenção concentrada na frota distante.

— Vamos, capitão.

Alucard balançou a cabeça.

— Vou ficar.

— Esse não é o momento para atos grandiosos — falou Lila. — O navio nem é seu.

Mas, pela primeira vez, o olhar de Alucard era duro, inflexível.

— Sou o vencedor do *Essen Tasch*, Bard, e um dos magos mais poderosos dos três impérios. Não posso parar uma frota de navios, mas, se eles decidirem se mover, farei o possível para atrasá-los.

— E eles vão te matar — disse Kell, passando a perna de volta para o convés.

O capitão ofereceu apenas um sorriso inexpressivo.

— Eu sempre quis morrer com glória.

— Alucard... — começou Lila.

— Fui eu quem fiz a névoa — falou ele, olhando por entre os dois. — Deve dar cobertura a vocês.

Kell assentiu, e então, um instante depois, estendeu-lhe a mão. Alucard olhou para ela como se fosse ferro em brasa, mas a aceitou.

— *Anoshe* — disse Kell.

Lila sentiu um aperto no peito ao ouvir a palavra. Era o que os arnesianos diziam quando se despediam. Lila não disse nada, porque adeus em qualquer idioma parecia uma rendição e ela não estava disposta a isso.

Mesmo quando Alucard envolveu os ombros dela com os braços.

Mesmo quando ele deu um beijo na sua testa.

— Você é a minha melhor ladra — sussurrou ele, e os olhos dela queimaram.

— Eu devia ter matado você — murmurou ela, odiando a própria voz vacilante.

— Provavelmente — retrucou ele. E então, num tom tão suave que as suas palavras escaparam a todos, exceto a ela, disse: — Mantenha-o em segurança.

E então os seus braços se foram, Kell a puxou para o barco, e a última visão que teve de Alucard Emery foi da linha dos seus ombros largos, da sua cabeça erguida enquanto ele permanecia sozinho no convés, encarando a frota.

As botas de Lila atingiram o fundo do bote, balançando-o de tal maneira que fez com que Holland agarrasse as laterais.

Na última vez em que ela esteve num barco tão pequeno, ficou sentada no meio do mar com as mãos amarradas e um barril de cerveja envenenada entre os joelhos. Aquilo foi uma aposta. Isso era um jogo arriscado.

O bote se afastou e, dentro de instantes, a névoa de Alucard estava engolindo o *Ghost* e o escondendo do mundo.

— Sente-se — falou Kell, pegando um remo.

Ela assim o fez, alcançando sem pensar o segundo remo. Holland se sentou no fundo do barquinho, arregaçando casualmente as mangas da camisa.

— Uma ajudinha? — disse Lila, e o seu olho verde se estreitou para ela enquanto ele pegava uma pequena lâmina e a pressionava na palma da mão.

Holland levou a mão ensanguentada à lateral do barco e disse algo que ela nunca tinha ouvido antes — *As Narahi* —, e a pequena embarcação deslizou pela água, quase derrubando Kell e Lila do banco.

A espuma espirrou nos olhos dela, salgada e gélida, o vento açoitando em volta do seu rosto, mas, quando a sua visão clareou, Lila percebeu que o bote estava avançando, roçando a superfície da água como se fosse impulsionado por uma dúzia de remos invisíveis.

Lila olhou para Kell.

— Você não me ensinou esse.

Kell estava boquiaberto.

— Eu... Eu não conhecia esse.

Holland lançou a ambos um olhar insípido.

— Incrível — disse ele secamente. — Ainda há coisas que você não aprendeu.

VII

As ruas estavam repletas de corpos, mas Rhy se sentia completamente sozinho.

Sozinho, ele abandonou o seu lar.

Sozinho, ele andou pelas ruas.

Sozinho, ele subiu pela ponte de gelo que levava ao palácio de Osaron.

As portas se abriram ao seu toque, e Rhy ficou petrificado. Esperava encontrar uma réplica sinistra do seu próprio palácio; porém, em vez disso, encontrou um espectro, um corpo esquelético escavado e depois preenchido com algo menos substancial. Não havia grandes corredores, nenhuma escadaria que levasse a outros andares, nenhum salão de festas ou sacada.

Apenas um espaço cavernoso, a carcaça das arenas ainda visível aqui e ali sob um verniz de sombras e magia.

Colunas cresciam do chão como árvores, ramificando-se em direção a um teto que dava lugar aqui e ali ao céu aberto, um efeito que fazia o palácio parecer ao mesmo tempo uma obra-prima e uma ruína.

A maior parte da luz vinha daquele telhado quebrado e o restante de dentro, um brilho que recobria cada superfície como fogo preso por trás de vidro grosso. Mesmo aquela luz rarefeita estava sendo engolida, obliterada pela mesma substância preta e viscosa que ele viu se espalhando pela cidade, a magia anulando a natureza.

As botas de Rhy ecoaram quando ele se forçou a atravessar o amplo salão e a rumar para o magnífico trono no centro, tão natural e ao mesmo tempo tão não natural quanto o palácio ao redor. Etéreo e vazio.

O rei das sombras estava de pé a vários passos de distância, examinando um cadáver.

O próprio cadáver estava de pé, sustentado por faixas de escuridão presas como as cordas de uma marionete na cabeça e nos braços e iam até o teto. Fios que não apenas sustentavam o corpo; pareciam costurá-lo e mantê-lo no lugar.

Era uma mulher, isso dava para perceber, e, quando Osaron remexeu os dedos, os fios se retesaram, erguendo o rosto dela para a luz difusa. Os seus cabelos vermelhos, mais vermelhos que os de Kell, escorriam lisos pelas bochechas encovadas e, embaixo de um olho fechado, uma mancha preta lhe escorria pelo rosto como se ela tivesse chorado tinta.

Sem um invólucro, Osaron parecia tão espectral quanto o palácio, uma imagem semiformada de um homem, a luz brilhando através dele toda vez que se movia. O seu manto esvoaçou, soprado por algum vento imaginário, e a sua forma inteira ondulou e estremeceu, como se ele não conseguisse mantê-la.

— *O que é você?* — perguntou o rei das sombras, e, embora encarasse o cadáver, Rhy sabia que as palavras se dirigiam a *ele*.

Alucard advertiu Rhy da voz de Osaron, da forma como ela ecoava na cabeça de uma pessoa, serpenteando pelos pensamentos. Porém, quando ele falou, Rhy não ouviu nada além das meras palavras sendo reverberadas nas pedras.

— Sou Rhy Maresh — respondeu ele —, e eu sou o rei.

Os dedos de sombra de Osaron escorregaram e baixaram. O corpo da mulher sem muita firmeza, pendurado pelas cordas.

— *Reis são como ervas daninhas neste mundo.* — Ele se virou, e Rhy viu o rosto feito de camadas de sombras. Oscilava com emoções, ali um instante e depois não mais, irritação e divertimento, raiva e desprezo. — *Esse aqui veio para implorar, se curvar ou lutar?*

— Vim para vê-lo com os meus próprios olhos — disse Rhy. — Para lhe mostrar a face desta cidade. Para que saiba que não estou com medo. — Era mentira, ele estava de fato com medo, mas este empalidecia diante do luto, da raiva e da necessidade de agir.

A criatura lhe lançou um olhar demorado e inquiridor.

— *Você é o vazio.*

Rhy estremeceu.

— Não sou vazio.

— *O oco.*

Ele engoliu em seco.

— Não sou oco.

— *O morto.*

— Não estou morto.

O rei das sombras seguia até ele, e Rhy lutou contra o ímpeto de recuar.

— *A sua vida não é sua.*

Osaron estendeu a mão, então Rhy deu um passo para trás, ou tentou, apenas para descobrir que as suas botas estavam presas ao chão por uma magia que ele não conseguia ver. O rei das sombras levou a mão ao peito de Rhy, e os botões da sua túnica se esfarelaram, o tecido se abrindo para revelar os círculos concêntricos do selo marcado sobre o coração. Lascas de frio perfuraram o ar entre sombra e pele.

— *É a minha magia.* — Osaron fez um gesto como se fosse arrancar o selo, porém nada aconteceu. — *E não é a minha magia.*

Rhy soltou o ar trêmulo.

— Você não tem posse sobre mim.

Um sorriso dançou nos lábios de Osaron, e a escuridão apertou as botas de Rhy. O medo aumentou, mas Rhy se esforçou para sufocá-lo. Ele não era um prisioneiro. Estava ali por escolha própria. Chamando para si a atenção de Osaron, a ira.

Perdoe-me, Kell, pensou ele, encarando o rei das sombras.

— Certa vez, alguém tirou o meu corpo de mim — falou ele. — Tiraram o meu arbítrio. Nunca mais. Não sou uma marionete e você não pode me obrigar a fazer *nada*.

— *Você está errado.* — Os olhos de Osaron se iluminaram como os de um gato no escuro. — *Posso fazê-lo sofrer.*

O frio esfaqueou as canelas de Rhy quando as amarras ao redor dos tornozelos se transformaram em gelo. Ele prendeu a respiração quando o frio começou a se espalhar, não pelos membros, mas em volta de todo o seu corpo, uma cortina, uma coluna, devorando primeiro a visão do rei das sombras e da sua marionete morta, depois do trono, e por fim do cômodo inteiro, até que ele ficasse preso dentro de uma concha de gelo. A superfície era tão lisa que ele conseguia ver o próprio reflexo, distorcido pela deformação do gelo à medida que se espessava. Ele via a sombra da criatura do outro lado. E imaginou Osaron sorrindo.

— *Onde está o* Antari *agora?* — Uma das suas mãos fantasmagóricas pousou no gelo. — *Devemos mandar uma mensagem para ele?*

A coluna de gelo estremeceu, e então, para o horror de Rhy, estacas começaram a crescer. Ele tentou recuar, mas não havia para onde ir.

Rhy sufocou um grito quando a primeira ponta perfurou a panturrilha.

Dor fluiu por ele, quente e lancinante, mas passageira.

Eu não sou vazio, disse ele a si mesmo quando uma segunda ponta cortou o seu flanco. Um grito abafado soou quando outro estilhaço atravessou o seu ombro, perfurando e saindo do outro lado da clavícula com uma facilidade terrível.

Eu não sou oco.

O ar ficou preso no seu peito quando gelo perfurou um pulmão, as costas, o quadril e um pulso.

Eu não estou morto.

Ele viu a mãe ser transpassada, o pai ser morto por uma dúzia de lâminas de aço. E não pôde salvá-los. O corpo deles pertencia a eles. A vida deles pertencia a eles.

Mas a de Rhy não. E isso não era uma fraqueza, ele percebia agora, e, sim, uma força. Ele podia sofrer, mas aquilo não o mataria.

Eu sou Rhy Maresh, disse a si mesmo enquanto o sangue escorria pelo chão.

Eu sou o rei de Arnes.

E sou indestrutível.

VIII

Eles estavam quase alcançando o litoral quando Kell começou a tremer.

Era um dia frio, mas o calafrio vinha de outro lugar, e, assim que ele percebeu o que era — um eco —, a dor chegou. Não um golpe indireto, mas repentino, violento e afiado como facas.

De novo, não.

A dor atravessou a sua perna, o seu ombro, as suas costelas, abrindo uma investida completa contra os seus nervos.

Ele arquejou, apoiando-se na lateral do barco.

— Kell?

A voz de Lila estava distante, abafada pela pulsação que martelava nos seus ouvidos. Ele *sabia* que o irmão não podia morrer, mas isso não amainava o medo, não impedia o pânico animal e elementar que pulsava no sangue, clamando por ajuda. Esperou que a dor passasse, como sempre acontecia, desaparecendo a cada batida do coração como uma pedra lançada na superfície de um lago, o impacto dando lugar a ondulações menores antes de enfim ser suavizado.

Mas a dor não passou.

Cada respiração trazia uma nova rocha, um novo impacto.

As mãos de Lila pairaram no ar.

— Posso curar você?

— Não — respondeu Kell, a respiração entrecortada. — Não é... o corpo dele não está... — A sua mente girou.

— Vivo? — propôs Holland.

Kell franziu o cenho.

— Claro que está *vivo*.

— Mas aquela vida não é dele — retrucou Holland calmamente.
— Ele é apenas uma concha. Um receptáculo para o seu poder.

— Pare.

— Você cortou algumas cordas da própria magia e criou uma marionete.

A água se elevou em torno do pequeno barco, provocada pelo temperamento de Kell.

— *Pare.* — Desta vez, a palavra veio de Lila. — Antes que ele nos afunde.

Mas Kell ouviu a pergunta na voz dela, a mesma que ele se fez por meses.

Algo estava verdadeiramente vivo se não podia morrer?

Uma semana depois de Kell ter vinculado a vida do irmão à sua, ele acordou com uma dor súbita na palma da mão, ardente, como se a pele estivesse queimando. Olhou para a mão machucada, certo de que a carne estaria cheia de bolhas, carbonizada, mas não estava. Em vez disso, encontrou o irmão sentado no quarto diante de uma mesa baixa com uma vela em cima, os olhos distantes enquanto mantinha a mão sobre a chama. Kell afastou bruscamente os dedos de Rhy do fogo, pressionando a pele vermelha e descamada com um pano úmido enquanto o irmão aos poucos colocava a cabeça no lugar.

— Me desculpe — disse Rhy, um bordão agora cansativo. — Eu só precisava... saber.

— Saber o quê? — explodiu Kell, e os olhos do irmão já haviam se perdido.

— Se eu sou real.

Agora Kell tremia no chão do pequeno barco, o eco da dor do irmão lancinante, uma dor que não cedia. Não parecia um ferimento autoinfligido, não foi causado pela chama de uma vela ou por uma palavra entalhada na pele. Essa dor era profunda e penetrante, como a lâmina no peito, mas ainda pior, porque vinha de todo lugar.

A boca de Kell se encheu de bile. Ele julgava saber o que era estar enjoado.

Tentou lembrar que a dor só era aterrorizante por causa do que representava — perigo, morte — e que, sem essas coisas, não era nada...

A sua visão ficou turva.

... apenas mais uma sensação...

Os seus músculos gritaram.

... uma corda de marionete...

Kell estremeceu violentamente e percebeu os braços de Lila ao seu redor, magros, porém fortes, o calor do delgado corpo dela como a chama de uma vela contra o frio. Ela estava dizendo algo, mas ele não conseguia entender as palavras. A voz de Holland oscilava, reduzida a pequenos arroubos de sons desconexos.

A dor estava ficando mais tranquila — não se suavizando, apenas se estabilizando em algo terrível. À força, ele tentou colocar os pensamentos em ordem, focar a visão, e viu o litoral se aproximando. Não o porto de Tanek, mas uma extensão de praia rochosa. Não importava. Terra firme era terra firme.

— Rápido — murmurou ele de forma grosseira, e Holland lhe lançou um olhar sombrio.

— Se esse barco for mais rápido, pegará fogo antes de termos sequer a chance de bater naquelas rochas. — Mas ele percebeu que o nó dos dedos do mago estava branco por causa do esforço e sentiu o mundo se abrir ao redor do poder dele.

Num instante, a costa entrecortada surgia ao longe; no instante seguinte, estava quase em cima deles.

Holland ficou de pé, e Kell conseguiu esticar o corpo dolorido, a mente clareando o suficiente para ele conseguir pensar.

Tinha o símbolo na mão — o pedaço de tecido que a rainha lhe deu, com as letras *KM* bordadas na seda —, e sangue fresco respingou no tecido quando o barco se aproximou precariamente da costa rochosa. Quando eles chegaram perto o suficiente para desembarcar, o casaco deles estava encharcado de água gelada.

Holland desceu primeiro, apoiando-se nas pedras desgastadas pelo mar.

Kell começou a segui-lo e escorregou. Ele teria caído na arrebentação se Holland não estivesse lá para agarrar o seu pulso e arrastá-lo até a praia. Kell se virou para buscar Lila, mas ela já estava ao seu lado, a mão dela na dele e a de Holland no seu ombro enquanto Kell pressionava o pedaço de pano na parede de pedra e pronunciava as palavras que os levaria para casa.

A névoa gelada e a costa irregular desapareceram instantaneamente, substituídas pelo mármore liso do Rose Hall, com o teto abobadado e os tronos vazios.

Não havia sinal de Rhy, nenhum sinal do rei nem da rainha, até que ele se virou e viu a larga mesa de pedra no meio do salão.

Kell ficou paralisado e, em algum lugar atrás dele, Lila soltou um suspiro curto e chocado.

Levou um instante para ele entender as silhuetas que estavam sobre a mesa, para entender que eram corpos.

Dois corpos, lado a lado sobre a pedra, cada um envolto num pano vermelho, as coroas ainda cintilando nos cabelos.

Emira Maresh, com uma rosa branca, adornada com ouro e pousada sobre o coração.

Maxim Maresh, as pétalas de outra rosa espalhadas pelo peito.

O frio se instalou nos ossos de Kell.

O rei e a rainha estavam mortos.

IX

Alucard Emery imaginou a sua morte centenas de vezes.

Era um hábito mórbido, mas três anos no mar lhe deram bastante tempo para pensar, beber e sonhar. Na maior parte das vezes, os sonhos começavam com Rhy; porém, conforme as noites se estendiam e os cálices eram esvaziados, eles invariavelmente se tornavam mais sombrios. Os seus pulsos doíam e os pensamentos nublavam, e ele se pegava se perguntando: quando? Como?

Às vezes, era algo glamoroso e outras, algo terrível. Uma batalha. Uma lâmina perdida. Uma execução. Um resgate que deu errado. Sufocando no próprio sangue ou engolindo o mar. As possibilidades eram infinitas.

Mas ele jamais imaginou que a morte seria assim.

Jamais imaginou que iria enfrentá-la sozinho. Sem uma tripulação. Sem um amigo. Sem alguém da família. Sem mesmo um inimigo, exceto as massas sem rosto que preenchiam os navios que o aguardavam.

Tolo, diria Jasta. *Todos enfrentamos a morte sozinhos.*

Ele não queria pensar em Jasta. Ou em Lenos. Ou em Bard.

Ou em *Rhy*.

O ar marinho arranhava as cicatrizes nos pulsos de Alucard, e ele as esfregou enquanto o navio, que sequer era o *seu* navio, balançava em silêncio nas ondas.

Os navios veskanos, adornados de verde e prata, estavam reunidos, flutuando de forma sombria, resoluta, uma linha montanhosa ao longo do horizonte.

O que eles estavam esperando?

Ordens de Vesk?

Ou de dentro da cidade?

Eles sabiam do rei das sombras? Da névoa amaldiçoada? Era isso que os detinha? Ou estavam apenas esperando pela cobertura da noite para atacar?

Santo, que bem fazia ficar especulando?

Eles não se moveram.

Poderiam se mover a qualquer instante.

O sol estava se pondo, tingindo o céu de um vermelho sangrento, e a sua cabeça latejava por causa da exaustão de manter a névoa por tanto tempo. Ela estava ficando mais tênue, e não havia nada a fazer a não ser esperar, esperar, e tentar reunir forças para...

Para fazer o quê?, desafiou uma voz na sua mente. *Mover o mar?*

Não era possível. Aquilo não foi apenas uma frase que ele disse a Bard para tentar impedir a ladra de fazê-lo. Tudo tinha limites. A mente dele fervilhou como vinha fervilhando pela última hora, teimosa, obstinada, como se conseguisse enfim virar uma esquina e encontrar uma ideia. Não uma noção maluca disfarçada de plano, mas uma ideia *de verdade* esperando por ele.

O mar. Os navios. As velas.

Agora ele estava apenas listando coisas.

Não. Espere. As *velas*. Talvez pudesse descobrir um jeito de...

Não.

Não a essa distância.

Ele precisaria mover o *Ghost*, conduzi-lo até a retaguarda da frota veskana e então... o quê?

Alucard esfregou os olhos.

Se ele ia morrer, poderia ao menos pensar numa forma de fazer isso valer a pena.

Se ele ia morrer...

Mas esse era o problema.

Alucard *não queria* morrer.

De pé ali, na proa do *Ghost*, percebeu com uma clareza alarmante que morte e glória não lhe interessavam nem de longe tanto quanto viver o suficiente para voltar para casa. Para ter certeza de que Bard estava viva e tentar encontrar qualquer membro remanescente da tripulação do *Night Spire*. Para ver os olhos cor de âmbar de Rhy, para pressionar os lábios na curva do pescoço dele. Para se ajoelhar diante do seu príncipe e lhe oferecer a única coisa que sempre escondeu: a verdade.

O espelho do mercado flutuante estava guardado num caixote ali perto.

Quatro anos de vida por um presente que nunca seria dado.

Um movimento ao longe chamou a sua atenção.

Uma sombra deslizando pelo céu do crepúsculo, agora de um azul cor de hematoma em vez do vermelho sangrento. Sentiu um aperto no coração. Era uma ave.

Ela mergulhou num dos navios veskanos, engolida pela linha de mastros, redes e velas dobradas. Alucard prendeu a respiração até o peito doer, até a visão ficar turva. Era isso. A ordem para se moverem. Ele não tinha muito tempo.

As velas...

Se pudesse danificar as velas...

Alucard começou a juntar todo pedaço de aço solto a bordo do navio, saquear os caixotes, a cozinha e o porão em busca de lâminas, panelas e utensílios de cozinha, qualquer coisa que pudesse transformar em algo capaz de cortar. A magia zumbia pelos seus dedos conforme ele comandava as superfícies para que ficassem afiadas e modelava gumes serrilhados.

Ele as alinhou como soldados no convés, três dúzias de arremedos de armas que podiam perfurar e rasgar. Tentou ignorar o fato de que as velas estavam baixas, tentou sufocar a noção de que nem mesmo *ele* tinha a habilidade de controlar tantas coisas ao mesmo tempo, não com precisão e delicadeza.

Mas força bruta era melhor que nada.

Tudo o que precisava fazer era levar o *Ghost* para uma posição em que tivesse alcance para atacar. Ele estava voltando a atenção para o próprio navio quando viu as velas veskanas sendo içadas.

Aconteceu numa onda, verde e prata brotando nos mastros do navio central, e então nos demais, de ambos os lados, até que a frota inteira estava pronta para zarpar.

Era um presente, pensou Alucard, aprontando as suas armas, puxando o ar com os resquícios da sua força assim que o primeiro navio começou a se mover.

Seguido do segundo.

E do terceiro.

A boca de Alucard pendeu aberta. As suas últimas forças falharam, morreram.

O vento se dissipou, e ele ficou ali, olhando, um arremedo de lâmina caindo dos dedos, porque os navios veskanos não estavam zarpando para Tanek, para o Atol e para a cidade de Londres.

Eles estavam indo *embora*.

A formação da frota se desfez enquanto eles giravam no eixo e voltavam para alto-mar.

Um dos navios passou perto o suficiente para que enxergasse os homens a bordo, e um soldado veskano olhou para ele, o rosto largo indecifrável por baixo do elmo. Alucard ergueu uma das mãos, cumprimentando. O homem não acenou em resposta. O navio seguiu em frente.

Alucard observou as embarcações partirem.

Ele esperou até que as águas estivessem calmas, até que as últimas cores desvanecessem do céu.

E então caiu de joelhos no convés.

X

Kell encarou, entorpecido, os corpos sobre a mesa.

O seu rei e a sua rainha. O seu pai e a sua mãe...

Ele ouviu Holland chamando o seu nome, sentiu os dedos de Lila se fecharem no seu braço.

— Temos de encontrar Rhy.

— Ele não está aqui — disse uma nova voz.

Era Isra, a chefe da guarda da cidade. Kell havia tomado a mulher por uma estátua com a sua armadura completa e de cabeça baixa, esquecera as regras do luto — os mortos nunca eram deixados sozinhos.

— Onde? — foi o que ele conseguiu dizer. — Onde ele está?

— No palácio, senhor.

Kell se dirigiu para as portas que levavam de volta ao palácio real quando Isra o deteve.

— Não esse — disse a mulher, cansada. Ela apontou para as enormes portas da frente do Rose Hall, aquelas que levavam para as ruas da cidade. — O *outro*. No rio.

A pulsação de Kell martelou loucamente no peito.

O palácio das *sombras*.

A sua cabeça girou.

Quanto tempo ele passou longe?

Três dias?

Não, quatro.

Quatro dias, Rhy.

E então você poderá arrumar confusão.

Quatro dias, o rei e a rainha estavam mortos e Rhy não esperou um instante sequer.

— Você simplesmente o deixou ir? — explodiu Lila, confrontando a guarda.

Isra se eriçou.

— Não tive escolha. — Ela encontrou os olhos de Kell. — A partir de hoje, Rhy Maresh é o rei.

A realidade o atingiu como um soco.

Rhy Maresh, jovem nobre, libertino galanteador, príncipe ressuscitado.

O menino que sempre procurava lugares onde se esconder, que se movia pela própria vida como se fosse uma peça de teatro.

O seu irmão, que certa vez aceitou um amuleto amaldiçoado porque trazia a promessa de força.

O seu irmão, que agora entalhava desculpas na própria pele e estendia as mãos sobre chamas de vela para se sentir vivo.

O seu irmão era rei.

E o primeiro ato?

Marchar direto para o palácio de Osaron.

Kell queria torcer o pescoço de Rhy, mas então se lembrou da dor que sentiu, onda após onda o balançando no barco, arrebentando através dele mesmo agora, numa corrente de sofrimento. *Rhy.* Kell passou por Isra sem pensar, passou pelas diversas fileiras de grandes bacias de pedra até as portas do Rose Hall e saiu para a luz difusa de Londres.

Ouviu passos atrás de si — os de Lila rápidos e suaves de ladra, os de Holland seguros —, mas não olhou para trás, não olhou para o chão, um mar de corpos enfeitiçados deitados pelas ruas. Manteve os olhos fixos no rio e na sombra impossível que se erguia contra o céu.

Kell sempre pensou no palácio real como um segundo sol preso num nascer perpétuo sobre a cidade. Se isso era verdade, o palácio de Osaron era um eclipse, um pedaço de escuridão perfeita, apenas as bordas delineadas com luz refletida.

Em algum lugar atrás dele, Holland pegou uma arma da bainha de um homem caído e Lila xingou baixinho enquanto se movia por entre os corpos, mas nenhum dos dois se afastou muito de Kell.

Juntos, os três *Antari* subiram a rampa de ônix da ponte do palácio.

Juntos, alcançaram o vidro preto e polido das portas do palácio.

A maçaneta cedeu ao toque de Kell, mas Lila deteve o pulso dele e o segurou com força.

— Esse é mesmo o melhor plano? — perguntou ela.

— É o único que temos — respondeu Kell enquanto Holland tirava o Herdeiro do pescoço e colocava o dispositivo dentro do bolso. Ele deve ter sentido Kell o encarando, porque ergueu o olhar e encontrou os olhos dele. Um olho verde e um preto, e ambos firmes como uma máscara.

— De uma forma ou de outra — falou Holland —, será o fim.

Kell assentiu.

— O fim.

Eles olharam para Lila. Ela suspirou, soltando os dedos de Kell.

Três anéis de prata refletiram a luz moribunda, o de Lila e o de Kell ecos mais estreitos do aro de Holland — todos eles reverberando com o poder que compartilhavam quando a porta se abriu, e os três *Antari* deram um passo à frente e entraram na escuridão.

QUATORZE

ANTARI

I

Assim que as botas de Kell atravessaram a soleira da porta, a dor queimou no seu peito. Era como se os muros do palácio de Osaron tivessem silenciado a conexão e, agora, sem os obstáculos, o cordão se esticasse e cada passo aproximasse Kell do sofrimento de Rhy.

Lila já havia desembainhado duas facas, mas o palácio estava vazio, o salão deserto. A magia de Tieren funcionou, privou o monstro das suas muitas marionetes, mas Kell ainda sentia a tensão nervosa de Lila nos seus próprios membros, viu o mesmo desconforto refletido mais uma vez no rosto inescrutável de Holland.

Havia algo errado neste lugar, como se tivessem saído de Londres, saído do tempo, saído completamente da vida e ido para algum lugar que não existia. Era magia sem equilíbrio, poder sem nenhuma regra, e estava morrendo, cada superfície assumindo lentamente a mortalha preta e brilhante da natureza reduzida a nada.

Mas, no centro da vasta câmara, Kell sentiu.

Uma pulsação de vida.

Um coração batendo.

E então, quando os olhos de Kell se ajustaram à penumbra, ele viu Rhy.

O seu irmão estava pendurado a vários metros do chão, suspenso dentro de uma teia de gelo, sustentado por uma dúzia de pontas afiadas que penetravam e atravessavam o corpo do príncipe, as superfícies gélidas escorregadias e vermelhas.

Rhy estava vivo, mas só porque não podia morrer.

O seu peito tremia e arfava, as lágrimas congeladas nas bochechas. Os lábios se mexeram, mas as palavras não podiam ser ouvidas, o sangue era uma poça escura e extensa abaixo dele.

Isso é seu?, perguntou Rhy quando eram jovens e Kell cortou os pulsos para curá-lo. *É tudo seu?*

Agora as botas de Kell chapinhavam o sangue de Rhy, o ar metálico na sua boca enquanto ele corria até o irmão.

— Espere! — gritou Lila.

— Kell — advertiu Holland.

Mas, se aquilo era uma armadilha, eles já haviam sido pegos. Capturados no momento em que entraram no palácio.

— Aguente firme, Rhy.

Os cílios de Rhy tremularam ao som da voz de Kell. Ele tentou erguer a cabeça, mas não conseguiu.

A mão de Kell já estava molhada com o próprio sangue quando ele chegou perto do irmão. Teria derretido o gelo com um único toque, uma palavra, se tivesse a oportunidade.

Em vez disso, os seus dedos pararam alguns centímetros acima do gelo, impedidos pelo comando de outra pessoa. Kell lutou contra a magia enquanto uma voz se derramava das sombras atrás do trono.

— *Aquilo é meu.*

A voz veio de lugar nenhum. De toda parte. E, ainda assim, estava confinada. Não mais uma construção vazia de sombras e magia, mas vinculada a lábios, dentes e pulmões.

Ela entrou na luz, o cabelo vermelho esvoaçando ao redor do seu rosto como se fosse agitado por algum vento imaginário.

Ojka.

Kell a *seguiu*.

Ouviu as suas mentiras no pátio do palácio, as palavras misturadas com dúvidas e raiva para formar algo venenoso, e deixou que ela o conduzisse por uma porta no mundo e para dentro de uma armadilha.

E agora, quando viu Ojka, ele estremeceu.

Lila a *matou*.

Enfrentou a mulher no corredor com Kell gritando do outro lado da porta, Rhy morrendo a um mundo de distância, e nenhuma opção a não ser lutar. Perdeu um olho de vidro antes de cortar o pescoço dela.

E agora, quando viu Ojka, ela sorriu.

Holland a *criou*.

Tirou a mulher das ruas de Kosik, dos becos que moldaram o seu próprio passado tantos anos antes, e deu a ela a oportunidade que Vortalis dera a ele, a oportunidade de fazer mais, de ser mais.

E agora, quando viu Ojka, ele ficou petrificado.

II

Ojka, a assassina...

Ojka, a mensageira...

Ojka, a *Antari*...

... não era mais Ojka.

— *Meu rei* — foi como ela chamou Holland tantas vezes, mas a sua voz sempre foi grave, sensual, e agora ressoava no salão e na sua cabeça, familiar e estranha, assim como este lugar era familiar e estranho. Holland enfrentou Osaron num eco deste palácio quando o rei das sombras não passava de vidro, fumaça e brasas moribundas de magia.

E agora ele o enfrentava mais uma vez no seu mais novo receptáculo.

Os olhos de Ojka já foram amarelos, mas agora ambos reluziam pretos. Havia uma coroa empoleirada nos cabelos dela, um aro escuro e sem peso com espinhos apontados para o alto como pingentes de gelo no ar acima da sua cabeça. O pescoço estava envolto por uma fita preta, a pele ao mesmo tempo luminosa pelo poder e inconfundivelmente morta. Ela não respirava, e as veias escuras se destacavam contra a pele, ressecadas, vazias.

Os únicos sinais de vida, o que parecia impossível, vinham daqueles olhos pretos, os olhos de *Osaron*, que dançavam com luz e traziam sombras espiraladas.

— *Holland* — falou o rei das sombras, e a raiva queimou nele ao ouvir o monstro formar a palavra com os lábios de Ojka.

— Eu matei você — ponderou Lila, em posição de ataque ao lado de Holland, as facas em prontidão.

O rosto de Ojka se contorceu com divertimento.

— *Magia não morre.*

— Solte o meu irmão — exigiu Kell, colocando-se à frente dos outros dois *Antari*, a voz imperiosa mesmo neste momento.

— *Por que eu deveria fazer isso?*

— Ele não possui poder — disse Kell. — Nada que você possa utilizar, nada que possa *tomar*.

— *E, ainda assim, ele vive* — ponderou o cadáver. — *Que curioso. Toda vida tem fios de magia. Então, onde estão os dele?*

O queixo de Ojka apontou para cima, e o gelo que empalava o corpo de Rhy se abriu como dedos da mão, arrancando do príncipe um grito sufocado. A cor desapareceu do rosto de Kell enquanto ele lutava para suprimir um grito espelhado, dor e desafio lutando na sua garganta. O anel zumbiu no dedo de Holland quando o poder que compartilhavam reverberou entre eles, tentando ir para Kell na sua aflição.

Holland o manteve firme.

As mãos de Ojka se ergueram, delicadas porém fortes, as palmas para cima.

— *Veio finalmente implorar,* Antari? *Veio se ajoelhar?* — Aqueles olhos pretos de redemoinho se fixaram em Holland. — *Veio me deixar entrar?*

— Nunca mais — retrucou Holland, e era verdade, ainda que o Herdeiro pesasse no seu bolso. Osaron tinha um talento para deslizar pela mente de uma pessoa, revirar os pensamentos, mas Holland tinha mais prática que a maioria em escondê-los. Ele forçou a mente a não pensar no dispositivo.

— Viemos detê-lo — declarou Lila.

As mãos de Ojka baixaram.

— *Deter a mim?* — indagou Osaron. — *Vocês não podem parar o tempo. Vocês não podem parar as mudanças. E vocês não podem me deter. Sou inevitável.*

— Você — disse Lila — nada mais é que um demônio disfarçado de deus.

— *E você* — falou Osaron com suavidade — *terá uma morte lenta.*

— Já matei esse corpo uma vez — retrucou ela. — Creio que posso matá-lo de novo.

Holland ainda olhava fixamente para o cadáver de Ojka. Os hematomas na pele dela. O tecido enrolado no pescoço. E, como se Osaron pudesse sentir o peso daquele olhar, ele voltou o rosto roubado para Holland.

— *Não está feliz de ver a sua fiel escudeira?*

A raiva de Holland nunca foi tão ardente. Forjada a frio e afiada, as palavras eram como uma pedra de amolar deslizando pelo gume. Ojka foi leal, não a Osaron, mas a *ele*. Serviu a ele. Confiou nele. Olhou para ele e não viu um deus, e, sim, um rei. E ela estava morta — como Alox, como Talya, como Vortalis.

— Ela não o deixou entrar.

Um meneio de cabeça. Um sorriso forçado.

— *Na morte, ninguém é capaz de recusar.*

Holland empunhou uma lâmina, uma foice retirada de um dos corpos deitados na praça.

— Vou arrancá-lo desse corpo — disse ele —, mesmo que eu tenha de cortar pedaço por pedaço.

Fogo se acendeu nas lâminas de Lila.

Sangue pingou dos dedos de Kell.

Eles haviam se posicionado lentamente em torno do rei das sombras, circulando-o, encurralando-o.

Exatamente como planejaram.

† — Ninguém se oferece — instruiu Kell. — Não importa o que Osaron diga ou faça, não importa o que ele prometa ou ameace, ninguém o deixa entrar.

Estavam sentados na cozinha do *Ghost* com o Herdeiro entre eles.

— Então devemos simplesmente bancar a isca? — perguntou Lila, girando uma adaga com a ponta apoiada na mesa de madeira.

Holland começou a falar, mas o navio sofreu um solavanco súbito e ele teve de parar, engolir em seco e se recuperar.

— Osaron cobiça o que não possui — falou ele quando a onda de enjoo passou. — O objetivo não é dar a ele um corpo, mas forçá-lo a precisar de um.

— Esplêndido — comentou Lila, azeda. — Então tudo o que temos de fazer é derrotar uma encarnação de magia poderosa o suficiente para destruir mundos inteiros.

Kell lhe lançou um olhar fulminante.

— Desde quando você evita uma luta?

— Não estou evitando — explodiu ela. — Só quero me certificar de que podemos vencer.

— Venceremos se formos mais fortes — retrucou Kell. — E, com os anéis, talvez sejamos.

— *Talvez* sejamos — ecoou Lila.

— Todo receptáculo pode ser esvaziado — explicou Holland, revirando o aro de prata no polegar. — Magia não pode ser eliminada, mas pode ser enfraquecida, e o poder de Osaron pode ser enorme, mas não é de forma alguma infinito. Quando o encontrei na Londres Preta, ele estava reduzido a uma estátua, fraco demais para manter uma forma que fosse capaz de se mover.

— Até *você* dar uma a ele — murmurou Lila.

— Exatamente — falou Holland, ignorando a alfinetada.

— Osaron tem se alimentado da minha cidade e do seu povo — acrescentou Kell. — Mas, se o feitiço de Tieren funcionou, ele deve estar ficando sem fontes.

Lila arrancou a adaga do tampo da mesa.

— O que significa que ele deve estar pronto e esperando uma luta. Holland assentiu.

— Tudo o que temos de fazer é dar uma a ele. Enfraquecê-lo. Deixá-lo desesperado.

— E então o que fazemos? — perguntou Lila.

649

— *Então* — disse Kell —, e só então, damos a ele um hospedeiro. — Kell acenou para Holland quando disse isso, o Herdeiro pendurado no pescoço do *Antari*.

— E se ele não escolher *você*? — rosnou ela. — É muito bonito se oferecer, mas, se ele der uma chance *a mim*, vou aceitá-la.

— Lila — começou Kell, mas ela o interrompeu.

— E você também vai. Não finja o contrário.

O silêncio se instaurou sobre eles.

—Você está certa — falou Kell, por fim, e, para a surpresa de Holland, embora ele não devesse mais se surpreender, Lila Bard abriu um sorriso. Era duro e sem nenhum humor.

— Então é uma corrida — disse ela. — Que vença o melhor *Antari*.

Osaron se movia com uma fração da elegância de Ojka, mas com o dobro da velocidade. Duas espadas idênticas brotaram das suas mãos como plumas de fumaça e se tornaram reais, as superfícies cintilando ao cortar o ar onde Lila estava um instante antes.

Mas Lila já estava pairando no ar, tomando impulso na coluna mais próxima enquanto Holland conjurava uma rajada de vento pelo salão com uma força imensa, e os estilhaços de aço de Kell voavam na rajada como uma tempestade.

As mãos de Ojka se ergueram, imobilizando o vento e o aço dentro dele ao mesmo tempo que Lila mergulhava para atacar Ojka, rasgando as suas costas.

Osaron, porém, era rápido demais, e a faca de Lila mal roçou o ombro da sua hospedeira. Sombras verteram da ferida como vapor antes de a pele morta se costurar de volta.

— *Não foi rápida o suficiente, pequena* Antari — disse ele, golpeando o rosto de Lila com as costas da mão.

Lila caiu de lado, a faca tombando da sua mão enquanto ela rolava e se agachava em posição de ataque. Ela agitou os dedos, e a lâmina caída zumbiu no ar, enterrando-se na perna de Ojka.

Osaron rosnou quando mais fumaça verteu do ferimento, e Lila abriu um sorriso frio.

— Aprendi isso com ela — falou Lila, uma nova lâmina aparecendo entre os seus dedos — pouco antes de cortar o pescoço dela.

A boca de Ojka rosnou.

— *Farei você...*

Mas Holland já avançava, eletricidade dançando pela sua foice enquanto esta cortava o ar. Osaron se virou e bloqueou o golpe com uma espada, tentando com a outra acertar o peito de Holland. Ele girou o corpo, saindo do caminho, a lâmina roçando nas suas costelas quando Kell atacou pelo outro lado, o punho envolto em gelo.

O gelo se estilhaçou na face de Ojka, cortando a carne e chegando até o osso. Antes que o ferimento pudesse se cicatrizar, Lila já estava ali, a lâmina vermelha de tão incandescente.

Eles se moviam como pedaços da mesma arma. Dançavam como as facas de Ojka — quando *ela* as empunhava —, cada empurrão e puxão transmitido pelo vínculo entre os três. Quando Lila se movia, Holland sentia a sua trajetória. Quando Holland blefava, Kell sabia onde atacar.

Eles eram borrões de movimento, fragmentos de luz dançando em volta de uma espiral de escuridão.

E estavam vencendo.

III

Lila estava ficando sem facas.

Osaron transformou três delas em cinzas, duas em areia e uma sexta, aquela que ela ganhou de Lenos, desapareceu por completo. Só lhe restava uma — a faca que ela afanou da loja de Fletcher no seu primeiro dia na Londres Vermelha —, e não estava feliz com a possibilidade de perdê-la.

Sangue escorria pelo seu olho bom, mas ela não se importava. Havia fumaça vazando do corpo de Ojka em uma dúzia de lugares enquanto Kell, Holland e o demônio se confrontavam. Eles deixaram as suas marcas.

Mas não era o suficiente.

Osaron ainda estava de pé.

Lila passou um polegar pela bochecha ensanguentada e se ajoelhou, pressionando a mão na pedra, mas, quando tentou evocá-la, a rocha resistiu. A superfície vibrava com magia, mas soava como se estivesse oca.

Porque, é claro, não era *real*.

Era algo saído de um sonho, morta por dentro, como...

O chão começou a amolecer e ela pulou para trás um instante antes de virar piche. Mais uma das armadilhas de Osaron.

Estava cansada de jogar pelas regras do rei das sombras.

Cercada por um palácio que apenas ele era capaz de comandar.

O olhar de Lila percorreu o cômodo e se ergueu, subiu, passando pelas paredes até o lugar por onde o céu brilhava. Ela teve uma ideia.

Lila estendeu o seu comando com toda a força — e parte do poder de Holland, além de parte do poder de Kell — e *puxou*, não o ar, e, sim, o Atol.

— Você não pode exercer a sua vontade sobre o oceano — disse Alucard certa vez.

Mas ele nunca disse nada sobre um rio.

Sangue escorria pelo pescoço de Lila enquanto ela pressionava o lenço no nariz.

Alucard estava sentado diante dela com o queixo apoiado numa das mãos.

— Sinceramente, não sei como você sobreviveu tanto tempo.

Lila deu de ombros, a voz abafada pelo tecido.

— É difícil me matar.

O capitão se pôs de pé.

— Ser teimosa não é o mesmo que ser infalível — disse ele, servindo-se de uma bebida —, e eu já lhe disse três vezes que você não pode mover a porra do oceano, não importa o quanto tente.

— Talvez *você* não esteja se esforçando o *suficiente* — murmurou ela.

Alucard balançou a cabeça.

— Tudo tem uma escala, Bard. Você não pode comandar o céu, não pode mover o mar, não pode deslocar todo o continente sob os seus pés. Correntes de vento, bacias de água, torrões de terra, essa é a amplitude do alcance de um mago. Essa é a amplitude do poder deles.

E então, sem aviso, ele jogou a garrafa de vinho na cabeça dela.

Ela foi rápida o suficiente para pegá-la, mas foi por pouco, atrapalhando-se com o pano no nariz sangrento.

— Que merda é essa, Emery? — explodiu ela.

— Isso cabe na sua mão?

Ela olhou para a garrafa, a mão envolvendo o vidro, a ponta dos dedos sem se tocar por pouco.

—A sua mão é a sua mão — disse Alucard simplesmente. — Ela tem limites. O seu poder também tem. Ela só consegue envolver determinada extensão, e não importa o quanto você estique os dedos em torno dessa garrafa, eles nunca se tocarão.

Ela deu de ombros, girou a garrafa na mão e a quebrou na mesa.

— E agora? — falou ela.

Alucard Emery gemeu. Ele beliscou a ponte do nariz como costumava fazer quando ela estava sendo particularmente enlouquecedora. Lila tinha o hábito de contar o número de vezes ao dia em que o levava a repetir o gesto.

O seu recorde atual era sete.

Lila se empertigou no assento. O nariz havia parado de sangrar, embora ainda sentisse o gosto de cobre na língua. Ela comandou os cacos quebrados a pairar no ar entre eles, onde formaram uma nuvem na forma vaga de uma garrafa.

—Você é um mago brilhante — disse ela —, mas há algo que você simplesmente não entende.

Ele se jogou de volta na cadeira.

— O quê?

Lila sorriu.

— O segredo para vencer uma luta não é força, e, sim, estratégia.

Alucard ergueu as sobrancelhas.

— Quem disse alguma coisa sobre lutar?

Ela o ignorou.

— E *estratégia* é só uma palavra sofisticada para um tipo especial de bom senso, a capacidade de ver opções, de criá-las onde antes não existiam. Não se trata de conhecer as regras.

Ela baixou a mão e a garrafa desmoronou de novo, despencando numa chuva de vidro.

— Se trata de saber como quebrá-las.

IV

Não era o suficiente, pensou Holland.

Para cada golpe que o atingia, Osaron se esquivava de três, e, para cada um de que desviavam, Osaron acertava três. O chão começou a ficar salpicado de sangue.

Escorria pela bochecha de Kell. Pingava dos dedos de Lila. Encharcava a lateral da roupa de Holland, deixando-a viscosa.

A cabeça dele girava enquanto os outros dois *Antari* drenavam o seu poder.

Kell estava ocupado conjurando um turbilhão de vento enquanto Lila estava praticamente imóvel, a cabeça voltada para o ponto em que a carcaça do telhado encontrava o céu.

Osaron viu a oportunidade e investiu contra ela, mas o vento de Kell açoitou o cômodo inteiro, encurralando o rei das sombras dentro de um túnel de ar.

— Temos de fazer alguma coisa — gritou ele por cima do vento enquanto Osaron atacava a coluna. Holland sabia que não aguentaria por muito tempo. Como previsto, instantes depois, o ciclone se despedaçou e o estouro arremessou Kell e Holland para trás. Lila cambaleou, mas se manteve de pé, um filete de sangue escorrendo do seu nariz conforme a pressão do palácio aumentava e a escuridão tampava as janelas em todos os lados.

Kell ainda estava se levantando quando Osaron correu outra vez para Lila, rápido demais para ser alcançado. Holland tocou o corte ao longo das próprias costelas.

— *As Narahi* — disse ele, as palavras retumbando através do seu corpo.

Acelerar.

Era um feitiço difícil de realizar sob circunstâncias melhores, e, neste momento, exaustivo, mas valeu a pena quando o mundo à sua volta *desacelerou*.

À sua direita, Lila ainda olhava para cima. À sua esquerda, Kell afastava as mãos contra a enorme força do tempo, uma fagulha se formando em câmera lenta entre a palma das mãos dele. Apenas Osaron ainda se movia com relativa velocidade, os olhos pretos se virando para Holland, que girou a foice e partiu para o ataque.

Eles se chocaram, separaram-se e se chocaram de novo.

— *Farei você se curvar.*

Arma contra arma.

— *Farei você ruir.*

Comando contra comando.

— *Você foi meu, Holland.*

As costas dele colidiram com uma coluna.

— *E será meu mais uma vez.*

A lâmina arranhou o braço dele.

— *Assim que eu ouvi-lo implorar.*

— Nunca! — rosnou Holland, brandindo a foice. Ela deveria ter encontrado as espadas de Osaron, mas no último instante as armas desapareceram e ele deteve a lâmina de Holland apenas com as mãos de Ojka, deixando o aço fazer cortes profundos. Sangue verteu ao redor da lâmina, preto, morto, mas ainda assim *Antari*, e o rosto roubado de Osaron se abriu num sorriso sombrio e triunfante.

— *As Ste...*

Holland arquejou, deixando a foice cair antes que o feitiço fosse pronunciado.

Foi um erro. A arma se desfez em cinzas nas mãos de Osaron e, antes que Holland conseguisse desviar, o demônio segurou o rosto dele com a mão ensanguentada e o encurralou contra a coluna.

Lá em cima, uma sombra obscurecia o céu. Holland agarrou os pulsos de Osaron, tentando soltar a mão dele, e por um instante os dois ficaram presos num estranho abraço, antes que o rei das sombras se inclinasse e sussurrasse no seu ouvido.

— *As Osaro.*
Escurecer.

As palavras ecoaram na sua mente e se transformaram em sombras, transformaram-se em noite, transformaram-se num tecido preto que envolveu a visão de Holland, obscurecendo Osaron, o palácio e a onda de água que se erguia sobre tudo, mergulhando o mundo de Holland na escuridão.

Pingava sangue do nariz de Lila quando a onda de água preta se ergueu sobre o palácio...

Grande demais...

Gigantesca demais...

E então *arrebentou*.

Lila soltou o comando do rio, a cabeça girando quando ele desabou sobre o salão do palácio. Ela jogou as mãos para cima para bloquear o peso esmagador, mas a sua magia foi lenta, lenta demais, no encalço da conjuração.

A coluna protegeu Holland da pior parte do golpe, mas a água jogou o corpo de Ojka no chão com um barulho alto de algo sendo fraturado. Lila mergulhou em busca de cobertura, mas não encontrou nada, e apenas os reflexos rápidos de Kell pouparam ambos do mesmo destino de Ojka. Lila sentiu o poder diminuir quando Kell o puxou para perto do dele e o convocou de volta na forma de um escudo acima da cabeça dela. O rio caiu como uma chuva forte, derramando-se em cortinas ao redor dela.

Através do véu, ela viu o corpo de Ojka se contorcer e flexionar, peças quebradas que já voltavam a se encaixar enquanto Osaron forçava a marionete a se pôr de pé.

Perto dali, Holland estava caído de quatro, os dedos espalmados no chão inundado como se procurasse algo que havia deixado cair.

— Levante-se! — gritou Lila, mas, quando a cabeça de Holland se virou, ela recuou. Os olhos dele estavam errados. Não pretos, mas fechados, cegos.

Não havia mais tempo.

Osaron estava de pé, Holland não. Ela e Kell corriam para a frente, as botas chapinhando a água rasa que girava em torno deles e se transformava em armas.

Uma espada se formou do nada na mão de Osaron enquanto Holland se debatia, os olhos vazios. Os seus dedos envolveram o tornozelo do rei das sombras, mas, antes que pudesse convocar um feitiço, já estava sendo jogado para trás com um chute violento, derrapando no chão molhado.

Kell e Lila correram, mas foram lentos demais.

Holland estava de joelhos diante do rei das sombras, que empunhava a sua espada no alto.

— *Eu disse que o faria se ajoelhar.*

Osaron baixou a espada, e Kell desacelerou a arma com uma nuvem de geada enquanto Lila se jogava em Holland, derrubando-o para tirá-lo do caminho um instante antes de metal se chocar com pedra.

Lila girou, atirando água transformada em fragmentos de gelo que zumbiam no ar. Osaron ergueu a mão, mas não foi rápido o suficiente, não foi *forte* o suficiente, e várias lascas de gelo encontraram a sua carne antes que ele pudesse desviá-las.

Não houve tempo para saborear a vitória.

Com um único movimento do braço de Osaron, cada gota de água do rio que ela havia convocado se uniu e espiralou, formando uma coluna antes de se transformar em pedra escura. Mais um pilar no palácio.

Osaron apontou para Lila.

— *Você vai...*

Ela correu para ele, chocada quando o chão agora seco espirrou água sob os seus pés. A pedra se acumulou como uma poça ao redor dos seus tornozelos, líquido num instante e depois sólido, prendendo-a no chão da mesma forma que prendeu Kisimyr no telhado do palácio.

Não.

Lila estava presa, empunhando a última faca que tinha numa das mãos e na outra o fogo começava a queimar enquanto ela se preparava para receber um ataque que nunca aconteceu.

Porque Osaron tinha se virado.

E ele estava partindo para cima de *Kell*.

Kell tinha apenas um instante roubado enquanto Lila lutava contra Osaron, mas correu até a prisão de gelo.

Aguente firme, Rhy, implorou ele, atacando a gaiola de gelo com a sua lâmina, apenas para ser repelido pelo comando do rei das sombras.

Ele tentou repetidas vezes, um choro de frustração subia pela sua garganta.

Pare.

Ele não sabia se tinha ouvido a voz de Rhy ou se apenas a sentira enquanto tentava alcançá-lo. A cabeça do seu irmão estava tombada para a frente, o sangue escorrendo pelos seus olhos cor de âmbar e os transformando em ouro.

Kell...

— Kell! — gritou Lila, e ele olhou para cima, percebendo o reflexo de Ojka na coluna de gelo enquanto se aproximava dele. Kell se virou, conjurando a água tingida de carmesim que estava aos seus pés numa lâmina, erguendo a arma um instante antes de o rei das sombras atacar.

As lâminas gêmeas de Osaron desceram zunindo, espatifando a lança nas mãos de Kell antes de se alojarem nas paredes da prisão de Rhy. O gelo rachou, mas não se quebrou. E, naquele instante, enquanto as armas de Osaron estavam presas, o seu invólucro emprestado pego entre o ataque e a retirada, Kell enfiou o estilhaço de gelo no peito de Ojka.

O rei das sombras baixou os olhos e viu a ferida como se estivesse se divertindo com a débil tentativa de ataque, mas a mão de Kell estava destruída por segurar a lança estilhaçada, recoberta tanto com sangue viscoso quanto com gelo. E, quando ele falou, o feitiço reverberou no ar.

— *As Steno.*

Quebrar.

A magia rasgou o corpo de Ojka, lutando contra a vontade de Osaron enquanto os ossos dela se partiam e se remendavam, despedaçavam-se e se assentavam, um fantoche sendo dilacerado num instante e remendado no seguinte. Lutando e falhando para manter a forma, o receptáculo roubado do rei das sombras começou a parecer grotesco, pedaços se soltando, a coisa toda costurada mais pela magia do que por músculos e tendões.

— Esse corpo não vai aguentar — vociferou Kell enquanto mãos destruídas o empurravam para a gaiola do seu irmão.

Osaron abriu um sorriso largo e arruinado.

— *Você tem razão* — disse ele quando uma ponta de gelo se enterrou nas costas de Kell.

V

Alguém gritou.

Uma única e agonizante nota.

Mas não foi Kell.

Ele *queria* gritar, mas a mão arruinada de Ojka envolvia a sua mandíbula, forçando a sua boca a ficar fechada. A lâmina congelada havia perfurado logo acima do seu quadril e saíra pela lateral, a ponta recoberta de sangue vermelho vivo.

Além de Osaron, Lila estava tentando se libertar, e Holland continuava de quatro, vasculhando o chão em busca de algo que tinha perdido.

Um gemido escapou da garganta de Kell quando o rei das sombras cutucou o rasgo na lateral do seu corpo.

— *Essa não é uma ferida mortal* — comentou Osaron. — *Ainda não.*

Ele sentiu a voz do monstro deslizando pela sua mente e o oprimindo.

— *Deixe-me entrar* — sussurrou ela.

Não, pensou Kell visceralmente, violentamente.

Aquela escuridão — a mesma que o capturou quando ele tombou na Londres Branca há tão pouco tempo — envolveu o seu corpo ferido, quente, suave e acolhedora.

— *Deixe-me entrar.*

Não.

A coluna de gelo queimou fria na sua espinha.

Rhy.

Osaron ecoou na sua mente, dizendo:

— *Posso ser misericordioso.*

Kell sentiu os estilhaços de gelo que se soltaram, não do corpo dele, mas do irmão, a dor recuando membro a membro. Ele ouviu o suspiro curto, o som suave e úmido de Rhy desmoronando no chão pegajoso por causa do sangue, e o alívio tomou conta dele, mesmo quando o frio se enraizou outra vez, ramificou e floresceu.

— *Deixe-me entrar.*

Na visão periférica de Kell, algo cintilou no chão. Um pedaço de metal, perto da mão tateante de Holland.

O Herdeiro.

A mente de Kell estava se perdendo, escorregando na dor quando convocou o objeto a ir até ele, mas, quando o cilindro subiu ao ar, o seu poder falhou, súbita e completamente. Como se tivesse sido extirpado, roubado.

Tomado por uma ladra.

Lila não conseguia se mexer.

O chão agarrava as suas pernas num abraço de pedra, os ossos ameaçando se quebrar a cada movimento. Do outro lado da câmara, Kell estava preso e sangrando, e ela não conseguia alcançá-lo, não com as mãos, não podia forçar Osaron a se afastar. Mas poderia atraí-lo para ela. Puxou o vínculo entre eles, roubando a magia de Kell, e com isso a atenção de Osaron. O poder fluía como luz diante dos olhos de Lila e o demônio se virou para ela, como uma mariposa atraída por uma chama.

Olhe para mim, queria dizer enquanto Osaron abandonava Kell. *Venha até mim.*

Mas, assim que aqueles olhos pretos se voltaram para ela, Lila teria dado tudo para se soltar, para se libertar.

Kell estava horrivelmente pálido, os dedos escorregando na lâmina de gelo que atravessava a lateral do seu corpo. Holland se agarrou a uma coluna e lutou para ficar de pé. O Herdeiro estava jogado no chão, ali perto, mas, antes que Lila pudesse convocá-lo, Osaron estava ali, a mão lacerada enrolada nos seus cabelos e uma lâmina no seu pescoço.

— *Solte* — sussurrou ele, e, se se referia à faca ou ao comando, ela não sabia. Mas, pelo menos, agora tinha a atenção de Osaron. Ela deixou a arma cair retinindo no chão.

Osaron forçou o rosto dela a se voltar para o dele, o olhar dela para o dele, e Lila o sentiu deslizar pela sua mente, sondando pensamentos e lembranças.

— *Tanto potencial.*

Ela tentou se afastar, mas estava presa, o chão apertando os seus tornozelos, Osaron agarrando o seu couro cabeludo e a lâmina ainda no seu pescoço.

— *Eu sou o que você viu no espelho em Sasenroche* — disse o rei das sombras. — *Sou o que você sonha em ser. Posso torná-la imbatível. Posso torná-la livre.*

Do outro lado da sala do trono, Kell enfim reuniu forças para se libertar. O gelo se estilhaçou ao redor dele, e ele desabou no chão. Osaron não se virou. A sua atenção estava voltada para ela, os olhos dançando famintos à luz do poder de Lila.

— Livre — falou Lila com suavidade, como se medisse a palavra.

— *Sim* — sussurrou o rei das sombras.

Na escuridão dos olhos dele, ela viu aquela versão de si mesma.

Imbatível.

Indestrutível.

— *Deixe-me entrar, Delilah Bard.*

Era tentador, mesmo agora. A mão dela se ergueu até tocar o braço de Ojka. Um abraço de dançarina, como num passo de dança. Os dedos ensanguentados se enterrando na carne arruinada.

Lila sorriu.

— *As Illumae.*

Osaron recuou, mas era tarde demais.

O corpo de Ojka começou a queimar.

A lâmina golpeou cegamente o pescoço de Lila, mas ela se esquivou e depois se foi, afastando-se da mão de Ojka enquanto o cadáver se consumia em chamas.

A fumaça vertia do corpo que se debatia, primeiro o odor acre de carne queimada e depois a névoa escura do poder de Osaron quando este foi finalmente forçado a deixar o seu receptáculo.

O palácio estremeceu com a perda repentina do seu poder, do seu controle. O chão se soltou das botas de Lila e ela tropeçou para a frente, livre, enquanto Osaron lutava para encontrar uma forma.

As sombras se agitaram, desmoronaram, giraram novamente.

O Osaron que tomou forma era um espectro de si mesmo.

Uma fachada quebradiça, transparente e achatada. As suas extremidades estavam borradas e difusas, e através do seu centro espectral ela via Kell apertando a ferida na frente do próprio corpo, além de Rhy lutando para se levantar.

Era isso.

A oportunidade dela.

A oportunidade de todos.

Ela flexionou os dedos, convocando o Herdeiro. O objeto estremeceu no chão e se ergueu na direção dela.

E então caiu, tombando de volta no chão quando a força dela sumiu. Era como o contrário de ser engolida por uma onda. Todo o poder jorrando súbita e violentamente para longe. Lila arquejou quando o mundo oscilou embaixo dela, as suas pernas cederam, a sua visão ficou turva.

Magia era algo tão novo que a ausência dela não deveria ter doído tanto, mas Lila se sentiu estripada quando a última gota de poder foi arrancada dela. Procurou por Kell, certa de que ele havia roubado o seu poder, mas Kell ainda estava no chão, ainda estava sangrando.

O rei das sombras pairou sobre ela, as mãos espalmadas, e o ar começou a se enrolar no pescoço de Lila, apertando até impedi-la de falar, de respirar.

E logo ali, atrás dele, num halo de luz prateada, estava Holland.

Holland não conseguia enxergar.

A escuridão estava por toda parte, brandindo furiosa ao seu redor como uma tempestade, engolindo o mundo. Mas ele conseguia ouvir. E então ouviu Kell sendo esfaqueado, ouviu Ojka queimar, ouviu o Herdeiro quando Lila o convocou do chão, e soube que era a sua oportunidade. E, quando evocou o anel de vinculação e convocou a magia dos outros dois *Antari* para si, ele encontrou uma espécie de visão. O mundo tomou forma não na luz e na escuridão, mas em faixas de poder.

Os fios reluziam, fluindo em torno e através da silhueta ajoelhada de Lila, e de Kell, e de Rhy, tudo isso desenhado em luz prateada.

E ali, bem à sua frente, a ausência.

Um homem na forma de um vazio.

Um vazio na forma de um homem.

Não era mais um fantoche. Apenas um pedaço de magia podre, lisa, preta e vazia.

E, quando o rei das sombras falou, foi na sua própria voz, líquida e sussurrante.

— Eu conheço a sua mente, Holland — disse a escuridão. — *Eu vivi dentro dela.*

O rei das sombras se aproximou dele, e Holland deu um único e último passo para trás, os ombros encontrando a coluna ao mesmo tempo que os dedos apertavam o cilindro de metal.

Ele podia sentir a cobiça de Osaron.

As necessidades dele.

— *Você quer ver o seu mundo? Como ele desmorona sem você?*

Uma mão fria, não de carne e sangue, e, sim, de sombra e gelo, pousou sobre o coração de Holland.

Estou cansado, pensou ele, sabendo que Osaron ouviria. *Cansado de lutar. De perder. Mas jamais deixarei você entrar.*

Sentiu a escuridão sorrir, doentia e triunfante.

— *Você esqueceu?* — sussurrou o rei das sombras. — *Você nunca me expulsou.*

Holland exalou. Um suspiro trêmulo.

Para Osaron, pode ter soado como medo.

Para Holland, era simplesmente alívio.

O fim, pensou ele quando a escuridão o envolveu e se instalou dentro dele.

VI

Lila estava de joelhos quando aconteceu.

Osaron voltou para Holland, como vapor entrando num bule, e o seu corpo ficou rígido. As suas costas arquearam. Os seus lábios se abriram num grito silencioso e, por um instante atroz, Lila pensou que tinha sido tarde demais. Pensou que ele tivesse sido lento demais, que não tivera tempo, força ou ímpeto suficiente para aguentar...

E então Holland enterrou a ponta do Herdeiro na palma da mão e proferiu uma palavra por entre os dentes cerrados.

— *Rosin.*

Dar.

Um instante depois, o palácio das sombras explodiu em luz.

Lila arquejou quando algo começou a se rasgar dentro dela, então se lembrou do anel de vinculação. Fechou a mão em punho e quebrou o aro no chão de pedra, cortando a conexão antes que o Herdeiro pudesse sugá-la também.

Mas Kell não foi rápido o bastante.

Um grito escapou da garganta dele, e Lila se levantou desajeitadamente, tropeçando na direção dele enquanto Kell se curvava, tentando agarrar o anel com dedos ensanguentados e escorregadios.

Rhy chegou até ele primeiro.

O príncipe tremia, o corpo deslizando entre a vida e a morte, inteiro, despedaçado e inteiro outra vez quando se ajoelhou diante de Kell, os dedos fantasmagóricos fechados ao redor da mão do irmão.

O anel se soltou. O objeto patinou pelo chão, quicando uma vez antes de se dissolver em fumaça.

Kell desabou sobre Rhy, pálido e imóvel, e Lila caiu de joelhos ao lado deles, lambuzando de sangue a face de Kell ao tocar o seu rosto, passando as mãos pelo cabelo dele, o cobre dividido por uma mecha prateada.

Ele estava vivo, tinha de estar vivo, porque Rhy ainda estava ali, inclinado sobre o irmão, os olhos ao mesmo tempo vazios e cheios, ensopado de sangue, porém respirando.

No meio do salão, Holland era uma esfera de luz, um milhão de fios prateados entremeados com preto, todos visíveis, todos se desenrolando no ar à sua volta num silêncio que não era nada silencioso, mas que retumbava nos ouvidos dela.

E então, subitamente, a luz se foi.

E o corpo de Holland ficou encolhido no chão.

VII

Kell abriu os olhos e viu o mundo desmoronando.

Não, não o mundo.

O palácio.

Estava ruindo, não como uma construção feita de aço e pedras, mas como brasas queimando, erguendo-se em vez de baixar. Foi assim que o palácio das sombras pereceu. Ele simplesmente se desfez, a ilusão se dissolvendo, deixando apenas o real para trás, pouco a pouco, pedra por pedra, até que ele estava caído no chão não de um palácio, mas das ruínas da arena central, os assentos vazios, os estandartes prateado e azul ainda ondulando na brisa.

Kell tentou se sentar e arquejou, esquecendo que havia sido esfaqueado.

— Com calma — disse Rhy, retraindo-se.

O seu irmão estava ajoelhado diante dele, recoberto de sangue, as roupas rasgadas em uma dúzia de lugares por onde o gelo o havia transpassado. Mas ele estava vivo, a pele sob o tecido já se emendando, apesar do espectro de dor que permanecia nos seus olhos.

As palavras de Holland voltaram a Kell.

— *Você cortou algumas cordas da própria magia e criou uma marionete.*

Holland. Ele se arrastou devagar para se levantar e viu Lila agachada sobre o outro *Antari*.

Holland estava deitado de lado, encolhido como se só estivesse dormindo. Mas, na única vez em que Kell o viu dormindo, tudo nele parecia tenso, atormentado por pesadelos, e agora as suas feições eram suaves, o seu sono sem sonhos.

Apenas três coisas destruíam a imagem de paz.

O seu cabelo cor de carvão, que agora era de um branco vibrante.

As suas mãos, que ainda seguravam o Herdeiro, com a ponta espetada na palma de uma delas.

E o dispositivo em si, que assumiu uma escuridão sombria, porém familiar. Uma ausência de luz. Um vazio no mundo.

Holland conseguiu.

Ele prendeu o rei das sombras.

VIII

Nos mitos, o herói sobrevive.

O mal é extinto.

O mundo volta ao normal.

Às vezes, há celebrações; outras vezes, há velórios.

Os mortos são enterrados. Os vivos seguem em frente.

Nada muda.

Tudo muda.

Isso é um mito.

Isso não é um mito.

O povo de Londres ainda estava deitado nas ruas, envolto pela coberta de sono. Se tivesse acordado naquele exato instante, teria visto a explosão de luz no palácio espectral, como uma estrela morrendo, banindo as sombras.

Teria visto a ilusão ruir, o palácio desmoronar e voltar a ser a carcaça das três arenas, os estandartes tremulando lá no alto.

Se tivesse se levantado, teria visto a escuridão oleosa do rio rachar como gelo, dando lugar ao vermelho, a névoa rareando como faz pela manhã antes da abertura do mercado.

Se tivesse olhado por tempo suficiente, teria visto as silhuetas saindo dos escombros — o príncipe (agora o seu rei) cambaleando pela ponte arruinada com o braço em volta do irmão, e talvez se perguntasse quem estava apoiando quem.

O povo de Londres teria visto a jovem parada onde um dia estiveram as portas do palácio, não a entrada destroçada do estádio.

Teria visto Lila cruzando os braços por causa do frio e esperando a chegada dos guardas reais. Teria visto os guardas carregando o corpo para fora, o cabelo tão branco quanto aquela estrela morrendo.

Mas o povo nas ruas não acordou. Ainda não.

Não viu o que aconteceu.

E então jamais saberia.

E ninguém que esteve dentro do palácio das sombras, que não era mais um palácio e sim a carcaça de algo morto, arruinado, quebrado, disse qualquer coisa sobre aquela noite, exceto que estava acabado.

Um mito sem voz é como um dente-de-leão sem um sopro de vento.

Não há como espalhar sementes.

QUINZE

ANOSHE

I

O rei da Inglaterra não gostava de ficar esperando.

Um cálice de vinho estava displicentemente apoiado nos seus dedos, e o conteúdo sacudia precariamente enquanto ele andava de um lado para o outro do cômodo, não derramando apenas por causa dos constantes goles que o monarca bebericava. George IV havia abandonado a festa, uma festa em homenagem a *ele* (como era a maioria das celebrações a que se dignava a comparecer), para atender a esse encontro mensal.

E Kell estava atrasado.

O mensageiro já se atrasou antes — esse compromisso foi arranjado pelo pai de George, e, como a saúde do velho era precária, Kell fez questão de se atrasar para provocá-lo, George tinha certeza disso —, mas nunca se atrasou *tanto*.

O acordo era claro.

A troca de cartas estava agendada para o dia 15 de cada mês.

Às seis da tarde, e não depois das sete.

Mas, quando o relógio na parede soou *nove* badaladas, George foi obrigado a encher novamente o próprio cálice porque havia dispensado todos os demais. Tudo para agradar ao seu convidado. Um convidado que não estava ali.

Havia uma carta volumosa sobre a mesa. Não apenas uma missiva — o tempo para correspondências sem propósito se foi —, e, sim, uma lista de exigências. Instruções, na verdade. Um artefato mágico por mês em troca da melhor tecnologia da Inglaterra. Era mais que justo. Sementes de magia por sementes de força. Poder por poder.

O relógio bateu mais uma vez.

Nove e meia.

O rei se jogou no sofá, os botões se retesando contra a silhueta nada discreta. O seu pai foi enterrado apenas seis semanas antes, e Kell já estava provando ser um problema. A relação entre os dois teria de ser corrigida. Regras teriam de ser definidas. Ele não era um velho tolo e não se sujeitaria à índole do mensageiro, mago ou não.

— Henry — chamou George.

Ele não gritou o nome — reis não precisavam elevar a voz para serem ouvidos —, porém, um instante depois, a porta se abriu e um homem entrou.

— Vossa Majestade — disse ele com uma mesura.

Henry Tavish era alguns centímetros mais alto que George, um detalhe que irritava o rei, e tinha bigode grosso e cabelos aparados bem curtos. Um sujeito elegante com a tarefa nada elegante de conduzir negócios quando a coroa não podia, ou não faria, ela mesma.

— Ele está atrasado — falou o rei.

Henry conhecia o nome e a posição do visitante.

George foi cuidadoso, é claro. Não saiu espalhando a notícia de que havia essa outra Londres, por mais que quisesse fazê-lo. Sabia o que aconteceria se fizesse isso cedo demais. Alguns poderiam acreditar, mas, em meio à admiração, haveria traços venenosos de ceticismo.

— Que histórias fantasiosas — diriam. — Talvez mentes perturbadas sejam um mal de família.

Revolucionários eram facilmente confundidos com loucos.

E George não permitiria isso. Não. Quando ele revelasse a magia a este mundo — *se* revelasse —, não seria um sussurro, um rumor, e, sim, uma ameaça grandiosa e incontestável.

Mas Henry Tavish era diferente.

Ele era fundamental.

Era *escocês*, e todo bom inglês sabia que escoceses têm poucas reservas quanto a sujar as mãos.

— Ainda nenhum sinal dele — disse o homem com o seu jeito brusco, porém melodioso.

— Verificou a Stone's Throw?

O rei George não era tolo. Vinha seguindo o "embaixador" estrangeiro desde antes da sua coroação e teve a sua cota de homens relatando que perderam de vista o homem estranho que usava um casaco ainda mais estranho, que ele simplesmente desaparecia. *Minhas desculpas, Vossa Majestade, sinceras desculpas, Vossa Majestade.* Porém, Kell nunca deixava Londres sem visitar a Stone's Throw.

— Agora se chama Five Points, senhor — explicou Henry. — Gerenciada por um sujeito bastante ansioso chamado Tuttle, depois da morte do antigo dono. Uma coisa horrível, de acordo com as autoridades, mas...

— Não preciso de uma aula de história — interrompeu o rei —, apenas de uma resposta direta. Você verificou a taverna?

— Sim, senhor — respondeu Henry. — Passei por lá, mas o local estava fechado. O estranho é que, apesar disso, pude ouvir alguém lá dentro, andando apressado, e, quando mandei Tuttle abrir, ele disse que não podia. Não que não faria, não queria, e sim que não podia. Pareceu suspeito. Ou se está dentro ou se está fora, e ele parecia ainda mais agitado que o normal, como se alguma coisa o tivesse assustado.

— Você acha que ele estava escondendo algo.

— Acho que ele estava *se escondendo* — corrigiu Henry. — É notório que aquela taverna serve a ocultistas, e Tuttle se autoproclama mago. Sempre achei que fosse um ardil, mesmo depois que o senhor me contou sobre esse Kell. Entrei lá uma vez, não havia nada além de algumas cortinas e bolas de cristal, mas talvez haja uma razão para o seu viajante frequentar aquele lugar. Se ele estiver tramando algo, talvez esse Tuttle saiba o quê. E, se o seu viajante tiver coragem de lhe deixar esperando, bem, talvez ele ainda apareça por lá.

— A insolência disso tudo — resmungou George. Ele deixou o cálice sobre a mesa e se levantou, apanhando a carta que estava na mesa.

Parecia que ainda havia coisas que um rei devia resolver sozinho.

⁂

Estava ficando pior.

Muito pior.

Ned tentou fazer os feitiços de expurgo em três idiomas diferentes, e ele não falava *nenhum* deles. Queimou toda a sálvia que tinha em estoque, e então metade das outras ervas que mantinha na cozinha, mas a voz continuava ficando mais alta. Agora a sua respiração se transformava em névoa independentemente de quão alimentado estava o fogo da lareira. Além disso, aquele ponto preto no chão havia se expandido até ficar do tamanho de um livro, depois do de uma cadeira e agora estava maior que a mesa que Ned apressadamente havia empurrado contra as portas.

Ele não tinha escolha.

Precisava convocar o mestre Kell.

Ned nunca convocou alguém com sucesso, a menos que se contasse a sua tia-avó quando ele tinha 14 anos, e ele não tinha certeza de que foi ela, uma vez que a chaleira apitou e o gato se assustou. Mas esses eram tempos de desespero.

Havia, é claro, o problema de Kell estar em outro mundo. No entanto, ao que parecia, essa criatura também, e *ela* estava conseguindo alcançar este mundo, então, talvez, Ned pudesse sussurrar em resposta. Talvez os muros fossem mais finos aqui. Talvez houvesse uma corrente de ar.

Ned acendeu cinco velas ao redor do conjunto de elementos e da moeda com que Kell o presenteou na última visita, um altar improvisado no centro da mesa mais auspiciosa da taverna. A fumaça pálida, que estava se espalhando mesmo na ausência de sálvia, parecia rodear a oferenda, o que Ned tomou como um ótimo sinal.

— Tudo bem, então — disse ele para ninguém, para Kell e para a escuridão entre eles. Ned se sentou, os cotovelos na mesa e a palma das mãos virada para cima, como se esperasse que alguém estendesse os braços e pegasse as suas mãos.

Deixe-me entrar, sussurrou aquela voz onipresente.

— Eu convoco Kell. — Ned parou, percebendo que sequer sabia o nome completo do outro homem, e recomeçou: — Eu convoco o viajante conhecido como Kell, da Londres longínqua.

Idolatre-me.

— Eu convoco a luz contra a escuridão.

Eu sou o seu novo rei.

— Eu convoco um amigo contra um inimigo que não conheço.

Arrepios irromperam no braço de Ned, outro bom sinal, ou ao menos esperava que fosse. Continuou:

— Eu convoco o estranho com muitos mantos.

Deixe-me entrar.

— Eu convoco o homem com a eternidade em seu olho e a magia em seu sangue.

As velas bruxulearam.

— Eu convoco *Kell*.

Ned fechou as mãos em punho e as chamas trêmulas se apagaram.

Ele prendeu a respiração quando cinco finos tentáculos de fumaça branca e translúcida se ergueram no ar, formando cinco rostos com lábios bocejando.

— Kell? — aventurou-se Ned, a voz vacilante.

Nada.

Ned afundou na cadeira.

Em qualquer outra noite, ele teria ficado extasiado por ter apagado as velas, mas isso não era suficiente.

O viajante não apareceu.

Ned estendeu a mão e pegou a moeda estrangeira com a estrela no centro e o aroma persistente de rosas. Ele a revirou nos dedos.

— Que belo mago eu sou... — murmurou para si mesmo.

Do lado de fora das portas trancadas, ele ouviu o som pesado de uma carruagem parando. Um instante depois, um punho bateu na madeira.

— Abra! — gritou uma voz grave.

Ned se endireitou, colocando a moeda no bolso.

— Estamos fechados!

— Abra esta porta — ordenou o homem outra vez — por ordem de Vossa Majestade, o rei!

Ned prendeu a respiração como se pudesse sufocar o instante junto com a falta de ar, mas o homem continuava batendo à porta, a voz continuava dizendo "Deixe-me entrar", e ele não sabia o que fazer.

— Arrombe — ordenou uma segunda voz, suave e pomposa.

— Espere! — gritou Ned, que de fato não podia se dar ao luxo de perder a porta da frente, não quando aquela lasca de madeira era uma das poucas coisas impedindo a escuridão de sair.

Ele deslizou o trinco, abriu um pouco a porta, uma fresta suficiente apenas para ver um homem com um elegante bigode mosqueteiro ocupando o degrau.

— Receio ter havido um vazamento, senhor, não é apropriado para...

O homem de bigode abriu a porta com um único empurrão violento, e Ned cambaleou para trás enquanto George IV entrava na sua taverna.

O homem não estava trajado como rei, é claro, mas um rei era um rei não importava se usasse seda e veludo ou um saco de juta. Estava no porte, no olhar arrogante e, é claro, no fato de que o seu rosto estava na moeda recém-cunhada no bolso de Ned.

Porém, mesmo um rei estaria em perigo.

— Eu imploro — pediu Ned. — Deixem este local imediatamente.

O homem do rei bufou ao passo que o próprio George escarneceu.

— Você acabou de dar uma ordem ao rei da Inglaterra?

— Não, não, é claro que não, Vossa Majestade... — O olhar dele percorreu o cômodo com nervosismo. — Mas não é seguro.

O rei franziu o nariz.

— A única coisa que pode me deixar doente é o estado deste lugar. Agora, onde está Kell?

Ned arregalou os olhos.

— Vossa Majestade?

— O viajante conhecido como Kell. Aquele que tem frequentado esta taverna uma vez por mês sem falta nos últimos sete anos.

As sombras estavam começando a se agrupar atrás do rei. Ned praguejou baixinho, num misto de xingamento e oração.

— O que foi?

— Nada, Vossa Majestade — gaguejou Ned. — Não vi mestre Kell este mês, eu juro, mas posso mandar avisar... — as sombras agora estavam formando rostos, os sussurros se avolumavam — ... mandar avisar se ele aparecer. Sei o endereço do senhor. — Uma risada nervosa. As sombras olharam maliciosamente. — A menos que prefira que eu mesmo vá...

— Que raios você está olhando? — perguntou o rei, olhando para trás.

Ned não conseguia enxergar o rosto de Sua Majestade, de modo que não pôde avaliar a expressão que passou pelo rosto do rei quando ele viu os fantasmas de bocas escancaradas e olhos desdenhosos, os comandos silenciosos para se *ajoelhar, implorar, idolatrar*.

Será que ele também era capaz de ouvir as vozes?, ponderou Ned. Mas não teve chance de perguntar.

O acompanhante do rei se benzeu, girou nos calcanhares e deixou a Five Points sem olhar para trás.

O próprio rei ficou paralisado, exceto pela mandíbula se abrindo e se fechando sem emitir nenhum som.

— Vossa Majestade? — indagou Ned enquanto os fantasmas bocejavam e se desfaziam em fumaça, em névoa, em nada.

— Eu... — disse George devagar, ajeitando o casaco. — Bem, então...

E, sem mais uma palavra, o rei da Inglaterra se recompôs, empertigou-se e saiu rapidamente da taverna.

II

Chovia quando o falcão retornou.

Rhy estava de pé numa varanda superior, sob a proteção dos beirais, observando enquanto os carregadores tiravam do rio os restos das arenas do torneio. Isra esperava lá dentro, ao lado da porta. Outrora capitã da guarda da cidade do seu pai, agora capitã da *sua* guarda real. Ela era uma estátua de armadura, enquanto o próprio Rhy usava vermelho, como era costume para aqueles de luto.

Veskanos, Rhy leu, passavam cinzas no rosto, enquanto faroenses pintavam de branco as joias do rosto por três dias e três noites. As famílias arnesianas, porém, louvavam a perda celebrando a vida, e faziam isso usando vermelho: a cor do sangue, do nascer do sol, do Atol.

Ele sentiu o sacerdote passando pela porta, atrás dele, mas não se virou, não o saudou. Sabia que Tieren também estava de luto, mas não conseguia suportar a tristeza nos olhos do velho, não conseguia suportar o seu azul calmo e frio. O jeito como ele ouviu as notícias sobre Emira, sobre Maxim, a feição impassível como se ele soubesse, antes que o feitiço fosse lançado, que acordaria para encontrar o mundo diferente.

E então eles ficaram em silêncio sob a cortina de chuva, sozinhos com os seus pensamentos.

A coroa real pesava nos cabelos de Rhy, muito maior que o aro de ouro que ele usou na maior parte da vida. Aquele aro cresceu com ele, o metal expandido a cada ano para se adequar às mudanças da sua estatura. E devia ter durado mais vinte anos com ele.

Em vez disso, foi simplesmente arrancado dele, guardado para um futuro príncipe.

A nova coroa de Rhy era um peso grande demais. Uma lembrança constante da sua perda. Uma ferida que não fecharia.

O restante das suas feridas *de fato* se curou, e rápido demais. Como um alfinete enfiado em argila, o dano absorvido tão logo a arma foi retirada. Ele ainda era capaz de evocar as emoções, como uma lembrança, mas elas estavam distantes, desvanecendo, deixando no seu encalço aquela terrível pergunta.

Aquilo foi real?

Eu sou real?

Real o suficiente para sentir a dor do luto. Real o suficiente para estender a mão e saborear as gotas de chuva que caíam gélidas na sua pele. Para abandonar a cobertura do palácio e deixá-las encharcá-lo.

E real o suficiente para sentir o coração acelerar quando a mancha escura atravessou o céu pálido.

Ele reconheceu imediatamente a ave, sabia que vinha de Vesk.

A frota estrangeira havia se retirado da foz do Atol, mas a coroa ainda precisava pagar pelos seus crimes. Col estava morto, mas Cora estava na prisão real, esperando para saber qual seria o seu destino. E aqui estava ele, amarrado ao tornozelo de um falcão.

As notícias da traição de Col e Cora se espalharam com o despertar da cidade, e Londres já clamava que Rhy levasse o império à guerra. Os faroenses prometeram ajudar, rápido demais para o gosto de Rhy, e Sol-in-Ar retornou para Faro em nome da diplomacia. Rhy temia que isso significasse que ele foi preparar o exército.

Sessenta e cinco anos de paz, pensou ele, sombrio, arruinados por duas crianças entediadas e ambiciosas.

Rhy se virou e seguiu para a escadaria, Isra e Tieren ao seu lado. Otto esperava no saguão de entrada.

O mago veskano espanou a chuva dos grossos cabelos loiros. Um pergaminho, cujo selo já havia sido rompido, estava apertado numa das suas mãos.

— Vossa Majestade, trago notícias da minha coroa.

— Que notícias? — perguntou Rhy.

— A minha rainha não busca guerra.

Era uma frase vazia.

— Mas os filhos dela buscam.

— Ela deseja se retratar.

Outra promessa vazia.

— Como?

— Se agradar ao rei arnesiano, ela enviará um suprimento de vinho de inverno para um ano, sete sacerdotes e o seu filho mais novo, Hok, que tem o maior dom para magia com pedras de todo Vesk.

A minha mãe está morta, Rhy queria gritar, *e você quer me dar bebida e perigo*. Em vez disso, ele se limitou a falar:

— E quanto à princesa? O que a rainha me dará em troca dela?

A expressão de Otto endureceu.

— A minha rainha nada quer com ela.

Rhy franziu o cenho.

— Elas são do mesmo sangue.

Otto balançou a cabeça.

— A única coisa que desprezamos mais que um traidor é um fracassado. A princesa agiu contra as ordens da rainha de manter a paz. Ela armou a sua própria missão e então falhou em realizá-la. A minha rainha permite que Vossa Majestade faça com Cora o que desejar.

Rhy esfregou os olhos. Veskanos não olhavam para misericórdia e enxergavam força, e ele sabia que a única solução que a rainha buscava, a única que ela *respeitaria*, era a execução de Cora.

Ele suprimiu o ímpeto de andar de um lado para o outro, de roer as unhas, de fazer uma dúzia de coisas que não eram *apropriadas* a um rei. O que o seu pai diria? O que o seu pai *faria*? Ele resistiu ao ímpeto de olhar para Isra ou Tieren, ao ímpeto de protelar a decisão ou fugir.

— Como posso saber que a rainha não usará a execução da filha contra mim? Ela poderia alegar que eu destruí os últimos resquícios de paz, que assassinei Cora em nome da vingança.

Otto ficou em silêncio por um longo tempo, e então disse:

— Não conheço as intenções da minha rainha, apenas as palavras dela.

Tudo isso poderia ser uma armadilha e Rhy sabia disso. Mas ele não via alternativa.

O seu pai lhe ensinara tantas coisas sobre paz e guerra, havia comparado ambas a uma dança, a um jogo, a um vento forte. Mas as palavras que surgiam agora na mente de Rhy pertenciam às primeiras lições.

Guerra contra um império, disse Maxim, é como lutar com uma faca contra um homem de armadura completa. Podiam ser desferidos três golpes ou trinta, mas, se a mão estivesse determinada, a lâmina acabaria encontrando uma abertura.

— Assim como a sua rainha — disse Rhy, afinal —, eu não busco guerra. A nossa paz tem sido enfraquecida e uma execução pública poderia tanto apaziguar a fúria da minha cidade quanto insuflá-la.

— Não é necessária uma demonstração, apenas um ato — falou Otto —, contanto que os olhos certos o vejam.

A mão de Rhy foi até o cabo da espada curta de ouro no quadril. Era para ser decorativa, outro pedaço do elaborado traje de luto, mas foi afiada o suficiente para transpassar Col, então faria o mesmo com Cora.

Ao observar o gesto, Isra deu um passo à frente, falando pela primeira vez.

— Eu farei isso — ofereceu ela, e Rhy queria permitir que o fizesse, queria se despir da empreitada de matar. Já houve sangue suficiente.

Mas ele meneou a cabeça, forçando-se a tomar o caminho das celas da prisão.

— A morte é minha — declarou ele, tentando carregar as palavras com uma raiva que não sentia. Queria senti-la, porque queimaria, aquecendo o gelo do luto.

Tieren não o seguiu. Sacerdotes eram feitos para celebrar a vida, não a morte. Mas Otto e Isra rumaram no encalço de Rhy.

Ele se perguntou se Kell conseguiria sentir o seu coração acelerado, se ele viria correndo. O rei ponderou, mas não desejou que acontecesse. O seu irmão tinha os próprios capítulos para encerrar.

Assim que Rhy e as suas botas alcançaram a escada, ele soube que havia algo errado.

Em vez de encontrar a voz cadenciada de Cora, encontrou o silêncio e o gosto ácido e metálico de sangue na língua. Ele desceu apressadamente os últimos degraus até a prisão, absorvendo a cena.

Não havia guardas.

A cela da princesa ainda estava trancada.

E Cora jazia ali, estirada num banco de pedra, os dedos jogados sem vida pelo chão, as unhas engolidas pela viscosidade brilhante do sangue.

Rhy oscilou para trás.

Alguém deve ter lhe dado uma lâmina. Por misericórdia ou escárnio? De qualquer forma, ela fez cortes em ambos os braços do cotovelo ao pulso e escreveu na parede sobre o banco uma única palavra em veskano.

Tan'och.

Honra.

Otto ficou olhando em silêncio, mas Rhy correu para abrir a cela, sem saber com que propósito. Cora de Vesk estava morta. E, mesmo que ele tivesse ido até ali para matá-la, a visão do seu corpo sem vida e do olhar vazio ainda lhe provocava náuseas. E então, para a sua vergonha, veio o alívio. Porque ele não sabia se teria sido capaz de ir até o fim. E não queria descobrir.

Rhy destrancou a cela e entrou.

— Vossa Majestade — começou a falar Isra quando o sangue sujou as botas dele e espirrou nas suas roupas, mas Rhy não se importava.

Ele se ajoelhou, afastando o cabelo loiro e escorrido do rosto de Cora antes de se forçar a se levantar, forçar a voz a ficar firme. O olhar de Otto estava fixo, não no cadáver e sim na palavra escrita com sangue na parede. Rhy sentiu o perigo da situação, o chamado para que agisse.

Quando os olhos azuis do veskano voltaram a encarar os de Rhy, estavam firmes, sem nenhum traço de emoção.

— Uma morte é uma morte — falou Otto. — Informarei à minha rainha que está feito.

III

Ned estava caindo de cansaço. Ele não dormiu mais que algumas horas nos últimos três dias, nem um minuto sequer desde a visita do rei. As sombras pararam em algum momento antes do anoitecer, mas Ned não confiava no silêncio mais do que confiava no som. Então manteve as janelas tapadas com tábuas de madeira, a porta trancada e se posicionou a uma mesa no centro do salão com um cálice numa das mãos e uma adaga cerimonial na outra.

A sua cabeça estava começando a pender quando ele ouviu vozes vindo do degrau da frente. Ele levantou, tropeçando, quase derrubando a cadeira quando as trancas da taverna começaram a se *mexer*. Observou com horror abjeto quando os três ferrolhos deslizaram e se abriram, um por um, movidos por alguma mão invisível. E então a maçaneta estremeceu e a porta rangeu enquanto se abria para dentro.

Ned agarrou a garrafa quase vazia mais próxima com a mão livre, empunhando-a como um bastão de críquete, alheio às últimas gotas que se espalharam pelo seu cabelo e escorreram pelo pescoço quando duas sombras cruzaram a soleira da porta, as extremidades margeadas de névoa.

Ele se moveu para atacar, apenas para ver a garrafa ser arrancada dos seus dedos. Um segundo depois, ela se chocou na parede, estilhaçada.

— *Lila* — disse uma voz familiar e irritada.

Ned estreitou os olhos para ajustá-los à luz repentina.

— Mestre Kell?

A porta se fechou, mergulhando o cômodo outra vez numa escuridão cerrada conforme o mago se aproximava.

— Olá, Ned.

Ele trajava o seu casaco preto, a gola erguida para proteger do frio. Os seus olhos brilhavam com aquele magnetismo, um azul e outro preto, mas uma mecha prateada agora maculava o acobreado do seu cabelo. Havia algo diferente no seu rosto, estava mais magro, como se tivesse passado muito tempo doente.

Ao lado dele, a mulher — Lila — inclinou a cabeça. Ela era esbelta, com cabelos escuros que roçavam na sua mandíbula e caía sobre os seus olhos — um castanho e o outro preto.

Ned olhou para ela com franca admiração.

— Você é como ele.

— Não — retrucou Kell, seco, passando por ele. — Ela é única.

Ao ouvir isso, Lila lhe lançou uma piscadela. Ela segurava um pequeno baú, mas, quando Ned se ofereceu para pegá-lo, ela recuou, deixando-o na mesa, uma das mãos apoiada protetoramente na tampa.

Mestre Kell circulava pelo salão, como se procurasse invasores, e Ned começou a falar, lembrando-se das boas maneiras.

— O que posso fazer por vocês? — perguntou ele. — Vieram tomar uma bebida? Quer dizer, é claro que não vieram apenas pela bebida, a menos que tenha sido isso, e então fico muito lisonjeado, mas...

Lila emitiu um som nada apropriado a uma dama e Kell a fulminou com o olhar antes de oferecer um sorriso cansado a Ned.

— Não, não viemos pela bebida, mas talvez seja melhor você servir alguma.

Ned assentiu, abaixando-se atrás do balcão do bar para pegar uma garrafa.

— Um pouco lúgubre, não acha? — murmurou Lila, percorrendo o lugar lentamente.

Kell percebeu as janelas lacradas, o livro de feitiços e o piso cheio de cinzas.

— O que aconteceu aqui?

Ned não precisou de mais encorajamento. Lançou-se a contar a história dos pesadelos, das sombras e das vozes na sua mente. Para a sua surpresa, os dois magos o ouviram, as bebidas intocadas, a sua própria caneca esvaziada duas vezes antes que a narrativa acabasse.

— Sei que parece loucura — terminou ele —, mas...

— Mas não parece — completou Kell.

Ned arregalou os olhos.

— Vocês também viram as sombras, senhor? O que elas eram? Algum tipo de eco? Era magia das trevas, isso eu lhe digo. Fiz tudo o que pude aqui, bloqueei a taverna, queimei cada folha de sálvia que havia e tentei uma dúzia de formas diferentes de limpar o ar, mas elas continuavam chegando. Até que pararam, do nada. Mas e se elas retornarem, mestre Kell? O que devo fazer?

— Elas não retornarão — disse Kell. — Não se eu tiver a sua ajuda.

Ned ficou perplexo, certo de que havia ouvido errado. Ele sonhou centenas de vezes com esse momento: ser preciso, ser necessário. Mas era um sonho. Ele sempre acordava. Por detrás do balcão, ele se beliscou e não estava dormindo.

Ned engoliu em seco:

— A *minha* ajuda?

E Kell acenou com a cabeça.

— Acontece, Ned — falou ele, os olhos se dirigindo para o baú sobre a mesa —, que eu vim lhe pedir um favor.

Lila, ao contrário dos outros, achou que era uma péssima ideia.

No entanto, tinha de admitir: achava que qualquer coisa que envolvesse o Herdeiro era má ideia. Por ela, aquilo deveria ser lacrado dentro de uma pedra, trancado dentro de um baú e jogado num buraco no centro da terra. Em vez disso, foi selado em pedra, trancado dentro de um baú e trazido para cá, para uma taverna no meio de uma cidade sem magia.

Confiado a um homem, *esse* homem, que se assemelhava ligeiramente a um pombo, com os seus grandes olhos e movimentos alvoroçados. O estranho era que ele a lembrava um pouco de Lenos, o ar nervoso, os olhares bajuladores, mesmo que fossem voltados para Kell e não para ela. Ele parecia oscilar no limite entre a reverência e o medo. Ela observou Kell explicar o conteúdo do baú, não inteiramente, mas o suficiente: o que provavelmente era demais. Observou como esse sujeito, Ned, assentiu tão rápido que a sua cabeça parecia uma engrenagem, os olhos arregalados como os de uma criança. Observou quando os dois levaram o baú para o porão.

Eles o enterrariam lá.

Ela os deixou com a tarefa e perambulou pela taverna, sentindo o ranger familiar das tábuas sob os pés. Esfregou a bota numa pequena mancha preta e lisa, a mesma substância viscosa e suspeita que manchava as ruas de Londres, nos lugares em que a magia havia chegado e se deteriorado. Mesmo com Osaron contido, o dano permanecia. Nem tudo, ao que parecia, podia ser consertado com um feitiço.

No corredor, ela encontrou a escadaria estreita que levava a outro patamar e mais acima, até a pequena porta verde. Os pés dela se moveram por conta própria, subindo os degraus desgastados um por um até chegar ao quarto de Barron. A porta estava entreaberta, dando lugar a um espaço que não era mais dele. Ela desviou os olhos, sem saber se algum dia seria capaz de olhar para o cômodo, e continuou a subir, a voz de Kell desvanecendo quando ela alcançou o topo. Atrás da pequena porta verde, o quarto dela estava intocado. Parte do chão estava escuro, mas não liso, com a marca sutil de dedos na mancha avermelhada onde Barron morreu.

Ela se agachou e levou uma das mãos às marcas. Uma gota de água pingou no chão, como o primeiro sinal de uma chuva em Londres. Lila enxugou bruscamente a face e se levantou.

Espalhados pelo chão, como se fossem estrelas oxidadas, estavam cartuchos de bala da arma de Barron. Os seus dedos tremeram, a magia zumbindo no sangue, e o metal se ergueu no ar, unindo-se como uma explosão de trás para a frente até que as contas se juntaram e se fundiram, formando uma única esfera de aço que caiu na palma da sua mão estendida. Lila guardou a bola no bolso, saboreando o peso enquanto descia a escada.

Ned e Kell estavam de volta à taverna, Ned tagarelando e Kell ouvindo indulgentemente, apesar de Lila conseguir ver o cansaço nos seus olhos, a exaustão. Ele não vinha se sentindo bem, não desde a batalha e o anel, e era um tolo se pensava que ela não havia notado. Mas ela não disse nada e, quando os seus olhos se encontraram, o cansaço desapareceu, dando lugar a algo gentil, cálido.

Lila deslizou a ponta dos dedos pelo tampo da mesa de madeira, a superfície marcada com uma estrela de cinco pontas.

— Por que você mudou o nome?

A cabeça de Ned se virou para ela, e Lila percebeu que era a primeira vez que falava com ele.

— Foi só uma ideia — respondeu ele —, mas, sabe, tive um azar danado desde que fiz isso, então acho que é um sinal para voltar ao nome original.

Lila deu de ombros.

— O nome não importa.

Ned a olhou semicerrando os olhos, como se ela estivesse fora de foco.

— Nós nos conhecemos? — perguntou ele. Ela balançou a cabeça, negando, mesmo sabendo que o tinha visto ali uma dezena de vezes, na época em que o lugar se chamava Stone's Throw. Na época em que Barron estava atrás do balcão do bar, servindo bebidas diluídas com água para homens em busca de um pouco de magia. Na época em que ela ia e vinha como se fosse um fantasma.

— Se o seu rei vier aqui novamente — dizia Kell —, entregue esta carta a ele. O *meu* rei gostaria que ele soubesse que essa será a última...

Lila escapuliu pela porta da frente e saiu para o dia cinzento. Olhou para cima, para a placa sobre a entrada, para as nuvens escuras ao longe, ameaçando chuva.

A cidade sempre parecia enfadonha nesta época do ano, mas parecia ainda mais desolada agora que ela conhecia a Londres Vermelha e o mundo que a cercava.

Lila inclinou a cabeça para trás, encostando-a nos tijolos frios, e ouviu Barron como se ele estivesse ali, de pé ao lado dela, com um charuto na boca.

— *Sempre procurando encrenca.*

— O que seria a vida sem um pouco de encrenca? — perguntou ela baixinho.

— *Você vai continuar procurando até encontrar.*

— Me desculpe que a encrenca tenha encontrado você.

— *Você sente saudades de mim?* — A voz grave de Barron parecia pairar no ar.

— Como uma comichão — murmurou ela.

Lila sentiu a aproximação de Kell, sentiu que ele estava tentando se decidir se deveria tocar no seu braço ou lhe dar espaço. No fim, ficou apenas perto dela, meio passo atrás.

— Você confia mesmo nele? — perguntou Lila.

— Confio — respondeu ele, a voz tão firme que ela quis se apoiar nela. — Ned é um bom homem.

— Ele cortaria uma das próprias mãos se isso deixasse você feliz.

— Ele acredita em magia.

— E você acha que ele nunca vai tentar usar o Herdeiro?

— Ele jamais conseguirá abrir a caixa, e, mesmo que abra, não. Não acho que vá tentar usá-lo.

— Por quê?

— Porque eu pedi a ele que não o fizesse.

Lila bufou. Mesmo depois de tudo que ele viu e fez, Kell ainda tinha fé nas pessoas. Ela esperava, pelo bem de todos, que ele estivesse certo. Só desta vez.

Ao redor deles, carruagens retiniam, pessoas corriam, passeavam e tropeçavam por ali. Ela havia esquecido a solidez simples desta cidade, deste mundo.

— Podemos ficar um pouco, se você quiser — ofereceu Kell.

Ela respirou fundo, o ar na sua língua era rançoso e cheio de fuligem, em vez de magia. Não havia nada para ela aqui, não mais.

— Não. — Lila meneou a cabeça, buscando a mão dele. — Vamos para casa.

IV

O céu era como um lençol azul imaculado, esticado por trás do sol. Estendia-se, sem nenhuma nuvem nem nada, exceto por um único pássaro preto e branco que pairava acima das suas cabeças. Ao atravessar a esfera de luz, a ave se tornou um bando, partindo-se como luz num prisma que encontra o sol.

Holland esticou o pescoço, hipnotizado pela cena, mas, toda vez que tentava contar o número de aves, a sua visão perdia o foco, exaurida pela luz mesclada.

Ele não sabia onde estava.

Como havia chegado ali.

Estava de pé num pátio, os muros altos recobertos de trepadeiras que ostentavam flores de um roxo exuberante — um tom irreal, mas as pétalas eram sólidas, macias. O ar parecia o ápice do verão, um toque de calor, o aroma doce de flores e terra cultivada; o que lhe dizia onde ele *não* estava, onde não podia estar.

E, ainda assim...

— Holland? — chamou uma voz que ele não ouvia fazia anos. Há vidas. Ele se virou, procurando a fonte da voz, e encontrou uma brecha no muro do pátio, um portal sem porta.

Ele o atravessou, e o pátio desapareceu, o muro sólido atrás dele e à frente a estrada estreita repleta de pessoas, as roupas brancas, mas os rostos cheios de cor. Ele *conhecia* este lugar — era no Kosik, a pior parte da cidade.

E, ainda assim...

Um par de olhos verdes de lodo entrou no seu caminho, reluzindo de uma sombra no fim da alameda.

— Alox? — chamou ele, indo atrás do irmão, quando um grito o fez girar nos calcanhares.

Uma menina pequena passou correndo, apenas para ser arrebatada pelos braços de um homem. Ela soltou outro gritinho quando ele a girou no ar. Na verdade, não era um grito.

Uma risada curta e satisfeita.

Um velho puxou a manga de Holland e disse: "O rei está chegando"; e Holland quis perguntar o que isso significava, mas Alox estava se afastando, e então Holland correu atrás dele, seguindo a estrada, dobrando a esquina e...

O seu irmão se foi.

Assim como a alameda estreita.

De repente, Holland estava no meio de um mercado agitado, com barracas cheias de frutas coloridas e pães recém-assados.

Ele conhecia o lugar. Era a Praça Principal, onde tantos foram executados ao longo dos anos, o sangue devolvido à terra raivosa.

E, ainda assim...

— Hol!

Ele se virou novamente, procurando a voz, e viu a ponta de uma trança cor de mel desaparecer na multidão. O girar de uma saia.

— Talya?

Havia três delas dançando no canto da praça. As outras duas dançarinas estavam vestidas de branco, enquanto Talya era uma explosão de vermelho.

Ele abriu caminho pelo mercado em direção a ela, mas, quando conseguiu atravessar a multidão, as dançarinas não estavam mais lá.

A voz de Talya sussurrou no seu ouvido.

— O rei está chegando.

Mas, quando ele se virou para Talya, ela se foi novamente. Assim como o mercado e a cidade.

Tudo desapareceu, levando consigo a agitação e o barulho. O mundo mergulhou mais uma vez num silêncio interrompido apenas pelo farfalhar das folhas, pelo canto distante dos pássaros.

Holland estava de pé no meio do Bosque de Prata.

Os troncos e os galhos ainda cintilavam com o brilho metálico, mas a terra sob as suas botas era rica e escura, as folhas lá em cima eram de um verde deslumbrante.

O riacho serpenteava através do bosque, a água descongelando, e um homem estava agachado na beirada para molhar os dedos nela, uma coroa depositada na grama ao lado dele.

— Vortalis — chamou Holland.

O homem se pôs de pé, virou-se para Holland e sorriu. Ele começou a falar, mas as suas palavras foram engolidas por um vento forte e súbito.

Ele atravessou o bosque, farfalhando galhos e arrancando folhas. Estas começaram a cair como chuva, banhando o mundo de verde. Através do aguaceiro, Holland viu os punhos cerrados de Alox, os lábios entreabertos de Talya, os olhos oscilantes de Vortalis. Presentes e ausentes, presentes e ausentes, e, toda vez que ele dava um passo para perto de um deles, as folhas os engoliam, deixando apenas que as suas vozes ecoassem pelo bosque ao seu redor.

— O rei está chegando — gritou o seu irmão.

— O rei está chegando — cantou a sua amante.

— O rei está chegando — disse o seu amigo.

Vortalis reapareceu, andando rápido pela chuva de folhas. Ele estendeu a mão, a palma voltada para cima.

Holland ainda estava tentando alcançá-la quando acordou.

Holland sabia onde estava por causa da suntuosidade do cômodo, vermelho e dourado salpicados como tinta em todas as superfícies.

O palácio real Maresh.

A um mundo de distância.

Era tarde, as cortinas estavam fechadas, a lamparina ao lado da cama apagada.

Holland procurou distraidamente pela sua magia antes de lembrar que ela não estava mais lá. A compreensão o atingiu como uma perda, deixando-o sem fôlego. Ele olhou para as próprias mãos, sondando as profundezas do seu poder, o lugar onde o seu poder sempre esteve, onde deveria estar. E nada encontrou. Nenhum zumbido. Nenhum calor.

Um suspiro trêmulo, o único sinal exterior de pesar.

Ele se sentiu oco. Ele *estava* oco.

Corpos se moveram do outro lado da porta.

O barulho de algo pesado se movendo, o som sutil da armadura retinindo, acomodando-se.

Hesitante, Holland levantou, desenterrando o corpo dos grossos cobertores da cama, da massa de travesseiros que lembravam nuvens. A irritação tremeluziu dentro dele — quem poderia dormir dessa forma?

Era mais gentil, talvez, que uma cela de prisão.

Não tão gentil quanto uma morte rápida.

O ato de se levantar exigiu muito dele, ou talvez simplesmente tivesse sobrado muito pouco; ele estava sem fôlego quando os seus pés encontraram o chão.

Holland se recostou na cama, o olhar percorrendo o quarto escuro, encontrando um sofá, uma mesa, um espelho. Ele viu o seu reflexo ali e ficou paralisado.

O seu cabelo, que já foi cor de carvão e brevemente de um preto retinto, agora era de um branco impactante. Uma mortalha gelada, súbita como a neve. Ao lado da sua pele pálida, deixava-o quase sem cor.

Exceto pelos seus olhos.

Os seus olhos, que por tanto tempo marcaram o seu poder, definiram a sua vida. Os seus olhos, que o tornaram um alvo, um desafio, um rei.

Os seus olhos, *ambos* agora de um verde intenso, quase da cor de uma *folha*.

V

— Tem certeza disso? — perguntou Kell, olhando para a cidade.

Ele achava... Não, ele *sabia* que era uma péssima ideia, mas também sabia que a decisão não lhe cabia.

Uma única e profunda ruga marcou a testa de Holland.

— Pare de perguntar.

Ali na colina, observando o horizonte da cidade, Kell estava em pé e Holland, sentado num banco de pedra, recuperando o fôlego. Ele obviamente tinha esgotado as suas forças para conseguir subir, mas insistiu em fazê-lo, e, agora que estavam no local, insistia nisso também.

— Você poderia ficar aqui — ofereceu Kell.

— Não quero ficar aqui — respondeu Holland sem emoção. — Quero ir para casa.

Kell hesitou.

— Lá não é exatamente um lugar gentil com aqueles que não tem poder.

Holland sustentou o seu olhar. Contra a pele pálida e o impacto do cabelo recentemente branco, os seus olhos ficaram ainda mais vívidos e verdes, e ainda mais surpreendentes agora que os dois eram assim. E, no entanto, Kell ainda sentia que estava olhando para uma máscara. Uma superfície calma atrás da qual Holland, o *verdadeiro* Holland, estava escondido mesmo agora. Por trás da qual sempre se esconderia.

— Ainda é o meu lar — disse ele. — Eu nasci naquele mundo...

Ele não terminou a frase. Não era necessário. Kell sabia o que ele iria dizer.

E eu morrerei nele.

No encalço do seu sacrifício, Holland não parecia *velho*, apenas cansado. Mas era um cansaço profundo, um lugar outrora cheio de poder e agora esvaziado, deixando a concha vazia para trás. Magia e vida estavam interligadas em tudo e em todos, mas especialmente num *Antari*. Sem isso, Holland claramente não estava completo.

— Não tenho certeza de que isso vai funcionar — falou Kell — agora que você está...

Holland o interrompeu.

— *Você* não tem nada a perder por tentar.

Mas isso não era exatamente verdade.

Kell não contou a Holland, não contou a ninguém além de Rhy, e apenas por necessidade, a verdadeira extensão dos danos. Quando o anel de vinculação se alojou no seu dedo e Holland despejou a sua magia — além da de Osaron e quase a de Kell — no Herdeiro, algo se rasgou dentro dele. Algo vital. Agora, toda vez que convocava fogo, ou comandava água, ou conjurava qualquer coisa com sangue, ele sentia dor.

Toda vez, sem exceção, doía, uma ferida no âmago do seu ser.

Mas, ao contrário de uma ferida, recusava-se a cicatrizar.

A magia sempre fez parte de Kell, tão natural quanto respirar. Agora, ele não conseguia recuperar o fôlego. Os atos mais simples demandavam não apenas força, mas vontade. Vontade de sofrer. De ser ferido.

A dor nos lembra de que estamos vivos.

Foi o que Rhy lhe disse quando acordou pela primeira vez e viu as suas vidas vinculadas. Quando Kell o pegou com a mão sobre a chama. Quando ele soube do anel de vinculação, do custo da sua magia.

A dor nos lembra.

Kell temia a dor, que parecia piorar a cada vez, sentia enjoo ao pensar nisso, mas não negaria este último pedido a Holland. Kell lhe devia isso, e então não disse nada.

Em vez disso, olhou ao redor da colina, a cidade abaixo deles.

— Em que parte do seu mundo estamos agora? Onde estaremos quando atravessarmos?

Um lampejo de alívio atravessou o rosto de Holland, rápido como a luz cintilando na água.

— No Bosque de Prata — respondeu ele. — Alguns dizem que é o lugar onde a magia morreu. — Um instante depois, acrescentou: — Outros acham que não é nada, que nunca foi nada além de um velho bosque.

Kell esperou que o homem dissesse mais, mas ele se levantou lentamente, inclinando-se um pouco sobre uma bengala, apenas os nós dos dedos tensos e brancos o traindo, denunciando o quanto lhe custava ficar de pé.

Holland apoiou a outra mão no braço de Kell, sinalizando que estava pronto, e então Kell desembainhou a faca e fez um corte na mão livre, um desconforto tão singelo se comparado à dor que o aguardava. Ele puxou o pingente da Londres Branca do pescoço, manchando a moeda de vermelho, e estendeu a mão para encostá--la no banco.

— *As Travars* — pronunciou ele, a voz de Holland ecoando suavemente sob a sua enquanto os dois atravessavam.

A dor nos lembra...

Kell cerrou os dentes para conter o espasmo, estendendo a mão para se apoiar na coisa mais próxima, que não era um banco ou uma parede, e sim o tronco de uma árvore, a casca lisa como metal. Ele se recostou na superfície fria, esperando que a onda de enjoo passasse e, quando isso aconteceu, ele forçou a cabeça a se levantar e viu um pequeno bosque e Holland, a poucos metros de distância. Vivo, intacto. Um córrego cortava o solo diante dele, pouco mais que uma fita de água. E, além do bosque, a Londres Branca se erguia em pináculos de pedra.

Na ausência de Holland — e de Osaron —, a cor havia começado a desvanecer do mundo. O céu e o rio assumiram novamente um tom cinza pálido, o chão desnudo. Essa era a Londres Branca que Kell sempre conheceu. Aquela outra versão, da qual teve um vislumbre no pátio do castelo, momentos antes de Ojka fechar a gargantilha no seu pescoço, era como algo saído de um sonho. Ainda assim, o coração de Kell doía ao vê-la perdida e ao ver Holland suportar essa perda, as superfícies suaves da sua máscara enfim quebrando e deixando a tristeza transparecer.

— Obrigado, Kell — falou ele, e Kell entendeu o significado dessas palavras: uma dispensa.

No entanto, ele se sentia enraizado naquele lugar.

A magia fazia tudo parecer muito inconstante. Era fácil esquecer que algumas coisas, uma vez mudadas, jamais poderiam ser desfeitas. Que nem tudo era mutável ou infinito. Algumas estradas continuavam e outras tinham fim.

Por um bom tempo, os dois ficaram em silêncio, Holland incapaz de seguir em frente, Kell incapaz de recuar.

Por fim, a terra aliviou o seu domínio.

— De nada, Holland — respondeu Kell, libertando-se.

Ele chegou aos limites do bosque antes de se virar, olhando para Holland pela última vez, o outro *Antari* parado ali no meio do Bosque de Prata, a cabeça inclinada para trás, os olhos verdes fechados. A brisa do inverno despenteava os cabelos brancos, as roupas acinzentadas.

Kell se demorou ali, revirando os bolsos do casaco de muitos lados e, quando finalmente se moveu para sair, depositou um único lin vermelho num toco de árvore. Um lembrete, um convite, um presente de despedida para um homem que Kell jamais voltaria a ver.

VI

Alucard Emery andava de um lado para o outro na parte externa do Rose Hall, vestindo um azul tão escuro que parecia preto até captar luz. Era a cor das velas do seu navio. A cor do mar à meia-noite. Sem chapéu, sem faixa, sem anéis, mas o cabelo castanho foi lavado e preso para trás com prata. As abotoaduras e os botões também reluziam, polidos para lembrarem gotas de luz.

Ele era um céu de verão à noite salpicado de estrelas. E passou quase uma hora escolhendo o traje. Não conseguia escolher entre Alucard, o capitão, e Emery, o nobre. No fim, não escolheu nenhum dos dois. Hoje ele era Alucard Emery, o homem que cortejava um rei.

Ele perdeu a safira que usava acima da sobrancelha e ganhou uma nova cicatriz no lugar. Não cintilava ao sol, mas, de qualquer forma, caía-lhe bem. As marcas prateadas que tracejavam a sua pele, relíquias do veneno do rei das sombras, agora reluziam com a sua própria luz sutil.

Eu até gosto do prateado, disse Rhy.

Alucard até que gostava, também.

Os seus dedos pareciam nus sem os anéis, mas a única ausência que importava era da pena de prata que usava no polegar. A marca da Casa Emery.

Berras sobreviveu ileso ao nevoeiro, o que significava que tinha sucumbido a ele, e acordou na rua com o restante das pessoas, alegando não se lembrar do que disse ou fez sob o feitiço do rei das sombras. Alucard não acreditou numa só palavra, e permaneceu na companhia do irmão apenas por tempo suficiente para lhe contar da destruição da propriedade e da morte de Anisa.

Após um longo silêncio, Berras se limitou a dizer:

— E pensar que a linhagem agora reside apenas em nós.

Alucard balançou a cabeça, enojado.

— Pode ficar com ela — disse ele, e foi embora. Não atirou o anel no irmão, apesar de que teria sido ótimo. Em vez disso, simplesmente o deixou cair nos arbustos quando saiu dali. No instante em que o anel se foi, ele se sentiu mais leve.

Agora, assim que as portas para o Rose Hall se abriram, ele ficou *tonto*.

— O rei o receberá — falou o guarda real, e Alucard se forçou a seguir em frente, a bolsa de veludo pendendo dos seus dedos.

O salão não estava cheio, mas também não estava vazio, e Alucard subitamente desejou ter requisitado uma reunião privada com o príncipe. Com o *rei*.

Vestra e *ostra* estavam reunidos, alguns aguardando uma audiência, outros simplesmente esperando que o mundo voltasse ao normal. O séquito veskano ainda estava confinado nos aposentos, ao passo que a comitiva faroense se dividiu: metade navegou para casa com lorde Sol-in-Ar e os demais permaneceram no palácio. Os conselheiros, outrora leais ajudantes de Maxim, estavam prontos para aconselhar, enquanto os membros da guarda real margeavam o corredor e flanqueavam o estrado.

O rei Rhy Maresh estava sentado no trono do pai, o assento da mãe vazio ao seu lado. Kell estava de pé ao lado dele, a cabeça abaixada numa conversa tranquila. Mestre Tieren estava do outro lado de Rhy, parecendo mais velho que nunca, mas os olhos de um azul pálido eram astutos em meio aos sulcos e às rugas do rosto. Ele pousou uma das mãos no ombro de Rhy enquanto falava, um gesto simples, caloroso.

A cabeça do próprio Rhy estava inclinada para baixo enquanto ele ouvia, a coroa um aro de ouro pesado no seu cabelo. Havia tristeza nos seus ombros, mas então os lábios de Kell se moveram e Rhy conseguiu produzir um sorriso efêmero, como luz atravessando nuvens.

O coração de Alucard se animou.

Ele observou a sala rapidamente e viu Bard recostada numa das jardineiras de pedra, inclinando a cabeça do jeito que sempre fazia quando estava escutando sorrateiramente. Ele se perguntou se ela havia afanado algum bolso esta manhã ou se esse tipo de coisa havia ficado no passado.

Kell pigarreou, e Alucard ficou surpreso ao perceber que os seus pés o tinham levado até o estrado. Ele encontrou os olhos cor de âmbar do rei e os viu se suavizar brevemente com... O quê? Seria felicidade? Preocupação? Isso antes que Rhy falasse.

— Capitão Emery — disse ele, a mesma voz de sempre, e, apesar disso, diferente, distante —, você solicitou uma audiência.

— Como foi prometido que eu poderia fazer, Vossa Majestade, se retornasse — Alucard olhou de relance para Kell, a sombra no ombro do rei — sem matar vosso irmão.

Um burburinho de divertimento percorreu o salão. Kell franziu o cenho, e Alucard imediatamente se sentiu melhor. Os olhos de Rhy se arregalaram um pouco; ele percebeu para onde a conversa estava indo e obviamente presumira que Alucard pediria uma audiência *privada*.

Mas o que eles tinham ia além de beijos roubados entre lençóis de seda, ia além de segredos compartilhados apenas à luz das estrelas, ia além de um flerte juvenil, ia além de um namorico de verão.

E Alucard estava aqui para provar isso. Para abrir o seu coração diante de Rhy, das pessoas no Rose Hall e do restante de Londres.

— Há quase quatro anos — começou ele —, eu deixei vossa...
corte sem explicação ou pedido de desculpas. Ao fazê-lo, receio ter
ferido a coroa e vossa estima por mim. Eu vim para me retratar com
o meu rei.

— O que é isso na sua mão? — perguntou Rhy.

— Uma dívida.

Um guarda se adiantou para pegar o pacote, mas Alucard se
afastou, olhando para o rei.

— Permite-me?

Após um instante, Rhy assentiu, levantando-se enquanto Alucard se aproximava do estrado. O jovem rei desceu os degraus e o
encontrou ali, diante do trono.

— O que você está fazendo? — perguntou Rhy com sutileza, e o
corpo inteiro de Alucard cantou para ouvir *essa* voz, a que não pertencia ao rei de Arnes, mas ao príncipe que conheceu, à pessoa por
quem se apaixonou e que perdeu.

— O que prometi — sussurrou Alucard, segurando o espelho
com ambas as mãos e inclinando a superfície para o rei.

Era um liran.

A maioria das superfícies de divinação era capaz de compartilhar o conteúdo da mente de alguém, as ideias e as memórias eram
projetadas na superfície. Mas a mente era algo volúvel — podia
mentir, esquecer, reescrever.

Um liran exibia apenas a verdade.

Não como era lembrada, não como se *queria* lembrar, mas como
realmente aconteceu.

Não era uma magia simples, separar a verdade da memória.

Alucard Emery havia trocado quatro anos do seu futuro pela
chance de reviver a pior noite do seu passado.

Nas suas mãos, a superfície do espelho ficou escura, engolindo
o reflexo de Rhy e o salão atrás dele enquanto outra noite, outro
quarto, tomava forma no vidro.

Rhy ficou petrificado com a visão do seu quarto, com a visão *deles*, membros emaranhados e risadas silenciosas na cama, os seus dedos deslizando pela pele nua de Alucard. As bochechas de Rhy coraram quando ele estendeu a mão e tocou a borda do espelho. Ao fazê-lo, a cena se tornou viva. Misericordiosamente, o som do prazer dos dois não ecoou pela sala do trono. Ficou preso entre eles, enquanto a cena se desenrolava.

Alucard, levantando-se da cama de Rhy, tentando se vestir enquanto o príncipe abria alegremente cada fecho que ele prendia, desamarrava cada nó. O último beijo de despedida, a partida de Alucard pelo labirinto de corredores escondidos e pela noite.

O que Rhy não podia ver — nem na época nem agora — na superfície do espelho era a felicidade de Alucard ao atravessar a Ponte de Cobre até a margem norte, o coração acelerado enquanto subia os degraus da frente até a propriedade Emery. Não podia sentir a súbita e terrível palpitação daquele coração quando ele viu Berras esperando no corredor.

Berras, que o havia seguido até o palácio.

Berras, que *sabia*.

Alucard tentou disfarçar, fingindo estar embriagado, deixando-se tombar casualmente na parede enquanto tagarelava sobre as tavernas em que esteve, a diversão que teve, sobre os problemas em que se meteu ao longo daquela longa noite.

Não funcionou.

O desgosto de Berras estava entalhado em pedra. Assim como os seus punhos.

Alucard não queria brigar com o irmão, até se esquivou do primeiro golpe, e do segundo, apenas para ser atingido na cabeça por algo afiado e prateado.

Ele caiu, o mundo zumbindo. Sangue escorria até os seus olhos.

O seu pai pairava sobre ele, a bengala brilhando, apertada na sua mão.

De volta ao Rose Hall, Alucard fechou os olhos, porém as imagens continuavam a passar na sua mente, gravadas a fogo na memória. Os seus dedos apertaram o espelho, mas ele não soltou; nem quando o irmão o chamou de desgraça, de tolo, de prostituto. Nem quando ouviu ossos se partindo, o seu próprio grito abafado, silêncio e, em seguida, o balanço nauseante de um navio.

Alucard teria deixado a memória continuar, deixado serem exibidas as primeiras noites horrorosas no mar e a fuga até a prisão com algemas de ferro e a vara aquecida, o retorno forçado a Londres e o aviso nos olhos do irmão, a dor nos do príncipe e o ódio nos de Kell.

Ele teria deixado o espelho exibir os acontecimentos pelo tempo que Rhy quisesse, mas de repente algo pesou na superfície do espelho, e ele abriu os olhos para ver o jovem rei ali bem perto, com uma das mãos estendida sobre o vidro como se quisesse bloquear as imagens, os sons, as lembranças.

Os olhos cor de âmbar de Rhy estavam reluzentes, a testa franzida de raiva e de tristeza.

— Basta — disse ele com voz trêmula.

Alucard *queria* falar, tentou encontrar as palavras certas, mas Rhy já estava soltando o objeto, cedo demais, virando-se, cedo demais, e retornando ao trono.

— Já vi o suficiente — concluiu ele.

Alucard deixou o espelho cair ao seu lado, o mundo ao redor forçosamente entrando em foco. O salão em volta dele paralisado, em silêncio.

O jovem rei agarrou as beiradas do trono e trocou sussurros com o irmão, cuja expressão oscilava entre surpresa e aborrecimento, até se acomodar em algo como resignação. Kell assentiu, e, quando Rhy se virou para o salão e falou outra vez, a voz dele estava equilibrada.

— Alucard Emery — falou ele, o tom suave, porém firme —, a coroa aprecia a sua honestidade. *Eu* aprecio. — Ele olhou para Kell uma última vez antes de continuar. — A partir de agora, você está despojado do seu título de corsário.

Alucard quase se curvou sob o peso da sentença.

— Rhy... — O nome saiu dos seus lábios antes que ele percebesse o erro. A impropriedade. — Vossa Majestade...

— Você não navegará mais para a coroa no *Night Spire* ou em qualquer outra embarcação.

— Eu não...

A mão do rei se ergueu num único gesto silenciador.

— O meu irmão deseja viajar, e eu lhe dei permissão. — A expressão de Kell azedou ao ouvir a palavra, mas não interrompeu Rhy. — Sendo assim — continuou —, preciso de um aliado. Um amigo comprovado. Um mago poderoso. Preciso de você aqui em Londres, mestre Emery. Comigo.

Alucard ficou rígido. As palavras foram um golpe, repentino mas não duro. Elas provocavam a linha entre prazer e dor, provocavam o medo de que ele tivesse ouvido mal e a esperança de que não tivesse.

— Esse é o primeiro motivo — continuou Rhy, inabalável. — O segundo é mais pessoal. Perdi a minha mãe e o meu pai. Perdi amigos e estranhos que um dia poderiam ter sido amigos. Perdi pessoas demais para contar. E não vou sofrer por perder você.

O olhar de Alucard foi para Kell. O *Antari* encontrou os seus olhos, e Alucard encontrou um aviso nos dele, mas nada além disso.

— Obedecerá à vontade da coroa? — perguntou Rhy.

Alucard passou vários segundos atordoado enquanto reunia faculdades mentais suficientes para fazer uma reverência e pronunciar três simples palavras.

— Obedecerei, Vossa Majestade.

Naquela noite, o rei veio até o quarto de Alucard.

Eram aposentos elegantes na ala oeste do palácio, dignos de um nobre. De um membro da realeza. Não havia portas escondidas.

Apenas a entrada ampla com madeira incrustada e acabamento em ouro.

Alucard estava empoleirado na beira do sofá, rolando um copo entre as mãos, quando a batida soou. Ele tinha esperança de ouvi-la ao mesmo tempo que não ousava nutri-la.

Rhy Maresh entrou no quarto sozinho. O seu colarinho estava desabotoado, a coroa pendia dos seus dedos. Ele parecia cansado, triste, adorável e perdido. Porém, ao ver Alucard, algo nele se iluminou. Não uma luz que Alucard pudesse ver nos fios derretidos que se enrolavam nele, mas uma luz por trás dos seus olhos. Era a coisa mais estranha, mas Rhy pareceu se tornar *real*, sólido como nunca antes.

— *Avan* — disse o príncipe que não era mais príncipe.

— *Avan* — disse o capitão que não era mais capitão.

Rhy deu uma olhada no cômodo.

— É apropriado? — perguntou ele, deslizando a mão distraidamente por uma cortina, os longos dedos se enrolando em vermelho e dourado.

O sorriso de Alucard se enviesou.

— Suponho que vá servir.

Rhy deixou a coroa cair no sofá enquanto se aproximava, e os seus dedos, agora livres do fardo, tracejaram o queixo de Alucard como se procurassem se assegurar de que Alucard estava ali e de que era real.

O coração de Alucard estava acelerado, mesmo agora ameaçando fugir. Não havia necessidade. Não havia para onde ir. Nenhum lugar em que preferisse estar.

Ele sempre sonhava com isso durante as tempestades em alto-mar. Sempre que uma espada era desembainhada contra ele. Sempre que a vida mostrava a sua fragilidade, a sua inconstância. Ele sonhou com isso quando estava na proa do *Ghost* enfrentando a morte numa frota de navios.

Agora ele estendia os braços para puxar Rhy para perto, apenas para ser rejeitado.

— Não é certo que você faça isso — repreendeu ele, baixinho — agora que eu sou rei.

Alucard recuou, tentando disfarçar a mágoa e a confusão. Mas então os cílios escuros de Rhy baixaram sobre os seus olhos e os lábios dele deslizaram para abrir um sorriso de falsa timidez.

— Deve-se permitir que um rei assuma a *liderança*.

Alucard foi inundado pelo alívio, seguido por uma onda de calor quando a mão de Rhy se enredou no seu cabelo, desarrumando as presilhas prateadas. Os lábios roçaram no seu pescoço, o calor tocou a sua mandíbula de leve.

— Você não concorda? — respirou o rei, mordiscando a clavícula de Alucard de um jeito que roubou o ar do seu peito.

— Sim, Vossa Majestade — conseguiu dizer, e então Rhy o estava beijando, longa e lentamente, saboreando-o. O quarto se moveu sob os seus pés trôpegos, os botões da sua camisa se abrindo. Quando Rhy se afastou, Alucard estava encostado na cabeceira da cama, a camisa aberta. Ele deu uma risada leve e atordoada, resistindo à vontade de arrastar Rhy para perto, de pressioná-lo contra os lençóis.

O desejo o deixou sem ar.

— É assim que será de agora em diante? — perguntou Alucard. — Serei o seu companheiro de cama e também o seu guarda?

Os lábios de Rhy se abriram num sorriso deslumbrante.

— Então, você admite — falou ele, acabando com a distância que restava entre os dois para sussurrar no ouvido de Alucard — que é meu.

E, com isso, o rei o arrastou para a cama.

VII

Arnesianos tinham uma dúzia de palavras para dizer "olá", mas nenhuma para "adeus".

Quando se tratava de despedidas, às vezes diziam *"vas ir"*, o que significava "em paz". Porém, era mais frequente escolherem dizer *"anoshe"* — *"até outro dia"*.

Anoshe era uma palavra usada com estranhos na rua, com amantes entre um encontro e outro, com pai, filhos, amigos e familiares. Amortecia o golpe de ir embora. Facilitava a tensão da despedida. Um aceno cuidadoso para a certeza do hoje, para o mistério do amanhã. Quando um amigo partia, com pouca chance de voltar para casa, eles diziam *anoshe*. Quando um ente querido estava morrendo, eles diziam *anoshe*. Quando cadáveres eram cremados, corpos devolvidos à terra e almas à corrente, os que ficaram de luto diziam *anoshe*.

Anoshe trazia consolo. E esperança. E força para deixar partir.

Quando Kell Maresh e Lila Bard se separaram pela primeira vez, ele sussurrou a palavra no seu encalço, baixinho, cheio de certeza, de esperança, de que eles se encontrariam mais uma vez. Ele sabia que não era um fim. E este também não era o fim, ou, se era, então era apenas o fim de um capítulo, um interlúdio entre dois encontros, o começo de algo novo.

E, assim Kell subiu até o quarto do irmão, não o quarto que ele mantinha ao lado do cômodo de Kell (embora ainda insistisse em dormir lá), mas o que havia pertencido à sua mãe e ao seu pai.

Sem Maxim e Emira, havia pouquíssimas pessoas de quem Kell devia se despedir. Não a *vestra* ou a *ostra*, nem os criados ou os guardas que restaram. Ele teria dito adeus a Hastra, mas Hastra também estava morto.

Kell já havia ido ao Dique naquela manhã e deparado com a flor que o jovem guarda trouxe à vida naquele dia, apodrecendo no seu recipiente. Ele a levou para o pomar, onde estava Tieren, entre as fileiras do inverno e da primavera.

— Você pode dar um jeito? — perguntou Kell.

Os olhos do sacerdote se direcionaram para a pequena flor murcha.

— Não — respondeu ele gentilmente, mas, quando Kell começou a protestar, Tieren ergueu a mão enrugada. — Não há nada para dar jeito. É uma acina. Elas não duram muito. Florescem uma única vez, e então morrem.

Kell olhou desamparado para a flor branca e murcha.

— O que eu faço? — perguntou ele, a questão muito maior que as palavras.

Tieren abriu um sorriso suave e introspectivo, deu de ombros como de costume.

— Deixe estar. A flor vai se desfazer, o caule e as folhas também. É para isso que eles *existem*. Acinas fortalecem o solo para que outras coisas possam crescer.

Kell alcançou o topo da escada e diminuiu o passo.

Guardas reais flanqueavam o corredor até os aposentos do rei, e Alucard estava do lado de fora, recostado na madeira da ponta e folheando um livro.

— É assim que você o protege? — perguntou Kell.

O homem virou uma página deliberadamente.

— Não me diga como fazer o meu trabalho.

Kell respirou fundo para manter a calma.

— Saia do meu caminho, Emery.

Os olhos pretos de tempestade de Alucard se ergueram do livro.

— E qual é o seu assunto com o rei?

— Pessoal.

Alucard ergueu a mão.

— Talvez eu deva revistá-lo em busca de arm...

— Toque em mim e eu quebro os seus dedos.

— Quem disse que preciso tocá-lo? — A mão dele se contraiu e Kell sentiu a faca na sua manga estremecer antes de ele empurrar o homem contra a madeira.

— Alucard! — gritou Rhy pela porta. — Deixe o meu irmão entrar antes que eu precise encontrar *outro* guarda.

Alucard deu um sorrisinho irônico, fez uma reverência e se afastou.

— Imbecil — murmurou Kell ao passar por ele, empurrando-o.

— Idiota — gritou o outro mago no seu encalço.

Rhy estava esperando na sacada, os cotovelos apoiados no parapeito.

O ar ainda estava gelado, mas o sol aquecia a sua pele, rico com a promessa da primavera. Kell entrou intempestivamente no quarto.

— Quer dizer que vocês dois estão se entendendo bem? — perguntou Rhy.

— Muito, muito bem — murmurou o irmão, passando pelas portas e se debruçando no parapeito ao lado dele. Um reflexo da sua própria pose.

Eles ficaram por algum tempo na mesma posição, aproveitando o dia, e Rhy quase esqueceu que Kell tinha vindo se despedir, que ele estava indo embora. E então uma brisa soprou, repentina e cortante, e a escuridão sussurrou no canto da sua mente, trazendo a tristeza da perda, a culpa por ter sobrevivido e o medo de que ele continuasse vivendo mais que aqueles que amava. Que essa vida emprestada fosse longa demais ou curta demais. E sempre havia o inevitável limiar, bênção ou maldição, e a sensação de se inclinar para a frente numa rajada de vento enquanto esta tentava forçá-lo a recuar a cada passo.

Os dedos de Rhy apertaram o parapeito.

E Kell, cujos olhos de duas cores sempre viram através dele, disse:

— Você gostaria que eu não tivesse feito isso?

Ele abriu a boca para dizer "Claro que não", ou "Santos, não", ou qualquer outra coisa que deveria ter dito, que *havia dito* uma dúzia de vezes, com a repetição desatenta de alguém que, ao perguntarem como foi o dia, responde "Ótimo, obrigado", independentemente do verdadeiro humor. Ele abriu a boca, mas nada saiu. Havia tanta coisa que Rhy não disse desde o seu retorno, que ele não se *permitia* dizer, como se dar voz às palavras significasse lhes dar peso, o suficiente para desequilibrar a balança e esmagá-lo. Mas tantas coisas tentaram matá-lo e aqui estava ele, ainda de pé.

— Rhy — falou Kell, o olhar pesado como pedra —, você gostaria que eu não tivesse trazido você de volta?

Ele respirou fundo.

— Não sei — respondeu ele. — Pergunte-me pela manhã, depois de passar horas sobrecarregado de pesadelos, drogado além do aceitável apenas para conter as lembranças da morte, o que não foi tão ruim quanto voltar, e eu diria que sim. Eu gostaria que você tivesse me deixado morrer.

Kell pareceu nauseado.

— Eu...

— Mas, se me perguntar depois do meio-dia — interrompeu Rhy —, quando já senti o sol atravessando o frio, ou o calor do sorriso de Alucard, ou o peso constante do seu braço em volta dos meus ombros, eu diria a você que valeu a pena. Que *vale* a pena.

Rhy virou o rosto para o sol. Ele fechou os olhos, saboreando a maneira como a luz ainda o alcançava.

— Além disso — acrescentou, esforçando-se para dar um sorriso —, quem não adora um homem com um passado sombrio? Quem não quer um rei com cicatrizes?

— Ah, sim — disse Kell, sarcástico. — Esse é o verdadeiro motivo pelo qual eu fiz isso. Para torná-lo mais atraente.

Rhy sentiu o seu sorriso falhar.

— Quanto tempo você vai ficar fora?

— Não sei.

— Para onde você vai?

— Não sei.

— O que você vai fazer?

— Não sei.

Rhy baixou a cabeça, subitamente cansado.

— Gostaria de poder ir com você.

— Eu também gostaria — falou Kell —, mas o império precisa do seu rei.

Com brandura, Rhy disse:

— O rei precisa do seu irmão.

Kell pareceu devastado, e Rhy sabia que poderia fazê-lo ficar. E sabia que não suportaria fazê-lo. Ele soltou um longo e trêmulo suspiro e se endireitou.

— Já era hora de você fazer alguma coisa egoísta, Kell. Você faz com que o restante de nós fique mal. Tente se livrar desse complexo de santo enquanto estiver longe.

Do outro lado do rio, os sinos da cidade começaram a soar as horas.

— Vá — disse Rhy. — O navio está esperando.

Kell deu um único passo para trás, pairando na soleira da porta.

— Mas nos faça um favor, Kell.

— O quê? — perguntou o irmão.

— Não acabe morto.

— Farei o melhor que puder — retrucou Kell, e então começou a ir embora.

— E volte — acrescentou Rhy.

Kell fez uma pausa.

— Não se preocupe — disse ele. — Voltarei. Depois que tiver visto.

— Visto o quê? — perguntou Rhy.

Kell sorriu.

— Tudo.

VIII

Delilah Bard se dirigia para as docas, uma pequena bolsa pendurada no ombro. Tudo o que tinha no mundo e que ainda não estava no navio. O palácio se erguia atrás dela: pedra, ouro e uma luz cor-de-rosa avermelhada.

Ela não olhou para trás. Sequer diminuiu o passo.

Lila sempre foi boa em desaparecer.

Desvanecendo como luz entre tábuas de madeira.

Cortando laços com a mesma facilidade com que cortava as alças de uma bolsa.

Ela nunca dizia adeus. Nunca entendeu o motivo. Dizer adeus era como estrangular lentamente, cada palavra apertando a corda. Era mais fácil simplesmente fugir à noite. Muito mais fácil.

Mas Lila dissera a si mesma que ele teria ido atrás dela.

Então, no fim, ela havia ido até ele.

— Bard.

— Capitão.

E, então, ela ficara paralisada. Não sabia o que dizer. Era por isso que odiava despedidas. Dera uma olhada na câmara do palácio, observando o chão incrustado, o teto forrado de tecidos e as portas da sacada, antes que ficasse sem ter para onde olhar e tivesse de encarar Alucard Emery.

Alucard, que lhe deu um lugar no seu navio, que lhe ensinou as primeiras lições sobre magia, que... Ela sentira um nó na garganta.

Malditas despedidas. Coisas tão inúteis.

Ela acelerou o passo, seguindo para os navios.

Alucard se recostara na cabeceira da cama.

— O meu reino pelo que está passando na sua cabeça.

E Lila havia inclinado a cabeça.

— Eu só estava pensando — dissera ela — que deveria ter matado você quando tive a oportunidade.

Ele arqueara uma sobrancelha.

— E eu deveria ter jogado você no mar.

Um silêncio confortável recaíra entre os dois, e ela sabia que sentiria falta disso. Ela se retraíra com a ideia de sentir saudades antes de suspirar e deixar a sensação baixar, assentar-se. Havia coisas piores, ela supunha.

As botas dela soaram na madeira das docas.

— Cuide bem daquele navio — ordenara ele, e Lila se foi com apenas uma piscadela, como as que Alucard sempre lhe lançava. Ele tinha uma safira para refletir a luz, e tudo o que Lila tinha era um olho de vidro preto, mas ela conseguira sentir o sorriso dele como o sol nas suas costas quando partira e deixara a porta se fechar atrás de si.

Não foi um adeus, não de verdade.

Qual era a palavra para se despedir?

Anoshe.

Era isso.

Até outro dia.

Delilah Bard sabia que voltaria.

O cais estava repleto de navios, mas apenas um deles chamou a sua atenção. Uma embarcação impressionante com casco escuro polido e velas azul-marinho. Ela subiu pela rampa até o convés onde a tripulação aguardava, alguns rostos conhecidos, outros novos.

— Bem-vindos ao *Night Spire* — disse ela, exibindo um sorriso afiado como uma faca. — Podem me chamar de capitã Bard.

IX

Holland estava sozinho no Bosque de Prata.

Ele ouviu os sons da partida de Kell, aqueles poucos passos curtos dando lugar ao silêncio. Inclinou a cabeça para trás e respirou fundo, estreitando os olhos ao encarar o sol.

Uma mancha preta riscou as nuvens. Um pássaro, como no seu sonho, e o seu coração cansado se acelerou. Mas havia apenas uma ave, e não Alox, nem Talya, nem Vortalis. Vozes há muito silenciadas. Vidas há muito perdidas.

Com Kell longe e ninguém mais para ver, Holland se recostou na árvore mais próxima, a superfície gelada como aço frio na sua coluna. Ele se deixou afundar, baixando o corpo cansado na terra morta.

Uma brisa suave soprava pelo bosque árido. Holland fechou os olhos e imaginou quase conseguir ouvir o farfalhar das folhas, quase conseguir sentir o peso suave das folhas caindo uma a uma sobre a sua pele. Ele não abriu os olhos, não queria perder a imagem. Apenas deixou as folhas caírem. Deixou o vento soprar. Deixou o bosque sussurrar, sons disformes que se entrelaçavam em palavras.

O rei está chegando, parecia dizer.

Sentiu a árvore esquentar nas suas costas, e Holland soube vagamente que nunca se levantaria.

É o fim, pensou. Sem medo, apenas alívio e tristeza.

Ele tentou. Deu tudo o que tinha. Mas estava muito cansado

O farfalhar das folhas nos seus ouvidos estava ficando mais alto, e ele se sentiu afundando na árvore, no abraço de algo mais macio que metal, mais escuro que a noite.

O seu coração desacelerou, diminuindo o ritmo como uma caixa de música, o fim de uma estação.

O último resquício de ar deixou os pulmões de Holland.

E então, enfim, o mundo respirou.

X

Kell trajava um casaco que ondulava ao vento.

Não era o vermelho da realeza, nem o preto do mensageiro, nem o prateado do torneio. Este casaco era de lã cinza e simples. Ele não tinha certeza se era novo, velho ou algo entre os dois, sabia apenas que nunca o tinha visto. Não até aquela manhã em que, revirando o casaco de preto para vermelho, ele deparou com um lado que não reconheceu.

Este novo casaco tinha gola alta, bolsos profundos e botões pretos robustos que desciam pela frente. Era um casaco para tempestades e marés fortes e só os santos sabiam para que mais.

Ele planejava descobrir, agora que estava livre.

A liberdade em si era atordoante. A cada passo, Kell se sentia sem nenhuma âncora, como se pudesse ser arrastado para longe. Mas não, lá estava a corda, invisível porém forte como aço, correndo entre o coração dele e o de Rhy.

Que esticaria.

Que alcançaria.

Kell andou pelas docas, passando por balsas e fragatas, navios locais, as embarcações de prisioneiros veskanas e os patachos faroenses, navios de todo tamanho e forma, enquanto procurava o *Night Spire*.

Ele deveria saber que ela escolheria aquele, com o casco escuro e as velas azuis.

Ele chegou à rampa do barco sem olhar para trás, mas ali, enfim, hesitou e se virou, olhando para o palácio uma última vez. Vidro e pedra, ouro e luz. O coração pulsante de Londres. O sol nascente de Arnes.

— Reconsiderando?

Kell esticou o pescoço para ver Lila recostada na amurada do navio, o vento da primavera despenteando o seu cabelo curto e escuro.

— De maneira alguma — respondeu ele. — Estou só apreciando a vista.

— Bem, vamos logo, antes que eu decida zarpar sem você. — Ela se virou, gritando ordens à tripulação do navio como uma verdadeira capitã, e todos os homens a bordo ouviram e obedeceram. Eles entraram em ação com um sorriso, jogaram cordas e içaram a âncora como se não pudessem esperar para zarpar. Ele não podia culpá-los. Lila Bard era uma força sem limites. Não importava se as suas mãos estivessem cheias de facas ou de fogo, se a sua voz fosse baixa e persuasiva ou afiada como aço, ela parecia ter o mundo nas mãos. Talvez tivesse mesmo.

Afinal, ela já havia arrebatado duas Londres para si.

Ela era ladra, fugitiva, pirata, maga.

Ela era feroz, poderosa e aterrorizante.

Ela ainda era um mistério.

E ele a amava.

Uma faca atingiu as docas entre os pés de Kell e ele deu um salto.

— Lila! — gritou ele.

— Zarpando! — gritou ela do convés. — E traga de volta essa faca — acrescentou. — É a minha favorita.

Kell balançou a cabeça e soltou a lâmina da madeira.

— *Todas* são suas favoritas.

Quando ele subiu a bordo, a tripulação não parou, não se curvou, não o tratou como nada além de outro par de mãos, e logo o

Spire se afastava das docas, as velas aproveitando a brisa da manhã. O coração dele martelava no peito e, quando fechou os olhos, sentiu um pulso gêmeo ecoando o seu.

Lila parou ao seu lado e ele lhe devolveu a faca. Ela não disse nada, embainhando a lâmina em algum compartimento escondido e apoiando o ombro no dele. A magia corria entre os dois como uma corrente, um laço, e ele se perguntou quem ela teria sido se tivesse ficado na Londres Cinza. Se nunca o tivesse roubado, se nunca tivesse mantido o conteúdo como um resgate para aventura.

Talvez ela nunca tivesse descoberto a magia.

Ou talvez ela tivesse simplesmente mudado o próprio mundo em vez do dele.

Os olhos de Kell se ergueram para o palácio uma última vez, e ele pensou quase conseguir divisar a silhueta de um homem de pé, sozinho, numa das varandas mais altas. Ao longe, era pouco mais que uma sombra, mas Kell pôde ver o aro de ouro reluzindo sobre os cabelos quando uma segunda figura se colocou ao lado do rei.

Rhy ergueu a mão e Kell fez o mesmo, uma única palavra não dita entre os dois.

Anoshe.

Este livro foi composto na tipografia Palatino LT
Std, em corpo 11/16, e impresso em papel
pólen natural no Sistema Cameron da Divisão
Gráfica da Distribuidora Record.